결혼학교 · 종각

지병인 당뇨의 합병증세가 없었을 때만해도 건강을 유지했다. 1975년 타계하기 전 1972년의 모습.

① ② 1. 1960년대 퇴근하면 으레 들리던 곳이 시청앞 신태양사 뒷골목의 가화다방이었다. 평소 가까이 지내던 소설가 유주현씨가 신태양사 주필로 있어서 다방을 그리 정한 모양이다. 사진은 1960년 동아일보에 연재했던 장편 『오늘의 신화』가 1962년 단행본으로 출간되면서 가졌던 출판기념회에서 함께 찍은 사진.
2. 『오늘의 신화』 출판기념회에서 감사의 말을 전하는 필자. 1962년 가을.

① 1. 문학부문 예술원상을 수상한 필자. 단상의 왼쪽. 1965년 7월 17일 동숭동 문예진흥원 대강당에서.
② 2. 서울시 문화상 문학부문 상을 수상한 필자. 단상 왼쪽부터 두번째. 1967년 3월 28일 세종문화회관에서. 이밖에도 제1회 아시아자유문학상, 대한민국 은성문화훈장 등 많은 상과 훈장을 수여받았다.

만우 **박영준 전집 ⑪** /중·장편

결혼학교 · 종각

동연

『박영준 전집』을 내며

　만우(晩牛) 박영준(朴榮濬) 선생이 가신 지 30년이, 그리고 단편집 전6권이 발간된 지도 5년이 지났다. 선생이 돌아간 동안(1976~2006), 그처럼 지식인들이 두려워 떨던 군사독재 정권도 무너졌고, 민간인 정권도 세 번째나 돌아와 있다. 우리는 선생의 생애가 일제의 가열한 민족 침탈기로부터 시작되었음을 기억하고 있다. 일제의 폭력이 혹독했던 1930년대에 문필활동을 시작하여, 가장 민감했던 청년 시절에 글쓰기의 어려운 현실적 상황이 어떤 것인지를 몸소 체험하였다.
　1934년 연희대학교 문과를 졸업하던 해에 《조선일보》 신춘문예에 「모범경작생」(模範耕作生)이, 같은 해 《신동아》에 장편소설 『일년』(一年)과 꽁트 「새우젓」이 동시에 당선되어 일약 문단의 화제를 일으켰던 만우 박영준은 평생을 작품 쓰기와 모교 연세대학교에서 문학 가르치는 가운데 생애를 마감하였다. 1911년 3월 2일에 태어나 1976년 7월 14일 돌아가기까지, 66년 생애를 산 그는 일제 식민체험은 물론이고 해방정국에서의 좌우익 대립의 스산한 처신, 6·25 전쟁, 군사독재의 심란한 정국 등 소용돌이치는 역사의 현장에 놓여 있었다.
　66년 그 생애의 시간 도막 위에는 지울 수 없는 국내외적 회오리바람들이 있었다. 유아기로부터 소년기에 이르는 기간은 일제 폭력의 억압 속에 있었고, 광복이 된 청년기에는 6·25 동족 전쟁이 그를 괴롭혔다. 전쟁이 끝나고 난 해로부터 모교인 연세대학교에서 후진들을 기르며 작품활동을 하던 시기가 그에게는 황금기였다. 글쓰고 가르치는 동안 틈틈이 등산과 낚시, 운동경기 관람 등으로 비교적 여유 있는 생활을 누리던 시기에 그는 갔다. 그는 일생 동안 자신의 작품 속에서 인간의 윤리적 관계 거리 조절에 관한 긴장의 눈길을 멈추지 않았다. 제자들에게도 그는 엄격한 윤리적 규범을 글쓰기의 핵심이라고 가르쳐 왔다. 그러한 그의 원칙은 여러 편으로 남긴 작품 속에 고스란히 살아 있다.

문학 교육에 관한 한 엄격하고도 자상한 스승으로서, 때로는 어버이 같은 자애로움으로 그는 제자들을 가르쳐 왔다. 이제 그가 남긴 필생의 문학작품을 모아 뒤늦게나마 전집으로 묶어 후생들에게 보이고자 하는 뜻은 그의 문학적 발자취와 함께, 우리에게 보인 그의 사람에 대한 치열한 애정을 드러내 보여주고자 함에 있다. 살아 있는 것에 대한 치열한 애정 없이는 문학 할 생각을 말라고 가르쳤던 분이신 박영준 선생께 우리 제자들은 그 동안 전집 발간에 관한 마음의 짐을 지고 살아왔다.

마침 선생과 너무두 닮은 모습으로 살아가시는 선배이며 많우 선생의 큰 자제인 승렬 형이 우리에게 마음의 빚을 탕감할 방도를 알려주며 격려함으로써 이 전집 간행의 빛을 보게 되어 기쁘기 한량없다. 그의 재정적인 뒷받침이 없었다면 아직도 우리는 그 많은 분량의 전집(단편집 전6권, 중·장편집 전7권) 간행을 꿈도 못 꾸었을 것이다. 이것은 또한 우리의 부끄러움이기도 하다.

출판 사정이 여러 면에서 어려운 시기에 단편집 출간 후 수년의 과정을 거치면서, 각 선집이나 잡지에 실린 글들은 물론이고 신문에 실려 있어 읽기가 여간 어렵지 않았던 글들을 꼼꼼히 읽고 잘못 인쇄된 철자법을 바로잡고 인멸될 처지에 있던 작품들을 찾아내어 깨끗한 인쇄에 붙이도록 만들어준 동연출판사 백규서 사장에게도 우리는 여러 면에서 여간 고마운 게 아니다. 이 자리를 빌어 깊은 고마움의 뜻을 표하는 바이다.

2006년 3월 1일
만우 전집 편집위원

차례

『박영준 전집』을 내며_9

일러두기_12

결혼 학교_13

사랑의 서전_15　　불가존의 사랑_37　　아담의 유산_61　　방황하는 꽃_84
회색의 커튼_105　　폭풍 이전_129　　자학 속에서_149　　주사위와 함께_188
혼선의 궤도_208　　연정과 우정_228　　조건 없는 결혼_254　　생활의 정리_282
살아있는 과거_311　　피곤한 집착_334　　일기의 여백_356　　칠색의 수의_378
회색의 베일_415　　무너진 성_442　　반복의 반복_459　　최후로 남긴 것_483

종각_505

서장 신앙생활_507　　제1장 연민과 사랑_523　　제2장 마성과 신성_544
제3장 하나의 현실관_566　　제4장 처량한 종소리_588　　제5장 정신적인 고아들_610
제6장 고독한 일들_634　　제7장 착잡한 의식세계_656　　제8장 불행과 허무_680
제9장 종장_701

일러두기

1. 『만우 박영준 전집』은 박영준이 발표한 모든 작품을 대상으로 하여 단편소설 전6권(1차분), 중·장편소설 전7권(2차분) 총 13권으로 엮는다.
2. 『만우 박영준 전집』은 박영준이 발표한 모든 문학작품을 총망라하여 일반 독자에게 소개하는 것은 물론 문학사적인 연구·정리에 목표를 둔 것이지만, 단편소설 가운데 찾을 수 없는 일부 작품과 중·장편소설 가운데 일부 작품은 제외하였다.
3. 『만우 박영준 전집』에 수록된 작품의 배열순서는 발표 연대순에 따랐다.
4. 각각의 작품 말미에 발표년도와 발표지를 밝혀 놓았으나 정확하지 않은 작품은 따로 표시하였다.
5. 『만우 박영준 전집』에 수록한 모든 작품은 발표 당시 신문·잡지의 원문을 그대로 옮긴다는 원칙에 따랐으나, 단 작가가 직접 퇴고하여 단행본으로 간행하였을 경우에는 개작본을 정본으로 삼았다.
6. 맞춤법과 띄어쓰기는 현행 규정에 맞게 고쳤으나 대화에 나오는 구어체와 사투리는 그대로 살렸다.
7. 현대 독자가 이해하기 힘든 낱말은 편집자 주( )로 설명하였다.
8. 외래어는 현재의 외래어 표기법에 맞도록 고쳤으며, 과도하게 쓰인 생략부호(……)나 장음 표시(——)는 읽기 편하도록 조절하였다.
9. 부호는 아래와 같이 사용했다.
대화	" "
인용과 강조	' '
단편 작품	「 」
책명(단행본)과 장편	『 』
신문, 잡지	《 》
영화, 노래제목	< >

결혼 학교

사랑의 서전(序戰)

정오 사이렌 소리가 들리는 순간 고일보(高一甫)는 일 분의 지체도 없이 일손을 멈추었다. 언제나 하는 버릇이었다. 열두 시부터 한 시 사이를 점심 시간으로 정했고 그 시간을 엄수하는 회사이다. 그렇게 때문에 정오 사이렌 이 울리기만 하면 자유스런 시간을 일 분도 손해 보지 않겠다는 샐러리맨의 근성이라고나 할까. 일보는 물론 회사 직원 전원이 일손을 멈춘다.
　그렇다고 해서 금시 식당으로 가거나 가지고 온 도시락을 펼치는 것도 아 니다. 구속에서 벗어난 해방감으로 우선 잡담들을 시작한다.
　일보는 신문에 낼 약 광고의 문안(文案)을 쓰고 있었다. 써 내려가던 글 의 중간 구절이 끝나지 않았을 때 사이렌 소리가 들렸던 것이다. 몇 자만 더 쓰면 그 구절만은 끝낼 수 있을 것이지만 일보는 펜을 놓았다. 그리고 문득 열두 시 정각에 오라고 한 형수가 혹시 늦는 것이나 아닌가 하는 생각을 했 다. 열두 시 정각에서 한 시 정각까지 일 분 일 초의 손해도 보지 않고 형수 와 같이 보낼 그 자유의 시간을 꿈꾸는 것이었다.
　동명제약(東明製藥) 주식회사에 취직한 지 반 년이 지나도록 형수를 밖 으로 불러 단 둘이서 식사를 하는 것은 오늘이 처음이다. 집에서야 매일 보 는 형수지만 집안이 아니라 사람이 들끓는 거리에서 형수와 같이 걷고 싶은 것이 일보의 바람이었다.

　그다지 효도심이 없는 아들이 남들이 보는 데서나마 그 효도심을 표현해 보고 싶어하는 그런 심정일지 모른다. 밤낮 집안에서 살림만 하는 형수. 형이 죽은 지 삼 년이 되었지만 개가할 생각도 않고 어머니처럼 집안 식구를 돌보기에 여념이 없는 형수, 애경(愛卿).

　일보는 좀더 일찍 형수를 불러내어 점심이라도 한 번 대접했어야 할 일이었으나 이때까지 그것을 미처 못했다. 하기야 그런 생각을 전부터 가지고 있기는 했지만 낮에는 집이 빈다. 집을 아주 비우고까지 형수를 나오랄 수가 없어 오늘까지 끌어왔던 것이다.

　염치없는 수희(秀姬)가 못 나가게 붙잡는 것이나 아닐까?

　잡담을 하는 사람, 식당으로 나가는 사람, 사무실 안은 답답했지만 일보는 물끄러미 앉아 형수만을 생각했다. 만약 형수가 나오지 못한다면…….그것은 반드시 동생 수희의 탓이리라. 며칠씩 학교엔 나가지도 않고 외출하는 데만 열심인 수희가 감기가 들어 외출을 안 한다기에 그 기회를 타 형수를 불러낸 것이었다. 아픈 사람을 두고 어딜 가느냐고 투정을 할지도 모른다. 그러면 형수는 일 없이 만나는 자기보다 앓는 수희를 더 소중히 생각하고 외출을 단념할지도 모른다.

　사이렌이 불고 삼 분도 지나지 않았을 때 일보는,

　'고양이보다도 더한 얌체.'

라고 수희를 미워했다. 그러나 수희를 미워하는 마음이 더 굳어질 겨를이 없게 사환 애가 일보 앞에 와서 손님이 찾아왔다는 말을 전했다.

　일보는 벌려 놓은 서류를 챙길 생각도 않고 이층 사무실을 뛰어 아래층으로 내려갔다.

　"오셨군요?"

　일보는 얼싸안기라도 할 듯 애경 앞으로 달려갔다. 자기보다 겨우 한 살 위인 형수이다. 남이 보면 애인이라고 할지도 모른다. 일보는 그렇게들 생각해도 무방하다고 생각했다. 애인이라고 해도 조금도 창피할 여자가 아니다.

　"조금 늦었나요?"

너무나 반가워하는 일보를 보자 애경은 약간 얼굴을 붉혔다.
"난 수희란 년이 붙잡지나 않나 했죠. 가십시다."
일보는 애경의 팔을 잡아끌며 바쁜 일이라도 있는 사람처럼 서둘러 회사 현관을 나섰다.
한길로 나서자 일보는 합승 정류장까지 가서 청량리행 합승을 탔다. 그것은 미리 계획에 두었던 일보의 스케줄이었다. 형수의 첫 외출인 만큼 일보는 합승이 아니라 택시로 드라이브의 기분을 내고 싶었다. 그리고 점심도 큰 호텔의 그릴로 가서 근사한 음식을 대접하고 싶었다. 그러나 그럴 여유가 없었다. 생활비로 집에 들어가는 돈을 빼면 교통비와 용돈이 부족해 매달 월급의 선대를 받는 형편이다.
"가까운 데서 아무거나 먹지 않구요."
합승에 오르자 애경은 합승을 타는 것만도 지나친 낭비라는 듯 걱정하는 표정을 지었다.
그것은 숙명일지도 몰랐다. 나이가 한 살밖에 차이가 없지만 애경은 언제나 일보에게 어머니 같은 태도를 취했다. 일보뿐 아니라 수희에게 대해서도 마찬가지였다.
일보와 수희는 고사하고 오십이 넘은 시아버지에게까지 애경은 어머니와 같은 태도로 대할 때가 많다. 시어머니가 없는 집안이기 때문이랄까? 그렇지만 그것은 애경의 타고난 성격 탓이라고밖에 할 수 없다.
일보는 전차나 버스를 타야만 하는 신세가 아님을 다행히 여기며 애경의 걱정을 귀담아 듣지도 않았다. 합승이 서울역을 지나 남대문을 지날 때 멀리 가면 멀리 갈수록 비용이 많이 들 것 같은지,
"아무데서나 간단히 먹으면 되지 않아요."
애경이 또다시 걱정했다.
일보는 걱정이 언제나 습관처럼 걱정하는 '어머니들'의 필요 없는 걱정 같은 것이라 생각하고,
"몇 해만에 거리 구경을 하시는 거죠?"
하고 딴전을 부렸다.

사랑의 서전 17

"아마 형님이 돌아가신 뒤 처음일걸요?"
"그러니까 삼 년두 지나지 않았어요."
"그런 것 같은데요."
"거리 구경을 좀 하세요. 굉장히 달라졌을 겁니다."
"달라졌으면 얼마나 달라졌을라구……."
 이런 이야기를 하는 새 합승은 한국은행 앞을 돌아 우체국 앞을 지나고 있었다.
"어디루 가시는 거예요?"
 애경이 물었다.
"명동이죠, 갈 데가 있습니까?"
"나야 상관없지만 도련님이 시간에 늦으시면 어떡허지요?"
"시간 안에 돌아갈 테니까 걱정 마세요."
 미도파 앞에서 합승을 내린 일보와 애경은 눈앞에 보이는 명동 골목으로 접어들었다. 사태가 난 것처럼 사람들이 뭉쳐서 오가는 명동. 극장 거리도 아니고 백화점이 있는 상가(商街)도 아니다. 특징이라면 바와 대폿집이 많은 것이라고나 할까. 길도 좁은 명동에 사람이 들끓는 이유를 알 수 없다.
 일보는 비좁은 어머니 뱃속에서 인생의 첫걸음을 시작한 인간이기에 거리도 좁은 곳을 즐기는 것이나 아닐까 하고 생각했다. 어쨌든 자기가 가장 좋아하는 형수 애경과 같이 비좁은 명동 거리를 걷는 데 쾌감을 느꼈다.
"사람이 굉장히 많지요?"
 일보는 애경과 같이 걸어가고 있는 자기에게로 모든 시선이 집중되기를 바라며 애경에게 말을 건네었다.
"뭣 하는 사람들일까요?"
 애경도 사람이 많은데 경탄하였다.
"다 자기 자랑하러 다니는 사람들이죠."
"무슨 자랑을요?"
"연인이 있는 사람은 연인 자랑, 새 옷을 입은 사람은 새 옷 자랑, 저엉 자랑할 것이 없으면 명동에 다닐 수 있다는 것을 자랑하려는 사람들이겠죠."
 "우린 무슨 자랑을 하나……"
 "같이 다닐 수 있다는 것을 자랑하는 거지요."
 일보는 이런 말을 하며 한일관 식당으로 들어갔다.
 한일관도 대만원이었다. 명동 사람이 전부 모인 듯 붐비는 식당. 겨우 두 사람이 앉을 자리를 잡았다. 그리고 일보와 애경은 약속이나 한 듯 꼭같이 냉면을 주문했다. 냉면 값을 치르고 일보는 지갑 속에 아직도 극장에 갈 만한 돈이 들어 있음을 확인했다. 그래서 냉면을 먹은 뒤에는 형수와 함께 극장에 갈 생각을 했다.
 근무 시간에 극장 구경이란 있을 수 없는 일이었다. 점심시간 외에 외출할 경우에는 일일이 외출계를 써서 과장의 승인을 얻어야 하는 것이 회사의 규칙이다. 그런 만큼 일보는 회사에 입사한 이후 오늘까지 근무 시간 중 다방에도 가 본 일이 없었다.
 그러나 형수와 오래간만에 외출을 해 보니 점심만 먹고 그냥 돌아가기가 싫었다. 회사에는 급한 일이 있어 좀 늦는다고 전화를 걸면 될 것 같았다. 한 번쯤 어떠랴 하는 생각이었다.
 "극장 구경두 몇 해 동안 못하셨죠?"
 하고 일보는 애경에게 영화 구경 시켜 줄 뜻을 말했다.
 "난 빨리 가 봐야지요. 아가씨가 눈이 빠지도록 기다리고 있을 텐데……"
 애경은 극장 말이 나오기가 무섭게 수회 생각을 하는 것이었다.
 "그까짓 감기쯤 뭐 대단하다구, 내버려 두세요. 언제 이런 기회가 또 있을라구요."
 그러니까 나온 김에 구경이나 하고 들어가란 말이다.
 "그만둬요. 영화 보는 게 뭐 중해서요? 평생 안 봐두 괜찮은 건데……"
 "오드리 헵번이라고 아주 빼빼 말랐지만 귀엽고 멋진 여자가 나오는 영화가 상영되구 있어요."
 일보는 전화 수화기가 있는 곳을 돌아본 뒤 어느새 몸을 일으켰다.

"안 돼요. 회사는 어떡허구요."

그때 애경이 일보의 소매를 잡았다. 그러나 일보는 애경이 손을 뿌리치고 전화 있는 데로 걷기를 시작했다. 이런 기회를 놓치면 형수와 영화 구경 갈 기회가 다시없으리란 생각만을 했던 것이다.

카운터 옆에 있는 전화기 앞으로 갔을 때 일보보다 한 걸음 먼저 온 어떤 사람이 벌써 수화기를 들고 다이얼을 돌리고 있었다. 일보는 기다리는 수밖에 없었다. 기다리는 동안 그는 넓은 홀에 빽빽이 앉아 있는 손님들을 둘러보았다.

그것은 하나의 영웅 심리였다. 많은 사람 앞에 서서도 수줍어하지 않는다는 자존심의 소지도 없지는 않았지만, 대부분이 쌍쌍인 남녀들 앞에서 나도 너희들보다 못지않은 여자와 같이 왔다는 자기 긍지를 표현하는 행동이었다. 용감한 눈동자로 구석에서부터 구석까지 눈을 돌리고 있을 때였다. 일보의 시선이 어떤 여자 두 명이 앉아 있는 자리에서 고정되었다. 동시에 가슴이 뭉클해졌다. 얼굴이 화끈해지는 것까지 느꼈다.

일보는 전화 걸 것도 잊고 그 여자들이 있는 곳으로 걸어갔다. 그리고는 두 여자 중 한 여자 앞에서 45도로 허리를 굽혀 정중한 인사를 했다.

"안녕하셨어요?"

일보가 인사를 할 때, 그 여자는 자리에서 일어나 45도는 아니지만 머리를 깊이 숙이며 얼굴을 붉혔다.

"아직두 신문사에 계신가요?"

일보가 안정되지 못한 목소리로 물었다.

"네."

여자의 목소리도 떨리고 있었다.

"형수님과 같이 냉면을 먹으러 왔습니다. 식사 뒤에 잠깐 뵐 수 없을까요?"

일보는 사실, 무슨 말부터 해야 할지를 모르고 있었다. 가슴이 너무도 설레기 때문이었다. 그래서 그 말 한 마디만을 남기고는 전화 걸 생각도 잊고 형수가 있는 데로 갔다.

애경에게로 돌아온 일보는 전화 이야기도 영화 구경 이야기도 거두절미하고,

"명아를 만났어요. 자기 친구와 같이 앉아 있어요."

흥분된 어조로 지명아(池明雅) 이야기를 꺼냈다.

"명아라니, 신문사에 있을 때의 그 여자 말인가요."

보지는 못했지만, 애경도 이야기를 들어 알고 있는 여자였다.

"명아두 나를 보구 얼굴을 붉히던데요. 식사 후에 만나기루 했어요."

일보의 가슴이 부풀어오른 것을 느끼자, 명아의 얼굴이 보고 싶어졌지만 애경은 차마 고개를 돌릴 수가 없었다. 그 대신,

"소개시켜 주시겠어요?"

하고 자기도 만나고 싶다는 마음을 솔직히 표현했다.

"그럼요. 이런 기회에 인사를 해 두셔야지……"

일보는 참으로 좋은 기회라고 생각했다. 형수도 명아를 한 번 보아 두는 것이 좋을 것이지만, 명아만 해도 형수를 만나 보면 자기에 대한 인상이 조금 변할지 모른다.

'명아! 어른처럼 너그러운 명아.'

벌써 열 달 전. 일보가 입사 시험을 지고 ××신문사에 입사한 지 한 달도 못 되던 어떤 날.

그 날은 비가 내리고 있었다. 비가 내리는 것을 보자 일보는 신문사에 출근하고 싶지 않은 마음이 울컥 치솟았다.

자기 발로 걸어가 입사 시험을 쳤고 또 십대 일 이상의 경쟁자를 물리친 뒤 그 영예의 취직을 즐겨했던 일보가 그러나 입사하여 문화부 기자로 근무하기 시작한 뒤 일주일이 못 되어 그는 벌써 직업에 대한 회의를 느끼기 시작했다. 철학과를 졸업하고도 철학도의 꿈을 살릴 길이 없어 결국은 신문사 사무에 시달리자, 일보는 대학교 사 년 동안 공부한 학문이 허공에 흩어져 산산조각이 난 듯한 느낌이었다.

'무엇 때문에 공부를 했던가……. 학문이란 학교라는 울타리 안에서만 존재하는 것인가…….'

재학 시절, 학교 신문에 철학 논문을 게재할 때 일보는 니체, 키에르케고르, 야스퍼스 등 철학자들만 생각하며 살았다. 한국에는 철학이 없다는 것을 개탄했다. 그러나 졸업을 하자 그는 학교 등록금보다도 적은 월급으로 철학과 먼 거리의 직업에 발이 묶이지 않으면 안 되었다. 철학을 살릴 직업이 없었던 것이다. 철학뿐이 아니었다. 기술 부문의 학문 이외에 사회가 팔을 벌리고 받아들이는 학문이 무엇인가? 학문이란 가난을 두려워하지 않고 **도리어 그것을 자랑으로 삼는 시대에만 존재할 수 있단 말인가.**

일보는 정말 출근하기가 싫었다. 집에 먹을 것만 있다면 직장 같은 것을 완전히 무시해 버리고 싶었다.

그러나 그나마 취직이 되었다고 좋아하는 아버지와 형수를 생각할 때 직장을 버릴 수도 없었다.

일보는 비닐우산에 집에서 신던 고무신을 신은 채 출근을 했다. 출근을 해서도 마음이 내키지 않아 변소 출입만 자주 했다. 그런데 변소엘 갔다 나오는데 맞은편에 앉아 일하던 명아가 갑자기 소리를 내어 웃는다.

그것은 틀림없이 일보에 대한 조소였다. 입사한 지 며칠이 안 되어 일보는 같이 시험을 보고 입사한 명아에게 차를 마시러 가자고 한 일이 있었다. 그때 명아는 냉정하게 그것을 거부했다. 그러한 명아가 뜻 모를 조소를 사람들 앞에서 퍼부을 때 일보는 절대로 참을 수가 없었다.

"이리 좀 나와요!"

일보는 명아에게 명령했다.

서슬이 퍼렇게 오른 얼굴로 명령하자 명아는 웃음을 딱 그치고 고개를 숙였다. 잘못했다는 생각이 들었던 모양이었다. 그러나 일보는 절대 용서할 수가 없다고 생각했다.

"나오라는데 나오지 못해!"

두 번째의 것은 첫번째보다도 더 완강한 것이었다. 동료들이 놀란 표정으로 일보를 쳐다보았으나 일보는 그런 것을 아랑곳하지 않았다. 여자에게 조소를 받고 살 수 있는가 하는 외곬 생각뿐이었다.

잘못하면 창피를 당할지도 모른다는 생각이었든지 명아가 자리에서 일어나 일보 앞으로 왔다. 일보는 아무 말 없이 명아를 데리고 복도로 나가 마침 거기에 아무도 없는 것을 보자 신었던 고무신을 벗어 명아의 따귀를 갈겼다.

"왜 사람을 조소하는 거야?"

매맞은 명아는 손으로 얼굴을 가린 뒤 변소로 달음질쳐 갔다. 일보는 그리고 따라가서 한 번 더 때려 주고 싶었으나 필시 울고 있을 여자를 뒤따라가서까지 때릴 수가 없어 그냥 사무실로 들어왔다.

한 번이나마 때려 준 것이 퍽 가슴 후련했다. 네가 그만두나 내가 그만두나 두고 보자. 일보는 그런 뱃심까지 가졌다. 명아는 매맞은 분풀이를 할지 모른다. 그때 일이 불리하여 자기가 내쫓기게 되는 날에는 명아도 따니지 못하게 하고야 말겠다는 생각도 했다.

그런데 한참 뒤 돌아온 명아는 자기에게뿐 아니라 아무에게도 시선을 보내지 않고 묵묵히 일만 했다. 부장이 심부름을 시켜도 다른 티를 내지 않고 공손하게 심부름을 했다. 일보는 가끔 명아의 표정을 살폈다. 그런데 얼굴에 빨간 자국이 약간이나마 남아 있는데도 명아는 얼굴에 독기를 내뿜지 않았다.

그러면서도 지기가 없을 때 부장에게 구타당한 사실을 이야기할 것만 같아 일보는 점심시간에도 자리를 뜨지 않고 명아의 동정을 살폈다. 동시에 만약 명아가 그 사실을 보고만 한다면 자기는 틀림없이 면직당하는 것이라는 겁이 들기 시작했다. 만약 그런 사건으로 면직 당한다는 것을 알면 아버지나 형수가 얼마나 꾸중을 할 것인가? 꾸중도 꾸중이려니와 당장에 집안 살림이 걱정된다. 그뿐인가 자기는 용돈 한 푼 쓸 수가 없게 된다.

명아가 조용한 표정을 보일수록 일보는 공포심을 더욱 크게 했다. 동시에 일보는 비록 명아가 경솔한 행동을 했다 해도 자기의 구타는 잘못된 일이라고 후회하기 시작했다. 말로 규명을 하고 잘못을 가슴 아프게 찔러 줄 수도 있는 일이다. 그런데 아무 말도 물어 보지 않고 더구나 여자에게 손질을 하다니……. 잘잘못은 고사하고 여자에게 손질을 한 자기의 비굴성을 후회했다.

퇴근할 때 일보는 명아 뒤를 따랐다. 그리고 노상에서나마 잘못했다는 사과를 했다.
"지난번에 차를 산다고 했을 때 그것을 거절했던 일이 있지요? 그때부터 나를 경멸하는 것이라고 생각했었습니다."
이런 말을 하며 자기 잘못을 사과하려 할 때, 명아가,
"괜찮아요. 내가 경솔했으니까요."
하고 일보의 잘못을 탓하지 않았다.
"좌우간 왜 그런 웃음을 웃었지요?"
라고 묻자, 명아는 정말 자기가 잘못한 것처럼,
"시꺼먼 작업복 바지주머니가 밖으로 뒤집혀 나와 있었어요."
하고 대답했다. 일보는 웃음이 나오는 것을 겨우 참았다.
"그런 걸 왜 보셨지요?"
"보이는 걸 어떻게 안 봐요."
이 말을 듣자 일보는 더욱 우습고 자기의 잘못을 속으로 뉘우쳤다.
잘못을 뉘우치면서도,
"어떻게 하시겠어요?"
명아의 생각을 물었다.
"어떻게 하다뇨? 나두 잘못이 있는데……."
그러니까 명아는 그 사실을 타인에게 보고할 생각은 없는 것 같았다.
"절대루 다시는 그런 일이 없도록 하겠습니다. 아마 순간적으루 미쳤던 모양이지요……. 한 번만……."
그때였다. 명아가 갑자기 노상인 것도 불구하고 눈물을 흘리기 시작했다. 가던 걸음을 멈추고 얼굴을 손수건으로 가렸다.
"왜 그러십니까? 남들이 보지 않아요?"
"먼저 가세요."
하고 그녀는 골목길로 뛰어들어갔다. 일보가 그녀를 뒤따라가서,
"잘못했다구 사과를 하지 않습니까?"
하고 거듭 자기의 잘못을 용서해 달라고 했으나, 명아는 분함이 가슴 속을

폭파시키는지 울음을 그치지 않고 일보에게 빨리 가 달라는 말만을 했다.
"지나간 일루 생각하시구 진정하세요."
그래도 명아는,
"글쎄, 가라는데 왜 자꾸만 귀찮게 굴어요."
하며 화를 냈다.
"울음을 그쳐야 갈게 아닙니까."
"옆에 계시면 내가 더 괴롭다는 걸 알아 주세요. 죽고 싶어 못 견디겠어요."
일보는 할 수 없었다. 자기가 옆에 있는 것이 도리어 괴롭다고 하는 말을 어찌 이해하지 못할 것인가? 일보는 한 번 더 잘못했다는 말을 하고 명아를 내버린 채 집으로 돌아오자, 그는 형수 애경에게 그 사실을 하나 빼지 않고 설명했다.
"여자를 때리다니……."
이야기를 다 들은 형수의 첫마디 말이 이것이었다. 어머니처럼 자기 편만 들어 주던 형수가 첫마디에 자기를 나무랄 때, 일보는 더욱 고개가 수그러졌다.
"그래서 몇 번이나 사과를 했는데요."
변명하고 변명을 했지만, 애경은,
"그러니까 직업을 가진 사람은 외모를 단정히 해야 한다지 않아요. 이젠 머리에 기름도 좀 바르구, 설사 비오는 날이래두 작업복을 입거나 고무신을 신는 일은 하지 말아요. 그런 꼴에다가 바지주머니까지 허옇게 뒤집혀 나왔으니 안 웃을 수 있어요."
형수도 평소 외모에 무관심한 일보를 타일러 주었다. 그러고도,
"정말, 말썽을 피우지 않을 것 같나요?"
하고 일보의 진퇴 문제를 걱정하기 시작했다.
"오래 사귀지는 않았지만 얌전한 여자 같아요. 아마 보통 여자라면 그 일이 있자 야단이 났을 겁니다. 냉정하게 퇴근할 때까지 일을 했으니까 별일은 없을 것 같아요. 그렇지만 거리에서 우는 걸 보니 격분이 이만저만 아닌

것 같아요."

"안 그렇겠어요. 친하지두 않은 남자에게 매맞은 일이 세상 어디에 있어요."

"죽고 싶다는 말까지 하던데요."

"죽구 싶을 겁니다. 나 같아두 그럴 것 같은데……."

"그럼 어떻게 하면 좋을까요?"

"만날 때마다 잘못했다구 사과하세요. 진심으루 그렇게 대하면 마음이 좀 풀리겠지요."

"그렇게 하면 일은 무사할까요?"

"그 기억이 그 여자 가슴 속에 가시처럼 살아 있는 한 그치는 것은 아니겠지요. 기회를 보아, 그 기억마저 남지 않게 해 주어야 하겠지요."

"어떻게 하면 그 기억을 잊게 할 수 있을까요?"

"그걸 지금 어떻게 말할 수 있어요. 기회를 봐서 적당한 방법을 써야지."

그 뒤 일보는 새로운 고민 속으로 빠져들기 시작했다.

고민의 귀착점은 자기에게 광기(狂氣)가 있다는 결론이었다. 광기가 없다면 그런 행동을 감히 취하지 못했을 것이다. 광기 그것은 앞으로도 어떠한 일을 저지를지 모른다. 일보는 자기의 광기에 위구를 느끼지 않을 수 없었다.

다음날 일보는 출근을 하자 명아에게는 물론 모든 사람에게 전에 없이 공손한 태도로 대했다. 그것은 자기의 광기를 감추기 위함이었다. 정상적인 인간임을 알아달라는 의식적인 노력이었다. 특히 명아에게는,

"어제 정말 죄송했습니다. 뵐 면목이 없습니다."

하고 정중히 사과했다. 명아의 눈으로는 사람이 달라진 것처럼 보였을 것이다.

"그런 말씀 다시는 하지 마세요."

명아는 기억을 되씹지 않게 해 달라는 뜻으로 말했지만 워낙 정중한 일보의 태도에 관대한 표정을 지었다. 명아도 무척 노력하는 모양이었다. 진실된 고민을 이해하는 것 같았다.

그러나 일보는 명아가 자기를 미친놈이라고 혼자 생각하고 있으리라 압박감을 버릴 수가 없었다. 속으로는 비웃을 것이다. 속으로는 경멸하고 있을 것이다.

하루가 다 지나도록 아무 일이 없었다. 누가 일보를 불러 왜 그런 짓을 했느냐고 힐난하는 이도 없었다. 사람을 눌러 죽이고도 여전히 돌아가는 기계처럼 표면은 평온을 유지했다. 일보는 표면적으로나마 평온을 유지케 한 명아에게 고마움을 느꼈다. 그러나 터지고야 말 화산구 밑의 화염이 눈에 보이지 않는 가운데서 뒤끓고 있는 듯한 가슴 속 내연(內燃)에 숨이 막힐 것 같은 일보였다.

"미친놈!"

명아의 금속성이 섞인 그 조소(嘲笑)의 째지는 듯한 목소리가 명아 입술에 서리고 있는 것 같기만 했다.

다음날 일보는 전화로 신문사에 사의를 표명했다. 도저히 나갈 수가 없었던 것이다. 굶어 죽는 한이 있어도 명아의 얼굴을 대할 수가 없었던 것이다.

그런 일이 있은 뒤 열 달이 지나는 동안, 일보는 전화로 도저히 출근할 수 없다는 자기 심정의 일단을 말한 일은 있다. 그것뿐이었다.

설사 노상에서 만나는 일이 있다 해도 시선을 피하고 모르는 척 스쳐 지나 버린다면 차라리 마음이 편할지 모른다. 그런데 하필이면 오늘 음식점에서 서로 시선이 부딪칠 까닭이 무엇인가? 그리고 일보는 무엇 때문에 명아 앞까지 가서 식사를 끝낸 뒤 만나고 싶다는 말을 했을까?

일보는 자기가 자기도 모르게 명아를 기다리고 있었다는 사실을 알았다. 명아를 대했을 때 식사 후에 뵙고 싶습니다라고 불안한 목소리로 말한 것과 현재 가슴이 자꾸만 설레는 것과 서로 관련성 있는 감정임을 깨달았다.

과거의 위치가 멀어짐에 따라 그 과거는 아름다운 베일에 싸이게 마련이다. 일보는 지금 베일만을 보고 있다. 베일 속에 싸여 있는 과거의 핵심은 보이지가 않았던 것이다.

너그러운 명아. 말하자면 명아의 너그러움만이 눈앞에 보였다.

"명아!"

일보는 명아의 이름을 마음속으로 되뇌었다. 그리고는 그새 왜 한 번도 만날 생각을 안 했었던가 하고 자기를 의심했다. 만나려고 하기만 했다면 만날 수가 있었을 것이다. 그러나 일보는 생각했다. 마음의 상처가 생생하게 남아 있는 한, 명아가 자기에게 호감을 가질 리 만무했을 것이라고.

주문했던 냉면을 먹자 일보는 명아에게로 달려갔다. 명아도 방금 식사를 끝낸 참이었다.

"형수씨를 소개해 드리고 싶은데요?"

명아는 일보의 형수와 인사할 아무런 이유도 없지만 그것을 싫다고 할 것도 없었다. 그래서 좋도록 하라는 식으로 고개를 끄덕였다.

"잠깐 다방으로 가실까요?"

그래도 무방할 것 같아 자리에서 일어설 때 일보가 형수를 밖으로 보내고 명아에게로 왔다.

"가십시다."

일보를 중심 삼아 명아의 명아 동무 그리고 애경이 국립극장 근처 조그마한 다방으로 들어갔다. 명아와 애경 그리고 일보와 명아 동무의 인사가 끝나자 일보가,

"난 그새 어떤 제약회사에 취직했습니다."

우선 자기의 직업을 말한 뒤,

"전화라도 한 번 걸까 했지만 미안해서……."

하며 말끝을 맺지 못했다.

"신문사보다 재미가 좋으신가요?"

명아가 과거는 생각지 않는다는 태도로 물었다.

"재미를 생각하며 직업을 선택할 수 있다면 좋게요."

"그런데 신문사는 왜 그만두셨어요?"

"그만두지 않을 수 없으니까요. 신문사라구 내 취미에 맞는 곳은 아니었지만……."

"그만두신단 말을 듣구 미안하게 생각했어요."

"고맙습니다. 그렇지만 거기 그냥 있었다면 명아 씨가 그 아름답지 못한 기억에서 해방될 수가 없었을 게 아닙니까?"

"거야 시간이 지나가면 자연 잊어버리게 될 거 아녜요."

이런 말을 하고 있을 때 애경이가,

"그때 참 고민을 했어요. 그 결과 전보다두 침착한 사람이 되기는 했지만요."

하고 일보에 대해 대변자처럼 설명을 했다. 그러자 명아는,

"그 이야기는 이제 그만두세요."

하고 화제를 돌렸다. 아무리 시일이 지난 이야기라도 그때의 기억을 들추어 내고 싶지가 않았던 것이다. 젖먹던 때부터의 화가 한 덩어리가 되어 치솟아 오르게 하는 그 분노. 그러나 그것 때문에 직장까지 바꾼 일보에게 불쾌한 말을 할 수가 없다.

"명아 씨를 이렇게 대하게 되니 마음이 여간 즐겁지 않아요. 시간이 있으면 집으로 좀 놀러 오세요."

애경이 명아의 눈치를 살피며 부드럽게 말했다.

"시간이 있나요? 밤낮 바삐 돌아다녀야 하는데……."

그러니까 명아는 일보의 집에 놀러 갈 의사가 없는 모양이었다.

"전화는 걸어두 괜찮겠지요?"

일보는 어떤 방식으로든 명아와 접촉을 해 보고 싶은 마음이었다.

"고맙습니다."

명아는 도대체 흥미가 없는 이야기라는 듯 건성으로 대답을 하고는,

"시간이 되어서 가 봐야겠어요."

하고 자리에서 일어섰다.

"바쁘실 텐데……."

애경도 따라 일어섰다. 그새 차는 마셨지만 그 정도의 이야기만으로 헤어지기가 아쉬워 일보는 맨 나중에야 일어섰다.

다방을 나서자 명아가 일보에게,

"어디루 가시지요?"

하고 일보의 갈 방향을 물었다. 일보는 단성사를 생각하고 있었기 때문에
"종로 쪽으로 가겠습니다."
라고 턱으로 미도파 쪽을 가리켰다.
"그러세요. 우리는 이리로 가 보겠어요."
명아는 미도파 앞까지도 일보와 같이 걷기가 싫은지 국립극장 앞으로 몸을 돌렸다. 일보는 그런 명아가 불쾌하기는 했지만 어쩔 수 없는 일이었다.
명아와 헤지고 미도파 맞은편 합승 정류장까지 왔을 때 일보는 애경에게,
"어떻게 할까요?"
하고 애경의 의사를 타진했다. 극장 구경을 가자고 했던 일보가 형수의 의사를 새삼 물어 본다는 것은 자기의 마음이 변했다는 것을 말해 주는 것이다.
명아가 냉정하게 작별을 하고 간 데 대한 불쾌감 때문에 극장 갈 흥미를 잃고 말았던 것이다.
"난 가 봐야 해요. 아가씨가 얼마나 기다릴 텐데……."
애경은 구경 같은 것은 당치도 않은 일이라는 듯 펄쩍 뛰었다. 일보의 기분을 알아차린 깃처럼 보이기가 싫었기 때문이었으리라.
"그럼 구경은 다음에 갈까요."
일보는 잘 되었다는 식으로 말했다.
그리고는 길 건너 합승 정류장까지 가서 노량진행 합승을 탔다. 합승이 용산역전에 이르렀을 때 일보는 애경을 노량진까지 직행케 하고 혼자 회사로 돌아왔다.
사무실로 돌아왔지만 일보는 조금도 일할 생각이 나지 않았다. 너그럽다는 인상을 준 명아가 오늘은 어째서 쌀쌀하게 굴었을까? 여러 사람 앞이니까 일부러 그런 것인지? 그렇지 않으면 그때의 기억이 되살아나 불쾌했다는 것일까? 그렇다면 명아는 아직까지도 자기를 '미친놈'으로 생각하고 있는 것이 분명하다.
이렇게 생각하니 마음이 불안해 견딜 수가 없었다. 언제까지나 명아에게 조소와 경멸을 받아야 하는가 하는 반항심도 생겼다. 정 그렇게 대한다면

조용히 만나 욕이라도 실컷 해 주고 싶은 마음이 불쑥 들었다. 순간적인 감정을 누를 수가 없었다. 그래서 신문사로 전화를 걸었다. 전화를 걸었으나 명아가 자리에 없다는 말을 들었을 때, 일보는 명아가 전화가 올 줄 알고 일부러 피한 것이나 아닌가 하고 생각했다. 내가 노이로제에 걸린 걸까. 그렇게 생각하면서도 참을 수가 없었다. 당장 신문사로 달려가서 명아와 담판을 하고 싶다. 그러나 마음대로 외출할 수 없는 회사 규칙을 빙자하여 스스로를 달래는 수밖에 없었다. 어느 정도 마음을 진정시킨 뒤 한 시간쯤 지나 다시 전화를 걸었다. 명아가 나왔다.

"아까는 실례했습니다."

일보는 첫말을 부드럽게 했다. 그러나 둘째 말부터는 시비를 거는 투였다.

"그런데 아직까지 날 미친놈으로 생각하구 계신가요?"

저쪽 대답 여하로 일보는 전화로나마 명아를 까 줄 생각이었다. 그러나 명아의 목소리는 의외로 부드러웠다.

"또 오해를 하셨나 보군요. 옛날 이야기는 다 잊어버리구 있는데요."

"지나치게 쌀쌀한 것 같은데요."

"그럼 처음 보는 사람이 있는데 그 이상 어떻게 대해요. 선입관을 가지구 사람을 보시지 마세요. 그럼 세사 징밀 불쾌해지지 않아요."

일보는 더 시비할 수가 없었다. 어쩌면 명아는 자기의 입을 열지 못하도록, 그런 말을 하는 것일까? 일보는 태도를 달리하지 않을 수 없었다.

"고맙습니다. 그렇지만 나는 마음이 괴롭습니다. 저승에 가서도 명아 씨 때문에 천당 문을 두드릴 수가 없을 것 같습니다."

이 말에 명아가,

"그러시지 말라니까요. 그러시면 나까지 불쾌해진다구 그러지 않았어요."

"언제 한 번 만나게 해 주십시오. 조용히 이야기하구 싶습니다."

"그러세요. 저녁을 대접하죠. 언제라두……."

그 말에야 일보는 안개처럼 흐렸던 마음이 활짝 맑아지는 것을 느꼈다. 일보는 당장 오늘이라도 만나고 싶다는 말을 할까 했으나 주책없다는 말을 들을 것 같아 이삼 일 내에 다시 걸겠다는 말로 전화를 끊었다.
약간 일손이 잡혀졌다. 만약 명아가 전화에서까지 멸시하는 태도로 냉정하게 대해 주었다면 일보는 자기의 흥분을 스스로 견뎌 내지 못했을 것이다. 다행히 명아를 다시 만날 수 있다는 흐뭇한 마음을 가지고 아무 사고 없이 하루를 보냈다.
퇴근을 하자 일보는 그냥 집으로 돌아갔다. 친구들을 만나 오늘의 기분을 정리할 수 있는 이야기라도 하고 싶었지만 친구도 만나지 않고 그냥 돌아간 것은 형수와 오늘의 이야기를 하고 싶은 때문이었다. 형수에게만은 비밀을 갖고 싶지 않은 일보다. 그뿐 아니라 형수만이 자기를 진심으로 걱정해 주는 유일한 사람이라고 생각하는 일보다. 그는 집에 이르자 아프다는 누이동생 수회에게 병문안 할 생각도 않고 부엌에서 저녁 준비를 하고 있는 형수에게로 갔다.
"일찍 오셨군요."
애경이 반겨 주었다. 남자가 부엌에 들어간다는 것은 그리 아름다운 풍경이 아니다. 그렇지만 할 이야기만 있으면 걸핏 부엌으로 찾아드는 일보이기 때문에 애경은 그러한 일에 면역성이 생겨 지금은 아무렇지도 않게 생각하고 있다.
일보는 애경이가 반기는 말에는 대꾸도 안 하고,
"명아 인상이 어때요?"
다짜고짜로 명아에 대한 이야기를 꺼냈다.
애경은 의아하게 생각했다. 명아와 헤어질 때 명아의 냉정성으로 불쾌감을 가졌던 일보가 어찌하여 지금 명랑한 태도로 명아의 이야기를 꺼내는 것일까? 그러나 명랑한 태도로 명아 이야기를 꺼내는 일보의 마음속이 들여다보이는 것 같아,
"좋던데요."
하고 듣기 좋게 대답했다.
"좋으면 어디가 좋다구 구체적으로 말씀을 해야지 않아요."
"마음이 상당이 끌리고 있는가 보군요."

"좋은 여자라구 생각되니까 할 수 없잖아요."
"좋으면 됐지 않아요. 어디가 좋은가 구체적으루 한 번 말해 봐요. 나두 좀 배우게……."
"글쎄, 그걸 몰라서 형수님께 물어 본 게 아니에요."
"좋아하면서 어디가 좋다는것두 모르는 남자가 어디 있어요."
"모르면서도 좋아할 수는 없을까요?"
"있지요. 그건 결국 모르는 것이 아니라 알면서도 꼬집어 말로 할 수 없는 경우겠지요."
"그런 것 같아요. 좋기는 한데 어디가 좋다는 말을 꼬집어 할 수가 없어요."
"그럼 내가 말해 볼까요. 첫째 교양미가 있구요, 둘째 인내성이 있구, 셋째 냉정성이 있더군. 그러니까 결국 상대방 남자를 위해 희생할 수 있는 그런 여자 같더군요."
"냉정성두 좋은 편에 들어가나요?"
"좋구말구요. 그것이 없으면 어떤 남자에게두 좋게 대하게 되거든요. 여자에게는 냉정성이 있어야 살 수가 있는 법이랍니다."
"역시 형수님이 사람을 볼 줄 아셔. 그만이거든……."
 일보는 애경을 쓸어안기라도 할 것처럼 그에게로 다가갔다. 그리고는 몸으로 애경을 떠밀며 그의 어깨를 툭툭 쳤다. 그래도 애경은 빙그레 웃으며,
"너무 갑자기 좋아하면 탈이 나기 쉬워요."
하고 농담을 했다.
"내가 그렇게 좋아하는 것 같아요?"
 일보는 어쩔 줄을 몰라 하며 부엌을 뛰어나왔다.
 일보는 기분이 좋았기 때문에 수희를 한 번 들여다보기라도 해야 한다는 생각을 했다. 그래서 형수와 수희가 같이 쓰는 마루 옆방으로 들어갔다.
 방 안에 들어가자,
"좀 어떻니?"
 싹싹한 말로 물었으나 중병환자처럼 자리를 깔고 누워서,

"약이나 사 왔어요?"

하고 수희가 일보를 못마땅하게 바라볼 때,

"그까짓 감기에 약은 무슨 약이야."

하고는 수희가 더 말을 꺼낼 사이도 없이 그 방을 뛰쳐 나왔다.

일보는 수희에게 약을 사다 줘야겠다는 생각을 한 번도 한 일이 없다. 다른 때와 달라 아프다고 하는데 이삼십 원도 쓰지 않았다는 것이 미안한 일일 것이지만, 일보는 조금도 미안함을 느끼지 않았다. 도리어,

"마음대로 앓아누워 있으라지……."

하고 앓아누워 있는 것을 혼자 고소하게 생각했다.

일보는 평소 수희를 지나친 계집애라고 생각하고 있다. 이제 대학교 삼학년에 못하는 짓이 없다. 춤을 추러 다니는가 하면 스포츠 구경을 다니기도 하고, 뮤직홀에 다니는가 하면 회전 당구장에도 다닌다. 남자 교제는 헤아릴 수 없이 범위가 넓고.

일보는 수희가 정조를 깨뜨린 지는 벌써 오래 전이 되리라고 생각하고 있다. 그러면서도

"많이 교제해 봐야 남자가 어떤 것인지 알잖아요. 장래를 위해 남자를 알고 싶어할 뿐예요."

하며 마음을 주고 사랑하는 일은 전혀 안 한다는 듯이 말하는 수희다.

"한 일주일쯤 꼼짝도 못하고 누워 있었으면……."

그러면 일보의 마음이 시원할 것 같았다. 친구들을 만나면 친구마다 어제는 수희가 어떤 남자와 어디로 가더라 하는 반갑지 않은 보고를 듣곤 한다.

"잘 됐지……."

일보는 어떤 일이 있어도 약을 사다 주지 않으리라 생각하며 형수에게,

"저녁 아직 멀었어요?"

하고 저녁 독촉을 했다. 점심을 냉면으로 때워서 그런지 배가 출출했다.

"잠깐만 기다리세요."

형수는 말이 떨어지기가 무섭게 밥상을 들고 부엌을 나왔으나, 그 밥상을 안방으로 가져오는 것이 아니라 수희가 누워 있는 건넌방으로 가져갔다.

"안방에서 먹지 않아요."

일보는 불평을 터뜨렸다. 수희가 안방으로 건너올 것이지 자기가 그 방으로 갈 수가 있느냐는 뜻이었다.

"죽을 좀 권하구 올게요."

형수는 수희에게 죽을 끓여다 주는 모양이었다.

"그까짓 감기에 죽은 무슨 죽이에요."

일보는 조금 심하다고 생각했지만 수희에 대한 감정을 숨기지 못했다.

"아침부터 굶은걸, 가만 계세요."

형수가 수희에게 어머니처럼 자애로운 것을 보이자, 일보는 역정이 났지만 어린애의 질투심같이 보일 것 같아 입을 다물어 버렸다. 형수는 싫다는 것을 억지로 먹이는 모양이었다.

"병이 더 도져요. 빨리……."

형수의 부드러운 음성이 들렸다. 안겨 버리고 싶을 만큼 부드러운 음성이었다.

"아무에게나 저렇게 어지니 재혼할 생각이 날라구……."

일보는 형수가 더 좋게 생각되었으나 한편 불쌍한 마음도 들었다.

한참 뒤 수희 방에서 부엌으로 나갔던 형수가 밥상을 챙겨 가지고 안방으로 들어왔을 때 일보는 불쑥,

"내가 장가를 들면 형수님두 결혼을 하시지요?"

하고 말했다.

"갑자기 그런 말씀은? 도련님이 장가를 들고 싶은가 부지요."

애경이 빙그레 웃었다. 자기의 결혼 같은 것은 생각지도 못했다는 표정이었다.

"아무래도 그럴 거예요. 내가 빨리 결혼을 해야지……."

"명아가 좋아 죽겠는 모양이지요. 빨리 결혼을 하세요."

"그럼 형수님두 결혼하시지요. 그런 조건이라면 하지요."

"내 핑계 댈 것 없이 도련님 실속이나 채리세요. 난 결혼 안 할 사람이니까요."

"안 한다는 이유가 뭐지요?"

"하기 싫으니까 안 하는 거지, 무슨 이유가 있어요."

"우리야 좋지요. 그렇지만 남의 시중을 들기 위해 자기 일생을 바칠 필요가 뭐지요?"

"내 참견은 말구 명아 씨한테나 달라붙어요."

이 말에 일보는 애경의 얼굴을 힐끗 쳐다봤다. 애경의 입에서 나온 말이 너무나 상스러웠기 때문이었다. 참견을 말라는 말, 그리고 달라붙으란 말, 그런 따위의 말을 일찍이 애경의 입에서 들어 본 일이 없는 그런 상스러운 말을 그리 흥분되지도 않은 입으로 말할 수 있는 것은 무엇 때문일까?

일보가 이해할 수 없다는 눈으로 애경의 얼굴을 멍하니 쳐다보고 있을 때 애경이 약간 상기된 얼굴로,

"저녁이나 잡수세요."

하고 밥을 권했다.

일보는 밥을 먹기 시작했다. 밥을 먹으면서도 형수가 무엇 때문에 상스러운 그런 말을 했을까 하고 그것만 생각했다. 반드시 이유가 있을 것이다.

일보는 문득 자기가 명아를 때리던 장면을 회상했다. 명아가 정신적 충격을 주었기 때문에 자기는 그러한 광기를 부렸다. 그런데 형수는 어떠한 충격을 받았을까?

일보는 형수가 받았을 정신적 충격을 하나하나 캐 보았다. 그러나 그럴 만한 것이 하나도 생각되지 않았다. 그 동안 형수와 이야기한 것은 명아 이야기뿐이었다. 명아 이야기가 형수에게 충격을 주었을 리는 만무하다. 그러나 이야기한 것이 명아 이야기밖에 없다는 것을 생각할 때 명아 이야기도 형수에게 충격을 줄 수 있다는 어렴풋한 생각이 들었다.

'내가 결혼하려는 것을 달가워하지는 않는 것이나 아닐까?'

이런 생각을 하며 밥을 먹고 있을 때였다. 덜컥덜컥 대문이 흔들리는 소리가 들렸다.

일보는 대문을 열려고 몸을 일으킬 때 그만 형수의 이마와 마주 부딪쳤다. 작은 밥상을 사이에 놓고 마주앉아 밥을 먹던 형수도 일보와 꼭같은 시간

에 몸을 일으켰던 것이다. 이마가 부딪자 두 사람은 꼭같이 손을 이마에 대고 상대편을 바라보았다.
 아프기는 하나 웃을 수밖에 없었다. 일보가 웃고 있는데 애경이 가까이 와서,
 "내가 열지 않을라구요."
하며 일보의 어깨를 가볍게 한 대 쳤다.
 조금도 아프지가 않았다. 일보는 한 대 더 때려 주었으면 하는 생각을 하며,
 "내가 열게요."
하고 형수의 앞을 몸으로 막았다.
 "빨리 잡수시기나 해요. 내가 나갈게."
 형수는 일보를 밀치고 방을 나갔다.
 부딪치고 때리고 또 밀치고 하는 형수를 보자 일보는,
 '형수에게도 남자가 필요할 거야.'
하는 생각을 했다.
 그런데 대문간에 나간 형수가 좀처럼 들어오지를 않고 어떤 남자와 이야기를 주고받고 있었다.

불가존(不可存)의 사랑

 아버지가 돌아오시는 거려니만 생각했던 일보는 대문께로 귀를 기울이지 않을 수 없었다.
 "아파서 누워 있는데요."
 형수의 목소리에 이어,
 "잠깐만 만나 보구 가겠습니다."
라는 남자의 목소리가 들려 왔다. 일보는 대문께로 뛰어나갔다. 아파 누워 있다는 데도 만나 보고야 가겠다는 놈이 어떤 놈이냐고 야단을 쳐주려는 심

산이었다.
 "누굴 찾아온 거요?"
 대문께로 나가자 남자의 얼굴도 채 보기 전에 언성을 높였다.
 "친군데요."
 심상치 않은 분위기에 위압을 당했는지 수희를 찾아온 남자가 기죽은 목소리로 말했다. 그런데 누워 있던 수희가 잠옷 바람으로 뛰어나와,
 "미스터 김이 웬일이세요?"
하며 반겼다.
 "넌 들어가 있지 못해. 아파서 죽겠다던 게……."
 일보가 수희를 밀어 방으로 들여보내려 했으나 수희는 몸을 획 돌리며
 "찾아오신 손님을 오빠두……."
 일보가 상식에 벗어난 일을 한다고 눈을 홀겼다.
 일보는 수희를 상대할 생각이 아니란 생각이 들어 남자 앞으로 다가가서
 "빨리 돌아가시오. 밖에서는 수희를 어떻게 대하든 난 모르겠소. 원체 애가 아프레가 돼서요. 그렇지만 어른두 계시구 체면도 있는 집이오. 남자가 마음내토 문턱을 넘어나닐 수는 없소."
 마치 말을 안 들으면 주먹 행사라도 할 것처럼 가슴을 내밀었다.
 "미안합니다."
 남자는 순순히 돌아갔다.
 남자가 돌아가자 수희가 그런 폭군이 어디 있느냐는 태도로,
 "오빠는 나를 뭘루 보는 거예요."
하고 항변했다.
 "아프레 걸, 그게 잘못된 말이냐?"
 "정말 아프레가 될 테예요."
 "언제는 인정을 안 해 줘서 못했었군."
 이런 이야기를 주고받고 있을 때 아버지가 대문을 삐걱 열고 들어왔다.
 "왜들 여기 나와서 있냐?"
 아버지가 들어오자 일보와 수희는 아무 일도 없었던 것처럼 아버지께 인

사를 한 뒤 각기 자기 방으로 들어갔다. 좀체로 말을 하지 않는 아버지다. 그런 만큼 일보와 수희는 아버지 모르게 무엇이나 마음대로 할 수 있지만 그 대신 아버지 앞에서는 무척 어려워한다. 아버지가 입이 무거운 만큼 그들도 아버지에게 말을 함부로 건네지 못한다.

무슨 일이 있었던 것을 알리기조차 어려워하는 일보와 수희는 끽소리 못하고 자기들이 거처하는 방으로 들어갔지만 방이라야 두 개밖에 없는 집이다. 일보는 아버지와 함께 쓰는 두 칸짜리 안방으로, 수희는 애경과 같이 쓰는 건넌방으로 들어갔지만 방과 방 사이가 지척지간이라 숨소리까지 들릴 형편이다.

일보는 자기 목소리가 수희에게 들릴 것이 불쾌했지만,

"오늘 일찍 오셨습니다."

아버지께 한 마디 인사말을 안 할 수가 없었다.

"응."

아버지는 외마디로 대답을 했다. 언제나 그런 식이었다. 다정한 아버지라면, 밤 여덟 시가 되기 전에는 들어오는 일이 없던 습관을 생각해서 일찍 들어온 이유를 대충이나마 설명할 것이다.

일보는 그러한 아비지의 성격을 알고 있기 때문에 실망도 느끼는 일 없이 윗목에 놓여 있는 조그마한 책상께로 가서 책을 펴고 앉았다. 얼마 전에 사 두었던 『슈바이처 전기』였다.

책을 폈으나 글자가 머릿속으로 들어오지 않았다. 명아 그리고 형수 또 수희의 얼굴이 중복되어 눈앞에 나타났던 것이다. 그 중에서도 다음 만날 때는 저녁을 사겠다던 명아의 얼굴이 클로즈업 되어 멀리서부터 면전에 육박해 왔다.

'언제쯤 전화를 거는 것이 가장 효과적일까?'

이런 생각을 하고 있을 때 형수 애경이 아버지 밥상을 들고 들어왔다.

"진지 잡수세요."

애경이 밥상을 아버지 앞에 갖다 놓자,

"오냐."

아버지는 밥상을 끌어당겨 놓고 젓가락을 들었다. 그러나 즉시 잡았던 젓가락을 놓고 조끼주머니에서 돈을 꺼내 들고는,

"이걸루 찬거리를 사라. 내일이 아마 일구(一求) 어미 기일(忌日)일 거다."
하고 애경에게 그 돈을 내밀었다.

"그러잖아두 말씀을 드리려구 했었는데요."

형수도 어머니가 돌아가신 날을 기억하고 있는 모양이었다.

일보는 가슴이 싸늘해 옴을 느꼈다. 자기만은 어째서 어머니가 돌아가신 날을 잊고 있을까? 아버지와 형수에게보다도 돌아가신 어머니에게 부끄러움을 금할 길이 없었다. 더구나 아버지가 어머니를 호칭하는데 자기 이름을 붙이지 않고 죽은 형의 이름을 붙여 일구 어미란 말을 썼다는 사실을 생각할 때 자기가 평소 어머니에 대한 효성이 부족했다는 것을 가족 전체가 알고 있는 것 같아 더욱 부끄러움이 컸다.

일보는 자기가 평소에 부모에 대한 효성이 부족한 것을 자인한다. 그렇지만 죽은 형보다도 못하다고는 생각지 않고 있다. 형은 학생 때에도 돈 문제로 부모를 걱정시켰다. 자기보다는 낭비벽이 있었다. 뿐만 아니라 자기는 가정교사를 하면서 공부를 했는데, 형은 그런 일을 조금도 하지 않고 순전히 아버지의 그 복덕방 수입으로 공부를 했다. 그리고 여자 문제만 해도 그렇다. 형은 결혼 전이나 결혼 후에나 여성 교제를 했다. 그래서 부모의 양미간을 찌푸리게 한 일이 한두 번이 아니었지만 일보는 이때까지 그런 일로 걱정을 끼친 일이 없다. 그런데도 아버지가 자기보다 죽은 형을 더 생각하는 것은 형이 어머니처럼 세상에 없는 사람이기 때문일까?

일보는 죽은 사람에게까지 질투를 느낄 수가 없어서 아무 말도 하지 못했지만 부끄러움과 동시에 불쾌감을 느낀 것만은 사실이었다. 그래서,

"형수, 나하구 시장에 같이 가실까요?"
하고 어머니 젯상에 놓을 음식재료나 사러 가려 했다.

"혼자선들 시장에 못 갔다 올라구요."

형수는 남자가 그런 데까지 갈 것이 무엇이냐는 뜻으로 말했다.

"어두운데 혼자 가시는 것보다는 같이 가는 게 좋잖아요. 더구나 어머니

제사에 쓸 건데 나두 갈 테예요."

일보는 어머니를 위해서라도 자기가 시장에 가는 것이 좋을 것 같았다.

어머니를 생각해서 시장에 가겠다는 것을 굳이 말릴 수도 없었던지 애경은 갈 테면 같이 가자고 장바구니를 들고 앞장섰다.

애경과 일보가 집을 나가려고 할 때 아버지가,

"수희는 좀 어떠냐?"

하고 수희의 병을 물었다.

"대단찮아요."

일보가 마음 쓸 건더기도 못 된다는 식으로 대답을 하자 아버지는,

"그래."

안심이 된다는 표정을 지었다. 아버지의 안심하는 표정을 보자 일보는 마음이 가벼워짐을 느끼며 형수와 같이 집을 나갔다.

날은 이미 어두워 있었다. 노량진 정류장 맞은편 언덕배기에 있는 집을 나와 비탈길을 내려올 때 일보는 멀리 한강 건너 보이는 서울 시내 전등불이 별을 쏟아부은 것 같은 착각을 느꼈다.

전등불의 반사로 하늘과 땅 사이의 공간이 뻘겋게 보였다. 그러나 그 뻘건 빛깔은 투명체가 아니라 티끌이 떠오른 것처럼 불투명한 것이었다.

허우적거리는 서울 장안 그 불투명한 빛깔에 싸여 있는 서울 안에 삼백만 인구가 복작거리고 있으리라 생각하니 갑자기 답답해지는 것 같기도 했으나, 일보는 깜박거리는 어떤 전등 밑에 명아가 움직이고 있으리라는 생각을 하며, 명아를 비춰 주고 있는 전등을 찾기라도 하려는 듯 쏟아놓은 듯한 전등불들을 유심히 바라보았다. 시선을 멀리 시내에 두고 비탈길을 내려오고 있을 때였다. 애경이 돌부리를 찼는지 앞으로 꼬꾸라질 듯 몸을 비틀거렸다. 일보는 재빨리 애경의 팔을 잡아 주며,

"조심하세요."

하고는 팔을 잡은 채 걷기를 시작했다.

"괜찮아요."

애경이 가볍게 팔을 움칠했지만,

"정말 넘어지시면 어떡해요."
하고 애경의 팔을 놓아 주지 않았다.
　그러나 길이 조금 넓어지고 인가가 나타나자 애경은 길 한 모퉁이로 몸을 피하며 일보가 잡은 팔을 뽑았다.
"형수님인데 어때요."
일보는 애경에게 불복이었다.
"그래두 남들이 보는데……."
"보면 어때요."
　그 뒤 애경은 대답을 안 했지만 어두운 길에서 형수를 보호하기 위해 팔을 끼는 것쯤 무슨 잘못이랴 하는 것이 일보의 생각이었다.
　보호해야 한다는 생각이 아니었다. 가까운 사람끼리는 그래도 무방하다는 생각 때문이었다. 그러나 일보는 전등불이 훤한 곳에서 애경의 팔을 낄 용기가 없었다. 용기가 나지 않아 팔을 끼지 못하면서도 만약 어머니라면 어떨까 하는 생각을 했다. 형수가 아니고 어머니라면 전등불이 훤하고 남들이 뚫어지게 본다 해도 능히 팔을 낄 수 있을 것이라고 생각했다. 그러면 어머니는 그저 좋아만 할 것이다.
　이런 생각을 해서 그런지 시장을 나와 어두운 언덕배기 길을 걷기 시작할 때 일보는 시장바구니를 뺏어 든 뒤 서슴지 않고 애경의 팔을 꼈다. 그것도 허술하게 낀 것이 아니라 애경의 팔이 요동하지 못하게 바싹 꼈다.
"수희 아가씨한테 너무 그러지 마세요."
갑자기 수희 이야기를 꺼내는 바람에 일보는 생각할 새도 없다.
"난 그 애를 내쫓아 버리구 싶어요."
수희에 대한 증오심을 폭발시켰다.
"그래도 동생인데 그럴 수가 있어요."
"동생이니까 더 미워 못 견디겠어요."
"그래두 철이 다 든 사람인데 함부로 그럴 수 있어요."
"철은 무슨 철이 들어요."
애경은 그 뒤부터 말이 없었다. 해야 소용이 없다고 생각했는지 모른다.

일보도 흥미 있는 이야기가 아니라 그 이상 더 안 하고 걷기만 하는데 막바지 인가가 없는 좁은 길에 이르자 애경이 불쑥,
"형님은 한 번두 이렇게 안 해 줬어요."
하며 일보가 끼고 있는 팔을 한 번 움칠했다.
"같이 다닌 적은 있잖아요."
"같이 다닌 일두 별루."
그때 애경은 대답 대신 그 반짝이는 눈동자로 일보를 쳐다봤다. 일보는 반항하는 것 같은 그리고 힐책하는 것 같은 강력한 시선을 받자 순간적으로 자기가 형이 된 듯한 착각을 느끼는 동시 애경에 대해 죄를 지은 듯한 마음이 들었다. 그래서 형이 안 해 주었다는 일을 격정적으로 해 주고 싶어 애경의 팔을 힘주어 끼었다. 그러자 애경은,
"이제 다 왔어요."
하고 팔을 뺐다. 일보는 집이 가까웠으니까 그것이 당연한 일이라 생각하며 애경의 팔을 놓은 뒤,
"형님이 형수님을 사랑하지 않았나요?"
하고 물었다.
"잘 모르겠어요."
애경의 대답은 흐릿했다.
"모르다니요? 자기 일인데……."
"물론 사랑 안 했다구 말할 순 없어요."
"여자 교제를 많이 했지요."
"직장이 그랬으니까 그랬겠죠."
"절름발이 여자도 직장에서 사귀었던가요?"
"그 여자하구야 별 관계가 있었을라구요."
"난 그 여자가 의심스럽던데요. 형님이 죽은 것을 알려 준 사람이 바루 그 여자 아녜요. 형님이 죽을 때 여자가 옆에 있었다구 생각해요."
"설마 그랬을라구요. 한참 난리가 일어나고 있을 때 총소리를 무서워하지 않구 기어들어간 모양인데, 여자하구 같이 갔을라구요."

"그럼, 그 여자가 어떻게 그 현장을 보구 알리러 왔겠어요."

이런 말을 하구 있을 때 그들은 집 앞에까지 이르렀다. 이야기가 중단하지 않을 수 없었다.

4·19 때였으니까 형이 자유당의 총탄에 죽은 지 이미 이 년 반이 지났다. 그 뒤 형은 순국자(殉國者)로 국가적인 대우를 받고 있다. 그렇기 때문에 형의 죽음을 달리 생각할 필요는 없었지만, 형의 죽음을 그 절름발이 여자 송은미(宋銀美)가 알려 줬다는 사실에 일종 의혹을 품지 않을 수 없었다.

그러나 대단한 일도 아니요, 또 형수가 유쾌하게 생각할 일도 아니어서 이때까지 입 밖에도 꺼내지 않았던 일이지만, 일단 발설을 하고 나자 일보로서는 형수의 의견이 듣고 싶은 것이 사실이었다.

그러나 중단된 이야기를 계속하기 위해 집에 안 들어갈 수도 없고 해서 이야기를 그쯤 해 두고 말았지만, 일보는 송은미와 형의 관계를 혼자 머릿속으로 생각했다. 형수는 은미를 조금도 의심하고 있지 않지만 죽는 순간에도 형과 같이 있었다는 그들의 관계가 일보로서는 보통으로 생각되지 않았다. 보통이 아니라고 생각되기는 했으나 그것이 죽은 형에게나 살아 있는 형수에게 아무런 영향도 줄 수 없는 일이란 생각이 들어 그 이상 더 신경을 기울이지 않기로 했다.

그런데 자리를 깔고 잠을 청하고 있을 때에도 일보의 머릿속에는 형의 죽음에 대한 의혹이 사라지지 않았다.

'형에게 언제부터 애국의 마음이 두터워 4·19 혁명의 와중에 뛰어들었을까? 일보로서는 상상이 되지 않았다. 자유당의 부패한 정치를 볼 때도 형은 잘들 해먹으라지. 나두 재간만 있으면…….'

하고 재간이 없어 한몫 못 보는 자기를 한탄했었다.

혁명이 일어난 뒤부터 학교에 안 나가는 일보에게,

"잘 생각했어. 날뛰어야 소용 있니. 칼자루를 잡은 놈들이 칼자루를 놓지 않는데……."

하고 일보의 소극적인 행동을 도리어 가상히 생각하던 형이었다.

그렇던 형이 총탄이 날아다니는 위험 속에 뛰어든 이유가 무엇일까? 옛날, 아버지가 삼일운동 때 만세를 부르다가 감옥살이 한 적이 있다. 그런 아버지의 피를 받았기 때문에 평소에는 애국심이 감추어져 있다가도 절박한 순간에 이르면 숨어 있던 그 피가 끓어오른 것일까?

볼일이 있어 중앙청 앞을 지나다가 경찰관 화약고를 둘러싸고 그것을 점령하려는 대학생들이 총탄에 쓰러지는 것을 보자 자기도 모르게 불구덩이로 뛰어들었을지도 모른다.

한국 사람은 자기 개인의 생명을 유지하기 위해 나라나 민족을 망각한 것처럼 의(義)와 먼 생활을 하는 듯 보인다. 그러면서도 할 일을 하는 것을 보면 역시 피는 살아 있는 모양이다.

일보는 형이 평소 애국심 같은 것을 가지고 있지 않았지만 그런 위급한 순간 총탄 속으로 뛰어들 수 있다는 가능성을 인정하고 싶었다.

그것은 4·19 혁명 때, 데모에도 참가하지 않은 자기를 변명하고 싶은 심정이었을지 모른다. 외부적인 자극을 피하여 집안에 틀어박혀 있었기 때문에 데모에도 참가하지 않았던 것이지만, 자기 역시 젊은 대학생들이 총탄에 쓰러지며 자유당 정권과 싸우는 현장을 목격했다면 가만있지 못했으리라고 자기 스스로를 몇 번이나 변명해 보았는지 모른다.

아버지도 그러했다. 외출을 않고 꼼짝 않는 자기를 잘 하는 일이라고 칭찬해 주었다. 그러나 형이 혁명 대열 속에서 총탄에 쓰러졌다는 말을 들었을 때,

"제 백성 가슴팍에 총뿌리를 대는 놈들! 망하지 않을 것 같으냐, 응!"

땅을 치며 통곡을 하며,

"잘 죽었다. 그래두 피값을 했다. 피란 값있게 흘려야지."

하고 죽은 형을 칭찬했던 것이다.

형의 장례를 치른 뒤 자기가 혁명에 가담했던 것처럼 기뻐했고, 동시에 아버지는 사람이 달라진 것처럼 생기를 얻었고 또 무슨 일에나 홍분을 잘했었다. 그러나 민주당이 정권을 잡고 그 무능한 행정이 눈앞에 드러날 때 아버지는 옛날보다도 침울한 성격으로 돌아갔고 말을 잊은 사람처럼 언제나 입을 다물고 지내고 있다. 아버지는 늙었고 지금은 복덕방 할아버지에 불과

하지만 그 피 속에는 아직도 어떤 의(義)를 지니고 있다. 그런 만큼 그런 피를 물려받은 형의 피가 냉랭할 수는 없다. 다만 문제는 무슨 일로 중앙청 앞을 지나갔느냐는 데 있다.

형은 그 당시 미도파 백화점 근처에 있는 어떤 은행에 근무하고 있었다. 그 날 혁명데모 때문에 은행이 문을 닫았던 것만은 사실이지만 중앙청 근처까지 무엇 하러 갔었을까? 반드시 은미를 만나러 갔었을 것이다. 은미의 집이 효자동(孝子洞) 근처에 있었으니까.

일보는 그 이상 더 생각을 하고 싶지 않았다. 형은 이미 죽은 사람, 은미는 통 만나지도 않는 여자, 그러니 생각할 필요도 없는 일이었다. 다만 형과 형수 사이가 원만하지 못했을 것, 그러므로 형수가 고독했을 것, 그런 것이 머리에 떠올랐을 뿐이었다.

그리고 생전에 애정을 느끼지 못했던 남편의 가족을 위해 자기를 희생시키며 재가도 안 하는 형수의 마음을 의심해 보는 것이었다.

형이 즐거운 동반외출을 한 번도 안 해 주었다고 불만스럽게 말한 형수였다. 그러나 형수는 지금 남편이 살아 있을 때보다도 더 열심히 살림을 맡아 보고 있다. 지금 혼자서 내일 아침 어머니 제사 준비까지 하고 있는 것이다.

일보는 생각했다. 형수의 친정집은 그리 가난하지도 않다. 자기를 걱정해 줄 만한 부모와 오빠가 있다. 그래서 친정집으로 와 있으란 교섭도 없지가 않았다. 그런데도 가난한 시집에서 남편 없는 가족들을 무엇 때문에 돌보고 있을까?

이제 나이 스물아홉, 앞으로 금시 서른이 된다. 나이가 조금이라도 더 많을수록 개가가 힘들게 된다.

'혹시 나를 좋아하는 것이나 아닐까?'

일보는 문득 이런 생각을 해 보았으나 그런 생각이 머리에 들자, 그는 부정 타는 물건처럼 그것을 머리에서 없애 버렸다.

그런 것은 생각해서도 안 된다는 마음이 들었던 것이다. 그의 머리로서는 불가존(不可存)의 일이라고 생각되었기 때문이었다. 생각해서 안 된다는 것이 아니라 생각을 할 수 없는 일이었다.

누가 배워 준 것도 아니다. 저절로 머릿속에 뿌리박은 관념이었다. 더구나 형수가 자기에게 친절하기는 하지만 그것이 자기에게만 주는 친절이 아니라, 온 가족 전체에게 평등하게 주는 친절이라 생각될 때 형수의 친절을 다른 의미로 해석해서는 안 된다는 자책심이 들었다.

'형수보다도 좋은 여자가 없을 텐데…… 명아가 혹시 형수와 비슷한 성격을 가지고 있지 않을까?'

일보는 문득 이런 생각을 해 보았지만 명아가 아무리 좋은 여자라 해도 형수를 따를 수는 없을 것 같았다. 형수는 지난 세대 속에서나 찾아볼 수 있는 인물 같았다. 현대에 있을 수 없는 성격이다. 그러니 현대적인 명아에게 형수와 같은 성격이 백 퍼센트 들어 있으리라고는 기대하기도 힘들 것 같았다.

'형수와 같은 여자가 있다면…….'

그렇다면 주저할 것 없이 결혼을 하리라는 마음이 들었다.

부엌에서 혼자 도마질을 하고 있는 형수의 얼굴이 눈앞에 보였다. 친정집으로 돌아가기만 하면 아무 일도 않고 편히 지낼 형수다. 무엇 때문에 고생을 하고 있을까? 얼굴도 본 일이 없는 시어머니를 위해 밤잠도 못 자며 음식을 만드는 형수.

'있을 수 있는 일이기만 하다면…….'

그렇다면 자기는 형수와 결혼을 하고 싶다. 그러나 그것은 있을 수 없는 일이다. 형식적인 제사를 즐겨하지 않는 아버지 때문에 전날 밤 지내야 할 제사를 아침에 지내는 것도 위법이었지만 젯상 앞에서의 절하는 것까지 약하고 있다. 사진 앞에 젯상을 놓고 간단한 분향을 한 뒤 그 음식으로 조반을 먹었다.

일보는 잠시 어머니 생각을 했다. 아버지를 따라 만주로 돌아다니며 고생을 하다가 해방 뒤 서울로 돌아와서는 어느 때보다도 경제적인 고생 속에서 안타까이 지내다가 돌아가신 어머니.

내가 다음에 늙어 죽을 때도 내가 세상에 남길 수 있는 기억이란 오직 고난이란 어휘뿐이겠지.

돌아가신 지가 벌써 사오 년이나 되어서 그런지 일보는 슬픈 감정도 들지 않았다.

회사에 출근해서도 돌아간 어머니보다 어제 만났던 명아를 더 많이 생각했다. 그러나 조급하다는 인상을 주지 않기 위해서 며칠 동안은 전화를 걸지 않기로 한 일보였다. 당장 만나고 싶은 생각이 빗발처럼 연이어 일어났지만 그는 참았다.

빈 시간이 있으면 명아의 이름을 쓰면서 그 이름 위에 명아의 얼굴을 그려 보는 것이었다. 명아(明雅) —— 현대적인 발음이 깃들어 있는 이름이었다. 그 이름에서 맑은 명아의 얼굴을 연상하고 있을 때 뜻밖에도 어떤 여자의 목소리가 일보를 찾았다. 일보에게 전화가 온 것이었다.

전화통을 울리는 목소리를 들었을 때 일보는 형수와 명아의 두 얼굴을 한꺼번에 생각했다. 아는 여자가 두 사람밖에 없기 때문이기도 했지만, 그의 마음속에는 두 여자에 대한 기대가 있기 때문이었다.

"고 선생님이세요?"

수화기 속에서 울려나오는 목소리가 명아도 애경도 아니라는 것을 알았을 때 일보는 가벼운 실망을 느끼지 않을 수 없었다.

"네, 고일보입니다."

일보의 목소리가 무뚝뚝했다.

"저, 송은미예요. 기억하시겠어요?"

생각하던 여자는 아니지만 기억은 하고 있는 여자다. 어제도 형수와 이야기한 일도 있다.

"무슨 일이신가요?"

일보가 기억한다는 말을 하기 싫어 용건을 물었을 때 은미는,

"기억하시겠지요?"

하고 기어이 그 대답을 듣고야 말려고 했다.

"기억력이 그렇게까지 나쁘지는 않습니다."

일보가 기억한다는 뜻의 말을 하자 그때는 태도를 달리하여,

"저 지금 용산 근처에 와 있어요. 회사루 찾아가두 좋을까요?"

은미의 음성이 친밀감을 발산했다.
"무슨 일인데요?"
일보는 용건을 알기 전에는 찾아오라는 말을 하기 싫었다.
"그건 만나서 이야기 드리죠."
언제부터 사귀었다고 이렇게까지 스스럼을 모르는 것일까?
"전화로 말씀하실 수는 없을까요?"
일보는 형을 만나러 갔다가 다방에서 한 번 은미를 보았을 뿐이다. 설사 형과 아는 여자라 해도 그가 스틱을 짚고 다니는 다리 불구라는 인상이 없었다면 이때까지 그 얼굴을 기억하고 있을 까닭이 없다.
일보는 야위었으나 날카로운 데가 있는 은미의 얼굴을 눈앞에 그려 보면서도 가까이할 필요가 없는 여자란 생각을 했다.
"십 분 안으로 가 뵙겠어요."
은미는 일보가 찾아와도 좋다는 말을 듣거나 한 것처럼 일방적인 약속을 하고 전화를 끊었다.
형이 죽었을 때 형의 사망을 통지해 주었고 형의 장례식 날 장지에까지 와 주었던 여자. 그 이상 아무런 접촉이 없이 이 년 반이나 지난 오늘 갑작스레 자기를 찾아온다는 것은 무엇 때문일까? 아무리 생각해도 용건이 있을 수 없었다.
그러나 십 분도 못 되어 나타난 은미를 대했을 때 그는 은미를 응접실로 안내했다. 사무실에서도 간단한 이야기를 못할 것도 아니지만 다른 직원들의 시선을 받기가 싫었던 때문이었다. 입사 이후 두 번째로 만나는 여자 손님이다. 더구나 바른쪽 어깨에는 기다란 끈으로 매단 핸드백을 늘어뜨렸고 왼쪽 손에는 두 자 가량의 짧은 스틱을 짚고 있다. 첫눈에 독특한 인상을 주는 여자다. 스틱도 다리를 보좌하는 목발과 같은 인상을 주지 않고 장식용으로 가지고 다니는 멋쟁이 단장 같다. 확실히 다리 불구자인데도 화장은 남보다 요란하게 했다. 넉 줄짜리 진주빛 목걸이도 눈에 띄었지만 아이섀도를 한 시꺼먼 눈 가장자리가 밤거리에서 외국 군인을 기다리는 여자를 연상케 했다.

불가존의 사랑 49

다른 직원의 시선을 피하지 않을 수 없었다.

응접실로 데리고 들어가자,

"이 근처에 사는 친구를 찾아왔더니 집에 없잖아요."

그러니까 비는 시간이 생겨서 찾아왔다는 식으로 은미가 말했다.

일보로서 어처구니없는 일이 아닐 수 없었다. 만나야 할 아무 까닭이 없는 사람을 용건도 없이 더구나 시간이 비어서 찾아왔다는 것은 도저히 상상도 할 수 없는 일이었다.

그뿐도 아니었다. 찾아오게 된 동기를 말한 뒤 은미는 잠시 아무 말도 않고 일보를 쌔려보았다. 마치 작전 계획을 꾸미며 상대방의 얼굴을 노려보는 권투선수 같았다.

일보는 그러한 시선을 이마로 느끼고 은미의 얼굴을 마주 쳐다보았다. 불순한 시선을 눌러 주기라도 하려는 듯이. 그런데 일보의 시선과 부딪치는 순간 은미는 날카로운 눈매를 한 채 입 가장자리에 야릇한 미소를 지었다. 요염한 웃음이라고 할 수밖에 없었다.

일보가 그 웃음이 보기 싫어 시선을 돌렸을 때가,

"찾아와서 실례가 되었나요?"

하고 웃음을 입 가장자리에까지 폈다.

"너무도 의외가 돼서요."

일보가 어리벙벙 대답을 하자 은미가 이번에는,

"바쁘시지 않으시면 나가서 차나 마실까요?"

하고 일보를 꾀었다.

일보는 또 한 번 어처구니없는 표정으로 은미를 쳐다봤다. 자기보다 나이가 세 살이나 아래인 은미다. 나이가 아래인 여자가 친하지도 않은 남자에게 어쩌면 그렇게도 친숙한 태도를 보일 수가 있을까? 그만큼 성숙했다는 것일까? 일보는 약간 불쾌한 감정으로,

"바빠서 나갈 수는 없습니다."

하고 은미의 유혹을 거절했다.

그때 은미는 일보의 불쾌한 감정도 살필 생각 없이,

"어제 명아를 만나셨다지요."
하고 딴 말을 꺼냈다. 그 말을 듣자 일보는 무엇보다도 명아와 은미가 서로 아는 사이라는 데 놀랐다. 명아는 S대학을 나왔다. 은미는 W여자 대학교를 나왔으리라 생각하는데 어떻게 해서 서로 알고 있을까? 같은 동창이 아니라는 것을 알면서도 일보는 명아 이야기가 나왔기 때문에,
"동창생이신가요?"
하고 화제를 발전시키는 편으로 이야기를 꺼냈다.
"동창이에요."
곧이들을 수가 없는 말이기 때문에 일보는 은미의 얼굴을 멍하니 쳐다볼 때,
"국민학교 동창예요."
라고 낭랑하게 대답했다.
그 말을 듣자 일보는 은미가 무척 할 일이 없는 여자라고 생각했다. 얼마나 할 일이 없으면 국민학교 동창생까지 찾아다닐까? 그것은 그렇다 치고 명아가 자기한테 매맞은 이야기를 털어놓지나 않았는가 하는 것이 마음이 켕겼다.
"아주 친하세요?"
"친하구 말구요."
"그럼 무슨 이야기나 다 하겠군요?"
"그럼요. 서로 비밀이란 게 없을 정도죠."
"내 이야길 어떻게 했나요?"
"아주 좋은 분이라고 하던데요. 신문사가 싫어서 입사한 지 한 달 만에 그만둘 만큼 용감한 남자라구두 하구요."
"달리 용감한 일은 안 했대요?"
"그 이상 더 칭찬할라구요."
일보는 명아가 아무에게나 함부로 이야기하는 여자가 아님을 알았다. 동시에 명아의 인격적인 면에 신뢰감이 들었다.
그러나 은미 앞에서 명아 칭찬을 할 수가 없어서,

"명아. 씨 애인이 있나요?"
하고 이야기를 딴 데로 돌렸다.
"없어요. 그런데 수일 내에 고 선생을 만나기로 했다면서요?"
은미의 대답은 보통이 아니었다. 호기심을 뛰어넘은 짙은 질투의 감정이 들여다보이는 어투였다.
일보는 이상하게 생각지 않을 수 없었다. 언제부터 안다고 은미가 나를 질투하는 것일까? 그리고 나와 명아의 관계를 어떻게 생각하고 질투하는 것일까? 도무지 알 수 없는 일이었다.
일보는 은미와 이야기할 흥미가 없었다. 그래서 시계를 보며,
"퇴근 전에 해야 할 일이 있어서 미안하지만……."
하고 자리에서 일어섰다. 더 할 이야기도 없지만 마주앉은 시간이 권태롭기도 했다. 은미도 더 할 이야기가 없는지 따라 일어서기는 했지만,
"고 선생님, 다음에 전화를 걸 테니 나두 만나 주시겠어요?"
하고 도전적인 말 한 마디를 하고 말았다.
일보는 이야기를 길게 끌지 않기 위해,
"언제든지 전화를 걸어 주십시오."
하고 은미의 요구를 들어 주는 척했다.
"고맙습니다. 일간 전화를 걸겠어요."
은미는 다른 미련이 없다는 듯이 지팡이에 힘을 주어 걷기를 시작했다. 응접실로 나와 계단을 내려가는 은미의 뒷모습을 보며,
"안녕히 가세요."
하고 인사를 보냈지만 일보는 절름거리는 다리를 가지고 알지도 못하는 남자를 찾아다니는 은미의 그 용감성을 감탄했다. 부끄럼이 없는 여자. 자기가 병신이라는 데 조금도 자격지심을 느끼지 않는 여자.
대담성에 감탄을 하면서도 일보는 은미를 두 번 다시 만날 필요가 없다고 생각했다.
그런 단정을 내려서 그런지 자기 자리로 돌아가 은미에 대한 생각을 정리하고 있을 때도 그는 은미의 결점만을 생각했다.

그리 고운 얼굴이라고 할 수 없는데도 그녀는 성형수술로 쌍꺼풀을 만들어 가지고 다닌다. 확실히는 모르나 불균형 되게 약간 삐뚤어진 것으로 보아 코도 수술한 것이 분명했다. 미운 얼굴이 아니면서도 성형수술로 얼굴을 인조적으로 만든 그 마음은 절대로 순수한 것이라 말할 수 없을 것 같았다. 다리의 불구를 얼굴로 메우려는 노력이라 해도 순수한 것은 아니다.

그리고 불구를 개의치 않는 것처럼 가장하며 친하지도 않은 남자까지 찾아다니는 그 대담성이 일보에게는 마땅치가 않았다. 불구자면 불구자답게 부끄러워할 줄을 알아야 하며, 또 자숙할 줄을 알아야 한다. 불순한 동기에서 우러나온 대담성이란 파렴치한 성격의 이중성을 보여 줄 뿐이다.

말하자면 결함투성이의 은미가 자기더러 만나 달라고 한 것 또한 일보에게는 마땅치가 않았다. 만나서는 어떻게 하겠다는 말인가? 아무리 여자에게 굶주려 있다기로서니 자기와 같은 여자와 교제를 할 줄 알고 있다는 것인가? 일보는 어림도 없는 일이라고 생각했다.

더구나 확실치는 않지만 형하고 미묘한 관계를 가지고 있던 여자다. 비록 형이 죽었다 해도 형과 교제하던 여자와 연애를 할 수 있겠는가?

일보는 재고의 여지가 없다고 생각했다.

그런데 다음날 은미에게서 전화가 왔다. 좀 만나자는 것이었다.

일보는 불쾌감을 느끼며 일찍 집에 들어가야 한다는 말로 거절했으나 은미는,

"돌아가신 형님 이야기를 듣구 싶어요."

마치 중대한 이야기라도 있는 듯이 말했다.

"죽은 사람의 이야기는 해서 무엇 합니까?"

그래도 은미는,

"잘못하면 연인이 될 뻔한 분이에요."

하고 애타는 듯한 목소리로 말했다.

일보는 은미가 자기를 만나려는 목적이 형의 이야기를 들으려는 데 있다는 것을 듣자 은미를 좋지 않게 생각하던 자기가 싱거워진 것을 느꼈다. 어제 찾아온 것도 결국은 자기를 만나기 위함이 아니라 형의 이미지를 다시

찾으려 했던 것이 분명하다. 그렇다면 은미를 좋지 않게 생각할 것도 미워할 것도 없다.

수화기를 든 채 이런 생각을 하고 있을 때,

"조금 있다가 다섯 시 반에 한국은행 앞에서 기다리겠어요."

하는 은미의 목소리가 들렸다. 그리고 이어서,

"우리 차를 가지구 나갈게 드라이브를 해요."

하는 것이었다.

일보는 미처 대답을 못했다. 좋지 않게 생각할 필요가 없다고 해서 호락호락 만나 줄 필요가 있을까 하는 생각이었다.

가도 그만 안 가도 그만, 이런 생각을 하고 있을 때,

"시간을 지키세요. 숙녀가 노상에서 미친 여자가 되지 않게요."

하는 은미의 티없는 목소리가 들렸다.

일보는 얼빠진 사람처럼

"나가지요."

하고 대답했다. 정말 그는 만나야 하는 것인지 만나지 않아야 하는 것인지 결심을 하지 못했다.

퇴근 시간인 다섯 시가 될 때까지도 그는 마음의 결심을 얻지 못했다. 다섯 시가 되자 누구보다도 늦지 않게 회사를 나왔지만 자기가 약속을 안 지킴으로써 은미가 미친 여자가 된다는 생각을 안 했다. 그러면서도 집과 반대 방향인 시내로 들어가기 위해 버스 정류장으로 걸었다.

"가 주지."

일보는 이런 생각을 자꾸만 되풀이했다. 버스에 올라서도,

"가 주는 거야……."

가는 것이 아니라 가 주는 것이라 생각을 하며 자기 합리화를 시켰다.

어쩐지 일보는 자기 행동에 스스로 책임을 지고 싶지 않은 생각이었다. 스스로가 책임을 지지 않으면 남이 보고 무어라 해도 무방하다는 자기 변명을 위한 생각이었다. 그러면서도 남대문 시장 앞에서 버스를 내릴 때 그는,

"무엇 때문에 만나러 가는 것이지?"

하고 자문했다. 만나러 가는 목적이 새삼 모호하게 생각되었던 것이다. 동시에,

"치마를 둘렀다구……."
하는 반문이 일어났다.

그런 것 같았다. 여자이기 때문에 찾아간다. 그것 외에 아무 다른 의미도 없다.

형의 이야기를 하기 위함이란 생각은 조금도 없었다.

이런 생각을 할 때 한국은행을 향해 걸어가는 자기가 비천하게 생각되었지만 비천하다고 해도 할 수 없다고 생각했다.

한국은행 앞에 이르렀을 때는 아직 십 분 전이었다. 십 분 전이라는 것을 알자 만나고 싶지도 않은 여자를 만나기 위해 시간이 되기도 전에 나왔다는 자기가 더욱 비천하게 생각되었다. 일보는 사방을 둘러보는 일도 없이 시청 쪽으로 걸어갔다.

시청까지 가서 광장에 내려와 앉아 있는 비둘기들을 보며 그리로 갔다.

비둘기 앞에서 그는 로마의 광장을 연상했다. 영화에서 본 것이지만 발을 내디딜 수가 없게 꽉 차 있는 비둘기 떼. 세계의 로맨스가 벌어지고 있는 로마의 광장이 서울에도 있었으면 하는 생각을 히면서 다시 발길을 돌렸다.

삼 분 전 다섯 시 반이었다.

지금 가면 은미가 미친 여자는 되지 않으리라는 생각을 하며 한국은행 앞으로 걸어갔다.

정각 다섯 시 반, 은미는 한국은행 정면 중앙에 서 있었다.

"신사이신데요."

은미가 시계를 보며 반겼다. 일보는 신사라는 말을 듣기 위하여 시간을 지켰던가라는 생각을 했다.

동시에 자기가 약간 돌지나 않았나 하는 환멸이 들었다. 돌았다고 생각했으면 다시는 돌지 말아야 할 것이지만.

"이리루 오세요."

하고 은미가 앞장을 서서 맞은편 제일은행을 향해 바른 쪽으로 돌아 걷기

불가존의 사랑 55

시작할 때 일보는 그 뒤를 따르고야 말았다.
"난 안 가요."
하고 뒤돌아설 용기가 없었던 것이다.
　일보는 절름거리는 은미와 함께 걷지를 않고 혼자 떨어져 걷는 것만을 다행하게 생각했다. 그리 심하지는 않으나 남의 눈을 끌기에 꼭 맞는 절름거림이었다. 그는 은미의 걸음걸이를 뒤에서 바라보았다. 걸을 때마다 한편 몸이 십 센티쯤 기울어진다. 그럴 때마다 히프가 묘하게 움직인다.
　절름발일 뿐 모든 기능이 생생하게 살아 있음을 느끼며 얼굴을 약간 붉혔을 때 은미가 걸음을 멈추고 뒤돌아섰다. 빨리 오라는 뜻이었다. 일보는 느릿한 걸음으로나마 은미 옆으로 가서 그와 어깨를 나란히 하고 걷기를 시작했다.
　불구자와 동행이란 생각이 들 때 일보는 남들의 시선을 살피게 되었지만 도로를 횡단하여 제일은행 앞까지 이르렀을 때는 그런 생각이 무감각한 상태로 마비되어 있었다.
　일보는 일본의 유명한 철학자 S씨를 생각했다. 우리 나라 유명한 변호사 K씨를 생각했다. 그들은 모두가 자기들의 불구를 도리어 고맙게 생각하고 있다. 그것 때문에 공부를 더 많이 할 수 있었다는 이유로── 은미가 자기의 불구를 고맙게 생각하고 있을지 그것은 알 수 없는 일이지만 어쨌든 불구자와 동행한다는 그 사실이 자기의 불명예가 될 것 같지가 않았다.
　은미가 제일은행 주차장에 서 있는 노란 세단 차 앞으로 갔다. 운전수가 나와 문을 열어 줄 때 은미가 일보를 먼저 오르게 문 옆을 지켜 섰지만 일보는,
"먼저 타십시오."
하며 여성이 먼저 타야 한다는 예의를 지켰다.
　은미의 뒤를 따라 차 안에 들어가 앉았을 때 일보는 우선 황홀함에 빠졌다. 그 폭신한 쿠션 때문이었지만 의자에 앉았다는 생각이 들지 않고 침대에 누워 있는 기분이었다. 겉과 같이 속도 노란 빛깔로 윤기가 흐르는 차체의 감각 또한 고급 응접실을 연상케 했다.

차가 움직이기 시작했으나 엔진 소리가 전혀 없다. 차가 굴러가는지 날아가는지 구별조차 할 수가 없었다.

'내가 촌놈이지.'

일보는 이런 생각을 안 할 수 없었다. 고급차를 처음 타 본다고 해서 그렇게까지 황홀해야 할 필요가 없다고 생각했다. 그는 최소한도 차의 이름이라도 알고 싶었지만 그럴수록 촌놈이 될 것 같아 일체 입을 열지 않았다.

차가 원호청 앞을 지날 때 은미는 핸드백 속에서 레이밴을 꺼내서 썼다. 멋이란 멋은 다 내려는 여자라 생각했다. 그러나 까만 빛깔의 레이밴으로 눈을 가린 은미의 얼굴이 보통 때보다 몇 배가 하얘 보이는지 몰랐다. 가까운 데서 보는 것이 처음이어서 그런지는 모르지만 일보는 은미의 살결이 부드럽고 흰 데 놀랐다. 그는 은미의 손을 보았다. 손 역시 뼈가 들어 있지 않은 것처럼 토실토실했다. 일보는 생각했다. 은미의 다리 하나가 절지만 않는다면 그녀를 자기가 여왕처럼 생각했을 것이라고.

차가 퇴계로 넓은 길을 지나 을지로 6가로 이르렀을 때 은미가 처음으로,

"약수터에 가 보신 일이 있으세요?"

하고 지금 가고 있는 방향에 대해 입을 열었다.

"약수터라니요?"

"천호동에 있잖아요?"

"처음 듣는데요."

일보는 알지 못하는 곳으로 납치되어 가는 기분이 들었다.

차가 왕십리를 지나 높다란 둑을 왼편에 끼고 아스팔트길을 달릴 때 일보는 차창 밖으로 뚝섬 근처의 넓은 들을 내다보았다. 어느새 겨울이 되었는지 배추밭을 빼놓고는 파란 빛깔은 찾아볼 수가 없었다. 멀리 앙상한 포플러 나무가 드문드문 보였으나 그것은 응고된 생명으로 주변의 풍토를 비웃는 듯 보였다.

스산한 겨울 풍경을 음미하고 있을 때 은미가,

"철학과를 나오셨지요?"

하고 마치 일보의 신원을 확인하기라도 하듯 물었다.

불가존의 사랑 57

"그렇습니다."

맥없는 대답이었다.

"철학과를 졸업하시구 제약회사에 근무하는 감상은 어떠세요?"

경멸인지 비꼬는 것인지 분간할 수 없는 말이었다.

"산다는 것과 생각한다는 것을 구별할 줄 알게 되었으니까 아무렇지도 않습니다."

"그게 구별될 수 있을까요?"

"강요를 당하면 할 수 없는 일이겠지요."

"그렇다면 내 것이 아닌 남의 생활을 하는 것이 아녜요?"

"죽음까지 도매금으로 넘기는 사람이 얼마나 있는데요."

"그러니까 자기의 생활을 자주적으로 해 나가는 사람이 행복한 사람이겠군요."

"그렇지만, 남의 생활을 내 생활처럼 생각하는 타성 속에서 사는 것이 인간이지요."

"그래두 고 선생님은 자기 감정과 맞는 생활을 하셔야지요. 그런 길도 있을 것 같은데요."

"한 번 말씀해 보세요."

"차라리 사업을 하시든지요. 그러면 사업이 내 것이란 생각이 들 뿐 아니라 생각할 자유의 시간이 생길 것 아녜요."

"그건 더 위험하지요. 자기 생활이 아닌데도 자기 생활처럼 자기를 기만하는 것이니까요."

"그래두……."

이런 이야기를 하고 있을 때 차가 광나루 다리 위를 미끄러져 가고 있었다.

말 탄 사람 위에 업혀 가는 것 같은 기분으로 다리 밑 한강을 멀리 내려다보고 있을 때 은미가 갑자기 일보에게로 몸을 돌리며 얼굴을 뒷차창으로 보냈다.

"저기 저것이 워커힐예요. 외국의 별장지대 같지요. 오락 시설두 없는 것이 없는 곳이래요."

자기만이 아는 지식을 털어놓았다.

일보는 워커힐이란 말을 듣기는 했으나 눈으로 보는 것은 처음이었다.

"스키장까지 만든다지요?"

"그럼요. 그렇지만 한국 사람은 일체 들어가지두 못한대요."

"들어가서는 뭣 합니까? 밥두 못 먹어 쩔쩔 매는 백성들이……."

"선생님은 멋이란 걸 모르시군요. 내일 죽어두 멋있는 생활을 한 번쯤은 해 봐야 하지 않아요."

견해의 차이였다. 일보는 은미가 자기와의 거리감을 느꼈다. 그리고 은미가 워커힐에서 눈을 돌리고 몸을 바로잡는 것을 계기로 해서 일보의 팔을 낄 때, 그는 머리가 아찔해지는 것을 느꼈다. 부끄러운 일이지만 그는 형수 이외에 딴 여자의 팔을 껴 본 일이 없었던 것이다. 그런데다가 은미가,

"앞으루 사업을 하도록 하세요. 제가 연구를 해 드릴게."

마치 패트런이나 될 것처럼 이야기할 때 일보는 은미와 자기와의 거리감에 혼동을 느꼈다. 별로 교제한 일도 없건만 아주 가까운 거리에 있는 여자처럼 생각되었던 것이다.

차가 천호동을 거쳐 약수터에 이르렀다. 그야말로 시골 부락이었다. 보잘만한 집도 없었다.

움막 같은 초라한 집이 약수터라고 했다. 넓은 지면에 댕그라니 서 있는 약수터를 보며 차에서 내리자, 일보는 은미가 약수를 마시러 온 것이라 생각하고,

"몸에 좋은가요?"

라고 물었다. 그러나 은미는,

"좋겠지요. 몇 번 와 봤지만 한 번도 마셔 본 일은 없어요."

하고 대답했다. 약물을 마시러 다니는 것이 아니었다.

"그럼 여길 뭣 하러 오지요?"

"저 숲이 좋지 않아요."

은미가 소나무 숲을 가리켰다. 멀지도 않고 높지도 않은 지점에 울창하게

서 있는 소나무들을 보자 일보는 그저 추운 생각이 났다. 그러나 촌사람 같은 인상을 줄 수가 없어 아무 말 않고 은미의 뒤를 따랐다.
　숲 속에 들어가자, 일보는 과연 은미가 다닐 수 있는 곳이라고 생각했다. 언덕이라고도 말할 수 없는 평지 같은 곳에 소나무가 울창하다. 바위도 없고 비탈길도 없다.
　"처음이세요?"
　은미가 일보를 쳐다봤다.
　"처음입니다. 광나루두 중학교 때나 한 번 나왔었는지, 그럴 정돕니다."
　"공부만 하시느라구……."
　"그보다두 나올 생각을 못했지요."
　"어때요?"
　"좋군요."
　사실은 그리 좋은 줄을 몰랐다. 남들이 볼 때는 추울 때 소나무 숲을 거니는 풍경이 아름답게 보일지도 모른다. 그러나 일보의 마음은 아름다움을 느낄 만큼 따뜻해지지가 않았다.
　"같이 가세요…… 참."
　한 걸음 앞서 걷던 일보에게로 달려온 은미가 일보의 팔을 끼었다. 팔을 끼운 일보는 이 여자가 나를 좋아하려고 이러는 것일까 하고 생각했다. 실감이 나지 않았다. 좋아하려는 여자가 팔을 꼈으면 가슴이 두근거리고 마음이 푸근해져야 할 텐데 이건 꿔 온 사람의 팔을 낀 맛이다.
　"형님하구 오래 교제하셨나요?"
　일보는 이런 기회에 형과 은미의 관계나 알아볼 생각이었다. 은미가 자기를 만나자고 한 것도 형에 대한 이야기를 하기 위함이라고 했었으니까.
　"오래지두 않아요."
　"그럼 어떤 관계였었나요?"
　"보이 프렌드였지요. 그뿐이었어요."
　일보는 형의 죽던 날을 생각했다. 그래서 그 날의 일을 물어 보려고 했으나,

"여긴 낙엽도 없어요. 다 긁어다 때는 모양이에요."

은미가 말을 돌리고 땅바닥에서 도토리 잎 하나를 주워 주는 바람에 형의 이야기는 그만 중단되고 말았다.

일보는 형의 이야기를 하기 위해 만나자고 한 은미가 어째서 형의 이야기를 중단시키는 것일까 하고 의심을 했지만,

"여자 교제 많으세요?"

하고 묻는 은미의 말에 그만 얼굴을 붉혔다. 어떤 의도에서 묻는 것이든 그것은 자기를 깔보거나 그렇지 않으면 테스트해 보려는 말이었다.

더구나 여자 교제가 없다는 대답이 하기 싫어 그는 신경질적으로,

"실례되는 말이 아닐까요?"

"어떤 의미에서요?"

"어떤 의미에서든 말입니다."

"너무 순진하신 것 같아 물어 보는 거예요."

순진이란 말에 일보는 은미를 한대 때려 주고 싶은 충동을 느꼈다. 모욕적인 언사라고 들렸기 때문이었다. 그러나 순간 명아를 생각지 않을 수 없었다.

"여자에게 또 손질을 해?"

자문을 하고는 고개를 숙여 버렸다.

"그런 얼굴을 하지 마세요."

은미가 일보의 얼굴을 보며 팔을 잡아 흔들었다. 그것은 확실히 일보가 좋아서 하는 짓이었다. 일보는 속으로 돼먹지 않은 여자라고 생각했다. 도리어 반발심이 일어났던 것이었다.

아담의 유산(遺産)

서로 자기 중심의 감정으로 숲 속을 헤매다가 다시 약수터로 나왔을 때 은미가,

"여기서 저녁을 먹구 갈까요?"
하고 말했다.
　일보는 더 오래 은미와 같이 있고 싶지가 않았다.
"가지요. 어두웠는데……."
"그럴까요."
　은미도 미련없이 말했다. 딴 생각이 있는 모양이었다.
　자동차가 왕십리에 이르렀을 때, 은미는 자동차 운전수에게,
"그랜드 호텔루 가세요."
하고 말했다. 그 말을 듣자, 일보는 가슴이 따끔했다. 호텔에도 그릴이 있다는 것을 모르지는 않는다. 그러나 호텔이 잠자는 곳이란 생각이 강하게 뇌를 때렸기 때문이었다. 동시에 일보는 은미가 하자는 대로 호텔 방에까지 가서 은미의 옷을 발가벗게 한 뒤 궁둥이를 보기 좋게 한 대 갈겨 주고 도망쳐 나오는 광경을 머리에 그려 보았다.
　일보에게는 명아를 때려 준 것처럼 여자에게 야만스런 성격을 내포하고 있는 모양이었다.
"식사하시구 열 시쯤 오세요."
　은미가 운전수에게 돈을 집어 주며 말할 때 안도감이 들면서도 불만 같은 것을 느끼는 일보였다. 그러면서도 앞으로 두 시간 동안에 어떤 역사가 이루어질 것인가 하는 궁금증이 가슴을 두근거리게 했다.
　엘리베이터를 타고 칠층 넓은 홀까지 올라간 일보는 우선 거기 모여 앉은 손님이 모두가 쌍쌍이라는 데 놀랐다. 그들은 모두가 호텔이란 지붕 밑에서 지금 입고 있는 옷들을 어떻게 벗고 벗기고 할 것인가에 대해 모사(謀事)할 것이 아닌가?
　빨간 중국옷을 입은 웨이트리스들이 눈을 끌었다. 짧은 옷을 길게 찢은 옷들이라 하얀 넓적다리가 반은 그대로 보인다.
　일보는 신경이 짜릿해 옴을 느꼈다. 눈이 자꾸만 그 웨이트리스의 다리로 갔다. 동시에 그것이 남녀 손님들의 모사에 자극제가 되리라는 것을 생각했다.

한편에서는 불륜이라고 하는 일을 전문적으로 재촉하는 데가 있다.
웨이트리스가 웬만한 팸플릿만큼 두꺼운 메뉴를 가져 왔다. 중국의 광동식 음식이라나. 수많은 요리 이름 가운데 우동이나 탕수육이니 하는 일보가 아는 음식 이름은 하나도 없었다.
"뭘루 하실까요?"
"난 하나두 모르겠는데요."
일보가 솔직하게 대답하자, 은미가 메뉴를 펼치고 이것저것 주문했다.
"마실 것은요?"
웨이트리스가 물을 때 은미는,
"마티니하고 페퍼멘트."
하고 술도 마음대로 주문했다.
일보는 이런 때 양주나 실컷 마시리라 생각했다.
한편에서는 밴드에 맞추어 춤들을 추었다. 촌닭 관청에 들어온 것 같은 일보는 춤추는 것을 보랴, 웨이트리스의 넓적다리를 보랴 경황이 없었다.
"눈요기가 좋지요?"
일보는 은미의 말을 쓴웃음을 웃을 뿐이었다.
"눈요기가 사흘은 간다면서요······."
이 여자는 남자에 대해서 어찌 아는 것이 그리 많을까. 또 아는 것을 어쩌면 수줍음도 없이 함부로 말을 할 수 있을까?
옛날에는 이런 여자를 타락한 여자라고 말했을 것이다. 그러나 지금은 성숙한 여자라고 말하겠지. 그러면 그런 여자를 못마땅하게 생각하는 자기는 아직 성숙하지 못한 남자에 속하는 것일까?
부지런히 양주를 마시고 있을 때 은미가 가끔 일보의 손을 잡았다. 수많은 사람들이 둘러앉아 있건만 은미는 그것을 조금도 개의치 않았다. 모두들 자기 사업에 골몰해 있기 때문에 시선을 남에게 보내는 사람도 없었지만······. 어쨌든 은미는 남의 눈을 꺼리지도 않고 아무때나 손을 잡았다. 때로는 손가락 하나만을 잡고 장난감처럼 잡아당겼다 놓았다 했다.
일보는 하는 대로 내버려 두었다. 그러면서 생각했다. 만약 플라톤이나

아담의 유산 63

아리스토텔레스를 이런 자리에 앉혀 놓으면 어떨까?
 이맛살을 찡그리고 뛰쳐 나갈 것인가? 그렇지 않으면 눈을 지그시 감고 손가락을 만지는 여자의 촉감을 음미할 것인가? 그렇지 않으면 군중 앞에 나아가 정신을 잃지 말라고 외칠 것인가?
 "잘들 추지요?"
 자기 생각에 단정을 내리지 못하고 있을 때 은미가 밴드가 있는 맨 앞 한 구석에서 춤추는 무리들을 보며 말했다.
 "글쎄요……."
 선 자리에서 서로 뺨을 대고 움직이는지를 구별할 수 없는 그런 춤을 잘 추는 것이라고 하는지 일보는 그것을 몰랐다. 사실은 춤추는 것을 제대로 구경도 못한 일보다.
 "등이 다 나온 여자하구 추는 남자 있잖아요? 멋지게 추는데요."
 은미가 말하는 그 사람만은 여자를 빙빙 돌리며 춤추고 있었다. 일보는 그 사람을 보자 춤을 잘 춘다는 생각보다도 그 춤을 부러워하는 은미를 생각했다. 다리가 병신만 아니라면 가만있을 여자가 아니다. 그런데 이상스러운 것은 춤추는 사람을 볼 때 자기의 병신을 슬퍼하고 부끄러워해야 할 텐데 은미는 어째서 그것을 부러워할까? 일보 같으면 춤추는 곳 같은 데도 발도 들여 놓지 않을 것 같았다.
 '괴상한 여자.'
 그는 은미를 괴상한 여자라고 단정지을 수밖에 없었다.
 "춤출 줄 아세요?"
 은미가 불쑥 물었다.
 "배우질 못했습니다."
 "아이, 남자가 어쩌면 그러세요."
 그것은 다행으로 생각할 줄 알았던 은미가 도리어 놀라는 표정을 지었다.
 '괴짜야.'
 일보는 다시 한 번 은미를 괴짜라고 생각했다. 그러면서도 흥미를 느끼지 못해,

"그만 가지요."
하고 나가자는 말을 먼저 꺼냈다.
"조금 있으면 스트립쇼가 있어요. 그걸 안 보구 가요."
일보는 그것이 보기 싫다고 생각지는 않았다. 그러나 여자가 어째서 그런 데 흥미를 느끼는 것일까 하고 은미를 의심하지 않을 수 없었다.
일보는 이왕 온 김에 그런 것도 구경해 두는 것이 해롭지 않은 일 같아 별로 불만 없이 술만 마셨다.
정말 얼마 안 있어 가슴과 아래만을 가린 여자가 나와 괴상망측한 춤을 추기 시작했다. 친하지도 않은 여자를 옆에 앉히고 보기가 민망스러울 정도였다. 세상에 저런 직업을 가지고 밥을 먹는 여자도 있나? 더구나 미국서 여기까지 와서…….
이런 생각을 하고 있을 때, 은미가 일보의 옆구리를 치며 말했다.
"너무 흥분 마세요."
일보는 갑자기 얼굴이 붉어짐을 느꼈다. 자기가 흥분하고 있었던가 하는 부끄러움이 일어났기 때문이었다.
은미는 말을 못하는 일보의 손을 잡아다가 자기 뺨에 댔다. 그리고는,
"내 얼굴이 뜨겁죠?"
하고 생긋이 웃었다.
자기도 흥분하고 있다는 것을 알리는 것이었다. 그러나 일보는,
"나가서 해열제를 사 잡수시지요."
하고 바보 같은 소리를 했다. 그때 은미는 일보의 넓적다리를 정말 아야 소리가 날 만큼 꼬집었다. 일보가 꼬집힌 다리를 쓸고 있을 때 은미는,
"아프셨어요?"
가엾다는 듯이 일보의 다리를 주물러 주었다.
'이 여자는 어째서 아무렇지도 않은 나를 자꾸만 자극시키려 하는가?'
일보는 얼굴을 찡그렸다. 동시에 '자아란 증오스러운 것'이라고 한 파스칼의 말을 기억했다. 자극 속에 도취되고 있는 자아가 증오스러웠던 것이다.
좋아하지도 않은 은미다. 그런데도 은미 옆에서 하루를 지냈다는 것은 일

종의 쾌락이 그에 따르고 있기 때문이 아닐까?

쾌락은 맹목인가?

일보는 시계를 보았다. 다행히 은미가 운전수를 오라고 한 열 시였다.

"차가 와 있을 겁니다."

일보는 돌아가기를 독촉했다

"왔으면 어때요? 기다리겠지요."

"난 취해서 가야겠어요. 주정이라두 하면……."

"한 번 해 보세요, 네."

은미가 '네'에 억양을 붙여 교태를 떨었다.

일보는 '메피스토'를 생각했다. '파우스트'에게 '무엇이나 소원을 이루어 주겠다.'고 유혹하던 메피스트.

그는 벌떡 일어났다.

"먼저 갑니다."

그러자 은미가 일보의 팔을 잡아끌었다. 회계나 하고 가야지 않느냐는 것이었다.

일보는 선 채로 웨이트리스를 불러 계산서를 가져오라고 한 뒤 자리에 앉았다.

웨이트리스가 가져온 계산서에는 이천 원이란 돈이 적혀 있었다. 자기 월급의 삼분의 일이었다. 두 시간밖에 안 되는 동안 술 몇 잔과 요리 몇 접시를 먹은 대가가 한 달 월급의 삼분의 일이라니.

일보가 놀라고 있는 동안 은미가 아깝지 않게 돈을 지불했다. 만약 이천 원이 아니라 이만 원이라고 해도 은미는 돈을 지불하는 데 얼굴을 찡그리지 않았을지 모른다. 그만큼 돈의 가치를 무시하려는 특권계급이다.

일보는 이천 원이 도리어 적은 감이 들었다. 그러면서도 그 절반만이라도 돈으로 내게 준다면 하는 생각을 했다. 먹은 셈치고 돈으로 준다면 얼마나 요긴히 쓸 것인가?

그러나 치사스런 생각을 오래 할 수는 없었다. 엘리베이터를 타고 아래로 내려와 현관 밖을 나왔을 때 일보는 찬 밤 공기를 마시며 혼란되었던 가슴이 시원하게 트이는 것을 느꼈다.
"집에 가서 차나 한 잔 마시구 가세요."
은미가 자기 집으로 유혹하려 했으나,
"집이 그리워서 가 봐야겠습니다."
일보는 냉정하게 거절했다.
"어린애 같은 말씀을 하셔."
"어린애는 천당에 갈 수가 있습니다. 천당에 갈 수 있는 마음이 그립습니다."
"난 천당보다 지옥에 매력을 느껴요."
"좌우간 나는 갑니다."
 일보는 긴 이야기도 할 필요가 없다고 생각하며 은미 옆을 떠나 걷기를 시작했다. 일보가 뒤도 돌아보지 않고 걷고 있을 때 은미가 일보를 불렀다. 그리고는 일보의 집까지 자동차로 바래다주겠다는 말을 했다.
 일보는 그 말을 들은 척도 안 했다. 오막살이집엘 세단 차로 가기가 싫었다. 그리고 오늘의 하루는 일단 이것으로 끝내고 싶었다.
 그는 합승은 물론 버스도 타지 않았다. 전차를 타고 가는 것만이 오막살이를 찾아가는 자기와 어울리는 것 같았던 것이다.
 전차에 오르자 일보는 해방감 같은 것을 느꼈다. 은미에게서 해방이 되었다는 생각이 아니라 혼란되었던 자기 상념 세계에서 자유를 얻은 것 같은 느낌이었다.
 웨이트리스의 넓적다리, 은미의 끈덕진 체취, 춤추는 사람들의 신묘한 표정 그리고 고혹적인 스트립쇼, 거기서 일보는 자기를 잃고 있었다. 어떤 것이 선이고 악이며 어떤 것이 아름다운 것인지 추한 것인지를 구별할 능력이 상실된 채 술에 취한 것처럼 혼몽 상태에 빠졌었다.
 만약 그 혼란이 그냥 계속했다면 자기는 정신적 저능아가 되었을지도 모른다는 생각이 들었다.
 어떤 것이 옳고 그른 것인지는 모르나 어쨌든 그것이 혼란된 상태였다는 것만은 사실이며 그렇기 때문에 그 상태에서 빠져 나온 것을 해방감처럼 느졌던 것이다.

전차에서 내려 집으로 가는 언덕배기 길을 걸을 때 일보는 '루소'를 조소하고 싶은 마음이 들었다. 자연으로 돌아가라. 자연으로 돌아가기만 하면 인간이 약해지지 않는다. 그럼 어찌 자연으로 돌아갈 수가 있는가? 물고기는 물을 버리고 살 수가 없다. 그런데 그 물은 시대에 따라 변색한다. 변색하는 색깔을 부정할 수도 없다. 다만 둑 건너 저편에 있는 파랗고 청신한 물을 생각하며 현재의 회색 빛깔이 주는 불안감을 뛰어넘어야 할 것이다.

일보는 맑은 물을 향하여 뛰어넘을 시각과 동기가 있어야 한다는 언덕배기를 걷고 있었다.

빠른 걸음으로 언덕배기를 올라가는데 저 앞에 혼자 가는 젊은 여자의 그림자가 어둠 속에 보였다. 그는 자기도 모른 새 발걸음을 빨리했다. 그저 가까이 가 보고 싶었던 것이다. 그것이 맑은 물로 뛰어넘는데 장해가 되는 그 물과 같은 것이라 생각하면서도…….

가까이 갔지만 어둠에 얼굴이 가려 볼 수가 없었다. 조금 더 접근을 했다. 그때 그는 그 여자가 자기의 누이동생 수희라는 것을 알았다.

일보는 갑자기 역정이 치밀어오르는 동시 걷잡을 수 없는 분노를 느꼈다.

"미친년 같으니. 죽는 시늉을 떨던 건 언제야."

수희는 아무 대꾸도 안 했다. 그러나 일보는 격분을 참지 못하고,

"하루도 사내 냄새를 못 맡으면 몸살이 나니? 지금이 몇 시냐, 응? 이 정신 나간 년아."

속에서 나오는 대로 욕설을 퍼부었다. 그때였다. 기가 죽어서 말을 못하는 줄 알았던 수희가,

"오빠는 여자 냄새를 못 맡으면 몸살이 나서 절름발이와 같이 다녔수?"

저돌적으로 반문했다.

일보는 변명할 여지가 없었다. 그렇다고 한 번 터진 분노를 가라앉힐 수는 없었다.

"이년아, 그래 내가 절름발이한테 냄새를 맡으러 다닌 줄 아니? 내가 그렇게밖에 안 봬?"

그것은 자기 자신에 대한 분노였다. 자기 자신에 대한 분노였지만 수희를 향해 폭발시키지 않을 수가 없었다.

"나두 남자 냄새를 맡으러 갔던 것은 아녜요. 그곳 분위기를 보러 갔던 것이지. 그래서 춤두 안 춘 거예요."

수희는 동류끼리 화낼 것 없지 않느냐는 식으로 냉정히 말했다.

일보는 자기가 할 말을 먼저 해 버린 수희를 못마땅하게 생각했다. 그러나 변명 비슷한 말을 하면 수희와 동류라는 인상을 준다.

"주둥아리를 까지 마. 내가 있으니까 춤을 안 추었겠지."

일보는 자기의 분노에 대한 당연성을 상실하지 않을 수 없었다. 목소리가 줄어들었던 것이다.

일보는 생전 처음으로 간 그런 곳에서 하필이면 수희를 만났던가 하고 운명의 해후(邂逅)를 숙명적으로 생각했다.

지나치게 수희를 미워했기 때문일까? 그는 자기가 모를 뿐 자기의 길은 나면서부터 만들어져 있다고 숙명론에 머리를 숙이지 않을 수 없었다.

집에 이를 때까지 일보는 수희에게 말을 못했다. 수희를 증오할 자격을 상실했던 것이다. 그렇다고 상실한 자격을 도로 찾기 위해 자기 변명을 하고 싶지도 않았다.

싸운 사람 같지가 않게 일보는 안방으로 들어가 조용히 옷을 갈아입었다. 아버지가 잠이 들어 있기 때문은 아니었다. 자기 혐오에서 오는 감정이었다.

은미가 끈다고 끌려갈 것은 무엇이었던가 하는 자기 회의에 잠기게 되었다.

'티끌이다. 재다. 네가 무엇을 자랑하랴.'

어떤 철학가가 한 말이 생각났다. 의기가 소침되어 잠이나 잘까 하는데 형수가 들어왔다.

"쯔봉을 주세요. 다려 드릴게."

일보는 벽에 걸린 바지를 내려 아무 말도 없이 형수에게 내주었다. 형수에게마저 이야기가 하고 싶지 않았던 것이다.

바지를 받아들자 형수가,

"오늘은 늦으셨군요."
 잔잔하기 비할 데 없는 말 한 마디를 남기고 건넌방으로 갔다.
 일보는 갑자기 형수 방으로 뛰쳐 가고 싶은 충동을 느꼈다. 오늘 지난 하루의 일을 그대로 보고하고 싶었던 것이다.
 그러면 형수가 잔잔한 목소리로,
"그래요. 남자가 한 번쯤 그런 델 가기로서니 어떨라구요."
 자기를 감싸 줄 것이다. 그 너그러운 형수의 말이 듣고 싶었던 것이다. 그러면 자기는 지나간 일들을 괴로움 없이 잊을 수가 있다. 동시에 수희에 대한 발언권도 회복될 것이다.
 그러나 형수는 수희와 함께 있다. 수희가 듣는 데서 그런 말을 차마 할 수가 없다.
 옷가지를 뒤적이며 다리미질 하는 소리가 들렸다. 수희도 말을 꺼내지 못하는 모양이다.
 다음날 아침 조반을 먹고 출근을 하려고 할 때, 형수가 새로 빤 와이셔츠와 양말을 주며 갈아입으라고 하였다. 그리고는,
"돈이 있거든 양말을 한 켤레 사 오세요. 다 해져 겨우 기웠어요."
 하고 말했다. 해진 양말까지 기워 주는 형수라 생각할 때 일보는 형수를 와락 끌어안고 싶은 충동을 느꼈다.
 형수는 자기에게 없어서 안 될 존재와도 같았다. 세상 어떤 여자보다도 자기에게 가장 필요한 존재가 형수 같았다.
 와이셔츠와 양말을 갖다 준 뒤 부엌으로 나간 형수를 일보는,
"형수님."
하고 물었다.
 부엌에서 나와 마루턱까지 와서,
"불렀어요."
할 때 일보는,
"물 한 그릇 주세요."
 목이 마르지도 않은데 물을 청했다. 형수가 물그릇을 가져왔을 때 일보는

물그릇을 보지 않고 애경의 얼굴만을 응시했다.
"왜 그렇게 보시지요?"
그때 일보는 눈을 감았다. 애경의 가슴에 자기 얼굴을 파묻는 환상 속에서.
그는 물 한 모금을 억지로 마신 뒤 물그릇을 애경에게 내밀며,
"형수님, 형님이 보구 싶지 않아요?"
하고 뚱딴지같은 말을 했다. 일보는 자기가 형으로 변신하고 싶은 욕망을 느꼈던 것이다. 그래서 애경의 사랑을 받고 싶었던 것이다.
"도련님두……."
애경이가 대답할 가치가 없는 말이라는 듯 일소에 붙였다. 일보는 그러한 애경이가 더욱 좋았다. 남편이 없지만 남편도 지금은 생각지 않는다는 애경. 남자란 여자가 그리움의 대상이 없는 상태를 가장 좋아한다.
"형수님."
일보는 애경의 두 팔을 한꺼번에 붙잡고,
"나 할 이야기가 좀 있는데……."
하고는 수희가 있는 건넌방으로 넘겨보았다.
"아직 안 일어났지요?"
"피곤한가 봐요."
"난 쟤를 내쫓아 버리구 싶어 죽겠어요."
"그런 말은 하지두 마세요."
어쨌든 일보는 옆방에 있는 수희 때문에 말을 할 수 없다는 듯이,
"다음에 할게요."
하고 잡았던 팔을 놓았다. 그리고는 다녀오겠다는 말을 남기고 집을 나왔다. 일보는 마음이 평화스러웠다. 맑은 가을 하늘처럼 가슴이 후련하기도 했다.
버스 정류장으로 걸어가며 그는 혼자 벙글거렸다.
특히 하고 싶은 말이 있는데 수희 때문에 다음에 한다고 한 말을 형수가 어떻게 해석하고 있을까 하는 점에 흥미가 있었다.
'다음에 할게요.' 할 때 애경은 확실히 궁금해하는 표정을 지었다. 그러

면서도 일보의 입에서 나올 말에 공포감을 느끼지 않는 표정이었다.
　흥미를 가지고 기다리리라.
　일보는 생각했다. 오늘 저녁때.
　"무슨 이야긴데요?"
하고 애경이 궁금증을 이기지 못해 물으면,
　"맞춰 보세요."
하고 궁금증에 부채질을 한다. 만약 그때,
　"나를 사랑한다는 거 아녜요?"
하고 물으면,
　"상을 드려야겠는데……."
하고 애경을 처음으로 안아 본다. 그러면 자기 인생은 그것으로 고정이 되고 말 것이다.
　아름다운 환희 속에 혼자 미소를 지으면서도 일보는 길가에 있는 돌부리를 구둣발로 걷어찼다. 어림없는 환상이란 생각이 들었던 것이다. 애경이가 '나를 사랑한다는 말 아녜요?'라고 물을 까닭도 없지만, 자기는 고작해야 어젯밤 지난 이야기나 하고 말 것이 분명했다.
　'허황된 꿈!'
　일보는 사무실에 도착할 때까지 모두가 허황된 꿈이라고 생각했다. 애경이도 그렇지만 어젯밤의 은미 역시 허황된 존재라는 생각을 했다.
　인생 자체가 허황된 것이라 해도 자기 자신이 허황된다고 생각할 때 사람은 고독에서 절망으로 자기 감정을 구원할 수 없는 심연에 빠지게 된다.
　그러나 일보에게 있어서 허황이 전부가 아니었다. 물은 조그만 금만 있어도 그곳을 확대시키며 새어 나가려 하는 것처럼, 일보는 꽉 막힌 감정을 뚫어져 있는 구멍으로 흘려 보낼 수가 없었다.
　일보의 눈앞에는 명아의 얼굴이 클로즈업되어 나타났다. 자기의 감정을 쏟아 놓을 하나의 웅덩이 같은 생각이 들었다. 그는 명아에게 전화를 걸었다. 때마침 명아는 자리를 지키고 있었다. 그리고 오늘 시간을 낼 수 있느냐는 말에 퇴근 후에는 언제든지 좋다는 만족할 만한 대답을 주었다.

"그럼 다섯 시 반쯤 어떨까요?"
"그렇게 일찍 퇴근을 하나요?"
"여섯 시면?"
"좋아요."
 일보는 여섯 시에 세종로에 있는 찻집 '금란'에서 만날 것을 약속하고 전화를 끊었다. 동시에 꽉 막혔던 벽이 무너진 듯 후련해짐을 느꼈다.
 전화를 끊고 일을 계속하려고 할 때 옆자리에 자리잡고 있는 동료 황추호가,
"그런 줄 몰랐더니 대단하신데……."
 마치 일보의 존재를 새로 인식했다는 투로 말했다.
 방금 명아에게 전화하는 것을 듣고 하는 말이라 상대하기가 싫어,
"미안합니다."
하고는 귀도 기울이지 않고 일이나 하려는데 추호는 끈덕지게,
"어제 왔던 사람은 어떤 사람이죠?"
하고 은미에 대한 이야기를 물었다.
"어렸을 때 소아마비에 걸렸었는지 다리 하나가 병신이고 집에는 돈이 굉장히 많은 그런 여자지요. 나두 그 이상은 모릅니다."
 일보는 자기와 관계가 없는 여자임을 밝혔다. 가깝다는 것이 명예스럽지 않게 생각되었던 때문이었다. 그러나 추호는 호기심이 있는 어조로,
"아깝던데요. 다리 하나가 그렇지 않으면 장안의 남자를 뇌살시키겠던데요."
"다리 하나가 병신이래두 어떤 여자 못지않게 남자 교제를 하구 있는걸요?"
"그래요? 나두 한 번 소개시켜 주시지?"
"부인은 어떡허구요?"
"경우에 따라서는 이혼도 할 수 있지요. 돈 있겠다 멋장이겠다 그런 여자 한 번만 사귀어 봤으면……."
"그럼 기회 있는 대루 소개시켜 드리죠."

"정말?"

추호는 구미가 당기는 모양이었다. 일보는 아까울 것이 없다는 듯,

"며칠 안에 연락이 있을 겁니다. 그때 같이 만나십시다."

정색하고 말했다. 사실 일보는 은미를 아무에게 주어도 아깝지 않다고 생각했다. 주고 말고 할 것도 없지만 깊이 교제하고 싶은 마음이 없었던 것이다.

그는 명아를 생각했다. 명아만은 깊이 사귐으로 애정을 느끼고 싶었다.

그는 오늘 명아를 만난 뒤의 스케줄을 생각했다. 차를 마시고 나면 명아 자 저녁을 산다고 할 것이다. 그러나 체면상 여자가 사는 저녁을 먹을 수 있을 것인가? 저녁도 내가 사야지. 그리고는 영화 구경을 간다.

일보는 돈을 계산해 보았다. 찻값이 삼십 원, 저녁값이 백 원, 극장 입장료가 백사십 원, 도합 이백칠십 원이다. 그는 자기 주머니를 뒤져 보고 회계과로 갔다. 이백 원쯤 가불을 받아야 했던 것이다. 그러나 가불신청서를 쓸 때, 그는 오백 원이라고 기입했다. 내일도 만나게 된다면 또 돈이 필요할 것 같았기 때문이었다.

돈을 가불해 오자 그는 명아를 만나 무슨 이야기를 할까 하고 생각했다. 만난 김에 조금이라도 추억이 남을 말을 주고받아야 한다는 생각이 들었던 것이다.

"어젯밤 나는 꿈을 꾸었습니다."

이런 말을 꾸며서 해 볼까? 만약 그 말에 명아가 만족해하는 표정을 짓는다면,

"보고 싶었습니다."

한 마디쯤 해 볼까?

그래도 싫어하는 기색을 보이지 않는다면 명아도 나를 좋아하는 것이 틀림없다. 그렇게 되면 은미가 자기 손을 잡듯 자기도 기회를 보아 명아의 손을 잡을 수 있으리라고 생각해 본다.

혼자 있을 때는 이런 생각들을 해 보았지만 명아를 만나는 순간 일보는 명아와의 거리가 너무나 멀다는 것을 느꼈다. 일보가 '금란' 다방에 도착한

것은 약속 시간보다 십 분이나 일렀지만 명아는 약속 시간보다 십 분 늦게야 도착했다. 늦었기 때문에 미안하다는 인사를 하는 그 인사가 손아랫사람이 나이 많은 이에게 하듯 그렇게 정중한 것이었다. 그 정중한 인사에 일보는 그만 기가 죽어 버리고 말았다. 동시에 종일 혼자 생각한 말들을 꺼낼 엄두도 못 냈다.

명아는,

"대단히 죄송합니다. 길에서 누굴 만났기 때문에 고만 늦었습니다."

그렇게 늦은 사유를 사죄하더니 명아는 뒤가 높은 의자에 등을 대고 앉았다. 다리의 간격은 그리 멀지 않다고 해도 얼굴과 얼굴의 거리는 상당히 멀었다. 조용한 이야기를 할 수 없는 거리였다.

일보는 약간 거리감을 느꼈지만 반목하고 있는 사람들처럼 말이 없을 수가 없어,

"날이 몹시 춥지요."

하고 꽤 큰 소리로 기후에 대한 이야기를 꺼냈다.

"그래두 예전에 비하며 춥지 않은 것 같아요."

이렇게라두 대답하는 것으로 보아 일보는 명아가 일부러 거리감을 주려고 하는 것이 아니란 생각을 했다.

"핵무기 실험 때문일까요?"

화제를 연장시키기 위해 이런 말을 했을 때 명아가,

"그런가 봐요. 좌우간 일기두 믿을 수가 없는 세상이 되었어요."

화제에 휩쓸려 들어왔다.

"그런 것 같아요. 기술의 발전이 인류의 역사를 만들고 있지만, 반면에 인간에 대한 신뢰성을 상실하게 만드는 것이 아닌지 모르겠어요."

"공포와 불안두 주구요."

"그렇죠. 그러니까 인간은 스스로가 스스로를 증오하도록 만들고 있습니다."

"영원성두 상실해 가구 있는 것 같아요."

"그렇지는 않겠지요. 현실적이고 순간적일수록 인간은 영원을 희구하게

될 것입니다. 그러한 희구(希求)마저 없다면 인간은 완전히 타락하구 말 테니까요."

"이미 타락되지 않았어요?"

"그럴 리가 있습니까? 인간은 멸망하지 않는다고 봅니다. 멸망 직전에 있다고 해도 소생할 구멍을 찾고야 말 것입니다. 인간에게는 종족 보존의 본능이 있으니까요."

이런 말을 하고 있을 때 레지가 와서 차를 주문하라고 했다. 말이 잠시 중단되었다.

차를 주문하고 레지를 돌려 보냈지만 중단된 이야기는 계속되지 않았다. 감정이 일치되지 않았을 때 무언(無言)이란 괴로운 형벌이다.

일보는 감정의 일치에 이르는 대화를 골라야 했다.

"은미라는 여자가 동창생이라지요?"

얼핏 생각나는 것이 은미였다.

"국민학교 동창이에요. 참, 선생님과는 오래 전부터 아신다면서요?"

"나는 얼굴이나 아는 정도였지요. 형님과 아는 여자입니다."

"그래요."

명아는 의외라는 표정을 지었다. 그래서 일보는 그것 때문에 명아가 거리감을 느끼게 했던가 하고 생각했다. 일보는 자기가 은미와 가깝지 않다는 것을 좀더 설명해야 할 것 같아.

"그저껜가 회사루 찾아왔었어요. 불구자면서두 그렇게까지 부끄럼 없는 사람은 첨 봤는데요."

하고 은미를 비판적으로 말했다.

"그게 그 애 단점이며 또 장점이지요."

일보는 어젯밤 이야기도 하려고 했으나 좋지 않게 생각한다면서 같이 다녔다는 것이 자기의 모순성을 나타내는 것 같아,

"장점 될 것은 없겠지요."

하고 은미를 좋지 않게 생각한다는 자기 태도를 밝히려 했다.

"불구자라고 스스로 비관하구, 사회와도 외면하면 어떻게 되겠어요. 낙관

적으로 자기 생활을 개척해 나간다는 것은 좋은 일이라구 생각해요."
 "비판은 안 한대두 자기가 자기를 알기는 해야겠지요. 자기를 망각한 데서 오는 허세는 결국 자기를 타락시키는 원동력이 되지 않을까요?"
 "관심이 많으신대요."
 명아가 미소를 지으며 이런 말을 할 때 일보는 얼굴이 붉어지는 것을 느꼈다. 그러면서도 그것이 질투처럼 보여 일보는 가슴이 따뜻해짐을 느꼈다.
 "관심이 많은 것 같다구요? 천만의 말씀입니다. 이야기가 나왔으니까 생각하던 바를 말한 것뿐이죠."
 일보는 자기 변명을 하면서도 명아의 질투가 좀더 있었으면 하고 속으로 기대했다.
 그러나 명아는 그런데 대해서는 흥미도 없다는 듯 화제를 묵살하고,
 "실존주의 철학은 요즘 어떻게 됐어요?"
하고 화제를 홱 돌려 버렸다. 일보는 불만이었다.
 명아가 자기에 대한 관심이 없는 것처럼 보였기 때문이었다. 불만이었지만 질문에 대답하지 않을 수 없었다.
 "실존주의 철학이야 그냥 있겠지요. 하나의 철학 체계로서 성립이 된 학문이니까요."
 "실존주의 문학은 자취를 감춘 것 같던데요."
 "실존주의 문학이 곧 실존주의 철학은 아닐 것입니다. 실존주의 철학을 문학에 반영시킨 것뿐이지요. 그렇지만 실존주의 문학의 경우, 철학을 너무도 직접적으로 반영시킨 것 같아요. 철학이란 인간의 근본적인 학문이지만 A플러스 B이콜 C라는 식으로 단일하고 고정된 진리라 말할 수는 없는 학문입니다. 그런데 실존주의 문학에서는 실존철학을 단일하고 고정된 진리처럼 반영시켰으니 오래 갈 수가 있겠습니까."
 "실존주의 철학이 가장 옳은 철학이라면 그것을 직접적으로나마 반영시킨 실존주의 문학이 영속하지 않을까요?"
 "플라톤, 칸트, 헤겔, 할 것 없이 수많은 철학자가 있습니다. 그들의 철학이 또 각기 다릅니다. 그러나 다른 것들을 모두 부정할 만큼 절대적인 것이

없습니다. 그런 것이 있다면 세계는 한 덩어리가 되겠지요. 실존주의 철학도 수많은 철학의 한 종류에 불과한 것이니까, 그 사상을 반영시킨 문학도 절대적일 수는 없습니다."

어느새 그들은 레지가 갖다 논 차를 마시고 있었다.

그리고 일보는 주머니에서 담배를 꺼내 성냥불을 붙이고 있었다. 그 틈새에 명아는,

"식사하러 가실까요?"

화제에 별반 흥미를 느끼지 못한 눈으로 일보를 쳐다봤다.

"그럽시다."

일보는 먼저 나가야만 찻값을 낼 수 있다는 생각으로 명아보다 앞서 일어섰다. 달음질치듯 카운터로 가서 찻값을 내고 있을 때 그 옆을 지나가면서도 명아는 아무 말도 안 했다.

일보는 그런 명아가 좋았다. 아무 말도 안 하는 것은 결국 순종이라 생각되었기 때문이었다.

다방에서 얼마 멀지 않은 백조 그릴로 가서 스프라이스를 먹은 뒤에도 일보는 다방에서처럼 카운터로 뛰어갔다. 그러나 이번에는 명아가 따라와 일보의 몸을 밀치고 자기가 돈을 냈다.

"내가 내기로 약속했던 건데요."

창피하게 승강이를 할 수가 없었다. 동시에 일보는 명아가 자기에게 순종하는 여자가 아니란 생각이 들었다. 더욱이 약속했던 것이라고 하며 자기의 언질에 대한 책임감을 이야기할 때 일보는 음식값 지불에 대하여 조금의 고마움도 느낄 수 없었다.

명아는 자기의 아량을 보이기 위하여 나를 만나 주었다. 그리고 음식값도 지불했다. 그것뿐이다. 나에게 호감을 가진 것은 아니다.

이런 생각을 하면서도 일보는 명아의 심경을 좀더 타진해 보고 싶었다. 조금도 호감이 없다면 아량을 보여 줄 까닭이 없다. 그 호감이 어느 정도인가 하는 것만이라도 알아야 할 것 같았다. 그래서 그릴을 나오며,

"요즈음 무슨 신기한 영화라도 하는 것 없습니까?"

하고 일보가 묻자 명아는,

"가 봐야지요. 벌써 늦었는데……."

일보는 어떤 방법으로도 명아를 붙잡을 수 없었다.

"댁이 어디시지요?"

집의 방향을 알아 같이 걸을 시간만이라도 만들어 볼까 했다.

"서대문입니다."

명아의 대답을 듣자,

"그럼 조금 걸을까요?"

"피곤해서 합승을 타겠어요."

명아는 조금도 양보를 안 했다. 양보를 안 한다는 것은 상대방에게 미련이 없다는 뜻이다. 일보는 환멸을 느꼈다. 자기는 명아를 끔찍이 생각했건만 명아는 자기에게 바늘 끝만큼의 미련도 없다. 만약 이 이상 더 호의를 보인다면 그것은 비굴이다. 어쨌든 비굴한 인간은 될 수 없다.

일보는 갑자의 자기의 감정이 차가워지는 것을 느꼈다. 명아가 바로 길 건너 쪽에 있는 합승 정류장으로 가려 할 때, 그는,

"난 여기서 타구 가겠습니다."

하고 길 건너까지 바래나 줄 생각도 안 했다.

"그러세요."

명아는 그러는 것이 당연한 일처럼 잘 가란 말만 남기고 길을 건넜다. 일보는 잘 가란 말도 안 했다. 그리고 길을 건너 자기가 서 있는 곳과 엇비슷한 위치에 이를 때까지 명아를 지켜 보았다.

명아는 자기 쪽을 바라보지도 않는 것 같았다.

'마지막인가?'

일보는 이런 생각을 했다. 쓸쓸한 것 같았다. 그래서 그랬는지 상도동행 합승이 와서 머물렀지만 그것을 타지 않았다. 명아가 떠나는 것을 보지 않고서 자기가 먼저 떠날 수는 없었던 것이다.

얼마 안 있어 명아가 합승을 탔다. 그는 합승이 광화문 쪽으로 달려가 어둠 속에 파묻힐 때까지 합승차를 바라보았지만 명아는 합승에서도 자기를

뒤돌아보지 않는 것 같았다.

 일보는 몸을 휙 돌려 걷기를 시작했다. 바로 집으로 돌아갈 기분이 나지 않았던 것이다. 종로 쪽으로 걸어가다가 남대문 쪽으로 돌았다. 그는 교통사고를 생각했다. 정신없이 걷다가 자동차에 부딪쳐 피투성이가 되는 장면을 상상했다. 차라리 그랬으면 했다.

 을지로 입구에 이르자 그는 무교동으로 가는 길로 들어섰다. 얼마 안 가서 어떤 왕대포 집으로 들어갔다. 계획했던 일이 아니지만 그곳이 오늘의 종착점 같은 생각이 들었던 것이다.

 드럼통을 거꾸로 세워 논 식탁을 중심으로 수많은 취객들이 술잔을 바꾸고 있었다. 혼잣손님은 일보뿐이었다.

 대포를 들이키며 그는 피로한 자기 정신을 생각했다.

 명아는 자기가 받은 모욕에 대하여 관대한 태도를 보이므로 자기의 인간적 자세를 붙잡으려 노력했다. 그것뿐이었다. 그렇다면 모욕을 준 나는 그 모욕에 대하여 죄의식을 느끼므로 내 인간적 자세를 올바르게 잡으면 그뿐이다. 그런데 나는 무엇 때문에 한 걸음 더 나아가 명아를 사랑하려고 했던 것인가?

 명아의 관대한 아량은 확실히 귀한 것이다. 값비싸게 살 만한 가치가 있는 것이다. 그러나 내가 살 것은 못 된다. 나는 값비싼 죄의식을 받고 그것을 명아에게 팔았으니까, 한 번 판 것을 도로 산다는 것은 나의 손해다.

 일보는 또 술을 마셨다. 빈 술잔을 드럼통 위에 놓고 또 생각했다.

 아량을 애정으로 착각했던 나. 그것은 애정을 희구한 청춘 때문이었다. 청춘을 불사르지 않고는 배겨낼 수 없는 아담의 유산이었다. 죄의 열매까지라도 이브가 주는 것을 먹지 않을 수 없었던 아담.

 그러나 나는 아담을 원망도 저주도 할 수 없다. 도리어 아담의 편이 되고 싶다. 아담의 후예이기 때문일까…….

 일보는 아담의 후예가 된 것을 서러워하기보다 아량으로 자기 자세를 확보하려는 데만 그치려는 명아를 원망하고 싶었다.

 나는 명아에게 마음 아픈 모욕감을 준 대신 사랑을 주어 그 아픔을 메우게 하려 했다. 그런데 명아는 그 이상 더 없는 순정을 받으려 하지 않는다. 모욕보다도 사랑이 귀하지 못하단 말인가?

일보는 또 한 잔의 술을 마셨다.

석 잔째의 술을 마시자 그는 자기를 비웃기 시작했다.

내가 사랑을 주려고 했다고? 천만의 말씀이다. 주려고 한 것이 아니라 받으려고 했다. 연애란 나를 중심으로 한 이기적인 감정이다. 명아의 관대한 성격이 다른 여자에게서 찾아볼 수 없는 미점(美點)이기 때문에 그것을 소유하고 싶었던 것이다. 궁극에 가서는 내가 영리한 이기주의자가 되고 말았다.

삼 년 전, 일보가 군대 생활을 할 때 여자를 사 본 일이 있다. 극히 억류된 감정을 자유분방 속에 내던져 보고 싶은 심정에서였다. 아무것도 아니었다. 그저 하나의 육체를 내 마음대로 소유하고 조종하고 싶은 야생동물 같은 심정에서였다.

사랑은 물론 욕정도 아니다. 하나의 생명을 학대해 보고 싶은 심정이었다.

일보는 대폿집을 나왔다. 명아를 연모(戀慕)하는 마음이 매춘부를 찾아갔던 심정과 통하는 것 같아 빨리 집으로 돌아갔다. 집에도 야생동물 같은 수희가 있지만 온내 지빙의 식물 같은 형수가 있다. 그 식물성의 형수가 보고 싶었다. 형수를 봄으로써 자기의 야수성을 가리고 싶었던 것이다.

집에는 아버지도 수희도 없었다. 혼자 집을 지키고 있던 애경이가,

"또 술을 자셨군요."

하고 가벼운 핀잔을 주었다. 일보는 그런 정도가 아니라 무서운 꾸중이 듣고 싶었다. 형수라면 자기를 때려 주고 욕설을 퍼부어도 그것을 도리어 고맙게 받을 수 있었다.

"나빠졌지요? 술만 마시구……."

그러나 애경은 때리고 욕하는 대신,

"그렇다구 나빠지기까지 할라구요. 버릇이 될까 봐 걱정이 될 뿐이죠." 라고 대단치도 않은 일처럼 넘겨 버렸다.

일보는 애경에게서 관대함을 느꼈다. 명아의 관대와 성격이 다른 관대였

다. 자기 자신의 인간적인 자세를 위한 관대가 아니었다. 사랑과 직선으로 통하는 그 관대를 대하자 일보는 꼿꼿이 서 있던 자기의 인간상(人間像)이 모래성처럼 무너지는 것을 느꼈다.
"형님, 시동생이란 사나이는 형수라는 이름의 여자를 사랑하면 안 되는 가요?"
일보는 터질 듯한 감정의 절규라고 생각하여 부르짖었다.
"별말씀을 다······."
애경이 한 걸음 뒤로 물러앉으며 말했다.
"안 된다는 거죠? 왜 안 되는가 그걸 좀 말씀해 주세요."
"그걸 어떻게 말해요. 세상 이치가 그런걸······."
"세상 이치란 영원불변인가요? 새로운 것을 창조할 수도 있잖아요? 상투를 잘라 버리고 하이카라 머리를 한 뒤 더 잘 살지를 않아요."
"그런 이야기는 그만두구 어서 어서 옷이나 갈아입으세요."
애경은 일보 뒤로 가서 코트와 저고리를 벗겨 옷걸이에 걸었다. 그리고는 자리를 깔고,
"취하셨으니까 일찍 주무세요."
했다.
"취하지 않았어요. 꼭 석 잔밖에 안 먹었는데 취하기는요."
"그래두······."
"그래두가 아녜요. 옛날 얘기라도 좋으니까 이야기를 해 주구 가세요."
자기 방으로 건너가려던 애경은 무엇에 끌리기라도 한 것처럼 일보 옆으로 와서,
"아무 생각 말구 빨리 주무시기나 하세요."
하며 일보의 머리를 한 번 쓸어 주었다. 애경은 서 있고 일보는 앉은 채였다.
"그런 건 생각두 해서는 안 되는 일인가요?"
일보가 애경의 치맛자락을 잡아 자기 뺨에 비볐다.
"안 되구 말구요."

"안 되는 일두 현실화시켜 그것을 누적시키면 하나의 윤리가 성립되지 않을까요?"

"공연히 마음만 고통스럽게 할 거 있어요? 도련님에게는 명아 같은 예쁜 아가씨가 있는데…… 명아를 안 만났어요?"

"안 만나요. 만날 필요두 없구……."

"갑자기 마음이 변했군요."

"변한 것이 아니라 당연한 일이지요."

"왜요? 사랑하는 것이 당연한 일이지."

"형수님."

일보는 애경을 부여잡았다. 그리고는 강요할 수 없는 애정을 구걸했다.

"우리가 사랑할 수 있다면 얼마나 행복스러울까요?"

"누가 들으면 큰일나겠어요. 자 어서 침착하게 주무세요."

애경은 또 일보의 머리를 쓰다듬으며 자리에 눕기를 종용했다.

"형수님이 결혼할 때까지 나는 결혼을 안 하겠어요. 그것만은 괜찮지요. 네?"

"그것두 안 돼요."

그때였다. 대문 흔드는 소리가 났다. 동시에 애경은 놀란 토끼처럼 방을 뛰쳐 나가 대문께로 갔다.

대문을 열며 하는 애경의 말로 아버지가 들어오신 것을 안 일보는 이불 속으로 깊이 들어갔다. 머리까지 감추고 자는 척했다. 애경에게 사랑의 고백을 한 자기의 얼굴을 아버지에게 보일 수가 없었기 때문이었다.

아버지는 방으로 들어와 두루마기를 벗으며,

"이 애는 벌써 잠을 자나?"

혼잣소리를 했다. 일보가 잠든 척 대답을 안 하자 그는 방바닥에 앉아 밥상을 기다렸다.

애경이 밥상을 들고 들어오자,

"수희는 아직 안 들어왔니?"

한 마디 물었다. 애경이 간단히,

"네."

하고 대답하자 아버지는 그 뒤 아무 말도 안 했다.

평소에 말과는 담을 쌓은 듯한 아버지, 그러나 내가 형수와 결혼을 하겠다는 말을 한다면 그때 아버지는 어떤 태도를 취할까? 분노를 참지 못하고 집에다 불을 지를 것처럼 슬퍼하실 것이다.

일보는 이불 속에서 이런 것을 생각했다.

그런 고독한 영혼. 형수는 나를 필요로 하고 있을지도 모른다. 말로는 안 된다고 하면서도 속으로는 나를 사랑하고 있을지도 모른다. 고독한 사람, 마음이 가난한 사람을 사랑한다는 것은 참된 사랑이다. 이기적인 연애가 아니다.

반대로 나를 필요로 하지 않는 명아를 사랑하려는 것은 참된 사랑이 아니다. 주는 것보다 받는 것을 더 바라는 불순한 마음.

이불 속에서 이런 생각을 하고 있을 때 수희가 들어왔다. 늦게까지 돌아다니는 딸을 걱정하고 있었을 것이지만 아버지는 왜 늦게까지 다니느냐는 말 한 마디도 안 했다.

사랑이 무엇인지도 모르고 남자라는 것이 좋아 야생의 짐승처럼 들을 뛰어다니는 수희. 저 애는 지금 아름다운 보자기로 싸인 남자를 생각하고 있겠지. 아니 발가벗은 남자의 육체를 꿈꾸고 있을지도 모른다.

방황하는 꽃

다음날 아침 조반을 먹을 때였다.

"수희야, 졸업두 하기 전에 이런 말을 해서 안됐다만 좋은 자리가 났으니 약혼을 해라."

아버지는 수희의 혼담을 꺼냈다. 몇 안 되는 가족이지만 그 가족이 한 자리에 모이는 것은 아침 밥상을 마주할 때뿐이다. 그런 만큼 아버지가 가족들에게 하고 싶은 말이 있을 때는 대개 이 기회를 이용한다.

"약혼이요?"

여태까지 아버지에게서 결혼에 대한 말을 한 번도 들어 본 일이 없던 수희라 놀란 표정을 짓지 않을 수 없었다.

"나두 네가 졸업이나 한 뒤 이런 이야기를 하려 했지만 혼처를 놓치고 싶지 않아 하는 말이다."

아버지는 정말 혼처가 놓칠까 걱정되는 모양이다.

"오빠두 아직 결혼을 안 했는데…… 오빠부터 약혼을 시키세요."

수희의 말이 떨어지기가 바쁘게,

"내 걱정은 하지두 말구 네가 먼저 해. 계집애가 졸업은 해서 무엇 하니?" 하고 말했다. 일보는 감정적이었다. 혼처가 어떤 곳인지도 모르며 수희를 처치해 버리고 싶은 단순한 마음에서 한 말이었다.

"싫어요. 난 졸업하기 전에 결혼 안 해요."

수희가 또 반대를 하자, 이번에는 애경이가 한 마디 했다.

"지금 약혼을 해 두었다가 졸업을 한 뒤 성례를 하면 되지 않아요."

그래도 수희가 졸업을 하려면 아직 일 년도 더 남았다고 하며 약혼을 반대했다.

"아버지가 만주에 살 때 알던 친군데 그 사람을 오늘 만났다. 이 근처에다 집을 사려구 왔다가 만났는데 그 분의 아들이 혼처를 구하구 있는 모양이다. 신랑감은 나두 본 적이 있지. 물론 어렸을 때지만……. S대학을 졸업하구 지금 H화학공업회사에 취직해 있는데 수입두 좋다더라. 아버지두 사업을 해서 돈을 잘 버는 모양이구……."

아버지가 이런 말을 하자, 일보가

"엔지니어군요. 요즘 세상 엔지니어를 따라갈 수가 있나요. 수희한테는 과남한 혼처지……."

하고 무조건 아버지 편을 들었다.

"오빠부터 결혼을 시키세요. 모든 일에 순서가 있잖아요."

"나두 그런 걸 모르지 않는다. 그렇지만 요즘 세상에서야 경우에 따라 편리한 대루 할 수두 있잖니."

"그렇구말구요. 내가 네 언니라면 몰라두 오빠가 아니냐? 경우가 좀 다른 거야."

이런 승강이를 하고 있을 때 애경이가,

"동성 형제가 아니니까 아무가 먼저 해두 무방할 것 같은데요."

하고 일보의 편이 되어 주었다. 말하자면 일대 삼인 편이었다. 그래도 수희는 일보와 자기 졸업을 내세우며 아버지 말을 듣지 않았다.

"당장에 약혼을 하지 않아두 본인을 한 번 보기나 해 두렴."

아버지의 이 말에도,

"하지두 않을 걸 봐서는 뭣 해요."

수희는 요지부동이었다. 일보는 화가 났다. 입이 무거운 아버지의 첫 이야기다. 그것을 조금도 용납하려 하지 않는 수희가 더욱 미웠기 때문이었다.

"그래 넌 지금의 생활이 좋단 말이지? 결혼보다두 연애나 하는 것이…… 신세 망친다 망쳐."

그러나 수희도 지지 않고 언성을 높였다.

"누가 연앨 해요. 남자와 교제를 하면 다 연앤가요. 오빠는 내가 미워 죽겠는가 봐."

"그만들 둬라. 다음에 또 이야기하자."

아버지가 이야기를 중단시켰지만, 일보와 수희의 감정은 그것으로 완화되지 않았다.

일보는 이런 기회에 강제적으로라도 수희를 결혼시키고 싶었다. 잘못하다가는 결혼할 남자가 없게 될지도 모른다. 설사 모르고 결혼하는 남자가 있다고 해도 결혼 전의 수희를 알면 같이 살려고 하지 않을 것이 분명하다. 그런 만큼 얼굴도 보지 못한 남자와 중매 결혼하는 것이 수희를 위해서도 좋은 일일 것 같았다.

그러나 수희는 그렇지가 않았다. 결혼이라는 것을 생각해 본 일도 별반 없지만, 현재 생활에 권태를 느끼지도 않고 있다. 지금 그녀는 임신을 하고 있지만 그것도 유산만 시키면 그뿐이라고 걱정을 안 하고 있다. 다만 일보의 간섭과 또 증오의 눈초리가 싫을 뿐이었다.

수희는 속으로,

'얼마나 그러는가 보자. 나는 내 하구 싶은 대루 하구야 말 테니까…….'
일보에 대해 반기를 들고 있는 것이다. 수희는 정말 자기 의사를 꺾을 사람은 하나도 없다고 생각했다. 그것은 그의 성격이기도 했다. 막내딸로 귀엽게 자라난 수희는 어렸을 적부터 남에게 굴하지 않았다.

중학교 다닐 때였다. 학교에 갔다 오는데 어떤 짓궂은 남학생 하나가 수희의 책가방을 빼앗아 길가에 던졌다. 수희는 화가 머리끝까지 나서 그 책가방을 던진 채 집으로 돌아왔다. 나중에는 그 남학생이 가방을 들고 쫓아와 쥐어 주었으나 끝내 받지 않았다. 남학생이 대문 안에다 가방을 내던지고 갔지만 그것도 집어 들지 않아 나중에 어머니에게 꾸중을 들었다. 그런 일이 모두 성격에서 온 것이지만 이성 관계에서도 마찬가지였다.

처음 이성 교제를 시작한 동기는 집안이 재미없었기 때문이었다. 고등학교 이학년 때 어머니가 돌아가셨다. 어머니가 돌아가시자, 수희는 집안이 텅 빈 것 같음을 느꼈다. 아버지가 싫지는 않았지만 아버지의 심각한 얼굴을 볼 때마다 수희는 어머니를 생각했다. 어머니를 생각하는 마음은 그녀를 고독의 구렁텅이로 끌고 갔다. 그녀는 고독이라는 것을 느끼기 시작했던 것이다. 큰오빠(一求)는 올케와 결혼한 지 몇 달도 안 되었는데 올케를 사랑하는 것 같지가 않았다. 그리고 자기를 상대도 해 주지 않았다. 둘째 오빠(一甫)도 거의 마찬가지였다. 밤낮 공부만 했다. 그리고 가정교사로 밤마다 나갔다. 자기를 상대해 주는 사람이 올케뿐이었다. 그러나 올케는 아무래도 내 가족이란 생각이 들지 않았다. 그가 고맙게 해 주어도 남에게 주다 남은 찌꺼기 애정을 주는 것 같은 느낌이었다. 그래서 고독은 점점 자랐다.

수희는 고등학교 삼학년 때부터 남자 교제를 했다. 남자들이 모두 고맙게 해 주었다. 공주처럼 위해 주기도 했다. 대학교에 입학하자 그는 남자 다루는 법도 알게 되었다. 동시에 여러 남자를 접촉했다. 그것은 각기 색감(色感)이 다른 감정을 엔조이하는 데 편리한 행동이었다. 편리할 뿐 아니라 그럴 수밖에 없기도 했다. 한 사람에게 절대량(絶對量)의 애정을 주는 것이 아니기 때문에 일부분의 애정만을 기울여 주는 그 남성들 중 어떠한 사람에게

만 만족할 수가 없기 때문이었다.

  대학교 삼학년이 되는 금년 봄부터 수희는 그러한 애정의 분배에 대하여 권태를 느끼기 시작했다. 어떠한 사람을 소유하고 싶었던 것이다. 그래서 그 중 허우대가 좋고 멋쟁이라고 생각되는 K은행의 성명칠(成明七)을 소유해 보았다. 그러나 딴 남자들이 수희를 방임해 두지 않았다. 그리고 임신 삼 개월이 된 지금 수희는 명칠에게도 권태를 느꼈다. 임신을 하고 나니 자기가 명칠을 소유한 것이 아니라 도리어 명칠에게 소유 당했다는 생각이 들었기 때문이었다.

  수희는 유산시키면 명칠과의 관계를 끊고 명칠의 소유물이란 관념에서 해방되어 전처럼 여러 남자와 교제를 할 생각이었다. 절대로 고정된 어떤 한 남자의 소유물이 아니란 생각으로. 그러니 결혼을 생각할 수가 없다. 결혼은 청춘이 시들 때 자기 인생을 뒤처리하기 위해서 할 것이라고 생각하고 있다. 술꾼이 술을 양껏 마시기 전에는 밥을 절대 먹지 않듯이.

  수희는 지금의 자기가 술을 마실 때지 밥을 먹을 때가 아니라고 생각하고 있다. 그렇기 때문에 현재의 자기 생각을 흥겹게만 생각하고 있다. 다만 불만이 있다면 가정생활뿐이다. 가족들에 대해서 누구에게나 만족을 느끼지 못하는 수희다.

  아버지는 말이 없어 좋으나 너무나 늙은 것이 싫다. 만주에서 살 때는 사업을 해서 남 못지않게 잘 살았었다. 해방 후 서울로 돌아와서도 양조업을 시작해서 돈을 꽤 모았다. 그러나 외국 무역을 한다고 하다가 양조장까지 팔아먹은 뒤 6·25를 맞고, 그 뒤부터는 쭉 복덕방 할아버지 생활이다. 활동하면 사업도 할 수도 있으련만 통 할 생각을 안 하고 있다. 수희는 늘 돈이 필요하다. 그러나 아버지는 학교 등록금 이외의 돈을 주지 못한다.

  그리고 오빠 일보는 늙은이보다도 더 완고한 것이 싫었다. 자기도 청춘이면서 청춘을 모르고 있다. 바보 같은 남자다. 그러면서 자기를 미워하기는…… 아마 질투에서 오는 감정일지 모르지만 도대체 질투하는 남자는 먹다 남은 찬밥보다도 시시하다.

  올케 애경도 수희의 비위에는 맞지 않았다. 무엇 때문에 청춘을 썩혀 가며 남편 없는 시집살이를 하느냐 말이다. 내게는 오빠이고 애경에게는 시동생인 일보를 속으로 사랑하는 것 같다. 되지도 않을 일이다. 그리고 사랑한다는 말 한 마디도 못하며 청춘을 썩히는 이중성격자. 정 사랑을 한다면 차라리 세상을 두려워할 것 없이 불이 타도록 사랑해 볼 것이 아닌가?

모두 보기 싫은 사람들뿐이다. 보기 싫은 식구만이 살고 있는 가정이니 집에 대한 애착이 있을 리 만무하다. 수희는 조반을 먹은 뒤 자기 방으로 돌아가 일보가 출근하는 동정을 살폈다. 첫째 시간부터 출석을 하려면 일보보다는 먼저 집을 떠나야 하는 것이지만 어쩐지 일보가 뒤따라올 것만 같은 생각이 들어 일보가 떠난 뒤 학교엘 가려고 마음먹었던 것이다. 노상에서까지 잔소리를 듣고 싶지가 않았다.

일보가 집을 나간 뒤 한참 있다가 수희는 요즈음 여대생 간의 유행인 큼직한 백 속에 노트 한 권을 집어넣고 집을 나섰다. 공부를 생각하면 교과서도 몇 권 가지고 가야 했지만, 방과 후의 불편을 생각하고 백 속에 들어갈 수 있는 노트 한 권만 가지고 떠났다.

사실은 그것만으로도 충분했다. 교과서를 가지고 온 친구와 같이 앉아도 되고 그것이 싫으면 맨 뒷자리에 앉아 교수의 얼굴이나 그리고 시간을 보내도 된다. 결석이 많으면 학점을 딸 수가 없으니까 학교엘 부지런히 나오는 것이지 시험만 치르기 위해서라면 강의를 한 시간도 안 들어도 무방하다.

수희는 이 날 오전 중 쭉 강의를 들었다. 만약 누구와 만날 약속만 있다면 친구들에게 출석(대리 대답)을 부탁하고 나갈 수도 있지만 오늘은 늦게야 약속이 있다. 물론 약속이 없어도 단골로 다니는 뮤직홀이나 찻집에 가기만 하면 아무나 만날 수가 있다. 그러나 오늘은 뮤직홀에 들어갈 돈이 없었다.

오전 강의를 끝내고 남들이 다 식당으로 가고 난 빈 강의실에 혼자 앉아 있을 때였다.

누가 뒤에서 말을 건네었다.

"미스 고, 식당에 안 가겠소? 내가 빵을 사지요."

동급생 김병대(金炳大)였다. 많은 남학생 가운데 불쾌한 말을 한 번도 해 본 적의 없는 유일한 모범학생이었다. 남학생이란 대부분 여학생들에게 불친절하다. 친절했다가는 친구들에게 오해를 살까 해서 그것을 두려워하기 때문인지 모른다. 간혹 친절하게 하려는 학생도 없지 않으나 그럴 경우엔 여학생이 도리어 반발을 한다. 진실된 것 같지가 않기 때문이다. 그렇기 때문에 동급생 가운데는 연애 사건이 별반 없다.

더구나 수희는 동급생 남학생들을 어리게 본다. 감정적으로나 지성적으로 미숙하다고 생각되는 남자들과 교제할 흥미가 없었던 것이다. 더구나 남성 교제가 많다는 평판을 듣고 있기 때문에 동급생들에게 백안시당하고 있는 수희였다. 어쨌든 수희와 가까이하려는 남학생이 없다. 그런데 오늘 김병대가 유달리 친절을 베풀며 빵을 사겠다는 이유가 무엇일까?

수희가 병대의 저의(底意)를 살피고 있을 때,

"빵을 먹으며 꼭 할 이야기가 있습니다."

병대가 얼굴을 붉혀 가며 말했다. 수희는 얼굴이 붉어지는 병대를 보자 픽 웃음이 나왔다. 풋내기란 생각이 들었던 것이다. 할 이야기 있다는 것도 빤히 들여다보이는 일이었다.

"할 이야기가 있으면 여기서 하세요."

수희는 병대의 이야기를 들으나마나라고 생각했다. 빤한 이야기를 들으러 사람이 많은 식당까지 가는 것은 더욱 싫기 때문이었다.

"배가 고프실 텐데요?"

병대는 식당에라도 가야 이야기를 할 수 있는 모양인지 수희가 배고플 것을 걱정했다. 수희는 또 웃음이나 나왔다.

'단수가 그렇게까지 얕아 가지고 어떻게 연애를 하려구 할까?'

이런 생각이 들었던 것이다.

"배 안 고파요. 여기서 말씀하세요. 조용해서 더 좋지 않아요."

수희는 빤히 들여다보이지만, 병대의 말을 듣고 싶었다. 어떤 태도로 자기 마음을 표현하는가, 풋내기의 행동을 한 번 실험해 보구 싶었던 것이다.

"여기서야 어떻게 이야길 합니까?"

남이 들어올지도 모르는 교실이라 퍽이나 불안한 모양이었다.

"어때요? 자 앉으세요."

수희는 무슨 말이나 받아들이겠다는 듯이 상냥한 웃음을 웃으며 옆자리를 턱으로 가리켰다.

"그래두······."

병대는 앉지를 못했다. 역시 순진한 청년이었다.

수희는 병대가 연애도 한 번 못 해 본 남자라고 생각했다. 우등생은 못 되지만 공부를 잘 하는 학생이다. 수희는 그러한 병대가 같은 반 여학생이 대여섯 명이나 되는데 하필이면 평판이 좋지 못한 자기에게 마음을 두고 있는 이유가 무엇인지 그것이 궁금스러웠다. 풋내기의 눈으로 볼 때 자기의 어떤 점이 좋은가 그것이 알고 싶어진 것이다.

"뮤직홀에나 갈까요?"

수희는 병대를 유혹했다.

"갈까요."

병대는 기대하지 못했던 수확에 만면에 희색을 띠었다.

"결강을 해두 괜찮아요?"

"어때요? 하루쯤."

그들은 시내를 향해 학교를 나왔다.

걸어서 버스 정류장까지 나오는 동안, 그리고 버스에서 C뮤직홀에 이르는 동안, 수희는 될 수 있는 대로 병대에게 친근한 태도를 보였다. 그래야만 병대가 마음을 놓고 이야기를 할 수 있을 것 같았기 때문이었다. 뮤직홀에 들어가서도 쉬지 않고 화제를 끄집어냈다.

"고향이 어디시죠?"

"충청북도 충줍니다."

"부모님두 다 생존해 계시겠군요?"

"사이다 공장을 경영하구 계십니다."

그러니까 재산도 꽤 있다는 말이리라. 이런 말을 하다가 수희는,

"그래, 할 이야기란 뭐지요?"

하고 병대의 말문을 찌른 뒤 그의 얼굴을 쳐다봤다.

병대는 얼굴을 떨구고 대답을 못했다.
수줍은 모양이었다. 수희는 그러한 병대가 재미있게 보여,
"남 안타깝게 하지 말구 시원히 말해 보세요."
이야기를 독촉했다.
"천천히 하지요."
병대는 차마 입을 열지 못했다.
"남자가 왜 그렇게 시시해요."
수희는 병대의 무르팍을 살짝 두들겼다.
"음악이나 좀 듣구 이야기합시다."
"그럼 듣구 계세요. 난 가 보겠어요. 만나 볼 사람이 있어서……."
수희는 자기가 악취미라고 생각되었지만 할 수 없었다. 빤한 이야기지만 그 이야기를 듣기 위해 시간을 낭비하기가 싫었던 것이다.
"약속이 있으신가요?"
병대가 굳어진 얼굴로 수희를 쳐다봤다.
"약속은 없지만 오늘 안으로 만나 봐야 할 사람이 있어요."
 거짓은 거짓말이 아니다. 그러나 병대의 입을 열게 하는 최촉제(催促劑)로 쓴 말이다. 그런데도 병대는,
"그래요?"
하며 그렇다면 할 수 없다는 듯이 입을 열려 하지 않았다. 수희는 터지지 않은, 곪을 대로 곪은 종기를 보듯 불만스러웠다. 자기 손으로라도 터뜨려 주고 싶었다. 그러나 초조해할 것도 안타까워할 일도 아니었다. 병대와 자기는 아무 상관도 없는 사람이니까 다만 기회를 만들어 주었는데도 하고 싶은 말을 못하는 병대의 그 소극성을 웃어 줄 따름이었다.
 현대 청년에게도 그러한 기질이 있을 수 있을까. 있다면 그것을 바보로 취급할 것인가, 그렇지 않으면 순진한 것으로 칭찬을 해야 할 것인가? 수희는 조금도 칭찬하고 싶은 마음이 생기지 않았다. 정말 배가 고프면 쟁취해서라도 그것을 먹어야 한다. 먹어야만 살 수가 있지 않은가?
 수희는 병대에게 흥미를 포기하고 전화 있는 데로 갔다. 그리고는 성명칠

에게 전화를 걸었다.

"좀 있다 나가겠어요."

"그래."

그들의 대화는 간단했다.

명칠의 퇴근 시간에 '모나미' 다방에서 만난다는 것은 그들의 묵계로 되어 있기 때문이었다.

전화를 걸고 시계를 보았을 때 수희는 명칠과 만날 시간이 아직 세 시간 이상 남았다는 것을 알았다.

누구를 만나 시간을 보낼까? 출판사에 있는 H, 무역회사 전무 C, 아무를 찾아가도 시간은 얼마든지 보낼 수 있다. 그리고 모두들 반가워할 것이다. 그러나 오늘만은 딴 사람과 만날 생각이 나지 않았다. 아침에 아버지와 오빠에게서 혼인 말을 들었기 때문인지 모르겠다. 명칠을 만나 유산에 대한 이야기를 구체화시켜야 한다는 마음이 무거웠다. 임신했다는 자의식──그것이 결혼이란 말로 가슴 속에 굳어졌다. 결혼을 하겠다는 것이 아니라 결혼이란 어휘가 임신이란 의식과 더불어 자기를 구속하는 것 같았기 때문이었다. 빨리 자유로운 몸이 되자. 임신도 싫고 결혼도 싫다.

수희는 H, C를 내일이나 모레 만나도 무방하다고 생각했다. 그렇다면 오늘은 결국 앉은자리에서 음악이나 들어가며 시간을 보내는 수밖에 없었다.

병대 옆에서 병대를 잊고 음악을 듣고 있을 때였다. 무료한 시간을 보내기가 힘들었던지 병대가,

"미스 고."

하고 수희를 불렀다.

"나하구두 가끔 만나 주실 수 있어요?"

수희는 예상했던 일이라 놀랄 것도 없었지만 무신경을 가장하여,

"매일 학교에서 만나지 않아요."

라고 대답했다.

"학교에서 보는 거지, 어디 만나는 건가요?"

"그럼, 학교 밖에서 단 둘이 만나는 걸 말씀하시는 건가요?"

"네."
"무슨 할 이야기가 그리 많으세요?"
"꼭 할 이야기가 있어야 만나는가요."
수희는 좀더 병대를 곯려 주고 싶었다. 아주 무감각한 척하며, 하기 힘들어 곤란해하는 표정을 감상하고 싶었으나 갑자기 그럴 흥미가 깨지고 말았다. 자기가 지나치게 잔인하다는 것을 느낀 때문은 아니었다. 병대가 불쌍하다는 생각이 든 때문도 아니었다. 현재 발생하고 있는 문제를 빨리 처리해 버리고 싶은 때문이었다. 그래서,
"솔직히 말씀해 보세요. 나를 좋아한다는 거죠?"
하고 병대가 말하기 좋게 말문을 터놓았다.
"그렇습니다."
병대가 시원스럽게 말했다. 그러자 수희는,
'나는 연애하는 남자가 있는걸요.'
하고 대답하려 했다. 그러면 이야기는 간단하게 결말을 지을 수 있을 것이다. 그러나 그 말 대신,
"우리 클래스에는 나말구두 여학생이 많은데 하필 나를 좋아하는지 이유가 뭐지요?"
하고 물었다. 여자란 아무리 싫은 남자에게라도 자기가 남에게 소유되어 있다는 것을 밝히기 싫어한다. 그러한 마음의 발동이었다.
"나는 미스 고의 다리가 참 좋아요."
병대가 거리낌없이 이런 말을 할 때 수희는 속으로 픽 웃었다. 여러 남자에게서 백만 불짜리의 각선미라는 말을 들어왔다. 그래서 육체의 어떤 부분보다도 다리에 자신을 가진 수희지만 처음으로 좋다는 말을 하는 남자가 겨우 다리 이야기를 꺼내는 데 실소(失笑)하지 않을 수 없었다.
"다리가 그리 중한가요?"
"나는 여자의 미가 다리에 있다구 생각합니다. 너무 굵거나 너무 가는 여자는 다시 보기도 싫어집니다."
그것도 그럴 듯한 말이기도 했다. 그러나 말의 상대가 되지 않는 것 같아

대꾸를 안 하고 있을 때, 다시 병대가,

"일학년에 처음 입학했을 때부터 나는 미스 고를 좋아했습니다. 어떤 학생에게도 관심이 없는 듯한 태도가 좋았어요. 그렇지만 이야기할 기회가 없었습니다."

하고 가슴 속에 간직했던 말들을 꺼내기 시작했다. 이 말을 듣자 수희는 병대가 자기에게 접근하려고 이상한 태도를 보인 일이 몇 번인가 있었다는 것을 기억해 냈다.

그러나 자기를 너무도 모르기 때문이란 생각이 들어,

"나를 모르기 때문이겠죠. 만약 나를 조금이라두 안다면 생각이 달라질 것입니다."

하고 자기가 좋지 않은 여자임을 암시했다.

"다 알구 있습니다. 가정까지 조사하구 있습니다. 큰오빠가 4·19 때 돌아가시구, 작은 오빠 한 분만 계시지요? 아버지하구······."

"그리구?"

"그리구 이성 교제도 적지 않다는 것을 알구 있습니다."

"이성 교제가 어떤 정도라는 것까지 아시나요?"

"여러 남자와 교제를 하구 있으니까 진짜 사랑하는 남자는 없겠지요."

"잘 아시는데요."

"그 중에서 내가 미스 고를 그 중 사랑하는 남자가 되고 싶습니다."

수희는 속으로 또 피식 웃었다. 사랑을 가지고 자기를 독점해 보겠다는 치기만만한 병대.

"그렇게 간단하지가 않을걸요."

수희는 처음으로 병대에게 실망이 될 말을 했다.

"나는 간단하다구 생각합니다. 사랑이 제일이니까요. 그리고 나는 누구보다도 열렬하게 사랑할 수 있다구 생각해요."

이야기를 시작하자 병대는 뜻밖에도 대담해졌다. 아무리 내성적인 성격을 가졌다 해도 자기 표현에 대담한 현대적 공기를 마신 때문이라고 할까······.

"내가 딴 사람을 사랑하구 있다면요?"
"그래두 쟁취를 하겠습니다. 사랑은 빼앗는 것이라던데요."
"가능성이 있을 때 하는 말이겠죠."
"나폴레옹의 사전에는 불가능이란 단어가 없습니다."
"행복하시겠군요."
"네, 행복합니다. 행복한 놈이라구 스스로 생각하구 있습니다."

수희는 더 이야기할 흥미가 없었다. 상대방의 의견을 물어도 보지 않고 혼자 생각하며 혼자 행복감을 느낀다는 것이 얼마나 유치한 일인가?

"우리 시험 언제부터죠?"

수희는 화제를 돌려 버렸다. 아무리 대담성을 내포하고 있더라도 자기가 거부하는 태도를 보이면 그런 이야기를 다시 꺼내지 못하리라 생각했기 때문이었다.

"앞으로 꼭 열하루 남았습니다."
"노트를 좀 빌려 주시겠어요?"
"그러지요."

그 뒤부터 수희는 학교 이야기 또는 동급생들에 대한 이야기를 꺼냈다. 나중에는 음악 이야기도 했다. 끝내 병대는 자기 감정에 대한 이야기를 다시 꺼내지 못했다. 그만큼 순진한 남자였다.

"가 봐야겠어요."

수희는 자리에서 일어설 때 병대는 미련 있는 눈으로,

"벌써 가세요?"

하고 물었지만,

"늦었는데 가 봐야지요."

할 때는,

"그럼 내일 뵙겠어요."

하고 자기는 좀더 앉았다 가겠다는 말을 했다.

음악실을 나올 때 수희는 어깨가 가벼워짐을 느꼈다. 대학생들로 꽉 차 있는 음악실. 재즈 음악에 맞추어 발장단을 치고 있는 이십대의 천진스런 학생들. 거기에는 병대와 같은 순수하다면 순수한 연애가 떠돌고 있을 것이다.

수희는 너무나 좁은 세계에서 해방이나 된 듯 심호흡을 하고 음악실을 나와 거리를 활보했다. 종로에서 무교동까지 걷는 동안 수희는 몇 개의 양장점을 지나가며 쇼윈도를 들여다보았다. 마네킹들이 눈을 끌었던 것이다.

'저런 것을 마음대루 사 입을 수가 있다면……'

수희는 자기가 입은 옷이 초라함을 느꼈다. 그리고 가난한 아버지와 오빠를 원망하고 싶었다. 조금만 더 생기를 띠고 활동을 하면 돈을 벌 수도 있는 아버지. 오빠야 어떤 곳에 취직을 하든 수입이 뻔할 것이지만, 늙고 무기력한 아버지가 원망스러웠다.

'돈 있는 남자와 결혼을 해 버릴까?'

수희는 문득 이런 생각을 했다. 남자란 별것이 아니다. 전부가 그렇고 그렇다. 우선 생활에 부족감을 주지 않는 남자라야 한다. 생활고에 쪼들리면서 애정이니 뭐니 큰소리를 칠 수가 있는가? 감정이란 여유가 있을 때 생기가 돈다.

수희는 아버지가 선을 보라던 그 남자를 생각했다. 혹시 갑부의 아들이나 아닐지. 그렇다면 졸업할 생각도 말고 결혼을 해 버릴까?

이런 생각을 하면서 수희는 명칠과 만나기로 한 '모나미'로 갔다.

아직 명칠은 와 있지 않았다. 그렇지만 수희는 시계를 보지 않았다. 올 시간이 되면 오려니 하는 생각에서였다.

그 대신 다방에 앉아 있는 남자들을 하나씩 점검(點檢)해 보았다. 정말 비슷비슷한 얼굴들이었다. 색깔이 다르고 형상이 다르다고 해도 거의가 비슷비슷해 보였다. 눈이 하나거나 코가 둘이거나 한 남자는 하나도 없었다. 보기가 싫다고 생각되는 남자가 없지는 않았으나 그저 그렇고 그런 것 같았다.

수희는 명칠과 그리고 C 또는 H를 생각해 보았다. 그 둘도 각기 조금씩 다른 개성을 가졌지만 그저 그렇고 그렇다. 동시에 그는 그저 그렇고 그런 남자들 중 누구를 사랑했는가라고 생각해 보았다. 모두 사랑한 것 같기도 했으나 모두 사랑하지 않은 것 같기도 했다.

사랑의 물적 증거를 남겨 준 명칠을 사랑 안 했다고 말 할 수 없는 자신을 느꼈다. 그러나 그렇다고 해서 명칠만을 사랑했다고 긍정하기가 싫었다. C나 H와 꼭같이 명칠을 좋아한 것만은 사실이다. 그러나 명칠하고만 깊은 관계를 맺은 것은 명칠의 성격이 C나 H보다 적극적이었다는 것 이외에 다른 이유가 없다. 정말 아무 다른 이유가 없다.

오늘 같은 날 수희는 차라리 무역회사 전무인 C를 만나고 싶었는지 모른다. C를 만나면 이파리가 무성한 느티나무의 그늘 밑에 앉아 있는 느낌이다. 아무데고 앉아도 광선이 새어들지 않는다. 그러나 오늘 명칠을 만나서 할 이야기가 있다.

다섯 시 반이 조금 지나자 명칠이 왔다. 혈색이 좋은 명칠은 수희의 옆자리에 앉으면서,

"많이 기다렸지?"

하고 수희의 얼굴을 쳐다보았다.

"아아니요."

했더니 명칠은 곧,

"알아봤는데 친구의 아버지가 바루 산부인과를 하구 있어."

하고 유산에 대한 이야기를 꺼냈다. 며칠 전 두 사람은 그것에 대한 합의를 보았고, 그 구체적인 방법에 대하여 명칠이가 알아보기로 했던 것이다.

명칠의 말을 듣자 수희는 역정을 냈다.

"그래 그 친구라는 사람에게 내 이야기를 했어요?"

수희가 날카로운 음성으로 묻자 명칠은,

"어떻게 '유' 이야기를 하누. 내 친구 가운데 그런 사람이 있다구 그랬지."

"그래두 난 그 집에는 안 가요."

그러자 명칠은 잠시 대답을 않고 있다가,

"나두 창피한 일이라구 생각해. 그러니까 그냥 두는 것이 어때?"

하고 침착하게 말했다.

"결혼두 안 하구요."

"그러니까 내 말은 결혼을 하자는 거지."

처음 듣는 말이었다.

"결혼을요?"

수희가 놀란 눈으로 반문하자 명칠이,

"사랑하고 있고 또 애기까지 생겼는데 못할 것이 뭐야."

하고 결혼이 당연한 것처럼 말했다.

"난 결혼이란 걸 생각해 본 일이 없어요. 아직 졸업두 못하구서……."

"결혼하구서는 학교에 못 다니나? 그까짓 졸업장만 타면 되는걸."

그것도 그럴 수 있는 일이었다. 그러나 수희는 단호하게 말했다.

"그래두 결혼은 안 하겠어요."

"안 한다는 이유가 뭐지?"

"생각두 안 해 본 일을 어떻게 해요."

"이제부터 생각하면 되잖아."

"난 어머니하구두 의논을 했어. 집에서두 찬성이야."

"어머니에게 내 이야기를 했다는 거예요?"

수희는 이 사람이 정신이 있는가 하는 눈으로 명칠을 쳐다보았다.

수희는 자기가 명칠 때문에 많은 사람에게 창피를 당하고 있다는 생각을 했다. 명칠이로서는 어머니에게 의논하는 것이 당연한 일이었을지 모르나 수희로서는 공연히 명칠을 알았기 때문에 안 당해도 좋을 창피를 당하고 있는 것이라 생각했다.

"우리 엄만 좋은 분이야. 아마 수희를 굉장히 사랑해 줄 거야."

"싫어요."

수희는 모두가 싫었다.

사랑을 해 주건 안 해 주건 명칠의 어머니가 나와 무슨 상관이람.

"그러지 말구 잘 생각해 봐. 나두 이제는 '유'를 완전히 소유하고 싶어."

명칠이 애원하듯 말했으나 수희는 그러한 명칠이 더욱 싫었다.

이때까지 결혼이란 것을 한 번도 생각해 본 일이 없는 명칠이었다. 언젠

가 수희가 명칠에게 장차 어떤 여자와 결혼하겠느냐고 물었을 때 명칠은,
"연애를 한 번두 안 해 본 여자하구 할 테야. 춤두 출 줄 모르구."
마치 수희와 정반대의 여자가 아니면 결혼을 안 할 것처럼 말했다. 그것은 농담이 아니었다. 길을 가다가 화장도 안 하고 수수하게 차린 여자를 보면,
"저런 여자와 결혼을 했으면……."
하고 몇 번이나 그런 여자를 부러워했다. 말하자면 자기를 결혼 대상으로 생각지도 않고 있는 명칠이다. 물론 수희도 명칠을 결혼 대상으로 교제한 것이 아닌 만큼 보통 때는 그러한 명칠을 약간 기분 나쁘게 생각하면서도 그리 탓하지를 안 했었다. 그러나 지금 처리해야 할 중대 문제가 눈앞에 가로막혔을 때 그 문제를 해결하기 위해 결혼을 신청한다는 것은 비겁한 일이라고밖에 말할 수 없다.
"결혼 대상이 나 같은 여자가 아니었을 텐데요?"
수희는 비꼬듯 말했다.
"아냐, 나는 요즘 수희를 사랑하고 있다는 나 자신을 알았어. 사랑하면 결혼을 할 수 있잖아."
명칠이 자기의 진심을 말하는데도 수희는 그것이 진심으로 들리지가 않았다.
"결혼 대상두 못 되는 여자를 어떻게 사랑하지요?"
"수희의 과거를 생각지 않아두 좋을 것 같아. 그렇기 때문에 수희가 조금두 부족함이 없는 여자라구 생각이 들었어. 세상에 제일가는 여자라구……"
"침에 발린 소리 하지 마세요."
수희는 명칠이가 다시 그런 말을 못하게
"좌우간 나는 아직 결혼을 안 할 테니까 그쯤 아세요."
하고 덧붙였다.
수희는 생각했다. 이왕이면 명칠과 결혼해두 무방할지 모른다. 인물도 남에게 빠지지 않는다. 머리도 꽤 좋은 편이다. 직업도 나무랄 것이 없고. 그러나 평생 월급쟁이다. 그리고 자기가 벌어 가족 생활비를 대고 있다. 언제

나 가난하게 살 사람이다. 돈에 쪼들리는 아버지, 그리고 월급을 타 오는 날마다 돈타령을 하는 오빠 일보가 머리에 떠올랐다. 수희는 가난이 싫었던 것이다.

"고집인가?"

"고집이라두 좋아요."

수희는 차마 가난 이야기를 꺼낼 수가 없었다.

"내가 결혼 대상이 못 된다는 말이겠지?"

"그런 것은 생각해 본 일이 없어요."

"알았어, 결국 내가 싫다는 거지……."

"아무렇게 생각해두 좋아요."

명칠은 다시 결혼 이야기를 꺼내지 않았다. 수희는 그것을 다행하게 생각하며 병원에 갈 이야기를 꺼냈다.

"돈 가지고 나오셨지요?"

"가져왔어."

"주세요."

수희는 명칠에게서 돈을 받고는 곧 다방을 나왔다.

다방을 나와 시청 쪽을 걷고 있을 때 뒤따라오던 명칠이 한 번 더 고려해 보기를 권했다.

"병원엔 내일두 갈 수 있잖아?"

그러나 수희는 고려할 여지가 없다는 태도로 말했다.

"할려구 생각했던 일이니까 하겠어요."

"내 말은 죽어두 듣지 않겠다는 거지?"

"왜 그런 말씀을 하시는 거죠? 기분 나쁘게……."

"기분 좋은 건 뭐 있어……."

"사람이 기분만으로 살 수 있어요."

수희는 지금 악담을 느끼고 있다. 병원으로 가고 있다는 사실이 그의 가슴을 꽉 누르고 있다. 어쩌면 푸줏간에 들어가는 소 같을지도 모른다. 거기에 가면 어떤 모욕과 어떤 고통이 기다리고 있을지 모른다.

방황하는 꽃 101

가슴이 두근거렸다. 파열이 될 것처럼 뻐근한 가슴 속. 수희는 자기가 커다란 시련을 받고 있다는 생각을 했다. 죽음과 같은 시련이었다. 아니 죽음에 대한 공포에 떨고 있는지도 모른다. 지금 병원엘 가면 살아서 돌아오지 못할지도 모른다는 공포심. 그것은 경험이 없기 때문일지도 모른다. 그리고 미지의 사실이지만 반드시 고통이 수반한다는 강박관념 때문인지도 모른다.
 어쨌든 수희는 지금 떨고 있다. 그러나 단행하지 않을 수 없는 것이었다.
 얼마 동안 말없이 따라오던 명칠이,
 "병원엔 혼자서 갈 테야?"
하고 물었다. 자기는 따라가고 싶지 않다는 의사였다.
 "그럼 같이 가요."
 수희도 명칠과 같이 갈 생각은 아니었다. 그러나 명칠이 자기를 혼자 두고 가려니 생각하니 수희는 자기가 완전 고립이라는 것을 느꼈다. 자기를 좋다고 밤낮 붙어 다니던 사람이 적지 않게 있었다. 그러나 죽음의 공포를 느끼는 어마어마한 순간에는 옆에 있어 줄 사람이 하나도 없다.
 수희는 자기의 과거가 이 날로 피리어드를 찍는 것처럼 느껴졌다. 좋은 날들이였나. 슬거움 속에서 꽃밭을 거닐던 그 아름다운 과거가 일시에 사라진 것 같았다.
 수희는 자기의 과거가 다시 되돌아오지 못하리라 오늘로 끝나는 것만 같았다.
 그것은 오늘과 같은 일을 되풀이할 수 없다는 생각에서일지도 모른다.
 오늘을 부정할 수 없다. 이 공포의 오늘을—— 동시에 오늘과 같은 다시 만들 용기가 소멸된 것 같음을 느꼈다.
 C, H. 모두 굿바이.
 수희는 그들에게 손을 흔들며 굿바이를 해도 아까울 것이 없을 것을 느꼈다.
 C는 가정이 있는 남자다. 그리고 자기를 죽도록 사랑하지도 않는다. 만나면 좋아한다. 자기의 요구면 무엇이나 들어 주기는 하지만 자기를 놓치지 않으려고 발버둥치는 일이 조금도 없다. 자기의 남성 교제를 알면서도 그것

을 한 번도 질투한 일이 없다. 별다른 야심을 가지고 있지 않는 것은 고마운 일이지만 하나의 액세서리처럼 자기를 애완하는 그가, 자기에게 필요불가결의 존재라고는 말할 수 없다.

H는 C와 달리 자기를 독점하려고 한다. 그래서 질투도 곧잘 한다. 미혼 남자이니 결혼도 하려면 할 수 있다. 그러나 그는 경박하다. 감기로 누워 있을 때 만나기로 약속을 하고도 나가지 못했다고 그는 집으로 찾아와 오빠에게 창피를 당한 뒤 자기를 때려 줄 것처럼 덤벼들었다. 경박한 H.

수희는 화려했던 과거가 오늘의 자기와는 아무 관계가 없음을 깨달았다.

시청을 지나 남대문 못 미처 왼쪽 골목에 있는 어떤 산부인과 병원 간판을 보자 명칠에게 '굿바이' 하고 손을 저어 준 뒤 혼자서 병원 안으로 들어갔다.

몇 시간 뒤 병원을 나온 수희는 곧바로 집으로 돌아가 이불을 깔고 누웠다.

애경이 옆에 와서,

"얼굴이 몹시 창백해 보이는데 무슨 일이 있었어요?"

하고 걱정했지만 수희는,

"괜찮아요."

대답도 하기가 싫어 이불을 뒤집어썼다.

"무슨 약을 사 올까요?"

자기가 병에 걸렸는가 해서 애경이 약 사 올 걱정을 할 때 수희는 애경이가 여자이기 때문에 자기의 비밀을 감시하고 있지나 않는가 하는 불안을 느꼈다.

"오슬오슬 추어서 공부두 그만두고 오는데 언덕배기에서 갑자기 현기증이 나지 않아요. 빈혈인가 봐요. 약이 필요 없어요."

"그럼 식사를 좀 하세요. 좀 있다 배를 사다 드릴게. 빈혈증에는 배가 좋다던데……."

수희는 조반도 먹지 않은 것이 생각났다. 밥을 좀 먹어야만 할 것 같았다. 그러나 밥 먹는 것도 귀찮았다. 그리고 배고픈 형벌이라도 받아야 한다는 생각이 들었다.

　임신한 뒤로부터 유산시킬 때까지, 그는 생명에 대한 죄악감 같은 것은 한 번도 생각해 본 일이 없었다. 그런데 수술을 하고 난 지금 그의 눈앞에는 형태 없는 한 생명이 얼른거렸다. 어떤 하수도 속에 오물과 함께 내던져져 있을 핏덩어리. 어떤 동화를 읽은 기억과 관련된 일인지도 모르지만 조그만 단지 속에서 구름과 같은 연기가 나오고 그 연기에 싸여 산더미만한 유령이 공중에 떠서 움직이지를 않는다. 그리고 그 유령이 자기를 잡아먹으려 한다.

　수희는 뒤집어썼던 이불을 들치고 눈을 크게 떴다. 그러나 공포는 그대로 남았다.

　'나는 앞으로 얼마만한 형벌을 받아야 하나?'

　수희의 눈에는 지렁이가 다시 떠올랐다. 죽이느라고 대가리를 잘랐는데도 지렁이는 죽지를 않는다. 죽이느라고 대가리를 잘랐는데 지렁이는 죽지를 않는다. 한 토막 더 잘랐으나 그래도 지렁이는 죽지 않는다.

　죽이기는 했으나 완전히 죽이지 못한 생명. 죽인대야 완전히 죽는 것도 아닌 생명.

　수희는 생명에 대한 공포를 느꼈던 것이다.

　빨리 새 생명을 낳아서 기른다면……. 그는 생명의 공포에서 자기를 구원하려면 새 생명을 낳아 자기 손으로 길러야 하지 않을까 하고 생각했다.

　그러나 애를 낳는다는 것은 싫었다. 기르는 것은 좋을지 모르나 기르는 것과 같은 것은 본질이 다르다. 그것은 남자들이 싫어졌기 때문일지도 모른다. 명칠도 C도 H도 다 싫다. 좋아하던 사람들을 싫어한다는 것은 괴로운 일이었다.

　괴롭기 때문에 수희는 다음날 또 다음날도 외출을 안 했다.

　며칠 동안 만나지 못했다고 해서 집으로 찾아왔다가 오빠에게 봉변을 당한 H를 생각했다. 호텔에 같이 갔다가 오빠 때문에 춤도 못 추어 서운해 하던 C, 그리고 뒷일이 궁금해서 안타까워할 명칠을 생각했다.

　그러나 시험을 앞두고 등교하지 않을 수 없어 등교를 할 때 수희는 그들에게 전화를 걸지 않았다. 명칠에게만은 무사하다는 전화를 걸었을 뿐 그도 만나지를 않았다. 수회에게 있어서 말이 싫어진 기간이었다. 과거 어느 때에도 없었던 일이었다. 아무하고나 말을 하고 싶지 않았다. 말을 하고 싶지 않으니 만나고 싶은 사람이 없었다.

그러니 사람이 싫어진 셈이다. 아버지도 오빠도 싫었다. 애경도 싫고.

어디서 낙엽처럼 사람의 발 밑에 밟히며 굴러다닐 그 생명이 눈앞에서 떠나지 않았다.

자기 몸에서 떨어져 나간 그 생명을 발로 밟고 다니는 자기의 환상이 자꾸만 떠올랐다.

회색의 커튼

눈에 보이도록 침착해졌고 전과는 달리 일찍 일찍 돌아와 시험공부를 하고 있는 수회를 볼 때 일보는 수회가 어떤 타격으로 해서 심적 변화를 일으킨 것이라 생각하였다.

그러나 그것이 얼마나 오래 계속하랴 하고 의심했다.

바탕이 그렇게 생겨먹었다면 며칠도 안 가서 또 마음이 달리질 것이다. 황모는 삼 년을 묻어 두어도 변하지 않는다고 한다.

일보로서 알고 싶은 것은 다만 수회의 심경을 변화시킨 그 심적 타격이 무엇일까 하는 그것만은 알고 싶었다. 그것을 알아야 앞으로 수회를 대하는 자기 태도를 결정지을 수 있을 것 같았다.

그러나 그런 것을 수회에게 직접 묻기는 싫었다. 잘못 물었다가 도리어 반발을 일으켜도 안 될 일이지만 섣불리 추측한 것을 가지고 수회가 완전히 개심한 것처럼 자기의 착각을 드러내 놓기가 싫었던 것이다. 그래서 하루는 애경을 붙잡고,

"수회가 달라진 것 같잖아요?"

하고 애경을 통해 수회를 알아보려 했다.

"갑자기 어른이 된 것 같아요."

애경도 같은 것을 생각하고 있는 모양이었다.
"그럴 이유가 뭐 있나요?"
"어지럼증이 난다구 일찍 들어온 날부터 달라진 것 같아요. 말을 하지 않으니까 속이야 알 수 있어요."
"내 생각엔 어떤 동기가 반드시 있을 것 같은데······."
"나두 그렇게 생각해요."
애경도 그 동기에 대해서만은 아는 것이 없는 모양이었다. 모르는 이야기를 한댔자 아무 소용도 없을 것 같아,
"형수님한테 영향을 받는 것이나 아닐까요?"
하고 화제를 돌렸다.
"나한테서 무슨 영향을 받아요."
의외라는 듯 애경이 일보를 쳐다봤다.
"형수님의 그 정숙하고 여성적인 면을······."
이 말을 했을 때였다. 애경이 갑자기 일어서더니 부엌으로 뛰쳐 나갔다. 일보는 성냥을 긋다가 저절로 확 하고 폭발하는 성냥통을 보는 듯 움칠하고 놀랐다. 성냥통이 폭발할 때는 이유가 있다. 그런데 애경이가 격분해서 뛰쳐 나간 이유는 알 수가 없었다. 좀체로 흥분을 남에게 보이지 않는 애경이었다.
일보는 부엌으로 따라나갔다. 그리고는 찬장을 향해 기도를 드리듯 서 있는 애경에게,
"내가 말을 잘못했나요?"
하고 물었다. 자기가 한 말이 조금도 잘못된 것이 아니란 생각에서였다.
"들어가 계세요."
뒤도 돌아보지 않고 자기의 자세를 그대로 지키고 서 있는 애경은 심적으로 감정의 격화를 일으키고 있는 것이 분명했다.
정숙하고 여성다운 형수님이라고 했는데 그 말이 애경을 격분케 했을 까닭이 무엇인가? 일보는 아무리 생각해도 이해할 수가 없었다.
"말씀 해 보세요. 내가 뭘 잘못했어요?"

일보는 애경의 어깨를 가볍게 잡고 그를 자기에게로 돌리며 물었다.
"잘못하기는요."
"그래두 이상한데요?"
"갑자기 어머니 생각이 났을 뿐이에요. 이젠 아무렇지도 않아요."
애경은 정말 아무렇지도 않다는 듯이 쌀독에서 쌀을 꺼내 밥지을 준비를 했다.
"어머니 생각이 난다구 그럴 수가 있나요?"
"잘못했어요. 아무 말 말구 들어가 계세요."
애경은 바삐 저녁밥 짓기를 시작했다.
일보가 방 안으로 들어간 뒤 애경은 솥에다 쌀을 안쳤다. 그리고는 찌개를 만들기 위해서 도마 앞에 마주섰다. 그리고는 찌개를 만들기 위해서 도마 앞에 마주섰다. 그 위에 눈물 한 방울이 뚝 떨어졌다. 슬픈 감정이 다시 솟구쳐 올랐던 것이다.
'정숙하고 여성답다고? 나는 결국 그 말을 듣기 위하여 나를 죽여 가며 현실에 인종해 왔던가?'
애경은 다시 자기 어머니를 생각하는 것이었다.
"여자란 정숙하고 여자다워야지. 그렇지만 그것 때문에 젊은 애가 칭싱과부루 늙을 수 있니?"
입버릇처럼 하는 친정 어머니의 말이었다. 입버릇처럼 하는 말이기 때문에 언제나 흘려듣던 그 말이 오늘 일보의 입에서 나왔다고 해서 새삼스럽게 가슴을 찌르고 눈물이 나게 하는 까닭은 무엇일까?
'어머니에게서 나온 말이나 일보의 입에서 나온 말이나 말은 같은 말인데…….'
꼭같은 말인데도 일보가 그런 말을 했다고 생각할 때 애경의 눈에서는 또 한 방울의 눈물이 떨어졌다.
'내가 일보에게서 그런 말을 듣기 위해 이 집에서 살고 있는가?'
애경은 문득 이런 생각을 했던 것이다.
나는 정숙하고 여자다운 여자가 되기 위하여 청상과부로 늙으려 하는 것인가? 애경은 혼자서 도리질을 했다. 그런 것 같지는 않았던 것이다. 자기를 지켜 나가기 위해, 그리고 무엇인가 보람을 느끼기 위해 남편 없는 시집을 지키고 있다. 고생을 고생으로 생각지 않으며 살고 있는 것은 무엇인가. 그 보람을 찾기 위해서였다. 그런데 일보는 그 보람을 정숙하고 여성다운 것으로 단정지어 버렸다.

애경은 자기가 찾는 보람이 무엇인지는 모르나 일보가 단정한 그런 것만은 아니라고 생각했다.

내가 무엇이 정숙한가? 애경은 자기 자신을 정숙한 여자라고 단정하고 싶지 않았다.

나는 일보를 시동생으로만 생각하고 있는 걸까……. 시동생을 시동생으로만 생각지 않는다는 그것 자체가 정숙한 것이 아니다.

막연하기는 하나 나는 남편에서 찾지 못했던 것을 일보에게서 찾으려 하기도 했다. 그리고 일보는 그런 것을 곧잘 보여 주기도 했었다.

그런데도 일보는 나를 정숙한 여자라고 말했다. 그렇게 보일지는 모르나 하필이면 그런 말을 무엇 때문에 했을까. 나를 정숙이란 굴레 속에 꽁꽁 묶어 넣으려는 심산인가?

일보와 나는 절대로 결혼할 수는 없을 것이다. 그러나 결혼을 못한다고 해서 사랑도 못할 이유는 없다. 또 정작 사랑만 한다면 형수와 시동생 사이라고 해서 결혼을 못할 까닭이 무엇인가? 세상이 용서 안 한다고 해도 아버지와 딸이 같이 사는 경우도 있지 않은가?

그러나 생각이 이까지 미치자 애경은 눈을 딱 감았다. 자기의 요망스런 모습이 눈앞에 보였기 때문이었다.

'요망스런 생각.'

애경은 눈물을 흘리던 자기를 갑자기 부정했다. 그럴 수는 없는 것이다.

칼을 들고 찌개에 넣을 무를 썰기 시작했다. 무를 썰다가 손가락을 베었다. 손가락에서 붉은 피가 흘렀다. 애경은 손가락을 꼭 쥐고 안방으로 들어가 머큐로크롬을 찾았다.

일보가 왜 그러느냐고 가까이 왔다.

애경이 피나는 곳에 머큐로크롬을 바르려고 하는데 일보가 약병을 빼앗아 자기가 바르려 했다.
"내가 할게요."
애경은 억지로 머큐로크롬 병을 빼앗았다. 그리고는 혼자서 약을 바르고야 말았다.
"왜 그랬어요."
일보가 걱정하는 눈으로 물었지만 애경은 대답도 않고 다시 부엌으로 나왔다.
일보에게 그만한 폐조차 끼치고 싶어하지 않는 자기의 마음씨가 미웠다. 일보를 좋아한다. 그가 있기 때문에 남편 없는 시집을 지키고 있을지 모른다.
그러나 붕대를 가지고 부엌으로 나와,
"처매세요. 피가 나오면 어떡해요."
하며 자기 손으로 붕대를 처매 주는 일보를 애경은 굳이 막았다.
"필요 없어요."
애경은 쌀쌀하게 말한 뒤 그냥 도마질을 계속했다.
"그럼 내가 썰지요."
일보가 한편에서 손을 씻었다. 그리고는 애경을 밀고 칼을 빼앗으려 했다.
"왜 이러세요? 남자가……."
애경도 지지 않고 일보를 떠밀었다.
"나도 할 줄 알아요, 인내요."
일보가 애경을 떠밀었다. 어떻게 떠밀었는지 애경은 옆으로 쓰러지려 했다. 순간, 일보는 애경을 덥석 안았다. 한 손에 칼을 든 채 일보에게서 멀리 하려던 애경은 위태롭게, 정말 위태롭게 옆으로 기울어졌다. 일보는 더욱 힘을 주어 애경을 부둥켜안지 않을 수 없었다.
애경은 몸을 바로잡았다. 손에 든 칼을 떨어뜨리고 일보의 가슴에 얼굴을 댔다.

"붕대를 감아 주세요."

일보가 붕대 감을 생각을 않고 애경을 그냥 붙잡고 있을 때 애경 역시 그를 뿌리칠 생각은 안 했다.

"어서 붕대를 감아요."

"아주머니!"

갑자기 일보가 애경을 불렀다. 이때까지 형수님이라고 부르던 일보가 전에 없이 아주머니라고 부를 때 애경은 일보의 가슴을 꼬집었다.

"아주머니가 뭐예요."

"그보다 더 좋은 말두 있을 것 같은데…… 형수, 아주머니, 모두 시시해서……."

"형수보구 형수라지 뭐래요."

"아내보구 아내라구 부르는 사람이 있어요. 실감이 안 나거든……."

그때 애경은 한 걸음 물러서서,

"붕대나 감아 주세요."

하고 피가 흘러내린 손가락을 내밀었다. 일보는 애경이 하라는 대로 붕대를 감기 시작했지만 다 끝내기 전에 애경을 또 불렀다.

"아주머니……."

애경은 형수님이나 아주머니가 다를 것 없다고 생각했다. 다만 전에 안 쓰던 말을 오늘부터 쓰는 일보의 마음이 이상한 것 같았다.

"왜 안 쓰던 말을 갑자기 쓰지요?"

"좀 달리 부르고 싶어서요. 그밖에 아무 다른 이유가 없습니다."

일보는 애경의 얼굴을 빤히 쳐다보다가,

"손가락에도 감정이 있다면 어떨까요?"

하며 붕대에 감긴 애경의 손가락을 만지작거렸다.

"나쁘신데요, 그만둬요."

애경은 자기 손으로 붕대를 마저 감았다.

일보가 자기를 사랑한다는 것을 느낄 때마다 가슴이 흐뭇해진다. 그러나 흐뭇해지는 순간 자기 경계하게 되는 것이다.

"나쁘다구요? 그게 정말입니까?"
"나쁘지 않구. 그럼 칭찬을 할 줄 알았어요?"
"뭐가 나쁩니까?"
"형수보구 그런 말부터 물어 보는 것이 나쁘지요."
"난 모르겠는데요."
"모르겠으면 가서 책이나 읽으세요. 책보구 물어 보면 알 거에요."
그때였다. 대문이 덜컥덜컥 흔들렸다. 애경은 마침 잘 되었다는 듯이 대문께로 뛰어갔다.
대문을 열고 수희를 맞이했을 때 수희가 부엌에서 나오는 일보를 힐끗 쳐다봤다. 그리고는 꼭같은 눈으로 애경을 쳐다본 뒤,
"일찍 와서 미안합니다."
수희는 방으로 뛰어들어갔다.
일찍 와서 미안하다는 말에 애경은 찬물을 끼얹은 듯 등골이 싸늘해짐을 느꼈다.
확실히 가시가 들어 있는 말이었다. 설사 못 볼 것을 보았다 해도 못 본 척할 것이지 잘못한 일도 없는데 수희는 무엇 때문에 그런 말을 하는 것일까?
그런데 일보가 수희를 뒤따라가서,
"너 거 무슨 소리냐?"
하고 언성을 높여 말할 때 애경은 일이 단순하지 않게 벌어지는 것을 직감했다.
"미안하다는 말을 한 것두 잘못인가요?"
"말조심해. 너 색안경을 끼구 사람을 보는 거지?"
"내가 왜 색안경을 끼구 봐요. 있는 그대루 보지."
"닥치지 못해."
애경은 일보가 수희를 때리지 않나 하고 겁을 먹었다. 그래서 방 안으로 뛰어들어가,
"조용조용히 이야기하세요."

하고 일보와 수희 가운데 서서 쌈을 말렸다.
"애가 함부로 말을 하니까 그러지 않아요."
일보가 누그러진 음성으로 말하는데 도리어 수희가,
"흥분하시는 이유를 모르겠는데요."
하며 그냥 깐죽거렸다.
애경은 가슴이 아팠다.
그러나 자기마저 흥분할 때가 아니었다.
"내가 손을 베서 붕대를 처매 주었어요. 큰 소리를 낼 아무것도 없어요."
낯이 간지러웠지만 변명의 말을 안 할 수 없었다.
"글쎄 누가 뭐랬어요. 공연히 남의 말을 뒤집어씌우려구들 그러셔.
수희는 볼멘소리를 했다.
"요것이 한 번 혼을 내야 알겠니."
일보가 주먹을 불끈 쥐었다.
"왜들 이러십니까. 내가 못 있을 집에 있어서 그래요."
애경은 설움이 북받쳐올랐다. 하노라고 했는데도 결국은 누명을 쓰고야 마는구나 생각하니 눈물이 나왔다.
그녀는 부엌으로 뛰어나갔다.
될 대로 되라는 심정이었다.
"너 정말 말조심해."
다행히 일보가 이런 말을 하고 안방으로 건너가서 일은 더 커지지 않았지만 애경은 여전히 술렁거렸다.
결국은 내가 나빴지. 나빴다는 생각을 하면서도 그저 슬퍼지기만 하는 것이 애경이었다. 슬퍼하면서도 내가 이 집을 나가야지 하는 생각을 했다. 나간다는 생각을 하니 더욱 슬퍼졌다. 나간다는 것은 결국 밀려 나간다는 것이 아닌가?
저녁 준비를 할 때나 저녁상을 마주앉았을 때나 애경은 정신이 없었다. 늦게 들어온 아버지의 저녁상까지 치우고 할 말이 없게 되었을 때 애경은 건넌방으로 들어가 수희 옆에 앉았다.

"아무래도 내가 이 집을 나가야겠지요."
하고 말을 꺼냈다. 이왕 나갈 바에야 하루속히 나가야 할 것 같았기 때문이었다.
　자기 마음을 결정지려고 그런 말을 꺼냈을 때 수희는,
"나가기는 왜 나가세요."
여전히 토라진 목소리로 말했다.
'왜? 수희는 좀더 진실된 태도로 말을 해 주지 않는 것일까?'
"좀 진실하게 말해 줘요. 아가씨는 나를 나쁘다구 생각하지요?"
"나쁘기는 뭐가 나빠요. 참 이상해."
"도련님과 나를 의심하구 있지나 않아요?"
"의심요. 나는 도리어 두 분이 좋아졌으면 하는데요."
"그럴 수가 있나요? 있을 수가 없는 일인데······."
"있을 수 없는 일은 뭐예요. 일본 같은 데서는 얼마든지 있다던데······ 그리구 결혼식을 안 하면 경제적이구."
　경제적이란 말에 애경은 입이 굳어졌다. 이 아가씨는 언제부터 그런 것까지를 생각하게 되었을까?
"우리 나라에서는 절대루 있을 수 없는 일이에요. 도련님이나 내가 그런 지각이 없는 사람두 아니구요."
　애경이 현실화될 수 없는, 생각할 수도 없다는 자기 소견을 말했지만 수희는,
"사랑하기만 한다면 멀리 도망가서 살 수도 있잖아요. 하구 싶은 일을 왜 못하세요."
　마치 두 사람의 애정을 결정적인 것처럼 말했다.
"만약 도련님과 나 사이를 그렇게 의심한다면 나는 내일루라두 이 집을 나가겠어요. 정말예요. 왜 아무렇지도 않은 사람들을 색안경으루 보지요?"
"오해하지 마세요. 절대루 색안경으루 보구 있지는 않아요. 다만 나 같으면 그렇게 하겠다는 것이지······."
"진정으루 말해 보세요. 만약 조금이라두 다르게 생각한다면 나는 이 집

에 있을 자격이 없어질 거예요."

"솔직히 말한다면, 나는 언니가 누구하구든 결혼을 해야 한다구 생각해요. 무엇 때문에 청춘을 썩히는 것입니까? 청춘두 그렇지만 앞날을 더 생각해야 할 것이 아니겠어요."

"나두 그걸 모르지 않아요. 그렇지만 내가 없으면 집안은 어떻게 되지요? 내가 없어두 괜찮을까요?"

"그건 우리가 걱정할 문제겠지요. 그렇지만 우리 다 죽는다구 해서 언니가 희생이 될 필요는 없지 않아요. 안 그래요?"

사실 그렇기도 하다. 지금 세상에 자기가 이 집을 떠난다고 해서 누구 한 사람 자기를 비난할 이가 없을 것이다. 남에게 비난을 받지 않는다면 구태여 자기 일생을 이 집에 바칠 필요가 무엇일까?

애경은 생각했다. 이 집안에 자기를 필요로 하지 않을 사람이 한 명만 있다 해도 자기는 있어야 할 이유가 없어진다. 시아버지와 일보는 절대로 자기를 필요로 한다. 수많은 고생을 겪어 온 시아버지는 만년이 더욱 고독하다. 이제 결혼을 할 수도 없고 그렇다고 해서 자식들에게 효도를 바랄 수도 없다.

일보는 착한 아들이지만 생활 능력이 없다.

생활 능력이 없는 일보도 그렇다. 결혼 대상으로 명아를 생각하고 있는 모양이지만 수중에 무일푼으로 결혼이 그리 쉬운 일이겠는가?

시아버지와 일보는 자기를 필요로 하는 것이 사실이지만 수회가 자기를 경멸할 때 그 시아버지와 일보에게 자기의 정성을 다할 수 있을 것인가? 수회의 경멸을 받을 때마다 자기 인생을 회의하게 될 것이니 시아버지와 일보를 위하는 마음이 지속될지가 문제다.

더욱이 오래 있으면 오래 있을수록 일보에 대한 감정이 상승하면 했지 하강할 까닭이 없다. 새로운 고민이 생기기 전에 이 집을 떠나는 것이 현명한 일일지도 모른다.

애경은 이 집을 나가는 방향으로 생각을 했다. 그러나 그런 생각을 하게 된 자기를 도리어 의심하는 마음이 생겼다.

이때까지는 무엇 때문에 이 집을 뛰쳐 나가지 못했던가? 오직 일보를 생각하기 때문이었던가? 누구 한 사람도 자기에게 불친절하지 않았기 때문이었던가? 만약 남편이 없는 이 집을 근 삼 년 동안이나 지키고 있는 이유가 오직 거기에만 있다고 하면, 나는 아무에게나 침을 받아도 할 말이 없는 여자다. 그러나 남에게 침을 받을 만큼 자기가 무지하지도 그리고 어리석지도 않은 것이라 생각했다. 죽은 남편을 위해 수절하겠다는 생각은 아니었다. 그러면서도 금시 재혼을 할 생각도 가지고 있지 않았다.

설사 재혼을 한다고 해도 몇 해 동안은 이 가난한 집을 지켜 줘야 한다는 생각뿐이었다.

이 집을 지킨다는 것은 결국 나를 지키는 것이다. 나를 지킨다는 것은 결국 의리를 지키는 것이다. 결혼생활을 할 때는 가족이요, 남편이 죽으면 금시 남이 된다는 그런 의리 없는 태도를 어찌 보일 수가 있겠는가?

애경은 잠을 못 자며 생각하고 또 생각했다. 이때까지 이 집을 지켜 온 것이 조금도 후회되지 않는 동시에 앞으로도 그런 생활을 계속해서 무방하다고 생각되었다. 그러나 수희가 자기를 경멸하는 한, 있고 싶어도 있을 수 없지 않은 것인가?

아무래도 죽을 때까지 같이 살 수는 없는 식구들이다. 이왕 떠날 바에야 일찍 떠나는 것이 낫지 않을까?

그러나 자기가 나가면 말이 아닐 집안 꼴이 또한 걱정스럽지 않을 수 없다.

다음날 새벽 부엌에서 조반을 지으면서도 애경은 그 생각뿐이었다. 밥을 먹으면서도 그 생각만을 했다. 그런데도 결론을 내려지지가 않았다.

식구들 전체가 앉아 있는 자리에서 의논을 하고 싶기도 했으나 그러는 것이 경망스러운 일 같아 입을 열지 못했다. 그렇다고 해서 마음의 결정을 짓지 못한 채 시간만 보낼 수도 없는 일이었다.

일보가 오늘 출근을 안 하면 얼마나 좋을까? 흉금을 털어놓고 숱한 이야기를 전부 할 수가 있을 텐데. 그러나 가지 말기를 바란 일보가 누구보다도 일찍 출근을 했다. 그리고 전 같으면 대문까지 나가 다녀오라고 인사라도

회색의 커튼 115

했을 텐데 이 날에는 그 인사조차 하지 못했다. 그러나 수희에게만은 여전히 대문까지 바라다 주면서,
"다녀오세요."
하고 다정한 인사를 했다.
　나를 좋아하는 사람에게는 인사도 못하고. 애경은 그러한 자기를 미워하지 않을 수 없었다. 자기가 미운 생각이 드니 또 가슴 속이 뒤집혔다.
　그는 두루마기를 입고 있는 시아버지에게로 갔다. 그리고는 생각할 것도 없이 입을 열었다.
　"저 아무래도 친정엘 가야 하겠어요."
　흥분한 어조로 말했는데도 시아버지는 골을 내지 않았다.
　"그래?"
　이미 생각하고 있었던 일이라는 것처럼 반문을 할 때 애경은 김이 빠지는 것을 느꼈다. 그는 어째서 놀라지도 않을까? 그리고 하는 말이,
　"내가 못나서 너를 이때까지 붙잡구 있었지······."
하는 것이었다.
　"제가 있구 싶어서 있었어요."
　애경은 시아버지에게 실망을 느꼈다. 내가 언제 타의(他意)에 의해 살았던가?
　"가겠다는 사람을 어찌 막겠니. 가서 잘 살도록 해라."
　왜들 이럴까? 가는 사람을 붙잡지 않고 잘 가라는 말만 하니 시아버지도 내가 떠나기를 기다리고 있었단 말인가?
　"제가 있어서 집안이 도리어 잘 되지 않는 것 같아요."
　애경이 자기가 떠나려는 마음의 동기를 이야기했을 때야,
　"그런 소리 하지 말아라. 너 때문에 이만큼이라두 집안이 돼 갔는데······."
　시아버지가 처음으로 애경의 필요성을 말했다.
　"그래두 제가 나가야 잘 될 것 같아요."
　"무슨 소리를? 내 욕심 같아서는 죽을 때까지 너를 놓구 싶지 않다."

"제가 있어서 무슨 도움이 돼야지요. 제가 잘 살려구 떠나려는 건 아녜요."
"모든 게 네 마음이니 마음내키는 대루 해라. 나는 너를 붙잡지 못하겠다."
차라리 말을 꺼내지 않은 것만 같지 못했다.
시아버지는 다른 말을 한 마디도 하지 않고 복덕방으로 나갔다.
'가도 좋다는 거겠지. 가도 좋다면 있을 필요가 무엇인가?'
애경은 떠나는 것이 그렇게 쉬운 일인가 하고 생각했다. 사는 것은 절대로 쉬운 것이 아닌데…….
허무했다. 지난 삼 년 동안 하루하루를 마음이 변하지 않도록 스스로 다짐하여 살아왔건만 이제 간다고 하니 그 중 섭섭해야 할 시아버지조차 식은 밥 먹듯 쉽게 잘 가라고 하지 않는가?
점심때 시아버지가 전과 달리 점심을 먹으러 들어왔다. 고기 한 근을 사 가지고.
"저녁에 국이나 끓여라."
고기를 받아든 애경은 시아버지가 송별의 만찬을 준비하라는 말로 해석했다. 그렇다면 그는 자기가 떠나는 것으로 결정짓고 있는 것이다.
애경은 고기의 일부로 찌개를 끓여 시아버지 밥상에 놓았다. 마지막이란 생각이 안 들 수 없었다.
시아버지 옆에서 자기 손으로 대접해 드리는 마지막 밥상이라 생각할 때 설움이 가슴 속을 치밀었다. 그런데 시아버지가,
"정 가기루 했니?"
하고 애경의 마음을 다짐했다.
애경은 울컥 가슴이 뒤집히는 것 같아 대답을 못했다.
"고생시켜서 할 말이 없다."
할 말은 많은데 할 수가 없다는 것이었다. 애경의 눈에서 눈물이 흘러내렸다.
"전 조금두 고생이라구 생각지 않았어요."

"원체 마음이 고운 사람이니까 그렇겠지. 그렇지만 보람두 없는 고생을 엔간히 했다."

시아버지는 점심을 먹자 곧 집을 나갔다.

애경은 시아버지의 말없는 마음을 알 수 있었다. 가려면 가라는 것이 아니었다. 붙잡고 싶으나 붙잡을 말이 나오지 않아 못하는 심정이었다.

만약 일보라면 그런 말을 두 번 다시 하지 못하게 윽박지를 것이다. 그렇지 않으면 혼담이 있느냐고 하며 그렇다면 빨리 가라고 화를 낼 것이다. 그러나 화도 내지 못하는 시아버지, 걸어온 길이 너무 멀어서 인생에 기진한 나머지 화도 내지 못하는 시아버지다.

자기가 없으면 그 시아버지의 옷을 누가 빨아 줄 것인가? 애경은 또 망설이며 하루를 보냈다.

이 날은 일보가 늦게까지 돌아오지 않았다. 일찍 돌아왔다고 해도 자기 심경에 대한 이야기는 하지 않았을 것이다.

그러나 일보가 기다려졌다. 만나야 할 말이 없을 것이다. 할 말이 없지만 얼굴이라도 보고 싶다. 일보의 얼굴을 보면 내 흔들리는 마음이 순간적으로라도 진정이 될 텐데…….

어디서 무엇을 하고 있을까? 친구들과 어울러 술이나 마시고 있지 않을까? 그렇다면 할 수 없는 일이지만 혹시 명아와 만나지나 않았는지 확실히 명아는 일보를 좋아하는 것 같지가 않다. 그렇지만 또 알 수 있는 일인가?

명아를 만나지 않았다면 은미를 만났을지도 모른다. 은미는 확실히 보통 여자가 아니다. 일보를 사랑하지 않으면서도 사랑하는 척할지 모른다. 돈이 있으니까 일보를 끌고 아무데나 다닐 수 있는 여자다. 일보는 은미를 싫어한다. 싫어하면서도 같이 다니기를 좋아하는 것이 남자들의 통폐다. 겉으로는 욕을 하면서도 욕할 재료를 수집하기 위한 것처럼 욕하는 여자에게 더욱 매력을 느끼기도 한다.

시아버지와 수희가 잠이 들었는데도 일보는 돌아오지 않았다. 남편을 기다리듯 앉은 채 일보를 기다리고 있을 때 열한 시가 거의 되어서야 일보가 대문을 두들겼다. 애경은 신을 거꾸로 신고 대문께로 달려나갔다.

대문을 열자 일보가 몸의 중심을 잃고 상반신을 흔들거리며,
"미안합니다."
술 냄새를 혹 풍기었다.
"들어오세요."
그래도 일보는 들어올 생각을 않고
'미안합니다.'를 거듭하며 애경을 바라볼 뿐이었다.
애경은 할 수 없이 일보의 팔을 잡아 대문 안으로 끌었다.
"아주머니……."
끌려들어오면서도 일보는 연방 애경을 부르는 것이었다.
"다들 잠들어 있어요. 조용히 하세요."
"내가 뭐 떠들었어요. 나 취하지 않았단 말예요."
"아주머니……."
하고 애경을 불렀다.
"글쎄 알았어요. 빨리 들어가 주무세요."
"알기는 뭘 안다는 거지요?"
"뭐든지. 자…… 빨리 들어가기나 하세요."
"아주머니…… 나……."
"아주머닌 무슨 아주머니야."
"그럼 형수님이라구 불러야 하나요? 형님의 소유물이라구 못이 백혀 있는 그 말을."
"그만두시라니까요."
애경은 일보를 떠밀어 시아버지가 자고 있는 안방으로 들여보냈다. 그리고는 혹시 시아버지가 깨었을지도 모른다는 생각에 자기는 자기 방으로 들어가 버렸다.
수희도 잠을 깨고 있을지 모른다. 자는 척하며 자기의 동정을 살필 것 같아 얼른 불을 끄고 자리 속으로 들어갔다.
일보는 같은 생각을 했던지 전등 스위치 끄는 소리를 내고 이불 속에서 부스럭거렸다.

'얼마나 마셨으면 저럴까. 그렇게까지 취한 것을 이때까지 본 일이 없는데…….'

수희의 그 이상한 눈초리를 본 뒤 한 번도 이야기해 본 일이 없지만 일보도 그것 때문에 괴로워하는 것이겠지. 그렇다고 그렇게까지 마실 것은 무엇인가?

취중에서도 형님의 소유물이란 뜻의 형수라는 말을 쓰지 않으려는 일보. 나는 어머니란 말이 연상되어 아주머니란 말을 싫어한다.

일보는 형님이 연상되어 형수란 말을 싫어한다.

병이라면 같은 병이요, 꿈이라면 같은 꿈을 가진 사람들이다. 만약 내가 이 집을 떠난다고 하면 일보는 얼마나 실망을 할까? 매일처럼 술만 마시겠지, 같은 생각을 가졌기 때문에 같은 괴로움을 느껴야 하는 사람들.

'만약 내가 이 집을 나가 일보를 만나지 않는다면 일보도 결혼을 하지 않고 혼자 늙지나 않을까?'

애경은 잠 못 이루는 밤을 보냈다. 그러면서도 다음날 아침에는 여전히 식구들을 위한 조반을 지었다. 모든 것이 변함없었다. 태양도 어제의 그 태양이었다. 아버지는 전보다도 더 말을 안 했다. 일보도 통 말이 없었다. 무엇인가를 지껄이고 싶어하나 응대해 주는 사람이 없으니 수희도 새침해 있다.

조반을 다 먹은 뒤 일보가 처음으로 와이셔츠를 달라고 입을 벌렸다. 애경이 와이셔츠와 양말 그리고 손수건을 가져다 주었을 때 일보는 무슨 말인가 할 것처럼 애경을 바라보았다. 그러나 금시 외면을 하고 와이셔츠를 입기 시작했다.

옷을 다 입은 뒤, 다녀오겠다는 말을 하고 뜰로 내려선 일보가,

"대문 잠그세요."

하고 애경을 불렀다. 애경은 단 둘이서 이야기할 유일한 기회라고 생각하며 일보에게로 뛰어갔다. 애경이가 뛰어가자 일보는 방 안을 살피며 작은 목소리로 도둑질하듯,

"어젯밤 많이 취했었지요?"

긴 이야기를 할 수 없는 자리였다. 아버지와 수희가 귀를 기울이고 있을지 모른다.

"조금."

애경이 고개를 끄덕이자 일보는,

"별다른 이유가 있어야 마신 건 아닙니다. 친구들과 어울려 그만······."

하고 자기 변명을 했다.

애경은 긴 이야기를 할 수 없었다.

"빨리 가세요. 오늘은 일찍 들어오시구······."

"네······."

일보도 눈치를 채고 대문 밖을 뛰쳐 나갔다. 그리고는 달음질치듯 바삐 걸어가며,

"일찍 올게요."

뒤로 손을 흔들었다. 애경도 손을 흔들어 주고 싶었다. 그러나 대문 틈새로 일보가 보이지 않을 때까지 물끄러미 바라보기만 하는 애경이었다.

일보를 보내자 애경은 일보를 내버려 두고 이 집을 떠난다는 것이 있을 수 없는 일이라고 생각했다.

내가 없으면 일보가 얼마나 슬퍼할까?

수희가 학교로 간 뒤 시아버지가 복덕방으로 나가려고 할 때 애경은,

"오늘두 점심 잡수시러 들어오세요?"

하고 물었다.

"글쎄 모르겠다."

"저, 외출을 좀 하구 싶어서요."

"그럼, 들어오지."

애경은 시아버지더러 집을 보라고 한 뒤 일보를 찾아 갈 생각이었다. 단둘이서 조용하게 이야기가 하고 싶었던 것이다. 다른 이야기는 할 수 없을지 모르지만 자기 거취에 대한 이야기만이라도 해야 할 것 같았다.

점심때 들어오시기로 한 시아버지가 나가시자 빨래를 하기 시작했다. 빨래를 하면서도 일손을 멈추고 멍하니 앉아 있을 일보를 생각하고 있을 때였

다. 누가 대문을 밀며,

"계세요?"

하는 여자 목소리가 들렸다. 누굴까 생각하며 대문을 열었더니 알지 못하는 노파와 중년 부인이 대문 안으로 들어섰다.

"아무두 안 계신데요."

혹시 집을 잘못 알고 온 것이나 아닌가 하고 두 부인을 막았다.

"고 영감 댁이지요?"

육십이 넘은 노파가 물었다.

"그렇습니다."

"벌써 나가셨군? 잠깐만 앉았다 가리다."

노파는 마루에 걸터앉으며 사십이 좀 넘어 보이는 부인에게도 앉기를 권했다.

"무슨 일이신데요?"

영문 모를 일이라 애경이가 의아스러운 눈으로 묻자 노파는,

"아뇨, 지나가던 길에 잠깐 들려 본 거요."

하며 용건도 말하려 하지 않았다. 그 대신 어떤 집 식모와 같은 인상을 주는 여자를 끌고 다니며 안방과 건넌방 그리고 부엌 안까지 보이며,

"이이는 영감의 맏아들 내자지. 곧 재가를 하게 될 거야. 그밖에는 아들 하나 딸 하나구……."

집안에 대한 설명을 했다. 애경은 시아버지가 식모를 구하는 것이라 생각했다. 그런데 노파가,

"육십이 넘었지만 아직 정정하시지. 자식 낳아두 넉넉히 할 거야."

할 때는 식모 따위가 아닌 것을 알 수 있었다.

시아버지가 재혼을 하려 하다니…….

"방이 겨우 두 칸밖에 없군요."

사십대의 여인이 예상보다 가난한 집이라고 실망조의 말을 할 때, 애경은 이 집이 장차 어떻게 될까 하는 생각을 했다. 막대기로 쑤신 벌집처럼 될 것만 같았다.

"영감님에게는 아무 말두 마슈."

두 여인이 이런 말을 남기고 돌아갈 때 애경은 혼자 한숨을 내쉬었다.

시아버지가 자기는 나갈 것이라 생각하고 살림 해 줄 마누라를 물색하고 있다는 사실에 애경은 놀라지 않을 수 없었다. 그리고 섭섭했다.

확실히 간다는 말도 하지 않았는데…….

그것은 그렇고, 애경이 한편으로 실망을 느낀 것은 육십이 넘은 시아버지가 마누라를 얻어 살겠다는 그 마음씨였다. 남자란 육십이 넘어도 역시 남잔가 하는 실망이었다. 더구나 식모 같은 구질구질한 여자다. 보아하니 남자 덕으로 후생을 편히 지내겠다는 말자하면 돈을 탐내는 여자다. 그런 여자를 마누라로 맞아들이게 되면 집안 꼴은 어떻게 될 것인가? 만약 일보나 수희가 그것을 알 때 무엇이라고 할까?

정오가 되었을 때 약속대로 시아버지가 들어왔다. 애경은 시아버지에게 밥상을 차려 주고 그 옆에 앉았다. 노파가 시아버지에게는 아무 말도 말라고 했지만 그럴 수가 없었다. 시아버지의 비위를 거슬러 쫓겨나는 일이 있다 해도 일보와 수희의 대변인 노릇을 안 할 수가 없었다.

"조금 전에 어떤 노파가 사십이 넘어 보이는 부인을 데리구 왔었어요."

애경이 말문을 열었다.

그런데 시아버지는 시치미를 뚝 떼고,

"무슨 일루?"

하고 도리어 반문을 했다.

"말은 안 해두 눈치가 이상하던데요."

"눈치가 이상하다니?"

"식모루 오려는 여자 같지는 않구……."

애경이 말끝을 맺기 전에 시아버지가 얼굴을 붉히며,

"그래 뭐라구들 그러던?"

언성을 높이었다.

"가족에 대한 이야기를 하구는 방 안을 살펴봤어요. 부엌까지 들여다보며 아버님께는 아무 말두 말라던데요."

"잘못 처신하다가는 망신당하겠다."
시아버지는 입맛을 쩝쩝 다셨다.
"그럼, 아버님은 전혀 모르시는 분들인가요?"
"모르지, 복덕방에 놀러 다니는 친구 하나가 불쌍한 여자가 있다면서 데려다 살라기에 호령을 쳐 준 일이 있었는데, 아마 그 실없는 친구의 장난인 것 같다. 당초에 그런 일이 있을 수 있나."
시아버지가 세상에는 별일도 다 있다고 하면서 밥도 많이 들지 않았다.
애경은 차라리 이야기한 것이 잘 되었다고 생각했다. 이야기를 안 하고 실망한 채 있었다면 나는 얼마나 슬퍼했을 것인가?
애경은 시아버지에 대한 실망으로 그 집을 나가려 했을지도 모른다. 그것은 자기가 젊은 여자인데도 재혼을 생각 않고 있기 때문일지 모른다. 재혼이 나쁘다는 것은 아니지만 다 늙은 육십 노인이 혼기를 앞둔 아들딸을 놔두고 자질구레한 여인과 연을 맺어 노독을 면하겠다는 그 심정이 추하게 보였던 것이다.
"빨리 죽어야지. 나중에는 별 망신을 다 하겠군……."
시아버시가 어이없다는 듯 독백을 할 때, 애경은 공연한 이야기를 해서 시아버지의 마음을 산란케 했다는 후회를 했다. 심란해 하는 시아버지가 보기 딱했던 것이다.
"팔십 노인두 결혼을 한다는데 그게 망신될 일이 됩니까?"
시아버지에게 위로의 말을 한 뒤 애경은 부엌으로 나가 밥을 조금 먹고 옷을 갈아입었다. 일보를 만나러 외출하는 것이었다. 옷을 갈아입으면서 거울에 비치는 자기 얼굴을 보았다. 싱싱한 얼굴이었다. 시아버지만큼 되려면 아직 삼십 년을 살아야 한다. 앞길이 그야말로 구만리 같은 생각이 들었다. 구만리 같은 앞길을 혼자 살다니 그는 자기의 가슴을 눌러 보았다. 탄력 있게 부풀어 오른 육체였다.
그러나 그는 곧 거울에서 외면했다. 그러한 자기를 부정하는 것이었다. 그러면서 일보를 만나러 집을 나섰다.
일보와 만나면 이야기가 굉장히 많은 것 같았다. 그 굉장히 많은 이야기를 아무의 눈치도 볼 것 없이 자유롭게 나눌 수가 있다. 일보는 얼마나 반가워할 것인가? 사무실에서 자기를 볼 때 일보는 너무 좋아서 어쩔 줄을 모를 것이다.

애경은 이런 생각을 하며 버스를 탔다. 시아버지에게 행방을 말하지 않고 나왔기 때문에 혹시 시아버지가 오해나 하지 않을까 하고 걱정이 되었지만 일보를 만나러 간다는 마음이 앞을 서서 걱정도 걱정으로 생각되지 않았다.

버스가 한강 인도교를 지날 때부터 그의 가슴은 두근거리기 시작했다. 아름다운 희망을 줄 수 있는 일보도 아니다. 즐거운 이야기를 주고받으러 가는 것도 아니다. 그런데도 가슴은 쉬지 않고 두근거렸다. 버스에서 내려 회사로 들어갈 때 가슴의 진동이 가슴을 떨리게 했다. 얼굴이 확확 달아 오르면서.

수위실에서 자기 이름을 적은 뒤 사무실로 들어가는 도중 애경은 우선 화장실엘 들렀다. 들뜬 듯한 자기 표정을 그대로 일보에게 보일 수가 없었기 때문이었다.

그는 콤팩트를 끄집어내어 얼굴을 보았다. 손으로 머리카락을 한 번 쓰다듬은 뒤 빨갛게 달아오른 얼굴을 향하여,

'그래서 쓰나…….'
하고 스스로 마음을 달래었다.

자기 마음이 진정되었다고 생각할 때 애경은 사무실로 올라가 일보를 불렀다.

사무실을 뛰쳐 나온 일보가 애경 앞에 우뚝 서서 놀라는 표정을 지었다.

"웬일이세요?"

무조건 반가워만 해 주지 않고 놀라는 표정만을 보여 주는 일보에게 애경은 약간의 실망을 느꼈다.

그러나 애경이 입을 열기 전에,

"들어가십시다."

응접실을 향해 앞서 걸어가는 일보의 뒷모습을 볼 때 애경은 어딘가 믿음직스런 마음이 들었다. 응접실 소파에 앉자 일보가 또,

"무슨 일이세요?"

하고 물을 때 애경은 실망감을 감추지 못했다.
"일이 없으면 찾아오지 못하나요?"
"그런 건 아니지만······."
웬만해서는 집을 나오지 못하는 형수가 그리고 이때까지 사무실을 찾아온 일이 한 번밖에 없는 만큼 일보로서는 용건 없이 애경이 찾아왔을 리 없으리라 생각했던 것이다.
'그냥 보구 싶어서 왔어요.'
애경은 응석처럼 이런 말을 하고 싶었다.
그러나 애경은 자기가 일보에게 응석을 부릴 사람이 못 된다는 것을 생각했다.
"할 말이 있어서 왔어요."
애경은 형수답게 마음의 동요를 나타내지 않고 정중히 말했다.
"무슨 말인데요?"
일보는 왜 저렇게 성급한 것일까? 가만 있어도 할 이야기는 다 할 텐데······.
"중요한 이야기예요."
애경은 이야기를 서둘러 하고 싶지가 않았다. 그리고 어떤 이야기를 먼저 꺼내야 할까 하고 생각했다.
"중요한 이야기라니요?"
남자란 왜 저렇게 둔감한 것일까?
"중요한 게 못 될지두 몰라요."
애경은 될 수 있는 대로 이야기를 안 하고 포근한 감정으로 일보의 얼굴만 바라보고 싶었다. 그러나 일보가,
"말씀해 보세요."
초조한 표정을 지을 때는 할 수 없었다.
"그새 친정집으루 아주 갈까 했다가 다시 결심했어요, 안 가기루요."
애경은 그새 있었던 자기 마음의 동요를 가장 중요한 이야기로 꺼냈다. 그것이 일보를 즐겁게 해 줄 수 있는 그 중 중요한 말 같았기 때문이었다.

"그래요?"

일보는 처음 듣는 말에 놀라는 표정을 지었으나 놀랄 만한 일은 못 된다는 듯이,

"그런 마음은 왜 가지셨던 거죠?"

호기심 띤 눈초리로 애경을 쳐다봤다. 그러나 애경은 수회 때문이었다는 말이 하기 싫어,

"그런 마음을 가질 수 있는 여자 아녜요."

라고 의미 있는 웃음을 웃었다.

"그럴 수 있겠지요. 불필요한 희생을 하구 계시니까……."

일보가 이런 말을 할 때 애경은 또다시 가벼운 실망을 느꼈다.

"그래두 학교에서 낙제를 안 했죠?"

"왜요?"

"추리력이 고것밖에 안 되니까……."

일보가 머리를 벅벅 긁으며 자기의 추리력이 부족하다는 것을 긍정했다. 그러나 애경은 다른 말이 나오기 전에,

"아버님 결혼을 생각해 보신 일 있어요?"

하고 딴 이야기를 꺼냈다.

"생각은 해 봤어요. 그런데 그 이야기는 왜 또 갑자기 하시죠?"

"그러는 것이 좋을 것 같아서요. 요즘은 칠십이 넘어서 결혼하는 분들도 있잖아요?"

"아주머니가 친정으루 아주 가시게요? 솔직히 말씀하시지……."

"또 낙제생 같은 이야길 하시네…… 아버님이 외로워하시는 것 같아서 그러는 거예요."

일보는 멋쩍은 웃음을 웃었다.

"나두 생각은 해 봤어요. 그렇지만 그런 말을 꺼냈다가 아버지께 야단을 맞을 것 같아 아직 발설을 못했을 뿐이죠."

"기회 있는 대루 마음을 한 번 떠 보세요. 혹시 마음이 계신데 도련님과 아가씨 때문에 말을 못 꺼내시는지 알아요."

"기회 봐서 한 번 말해 보지요."

서로 할 수 있는 이야기는 다 한 셈이었다. 더 할 말이 없는 것 같았다. 그러나 애경은 자리를 뜨지 못했다. 자기는 할 말이 없지만 일보에게는 할 말이 있을 것 같았던 것이다.

언젠가 일보는 형수와 시동생이 결혼할 수 없느냐고 말을 노골적으로 들은 일이 있다. 그렇다면 친정에 안 가기로 다시 결심했다는 자기 마음을 좀 더 구체적으로 물어 볼 용기가 있을 것이 아닌가? 그런데도 일보는 애경과의 감정 문제를 조금도 건드리지 않았다.

도리어 집을 누가 보고 있느냐? 곧 돌아가지 않아도 좋다면 차나 한잔 마시자는 등 필요 이외의 이야기만 했다.

"아버님이 기다리구 계실 텐데 가야지요."

애경은 붙잡기를 바라며 자기에서 일어섰다.

"퇴근하구 곧 돌아갈게요."

그러니까 일보는 자기더러 빨리 가라는 것이었다.

애경은 갈 것을 결심하고 몸을 돌이키는 순간 북창에 걸려 있는 얇은 회색빛 커튼을 바라보았다. 태양광선이 직사하지 않은 북창에 하필이면 회색 커튼을 늘이었을까? 애경은 가슴이 답답함을 느꼈다.

응접실을 나오려고 할 때였다. 사환 애가 응접실 문을 열고 고개만 디민 뒤,

"고 선생님, 손님 왔어요. 마당으루 나가 보세요."
하고는 애경과 일보의 얼굴을 번갈아보았다.

"누굴까?"

일보가 혼잣말을 했지만 애경은 아무 다른 생각 없이 아래층으로 내려와 현관 앞마당을 내다보았다.

그때 고급 노란 세단 차 안에서 어떤 여자가 일보에게 손을 젓고 있었다.

애경은 정말 일보에게 손을 젓는 것인가 하고 일보 얼굴을 쳐다봤다. 일보의 얼굴은 붉어 있었다. 그 뻘건 일보의 얼굴을 보자 애경도 얼굴이 붉어졌다.

폭풍 이전

"은미예요. 보기 싫다는데 왜 또 왔을까?"
일보가 불만스럽게 말했지만 애경은 자기가 서 있을 자리가 아님을 알았다.
"빨리 가 보세요."
애경은 세단 차에 외면하고 정문을 빠져나왔다. 뒤도 돌아보기 싫었다. 눈이 내리려는지 하늘이 회색 구름에 쌓여 있었다.
애경이 온통 회색 빛깔만을 느끼며 돌아가자 일보는 은미에게로 가까이 갔다.
무엇 때문에 왔느냐고 욕이라도 해 주고 싶은 심정으로 세단 차 앞까지 갔지만,
"그 미인 누구시죠? 예쁜데요."
하고 은미가 물을 때 일보는 그만,
"내 형숩니다."
하고 변명하는 투로 힘없이 말했다.
"아, 그 분이세요?"
은미가 자기도 알 만한 여자라는 듯이 말할 때 일보는 더욱 불쾌감을 느꼈다. 형수는 특히 은미를 싫어할 것이다. 싫어하는 여자가 찾아와서 건방지게 차 안에 앉은 채 자기를 불러냈으니 그것을 본 형수가 얼마나 기분 나빴을 것인가?
"왜 오셨지요?"
일보의 말이 퉁명스럽지 않을 수 없었다. 그러나 은미는 일보의 감정 같은 것에 구애됨이 없이 말했다.
"잠깐 뵙고 갈려구요. 오늘 선약이 있으세요?"
"선약은 없지만……."
말도 채 끝나기 전에 은미가,
"퇴근 시간에 차를 보낼게요. 내 이름을 되어 있는 빌딩 관리인에 대해

의논할 이야기가 있어서 그래요."
하며 자기 이야기를 쏟아 놓았다. 그리고는,
"다섯 시 오 분쯤 보낼게요."
한 뒤 차를 돌리게 하여 회사 정문을 나가 버렸다.
 일보는 잠시 정신 나간 사람처럼 멍하니 서 있다가 사무실로 올라갔다.
 병신 마음 고운 데 없다더니 건방지기는……. 혼자서 은미를 욕했다. 그러나 옆에 앉아 있는 동료뿐 아니라 먼 자리에 앉아 있는 사원까지 와서
 "고 형이 그런 여복을 타구난 줄은 미처 몰랐는데요. 미인이 찾아오는가 하면 세단 차 귀족이 찾아오구……."
할 때는 그리 기분이 나쁘지 않았다. 초라한 말석 사원이지만 모든 사원에게 선망의 적이 된 자기.
 그러나 데리러 온다고 해서 남들이 보는 가운데 세단차를 타고 회사 정문을 나갈 수 없다고 생각했다. 남들이 무엇으로 볼 것인가? 어울리지 않는 일은 당초 하지를 말아야 한다. 죽는 한이 있다 해도 남의 손가락을 받을 수는 없다.
 "의논은 무슨 놈의 의논. 나하구 자기하구 무슨 상관이 있다구……."
 일보는 은미를 만날 필요도 없다고 생각했다.
 그러나 퇴근 시간이 되어 책상을 정리하고 있을 때, 은미의 운전수가 일보 앞으로 와서,
 "곧 나오시죠?"
라는 데는,
 "네."
하고 대답해 버렸다.
 책상을 정리한 뒤에는 뒷문으로 빠져나갈 수도 있고 그렇잖으면 동료들 틈에 끼어 슬쩍 내뺄 수도 있었지만 일보는 세단차로 가고야 말았다.
 싫어하면서도 거절을 못하는 것은 일보의 약한 성격 때문인지, 그렇지 않으면 여성에 대한 남성적 호기심 때문인지 일보는 그것도 알지 못했다. 뭐가 뭔지 모르면서 끌려가는 일보였다.

"정문 밖에 나가서 탈 테니까 저리루 나오세요."
하고 정문 앞까지 걸어갔다. 그리고 정문 밖 한길에서도 누가 보지 않나 하고 눈치를 살피며 자동차에 올랐다.

차에 올랐으나 일보는 어디로 가는가를 물어 보지 않았다. 얼마 전 은미가 가자는 데로 간 곳이 그랜드 호텔이었다. 거기서 나올 때 일보는 환멸의 비애를 느꼈고 은미를 비천하게 생각했었다.

그러나 지금은 그곳보다 더한 곳에라도 갈 용의가 있었다. 자기 돈을 쓰지 않고 인간 극장을 관람한다는 것은 해로운 일이 아니다.

내가 극장의 배우로 생각지 말고 관중의 위치를 지킨다면 흥분할 필요도 없다.

일보는 은미와 같은 그랜드 호텔에 갔던 날을 생각했다. 공연히 흥분해서 자동차도 안 타고 전차로 집에 돌아가던 자기. 그것은 결국 관념의 공포증 환자가 아니었던가? 일보는 어떠한 경우에라도 공포증 환자가 될 필요는 없다고 생각했다. 그 대신 은미가 어떤 호의를 보인다 해도 그것만은 거절해야 한다고 생각했다. 빌딩이 관리인에 대한 이야기를 한다고 하지만 그런 데 대해서는 귀도 기울일 필요가 없다.

여자에게 호의를 받는다는 것은 결국 매수당하는 일이다. 여자에게 매수를 당할 수는 없다. 더구나 은미는 매수당할 가치가 없는 여자다. 그저 호의를 경멸해 주는 데 그치자.

자동차는 필동으로 해서 원호청 맞은편 골목으로 들어갔다. 그리고는 남산으로 가는 언덕길을 올라서 양요리집 외교회관 앞에 멈춰 섰다. 물론 처음 가 보는 집이었다.

운전수가 앞장을 서서 현관으로 들어가 은미가 정해 놓은 방을 이야기하고 일보를 그리로 안내하게 했다.

보이의 안내를 받아 들어간 곳은 아담한 방이었다. 가운데는 식탁이 놓여 있고 한편 모퉁이에 기다란 소파가 육중하게 자리잡고 있었다. 은미가 그 소파에 앉아 있었다.

"시간을 잘 지키시누만요."

은미가 소파에 앉은 채 말했다. 또 건방지다는 인상을 주었다. 그래서 일보는 대답도 않고 식탁 앞에 있는 의자에 앉아 방 안을 둘러보았다.
"식사가 들어올 때까지는 여기 앉아 있는 법예요."
은미가 자기 옆을 가리키며 쌩긋 웃었다. 건방진 여자도 웃을 때는 예뻐 보인다. 일보는 은미 옆으로 가서 앉았다. 될 수 있는 대로 거리를 두고 앉으려 했지만 은미가 손을 내밀어 악수를 청하는 바람에 옆에 다가앉지 않을 수 없었다.
악수가 끝나자,
"안녕하셨어요?"
은미가 새삼스럽게 인사를 했다.
"네."
일보가 사무적으로 대답을 하자,
"너무 냉정하게 그러지 마세요. 나는 그새 일보 씨를 얼마나 생각했는지 몰라요."
은미가 의미 있는 웃음을 또 쌩긋 웃었다.
"생각했는지 안 했는지 내가 어떻게 알아요?"
"물적 증거를 보여 드릴까요?"
은미는 핸드백 속에서 백화점 포장지로 싼 물건 하나를 꺼내 일보에게 주었다. 그리고는 곧,
"프레젠트는 그 자리에서 풀어 보는 게 에티켓 아녜요?"
했다. 일보는 뜯어보지 않을 수 없었다.
까만 바탕에 빨간 줄이 있는 사치스런 빛깔의 넥타이였다.
"어떠세요?"
"고맙습니다."
"고맙습니다가 아니라 마음에 드시나 말씀예요."
"백 퍼센트 맘에 듭니다."
"고맙습니다. 억지라도 마음에 드신다니까."
일보가 넥타이를 다시 포장지에 싸려고 할 때 은미가,

"갈아매세요."
하며 일보의 넥타이를 풀러 주려 했다.
　일보는 은미의 손이 몸에 닿을 것을 겁내어 자기가 넥타이를 풀고 은미가 준 넥타이를 맸다. 넥타이를 매자 은미가 일보의 양어깨를 두 손으로 잡아 자기 편으로 돌려 넥타이를 보고,
"좋은데요……."
자화자찬을 했다.
"고맙습니다."
　일보가 또 한 번 감사의 뜻을 표했을 때 보이가 물수건을 들고 들어왔다. 그리고는 치킨으로 하겠느냐 비프스테이크로 하겠느냐 물었다.
"은미 씨는?"
일보가 우선 은미의 의사를 알려고 했다.
"난 비프스틱하겠어요."
"난 치킨으로 하고 싶은데……."
"비프스틱 하나, 치킨 하나."
은미가 얼른 보이에게 말했다. 보이가 나가자 일보는 무심코,
"이렇게 자꾸만 과용을 해서 미안합니다."
예의적인 인사를 했다.
"난 형식은 싫어해요. 거리감을 느끼게 하잖아요."
　은미는 또 쌩긋 웃으며 일보의 팔을 잡아끌었다. 간격을 두고 앉은 거리감이 싫은 모양이었다.
　일보는 끄는 대로 끌려갔다. 그리고는 잡고 만지작거리는 자기 손을 은미에게 맡기었다.
"형수님 예쁘던데요."
은미가 이야기를 꺼냈다.
"예쁜 편이죠."
　은미의 말에 동의를 하면서 일보는 가슴이 써늘해지는 것을 느꼈다. 만약 이 광경을 본다면 애경이 얼마나 실망할 것인가 하는 것을 생각했기 때문이

폭풍 이전　133

었다. 그러면서도 일보는 은미의 손에서 자기 손을 빼지 못했다. 그 대신 가는 한숨을 속으로 내쉬었다.
"심심하세요?"
한숨짓는 마음속을 들여다본 모양이었다.
"글쎄요."
"역시 젊으셔."
일보는 무슨 뜻의 말인지를 알지 못했다. 심심해하는 것을 좋아하는 까닭이 무엇일까?
보이가 수프를 가지고 들어왔다. 그런데도 은미는 소파에서 일어나려 하지를 않았다. 보이가 나간 뒤에야 일어나 일보의 손을 잡은 채 일보의 얼굴을 빤히 쳐다보았다. 확실히 무엇인가를 요구하는 눈초리였다.
일보는 그때야 알았다. 심심하느냐고 묻던 은미의 말뜻을.
그는 자기도 모르는 새 은미를 껴안고 입술을 빨았다. 입을 뺄 때 일보는 은미의 기술을 느꼈다. 기술이 주는 쾌감.
식탁으로 가서 마주앉았을 때 일보는 상기된 얼굴을 들지 못했다. 고개를 숙이고 수프를 마시는 데만 열중하고 있을 때 은미의 발이 그의 다리를 가볍게 찼다. 얼굴을 쳐들지 않을 수 없었다.
"그렇게 시장하세요?"
은미가 웃었다.
"먹는 때는 열심히 먹어야죠."
그러자 은미는 화제를 돌렸다.
"충무로에 오층 건물이 하나 있어요. 수도 여자중학교 못 미처 말예요. 그것이 내 이름으로 돼 있는 빌딩인데 방이 모두 합해서 오십 개구, 거기서 들어오는 월수가 오십만 원쯤 되거든요. 그 빌딩을 일보 씨가 관리해 주실 수 없어요? 월급은 이만 원쯤 드릴게……."
농담 같은 말이었다.
"무슨 일을 하는 건데요?"
"방세를 받아들이는 일이죠. 그리고 빌딩을 유지하는 거구요."

"그런 거 하는 데 월급을 이만 원이나 줘요?"

"그게 얼마나 중요한 일인데요? 매달 오십만 원이 적은 돈예요?"

얼핏 생각해서 빌딩의 유지라는 것은 인부를 시켜 청소를 잘 하도록 하는 일이다. 그리고 방세라는 것은 한 달에 한 번씩 받아들이면 되는 일이다. 그 일을 하는데 월급이 이만 원이란 돈을 받다니…… 이만 원만 받으면 집안 살림 걱정은 조금도 필요 없게 된다. 그뿐인가 자기 용돈도 충분할 것이다.

"관리하는 사람이 지금 없나요?"

일보가 흥미 있는 눈으로 은미를 바라보았다.

"있죠. 있지만 그 사람은 아버지 회사루 전근시킬 수 있거든요."

"나를 위해서 말씀이죠?"

"말하자면……"

일보는 갑자기 흥미가 깨지는 것을 느꼈다.

"그만두겠어요. 흥미가 없습니다."

"있던 사람을 내보내기 때문이에요? 그 사람은 어딜 가든지 자기 월급은 그냥 받는 건데요, 뭐. 조금두 희생이 되는 게 아닙니다."

"좌우간 내게는 맞지 않는 일입니다."

"지금은 맞아서 제약회사에 계시나요?"

"월급을 적게 받는 것이 내게 맞는 걸지두 모르죠."

"그럼 나두 월급을 적게 드리죠."

싫다는 생각을 해서 그런지 은미가 월급을 준다는 말이 더욱 싫었다. 그럼 나도 은미에게서 월급을 받는 고용인이 아닌가?

아버지에게서 떼어 받은 재산으로 은미는 주인이 되고.

그렇지 않아도 건방진 은미에게 고용인이 되어 그에게 사역을 당할 수는 없다.

"딴 사람을 쓰세요."

일보가 강경한 태도로 다시 의사를 표명했다.

"딴 사람이라면 쓸 필요두 없어요. 사람이 없어서 그러는 건 아니니까요."

"그래, 나를 고용인으로 만들구 싶다는 거군요?"
"실상은 아버지가 경영하시는 제지공장을 맡길까 했어요. 그렇지만 경력이 없어 맡을 수가 있어야죠. 그 중 편하고 수입이 많은 걸 고른 거예요."
"고맙지만 나는 조금 벌어 조금 먹구 살렵니다."
"그만두세요. 나도 강제로 맡길 생각은 없으니까요. 남의 호의를 악의로 생각하는 건 정당한 건가요?"
"악의구 뭐구 없습니다. 나대루 살려는 거죠."
"좋두룩 하세요."
은미는 샐쭉해서 일보를 보지도 않고 음식만 먹었다.
일보는 은미를 내버려 두었다. 화를 내건 눈물을 짜든 마음대로 하라는 식으로 못 본 척했다.
생선프라이를 먹고 비프스테이크와 치킨을 다 먹을 때까지 그들은 말을 안 했다.
그러다 헤어지면 그뿐이지.
일보는 겁날 것이 없다는 생각으로 디저트를 먹을 때까지 그들은 말을 안 했다.
먹을 것을 다 먹은 뒤 담배를 맛있게 피울 때였다. 은미가,
"내가 그렇게두 미우세요?"
하고 일보를 쳐다봤다.
"누가 밉다구 그랬어요."
"그럼 왜 날 한 번두 보지 않으세요. 말두 안 하구······."
"누가 할 말인지 모르겠는데요······."
"일보 씬 나쁘셔."
"나쁘지는 않을걸요. 못 났지는 몰라두······."
"못 나지는 않았어요. 나쁘지······."
"견해의 차이로군요."
은미의 대답을 안 했다.
조금 마음이 풀렸는지 콤팩트를 꺼내 화장을 고치기 시작했다. 화장을 고

치자 그때는 명랑한 목소리로,

"참 술을 못하셨지요? 미워서 일부러 청하지 않았거든요. 그 대신 반도 호텔에 가서 한잔 사 드릴게."

하며 일보의 눈치를 살폈다.

"고맙습니다."

일보도 그런 호의는 얼마든지 받을 수 있다는 듯 명랑하게 말했다.

외교회관을 나오자 그들은 자동차를 타고 반도 호텔 스카이라운지로 갔다.

거기서 맥주를 마시기 시작했는데 은미가 일보에게 조금도 지지 않고 대작을 했다. 잠시 동안에 세 병을 마셨으니까 은미가 마신 것이 한 병 반인 셈이었다.

그런데도 은미는 별로 취하지를 않았다.

"센대요."

일보가 칭찬하듯 말하자,

"우리, 바람 좀 쐬이구 또 마셔요."

은미는 얼마든지 마실 수 있다는 듯이 말했다.

"마음대루······."

일보는 은미가 하자는 대로 하리라 생각했다. 그래야 술을 기분 좋게 마실 수 있을 것 같았던 것이다.

옥상에 나가 서울의 밤 풍경을 음미하며 거닐고 있을 때였다. 은미가 사방을 휘둘러본 뒤,

"아무두 없죠?"

하고 발걸음을 멈췄다.

그리고는 슬며시 일보의 손을 잡는 것이었다.

일보는 은미의 기술이 상당하다고 생각했다. 몇 남자에게나 이런 방법을 썼을까? 물론 자기에게만 그러는 것이 아님이 확실하다.

그러나 그는 은미의 의사대로 은미를 껴안았다. 그리고는 뜨거운 키스를 했다.

긴 키스를 하고 있을 때,
"누가 오나 봐요."
은미가 갑자기 몸을 뺐다. 일보도 움찔하고 은미를 놓아 주었으나 사람은 하나도 보이지 않았다.
"깍쟁이."
일보는 깜짝 놀라게 한 은미의 허리를 툭 쳤다. 사실은 놀랐다는 사실보다도 그런 수법으로 키스를 중단시킨 은미가 불만이었다.
"들어가 맥주를 마셔야지 않아요."
은미가 의식적으로 그랬다는 것을 은연중 말했다.
확실히 지능범이었다. 많은 체험에서 얻은 지능이리라. 그래도 일보는 은미가 밉지 않았다. 미워할 필요가 없다고 생각했다. 그것은 사랑하지 않는 까닭일 것이다. 사랑하지 않는 이상 그의 본바탕에 대해서 불만을 가질 필요는 없다.
자기에게 순간적이나마 쾌감을 주면 그것을 고맙게 생각해야 할 뿐이다. 다시 실내로 들어가 맥주를 마시기 시작했다.
"형수님은 재혼을 안 하나요?"
"이제 하겠지요."
은미는 모든 사람에게 관심을 가지고 있다. 그런 그것은 절대로 깊은 것이 아니었다. 그래서 일보는 은미가 그 이상 더 흥미를 느끼지 않도록 애경의 이야기를 무책임하게 했다.
과연 은미는 그 이야기를 흘려 버리고,
"자 드십시다."
자기 술잔을 들어 일보의 술잔에 쨍그랑 소리가 나도록 쪼았다.
일보는 술잔을 단숨에 비웠다. 속이 뭉클거렸던 것이다.
형수는 지금 나를 기다리고 있겠지. 일보 눈앞에는 애경의 얼굴이 떠올랐던 것이다.
오늘 오후 애경이 사무실로 찾아왔을 때 일보는 확실히 냉정하게 대했다. 냉정이라기보다 당황이었다.

뜻밖에 방문해 온 애경에게 놀랐던 것이다.

그리고 근무 시간 중에 응접실에서 소비하는 시간을 오래 가질 수 없다는 불안감이 가미되었다. 그런데다가 자동차를 타고 찾아온 은미를 보았으니 애경이 자기를 의심하고 있을 것이 분명했다.

애경에게 실망을 줄 수는 없다. 세상에서 제일 좋다고 생각되는 애경…….

일보는 술잔을 비우자

"갑시다."

발작을 일으키듯 자리에서 일어섰다.

빨리 애경에게로 가야 한다는 생각이 들었던 것이다.

은미가 붙잡았으나 일보는 조금도 응하지 않았다.

"좋은 사람이 기다리구 있는가 부죠?"

은미가 비꼬았지만 그런 말도 들은 척하지 않았다.

"기분 잡쳐."

은미가 노골적으로 불평을 말했지만 일보는 그를 물리치고 스카이라운지를 나왔다.

회계를 하고 뒤따라나오던 은미가,

"그런 법이 어딨어요. 아직 맥주가 남아 있는데……."

하며 일보의 팔을 꼈다.

"취하면 뭣 해. 마음만 더 산란해지지."

일보는 갑자기 뛰쳐 나온 이유가 그런 데 있다는 듯이 말했다. 그리고는 자동 승강기의 단추를 눌렀다.

텅 빈 승강기가 올라오자 문이 열렸다. 두 사람만을 태운 승강기가 문을 닫고 하강하기 시작하자 일보는 번개같이 포옹을 했다. 자기 말을 합리화시키기 위한 일보의 능동적인 행동이었다.

승강기에서 내려 현관문을 나서자 일보는,

"가 보겠습니다."

이제부터 개별적 행동을 취하겠다는 뜻을 표시했다.

"바래다 드릴게요."

은미가 자동차로 보내 주겠다는 말을 했지만 일보는,

"버스가 더 편해요."

하고 고집을 부리기 시작했다. 그것은 은미와 빨리 작별을 하고 혼자서 자유로워지고 싶었기 때문이었다.

나와 아무 상관도 없는 여자하고는 헤어질 때 미련 없이 헤어져야 한다.

"차가 있는데 버스를 탈 건 뭐예요. 그건 천민 근성밖에 아무것도 아녜요."

일보는 천민 근성이 귀족 근성보다 더 좋은 것이라고 빈정대고 싶었지만

"미안해서 그러는 거죠."

하고 부드럽게 말했다.

일보는 자기를 기다리고 있을 애경을 생각했던 것이다. 조금이라도 빨리 가고 싶었던 것이다.

"타구 가세요. 미안하다는 말은 다음에 하시구……."

은미가 자동차 있는 데로 걸어가며 말했다.

일보는 마지못해 따라가는 듯 몇 걸음 떨어져 걸었다.

자동차 안에서도 일보는 은미와 거리를 두기 위해 일부러 창가에 붙어 앉았다.

그러나 은미가 몸이 편하게 자리를 고쳐 앉는 척하며 일보 가까이로 왔다.

"빌딩 관리인 잘 생각해 보세요."

은미가 사무적인 얘기를 해 가며 일보의 손을 잡았다.

"네, 생각해 보지요."

일보는 대화를 연장시키고 싶지가 않아 적당히 대답했다.

"조금두 달리 생각할 필요가 없어요. 자기를 위주로 사는 세상인데 뭐……."

그러니까 수입만 생각하고 직업을 갈아 보라는 것이었다.

"알았습니다."

일보는 자동차가 빨리 달리기만 바랬다. 아무 이야기도 하고 싶지 않았다.

이야기를 회피하는 일보에게 거슬릴 수가 없었던지 은미도 입을 다물어 버렸다.
 그 대신 몸을 누운 자세로 취하고 머리를 일보 어깨에 올려놓았다.
 일보는 생각했다. 이 여자가 나를 사랑하는 것인가 하고. 그러나 은미가 자기를 사랑한다고는 생각지 않았다. 자기가 은미를 싫어하면서도 따라다니는 것과 마찬가지로 그도 자기를 경멸하며 붙어 다니는 것이라고.
 자동차가 한강을 지나 일보네 집 골목길 앞에 이르렀을 때 은미가,
 "형수님께 안부 전해 주세요."
라고 말했다.
 일보는 차에서 내리자 돌아보지 않고 골목길을 뛰어오르기 시작했다. 해방감을 느낌과 동시에 애경에게로 달리는 마음이 급했던 것이다.
 언덕길을 뛰어올라가 대문을 두들기자 애경이 지체없이 달려나와 대문을 열어 주었지만, 첫눈에도 애경이 화난 얼굴을 바라볼 수가 있어 일보는 입을 열지 못했다.
 "또 술을 하셨군요."
 애경이 거친 목소리로 일보의 눈동자를 쏘았다.
 "미안합니다."
 일보로서 달리 할 말이 없었다.
 "내까짓 거한테 미안하기는 뭐가 미안해요."
 애경이 찬바람을 내며 홱 돌아서서 걸어갔다.
 일보는 딱했다. 무어라고 변명할 말이 없었던 것이다. 그러나 은미를 질투하는 나머지 그렇게까지 화를 낸다는 것은 그만큼 자기를 사랑한다는 뜻이라고 생각되어 마음이 흐뭇하기도 했다.
 일보는 생각했다. 만약 애경이 떳떳한 애인이거나 아내라고 한다면 이런 때 격정적인 포옹을 해 줌으로 그의 감정을 풀어 줄 수 있을 것이라고.
 그러나 그것은 안 될 일이다. 이때까지 한 번도 안 해 본 일을 차마 할 수가 있는가? 그리고 애경이 그러는 자기를 얼마나 경멸할 것인가?
 "일찍 오려구 했는데 좋은 자리루 취직을 시켜 준다나요. 그래서 할 수

없이……."
"좋군요. 취직시켜 주구 또 술까지 사 주는 여자가 다 있으니."
"취직은 거절했어요."
"왜 거절을 했죠? 남의 호의를 물리쳐서 돼요."
승강이를 하며 일보가 안방으로 들어갈 때 애경도 뒤따라와 일보가 벗는 코트와 양복을 옷걸이에 끼어 못에 걸어 주었다.
"그러지 마세요. 내가 미안하지 않아요."
일보가 어쩔 줄을 몰라 쩔쩔 매고 있는데, 애경은 여전히,
"미안해할 것 없다니까요. 나 같은 것한테 뭐……."
하며 또 외면을 하고 돌아섰다.
일보는 안타까울 뿐이었다. 잘못을 저질렀으니 같이 화를 낼 수도 없고. 일보는 애경의 어깨를 잡고 그의 몸을 돌렸다.
그리고는 그의 가슴에 얼굴을 파묻고
"다시는 안 그럴게요."
울고 싶은 심정으로 애경의 용서를 청했다.
애경은 반사적으로 몸을 뺐다. 그리고는,
"이러지 마세요."
한 뒤 건넌방으로 뛰쳐 갔다.
일보는 잠시 멍하니 서 있다가 애경의 뒤를 따라갔다.
애경은 건넌방 한편 모퉁이에 쪼그리고 앉아 벽에 얼굴을 대고 울고 있었다.
"울지 마세요."
일보가 애경의 등을 쓸어 주었다.
"누가 울어요."
애경은 벌떡 일어나 손으로 눈을 가린 채 안방으로 뛰어갔다. 일보는 또 안방으로 뒤따라갔다. 그랬더니 애경은 일보를 가까이 오지 못하게 하며,
"정말 울지 않아요. 미쳤다구 울어요."
눈물 젖은 눈동자를 굴리며 말했다.

"그러지 말구 이야기를 들어 보세요."

일보가 애경의 손을 잡아 앉혔다.

방바닥에 앉기는 했으나 애경은 일보가 이야기를 할 수 없도록,

"이야기할 것두 없어요. 도련님이 무슨 일을 하구 다니든 나와 무슨 상관이 있어요. 나는 숙명적으루 고독한 여자니까 혼자 고독하면 그뿐예요. 내가 귀신에 씌웠던가 봐요. 오늘은 정말 내가 아닌 나였어요."

하고 자기 말만을 했다.

"고독을 느끼게 해 드려 죄송해요. 다음부터 절대루 안 그럴게요."

일보는 애경이 이상하게도 빗나가는 것 같아 몸이 쑤시는 듯한 불안을 느꼈다.

"정말 도련님한테는 아무 잘못이 없어요. 그러니까 아무 말씀 마세요. 아무 말씀 마시구 하구 싶은 대루 하세요. 다만 한 가지 말씀드리구 싶은 건 은미 같은 여자와 교제하지 않는 편이 좋겠다는 거예요. 그리 좋은 여자가 못 되는 것 같아요. 명아하구는 왜 교제를 안 하시죠?"

애경이 냉정한 태도로 일보에게 충고하는 말을 했다. 일보는 냉정해진 애경이 도리어 무서웠다. 차디찬 돌, 던지기만 하면 유리알이 천 조각으로 깨질 것 같은 두려움이었다.

"은미를 만났다구 그를 좋아하는 건 아녜요. 절대루 좋아하진 않습니다. 그리구 명아는 통 소식이 없으니 만나구 싶어두 만날 수가 없구요."

이런 변명으로 자기 마음이 다른 데 쏠리고 있지 않음을 밝혔다.

"사실은 은미두 좋아요. 잘 알아보구 교제한다면 반대할 사람이 없을 겁니다."

"흥미두 없는 여자라니까요."

그래도 애경은 일보의 말을 들은 척 안 했다.

"어떤 취직을 시켜 준대요?"

"자기 이름으로 있는 큰 빌딩이 있다나요. 그 빌딩 관리인 노릇을 해 달래요. 월급은 이만 원씩 주구."

"참 좋군요. 이만 원이 어디예요. 경솔하게 거절 마시구 잘 생각해서 하

세요. 밤낮 가난하게만 살 필요가 어딨어요."
 이런 말을 하고 있을 때였다. 대문 두들기는 소리가 나서, 애경이 뛰어나가 수희를 앞세우고 들어왔다. 수희와 같이 방 안에 들어오자 애경은,
 "오빠가 좋은 대루 취직을 하게 되었대요. 월급이 이만 원이구……. 이제 아가씨두 팔자 고치게 될 거예요."
하고 이때까지 하고 있던 이야기를 보고하는 식으로 수희에게 말하였다.
 일보는 자기가 거절했다는 것까지 알고 있으면서 애경이 왜 그런 말을 할까 하고 의심했다. 그러나 수희 앞에서 이상한 눈치를 보이기가 싫어,
 "그런 자리가 하나 나섰지만 아직 결심을 못했다. 나한테 어울리지 않는 일 같아서……."
하고 어느 정도 애경의 말을 시인했다. 그때 수희가 무어라고 입을 열려고 하는데 애경이 앞질러,
 "샐러리맨이 월급만 많이 받으면 됐지, 일을 가릴 것 있어요. 안 그래요?"
하고 수희의 동의를 구했다.
 "이만 원이면 대학교 교수급 아녜요. 굉장한데요. 언제부터 나가시겠어요?"
 수희가 괄목상대하듯 입을 벌리고 일보를 쳐다봤다.
 '속물! 너도 결국은 속물이었구나.'
 일보는 혼자 생각했다. 그러나 그것을 말로 나타낼 수는 없었다.
 "돈이 전부는 아니야. 샐러리맨을 테이블의 노예라고 하는데, 게다가 정신적 노예까지야 될 수 있니?"
 좋은 말로 말했으나 수희는 일보를 경멸하는 듯한 어조로,
 "정신적인 노예가 아닌 사람이 어디 있어요. 지도적인 위치에서 명령만 내리는 사람두 군중의 노예거든요. 여자보구 남자의 노예라지만, 남자는 또 여자의 노예구요."
 마치 자기가 일보보다 인생을 더 잘 아는 것처럼 말했다.
 그 말을 하자 애경도 동감이라는 듯이,

"노예면 어때요. 선의의 노예는 참으루 좋은 거거든요."
하고 말했다.
"희생이라는 것두 선의의 노예적 봉사를 말하는 것일 테니까요."
수회와 애경이 합력하여 일보를 공격했다. 아마 아버지가 끼어 있다면 아버지 역시 수회와 애경의 편이 될 것이다. 일보는 고독을 느꼈다. 애경이 자기의 편이 아니라, 적대방의 선봉이 되어 있다는 생각이 더욱 고독을 느끼게 했다.

일보가 고독을 느끼고 있을 때 애경이 그러한 일보를 무시하듯 수회에게 저녁을 어떻게 했느냐고 물었다. 수회가 저녁을 먹었다고 대답하자 애경이,
"나두 한술 먹어 둬야겠군요."
하며 부엌으로 나갔다. 이런 경우 애경은 부엌에서 혼자 식사를 하는 것이었다. 일보는 미안함을 느끼지 않을 수 없었다. 자기가 은미와 같이 호화로운 양식으로 배를 불리고 있는 동안 애경은 자기를 기다리며 배를 곯리고 있었다.

일보는 선의의 노예를 생각했다. 자기를 기다리다가 화가 나서 눈물을 흘렸고, 그러다가 냉정으로 돌아간 애경도 자신을 노예라고 느꼈을지 모른다. 그러나 노예는 애경만이 아니다. 눈물을 흘릴 때 애경의 슬픔을 자기의 슬픔처럼 슬퍼한 사람도 또한 노예다.

노예의 묘미, 노예처럼 아름다운 것이 없을지도 모른다.

애경이 부엌으로 나간 뒤,
"또 시작이냐?"
하고 수회를 공격하기 시작했다. 애경과 수회의 공동 공격에 대한 반대 공격이었다.
"뭐가요?"
수회가 불신의 태도로 반문했다.
"며칠 동안 일찍 들어오더니 또 외출을 시작했냐 말이야."
"동급생이 저녁을 산다구 끄는 걸 어떡해요. 그렇지만 안심하세요."
"제발 너두 사람이 좀 돼라. 연애가 인생의 전부라구 해두 그걸 장난으루

해서는 안 될게 아니냐 말이다."

수회에게 적용되지 않는 말이 아니었다. 그러나 일보는 은미와 장난을 하고 있는 자기를 생각하면서 장난이란 말에 힘을 주어 말했다.

"오빠나 진실되게 하세요. 사랑하면서도 사랑 안 하는 척 가장하는 이중생활을 말구요."

"또 주둥이를 깐다."

"흙탕물에 뛰어들었던 고길수록 맑은 물을 알 수 있을 거예요."

그때 대문 흔드는 소리가 들렸다. 동시에 아버지의 기침 소리가 울려왔다. 일보는 건넌방을 뛰쳐 나와 대문을 열려 했으나 애경이 어느덧 대문께로 갔다.

"늦으셨군요."

일보가 마루로 올라선 아버지를 앞세우고 안방에 들어가며 말했다. 그런 인사에는 대답도 안 하는 아버지였다. 대답도 않고 두루마기를 벗어 걸자, 아버지는 아랫목에 앉아 담배를 꺼냈다.

부엌에서 저녁상을 챙기는 그릇 소리가 들려 왔다. 담배를 뻐금뻐금 빨아들이는 아버지 앞에 재떨이를 갖다 놓자 아버지가,

"너는 언제 결혼을 하겠니?"

뜻밖에도 이런 말을 꺼냈다. 속으로는 늘 생각하고 있었을 것이지만, 좀체로 꺼내지 않던 말이었다.

일보는 심상치 않은 말 같은 생각이 들어,

"아무때라두 하게 되면 하지요."

하고 별다른 고집이 있지 않다는 뜻을 표시했다.

"빨리 결혼을 해라. 그게 좋을 것 같다."

아버지의 말에는 반드시 무슨 곡절이 있는 것 같았다. 그리고 그 곡절이 무엇인지 캐어물을 수가 없었다.

"결혼 비용두 없는데 빨리야 할 수 있습니까."

"요즘 세상에 결혼 비용을 많이 들일 필요가 있니."

"수회를 먼저 결혼시키겠다는 말씀을 하시지 않었어요."

"수희두 결혼을 해야지. 요새 말이 오구가구 있다."
"갑자기 둘이 함께 결혼을 할 수 있습니까?"
"수희는 약혼이나 해 두구 결혼은 네가 먼저 해야겠다."
그것은 하나의 명령이었다.
"왜 갑자기 그런 말씀을 하시지요?"
이유라도 안 뒤에 시키시는 대로 하겠다는 의사를 표시했다.
"네 형수 때문에 그렇다. 아무래두 가야 할 사람이 아니냐. 곧 갈 생각인 것 같더라."
아버지는 숨길 필요가 없는 말이라는 듯 슬슬 이야기했다.
"저는 그렇게 안 보는데요……."
일보는 자기의 견해를 말하지 않을 수 없었다. 오늘 형수에게 직접 들은 말이 있기 때문에 자신이 있었던 것이다.
"오늘 나더러 집을 보라구 하구 외출을 했는데, 그 일루 친정엘 갔지 않은가 생각한다."
일보는 애경이 친정에 간 것이 아니라, 자기를 찾아왔었다는 이야기를 차마 할 수 없었다.
"한 번 물어 보겠습니다만 급히 가지는 않을 것 같던데요."
일보가 밍밍하게 대답하자, 아버지는,
"안 간다구 붙잡아 둘 수두 없는 일이야. 갈 사람은 보내야지."
움직일 수 없는 태도로 말했다.
옳은 말이었다. 아무때라도 가야 할 사람, 그러니 붙잡고 있을 수만은 없는 일이다.
"그러니까 네가 빨리 장가를 들어 살림할 사람을 데려와야 하지 않느냐 말이다."
일보가 빨리 결혼해야 하는 이유가 거기 있다는 말을 할 때 일보는 무엇이라고 대답할 수가 없었다. 아버지의 말이 옳다. 그러나 애경이 집에 있는 동안 어찌 다른 여자와 결혼할 수 있을 것인가?
조금 전 애경이 눈물 흘리던 일이 머리에 떠올랐다. 애경은 자기를 사랑하고 있는 것이다. 자기도 애경을 사랑하지 않는 것이 아니다. 비록 결혼은 꿈꾸지 못한다 해도 사랑을 부정할 수는 없다.

일보가 아무 말도 못하고 있을 때 애경이 밥상을 들고 들어왔다. 밥상을 아버지 앞에 놓고는 곧 부엌으로 나갔다.

끝나지 않은 자기 저녁식사를 마저 하려는 모양이었다.

일보는 식사하고 있을 애경에게 신경을 기울였다.

애경은 지금 무엇을 생각하고 있을까? 아까 눈물을 흘린 뒤 마음이 변하여 친정으로 돌아가 재혼할 것을 생각하고 있지나 않을까?

"아버지가 재혼을 하시는 게 제일 좋을 것 같은데요?"

일보는 하기 힘든 그 말을 꺼내고야 말았다. 결국 살림을 맡아 할 사람만 있다면 아버지가 자기의 결혼을 독촉하지 않을 것 같았기 때문이었다.

"며칠 안 있으면 죽을 나더러 재혼을 하라는 거냐?"

아버지가 무서운 목소리로 일보를 노려보았다.

"말씀을 드리지 못했지만 벌써부터 생각하던 일입니다. 요즘은 칠십 노인두 결혼을 하는데요."

"날더러 빨리 죽으라구 그래라. 저승에서 비웃고 있을 네 어머니가 부끄럽지 않냐?"

"어머니두 이해하시지 않을까요?"

"닥쳐. 그런 소린 다시두 말아."

일보는 더 말을 할 수 없었다. 아버지가 너무나 요지부동한 태도를 보였기 때문이었다. 그렇다고 해서 실망을 느낀 것은 아니었다. 역시 재혼을 안 하고 혼자 지내는 아버지가 아버지답다고 생각되었던 것이다.

그렇다면 결국 자기가 결혼을 서둘러야 한다는 결론을 내리지 않을 수 없었다. 애경을 사랑한다고 해도 결혼은 할 수 없다. 결혼할 수 없는 사람과 어떻게 사랑을 할 수 있을까? 만약 결혼을 안 해도 괜찮을 집안 사정이라면 그러한 사랑도 있을 수 있을 것이지만……

자학 속에서

일보는 아버지에게 형수와 결혼할 수 없느냐고 한 마디 물어 보고 싶었다. 아버지만이 그것을 이해해 준다면 아무 문제도 없게 될 것 같았다.

그러나 그런 말을 물어 볼 수는 없었다. 대답이 뻔할 것이니까 되어 야단 맞을 것이다.

그 하고 싶은 한 마디를 묻지 못함으로 해서 일보는 모든 화제를 잃고 말았다.

아버지가 식사를 끝낸 뒤 수희를 불러다 앉히고 전번에 말하던 남자를 한 번 만나 보라는 말을 했다. 그때 수희가,

"졸업 전에는 결혼을 안 해요."

하고 반항적인 어조로 거절했으나 일보는 말참견을 안 했다.

일보가 먼저 결혼해야 할 테니까, 수희는 약혼만 해 두었다가 졸업 뒤까지 결혼을 연기해도 좋다는 말을 할 때에도 일보는 그것이 남의 이야기처럼 듣는 척 마는 척했다.

애경과 나, 그것만이 오직 나의 문제다. 일보는 애경만을 생각했다.

형수와 시동생은 무조건 결혼할 수 없다는 것이 한국적 윤리라고 하지만, 그것은 영원한 진실일까? 아니 영원한 진실이어야만 하는가? 근친상간이란 것은 가족 제도가 존속되는 한 있을 수 없는 동물적 행동이다. 우생학적으로 좋지 못하다고 한다. 그러나 형수와 시동생은 피가 아주 다르다. 말하자면 남남인 것이다. 한때 친척의 인연을 맺었다 하되 그것은 지나간 과거에 속하는 일에 불과하다. 깨뜨리면 능히 깨뜨릴 수 있는 윤리 문제가 아니겠는가? 그런데도 불구하고 소위 전통이라 하여 불가침의 윤리로 생각한다는 것은 인간이 자기를 타성 속에 빠뜨리고 있다는 후퇴성을 의미하는 것이 아닐까?

여기에 반항이 필요하다고 생각되었다. 낡은 것을 깨뜨릴 수 있으니까. 반항이라는 것을 생각할 때 일보는 용기를 생각지 않을 수 없었다. 반항에는 용기가 무엇보다도 필요했기 때문이었다.

죽음까지도 두려워하지 않는 용기. 그것이 자기에게 있는 것 같지 않았다. 아버지의 분노와 사회의 질서를 무시하고 살 만한 용기가 있는 것 같지 않았다.

나도 타성 속에서 사는 후퇴성을 부정하지 못하는 것일까? 철학자는 언제나 관념 형태의 변경을 사업으로 일삼고 있다. 그러나 나는…….

일보는 고독을 느꼈다. 후퇴성 속에서 살아야 하는 자기, 그리고 그 고독을 뛰어넘을 수 있는 앞길이 조금도 내다보이지가 않았다.

수희와 아버지가 승강이를 하다가 자기 방으로 돌아가자, 아버지가 시름없이 담배만 피우고 있었다. 자기 자식이나마 마음대로 할 수 없는 고독을 짓씹고 있는 것이리라.

일보는 아버지에게 아무 말도 못했다. 늙은 아버지를 고독하게 만든 수희는 확실히 효도심이 없는 딸이다. 그러나 효도심이 없는 수희라고 해서 수희를 욕하고 아버지 편을 들기가 싫었다.

자기에게서 용기를 박탈하는 구도덕의 정화.

일보는 아버지가 싫지 않았지만 그 속에 들어 있는 관념의 독소가 미웠다.

다음날 아침 세수를 할 때 세숫물을 떠다 주는 애경을 보자 일보는 문득 식모란 생각이 들었다. 보수도 없는 식모. 애경은 무엇 때문에 그런 식모 노릇을 감수하고 있는 것일까?

결혼할 수 없는 형수란 마음에서 우러나온 생각이었을지 모른다.

"식모, 더운물 좀 더 줘요."

일보는 식모란 말만은 애경에게 들리지 않도록 했지만 그 말을 입 밖에 꺼내고 말았다.

애경이 더운물을 떠 가지고 일보 가까이로 왔을 때 그는 다시 입 속으로 '식모'하고 되뇌었다. 입 속에서 중얼거리는 말을 들을 수 없겠지만 애경이,

"뜨거운 물은 피부에 좋지 않대요."

할 때 일보는 문득,

"고급 식몬데요."

하고 애경을 놀래게 커다란 목소리로 말했다. 애경이 놀란 눈으로 일보를 쳐다볼 때 일보는 또 한 번,

"고급 식모."

하고 자기 말을 확인시켰다.

"식모는 나쁜 건가요?"

애경이 상냥하게 웃었다.

어두운 마음 그림자를 감추기 위한 의식적인 웃음이었다. 그런데도 일보는,

"이 달부터 월급을 드릴게요."

하고 정색한 얼굴로 말했다. 그는 애경을 학대하고 싶었던 것이다. 학대하므로 멀리하고 싶었던 것이다.

"주시려거든 많이 주세요. 도련님 월급만큼……."

학대를 학대로 생각지 않는 애경의 말이었다. 그는 다시 상냥한 웃음을 띠고 부엌으로 들어갔다.

학대의 효과를 보지 못한 일보였다. 학대를 학대로 대하지 않는 애경이 더욱 호감을 주었으나 일보는 계속 애경을 학대해야 한다고 생각했다.

그것은 비단 애경에게만 국한된 감정이 아니었다. 회사에 나가 일을 하고 있을 때 오래간만에 명아로부터 전화를 받는 순간 그는 명아에게도 학대하고 싶은 마음이 들었다.

"웬일이세요? 무관의 제왕께서……."

첫마디부터 이렇게 나갔다.

"용건이 있어서 좀 만나구 싶은데요?"

"전화루 말씀하시죠."

"전화루 말씀 못 드릴 건 없어두 만나서 이야기하는 것이 좋을 것 같아요."

"무슨 용건인데요?"

"원고 부탁예요."

"월급의 노예가 무슨 원고를 씁니까? 더구나 숙녀의 뺨을 때린 싸디스트

가……."
"그러지 마시구 다섯 시 반 지난번에 만났던 그 다방으루 나오세요."
일보는 그러라고 대답했다. 그것은 명아를 만나 직접적으로 그녀를 학대해 주고 싶은 충동이 일어났기 때문이었다.
자기는 속으로 명아를 좋아하고 있었다. 좋아하고 있는 것을 명아도 알고 있을 것이다. 그런데도 아무런 소식이 없다가 원고 청탁이라는 용건을 가지고 비로소 전화를 걸었다는 것은 자기에 대한 일종의 우롱이다.
약속한 장소로 가서 명아를 만나자 일보는 몸을 세워 끄덕 절을 한 뒤,
"나 고일봅니다. 얼굴을 기억하시겠어요?"
하고 오래간만에 만났다는 것을 빈정댔다.
"늘 생각하구 있어요. 그러지 마세요."
명아가 자기에게도 할 말이 있다는 듯이 일보를 직시했다.
"여자는 거짓말을 잘 한다면서요……."
"남자만큼은 조금 못하겠지요."
일보는 명아를 때려 주고 싶은 충동을 느꼈다.
"내가 싸디스트라는 걸 아시죠? 말씀 삼가세요."
"좋아요. 중국인하고 여자는 몽둥이로 길러야 한다면서요."
일보는 놀랐다. 그리고 명아에게 일종의 압도감을 느꼈다.
"많이 변하신 것 같은데요."
"바랄 때는 때리지 못하시죠? 그게 슬픈 싸디스트의 비애겠죠."
명아가 눈에 웃음을 지었다. 가슴을 짜릿하게 하는 감각적인 웃음이었다.
그러나 일보는 그 웃음을 하나의 조소라고 생각했다. 그래야만 명아에게 시비를 걸 수가 있기 때문이었다.
"나를 싸디스트루 인정하시는군요."
"그건 자기 입으루 한 말이 아녜요?"
"내가 한 말은 무엇이나 긍정해야 하나요."
"긍정해서 좋을 것은 긍정해야겠죠."
대항적으로 나오는 명아를 보자, 일보는 주먹이 불끈 쥐어졌다. 그러나

사람이 많은 다방이다. 그는 화제를 돌리지 않을 수 없었다.

"내게 청탁할 원고가 뭐죠?"

"'젊은 세대의 불안과 철학'이란 제목이에요. 꼭 써 주세요."

명아는 부드러운 얼굴로 청원했다.

"철학과를 나왔다구 모두 철학을 하는 줄 아세요? 나는 월급의 노예밖에 아무것두 아닙니다."

일보는 명아의 청탁을 거절할 생각으루 말했다.

"그런 생각을 한다는 것부터가 시대적 고민을 입증하는 것이 아닐까요?"

명아는 냉정성을 잃지 않았다.

"좌우간 좀더 철학적 생활을 하는 사람에게 그런 글을 청탁하십시오. 나는 쓸 자격이 없습니다."

"그래두 나는 고 선생을 머리에 두구 그런 논문의 제목을 생각해 냈어요. 요즘 청년들은 불안이니 고민이니 하는 것을 겉으루 받아 겉으루 발산하잖아요. 좀더 내부적인 비판을 해 봐야 한다구 생각해요. 그래서 그런 논문을 발표하자는 내 계획에 부장두 찬성을 했어요. 꼭 써 주세요."

"쓸 사람이 얼마든지 있을 텐데 하필 나더러 쓰라는 것은 나보고 내 자신을 내부적인 비판을 하면서 살라는 뜻인가요?"

"그렇지는 않아요. 고 선생의 연구를 사회적으루 알리는 것이 좋을 것 같아서예요."

"나를 유명하게 만들어 주겠다는 거군요."

"그런 것두 아녜요. 연구한 것을 글로 발표하게 되면 자기를 정리하는 것두 되고 또 계속해서 공부두 할 수 있게 되잖아요. 어떤 생활을 하든 자기를 잃지 않는 것이 좋을 것 같아요."

"말하자면 나를 위해서 논문을 씌운다는 거군요."

"그렇게 따지실 거 없잖아요. 좌우간 쓰세요. 그럼 제가 아는 잡지사들이 있으니까 계속해서 발표해 드릴 수가 있어요."

"언제부터 나를 그렇게 생각하시게 됐죠? 나는 그것이 무엇보다도 알구 싶습니다."

"생각해서 나쁘다면 생각지 않겠어요."

"사람들은 남을 넘어뜨리려고 합니다. 넘어뜨릴 뿐 아니라 넘어진 사람을 밟기까지 해야 사는 세상입니다. 그런데 관계없는 사람에게 호의를 보인다는 것은 자기가 높은 위치에 있다는 것을 과시하려는 악질적 심리순환이라구밖에 볼 수 없거든요."

일보는 관계없는 사람이란 말에 악센트를 높였다.

그러나 명아는 그 말에 구애됨이 없이,

"나는 고 선생의 지식과 재능을 살리고 싶은 것뿐이에요."

라고 냉정한 태도로 말했다.

사실 명아는 일보가 제약회사 직원으로 썩는 것을 아깝게 생각하고 있다.

변태적 성격이 내포되어 있기는 하지만, 그것도 재질이 있는 사람에게는 누구에게나 있는 일이다. 평범하지 않다는 것부터가 비범한 무엇을 가졌다는 것을 말하는 것인데 일보의 비범성을 살려 주려는 사람이 하나도 없었다.

명아는 일보에게 전화라도 올 것을 기대하고 있었다. 피해자이면서도 자기가 전화를 걸고 또 저녁을 샀다. 그만한 호의를 표현했다면 응당 남자 편에서 연락이 있어야 할 것이 아닌가? 만났을 때 조금 냉정하게 대해 주기는 했지만 그 정도는 여자의 액세서리라고 말할 수 있다.

싫어하지도 미워하지도 않으면서 전화 한 번 걸지 않는다는 것은 일보의 변태성 때문이었다.

그렇게 생각했기 때문에 명아는 원고 청탁을 빙자해서 한 번 더 전화를 걸었던 것이다. 그런데 지금 자기에게 반발하려는 일보의 마음은 어떤 것일까?

정말 자기를 싫어하기 때문일까? 그렇잖으면 반발을 위한 반발을 해 보는 것일까? 어쨌든 성격 때문이란 것만은 사실이다.

명아는 일보의 성격을 곧게 끌기만 한다면 하나의 인간으로서 능히 발전할 수가 있으리라 생각했다. 비록 나이 아래라고 해도 자기가 끌면 끌려 올 것 같은 생각도 들었다. 그런데 일보가 갑자기 태도를 변경하고 명아의 청을 받아들였다.
"언제까지 쓰면 되지요?"
명아는 일보가 자기 마음을 이해한 것이라고 생각했다.
"목요일까지 써 주세요. 금요일에는 조판을 해야 하니까요."
"몇 장이랬죠?"
"열다섯 장까지 쓰시면 돼요."
"알았습니다."
일보는 시원스럽게 말했다. 그러나 명아를 안심케 한 뒤 그 날에 가서는 명아를 골탕먹이려는 것이 그의 내심이었다.
그 속셈이 들여다보이는지 명아가,
"꼭 쓰셔야 해요. 남 낭패시키지 마시구."
라고 다짐을 했다.
"호의를 생각해서라두 써야겠지요."
일보의 말을 어느 정도 믿었는지 명아는 안심하는 얼굴로,
"계속해서 쓰세요. 그러면 원고는 제가 소화시켜 드릴게요. 요즘 젊은 층들이 철학에 대한 관심을 많이 가지구 있으니까 틀림없이 팔릴 거예요. 수입도 생기구 좋잖아요."
하고 말했다.
"고맙습니다. 여러 가지로 생각해 주셔서."
그러나 일보는 나더러 유명해지라고? 그리고 돈벌이를 하라고? 될 말도 아니지 하고 명아의 꿈같은 생각을 속으로 웃었다.
설사 내가 사회적으로 출세한다고 해도 그래 명아란 여자의 힘을 빌려 출세를 해야 한다는 말인가?
차라리 아무의 신세도 지지 않고 범부로 살다가 범부로 죽자.
일보는 갑자기 애경을 생각했다. 만약 애경이 자기를 위해 원고를 쓰라고 한다면 무조건 쓸 것 같은 생각이었다.
애경이 보고 싶었다. 빨리 집으로 돌아가야겠다는 생각을 하고 있을 때 명아가,

"빨리 가셔야 하나요?"

좀더 시간을 같이 보냈으면 하는 의사를 표시했다.

"가야지요."

일보는 명아와 같이 시간을 보낼 필요가 없다고 생각했다.

"제가 저녁을 산대두요?"

그것은 저녁을 산다는 것이 아니라 저녁을 사달라는 말 같았다. 일보는 그렇게 해석했던 것이다. 따지고 보면 지난번에 명아가 저녁을 샀으니 오늘은 자기가 사야 한다. 그러나 그럴 돈도 없지만 그러고 싶지도 않았다.

"밤낮 신세만 질 수 있어요. 다음에 내가 사지요."

"그럼 빨리 가서 원고를 쓰세요."

명아도 단념을 한 모양이었다.

일보는 좋은 기회라 생각하고 자리에서 일어났다.

광화문 네거리에서 명아와 헤어진 뒤 버스 정류장으로 가 버스를 타자, 일보는 눈물 흘리던 애경의 얼굴을 눈앞에 그렸다. 형이 죽었을 때 울었을 뿐 한 번도 흩어진 감정을 보여 준 일이 없는 애경이다. 격정이 없는 여자처럼만 보이던 애경이 자기 앞에서 눈물을 흘렸으니 그의 마음속이 어떠했기에 그랬을 것인가?

일보는 노량진에서 버스를 내리자, 상점으로 들어가 껌 한 통을 샀다. 대단치 않은 물건이지만 애경을 위해 무엇이나 사고 싶은 마음이었다.

집에 들어가자 일보는 집안에 아무도 없는 것을 알고 껌을 꺼내 애경에게 주었다.

"낮에 심심할 때 씹으세요."

"창피하게 그걸 어떻게 씹어요."

그러면서도 애경은 사양 없이 껌을 받았다.

"다음엔 좀더 맛있는 걸 사다 드릴게요."

"그럴 돈이 있거든 돈으로 주세요. 반찬감이라두 사게……."

애경은 조금도 다름없이 친절한 애경이었지만 일보는 그 애경에게도 심술을 부리고 싶은 마음이 생겼다. 맛있는 것을 사다 주겠다는 말에, 맛있는

것 대신 돈으로 달라고 말한 애경의 말을 생각하며,
 "고급 식모."
하고 한 마디를 내뱉었다.
 애경이 얼굴을 쳐들고 놀란 눈으로 일보를 똑바로 보았다.
 "왜 재혼을 안 하구 이 집에서 식모 노릇을 하죠?"
 일보는 애경이 고급 식모에 틀림없다는 것을 강조했다.
 "내가 식모루밖에 안 뵈요?"
 애경이 항의하듯 말했다.
 "식모지 뭡니까. 월급을 받지 않으니까 보통 식모하구는 조금 다르지만……."
 "그러니까 고급 식모군요."
 "돈을 보면 반찬 살 생각이나 하구……."
 "그럼 이제부터 월급을 주세요. 식모에게 월급 안 주는 집이 어딨어요."
 일보는 아버지의 말을 기억했다.
 '네 형수는 아무때라도 재혼하고 나갈 여자다.'
 "월급을 줄 바에는 무엇 때문에 고급 식모를 씁니까?"
 "고급 식모는 월급을 더 줘야겠죠."
 "그러지 말구 빨리 결혼이나 하세요!"
 애경은 대답을 않고 일보의 얼굴만 쳐다봤다.
 "청춘을 썩힐 게 뭐 있냐 말이에요. 갈 사람은 가야 하는 거지."
 일보가 점점 더 격한 태도를 보이자 애경은 반대로 잔잔한 물결처럼 조용해졌다.
 "가지요. 내일이라두 갈게요. 내가 보기 싫다는데 무엇 때문에 있어요."
 "내가 보기 싫다는 말은 안 했어요. 오해는 마십시오."
 "알았어요. 결국 내가 가면 되는 거니까요."
 애경은 조용히 방을 나가 부엌으로 갔다. 부엌으로 나간 애경은 그릇 소리 하나 내지 않았다.
 부엌으로 귀를 기울이고 있던 일보는 애경이 또 울고 있는 것이라 생각했다.
　애경이 울고 있는 것이라 생각하니 자기 눈이 뜨거워짐을 느꼈다.
　그러나 어차피 가야 할 사람이라면 눈물을 교환할 필요가 없다고 생각했다.
　'울어도 각기 따로 울자.'
　일보가 부엌에 나갈 생각을 않고 혼자 가슴을 앓고 있을 때, 수희가 돌아왔다. 그런데 수희는 혼자가 아니었고 어떤 남자와 둘이었다.
　"우린 저녁 먹었어요."
　수희가 애경에게 명랑한 태도로 말하고는 같이 온 남자와 건넌방으로 들어갔다.
　건넌방으로 들어간 수희는 남자와 무엇이라 소곤거리다가 안방 문을 열고,
　"오빠, 내 보이 프렌드를 데리구 왔어요. 시험두 끝나서 놀러 온 거예요."
하고는 데리고 온 남자를 불러다 일보에게 소개를 시켰다.
　"나하구 한 반인데, 김병대 씨예요."
　일보는 어쩔 수가 없었다. 못마땅하기는 했지만 처음 보는 사람 앞에서 무지한 신경질을 낼 수가 없었던 것이다.
　허리를 구부리고 절하는 김병대에게,
　"나 고일보요."
하고 말이 없었다. 김병대도 몸이 꼿꼿해져 말을 못했다.
　"가서 이야기들 해."
　일보는 수희를 보구 나가라고 했다.
　수희와 김병대가 건넌방으로 나가자, 일보는 수희가 참으로 대담한 여자라고 생각했다. 얼마 전까지는 밤낮 늦게까지 돌아다니다가 이제 와서는 남자를 집안에 끌어들이기 시작했다. 전에는 학생을 보고 젖비린내가 난다고 하더니 이제는 젖비린내도 상관이 없다는 모양인가? 아버지가 걱정을 하면 무엇이라고 대답할 작정인가? 애경이 밥상을 들고 왔을 때, 일보는 수희를

부르고야 말았다.
"수희야, 좀 오너라."
옆에 있던 애경이,
"손님이 있는데 야단치지 마세요."
하고 일보의 흥분을 눌러 주었다. 사실 일보는 애경이 말이 아니었다면 소리를 질렀을지도 몰랐다.
"왜요?"
수희가 들어왔을 때 일보는,
"아버지가 오시기 전에 돌려 보내라."
건넌방에는 들리지도 않을 만큼 낮은 목소리로 말했다.
그런데 수희가 도리어 높은 목소리로,
"아버지가 오시면 어때요. 아무것도 아닌 보이 프렌든데."
하고 이해할 수 없다는 듯이 말했다.
"아무것도 아닌 남자를 집에까지 데려올 필요가 뭐니?"
"여자 친구와 남자 친구가 뭐 달라요. 와 보고 싶다니까 데려온 것뿐인데……."
일보는 그 말을 이해하는 듯이 말하고 싶지 않았다. 남녀 교제의 자유를 부르짖는 젊은 층들이 능히 할 수 있는 말이다. 그러나 그것을 전적으로 긍정하는 것처럼 말할 수도 없었다.
"아버지가 그것을 이해하실 줄 아니? 이해 못하실 분에게는 아예 보이지 않는 게 좋아."
일보가 아버지를 핑계 댔지만 수희는,
"이해 못하시는 아버지를 위해 정당한 일이 희생되어야 하나요?"
하고 이론을 전개했다. 이론으로서는 옳은 이론일지도 모른다. 그러나 이론을 위한 이론을 세대의 원리처럼 발산하는 수희가 얄미웠다.
"뭣이 어째?"
일보는 걷잡을 사이 없이 수희의 뺨을 한 대 후려갈겼다. 그러자 수희는 반항하지도 않고 건넌방으로 뛰어갔다. 반항을 하고 싶었을 것이지만 손님에게 창피한 생각이 들어 자리를 피했을 것이다.
"손짓은 왜 하세요?"
애경이 일보를 나무랐다.
"안 때릴 수 있어요. 버릇없는 계집애를……."
일보는 흥분한 사람 같지 않게 조용히 이야기했다. 수희를 때리기는 했으나 손님에게 무지하다는 인상을 주고 싶지 않았던 것이다.
"아가씨는 확실히 생활 태도를 고쳤어요. 그래서 일부러 순진한 학생과 교제를 하구 있을 거예요. 그러니까 그 점을 이해해 주셔야지."
애경이 수희에 대한 변명을 했다.
"생활 태도를 고쳤으면 당분간 근신을 해야 할 게 아녜요. 아직두 공부나 할 학생이 남자 없이 하루두 못 산다는 인상을 주니 참을 수 있어요."
"그래두 알아듣게 타일러야지. 손질을 하면 반발을 하잖아요."
그때였다. 건넌방 문이 열리며 수희와 손님이 함께 나오는 기척이 났다. 일보는 문득 수희가 반발을 해서 외출하는 것이라 생각했다. 반발을 한다면 그냥 둘 수가 없었다.
그는 눈을 박차고 뛰쳐 나가,
"너 어디 가니?"
하고 수희에게 소리질렀다.
"나 나가요."
수희가 반항조로 대답했다. 일보는 참을 수가 없어 맨발로 뜰아래까지 따라가 수희의 손을 붙잡아 댕겼다.
"못 나간다."
"난, 이 집에서 안 살아요. 굶어 죽어두 안 살아요."
수희가 일보의 손을 뿌리쳤다. 그리고는 뛰쳐 나가려고 몸부림을 쳤다.
일보는 날쌔게 손님을 대문 밖으로 내민 뒤 대문을 잠그고 수희의 손을 잡아 방 안으로 끌었다.
"날 죽여요. 죽어두 이 집에서는 안 살 테니까……."
수희가 뒹굴었다. 애경이 수희의 몸을 일으키며,

"고정해요. 동네가 소란하잖아요."

하지만 수희는,

"살구 싶지도 않아요. 나를 놔요."

하며 몸부림을 쳤다.

일보는 힘으로 수희를 잡아끌어 바로 앉혔다. 그러자 수희는 마구 눈물을 쏟으며,

"때려 죽여요, 때려 죽여."

일보의 바짓가랑이에 매달렸다.

"너 정말 이럴 테냐?"

일보가 다시 때릴 것처럼 위협했지만, 수희는 점점 더 격분했다.

"이젠 학교두 다 갔어요. 뭘 바라구 살아요?"

수희는 한편 벽으로 가서 얼굴을 파묻고 흐느끼는 것이었다. 자기를 죽이려는 마수의 칼이 막 면전에 이르렀을 때 최후의 몸부림을 치는 그런 장면이었다. 절망과 슬픔의 극치 같았다.

일보는 수희에게로 가까이 갔다.

"수희야, 내가 너를 증오하는 것은 아니다. 네가 철이 들지 않아서 그러는 거지."

수희의 슬픔을 어루만지는 듯 부드러운 목소리로 말했다. 수희는 이미 자기 가슴이 칼로 찔렸다고 생각하는지 타성적으로 나오는 흐느낌 이외에 몸부림도 치지 않았다. 항변하는 말도 없었다.

"나는 네가 오직 학생다운 생활을 하기만 바랐다. 그 기대가 깨질 때마다 느끼는 실망이 어떠했겠니? 네게 친절하지 못했던 것은 그 실망의 연속에서 오는 균형 잃은 애정 때문이었다. 네게 손질한 것을 사과한다. 그렇지만 너는 가족들에게 실망을 주지 않도록 해 줘야 하잖니? 가족에게 실망을 주면서 너 개인이 누릴 영광이 무엇이겠니? 가족과 조화를 이루지 못하는 사람은 사회에 나가서도 이방인 노릇을 하게 되는 거야."

일보는 오래간만에 자기의 진실을 수희에게 털어놓았다. 그러나 수희는 담벽처럼 말이 없었다.

자학 속에서 161

"동기라고는 너와 나뿐이다. 나도 네게 만족을 주지 못하는 사람이지만, 최소한도 우리는 서루 이해하며 살아야 한다구 생각한다. 그리고 고독한 아버지를 위하여 희생할 줄 아는 자식이 돼야 하지 않겠니? 수회야 날 좀 봐."
 그는 수회의 손을 잡아끌었다. 서로 얼굴을 보며 이야기가 하고 싶었던 것이다. 그러나 수회는 얼굴을 벽에서 떼려 하지 않았다.
 "수회야, 행복이란 자기 손으루만 만드는 게 아냐. 올 것은 오구야 말게 마련이거든. 세상에 득실득실한 게 남자다. 때가 오기만 하면 행복의 수레를 끌고 네 앞에 나타나는 남자가 있을 거다. 너, 나 다 외롭다. 그렇지만 참자꾸나. 그러면 행복해질 날이 있잖겠니."
 일보의 눈에서는 눈물이 떨어지고 있었다.
 "수회야, 우리 인간이 되기 전에 서루 오빠와 동생이 되자. 알겠니?"
 그때야 수회는 얼굴을 가린 채 처음으로,
 "가세요."
 입을 열었다. 그 짓은 뽕잎을 배부르게 먹은 뒤 머리 내젓는 누에 같았다. 더 이야기해야 들어갈 구멍이 없을 것 같았다.
 "가마. 그 대신 우리 전보다 더 다정한 형제가 되자. 알았지."
 일보는 자기 방으로 돌아왔다. 마음이 한결 평온해지는 것 같았다. 그래서 저녁밥을 먹고 있는데 아버지가 들어왔다. 들어오자 아버지는 수회 이야기부터 꺼냈다.
 "수회 왔니?"
 "건넌방에 있습니다."
 일보가 대답하자, 아버지는,
 "수회 좀 온나."
 하고 건넌방을 향해 수회를 불렀다.
 "오늘은 내버려 두십시오. 좀 기분 나쁜 일이 있는 모양입니다."
 일보가 수회를 위해 변명을 했다.
 "무슨 일인데?"
 "제가 경솔하게 그 애한테 손질을 했습니다."

그 뒤 아버지는 입을 다물었다. 때린 이유도 물으려 하지 않았다.

다음날 아침, 일보가 세수를 할 때까지 수희는 밖엘 나오지 않았다. 일보는 수희의 정신적 타격을 생각했다. 그리고 방임해 둘 수 없는 일이라고 생각했다.

수희 방으로 들어간 일보는 어떤 형식의 사과라도 할 예정이었다.

"어젯밤 일은 잊어라. 오빠가 또 광증이 생겨 그런 짓을 했으니까 어쨌든 학교엘 가야잖니?"

자리 속에 누워 있는 수희는 일어날 생각도 안 했다.

"빨리 일어나 학교엘 가. 아버지가 걱정하시잖겠니?"

그때 수희는 표독스런 음성으로 한 마디를 내뱉었다.

"학교 안 가요."

일보는 가슴이 써늘해짐을 느꼈다.

"나를 용서할 수 없다는 거냐?"

"용서구 뭐구 없어요."

"나를 버리겠다는 말이지?"

일보는 자기가 수희에게서 버림을 받은 것 같은 느낌이었다.

"제가 오빠를 버리구 말구 할 수가 있어요."

"버리지 않는다면 내 말을 좀 들어 줘야잖니?"

"………"

"말을 좀 해 봐."

"학교에만은 못 가겠어요."

"학교엔 안 가두 나를 버리는 것은 아니지?"

"오빠의 맘을 알아요. 저두 오빠가 하나밖에 없는 오빠란 것을 생각했어요."

"그래?"

일보는 수희의 손을 잡아 흔들었다. 그리고는 수희의 마음을 더 건드리지 않기 위해 안방으로 건너갔다.

"수희는 학교엘 안 간다더냐?"

아버지가 물을 때, 일보는 수희의 대변인처럼 대답했다.
"내버려 두세요. 내일부터야 가겠지요."
조반을 먹고 집을 나설 때 일보는 대문까지 나온 애경에게 버릇처럼 하던 다녀오겠습니다란 말도 안 했다. 수세미처럼 마음이 헝클어져 있었던 것이다. 회사로 가는 대신 수희의 학교를 찾아갔다. 그리고 어젯밤 집에 왔던 김병대를 만나자,
"어젯밤에는 실례했습니다."
하고 학생의 손을 잡아 흔들었다. 김병대는 어찌된 일인지 영문을 몰라 어리둥절했다.
"미스터 김이나 수희가 미워서 그런 건 아닙니다. 내 개인적인 격분 때문에 그랬지. 그런데 수희가 미스터 김을 볼 낯이 없어 학교엘 못 나오는 모양인데, 미스터 김이 지금 집으로 가서 수희를 만나 주십시오. 그리고 학교엘 나오도록 하십시오."
김병대는 머리를 긁으며 난처한 기색을 보였다.
"부탁이오. 수희를 아낀다면 한 번만 수고하시오."
일보가 강력하게 부탁하자 김병대는 할 수 없다는 듯 머리를 끄덕였다.
"지금 가면 아무도 없을 거요. 안심하구 가서 수희를 위로해 주시오."
"미안합니다."
모든 일이 자기 때문에 그렇게 된 것이라 생각한 김병대는 일보의 말에 순종할 것을 약속했다.
일보는 부탁한다는 말을 남긴 뒤 회사로 출근을 했다.
수희 문제를 일단락 지었지만 일보의 마음은 여전히 불안정 상태였다.
수희가 설익은 이론을 따진다고 해서 따귀를 때렸지만 자기는 설익은 이론마저 가지고 있지 않다. 인생을 어떻게 살아가겠다는 꿋꿋한 의지도 없다.
결국 일보는 자기 비애를 느끼는 것이었다. 아무것도 아닌 자기가 사람을 특히 그 중에서도 여자를 잘 때린다.
헝클어진 마음속에서 자기 비애를 느끼고 있을 때 귀찮게도 은미에게서 전화가 왔다.

오직 귀찮다는 생각만을 가지고 수화기를 들고 있는데 은미는 대뜸,
"왜, 전화 한 번 안 걸어 주시죠? 너무하지 않아요."
마치 일보가 전화를 걸어야 하는 의무라도 있다는 듯이 말했다.
"전화번호를 알아야지요."
일보는 귀찮은 목소리로 대답했다.
"그럼 다시 알려 드릴 테니 수첩에 적어 두세요."
은미가 자기 집 전화번호를 가르쳐 주었다.
"알았습니다. 다음엔 전활 걸지요."
귀찮아서 마지못해 말대꾸를 하는데 은미가,
"오늘 점심을 살게 열두 시 메트로 호텔 오층 그릴루 나오세요. 드릴 선물두 있어요."
혼자 지껄이는 것이었다. 만나서 따귀나 한 대 갈겨 줄까? 일보는 이런 충동을 느끼며,
"나가지요."
하고 대답했다.
"안 나오심 안 돼요, 꼭."
언제 약속을 어긴 일이 있었던가? 일보는 다짐하는 은미가 더 싫었나. 그래서 속으로는 나가지 않으려고 생각하며 전화를 끊었다.
그러나 점심때가 가깝자 일보의 마음은 변하기 시작했다. 은미와 점심때 만나는 것은 이번이 처음이다.
점심때 만나면 점심을 먹고 곧 헤어져야 하는 만큼 다른 일이 있을 수 없다. 더구나 프레젠트를 준다고 하니 그것이 무엇일까? 메트로 호텔은 말만 들었을 뿐 아직 발을 들여놔 본 일이 없는 곳이다. 말하자면 호기심이 들었던 것이다.
호기심이 드는 것만은 사실이었지만 그 호기심이 자기의 자존심을 만족시켜 줄 만한 것인가가 문제였다.
대단치도 않은 호기심에 끄는 대로 호락호락 끌려다니는 남자. 이런 생각을 하니 가서는 절대 안 된다는 마음이 들었다.

차라리 삼십 원짜리 설렁탕을 사 먹는 것이 마음 편하지.

그러나 점심 사이렌이 불 때 일보의 궁둥이는 들썩들썩했으며 자리에서 일어설 때는 이미 메트로 호텔로 마음이 가 있었던 것이다.

메트로 호텔로 가며 버스 안에서 몸을 흔들거리고 있을 때 일보는 생각을 하였다.

은미가 보고 싶어서는 아닌가? 은미가 보고 싶지 않다면 전화를 걸었다고 이렇게 찾아갈 것 같지가 않았던 것이다.

보고 싶지는 않다.

그는 이렇게 단정을 했다. 그러나 어딘가 끌리는 데가 없다면 찾아갈 리가 없지 않은가?

"감각!"

일보는 문득 감각이란 것을 생각했다.

감정이 아닌 감각. 은미와 교제한 뒤 오늘까지 은미에 대해 남은 것은 감각뿐이다. 감정을 빼 던진 감각. 그러나 감정은 멀고 감각은 가까울 수 있다.

'은밀한 중국요릿집으로 가지 않고 하필이면 그릴로 정했을까?'

일보는 은미의 입술을 생각했다. 동시에 자기의 동물성에 외면하지 않을 수 없었다.

차라리 은미가 나보다는 깨끗한 여자일지 모른다. 잡념이 없는 식물성.

일보는 은미를 만난다 해도 감각적인 충동을 느끼지 않도록 노력하리라 생각했다.

그래서 은미를 만나 점심을 먹을 때 일보는 될 수 있는 대로 많은 말을 하는 중 감각적인 신경을 무디게 할 작정이었다.

"그새 재미 많았습니까?"

만나지 못한 며칠 동안 은미가 가만 있지 않았을 것을 생각하며 꺼낸 말이었다.

"그렇죠. 뭐 심심치 않을 정도예요."

은미는 일보의 묻는 말에 긍정을 표하며 대답했다.

"며칠 전인가 남자들 하구 같이 걸어가는 걸 봤죠."

일보는 은미의 대답을 듣기 위해 거짓말을 꾸며댔다.
"샌드위치 데이트를요? 천만에요. 나는 더블 데이트는 안 하는 성격예요."
"싱글 데이트만 하시구요?"
"언제 어디서 봤어요? 거짓말이죠?"
은미가 눈이 둥그레서 물었다.
"샌드위치 데이트를 보았다는 건 거짓말이지만, 싱글 데이트하는 건 가끔 보죠."
그 말에 은미는 놀라지 않았다.
대단한 데이트를 하는 것만은 사실인 모양이었다.
"데이트를 여러 남자와 해두 괜찮은가요?"
질투는 아니지만 은미의 순진하지 않은 생활을 한 번 꼬집어보았다.
"데이트야 몇 남자하구 하면 어때요. 연애가 아닌데……."
"연인 아니라두 데이트를 할 수 있나요?"
"그냥 아는 남자와 거리를 걷는 것쯤 어때요. 저쪽에서 혼자 좋아하는 남자하구 영화 구경쯤 같이 가 주는 것두 죄 될 일 없구요."
일보는 새로운 지식을 얻은 것처럼 고개를 끄덕거렸다. 있을 수도 있는 일 같았지만 잘 납득이 되지 않아 하고 한 번 빈정거려 보았다.
"군중 속에서 느끼는 고독이 큰 거라면서요. 이제부턴 거리에 나다니지 않겠어요."
일보는 은미가 솔직한 여자라고 생각했다. 자기를 깨끗한 척 미화시키지 않는 것이 좋았다. 그런데,
"그 대신 나하구 자주 만나 주시겠어요?"
하는 데는 어리둥절하지 않을 수 없었다.
다른 남자들을 안 만나고 자기하고만 자주 만나겠다는 것은 자기만을 좋아하겠다는 솔직한 고백이다.
"바빠서 그럴 시간이 있어야죠."
일보는 우선 이렇게 피해 보는 수밖에 없었다.

자학 속에서 167

"밤에두 바빠요?"

"밤에는 공부를 해야죠."

"매일 밤 하실라구요. 싫으면 그냥 싫다구 그러세요."

일보는 솔직하게 말하고 싶었다. 좋아하지 않는다든가 관심이 없다든가 어쨌든 은미가 기대를 안 가지도록 말을 할 수가 있었다. 그래도 은미는 실망을 느끼지 않을지 모른다. 그러나 일보는 솔직할 수가 없었다. 남자가 엉큼하다는 말을 듣게 되는 이유가 이런 데 있는지 모르지만 일보는 은미에게 정면으로 실망을 주고 싶지가 않았다.

"싫어할 이유는 아직 발견하지 못했습니다."

그때 은미가,

"아 참, 좋아하는 여자가 있지요. 실례했습니다."

하고 고개를 숙여 사과의 뜻을 표했다.

명아를 두고 하는 말이었다.

"그 여자가 날 좋아해야죠. 그래서 벌써 단념해 버렸습니다."

이 말에 관해서는 일보가 솔직한 표현 방법을 썼던 것이다. 그러니 은미가 그 말을 곧이들을 수밖에 없었을 것이다.

"섭섭하게 되었는데요. 제가 위로회를 열어 드려야겠군요."

"축하회를 열어 주셔야겠지요."

"축하회면 더 좋구요."

담소를 하며 식사를 끝내자 은미가,

"이제부터 프레젠트를 드리겠어요."

하고 자리에서 일어섰다. 프레젠트는 딴 곳에 있는 모양이었다.

"뭔데요?"

"가 보시면 알 거예요."

은미는 걸어서 국립극장 앞을 지나 충무로로 갔다.

그리고 새로 지은 오층 건물 안으로 들어가며 뒤따라오라는 듯 일보를 뒤돌아봤다.

빌딩 건물 안에 들어서자 은미는 엘리베이터가 있는 곳으로 가서 단추를 눌렀다.

단추를 누른 지 얼마 안 되어 손님 몇 명을 태운 엘리베이터가 내려와 문을 열었다. 두 사람을 태우고 문을 닫은 엘리베이터 속에는 엘리베이터를 운전하는 소녀 한 명이 있을 뿐이었다. 일보는 언젠가 반도 호텔에서 자동 엘리베이터를 타고 그 속에서 키스하던 장면을 회상했다. 만약 이것이 자동 엘리베이터였다면 하는 생각을 할 때 엘리베이터가 멎고 문이 열렸다.

문이 열리자 은미가 앞장을 서서 어떤 방 앞까지 걸어가 노크를 했다. 안에서 채 대답도 있기 전에 은미는 문을 열고 안으로 들어섰다.

아담한 사무실이었다. 테이블 두 개와 소파가 놓여 있었는데, 한 테이블에는 오십이 넘어 보이는 남자가 한 명 앉아 있었고 정면을 향하고 있는 큰 테이블은 빈 채였다.

방 안에 들어서자 은미가 빈 테이블을 가리키며,

"오늘부터 이 자리에 앉으세요."

하고 난 뒤 일보의 표정을 살폈다.

일보는 은미의 얼굴을 멍하니 바라보았다. 장난 같았기 때문이었다.

"여기 있던 사람을 딴 데루 돌렸어요. 고 선생님을 위해 비워 놓은 자리니까 앉으세요."

일보가 앉기는커녕 말도 못하고 있을 때 은미가,

"참……."

하고 테이블을 옆에 차렷 자세로 서 있는 나이든 사무원에게 일보를 소개시켰다.

"오늘부터 관리인으루 오시게 된 고일보 선생이에요."

일보에게도 그 사람을 소개하자 나이든 사무원이 일보에게 사십오 도로 허리를 굽혀 인사를 했다.

"권기철이올시다. 앞으로 잘 지도해 주십시오."

일보는 어리둥절하지 않을 수 없었다. 그런 이야기가 전혀 없는 것은 아니지만, 사전에 아무런 말도 없이 일을 결정짓고 사무원에게 인사까지 시킨다는 것은 비록 자기를 위한 친절이라 해도 자기를 무시하고 우롱하는 것이라 해석이 되었다.

"저 일봅니다. 그렇지만 내가 관리인이 되었다는 것은 지금 처음 듣는 말입니다."

일보는 권기철에게 자기 변명을 했다. 그것은 은미에 대한 반항이기도 했다.

그런데 은미는 권기철에게 열쇠를 달래 가지고 서쪽 벽에 있는 출입문께로 가서,

"여기 숙직실입니다."

하고 일보를 숙직실로 안내했다.

숙직실이라고 하는 방은 서너 평밖에 되어 보이지 않았지만 커다란 테이블과 옷장으로 쓰는 캐비닛 그리고 소파 등이 있어 아담스럽게 꾸며져 있었다.

숙직실에 들어서자 은미가,

"사무원 앞에서 왜 그런 말씀을 하세요."

하고 일보를 째려보았다. 순간 일보는 은미를 침대 있는 데로 밀어 버렸다. 그래서 은미는 짚고 있던 스틱을 하늘로 쳐들고 침대 위에 벌떡 자빠졌다. 일보는 자빠진 은미에게로 달려가 한 대 갈겨 주려고 했다. 그러나 자빠져 허둥지둥 옷매무시를 바로 하며 일어나려는 은미에게로 가서 그의 두 손을 붙잡아 일으켜 주고는,

"너무 좋아서 그랬어."

하고 은미를 안아 주었다.

"정말?"

"정말 아니구."

그러자 은미가 얼굴을 일보 가슴에 파묻었다.

할 수 없는 일이었다. 일보는 또 은미에게 키스를 해 주었다. 그러자 은미가,

"집이 멀어서 가기 귀찮으면 언제나 여기서 주무세요. 숙직원이 자는 방은 아래층에 따루 있으니까요."

하고 말했다.
　일보는 고개를 끄덕이고 숙직실을 나왔다. 숙직실을 나오자 은미가,
　"오늘은 회사에 가 보셔야지요? 가서 사표를 제출한 뒤 내일부터 이리루 나오세요."
　사장답게 아량 있는 지시를 내렸다.
　일보는 난처했다. 이미 좋아서라는 말을 했으니 금세 태도를 달리할 수가 없었다. 그렇다고 해서 금시 굽실거릴 수도 없었다.
　그때 따귀까지 때려 주고 도망을 쳤다면 하는 생각을 했다. 사실 그럴 예정이었다. 그러나 명아와 수희를 때려 주었고 이제 은미까지 때려 준다면 자기는 아는 여자 전부를 때려 주는 셈이 된다. 움직일 수 없는 변태적 사디스트가 되고 만다. 그것이 싫어 때리는 대신 애무를 해 주었다.
　만약 변태적 사디스트가 되는 한이 있더라도 은미는 때려 주기만 했다면 난처한 궁지를 쉽게 빠져나갈 수가 있었을 것이다.
　"좌우간 회사엘 가 봐야지요."
　회사엘 가 보기 전에는 자기 의사를 결정지을 수 없다는 뜻을 표했다.
　"그러세요."
　은미는 회사엘 가야지만 사표를 제출할 수 있다는 것만 생각했는지 일보의 말을 가볍게 받아들였다.
　다행한 일이었다. 일보는 권기철에게 인사도 하는 둥 마는 둥 사무실을 나와 엘리베이터도 타지 않고 아래층을 향해 뛰어내려 왔다. 뒤에서,
　"차를 타구 가세요."
하는 은미의 목소리가 들렸지만 일보는 뒤도 돌아보지 않고 빌딩을 나와 버렸다. 빌딩을 나오자 그는 택시를 불러 타고 그야말로 도망치듯 자기 회사로 달렸다.
　죄를 진 것도 아닌데 나는 왜 이렇게 도망을 치는 것인가? 일보는 자기가 지금 도망치고 있다고 생각했다. 없는 돈에 택시까지 타고 이게 무슨 환장인가?
　그러면서도 일보는 일종의 해방감을 느꼈다. 자기를 올가미 속에 집어넣

으려는 마녀(魔女)의 손에서 풀려난 듯한 느낌이었다.
 확실히 은미는 마녀다. 좋아하지도 않는데 접근하도록 만들고야 마는 마녀. 그는 지금 자기를 커다란 책상에 앉혀 놓고 꼼짝도 못하게 만들어 놓으려고 한다.
 다시는 만나지도 말아야지. 이런 생각을 하고 있을 때 자동차가 용산에 이르렀다. 미터기를 보았다. 회사까지는 아직 한참 가야 하는데 미터기에 나온 숫자는 오십오 원이었다. 그만 내려서 걸어갈까 생각했다. 그러나 기껏해야 오 원밖에 더 오르지 않을 거리, 그는 내쳐 자동차를 앞달렸다.
 회사 앞에서 자동차를 내릴 때 그는 육십 원을 치렀다. 덕택에 주머니가 텅 비고 말았다.
 일보는 무엇보다도 돈이 아까웠다. 주머니 속 돈을 전부 털게 한 은미가 밉기까지 했다.
 마녀! 아무래도 은미는 마녀만 같았다.
 자기 자리에 앉자 일보는 우선 며칠 동안 쓸 교통비와 담뱃값을 생각했다. 가불을 하지 않으면 꼼짝도 못할 형편이다.
 그는 한참 뒤 퇴근 한 시간쯤 앞두고 가불금 청구 용지에 일금 백 원정이라고 썼다. 좀더 많은 액수를 쓰면 그만큼 오래갈 수가 있다. 며칠 안 가서 또 가불금을 신청하느니 한꺼번에 오백 원이라도 가불할까 생각했지만 총각이 무슨 돈을 그렇게 쓰느냐고 빈정대던 과장의 말이 머리에 떠올라 백 원만 쓰고 자기 도장을 눌렀다.
 그리고는 과장에게 가서 도장을 받은 다음 회계과로 가서 현금 출납계의 여사무원에게 그 용지를 내밀었다. 여자 사무원은 현찰 뭉치를 앞에 놓고 그것들을 세고 있었다.
 돈 세는 것이 좀체 끝날 것 같지가 않아,
 "부탁합니다."
하고 여사무원의 주의를 환기시켰다.
 여사무원은 본 척도 않고,
 "잠깐만 기다리세요."

자기 일만을 했다. 보나마나 가불금일 텐데 바쁠 것이 뭐냐 하는 태도였다.
세상에 저런 게 어디 있나 생각하면서도 참지 않을 수 없었다.
한 오 분 동안 자기 일만 하다가 일보의 신청용지를 힐끔 보고는 그것을 도로 내밀며
"회계과장 도장을 받아 오세요."
지극히 쌀쌀하게 말했다. 전에는 회계과장의 도장은 자기가 받곤 하던 사무원이었다.
"바쁘신데 미안하지만……."
일보는 가불 신청서를 가지고 회계과장에게 가고 싶지가 않았다. 누구에게나 무뚝뚝한 과장이다. 돈 백 원을 가불하기 위해 굽실거리기가 싫었던 것이다.
"정말 바빠서 그래요."
여사무원이 귀찮아 죽겠다는 표정을 지었다. 아니꼬웠다. 일보는 할 수 없이 회계과장에게로 가서 신청서를 내밀었다.
회계 일 보는 사람으로 가불금 내 주기를 좋아하는 사람은 없다. 자기 개인의 돈도 아니면서 자기 돈 이상으로 인색한 표정을 짓는 법이다. 회계과장이,
"무슨 돈을 밤낮 가불하시오?"
노골적으로 짜증을 낼 때 일보는 참으려고 했으나 경멸하는 듯한 눈동자를 보는 순간,
"주기 싫거든 그만두시오."
일보는 회계과장 앞에서 가불금 신청서를 조각조각 찢었다. 그리고는 획 돌아서서 나오려고 하는데 회계과장이 벌떡 일어나 일보의 팔을 붙잡고,
"그게 무슨 버릇이지."
하며 화를 냈다.
"돈을 주기 싫어하는데 어떡합니까."
"배운 게 없구만. 그래 자넨 아버지도 없나?"

회계과장은 나이를 가지고 어른 행세를 하려 했다.
"어른은 손아랫사람을 함부로 경멸해두 좋은가요?"
"경멸한 것이 무엇인가? 응…… 말해 봐."
"가불금을 신청하는 사람의 마음이 어떨까를 생각해 보십시오. 발이 내키지 않는 것을 할 수 없이 내려와서 부탁드리는 건데 그렇게 윽박을 질러두 좋단 말씀입니까?"
"여성 교제를 하느라구 돈을 헤프게 쓰는 사람 보구 그래, 그런 말두 못한단 말인가."

여러 눈들이 쏘아보고 있는 데서 소동을 일으킬 수가 없어 일보는 입을 다물어 버렸다. 그리고는 미안하다는 말을 하고 이층으로 올라와 버렸다.

당장에 사표를 내고 싶었다. 아니꼽고 치사해서 견딜 수가 없었다. 돈 백 원 가불하기가 그렇게도 힘이 든단 말인가?

그리고 나이가 들었다고 젊은 사람을 그렇게 윽박질러도 좋은가 하는 생각이 들었다. 젊은 사람들을 무어니 무어니 하지만 그래 젊은 사람들을 그런 치욕 속에서도 머리를 굽히고 살아야 한단 말인가?

일보는 은미의 빌딩 사무실을 생각했다. 오십이 넘는 사람도 자기에게 머리를 숙이는 곳이다. 내일부터 출근을 하라고 했으니 안성맞춤이다.

일보는 생각할 것 없이 사표를 쓰려고 했다. 그래서 양면괘지를 꺼내 사직원을 쓰려고 할 때 전화가 왔다. 형수 애경에서 온 전화였다. 용건은 오늘 쌀을 사야 할 테니 한 말 값이라도 가불해 가지고 오라는 것이었다. 일보는 무엇이라 대답하기가 곤란해서,

"저녁 끓일 쌀두 없나요?"

하고 물었다. 애경은 내일 아침까지 먹을 쌀이 있었지만 오늘 수희를 찾아온 김병대 점심을 대접하느라고 내일 아침 분 쌀이 없어졌다는 것이다.

일보는 조금 전 회계과에서 일어났던 일을 차마 말할 수 없어서,

아버지가 가지신 돈은 없을까요?

하고 자기의 가불이 힘들다는 것을 암시했다. 그러나 애경은,

"가지신 게 있으면 다행하지만 혹시 해서 전화를 걸었어요."

하고 아버지를 믿기 힘들다는 말을 했다. 다른 것과는 달리 쌀이 떨어졌다는데 돈을 돌릴 수 없다는 말은 할 수 없었다.
"변통해 가지구 가지요."
일보는 애경을 안심시키는 말을 하자 애경이,
"일찍 들어오세요?"
라고 물었다.
"일찍 가겠습니다."
일보가 대답하자
"오늘은 술 자시지 말구 일찍 오세요."
애경이 남편에게 하듯 간청을 했다. 일보는 전화를 끊고도 애경의 목소리가 그대로 남아 있는 것 같아 수화기를 멀거니 바라보고 있었다. 그러면서 쌀값을 어떻게 변통하는가를 생각했다. 생각다 못해 옆에 있는 동료에게 가진 돈이 없느냐고 물었다.
"없는데……."
얼마 필요하느냐는 말도 물어 보지 않고 첫마디에 거절했다. 빌려 줄 성의가 없는 것이었다. 일보는 딴 사람에게도 말해 봐야 할 것이지만 그럴 용기가 생기지 않았다.
일보는 은미에게 전화를 걸었다. 할 수 없었다. 은미에게라도 부탁해서 현금을 가지고 들어가야만 했던 것이다. 은미가 전화에 나오자 일보는 다짜고짜,
"돈 좀 빌려 주시겠어요?"
하고 돈 이야기를 꺼냈다.
"얼마나요?"
"삼백 원이면 되겠는데요."
그러자 은미의 웃음소리가 전화통을 울렸다.
"왜 웃는 거지요?"
"삼백 원을 타서 무엇 하시게요?"
일보는 차마 쌀 한 말을 사 가지고 가야 한다는 말을 할 수 없었다.

"내일부터 출근을 하려면 준비할 게 있지 않겠습니까."
그때 은미는 웃음을 거두고,
"어디서 만날까요?"
만날 장소를 걱정했다.
"아무러면 어떻습니까. 한국은행 앞에서 만날까요?"
"내가 회사루 가지요."
"그럴 필요는 없습니다."
그러지 않아도 여자 문제 때문에 가불금을 자주 쓴다는 말을 들었는데 은미를 회사로 오게 할 수는 없었다.
"그럼 동화백화점 정문 앞에서 만나지요. 다섯 시 반까지 그리루 나오세요."
이야기가 끝나고 전화를 끊으려 할 때, 은미가,
"사표는 제출했어요?"
하고 물었다.
"지금 쓰고 있는 중입니다."
"수고하십시다."
그래서 일보는 사표를 쓰려고 했지만 정작 쓰려니 써지지가 않았다. 사표를 쓴다는 것은 결국 은미 밑으로 간다는 것이 된다.
은미 밑에서 분에 넘치는 월급을 받게 되면 결국 은미에게 매어 버리고 만다.
매인대야 겁날 것은 없지만 그래도 사내자식이 젊은 여자에게 매어 살다니…….
집에 가서 아버지와 애경에게 의논을 한 뒤 결정짓는 것이 순서일 것 같았다.
별 신통한 의논이 나오지 않는다 해도 순서를 무시해서는 안 될 것 같았다.
사표야 쓰나마나 안 나오면 그뿐 아닌가 하는 생각에 사표 쓰는 것을 중단했다. 그리고 퇴근 시간을 기다려 동화백화점 앞으로 갔다. 은미는 벌써

와 있었다.

"돈 가지구 나왔어요?"

은미의 얼굴에서는 돈밖에 아무것도 보이지 않았다. 그러나 은미는 돈보다도 만났다는 사실이 중요한 듯,

"무엇을 사시게요?"

하고 일보의 의사를 물었다. 대답하기 곤란한 질문이었다.

"돈을 들구야 살 것을 생각하지요."

차마 쌀을 사야 한다고 말할 수가 없어서 대답을 피하자,

"그럼 같이 쇼핑을 해요."

"삼백 원을 가지구 뭘 사요?"

일보는 도리어 은미가 눈치 없는 여자라고 볼멘소리를 했다.

"좌우간 필요한 것을 골라 보세요."

은미가 끌다시피 일보를 데리고 백화점으로 들어갔다. 귀찮은 친절이었다.

돈을 받아가지고 빨리 집으로 돌아가고 싶기만 한 일보였다.

이층 양품부로 올라갔을 때 은미가 필요한 것을 골라 보라고 했으나 일보는 자꾸 걷기만 했다. 봐야 소용이 없는 물건들이기 때문이었다.

"넥타이가 필요하시겠군요."

은미는 넥타이 파는 데서 발을 멈추고 넥타이를 고르기 시작했다.

"넥타이는 필요 없어요."

그래도 은미는 넥타이를 한 개를 골라 일보의 목에 대보고는 그것을 사고 말았다.

이백 원이었다. 삼백 원에서 그것을 빼면 현금으로 받을 돈은 백 원밖에 없다.

"누가 그걸 산댔어."

일보는 짜증을 부렸다. 그러나 은미는 넥타이핀을 샀고 가죽 혁대를 샀다. 그리고는 와이셔츠까지 샀다. 물론 삼백 원이 훨씬 초과되었다.

일보는 될 대로 되라 생각했다. 그래서 하는 대로 내버려 두었더니 내복

자학 속에서 177

부에 가서 아래위 털 셔츠까지 샀다. 이층에서 내려와서는 행커치프와 양말도 샀다. 이천 원도 넘는 물건이었다.
"월급에서 빼라구 그러지."
만약 그렇게만 한다면 부담이 될 것도 아니었다. 그래서 현관에 나오자,
"그래두 삼백 원은 빌려 줘야겠는데요."
수월하게 현금 이야기를 꺼냈다.
"여기서야 드릴 수 있어요. 어디루 가서 앉으십시다."
은미는 노상에서 돈을 주기가 안 된 모양이었다.
"어때요. 나 급해서 그러니까 여기서 주세요."
"잠깐만 다방엘 가면 되잖아요."
"다방엘 또 가서 뭣 해요? 빨리……."
할 수 없었던지 은미는 핸드백을 열고 돈을 집히는 대로 꺼내 일보의 주머니에 넣어 주었다. 물론 삼백 원은 더 될 것이 분명했다.
"월급에서 제하세요."
일보가 이렇게 말하자 은미는 깜짝 놀라며,
"그런 거 아녜요. 그런 말씀하려던 도루 내놓으세요."
일보의 팔을 잡아끄는 것이었다.
"그럼 내가 왜 공짜루 남의 돈을……."
"전부터 뭘 좀 사 드리려구 했었어요. 돈두 좀 드리구. 이제부터는 한 가족처럼 됐으니까 드려두 상관없잖아요."
"그래두 난 그냥 받고 싶지 않습니다."
"드리구 싶어서 드리는 건데 안 받으실 거 뭡니까?"
"받을 이유가 없는 걸요."
"이유를 따져 뭐 하세요. 사는 데두 이유가 있나요. 죽는 데두……. 좌우간 차나 타러 가십시다."
은미가 자기 자동차가 있는 제일은행 앞으로 걷기를 시작했다.
"정말 가 봐야겠어요."
일보는 빨리 집으로 가고 싶은 생각이었다. 다른 이야기는 다음에 해도

좋을 것 같았다. 은미가 왜 그러느냐고 하며 붙잡았지만 집에 볼일이 있다는 말만을 하고 은미의 용서를 청했다. 은미는 더 붙잡지를 못하고 고독한 표정을 지어 보였다.

은미의 표정은 새장을 벗어나 멀리 창공으로 날아가는 사랑하던 새를 바라보는 아연하고도 서운해 하는 표정이었다.

은미를 안 뒤 처음 보는 고독한 얼굴이었다. 일보는 버스에 올라서도 한참 동안이나 은미의 그 고독한 얼굴을 생각했다. 눈앞에 떠올려 생각해도 싫은 얼굴이 아니었다.

그러나 얼마 안 가서 그는 은미가 주머니 속에 넣어 준 돈을 만져 보았다. 사람이 많은 데라 꺼내서 세어 볼 수가 없었기 때문에 돈의 부피만을 주머니 속에서 만져 보았다.

삼백 원의 몇 배는 될 것 같았다. 일보는 한 손으로나마 주머니 속에서 한 장 한 장 세어 보았다. 삼천 원도 넘었다.

"거저 주는 돈이라지."

일보는 한 손에 들고 있는 물건을 보며 혼자 생각했다. 은미의 말처럼 월급에서 공제하기 위해 가불금으로 주는 것은 아니리라. 돈이 많으니까 아깝지 않게 뿌리는 것이다. 뿌리는 돈쯤 써서 안 될 것이 무엇인가?

일보는 곧 이 돈을 어떻게 써야 할 것인가를 생각했다. 공짜로 생긴 돈이다. 아낄 것 없이 기분 좋게 쓰자. 그는 우선 양복이나 한 벌 살까 생각했다. 학교를 졸업한 뒤로 여태까지 단벌 양복으로 살고 있다. 그러나 양복을 맞춘다면 돈이 하나도 남지 않는다.

쌀을 한 가마 사자. 일보는 말로만 사 먹던 쌀을 생각했다. 말 대신 가마로 사면 얼마나 통쾌한 일일까?

일보는 버스에서 내리자 우선 쌀가게로 갔다. 그리고 쌀 한 가마를 자기 집으로 보내 달라고 했다. 큰소리를 할 만한 일이라고 쌀가게 주인에게 어깨를 으쓱해 보였다.

쌀값을 치르자 일보는 포목점으로 갔다. 거기서는 애경의 저고릿감 하나를 끊었다. 어젯밤 오 원짜리 껌 한 개를 사다가 준 자기가 얼마나 비약적인가를 생각했다.
"돈만 있다면 애경을 얼마든지 즐겁게 해 줄 수가 있는데……."
일보는 그 동안 애경을 위해 너무나 아무것도 안 해 준 것을 생각했다. 그야말로 고등 식모처럼 일하고 있는 애경이다. 앞으로나 좀 잘 해 줘야지.
일보는 대문 안으로 들어서자 저고릿감과 함께. 주머니 속에서 천 원을 꺼내,
"월급."
하고 빙그레 웃으며 애경에게 내주었다.
"뭐예요?"
애경이 놀란 눈으로 물었다.
"보시면 알잖아요."
일보가 포장지로 싼 저고릿감을 펼치고 한 끝을 잡아 늘어뜨렸다.
"이것두 월급예요?"
애경이 저고릿감을 바라보며 물었다.
"명목상……."
"그럼 안 받아요?"
애경이 건넌방으로 고개를 기웃거리며 목소리를 죽였다. 수희가 있는 모양이었다. 수희가 있다면 일보도 말조심을 안 할 수 없었다.
"월급을 내라던 때는 언제구요. 좌우간 받아 두세요."
일보도 낮은 목소리로 말하고는 저고릿감을 애경의 어깨에 걸친 뒤 방 안으로 뛰어들어갔다.
잠시 후 애경이 저고릿감을 포장지로 싸고 그 위에 돈을 얹은 뒤 안방으로 들어왔다.
"웬 돈이에요? 알기나 하구 받아야 하지 않겠어요?"
받기는 받는데 부당한 돈이 아닌가고 물었다.
"더러운 돈은 아닙니다."
일보는 애경이 그것을 더러운 돈으로 취급하는 것이라 생각했다. 그래서 더러운 돈이 아니라는 것만을 말했다.

"어디서 생긴 돈인데요?"

재차 물을 때 일보는 말문이 막히고 말았다.

은미에게서 받은 돈이라고 하면 반드시 더럽다는 말이 나올 것만 같았다.

"원고료를 미리 받은 거예요."

일보는 이렇게 꾸며댔다. 거짓말 가운데도 그것이 가장 근거 있는 거짓말이었기 때문이었다.

"원고료라니요."

애경은 일보의 말이 믿어지지 않는 모양이었다. 전에 없이 일보의 껍데기를 벗기려 했다.

"전에 있던 신문사에서 원고 청탁이 왔어요. 그래 승낙을 했더니 선금을 주더군요."

우리 나라에 원고료를 선불해 주는 곳이 어디 있는가. 새빨간 거짓말이지만 그 방면에 대해 지식이 없는 애경인 만큼 속을 수도 있는 일이다. 과연 몰라서 속는 것인지, 그 이상 일보를 곤경에 빠뜨리지 않고 싶어 속는 것인지,

"그럼 빨리 원고를 쓰셔야겠군요."

하며 애경이 안심하는 표정을 지었다.

"써야지요. 오늘밤부터 시작하겠습니다."

그러나 애경은 저고릿감과 돈을 안방 다락에다 넣고 자기 방으로 가져가지를 않았다. 수희에게 보이기가 싫은 모양이었다.

일보는 수희가 못 들은 척하고 있지만, 다 엿듣고 있었으리라 생각했다. 그래서 수희 방으로 들어가,

"김병대 왔었니?"

하고 부드럽게 물었다.

"왔다 갔어요."

"그래 내일부터는 학교에 나가겠지?"

"가기루 했어요."

"잘 했다."

일보는 주머니에 남은 돈을 꺼냈다. 육백 원이 있었다. 그 중 백 원을 빼고 나머지 전부를 수희에게 주고,

"오늘 뜻하지 않는 돈이 생겼다."

그러니까 너도 좀 쓰라는 뜻의 말을 했다. 수희는 아무 말도 않고 그것을 받았다. 역시 애경이보다 자기에게 관심이 적은 수희였다. 만약 애경이처럼 묻기를 시작한다면 거짓말이 탄로되고야 말 것인데 대행한 일이었다.

일보는 저녁을 먹자 원고를 쓰기 시작했다. 그것은 애경에게 원고료를 미리 받았다는 말이 거짓이 아니라는 것을 보여 주기 위해서였다. 그리고 착잡한 자기 감정을 정리하기 위함이기도 했다.

그 논문의 요지는 불안한 세대에서 청년은 주체성을 가지고 그 불안을 극복해야 한다는 것이었다. 주체성을 가지는 데는 철학적 인생관이 필요한데 그 인생관은 고대의 관념론이나 중세의 스콜라 파와 같은 종교적 인생관이 아니라 러셀의 경험론적인 인생관이라야 한다는 것이었다.

그 논문을 쓰는 동안 일보는 자기 개인의 문제를 생각했다.

자기는 어떠한 주체성으로 자기 문제를 해결해야 하는가? 그 중에서도 가장 급한 문제인 은미와의 관계를 어떻게 처리해야 할 것인가? 물건을 받고 돈을 받았다. 그러니 일이 별로 바쁠 것 없고, 월급을 많이 주는 은미 개인의 빌딩 관리인이 되어야 하는가, 그렇지 않으면 그것을 거부해야 하는가?

현실적인 경험을 따진다면 내게 이로운 방향으로 살아가야 한다.

그렇지만 현실적으로 이로운 것이 반드시 옳은 것인가? 은미가 자기에게 지불하는 돈은 절대로 노동의 대가가 아니다. 특수한 정실 관계로 선심을 쓰는 것이다. 말하자면 단순한 고용주와 피고용인의 관계가 아니다. 그러니 정당한 일이라고 말할 수가 없다. 정당하지 않은 줄 알면서도 은미 밑으로 간다는 것은 결국 주체성이 없는 행동이 아닐 것인가?

일보는 적어도 자기가 쓰는 논문과 같은 방향으로 생활 태도를 붙잡고 나아가야 한다고 생각했다.

그래서 다음날 아침 그는 은미의 빌딩으로 나가지를 않고 예전대로 제약

회사에 출근을 했다. 그런데 점심때쯤 해서 은미로부터 전화가 왔다. 오리라고 예상했던 전화였다.
수화기를 들자 어찌된 일이냐는 은미의 목소리가 들렸다.
"호의는 감사하지만 한 개인의 종살이는 못하겠습니다."
그렇게까지 말하지 않아도 좋을 일이지만, 일보는 은미가 흥분해 주기를 바라며 자기부터 흥분해 버렸다.
"그게 말씀이세요? 종이라니 누가 누구의 종이란 말씀예요?"
과연 은미의 목소리가 흥분에 떨고 있었다.
"고일보가 송은미의 종이죠."
"그렇게 생각하면 세상에 종 아닌 사람이 어디 있겠어요. 아들은 아버지의 종이고, 학생은 선생의 종이고, 사원은 사장의 종이겠군요."
"그게 왜 종입니까? 학생이 선생에게 예속되어 있나요?"
"정신적으로 예속되어 있는 거지 뭐예요."
"그건 억설입니다. 어쨌든 나는 암만 해두 은미 씨의 종은 될 수 없습니다."
"생각하기 나름예요. 아버지께 여쭈어 보세요. 그것이 정말 종 노릇인가."
"누가 뭐라든 나는 나대루 살겠습니다."
일보는 아버지에게 들어 본다 해도 아버지가 은미의 편을 들 것이라 생각했다.
그렇게 때문에, 어젯밤 그 이야기를 아버지에게 의논도 안 했다. 백만 사람이 모두 자기를 옳지 않다고 말할지 모른다. 그러나 자기는 자기 나름대로 살아야 한다고 결심했으니 어떻게 할 것인가? 그때 은미가,
"좋두룩 하세요."
하고 전화를 끊었다. 일보는 섭섭하기는 했으나 시원했다. 그럴 돈도 없었지만, 그래도 빌려 쓴 돈을 달라면 돌려 주지 하는 배짱이었다.
그런데 점심시간이 좀 지났을 때 전무실에서 호출이 왔다. 일보는 어제 여자 교제가 많더니 가불금을 자주 신청한다고 하던 회계과장의 말을 회상

했다. 그리고 자기가 은미의 빌딩 관리인으로 간다고 했던 사실을 알고 있지나 않는가 하는 생각을 했다. 어쨌든 불길한 생각을 갖고 전무실로 갔다.
그러나 전무의 표정은 그리 무서운 것이 아니었다.
"좀 앉으시오."
무슨 부탁이나 할 것처럼 일보를 소파에 앉게 했다. 그리고는 자기도 소파에 와 앉으며 담배를 피워 물고,
"다름이 아니라 이 달부터 외무원을 좀 봐 줘야겠소. 고 군이 외무원이 적합하지 않다는 것은 알고 있지만, 회사 규칙상 사원은 누구나 외무원을 한 번씩 겪어야 합니다. 우선 시내를 맡아 약품을 판매하십시오."
이미 결정된 일이니 할 수 없다는 듯 말했다. 회사의 규칙이라니 싫다는 말을 할 수가 없었다.
"알겠습니다."
일보는 선뜻 대답했다.
"출장비가 있으니까 수입은 나을 거요."
전무는 특별히 생각해 주는 듯 말했다. 그리고는,
"반 년 동안만 수고하시오. 경험을 얻어 그냥 계속하겠다면 무제한 오래 할 수두 있구요."
마치 그래 주기를 바라는 투로 말했다.
"알았습니다."
일보는 일어서서 절을 꾸벅 한 뒤 전무실을 나왔다. 그리고는 자기 자리로 돌아와서 양면괘지를 꺼내 사표를 썼다. 그 사표를 직속상관인 과장에게 제출했을 때, 과장이 사직하는 이유가 무엇인가를 물었다. 일보는 서슴지 않고 월급이 많이 주는 곳이 있어 그리로 간다고 대답했다.
과장도 그가 외무원으로 돌리게 된 일을 알고 있기 때문에 일보의 말을 믿지 않았지만,
"거 잘 됐군요. 잘 되어 간다는 데야 말릴 수가 있습니까?"
영전을 축하하는 듯 그의 사임을 만류하려 하지 않았다. 사표를 내고 돌아오자, 동료들이 그만두면 어떻게 하느냐고 일보를 만류했다.

"걱정 없습니다. 정말 오라는 데가 있습니다."

일보는 조금도 미련이 있지 않은 것처럼 말했다. 그것은 자기가 가려고만 하면 은미에게로 갈 수가 있다는 생각에서는 아니었다.

철학과를 졸업했고, 며칠만 있으면 자기의 철학 논문이 신문에 발표되게 되어 있다. 철학가로 이름이 있는 것은 아니지만 약방에 돌아다니며 약이나 팔 자기가 아니란 생각 때문이었다. 자기를 약 판매원으로밖에 더 부려먹을 길이 없다고 하면 최소한 자기에게는 그것을 거부할 권리가 있는 것 같았다.

"어떤 곳인데요?"

동료들이 일보가 가는 곳에 대한 이야기를 물어 볼 때 일보는,

"최소한도 약 판매하는 곳만은 아닙니다."

하고 자신 있게 대답했다. 그리고는 책상을 정리하고 있는데 은미에게서 또 전화가 왔다.

왜 자기를 싫어하느냐는 것이었다. 자기는 진심으로 생각해서 한 일인데 어째서 그것을 나쁘게만 생각하느냐는 것이었다.

"더 이야기 할 필요가 없습니다."

일보는 어떤 신념을 가지고 있는 듯이 단호하게 대답했다. 그런데도 은미는 애원하듯이 말했다.

"저는 고 선생님이 필요해요."

"나는 은미 씨를 필요로 하지 않으니까요."

일보가 더 말을 붙일 수 없도록 잔인하게 대했지만 은미는,

"퇴근 뒤 동화백화점에 있는 커피숍에서 기다리겠어요. 빌딩 관리인으루 오지 않아두 좋아요. 이야기 할 시간만 좀 주세요."

라고 일보의 대답도 있기 전에 전화를 끊었다.

'안 간다고 했다가 사표를 냈대서 갈 것인가?'

일보는 혼자 생각했다. 그렇기 때문에 만날 필요도 없다고 생각했다.

책상을 정리한 뒤 과장에게만 간다는 인사를 하고 동료들도 본척만척 사무실을 나왔다.

'실직자, 내 손으로 사표를 썼지만 실질적으로는 내 쫓김을 받은 나.'

일보는 공중에 높이 떠 있는 것처럼 모든 것이 아득하게만 생각되었다. 에어 포켓에서 떨어지는 것처럼 온 몸이 아찔한 것 같기도 했다. 집으로 돌아갈 생각도 나지 않았다. 애경은 이해해 주겠지. 이 심정을 알고 나를 어루만져 주리라. 그런 당장에 먹을 것이 끊어진 것을 걱정하겠지. 숨기려 해도 눈에 보일 그 우울한 얼굴을 어떻게 본담. 아버지가 돈을 잘 번다면 애경은 사람이 빵으로만 사는가요 하며 진심으로 아무렇지도 않게 생각할 것이다.

일보는 어디 가서 술이나 마시고 싶었다. 세상에서 술 마시는 일 이외에 자기가 할 일이라고는 아무것도 없을 것 같았다. 그는 주머니를 뒤져보았다. 백 원짜리 한 장이 있었다.

그는 회사 가까운 곳이 싫어 버스를 타고 삼각지까지 갔다. 거기 어떤 대폿집에 들어가 막걸리를 마시기 시작했다. 아직 시간이 이른지 손님이 별로 많지 않았다. 조용히 앉아 혼자 술을 마시고 있으려니, 자기가 고아와 같은 생각이 들었다. 그야말로 버림을 받은 비참한 고아였다. 모두가 다 나를 외면하고 있다. 모두가 나를 버리고 있다.

이런 생각을 할 때 문득 어제 저녁 동화백화점 앞에서 헤어질 때 고독해 보이던 은미의 얼굴이 눈앞에 떠올랐다. 그리고 조금 전 전화로 저는 선생님이 필요해요, 하던 목소리가 귓전을 울렸다.

세상에 나를 필요로 하는 사람도 있나. 일보는 갑자기 은미가 보고 싶어졌다.

고용주니 피고용인이니 하는 생각은 조금도 없었다. 그저 고독한 은미의 얼굴이 보고 싶었을 뿐이었다. 그는 시계도 볼 것 없이 은미에게로 떠났다.

일보는 버스보다 합승이 빠를 것 같아 합승을 탔다. 그러면서도 시계는 보지 않았다. 만약 은미가 이미 돌아가고 없을 것이라는 생각이 들 때에는 자기 자신에 대한 실망이 클 것 같아 겁이 났던 것이다. 약속한 장소에 도착할 때까지만이라도 은미를 만날 수 있는 기대를 가지고 싶었다.

합승이 동화백화점을 지나 합승 정류장에 이르렀을 때도 시계를 보지 않았다. 그러면서도 걸음을 바삐 커피숍으로 옮겼다. 커피숍 안으로 들어가 그

천정이 높고 썰렁해 보이는 홀 안을 두루 살피는 동안 일보는 은미가 필경 돌아가고 없으리라 생각했다. 그러나 멀리만 살피고 있는 일보 바로 가까운 곳에서,
"선생님."
하는 은미의 목소리가 들릴 때 일보는 그 자리에 주저앉고 싶어졌다. 자신 없이 달리던 마라톤 선수가 일등은 아니라도 삼등쯤 입상권 내에 들었을 때와 같은 마음이었다.
일보는 그때야 시계를 보았다. 여섯 시 십 분이었다. 시계를 본 뒤 은미 옆에 앉자 그는,
"벌써 돌아갔을 줄 알았는데……."
하고 은미의 얼굴을 쳐다보았다.
"꼭 오실 것만 같았어요."
한 시간이나 거의 기다리고 있었을 텐데도 은미는 화를 내지 않았다.
"사실은 오지 않으려 했는데……."
일보는 얼마 전 전화로 잔인하게 대해 주던 자기와 너무나 차이가 있어서는 안 되다는 생각을 하며 일부러 냉정한 태도를 취했다.
"술을 마시느라구요? 그런데 왜 오셨지요?"
은미가 처음으로 샐쭉한 표정을 지었다. 은미가 샐쭉해지는 것을 보자 일보는 갑자기 태도를 고쳐,
"보구 싶어서 왔지, 왜 와."
하고 말했다.
"그러실 때두 다 있어요?"
이 말을 듣자 일보는,
"정말인 줄 아는가 봐. 여자는 너무 단순해서 걱정야."
하고 자기 말을 수정했다. 그때 은미는 딴전을 부렸다.
"술을 더 마시구 싶잖아요? 진짜 위스키가 있는데."
일보는 진짜 위스키란 말에 귀가 솔깃했다.
"오늘은 진탕 마시구 싶은데……."

자학 속에서 187

"그럼 가십시다."

은미가 일어났다. 일보가 따라 일어서자 은미는 제일은행 앞에 세워 놓은 자가용으로 가서 일보를 먼저 태웠다. 일보 뒤를 따라 올라앉은 은미는 운전수에게 자기 집으로 가자고 했다.

자동차가 효자동으로 달리고 있을 때 일보는 아무것도 생각지 않았다. 자동차 바퀴가 구르듯 자기도 굴러가고 있다. 어떻게 또는 어디로 구르든 상관할 것 없다. 그저 구르면 그뿐이다.

그러나 자동차가 중앙청 앞 로터리를 돌고 있을 때 일보는 문득 자기 형이 그 근처에서 죽었다는 사실을 회상했다.

반드시 은미와 관계가 있을 것만 같을 형의 죽음.

'내 형을 죽였을지도 모르는 은미.'

이런 생각이 들자 일보는 갑자기 몸을 은미에게로 기대고 은미의 얼굴을 엇비슷이 쳐다봤다.

은미는 일보가 참을 수 없는 정열에 몸을 비트는 것이라고 생각했던지 일보의 손을 쥐면서,

"사표를 제출하셨다지요?"

하고 살짝 웃었다.

"냈어. 그걸 어떻게 알어?"

"일보 씨가 오시기 전 회사에 전화를 걸었어요."

"그래, 내일부터는 은미 씨의 피고용인이야."

일보는 은미의 손을 잡아 자기 무릎 있는 데까지 끌었다.

주사위와 함께

한 손으로 은미의 손을 잡아끄는 동시에 다른 한 손으로는 은미의 허리를 휘어감았다. 사랑스럽다는 감정이 아니었다. 어떠한 형식으로든 은미에게 고통을 주고 싶은 마음이었다.

은미는 아야 소리가 나오려 했으나 운전수가 있는 데서 그럴 수가 없어 아픔을 참으며 웃음 띤 얼굴로 일보의 다리를 가볍게 꼬집었다. 일보가 악의로 그러는 것이라고는 상상도 할 수 없는 은미였다.

일보는 은미가 자기를 애무해 주는 것이라고 좋게 해석할 것이 분명하기 때문에 모른 척하고 이번에는 은미의 갈비를 주물러 주었다. 반드시 고통을 느낄 것이지만 은미는 몸을 비틀면서도 그것을 참았다.

일보는 은미에게 모욕적인 고통까지 주려고 했으나 차마 그럴 수가 없어 그것만은 사양했다.

그 대신 계속적으로 고통을 주리라는 생각을 속으로 했다.

자동차가 은미네 대문 앞에 이르렀다. 벽돌담이 뼁 둘러 있는 가운데 철책으로 된 대문이 굳게 잠겨 있었다.

클랙슨도 누르지 않았는데 번쩍이는 헤드라이트 불빛만으로 대문이 열렸다. 대문 안으로 미끄러져 들어가서도 자동차는 한참이나 굴러갔다. 그만큼 정원이 넓었던 것이다. 넓은 정원에는 무슨 나문지는 모르나 수목이 그득서 있었다.

현관 앞까지 가서 자동차가 멎자, 식모라고 생각되나 깨끗한 옷차림을 한 중년부인이 나와 은미를 맞이했다.

현관 안에 들어서자 널찍한 마루와 거기 장식되어 있는 가지가지의 진귀품들이 마치 서양 영화에 나오는 귀족의 저택을 연상케 했다. 일보는 한국에도 이런 저택이 있었던가 놀랐다.

구두를 벗고 슬리퍼로 바꾸어 신은 뒤 양탄자가 깔린 넓은 홀을 지나 나선형으로 된 층계를 올라갈 때 일보는 혹시 누가 소리나 지르지 않는가 하고 조마조마했다. 생전 처음 들어와 보는 집이다. 룸펜 같은 사람이 출입하는 집이 아니라고 끌어낼 것만 같았던 것이다. 이층에만도 방이 몇 개인지 몰랐다. 은미가 안내한 동쪽 맨 끝방으로 들어갔을 때, 일보는 또 한 번 놀랐다.

확실히 은미 혼자서 쓰는 방일 텐데 열 평이 넘을 응접실에 침대가 놓여 있는 침실이 붙어 있었다. 응접실에는 열 명도 넘게 앉을 소파가 놓여 있고 한편에는 그랜드 피아노가 있었다. 책꽂이와 화려한 찬장이 놓여 있는 다른 벽들에는 커다란 서양화들이 붙어 있었다. 값싼 것이라고는 하나도 보이지 않았다. 피아노 옆에 놓여 있는 고무나무만 해도 높이가 한 키를 훨씬 넘을 것이니 일보 같은 사람은 본 일도 없는 진귀품이었다.

일보가 경탄의 눈으로 방 안을 둘러보기에 정신을 잃고 있을 때, 은미가 찬장에서 위스키 병과 술잔을 꺼내다 티테이블 위에 놓았다. 그리고는,

"화잇 호오스예요. 과히 좋은 건 아니지만……."

하며 술을 따랐다. 그 뒤 과일과 케이크를 가져다 논 뒤,

"나두 한잔해야 실례가 아니겠지요."

하며 자기 잔에 술을 따르려 했다.

"내가 따르지요."

일보는 술병을 빼앗아 술을 따른 뒤,

"나 술주정해두 괜찮지요?"

하고 다짐하듯 물었다.

"오케이, 얼마든지."

은미가 가볍게 대답하자 일보는 빨리 취기가 돌기를 바라며 부지런히 술잔을 비웠다.

그는 취기가 돌기 전부터 이런 으리으리한 저택에서 공주처럼 살고 있는 은미를 곯려 주리라고 생각했다. 하나의 반발일지 모른다. 그러나 그것은 자동차 안에서 은미를 괴롭히겠다던 마음의 연장이기도 했다.

취기가 들자, 일보는 우선 소파에 앉은 채 은미를 끌어당겼다.

끌어당겨다가는 꼭 술집 여자를 다루듯 아무데나 주물렀다. 일보는 은미를 술집 여자로 대치하고 생각하려는 것이었다. 그럼으로써 은미를 천대하려는 자기의 내면적 반발심을 만족시키려 함이었다.

"너무 심하지 않으세요?"

은미가 몸을 빼려 할 때 일보는,

"주정을 해두 괜찮다구 그러지 않았어."

일부러 눈을 게슴츠레 감고 은미를 더욱 끌어안았다.

"술두 과히 취하시지 않구서……."

"취하지두 않구 주정을 한다 그 말씀이지? 참 실례를 했군요, 공주님께……."

일보는 은미에게 손을 떼고 자리에서 일어서려 했다.

"주정을 해서는 안 될 테니까 취하기 전에 가야지."

그때 은미가 일보의 손을 잡아끌며,

"건성으루 주정하시니까 그러지……."

잘못했다는 표정을 지으며 눈동자를 반짝이었다. 일보는 힘없이 도로 앉으며,

"주정 안 할게 안심해……."

하고 혼자 술을 마셨다. 잘못했다는 표정을 하여 진심으로 못 가게 하는 은미를 볼 때 일보는 은미에 대한 악의가 부끄러웠던 것이다.

얼마 동안 혼자 술을 마시고 있을 때 은미가,

"화나셨어요?"

하고 일보의 손을 잡았다.

"왜?"

"말두 안 하구 날 보지두 않으니까……."

"주정을 못하게 하니까 그렇지……."

한참 동안 서로 말이 없다가

"미스터 고는 저를 좋아하지 않지요?"

은미가 일보에게 다가앉으며 얼굴을 쳐다봤다.

일보는 무엇이라 대답해야 할지 몰랐다.

"글쎄, 잘 모르겠는데."

"모른다는 것이 결국 좋아 안 한단 말씀이지 뭐예요?

일보는 그럼 당신은 나를 좋아하느냐고 묻고 싶었다. 그러나 그 대답이 분명할 것 같아,

"좋아 안 하면 이까지 따라왔을라구……."

이야기가 불필요하다는 듯이 은미를 또 끌어안았다.

"정말이죠? 네."

은미는 몸을 빼려는 것이 아니라 그 반대로 가슴을 파고들었다.

일보는 또 정신적인 반발을 일으켰다.

"저 방두 좀 구경 시켜 줘……."

침대 있는 방을 가리키자 은미가 그러세요 하며 일보를 침실로 안내했다. 정갈하고 아담스럽게 꾸며진 방이었다. 침대 위에 덮여진 비단 풀솜 이불은 어떤 향기를 풍기는 것 같았다.

일보는 그 침대 위에 덜렁 누워 버렸다. 그리고는 은미의 반응을 기다리고 있을 때 은미가 가까이 와서,

"취하셨어요?"

하며 일보의 이마를 만졌다.

일보는 일 초의 여유도 주지 않고 은미를 끌어당겼다. 은미는 조금도 반항하지 않았다.

얼마 뒤 다시 응접실로 나올 때 일보는 통쾌감을 느꼈다.

상상도 할 수 없으리만큼 으리으리한 저택에서 공주처럼 자라는 은미를 정복했다. 내일부터 은미의 태도는 달라질 것이다. 달라지겠거든 달라지지…….

은미가 흐트러진 머리를 고치고 응접실로 나올 때 일보는 그녀를 보지 않았다.

볼 필요가 없었던 것이다. 원망을 하고 저주를 해도 좋다. 나는 이 집을 떠나가면 그뿐 아니냐.

그러나 은미는 원망하는 대신 전보다 더 친절했다.

"이젠 술을 그만하시죠."

술 대신 오렌지 주스를 권했다. 그리고는 시장하겠다면서 식사를 가져오려 했다. 일보는 모든 친절을 물리치고 가 보아야 한다면서 그 집을 떠났다. 그때 은미는 또 자동차를 내 주었다. 자동차를 타고 집으로 돌아오며 일보는 혼자 생각했다.

"미친 것."

어째서 증오하거나 원망을 하지 않고 도리어 친절을 보여 주느냐 말이다. 알 수 없는 일이다.

'모르겠다. 언제 또 보겠다구.'

이런 생각을 하며 집에까지 가서 대문을 두들겼을 때 어쩐 일인지 애경 대신 수희가 나왔다.

"형수님은?"

일보는 문득 불길한 생각이 들었다. 자기가 불량한 일을 하고 있는 동안 애경은 그것을 알고 어디로 가 버린 것이나 아닌가?

"친정 어머니가 편찮다구 사람이 와서 같이 갔어요."

"그래?"

일보는 아무래도 마음이 찔렸다. 하필 오늘 따라 애경의 어머니가 아플 까닭이 없다.

그러나 애경이 없는 것을 달리 생각하는 표정을 보일 수가 없어,

"넌 학교엘 안 갔니?"

애경에게 무관심한 태도를 보였다.

"내일부터나 갈까 했어요."

수희가 범연하게 대답했다. 일보도,

"네가 수고하게 됐구나……."

지나가는 말처럼 하고는 조심조심 안방으로 들어갔다.

"저녁 잡수셨어요?"

"응, 먹었다."

일보는 시장기를 느꼈지만 아버지가 주무시고 계시는데 번거롭게 그러고 싶지가 않아 안방에 들어가 자리에 누웠으나 잠이 오지 않았다. 용기가 대단했던 자신이 가상할 만하다는 생각이 드는가 하면, 그런 굴욕을 당하고도 도리어 친절을 보여 준 은미가 바보 같은 생각이 들었다.

일보는 애정으로 은미를 정복했다고는 생각지 않고 있다. 그런 만큼 자기가 선량하지 않다는 생각이 들었다. 그러면서도 만약 애경이 집에 있기만 하다면 말로는 아니한다 해도 애경을 볼 낯이 없을 것 같았다.

그런데 하필이면 오늘 애경은 친정집에 가고 없는 것일까? 내가 잘못을 뉘우치지 않아도 좋다는 어떤 선의(善意)의 기회가 내려졌다는 것인가? 도무지 알 수 없는 일이었다. 나는 최소한도 내 잘못을 애경 앞에서 뉘우쳐야 할 사람인데…….

그는 살인이라는 것을 생각했다. 사람을 죽이고도 그것이 발각되지 않도록 은폐를 잘하면 살인범은 체포되지 않을 수가 있다.

체포되지만 않으면 그는 백일하에 머리를 들고 살 수가 있다. 그러나 그는 처형을 받고 감옥에서 사는 것보다 더 길지 못한 수명 속에 죽을지 모른다. 그만큼 그는 정신적인 고통을 받아야 한다.

나는 사람을 죽이지 않았다. 그러나 그것으로 말미암아 은미가 고통을 느끼고 자살을 했다고 하면! 그때는 살인범이나 마찬가지다. 다행히 은미는 고통을 느끼지 않는다. 피해 의식이라는 것을 조금도 보이지 않았다. 그렇기 때문에 나는 죄의식을 느끼지 않고 백일하에 머리를 들고 살 수가 있다. 그러나 그렇다고 해서 죄의식도 느끼지 않고 살 수 있는가? 죄의식의 소멸은 오직 제삼자의 용서에서만 있을 수 있다. 가해자는 피해자가 어떻게 생각하든 제삼자의 용서가 가장 중요하다. 그렇기 때문에 사람들은 제삼자로서 가장 공정하고 권위 있는 신의 용서를 갈망한다.

그러나 일보는 신보다는 애경의 용서가 더 필요한 것처럼 생각되었다. 그것은 애경이 지금 집에 있지 않기 때문에 애경이 강력하게 그리워진 때문일지 모른다.

애경은 왜 집에 있지 않을까? 아무 말을 안 해도 그 관대한 눈으로 보아주기만 하면 나는 죄 지은 사람이란 생각을 잊어버릴 수가 있을 텐데…….

애경은 다음날 아침까지 돌아오지 않았다. 형이 죽은 뒤 처음 있는 일이었다. 간혹 친정엘 간다고 해도 그 날 안으로 돌아오곤 하던 애경이다.

일보는 집이 텅 빈 것 같음을 느꼈다. 애경이 대신 수희가 세숫물을 떠 주었지만 수희의 손길이 애경의 손길만큼 따뜻하지가 못함을 느꼈다. 세수를 하고 방에 들어와서도 일보는 부엌으로 마음이 쏠렸다. 애경만이 지키고 있던 부엌, 그 부엌에 지금 애경이 있는 것 같기도 했다.

수희가 밥상을 들고 방 안으로 들어왔다. 그러나 밥상의 반찬 그릇들이 놓일 자리에 놓이지 않은 것을 보았다. 어쩐지 어설프게 보이는 밥상이었다. 동시에 밥맛이 나지 않는 것 같았다. 그런데 아버지가,

"어머니가 병두 아닌 걸 병이라구 애경을 데려간 것 같다."

하고 운을 뗀 뒤 말을 계속했다.

"아무래두 갈 사람이니까 보내기두 해야지. 그러니까 일보 너 빨리 결혼을 하두룩 해라."

아버지의 말이 정말일지 모른다. 얼마든지 그럴 수 있는 일이다. 그렇다면 애경이 가지 않으려 해도 보내야 할 것이다. 애경을 보내는 길은 오직 자기의 결혼뿐이다.

'누구와 결혼을 할까?'

일보로서 아는 여자란 은미와 명아밖에 없다. 그러나 자기가 머리를 숙이고 결혼을 청하고 싶은 여자는 하나도 없다. 은미는 물론 명아도 싫다. 모든 일에 영도권을 장악하려는 것이 명아라고 생각되었다. 매를 맞고도 용서하는 척하며 원고를 씌우는 영웅주의적 심리. 그러니까 명아는 결혼을 해도 자기를 영도하려고만 할 것 같았다.

"돈이 있어야 결혼두 하지 않습니까?"

일보는 신붓감이 없다는 말을 하고 싶지 않았다.

"요즘 세상에 결혼 비용이 얼마나 든다구 그러느냐? 내 돈 좀 있는 집 딸을 구해 보마."

아버지는 결혼 비용까지 부담할 수 있는 상대방을 구하려는 모양이었다. 일보는 문득 돈 있는 은미를 생각했다. 그러나 결혼은 한다고 해도 그런 집을 쓰고 사는 은미가 오막살이에 와서 식모살이와 같은 살림을 해 줄 것인가?

"좋두룩 하세요."

일보는 아버지의 안목으로 고른 여자라면 가난을 극복하고 살아 줄지도 모른다고 생각을 했다.

"너는 교제하는 여자가 없냐?"

"없습니다."

일보가 딱 잘라 말했다.

"그럼 내가 알아보마."

아버지가 복덕방으로 나갔다. 수희와 단 둘이 있을 때 일보는 수희에게 결혼 조건을 물었다.

"너는 어떤 남자와 결혼할 생각이냐?"

"그런 거 생각해 본 일 없어요."

"그래두 친구들과 이야기는 해 봤겠지?"

"이야기는 해 봤지만……."

"네 생각은 아니래두 네 친구들의 의견을 말해 봐."

"첫째, 이왕이면 대학원을 나온 남자, 둘째 이왕이면 외국 유학을 갔다 온 남자, 셋째 이왕이면 체격이 좋았으면, 넷째 이왕이면 생활력이 있으면, 다섯째 이왕이면 가벌이 좋았으면 대강 이런 것들이죠."

"근사한 결혼 조건들이구나."

"그렇지만 그런 남자가 쉬워요. 고르다가 결국 올드미스가 되는 거죠."

"그렇겠지."

"나이가 한 살 더 늘면 그 조건들이 하나씩 줄 거구요."

"그럼 너는?"

"조건을 안 세울 필요가 없다구 생각해요. 사람을 보구 거기서 조건을 찾아내야지……."

일보는 수희가 확실히 자기보다 위라고 생각했다. 자기가 생각해 보지 못한 것들을 수희는 잘 알고 있다.

아는 것만이 아니라 뚜렷한 결혼관을 가지고 있는 것 같았다.

일보는 '나의 결혼 조건은?' 하고 생각해 보았다. 결혼을 앞둔 사람이라면 자기의 결혼 조건이 없을 수 없다. 그래서,

첫째, 얼굴이 예쁠 것.

둘째, 대학 졸업생이라야 할 것.

셋째, 이왕이면 돈이 있는 여자.

하고 손을 꼽아 보았다. 그러나 그는 그 이상 손을 꼽지 않았다. 자기의 손이 보기 싫었던 것이다. 꼽는다는 것이 겨우 그것들뿐인가 하는 생각이 들었다. 역시 외면적인 조건보다는 내면적이 더 중요할 것 같았다. 내면적인 조건이란 교양과 성격이다.

첫째, 모성적인 여자라야 할 것.
둘째, 현숙하며 자존심이 강하지 않을 것.
셋째, 인내력이 강할 것.
이렇게 손을 꼽기 시작하자 일보의 눈에는 애경의 얼굴이 떠올랐다.
나의 내면적인 요구를 완전히 만족시켜 줄 오직 하나의 여자. 그러나 외면적인 악조건이 가장 많은 애경.
세상에는 외면과 내면이 완전하게 부합된 여자가 있을 수 없을까? 정말 그런 여자는 있을 것 같지 않았다. 그렇다면 외면과 내면 가운데 하나를 택해야 한다. 물론 내면이다. 그런데도 나는 어째서 외면적인 조건에 참패를 당해야 하는가?
외면적인 조건을 무시하고 애경과 결혼을 해 버릴까? 그리고 어떤 섬으로 가서 둘이서만 살면 어떨까?
이런 생각을 하고 있을 때 수희가,
"오늘은 출근 안 하세요?"
하고 물었다.
"너 학교에 가라. 내 집을 봐 주마."
일보는 수희를 위해 일부러 결근할 것처럼 말했다.
"싫어요. 나야 가나마나 한 건데……."
"아직 학교에 가구 싶지가 않냐?"
"그런 건 아녜요. 방학두 며칠 안 남았으니까 가나마나 해서 그러는 거지."
"그래."
일보는 출근을 하는 척 집을 나가야 한다고 생각했다. 회사를 그만두었다는 말을 아무에게도 하지 않은 만큼 출근을 안 하고 집에 있을 수가 없었다.

회사를 그만두었다고 하면 이유를 막론하고 잘 했다고 할 가족이 한 명도 없을 것이 분명하다.

어쩔 수 없이 집을 나오기는 했지만 갈 데가 없는 일보였다. 무작정 버스를 탔지만 갈 데가 없으니 결국 은미의 빌딩을 생각할 수밖에 없었다. 물론 가고 싶은 곳이 아니었다. 가고 싶지 않으면서도 갈 곳이라곤 그곳밖에 없으니 자연 은미 생각이나 할 수밖에 없었다.

만약 자기가 오늘부터 그리로 출근한다면 은미는 어떻게 생각할 것인가? 악질적인 남자라고 내쫓을 것인가? 그렇지 않으면 자기 뜻대로 되었다고 반가워할 것인가?

만약 자기를 증오하며 내쫓으려 한다면 그때는 은미와 투쟁을 개시한다. 넉넉히 투쟁할 상대가 된다. 너 때문에 나는 회사를 그만두었으니 나는 여기서 일을 해야 한다고 뻗치자. 그러면 투쟁의 의의도 느낄 것이다. 일보는 차라리 은미가 자기를 백안시하고 경원해 주기를 바랐다. 그러면 생에 활기를 띠게 될 것이고 한편 살맛을 느낄 것 같았다.

그 반대로 은미가 자기를 반겨 준다면 그때는 어떻게 할 것인가? 사실 은미는 자기를 더 좋아할지 모른다. 어젯밤의 일을 애정의 표현이라고 생각한다면 능히 그럴 수가 있다. 또 만약 은미가 자기를 더 좋아한다면 그때 자기는 은미를 겉으로만 사랑하는 척한다. 절대로 진심으로 사랑을 주지 않는다. 그러면 은미는 정신 착란을 일으킨다.

은미는 반쯤 미치게 하자. 그러면 자기는 삶에 대한 스릴을 느낄 것이다.

어쨌든 일보는 은미와 만나는 기회를 가질 필요가 있다고 생각했다. 그것이 투쟁이든 연극이든 어쨌든 삶의 스릴을 줄 것이다. 그는 남대문에서 버스를 내려 은미의 빌딩이 있는 충무로로 곧장 걸었다.

일보가 빌딩 사무실에 들어서자 권기철이 깍듯한 인사를 하고,

"그렇지 않아두 기다리구 있었습니다. 방금 사장 댁에서 전화두 왔었구요."

하며 일보가 자리에 앉기를 기다렸다.

일보는 자기 것으로 정해진 테이블로 가서 앉았다. 우선 권기철이 하고

싶어하는 말을 들어야 했기 때문이었다.

　일보가 큰 회사의 중역 자리 같은 회전식 소파에 앉자 권기철은 테이블 가까이로 와서 전화통을 보며,

　"사장님이 전화를 걸어 달라구 그리셨는데요."
하고 말했다.

　"권 선생이 거시구려."

　일보는 중역이 하급 사원을 대하듯 버티고 앉아 권기철을 바라보았다.

　권기철은 시키는 대로 전화를 걸고,

　"사장님이신가요? 권기철이올시다. 고 지배인께서 나오셨는데요?"
하며 수화기를 일보에게 내밀었다. 일보는 웃음이 나왔다. 은미보고 사장님이라는 것도 우습지만 자기보고 지배인이란 것이 더욱 우스웠다.

　"송 사장이십니까? 나 고일보입니다."

　일보는 자기를 고일보 대신 지배인이라고 말하고 싶었다. 그래서 한 번 소리를 내어 웃고 싶었지만 옆에 서 있는 권기철을 보고 웃음을 삼켜 버렸다.

　"일찍 나오셨군요. 저 조금 있다가 그리루 나가겠어요."

　은미는 긴 이야기보다 직접 만나는 것이 더 급한 모양이었다. 아낌없이 전화를 끊었다. 전화를 끊자 권기철에게,

　"이 빌딩이 주식회사 형식으루 되어 있나요?"
하고 물었다.

　"아직은 주식회사 조직을 안 했습니다. 그렇지만 사장님이 그렇게 부르라구 하셨습니다."

　"지배인이란 말은 내한테 어울리지가 않는데요."

　권기철에게 할 말이 아니었지만 일보는 지배인 대신 자기에게 어울리는 직명이 없을까 하고 생각했다. 국장도 너무 높다. 과장은 과가 여러 개 있을 때만 쓸 수 있는 직함이다. 관리 책임자는 직함 같지가 않고, 그것을 간략하게 '관리책'이라고 하면 이북 공산주의자들의 '××지구당책'과 같은 감을 준다.

이런 것을 생각하고 있을 때 권기철이 몇 장의 지불 명령서를 들고 와서 도장을 찍으라고 했다.
"무슨 돈인데요?"
일보가 설명을 요구하자 권기철이,
"매달 지불하는 전기 요금과 수도 요금입니다."
하며 지불명령서 뒤에 붙인 청구서를 들쳐 보였다. 그리고는 수표 명의 변경 신청서에도 도장을 찍으라고 했다.
"잠깐만 기다리세요. 곧 사장이 오신다니까 의논을 해서 합시다."
일보는 자기가 도장을 찍는 자리에 앉았다는 실감이 나지 않았다. 사실 그는 은미를 만나기 위해 나온 것이지 일을 하러 나온 것은 아니었다.
사십 분도 못 되어 나타난 은미가,
"일찍 나오셨군요. 일을 시작하셨어요."
하고 생긋 웃었다. 일보가 나온다 안 나온다 하던 때의 일은 아주 잊은 모양이었다.
일보는 대답 대신 은미의 얼굴을 살폈다. 어젯밤 이후 어딘가 달라진 데가 없나 하는 생각에서였다. 어떻게라고는 말할 수 없으나 어떻게는 달라졌어야 할 것 같았던 것이다. 그런데 은미의 얼굴을 조금도 달라지지 않은 것 같았다.
물론 처녀가 아닐 테니까……. 이런 생각을 하면서도 일보는 여자가 남자와 관계를 한 뒤에는 얼굴에 변화가 생겼으면 하는 망상을 했다. 그리고는 은미가,
"오늘은 권 선생이 하라는 대루 도장을 찍으세요. 정기적으루 지불해야 하는 것들이니까요."
할 때 남자와의 관계가 한두 번이 아닐 테니까 은미는 어젯밤 일을 대수롭지 않게 여기는 것이리라 생각했다.
만약 은미가 순수한 처녀라면 오늘 아침 사무실로 나올 수가 없을 것 같았다. 아무런 충격도 그리고 수치심도 느끼지 않기 때문에 사무실로 나왔고 또 얼굴도 붉힘 없이 사무적인 이야기를 할 수 있는 것이라 생각되었다. 일

보는 은미에게서 약간 불결한 것을 느꼈으나 내가 사랑하는 여잔가 하는 생각에서,

"하라는 대루 하지요."

하고 권기철이 도장 찍으라는 자리에 도장을 찍었다.

일보가 도장을 찍자, 은미는 권기철에게서 장부들을 가지고 와 그것을 펼치고 수입과 지출에 대한 것을 설명하기 시작했다.

일층 101호실서부터 계약금과 월세가 얼마라는 것을 설명한 뒤 오십여 개의 방에서 들어오는 월 총수입액을 설명했다. 그리고는 금전출납부를 펴고 지난 한 달 동안 지불한 세목을 설명한 뒤,

"대강 이런 것들예요. 그러니까 이런 범위에서 권 선생과 의논해서 해 주세요."

하고 나서 권기철에게,

"수표를 고 선생 이름으루 변경했어요?"

하고 물었다.

"아직 도장을 받지 못했습니다."

권기철이 대답하자 은미는,

"빨리 도장을 찍으세요. 경리의 총책임자이시니까요. 저두 이제부터 고 선생한테서 돈을 타 쓰는 겁니다."

하고 나서 수표 명의 변경 신청서에 도장을 찍게 했다.

이력서를 낸 것도 아니고 발령장을 받은 것도 아니기 때문인지 도장을 찍으면서도 실감이 나지 않기 때문에 하라는 대로 하기는 하면서도 자기가 월급을 받고 일하는 사람이 되었는가 하는 의심이 들었다.

어쩐지 내일부터라도 안 나오면 그뿐이란 생각이 들었다. 안 나온다고 해도 책임을 추궁할 사람이 있을 것 같지 않았다.

그러면서도 경리의 총책임자라니까 돈 백 원을 가불하려다가 창피 당하는 일은 없을 것이란 생각이 들었다. 그리고 은미가 한 달에 얼마나 돈을 쓰는지 그것을 알 수 있게 된 것이 좋았다. 돈을 물 쓰듯 하는 은미의 생활을 알 수 있다는 것은 자기와 별천지의 인간을 연구하는 일이 된다.

그러니까 일보는 은미의 피고용인이 되었다는 것을 스스로 인정한 셈이었다.

"한 가지 할 말이 있는데요."

일보는 처음으로 사무와 관계있는 말을 꺼냈다.

"나를 지배인이라구 부르게 한 모양인데, 딴 이름으로 부를 수 없을까요?"

"왜 어울리지가 않는 것 같으세요? 젊어서……."

은미가 생긋이 웃었다.

"부장 같은 게 좋지 않아요? 무슨 큰 회사라구……."

"대외적인 체면이 있잖아요? 이 빌딩 안에 들어 있는 사람들 가운데 사장과 지배인이 얼만 많은데요? 권위를 생각해서 결정한 거예요. 그리구 찾아오는 사람두 많구."

"돈을 받아들이는 사람한테 무슨 권위가 다 필요합니까?"

"받는 사람이니까 권위가 필요하지요. 얕잡아 보게 되면 돈 낼 사람이 돈을 안 내거든요."

"권리가 곧 권위 아닙니까."

"독재 국가의 군복을 보세요. 히틀러 시대의 독일 군복 그리구 소련의 공산주의 군복을, 견장 하나만두 대문짝 같잖아요. 권위란 외형이 반 이상을 차지하는 거예요."

은미는 사장다운 권위를 발휘하여 이야기했다. 그리고는 권기철에게,

"명함 아직 안 되었나요?"

하고 물었다. 권기철이 책상 서랍에서 명함갑을 꺼내다 일보 앞에 놓았다. ××빌딩 지배인이라는 활자가 박혀 있는 명함이었다. 일보는 할 수 없다고 생각했다.

일보는 저희들끼리 나는 아버지, 너는 엄마라고 멋대로 어른이 되는 어린애들의 소꿉장난을 생각했다. 그러나 장난이 그치면 장난을 아주 잊어버리는 어린애와 달리 장난을 현실화시켜 그 권위를 죽도록 가져 보려는 어른들의 집념이란 가소로운 것이 아닐 수 없다.

한 번 장관 자리를 만들어 앉은 사람은 그 자리를 물러난 뒤 절대로 국장이나 과장 자리엔 앉지 않는다. 굶어 죽어도 권위만을 생각한다.

일보는 자기도 앞으로 지배인보다 낮은 지위를 경멸하는 인간이 되지 않을까 하고 생각했다. 그럴 수가 없을 것 같았다.

이곳을 떠나기만 하면 또 평사원으로 들어갈 자리가 없어 허덕일 신세가 되고 말 것 같았다. 결국 그 권위와 인연이 먼 인간이다.

사람이 권위를 만드는 것이 아니라 권위가 사람을 만들어 주는 그런 부류에 속할 수 없는 자기다.

이런 생각을 하고 있을 때 전화벨이 울렸다. 자기에게 오는 전화일 수 없다. 그래서 수화기를 바라보고만 있는데 권기철이 와서 수화기를 들었다.

"잠깐 기다리십시오."

권기철이 수화기를 은미에게 넘겼다.

"누구시지요?"

은미가 상대방의 이름을 듣자 곧 얼굴색을 달리하고,

"오늘은 바빠요."

하며 전화를 끊으려 했다. 그러면서도 채 끊지를 못하고,

"할 이야기는 다하지 않았어요. 만나서는 어쩌자는 거예요?"

신경질적으로 화를 내는 것이었다.

"싫어요."

하고 전화를 끊을 때 얼굴에 서슬이 돌아 있었다.

확실히 남자 같았다. 남자의 전화를 받으며 얼굴을 붉히고 화를 낸다는 것은 보통 일이 아니다. 일보는 앞으로 은미의 비밀을 전부 알게 될 것이라고 생각했다. 알아야 아무 소득도 될 것이 없지만 은미라는 인간을 연구한다는 연구적 흥미가 일보의 신경을 자극했다.

"좀 이따 전화를 걸겠어요."

점심시간이 다 되었는데도 은미는 점심 이야기 한 마디 안 하고 그냥 돌아갔다. 어떤 남자인지는 모르나 그 남자에게서 받은 전화가 큰 충격을 준 모양이었다.

일보는 할 일이 없어 빌딩을 위아래로 한 바퀴 돌고 옥상까지 구경했다. 그 동안 이삼십 분쯤은 되었을 것이다. 빌딩 구경을 하고 다시 사무실로 돌아온 지 오 분도 못 되었을 때 어떤 남자가 사무실 안에 들어왔다. 은미가 없느냐는 것이었다. 조금 전에 돌아갔다고 대답하자 그 남자는,
"어디루 갔어요?"
하고 마치 자기 부하를 대하듯 딱딱거리며 물었다. 삼십이 넘었을까 말까 한 일보와 나이가 비슷한 남자였다. 짧게 깎은 머리에 기름칠을 하고 아이론으로 눌러 붙인 품이 불량 청년 같은 인상을 주었다.
"모르겠습니다. 어디루 가셨는지."
일보는 상대방을 자극시키지 않기 위해 점잖게 대답했다.
청년은 몹시 화가 난 모양이었다. 안절부절 어쩔 줄을 모르다가,
"전화 좀 써도 좋지요?"
불량스런 태도로 말한 뒤 은미에게 전화를 걸었다. 은미가 집에도 없다는 전화였는지 청년은 탕 하고 수화기를 놓은 뒤,
"혹시 다시 오거든 나한테 전화 걸라구 하시오."
라고 명령조로 말했다. 나한테 전화를 걸라니 나가 대체 누구란 말인가? 그러나 일보는 들은 대로 전갈하면 그뿐이라는 생각에 그러겠다는 말을 했다. 청년이 돌아가자 일보는 은미가 그 청년 때문에 고생을 하고 있는 것이라 생각했다.
과연 은미는 괴로워하는 모양이었다. 저녁때가 되도록 전화도 걸지 않았다. 그리고 퇴근하려고 할 때 낮에 찾아왔던 청년에게서 은미가 아직 들르지 않았느냐고 화난 목소리로 전화 건 것으로 보아 청년도 무척 등이 달아 헤매고 있다는 것을 알았다.
하나는 등이 달아 하고 하나는 안 만나려 몸을 피하고 있으니 두 사람 사이에는 보통 아닌 괴상한 문제가 달려 있음이 또한 분명한 일이었다.
그러나 일보는 내 알아 무엇 하랴는 생각으로 일찌감치 집으로 돌아갔다. 일보로서는 애경이 친정에서 돌아왔을까 하는 것이 무엇보다도 중요했다. 아버지 말처럼 과연 혼사 일로 친정엘 갔을까? 혼사 일로 갔다 해도 잠

을 자고까지 와야 할 것은 무엇인가? 설사 혼사 일로 갔다고 하면 그런 것을 속일 필요는 무엇일까? 일보는 도무지 그렇게 생각되지가 않았다.

어머니 병 때문에 갔을 것이고 또 그것 때문에 돌아오지를 못했을 것만 같았다. 그래서 일보는 애경이 오늘도 필연 돌아오지 못하는 것이라고 생각했다. 그러면서도 혹시 돌아와 있지나 않을까 하는 기대에 초조한 마음으로 집에까지 갔다.

그러나 애경은 돌아와 있지 않았다. 수희 말에 의하면 아무런 소식도 없다는 것이었다. 일보는 갑자기 애경이 의심스러워졌다. 오늘도 돌아올 수가 없다면 무슨 기별쯤 있음직한데 그것마저 없다는 것은 이쪽에 대한 무관심을 여실히 보여 주는 것이 된다.

어머니가 위독하다면 이쪽에서도 걱정하고 있으리라는 것쯤 생각지 못할 까닭이 없다. 그런데도 소식마저 없다는 것은 이쪽에 알릴 필요가 없는 일이 생겼기 때문이리라. 이편에 알릴 필요가 없다는 일은 결국 애경의 혼사 문제일 것이 아니겠는가?

그러나 일보는 꼭 그런 문제 때문이라고 믿고 싶지가 않았다. 때가 되면 오겠지. 그때까지 기다리고 보자. 이런 생각을 하며 마음을 안정시키려 했으나 통 안정되지가 않았다. 집이 텅 빈 것 같았고 가슴 속에 잔바람이 이는 것 같았다. 원고나 쓰자 하고 원고를 쓰기 시작했지만 붓이 통 내려가지 않았다.

공연히 일찍 돌아왔군! 일보는 이럴 줄 알았다면 차라리 일찍 돌아오지나 말걸 하고 생각했다. 애경이 나에게 무관심한데 나만이 일찍 돌아와야 할 것이 무엇인가?

한편 부엌에서 저녁을 짓고 있는 사람이 수희가 아니라 애경이라면 생각이 들었다. 꼭 그럴 것만 같았다. 우리 집에서 밥을 짓는 사람은 애경이뿐이다.

일보는 부엌으로 뛰쳐 나갔다. 수희가 어쩐 일이냐고 물었다. 일보는 실망한 표정을 보일 수가 없어,

"나 직장을 옮겼다."

마치 그 이야기를 하기 위해 나온 것처럼 말했다.

"어떤 데루요?"

"일두 별루 없는데 월급을 이만 원이나 주는 곳이야. 지위는 지배인이구……."

"어마, 그런 데가 어디 있어요?"

"얼마 전에 한 번 이야기한 적이 있잖아."

"오빠두, 그게 정말이었수?"

"정말이지. 나한테 그만큼 친절한 여자가 있어."

"어떤 곳인데요?"

"큰 빌딩 관리인이야. 일두 없거든. 이제부터 공부를 할래. 시간이 남아서 걱정이니까."

"어떤 여잔데요?"

"갑부의 딸이구 불구자야. 품행이 과히 좋지 않지만 그건 내가 상관할 필요 없는 일이니까."

"언젠가 언니가 말하던 은미란 여자군요?"

"그래."

"그럼 축하 파티를 열어야겠네요."

수희는 신이 나는 듯 일보를 쳐다보며 트위스트 흉내를 냈다.

"너 그런 것까지 출 줄 아니?"

일보는 수희가 못해 본 것이 없다고 생각했다.

"구경만 했어요. 춰 보지는 못하구."

수희는 아무것도 아니라는 듯 대답했다.

"많이 아는 게 반드시 좋은 건 아냐."

"많이 안다는 것은 그만큼 남보다 많이 살았다는 걸 의미하지 않아요. 남들이 이십 년 살며 안 것을 저는 일 년에 다 알았으니까요."

"그만큼 순진하지가 못하겠지."

"순진하지 못할지는 몰라두 순수는 해요. 순수하면 되잖아요. 인간에게서 가장 중요한 것은 순진보다 순수라구 생각해요. 누구나 어렸을 때 한 번씩은 순진해 보았으니까…….”
"순진 안 한데 순수할 수가 있니?"
"두구 보세요. 난 앞으로 가톨릭 신자가 될래."
"네가?"
일보는 수회의 말이 믿어지지가 않았다.
"적어두 내가 오빠보다는 인생을 좀더 알 거예요. 나는 가톨릭의 의식처럼 인생을 엄숙하게 보고 싶어졌어요."
"제법인데……."
"그렇다구 청교도처럼 살려는 것은 아녜요."
"종교인이 되려면 완전한 종교 생활을 해야지, 그렇지 못할 바에야 종교를 믿을 필요가 없잖아? 종교라구 해두 내가 좋은 것만 믿음 되는 거예요. 불필요한 것까지 믿을 필요가 뭐예요."
어쨌든 종교를 생각한다는 수회가 일보에게 돋보이지 않을 수 없었다. 인생을 그만큼 생각한다고 하면 이때까지처럼 수회를 미워할 필요도 없고 또 걱정할 필요도 없을 것 같았다.
"배고프다. 저녁이나 빨리 해."
일보는 안방에 들어가 나시 원고를 쓰기 시작했다. 아까보다 마음이 조금 안정된 것 같았다. 원고를 조금 쓰다가 수회와 함께 저녁을 먹고 있는데 어쩐 일인지 아버지가 전달리 일찍 돌아왔다. 수회가 아버지의 밥그릇을 가져다 논 뒤 셋이서 식사를 할 때, 수회가 아버지에게,
"오빠가 이만 원짜리 월급쟁이가 됐어요."
자랑하듯 말을 꺼냈다.
"허허, 그게 정말이냐?"
아버지는 잘 믿어지지가 않는지 일보에게 대답을 구했다.
"지배인이래요. 큰 빌딩의 관리인이구."
수회가 일보를 가로막고 대신 대답했다.
"그럼 이젠 결혼 걱정이 없게 됐구나."
아버지는 무척 만족스러운 모양이었다.

"애경이는 아직 안 왔지?"
하고 물을 때도 응당 그러려니 하는 태도였다.
"안 왔어요."
수희의 대답에 아버지는,
"이젠 식모를 구해 두구 애경을 돌려 보내자."
그래야만 집안이 제대로 될 것처럼 말했다.
일보는 그 말에 가슴이 뜨끔했다. 식모를 둔다는 것까지는 좋지만 애경을 돌려 보내다니······. 공연히 직장을 옮겼다는 생각이 들었다.
"가지 않는 사람을 억지루 돌려 보낼 필요까진 없지 않습니까?"
"안 간다구 해두 돌려 보내야 해. 그게 애경이를 위하는 길이야."
"식모가 형수처럼 식구들 시중을 들까요?"
"그러니까 네가 결혼하면 되잖니. 오늘 신부감 하나 정해 두었다. 대학은 졸업까지 못했어두 얌전하구 진짜라더라. 사람은 그저 진짜라야 해."
아버지에게서 결혼 이야기를 구체적으로 들을 때 일보는 자기 인생이 일단 중지되는 것을 느꼈다. 만약 알지도 못하는 여자와 결혼을 하게 되면 현재의 자기는 아주 없어지고 만다. 새 사이크로를 던지는 셈이 된다.

혼선의 궤도

인간은 누구나 결혼을 한다. 물론 필요에 의해 하는 것이지만 단순히 맹목적인 관습으로 결혼하는 이가 적지 않다. 그런 만큼 인간은 그 관습 속에 자기를 헐값으로 처리해 버린다. 결혼의 설계라든가 꿈이 없이도 결혼 속에 자기를 내던진다. 그리고는 그것이 인간이요, 생활이라고들 생각한다.
인간의 맹점이라 아니할 수 없다.
일보는 그것이 인간의 맹점이란 것을 알면서도 그 맹점 속에 자기 생활을 던지려 하고 있다. 아버지 말에 의하면 애경은 아무래도 보내야 하는 사람이다.

그러면 가족을 돌봐 줄 사람이 없게 된다. 그러니까 일보가 결혼해야 한다고 한다. 결혼 후보자는 대학을 나오지 못했어도 사람이 진짜라고 한다. 진짜는 가짜보다 좋겠지. 그러나 과일은 접목한 나무에게 열린 것이 더 맛있는 법이다.

얼굴이 어떻게 생겼는지도 모른다. 행복의 조건을 얼마나 구비했는지도 모른다. 육체의 어느 부분에선가 악취가 날지 누가 아는가? 그래도 달리 결혼할 상대가 없다던 그 여자하고라도 결혼을 해야 한다.

일보는 아버지가 말하는 그 여자가 싫다고는 말할 수 없었다. 보지도 않고 싫다는 말부터 할 수는 없기 때문이었다. 다만 알지도 못하는 여자 때문에 애경, 은미, 명아 등 자기가 아는 여자들과 일체 발을 끊어야 한다는 것이 서운한 것뿐이었다. 어쩔 수 없는 일일지 모른다. 그리고 그래야만 하는 일일지도 모른다. 결혼할 수 없는 여자들과 오래 교제하면 무엇 할 것인가? 다만 애경과 은미와 그리고 명아 속에서 살아온 자기 생활을 미지의 여자 하나 때문에 청산해야 한다는 것이 섭섭할 따름이었다.

미련을 가질 필요가 없는 여자들이라고 해도 좋다. 미련이 없다고 해서 매일 만나던 사람들을 갑자기 안 만날 수가 있을 것인가?

일보는 결혼을 하든 말든 우선 식모는 있어야 한다고 말했다.

"식모 구하기가 힘들겠니? 내일루라두 집에 하나 데려오마."

아버지는 애경을 오늘부터라도 돌려 보낼 생각인 모양이었다.

일보는 식모를 두고 살면서 자기의 생활을 조금이라도 연장했으면 했다.

"좋두룩 하세요."

일보는 아버지 의사에 모든 것을 맡기기로 했다. 사실 그럴 수밖에 없는 일이기도 했지만 만약 자기에게 결혼 후보자가 있기만 한다면 아버지의 의사에 무조건 복종할 수 없을지 모른다. 그러나 실제로 그런 여자가 없으니 아버지 의사를 따르는 수밖에 없다.

그 날 일보는 집에서 쓰던 원고들을 가지고 가서 사무실에서 그것들을 마저 썼다. 다 써 놓고 보니 겨우 열다섯 장밖에 안 되는 것을 사흘도 더 걸려 끝낸 셈이 되었다. 이렇게 해서야 원고를 써먹겠는가 하는 생각을 하며 쓴 원고를 추고할 때 그래도 자기가 쓴 것이어서 그런지 신문에 발표해도 과히 부끄럽지 않을 것 같은 생각이 들었다.

그래서 점심시간이 조금 지나서 명아에게 전화를 걸었다. 사실은 원고를 가지고 직접 신문사로 찾아가는 것이 예의라고 생각되었지만 한 번 있다가 나온 신문사에 가기가 싫어서 명아를 불러내려는 것이었다.

명아는 신문사에 있었다.

그리고 일보가 원고를 다 썼다는 말에,

"수고하셨어요. 이리 가지구 오시겠어요?"

좋아서 어쩔 줄을 모르는 태도였다.

"신문사에 가기가 거북해서요."

"그럼 내가 가지요. 회사 위치만 가르쳐 주세요."

명아는 당장에 찾아올 기세였다. 그러나 직장을 옮겼다는 말을 길게 설명하기가 싫어 일보는 신문사 근처 다방까지 나가겠다는 말을 했다.

명아도 그것이 좋다고 하며 곧 나오라고 했다. 일보는 권기철에서 오백 원을 빌려 가지고 지체없이 명아와 몇 번 만난 일이 있는 그 다방으로 나갔다.

명아와 만나러 가면서 일보는 은미가 전화도 걸지 않는 이유가 무엇일까 하고 생각했다.

얼마 지난 뒤에는 그렇지 않을지 모르지만 며칠 동안만은 은미가 매일 사무실에 나오리라고 생각했었다. 아무 관계가 없을 때도 회사로 찾아오던 은미가 더구나 선까지 넘은 사이에 주종 관계를 맺었다. 어제도 아침에 한 번 왔다 간 뒤 통 소식이 없었고, 오늘은 숫제 전화 한 번 걸어 오지 않았다. 필시 그 남자 때문일 것 같았다. 그렇지 않고서는 달리 이유가 있을 것 같지 않았다.

그러나 일보는 어떤 일로는 은미가 자주 사무실에 나오지 말아 주었으면 하는 생각을 했다. 사무실에 나오지만 않으면 주종관계란 것을 머릿속에 두지 않고 살아도 좋다. 동시에 은미와의 개인적인 관계는 과거로 그치고 말게 될 수도 있다. 그렇게 되면 은미의 빌딩 관리인으로 오랫동안 근무도 무방할 것이다.

어쨌든 일보는 은미에게서 전화마저 없는 것을 다행으로 생각하며 명아와 약속한 다방으로 갔다.

명아는 벌써 와 있었다. 그러나 일보를 보자 손부터 내밀고 원고를 달라고 했다. 주려고 가지고 온 것이니 안 줄 턱이 없는 일인데도 명아는 원고를 받기만 하면 그 자리에서 돌아갈 것처럼 서둘렀다.

"신통치가 못한 것 같은데요."

자신 없는 태도로 일보는 원고를 내주었다.

원고를 받자 명아는 그것을 그 자리에서 읽기 시작했다.

"가서 읽으세요."

일보는 불쾌한 목소리로 말했다. 원고에 정신이 뺏겨 사람을 무시하는 것 같았기 때문이었다.

"십 분도 안 걸릴 텐데요."

명아는 일보의 말을 듣지 않고 계속 원고만 읽었다.

"인내요."

일보는 원고를 뺏으려 했다. 만약 딴소리를 하면 찢어 버리고 말 생각이었다.

명아는 원고를 뺏기지 않으려고 뒤로 빼놀렸다가,

"이상하셔. 읽구 싶어서 읽는데."

하면서 끝까지 읽고야 말았다.

일보는 얼굴을 붉혔다. 그렇게까지 고집이 센 여자가 어디 있는가?

"가서 찢어 버리세요."

그러나 명아는 도리어 일보를 알 수 없다는 듯이,

"왜요?"

하며 반문했다. 그러면서도 원고는 핸드백 속에 집어넣었다. 일보는 대답을 못했다. 이유가 있어서 화를 낸 것이지만 화낸 이유를 말할 수 없었던 것이다. 화낸 이유라야 오래간만에 만나 이야기는 할 생각 않고 원고만 읽었다는 것뿐이다. 그것을 어떻게 말로 할 수 있는가. 일보가 대답을 못하고 있을 때 명아가,

"잘 쓰셨는데요. 이번엔 좀 긴 것을 쓰세요. 잡지에 실리게······."
사뭇 만족한 태도로 말했다.
"안 써요."
이유 없는 반항이었다.
"그렇게 바쁘세요?"
명아가 묻는 말이 좀 이상스럽게 들렸다.
"바쁘다니요?"
"청춘사업을 하시기에."
"나는 그런 거 하면 못쓰나요?"
일보는 또 반항조로 말했다. 그러나 명아는 그런데 구애하지 않고,
"그러시지 말구 많이 쓰세요. 우리 나라에는 이런 원고를 쓰는 사람이 젊은 사람 가운데 한 사람두 없잖아요."
아마 지금 명아라는 여성은 어머니다운 모성애 같은 것을 본능적으로 무의식중에 발산하고 있나 보다.
"젊은 세대니 뭐니 해두 무엇보다 실력을 보여야 하지 않아요. 실력 없이 반항만 하면 누가 인정해 줍니까?"
명아는 말을 끝내고 할 말이 있으면 해 보라는 듯이 일보의 얼굴을 쳐다보았다. 그리고는 대답 없는 일보를 보자 일이 다 끝났다는 식으로 자리에서 일어섰다.
"원고료는 이삼 일 뒤 보내드리겠어요."
하고 가는 것이었다. 일보는 뒤따라 나갈 생각도 안 했다. 사무실에서 나올 때는 점심이라도 사려고 돈을 빌리기까지 했다. 그러나 점심 사겠다는' 말도 할 기회를 주지 않는 명아.
일보는 멍하니 앉아 있다가 사무실로 돌아와 버렸다. 이상스런 감정이었다. 배반을 당한 것 같기도 하고 자존심이 짓밟힌 것 같기도 했다. 그저 허무했다.
허무함을 느낀다는 것은 결국 어떤 기대를 가졌다가 그것이 이루어지지 않았다는 것을 뜻함이 아닐까?

일보는 명아에게 아무런 기대도 가지지 않았었다고 생각했다. 그러나 그렇게 생각하면서도 어떤 기대를 가졌었던 것을 부정할 수 없었다.

은미에게서는 왜 전화도 없을까? 일보는 은미에게 역정을 느꼈다. 명아에게서 느낀 허무감이 마치 은미의 불친절에서 기인한 것처럼 짜증을 내려고 했다.

"여기두 그만둬 버릴까?"

만약 은미가 자기를 방치한다면 그 밑에서 일할 이유가 없다고 생각했다. 누구 때문에 여기엘 들어왔던가? 알 수 없는 마음의 변화였다. 몇 시간 전까지도 일보는 은미가 자기를 잊어 주었으면 하는 생각을 했었다. 그러나 몇 시간 뒤인 지금 그는 도리어 은미를 불친절하다고 원망하고 있다.

전화를 걸어 볼까? 일보는 눈앞에 있는 전화통을 들어 은미를 불러내고 싶었다. 그러나 용건도 없이 전화를 걸 수가 없었다. 권기철이 보는 데서 자존심 없는 행동을 할 수가 없었던 것이다.

그런데 어떤 젊은 사람이 사무실 안에 들어와 지배인을 찾았다.

"무슨 일이신데요?"

일보가 용건을 묻자 청년은 일보 가까이로 와 명함 한 장을 내놓으며,

"잠깐만 드릴 말씀이 있는데요."

일보는 문득 그 청년이 사회사업을 사칭하면서 돈을 편취하며 행각하는 사람이라고 생각했다. 영등포 ××보육원이라는 명함과 그 청년의 겉모습에서 오는 인상이었다.

그러나 그렇다고 해서 상대도 안 할 수가 없어 소파 있는 데로 안내를 한 다음,

"수고하십니다."

하고 우선 경의를 표했다.

청년은 여러 가지 이야기를 했으나 결국 돈을 달라는 것이었다.

일보는 딱 잘라서 돈을 못 주겠다고 거절하고 싶었다. 우리 나라에는 적지 않은 사회사업가들이 있지만 대부분 그것을 빙자하여 개인 착복에 이용되는 것들이다. 그런데 이 청년은 그런 기관을 직접 가진 것도 아니고 가짜

명함만을 팔아먹고 다니는 사람 같았다.

그러나 냉정하게 대하면 후환이 있을지 모른다. 사기적 행동을 하는 사람일수록 보복적인 행동을 잘한다.

"사실은 어제부터 여기 출근을 합니다. 우선 내 사정을 이해해 주시구 며칠 뒤 다시 와 주셨으면 좋겠는데요. 그새 사장과 의논을 해 두겠습니다."

일보는 자기가 아직 독단적으로 일하기가 힘든 처지임을 설명했다. 어쨌든 그것을 구실 삼아 청년을 돌려 보내고야 말았다.

청년을 돌려 보내자 일보는 곧 은미에게 전화를 걸었다. 전화 걸 구실이 생겼다고 생각되었기 때문이었다.

그러나 은미는 집에 있지 않았다. 은미가 집에 있지 않다는 말을 듣자, 일보는 무슨 일이 바빠 싸돌아다니는가 하고 은미에게 욕설을 퍼붓고 싶은 마음이 생겼다. 여자는 여자답게 집에 들어 있어야 할 것이 아닌가.

그러나 금시 내가 상관할 바 무엇인가? 하고 자기 자신을 뉘우쳤다. 싸돌아다니든 지랄을 하든 자기가 상관할 바 없는 여자다.

그러나 네 시쯤 되어 은미에게서 전화가 왔을 때 일보는 다짜고짜로,

"무슨 일이 그리 바쁘지요?"

나무람부터 시작했다.

"그런 일이 좀 있었어요."

하는데도 일보는,

"급한 일루 연락을 하려구 전화를 걸었는데두 안 계시더군요."

가슴 속에 쌓였던 감정을 털어놓고야 말았다.

"무슨 급한 일이 있는데요?"

은미가 급하다는 일이 무엇인가를 알고 싶어할 때, 일보는 대답할 말이 없었다. 돈을 달라고 찾아온 청년의 이야기를 가지고 급한 일이라고는 말할 수 없었기 때문이었다. 그러나,

"그건 다음에 이야기하지요."

대답을 피하면서도 목소리만은 퉁명스러웠다. 말하자면 은미에게 감정이 있다는 것을 노골적으로 표시했다. 그럼에도 은미는 조금도 음성을 달리하

지 않고,
"저도 꼭 해야 할 이야기가 있어요. 저녁·때 집으루 와 주실 수 없겠어요?"
간청하듯 말했다.
"뭣 하러 집에까지 가요? 밖에서 만나지."
그렇게 말하지 않아도 좋을 것을 일보는 심술쟁이 어린애처럼 화만 냈다.
"밖에 나가구 싶지 않아 그래요. 며칠 동안은 집에 있겠어요."
"궁궐 같은 집에 나 같은 놈이 어떻게 드나들어요."
"자동차를 보낼 테니까, 오늘만 와 주세요. 정말 드릴 말씀이 있어요, 네."
일보는 은미가 하라는 대로 하는 것이라고 생각했다. 그러면서도,
"봐서 가지요."
마치 갈 의사가 없는 것처럼 말했다.
그러나 전화를 끊는 순간부터 일보는 은미의 자동차 운전수가 달려오지 가 않나 하고 귀를 도어 밖으로 기울였다. 책을 펴놓고 읽다가도 문소리만 나면 으레 문 쪽을 향해 얼굴을 들었다. 그러나 번번이 별일 없이 들락날락 하는 사환 애거나 소제부였다. 일보는 은미가 자동차를 보낸다고 해 놓고 왜 보내지 않는가, 혼자 짜증을 부리며 시계를 보았다. 아직 삼십 분도 지나 지 않은 것을 알자, 일보는 무엇 때문에 은미를 만나고 싶어하는가 생각했 다. 사랑하는 것은 아닌데……. 사랑하지 않으면서도 만나고 싶어하는 까닭은 무엇일까? 육체?
일보는 그럴지도 모른다고 생각했다. 은미의 입술과 은미의 육체가 눈앞에 육박해 오는 것 같은 착각을 느꼈다. 감미로운 입술이었다. 다리가 불구이기 때문에 도리어 매력적인 육체.
일보는 그러한 은미의 육체를 갈망하고 있는지 모른다. 그러나 삼십 분이 지나도 운전수가 나타나지 않을 때 일보는,
'체, 여자면 다 가지고 있는 육체를…….'
하고 운전수를 안 보내도 상관없다는 생각을 했다. 육체가 그립다면 돈 백 원만으로 해결지을 수 있는 곳이 얼마든지 있다.

그러면서 일보는 공연히 봐서 가겠다는 말을 했다고 후회했다.
이런 생각을 하고 있을 때였다. 문을 노크하는 소리와 함께 운전수가 나타났다. 그리고는 침착한 어조로,
"좀 오시라는데요……."
하고 머리를 숙였다.
일보는 읽던 책을 서랍 속에 집어넣은 뒤 권기철에게,
"먼저 나갑니다."
하고는 쏜살같이 밖으로 나와 자동차를 탔다.
효자동 은미의 집 앞에 이르렀을 때 식모가 현관까지 나와 일보를 맞이하고, 그를 은미의 일층 방까지 안내할 때 일보는 가슴이 두근거렸다.
자기가 은미를 만나러 오는 사실이 커다란 저택에 사는 모든 사람에게 공인을 얻고 있는 것 같았다. 공인을 얻고 버젓이 와서는 아무도 모르는 비밀을 창조한다. 지금 그 비밀을 창조하기 위해 은미를 만나러 가는 데도 식모가 앞장을 서서 은미에게로 인도하고 있다.
두근거리는 가슴을 안고 은미의 방에 들어갔을 때 간단한 인사를 하고 난 은미가 식모에게,
"한 삼십 분 있다 식사를 가져와요."
하고 식모를 돌려 보냈다.
저녁까지 대접을 받으며 나는 은미를 내 마음대로 처리하는구나. 일보는 어쩐지 왕자가 된 기분이었다.
그러면서도 일보는 은미에게 냉정한 태도를 보였다.
"할 이야기가 있다구요?"
오라고 했으니 용건을 빨리 말하라는 투였다.
"앉으세요. 시간이 많은데 바쁘실 건 없잖아요."
은미는 침착했다.
"할 이야기는 빨리 해야지."
일보는 소파에 앉으면서도 이야기를 독촉했다.
"어떤 사람이 찾아왔었다구요?"

은미가 이렇게 물을 때 일보는 은미를 찾아와서 불손한 태도를 보이던 남자를 생각했다.

"멋쟁이 남자던데요."

일보가 불쾌한 감정으로 대답하자 은미는,

"고아원에서 찾아왔다는 사람 말예요?"

하고 화제의 초점을 밝혔다.

"네, 사기꾼 같은 자가 찾아와 돈을 내라구 그러지 않아요."

잊어버리고 있었던 일인 만큼 대단치 않은 일처럼 말하자,

"그런 사람이 굉장히 많이 올 거예요. 수단껏 적당히 돌려 보내세요. 정할 수 없을 때는 돈을 좀 주시구요."

은미도 대단한 일이 아니라는 듯 가볍게 이야기 해치웠다.

그것으로 그 이야기를 끝내 버리자 은미가 일보의 위아래를 훑어보고 난 뒤,

"양복을 몇 벌 지으세요. 지배인의 체면을 지키셔야지."

하고 딴 이야기를 꺼냈다.

일보는 그런 이야기는 들을 필요가 없다고 생각했다. 사장이면 사장이었지 양복 걱정까지는 할 것이 못 된다. 그런 말을 함부로 할 수가 있겠는가?

"어제 찾아왔던 남자는 누구지요?"

일보에게는 은미에게 전화를 걸었고 또 등이 달아 찾아다니던 젊은 남자가 궁금했다.

"차차 이야기하겠어요."

은미는 대답을 피했다. 그리고 티테이블에 붙어 있는 벨의 단추를 눌렀다. 식모를 부르는 모양이었다.

식모가 오자 은미는 물을 떠오라고 했다. 그리고는 차도구들을 꺼내 커피 끓일 준비를 했다.

일보는 그것이 은미의 지연작전이라고 생각했다. 그렇게 생각하면서도 그 남자의 이야기를 다시 꺼낼 수가 없었다.

커피를 마시자 식사가 들어왔다. 식사를 하면서도 일보는 그 깡패 같은

혼선의 궤도 217

남자의 이야기를 묻고 싶었다. 그러나 은미가 그 기회를 주지 않았다.
저녁상을 물리고 난 뒤 그때서야 은미가,
"요새 고민이 좀 있어요."
하고 입을 열었다.
고민이라는 말을 듣자 일보는 순간적으로 자기와 관련된 이야기나 아닌가 생각했다. 자기가 은미의 육체를 범했기 때문에 거기서 느끼는 고민일 것 같았다. 그래서 은미의 다음 말만을 기다리고 있을 때 은미가,
"고 선생님, 저를 나쁜 여자라구 생각하시지요?"
하고 딴 소리를 꺼냈다. 일보는 그런 말을 꺼내는 은미의 저의를 알 수 없어,
"나쁘구 좋구 생각해 본 일이 없는데요."
하고 무책임한 말을 했다.
"아무 생각두 없이 오라니까 오셨군요."
"사장님이 오시라는데 안 올 수 있어요."
"싫어요. 사장은 아무데서나 사장인가요?"
"그럼요. 엄연한 사장이시니까."
"술 마실 때두요?"
일보는 그 말이 침대에서두요 하는 말로 들렸다. 그래서,
"술 마실 때는 사장이 아니구······."
하는데 은미가 그만 그만하며 말을 막았다. 그리고는,
"제 이야기 좀 들어 주시겠어요?"
하고 자기 이야기를 꺼냈다. 회사로 찾아왔던 그 남자가 한때의 연인이었다는 것, 그리고 그 남자가 요새 와서는 결혼을 요구했으나 그것을 거절하자 돈을 내라고 따라다닌다는 것을 이야기했다. 이야기를 일단 끝내자 은미는,
"그런 과거를 가진 여자를 어떻게 생각하세요?"
하고 일보의 대답을 기다렸다.
일보는 얼른,
"어떻게 생각하기는요. 세상 여자가 다 그런 과거를 가지구 있을 텐

데……."
하고 대답해 버렸다. 사실 어떤 과거를 가졌든 자기와 관계가 없는 일 같았다.
"그만큼 제게 관심이 없다는 말씀이죠?"
"관심을 가져두 소용이 없잖습니까."
"소용이 있구 없구를 따져가며 관심을 갖는가요?"
"물론이죠. 소용없는 일에 관심을 가져서 뭣 합니까?"
"그래요?"
은미는 어떤 결심이 선 듯 냉정한 얼굴로 일보를 쳐다봤다.
"기분 나쁘신가요?"
일보는 문득 명아를 생각했다. 점심을 사려고 돈까지 준비해 가지고 나갔는데 점심 먹으러 가자는 말도 꺼내지 못하게 돌아가 버린 명아. 그는 자기에 대한 이성적 흥미를 털끝만치도 갖고 있지 않은 듯한 자세를 취했다. 그러나 자기에 대해 이성적 흥미를 가졌다가 이쪽에서 관심이 없다는 것을 보였을 때 거기에 반발하는 은미에 비해 명아의 냉정이 얼마나 매력적인 것일까?
감정이 심한 여자일수록 신뢰성이 적다.
"좋을 것 하나도 없어요."
은미가 불쾌한 표정으로 노골적으로 보일 때 일보는,
"그럼 가지요."
하고 소파에서 일어섰다.
"댁으루요?"
앉은자리에서 일보를 쳐다만 보는 은미는 일보가 가도 좋다는 표정을 지었다.
"실례했습니다."
일보가 미련 없이 도어를 향해 걷기 시작했다. 그런데 도어의 손잡이를 잡으려고 할 때 은미가,
"고 지배인."

하고 일보를 불렀다. 일보는 은미가 사장의 직권을 발휘하려는 비겁한 태도에 은미의 부름을 들은 척도 않고 도어를 열었다. 도어를 열고 복도를 나섰을 때 은미가 절름거리며 뒤따라오는 것을 알았다. 은미가 분주히 뛰어오며,
"선생님."
하고 일보를 불렀다. 일보는 그것을 못 들은 척할 수가 없었다. 절름거리며 뛰어오다가 넘어지지나 않을까 하는 생각이 들어 걸음을 멈추었을 때 은미가 가까이까지 와서,
"정말 그냥 가시겠어요."
하고 일보의 팔을 붙들었다.
"불쾌하지 않을 때 찾아오겠어요."
일보는 조금도 흥분하지 않은 어조로 태연히 말했다.
"조금만 더 이야기하고 가세요."
은미가 매달리며 말했으나 일보는,
"사장으로 할 말이 있으면 내일 사무실에 나와서 말씀하시지요."
하고 은미의 실언을 꼬집었다.
"사장으로 드릴 말씀은 아녜요. 화가 나니까 그렇게 부른 것뿐이죠."
"지배인이란 명칭은 화가 났을 때 부르려고 붙여 주신 건가요?"
"좌우간 들어가서 말씀하세요. 제가 잘못한 게 있으면 때려 주셔두 좋아요."
그러면서 은미는 일보의 팔을 잡아끌며 방 안으로 들어갔다.
여자에게 사과를 받는다는 것은 절대로 불쾌한 일이 아니다. 못 견디는 척하며 끌려들어온 일보는 소파에 앉기도 전에,
"사장님, 오늘은 조금 이상하신데요?"
하고 넌지시 웃었다.
"아무렇게 말씀하셔두 좋아요. 제가 가셔두 좋다구 할 때까지 계셔 주세요."
"그럼 위스키를 한 잔 주세요."
"그러세요."

은미는 아무런 이견도 없다는 듯 위스키 병을 들고 와서 술을 따르면서
"오늘은 술을 마시지 않구 이야기나 했으면 해서 식사 때두 권하지를 않았어요."
술 권하지 않는 것도 미안할 일이었다는 듯 말했다.
일보는 아무 말 않고 술을 마셨다. 석 잔을 연거푸 마셨을 때 은미가,
"선생님, 제가 정말 싫으세요?"
하고 또 그 이야기를 꺼냈다.
일보는 같은 대답을 안 할 수 없었다.
"좋구 싫구 없잖아요?"
"감정을 가진 인간으로 어찌 좋구 싫구가 없어요."
"사장으로 대하면 그뿐 아닐까요."
"우리가 그런 관계루 만나기 시작했나요?"
"그런 관계루 비약적 발전을 한 거지요. 언제나 인간은 발전을 해야 하니까."
"그럼 선생님."
은미가 일보의 어깨를 잡고 자기 얼굴을 일보의 목덜미에 파묻은 뒤,
"선생님이 사장의 사장으루 비약적 발전을 해 주세요."
하고 자기 이야기는 그것이 전부라는 듯 가벼운 한숨을 내쉬었다.
"지나친 비약은 서커스와 같은 겁니다. 떨어질 위험성이 많지요."
"떨어질 것두 아무것두 없어요. 네, 고 선생님."
그러나 일보는 아무 말도 않고 술만 마셨다. 술을 마시고 있는데 은미가 일보의 손을 잡아 일으켰다. 그리고는,
"드릴 게 하나 있어요."
하며 침대가 있는 방으로 끌고 갔다. 거기 가자 앨범 속에 있는 은미의 독사진 한 장을 주며,
"이거 드리겠어요. 이때까지 사진을 남에게 주어 본 일이 한 번도 없어요."
하고 사진을 일보 양복 속주머니에 넣어 주었다. 그리고는 일보의 가슴팍에

안기었다.
　일보는 문득 애경을 생각했다. 애경이 이 광경을 본다면 무엇이라고 말할 것인가? 그러나 일보는 은미를 껴안고야 말았다. 아무래도 자기와는 결혼할 수 없는 애경. 그래서 애경은 질투도 원망도 안 할 것이다. 자기 또한 애경에게 미안을 느낀 일이 없다.
　포옹을 하고 키스를 할 때 은미가,
　"아이 라이크 유."
했다.
　"응……."
　일보는 은미의 말을 받아 그대로 되뇌지는 못했다. 그러나 거짓말로라도 은미의 말에 응수를 안 할 수가 없었다. 그러자 은미가,
　"아이 러브 유."
했지만 그때도 일보는,
　"응……."
하고 대답했다.
　일보는 은미의 집을 나온 것은 밤 아홉 시가 조금 지나서였다. 좀더 오래 있을 수도 있었으나 또다시 은미의 육체를 소유하고 나자 있을 맛을 느끼지 못했다.
　그것은 은미가 노골적으로 자기를 사랑한다고 한 데 대해 구체적인 말을 못한 자기의 마음이 의심스러웠기 때문이었다.
　'응'이라고 대답을 했으니 은미는 그것을 사랑의 승낙이라고 생각했을지 모른다. 그러나 일보는 그것이 건성으로 대답한 무책임한 말이라고 생각했다. 은미의 말에 자기도 사랑한다는 말을 못하는 것은 사랑의 감정이 우러나지 않았기 때문이다. 사랑을 하지 않으면서 소유한 여자에게 사후에까지 흥미를 느낄 수는 없다. 빨리 헤어지고 빨리 잊는 것이 마음의 부담을 적게 하는 길이라 생각했던 것이다.
　은미는 아직 열 시도 안 되었다고 하며 붙잡았으나 일보는 그것을 물리치고 은미의 집을 나와 은미의 자동차를 탔다.

은미가 자동차에까지 나와, 다음번에는 자기 부모에게 소개하겠다는 말을 할 때 일보는 '응' 하고 응수할 때와 꼭같은 감정으로,
"그러세요."
건성으로 대답한 뒤 그 집을 빠져 나왔다.
자동차로 집에 돌아오는 동안 일보는 자기가 과연 은미를 사랑하지 않는 것인가 생각했다. 사랑하지 않는 것이 진실된 감정이라고 단정했을 때 사랑하지 않으면서도 육체를 소유할 수 있을까 하고 생각했다. 그때 일보는 그럴 수가 있다고 스스로 대답했다. 군대에 있을 때 사창에서 정조를 포기했다. 처음으로 정조를 포기할 때에도 사랑 없는 여자가 대상이었다. 그런 만큼 은미를 사랑하지 않으면서도 육체를 소유할 수 있다고 생각했다.
그래서 집으로 돌아왔을 때 삼 일 전에 친정에 갔던 애경이 돌아와 있는 것을 보고도 면목 없는 일을 했구나 하는 자책을 그리 느끼지 않았다. 도리어 내게도 몸을 허락하는 여자가 있습니다, 하고 자랑을 하고 싶을 정도였다.
애경이 대문을 열어 주고는,
"늦으셨군요."
라고 말할 때,
"좀 바빠서요."
하고 일보는 처음으로 애경에게 허세를 부렸다.
"지배인이 되셨다지요?"
"명목상 그렇지요."
그때 일보는 아버지가 벌써 돌아와 있는 것을 알았다. 그래서 뜰에서나마 애경의 경과보고를 듣고 싶어,
"어머니 병환은 어떠세요?"
하고 물었다.
"대단찮아요. 그래서 그냥 돌아왔어요."
"무슨 병이신데요?"
"위궤양이라나요. 안정하시구 부드러운 음식만 취하시면 괜찮을 병이에

요."
　"좋은 일두 많았구요?"
　정작 묻고 싶은 말은 이것이었을지 모른다. 그렇기 때문에 그 말을 꺼낼 때 일보의 표정은 굳어 버렸다.
　일보의 표정이 유난히 굳었기 때문이었는지 애경은 웃음을 지으며,
　"그럼요."
하고 부드럽게 대답했다. 언제나 부드러운 여자이기는 하지만 상대방의 마음을 뜨끔하게 하는 말을 하면서도 부드럽게 웃어 보이는 애경이 얄미울 정도였다.
　"그래요? 축하합니다."
　일보는 일부러 정중하게 허리를 굽히고 인사를 한 뒤 안방으로 들어가 버렸다. 아버지가 계신데 오래 이야기할 수도 없었지만 좋은 일이 많았느냐는 말에 조금도 거리낌없이 '그럼요.' 하고 대답한 애경과 더 이야기하고 싶지가 않았기 때문이었다.
　방 안으로 들어가 옷을 벗으면서 일보는 아버지가 하루라도 빨리 보내는 것이 애경을 위한 것이라던 말을 생각했다.
　역시 애경도 자기의 앞길을 생각하고 있겠지. 결혼을 안 한다면 안 하는 것이 바보가 될 것이다.
　일보는 애경이 응당 취해야 할 태도를 취했다고 생각하면서도 결국 인간이란 자기만을 위해 사는 것이라는 서글픈 결론에 가슴 아픔을 느꼈다.
　"저녁 잡수셨어요?"
　부엌에서 애경이 물었다.
　그때 일보는 필요 없는 말까지 붙여 대답했다.
　"네, 오늘은 굉장히 비싼 저녁을 먹었습니다."
　그리고 애경이 무엇이라고 말하기만 하면 은미의 이야기를 꺼내리라 생각했다. 그러나 애경은 아무 말도 안 했다. 아마 질린 모양이었다.
　애경이 부엌에서 나와 건넌방으로 들어가는 기척을 들었지만 일보는 애경을 따라 건넌방으로 갈 생각을 안 했다. 애경의 말을 묻는 것이나 자기와

은미와의 관계를 이야기하는 것이나 모두가 긴요한 일 같지가 않았기 때문이었다. 모두가 기정사실이다. 기정사실이라면 질투를 느낄 것도 없고 또 질투를 느끼게 할 필요도 없다.

일보는 책을 읽는 척하며 은미를 생각했다.

'아이 러브 유.'라던 은미의 말이 귀에 되살았다. 그 말이 진정인 것 같았다. 그렇기 때문에 옷을 벗으며 침대로 들어오던 은미의 행동도 진심으로 생각되었다. 은미는 나를 사랑하는 것이다. 자기를 사랑하지 않는데 나를 사랑할 필요가 무엇인가?

내가 미안하지 않은가?

이런 생각을 하면서도 그 부드러운 은미의 살결이 다시 만져 보고 싶어졌다.

완전하게 품에 안기던 그 날씬한 허리.

일보는 은미가 어떤 과거를 가졌던 그것이 문제될 것 없다고 생각했다. 현재 나를 사랑하면 그뿐이다.

다음날 아침 세수를 하러 나갔을 때 세숫물을 가져다 주는 애경에게 일보는 불쑥,

"은미가 나를 사랑한대요."

하고 묻지도 않은 말을 했다. 그것이 어린애의 자기 자랑과 같은 허세였다. 그 말을 듣자 그 자리에서 얼굴이 진홍색으로 변하는 애경을 보자 일보는

"이제 곧 결혼을 신청할 모양 같아요."

하고 있지도 않은 말까지 했다.

그 말을 듣자 애경은 갑자기 표정이 굳어졌다.

"좋겠군요."

억지로 웃음을 띠려 했으나 그것은 웃음이 아니라 울음이었다. 재미 많이 보았느냐고 일보가 물었을 때,

'그럼요.' 하고 웃던 그 여유 있는 웃음을 찾아볼 길이 없었다.

일보는 등골이 싸늘해짐을 느꼈다. 애경은 어째서 자기 이야기는 여유 있게 하고 남의 이야기는 흥분해서 듣는 것일까?

일보는 애경과 이야기를 해 봐야 한다고 생각했다. 그냥은 출근할 수가 없었다. 그래서 조반을 먹은 뒤에도 출근을 하지 않고 아버지와 수회가 나갈 때를 기다렸다. 아버지가 오늘은 출근을 안 하느냐고 물었지만,

"지배인인데요, 뭐."

웃으면서 책상에 마주앉아 책을 읽은 척했다. 아버지와 수회가 나가기가 바쁘게 일보는 애경을 불렀다.

"형수님."

"네."

형수는 부엌에서 대답했지만 반가워하는 기색이 아니었다.

"좀 들어오세요."

이번에는 대답마저 하지 않았다.

일보는 할 수 없이 부엌으로라도 나갈 생각을 하고 안방을 나왔다. 그때 애경이 행주치마로 손을 씻으며 부엌을 나와 건넌방에 들어가서 커다란 보자기를 들고 나왔다.

"이거 입어 보세요."

애경은 보자기를 풀고 한복 바지저고리와 조끼를 꺼내 일보에게 주었다.

일보는 얼핏 보아 새로 만들어 온 조끼가 며칠 전 애경의 저고릿감으로 끊어다 준 양단임을 비로소 알았다. 그래서,

"아주머니 저고리를 해 입으시라구 사다 드린 건데 왜 이런 걸 만드셨지요?"

하고 조금도 고맙지가 않다는 얼굴로 물었다.

"나야 옷이 없어서요. 도련님이 겨울에 집에서 입으실 옷이 없잖아요."

"이건 웬 돈으루······."

일보는 회색 포플린으로 만든 저고리와 바지를 보며 물었다.

"천 원을 주시지 않았어요. 그 돈을 가지고 친정에서 솜과 안감을 얻어 만들었어요."

"시키지 않는 일은 잘 하시는군요?"

"앞으룬 월급을 많이 타신다니까 돈이 많을 땐 제 옷감을 사다 주세요."

애경의 말을 확실히 일보를 비꼬는 것이었다.

그런 만큼 일보의 마음은 점점 더 꼬였다.

"월급을 많이 받으면 지출두 그만큼 많다는 걸 모르십니까?"

"물론 바라는 건 아녜요. 도련님이 안 사다 주셔두 벗구 살지 않았으니까요."

애경도 완전히 토라진 모양 같았다.

그렇다고 해서 애경과 싸울 수도 없는 일이라 일보는 화제를 돌렸다.

"친정에 갔다 오시더니 많이 달리지셨군요? 정말 좋은 일이 많으셨나 보지요?"

"나라고 좋은 일이 없으란 법이 있나요."

"좋은 일이 있다구 죄 없는 사람을 미워하실 필욘 없습니다."

"내가 도련님을 미워한다구요. 도련님을 미워하는 형수는 세상에 없다던데요."

"형수가 안 되려고 하시는 모양이겠지요."

"그건 그래요. 아버지께서 오늘 식모를 데려오신다니까 식모가 오구 내가 나가면 앞으루 형수란 말두 들을 기회가 없겠죠."

"오늘 데려온다구 그랬어요?"

"그러시던데요."

"그럼 오늘루 친정엘 가시나요?"

"가야죠. 그렇지 않아두 사정 말씀을 드리구 가려던 참이었으니까요."

"그럼 곧 재혼을 하시나요?"

"그렇게 되겠지요. 혼자서 늙을 수 있어요."

"아니 혼담이 결정됐느냐 말씀입니다."

"선을 보구 왔어요."

일보는 이야기를 더 할 용기가 나지 않았다.

"파연(破緣) 기념으루 이걸 만들어 오셨군요."

일보가 옷들을 보자기에 싸서 옷장에 집어넣었다.

"그렇게 됐어요."

애경의 태도가 갑자기 누그러졌다. 고개를 떨어뜨리고 무엇을 생각하는 듯 말이 없다가

"오늘은 출근을 안 하세요?"

하고 출근을 독촉했다.

"가야 할 일두 없어요."

일보는 출근을 안 해도 무방하다고 생각했다. 그 대신 애경과 같이 있으면서 좀더 이야기를 하고 싶었다.

그러나 외출했던 아버지가 십칠팔 세쯤 되어 보이는 소녀 하나를 데리고 와서,

"넌, 왜 아직 출근을 안 했니?"

하고 똑바로 볼 때 일보는 집에 머물러 있을 수가 없다고 생각했다.

"전화나 걸어 주세요. 아무때두 좋습니다."

일보는 전화번호를 적어 주고 집을 나섰다. 대문 밖까지 나온 애경이,

"빨리 결혼을 하세요. 결혼식 구경을 가겠어요."

"형수님이나 빨리 하세요."

하고 응수했다.

"난 아무래도 도련님보다 늦을 거예요."

일보는 마지막 대화가 너무나 시시하다고 생각했다. 할 말이 없어서 그런 말로 서로를 걱정한다는 것이 너무나 형식적인 인사 같아 애경의 말에 대답도 않고 도망치듯 골목길을 뛰어나갔다.

전찻길까지 나와 일보는 합승을 탔다. 언제나 버스만 타던 일보였지만 오늘만은 사람이 붐비는 버스가 싫었다. 그래서 합승을 탔지만 합승에서 차창만 내다보고 있는 일보는 세상 도는 일이 잘못 돌고 있다는 생각을 했다.

연정과 우정

잘못 돌아가는 것뿐 아니라 모두가 진짜가 아닌 것만 같았다. 자기가 은

미의 빌딩 지배인이 되었고 또 은미와 밀접한 관계를 맺은 것도 진짜가 아닌 가짜다. 동시에 애경이 결혼을 하기 위해 친정으로 간다는 것 역시 진짜가 아닌 것 같았다.

오후 퇴근을 하고 돌아갔을 때 애경이 이미 짐을 싸 가지고 영영 떠나 버리고 말았을 것이 아닌가? 식모를 구하자 떠난다는 것은 결국 애경이 식모 노릇을 하기 위해 이때까지 살림을 맡고 있었다는 것이 된다. 있을 수 없는 일이다.

죽은 형을 그렇게 사랑하지 않았던 것은 사실이다. 그러나 마음속에 젖어 있는 어떤 도덕률에 의하여 남편 없는 시집을 지키는 것이 자기를 지키는 일이라고 신념하고 있던 애경이다.

그리고 어떻게 하자는 것은 아니라 해도 일보를 좋아했던 것이 사실이다. 일보를 좋아했기 때문에 가난 속에서나마 청춘을 갉아먹으면서 살아 왔다.

그러면 애경이 식모가 오는 날 마른하늘에서 우뢰가 나듯 갑자기 친정으로 가 버리다니······.

그것은 애경뿐만이 아니었다. 자기도 있을 수 없는 일을 저질러 버렸다. 어떤 면에서나 가장 좋아하는 것이 애경이었음에도 불구하고 결혼할 수 없다는 마음에서 사랑하지도 않는 은미를 범했다. 그리고 은미 밑에서 소위 지배인이란 명함을 사용하고 있다.

모두가 가짜다. 그러나 그 가짜가 진짜의 그림자를 짓밟고 태양처럼 눈을 부시게 한다.

일보는 상황(狀況)이란 것을 생각했다. 인간은 자기의 의지보다도 자기가 처해 있는 상황에 따라 움직이는 동물이라고.

인간은 자유가 있다고 한다. 쇼펜하우어가 일생 동안 결혼 안 한 것도 자유의사일지도 모른다. 그러나 자유는 제한된 상황 속에서 자기가 선택하지 않을 수 없는 하나의 독배에 불과하다. 그 독배를 좋은 뜻에서 체념이라고 한다. 체념도 자기의 의지일지 모른다. 그러나 체념은 일종의 독배가 아닐 수 없다. 그런데도 인간은 인간의 명예와 자존심을 위하여 그 독배의 체념을 인간의 자의적인 선택이라고 한다.
그리고 그것을 자유라고 한다.
일보가 침울한 마음으로 회사에 가서 무료한 시간을 보내기 위해 아침 신문들을 뒤적일 때 명아를 통해 주었던 자기의 논문이 게재된 것을 보았다.
정신이 번쩍 드는 것 같았다. 고일보라는 석자의 이름이 살아서 자기 앞으로 걸어오는 것을 느꼈다. 수천 수만의 신문에 자기 이름이 박혀 알지도 못하는 독자들의 눈을 놀라게 할 것이다.
일보는 신문사로 뛰어가서 신문을 있는 대로 사 오고 싶은 마음이 들었다. 그러나 일보는 신문사에 갈 생각을 못했다. 설사 간다고 한들 어찌 신문을 전부 사자고 할 수가 있겠는가? 그는 명아에게 전화도 걸지 못했다. 전화를 걸고 고맙다는 말이라도 해야 할 것 같았으나 혹시 원고료나 청구하는 것으로 해석할지도 모른다고 생각했기 때문이었다.
일보는 생각했다. 하고 싶은 것을 못하고도 참아야 한다는 그것만이 인간의 자유라면 진짜 자유가 아니고 가짜 자유다.
그는 종이를 꺼내 자유에 대한 메모를 적기 시작했다. 그런 내용을 논문에 쓰고 싶었던 것이다.
하루 종일 논문에 대한 것을 생각하다가 다섯 시 거의 되어서야 명아에게 전화를 걸었다. 명아의 손으로 주는 신문을 받아 보고 싶었기 때문이었다. 거리에서 사 보는 신문보다 명아가 주는 신문을 받아야만 자기가 신문사가 주는 필자로서의 대우를 받는 것이라고 생각되었던 것이다.
"고맙습니다."
일보는 감사의 인사를 한 뒤,
"신문을 한 장 주셨으면 좋겠는데요……."
하고 떳떳하게 신문을 요구했다. 당연한 권리 행사 같아 어깨가 으쓱해졌다.
"삼십 분 뒤 그 다방으로 나오세요."
명아의 대답은 간단했다. 그리고 지나치게 사무적이었다.
남의 원고로 신문을 만들었으면 도리어 그 쪽에서 고맙단 말을 해야 할 것인데 그런 말은 한 마디도 비치질 않았다. 명아의 권유에 의해서 그 논문을 썼고 또 명아의 손에 의해 그것이 발표되었지만 일보는 고맙단 말 한 마디 안 하는 명아에게 슬며시 화가 났다. 건방지다는 생각까지 들었다.

마음대로 건방지라지. 나와 무슨 상관이 있는 여자라고. 이런 생각을 하면서도 명아를 만나러 갔다. 약속한 다방으로 가는 도중 일보는 신문이 두 장 필요하다고 생각했다. 한 장은 애경에게, 그리고 한 장은 은미에게 주고 싶었던 것이다. 다 기뻐해 줄 사람들이다. 그 신문만 보면 애경이 친정으로 갔다가라도 다시 돌아올지 모른다. 다시 오지는 못한다 해도 자기를 더 깊이 생각해 주겠지. 은미도 자기와 교제하는 것을 영광으로 생각하겠지.

그런데 은미는 오늘 어째서 소식이 없었을까? 참으로 이상한 여자다. 그러나 하루쯤 안 만난들 어떠하랴 하는 생각을 하며 다방으로 갔다.

명아는 아직 오지 않았다. 일보는 명아가 올 때까지 다음 쓸 논문을 구상하리라 생각했다. 우선 제목을 '상황과 자유'라고 정해 보았다. 그리고 결론을 다음과 같이 생각했다.

인간은 자기가 놓여 있는 상황 속에서 자유를 제한받는다. 그러나 그 제약에서 초탈하여 진정한 자유 의지를 발휘하는 데 인간의 가치가 있다.

이런 것을 생각하고 있을 때였다. 일보 뒤에 앉았던 두 젊은 남녀가 일보 옆을 지나 출입구 쪽으로 나가는 것이 보였다. 그리고 남자와 밀착해서 나가는 여자가 명아라는 것을 알았다. 무척 가까운 사이 같았다.

일보는 아차 하는 생각을 했다. 대학까지 졸업한 여자가 연애를 안 할 까닭이 없다. 그런 것도 생각지 않고 명아가 불친절하게 대해 줄 때 우울해 하던 자기의 어리석음.

자기도 여자들과 교제를 하면서 그래도 명아에게 어떤 기대를 가졌던 것은 모든 여성을 자기 것으로 만들겠다는 남자들의 독점욕이었던가?

일보는 갑자기 부끄러운 생각이 들었다. 남의 속도 모르고 군침을 삼킨다고 자기를 비웃고 있었을 명아가 부끄럽지 않을 수 없었다.

그런데 밖으로 나갔던 명아가 금시 되돌아와 일보 앞자리에 앉으며

"미안합니다. 오시는 것을 보구두 이야기 도중이라 실례했습니다."

하고 사과를 했다.

그 말을 듣자 일보는 자기의 존재가 너무나 작은 것을 느꼈다. 자기와 약속한 장소에 딴 남자를 데리고 오다니. 그것은 명아가 일보의 질투 같은 것을 티끌만큼도 개의치 않는다는 것을 뜻한다. 무시도 이만저만한 무시가 아니다.

일보는 불쾌를 느끼면서도,

"방해를 끼쳐 죄송합니다."

하고 정중하게 고개를 숙였다.

"그렇게 말씀하시면 제가 곤란한데요."

명아는 일보에게 미안한 감을 주지 않으려고 미소를 지었다. 그 미소가 일보는 더 불쾌했다. 어쩐지 자기를 어린애로 취급하는 것 같았다. 그러니 일보는,

"저 때문에 혹시 오해를 받지나 않겠습니까?"

하고 명아의 눈치를 살폈다. 그 남자가 과연 명아의 애인인가를 확인하고 싶었기 때문이었다.

"그렇게 몰이해한 사람은 아녜요. 신경쓰지 마세요."

명아의 대답으로 일보는 명아와 그 남자와의 사이가 어떤 것임을 짐작할 수 있었다. 대단한 기대를 가졌던 여자가 아닌데도 일보는 실망을 느끼지 않을 수 없었다. 실망을 느끼면서도 그 실망을 좀더 구체화시키고 싶었는지 일보는 또 물었다.

"참 좋은 분 같던데요. 뭣 하시는 분인가요?"

명아는 조금도 주저하지 않고 대답했다.

"대학원을 나오구 지금 대학교 조교루 있어요."

"언제쯤 결혼하시나요?"

"내년 가을에나 할 생각이에요."

알 것을 다 알자 일보는 명아와 이야기할 흥미마저 잃었다.

일보는 그냥 뛰쳐 나가고 싶기만 했다. 그러나 명아가 일보를 붙잡듯이 가지고 온 신문을 내놓았다. 그리고 봉투 속에 넣은 원고료를 내놓으며,

"수고하셨어요. 얼마 안 되지만 받아 주세요."

하며 어느 때보다도 상냥한 얼굴로 일보를 쳐다봤다.

일보는 우선 신문지를 세어 보았다. 혹시 석 장이었으면 더 좋겠다고 생각을 하며 세어 볼 때 그것이 자기의 희망과 꼭 맞는 것을 보고 일보는 명아가 어쩌면 남의 마음을 그렇게도 잘 알까, 하고 감탄했다.

그 뒤 봉투 속에서 돈을 꺼내 보았다. 백 원짜리 석 장이었다. 나흘이나 앓으며 쓴 논문의 보수다. 두 사람이 저녁을 먹고 영화관엘 가면 그뿐일 돈이었다.

일보는 글을 써서 받는 첫 수입이라, 그 돈으로 아버지에게 무슨 기념품을 사 드리라 생각했다. 작은 물건으로 크게 기뻐하실 아버지의 얼굴이 눈앞에 떠올랐다.

그래서 돈을 다시 봉투 속에 넣고 양복저고리 속주머니에 집어넣었다. 그러나 일보는 명아에게 인색하다는 인상을 주기 싫어,

"오늘은 내가 저녁을 사지요."

하고 원고료로 사는 것이니까 꼭같이 가야 한다는 식으로 말했다.

"정말요? 그럼 두 그릇을 먹어야겠어요."

명아는 활짝 핀 얼굴로 웃으며 말했다.

"세 그릇이라두 잡수세요."

그들은 다방을 나왔다. 그러나 일보는 삼백 원 한도 내에서만 저녁을 사리라 생각했다. 원고료는 아버지를 위해 쓰기로 했기 때문에 그 돈을 다치지 않을 것이지만 원고료를 타게 한 명아를 위해 쓰는 돈이 원고료를 초과할 수는 없다고 생각했던 것이다. 그래서 결국 무교동에 있는 어떤 불고기집으로 들어갔다.

불고기 2인분씩 먹는다 해도 삼백 원이면 충분하다.

일보는 우선 불고기 이인분을 시키고는 정종도 한 컵 주문했다. 삼백 원을 한 푼도 남기고 싶지 않았던 것이다. 그것은 돈을 그렇게 씀으로써 명아에 대한 신세를 완전히 갚아 버릴 생각이기도 했다.

불고기 이인분을 다 먹자 또 이인분을 시켰다. 사륙이십사, 이백사십 원이니 술 두 잔과 백반 두 그릇을 시키면 꼭 삼백 원이다. 그래서 술을 또 한

잔 주문했다.

한 푼도 남지 않게 돈을 써 버린다는 생각을 하니 통쾌했다. 그러나 자기가 준 돈을 한 푼도 남기지 않고 쓰는데도 사양의 말 한 마디도 안 하는 것을 볼 때 일보는 명아가 얌체라고 생각했다. 산다고 해서 주머니를 털게 내버려 둔다는 것은 주고 뺏는 것이나 마찬가지 일이다.

일보가 명아를 얌체라고 생각하고 있는 데도 명아는 그런 눈치도 못 채고

"정말 이번 논문 좋았어요. 다음 것을 꼭 쓰세요. 책임지고 제가 발표해 드릴게요."

하고 딴 이야기를 했다. 일보는 그 원고료도 이런 식으로 뺏어 먹으려는 것인가 하는 생각을 하며,

"밑천이 있어야지요. 시간두 없구······."

한 마디로 거절했다.

"그건 겸손두 아무것두 아녜요. 객관적으로 볼 때 쓰실 만하구 또 쓰시는 것이 고 선생을 위해 가장 좋은 일일 것 같기 때문에 권하는 것 아녜요."

"객관적으로 보셨다 해도 정확한 관찰이 아닙니다."

"비뚜루 생각하고 비뚜루 나가는 것만이 참신한 건 아녜요. 남이 정당하게 평가하면 그것을 곱게 받아들이세요."

명아는 어찌해서 언제나 어른같이 일보를 타이르는지 몰랐다.

"원고를 자꾸 쓰라는 건 무슨 까닭이죠? 나 같은 것한테는 관심도 없을 텐데······."

일보는 명아가 부질없는 여자라고 생각했다. 결혼을 앞둔 애인을 두고 무엇 때문에 딴 남자에게 관심을 가지는 것일까?

"글쎄, 나두 모르겠어요. 고 선생을 그냥 내버려 두기에는 어쩐지 아까운 것 같아요. 그것뿐예요."

명아가 자기를 자기도 모른다는 태도로 말할 때, 일보는 내게도 나를 아껴 주는 여자가 있으니까, 아예 걱정을 말라고 하고 싶었다. 그러나 그것은 소년적인 반발심 같다.

"아까워할 존재가 못 됩니다. 내버려 두세요."

퉁명스럽게 말했다. 그래도 명아는 얼굴빛 하나 변하지 않고 차근차근 이야기했다.

"여자에게는 모성적인 것이 있어요. 아무리 나이 많은 남자에게도 어머니 같은 위치에서 이야기하고 싶은 때가 있습니다. 그러구 저한테는 오빠가 없어요. 동생두 없구요. 고 선생에게 뺨을 맞았을 때 분하기는 했지만, 고 선생에게 오빠 같은 걸 느꼈어요. 그러다가 요새 와서는 고 선생이 동생 같은 마음이 들기두 하구요. 그런 것들이 종합된 것이 내 마음 같아요."

"나는 아들두 됐다, 오빠두 됐다, 또 동생두 됐다, 휘뚜루루군요?"

"글쎄, 뭐라구 해야 할지 모르겠어요. 친구라는 게 제일 좋겠지요."

"변질적인 친구군요. 난 그런 친구를 필요로 해 본 적이 없습니다."

"남녀간의 친구를 인정할 수 없다는 말씀인가요?"

"그것두 그렇죠. 이성이 친구가 될 수 있습니까?"

"그건 남자들의 독선예요. 여자를 점령하는 것이라고만 생각하기 때문입니다. 여자라고 반드시 점령해야 한다는 법이 어딨어요."

"그런 것이 아니라 친구라고 생각할 만큼 가까우면 자연 이성적 애정이 싹튼다는 것이겠지요."

"그게 같은 말이지 뭐예요. 남자들은 어머니나 누이동생이란 특정된 이름을 가진 여자 외에는 모두 연애의 대상으루만 생각하거든요."

"그게 나쁜 생각일까요? 당연한 일이지……."

"상대방을 선택할 줄 알아야겠죠. 남편이 있는 여자 그리고 애인이 있는 처녀 또는 연애를 생각도 않고 있는 수티 같은 처녀, 그런 여자들을 가리지 않고, 보이는 여자들 모두 여성으로만 보려구 하거든요. 이성 대 이성이 아니라 먼저 인간 대 인간으로 교제할 수는 없을까요?"

그러니까 자기는 애인이 있는 여자라는 것을 알고 교제하라는 말인가? 일보는 명아의 말이 옳을지도 모른다고 생각했다. 그러나 말로는,

"인생을 구차스럽게 살게 됩니까. 마음내키는 대루 살면 그뿐이죠."

하고 명아의 의사에 동의할 수 없다는 태도를 표시했다. 그때 명아는 대답 대신에 불고기 한 점을 집어 일보의 접시에 놓으며,

연정과 우정 235

"많이 잡수세요."
하고 웃었다. 일보는 그 친절과 그 웃음에서 명아를 여성으로 보지 않을 수 없었다. 여자이라고 생각하기 때문에 그 친절과 그 웃음이 좋은 것을 어찌 하겠는가?

그런데 명아는,

"나는 앞으로 고 선생을 친구로 교제하구 싶어요. 동성 친구보다 훨씬 두터운 우정을 느낄 수 있을 것 같아요."

하고 말했다.

"그 분이 이해를 해 줄까요? 공연히 오해 사는 일을 안 하는 게 좋을 겁니다."

일보는 우선 현실적으로 불가능하다는 것을 강조했다. 설사 두 사람은 순수한 우정을 가지고 있다 해도 명아의 애인이 용서하지 않을 것이다.

"이해하리라구 생각해요. 비밀 없이 교제를 하면 셋이다 친구가 될 수 있잖아요."

명아는 자신 있게 말했지만, 일보는 자신을 가질 수 없었다 이론적으로 있을 수 있고 이상적으로 있어 마땅하지만 현실이 승낙하지 않는 문제다.

식사를 끝내고 엽차를 마실 때 명아가 결론적인 말을 했다.

"정말, 이성을 초월한 친구가 돼 주세요. 고 선생에게두 나 같은 친구가 필요할 것이니까요."

일보는 그것을 거절하면 자기가 명아에게 이성적인 야심이 있었던 것처럼 보일 것이 두려워,

"친구보구두 선생이란 말을 쓰나요?"

하고 웃어 넘겼다.

"그럼 이제부터 고 형이라구 할까요?"

"나두 명아 씨보구 지 형이라구 해야 하게요?"

"미스터 고라구 하면 좋겠지만, 그건 외국말이구……."

"나는 미스 지라구 부르면 편하기는 하겠는데……."

"우리 나라 말에는 왜 '미스터' 나 '미스'에 대신할 말이 따루 없을까요?"

"남의 말을 그대로 받아쓰는 그 의타성을 버리지 못하기 때문이겠지요. 그런 걸 보면 우리들이 민족의 고유성을 살리지 못하구 살아온 게 사실이에요."

일보가 이야기를 하고 있는 동안 명아가 재빠르게 핸드백을 열고 돈을 꺼내 일하는 여자에게 내주었다.

"안 됩니다. 내가 내기루 한 건데……."

일보는 돈을 꺼냈으나 이미 때는 늦었다.

"그런 법이 어딨어요."

일보가 나무라듯이 말했으나 명아가,

"친구 결혼 축하니까 제가 내야죠."

구김살 없는 웃음을 웃었다. 일보는 불고기를 주문할 때 조금도 사양치 않는 명아를 염치없다고 생각했던 자기를 부끄럽게 여기지 않을 수 없었다.

일보는 저녁을 얻어먹으려고 식당에 왔던 것이 되었다. 그래서 차라도 사려고,

"다방에 가서 잠깐 앉았다가 갈까요?"

했을 때 명아가,

"가서 책이라두 읽으세요. 다음 쓰실 논문을 준비해야지 않아요."

하고 말했다. 정말 누나와 같은 태도였다.

"잠깐 앉았다가 간다구 할 걸 못하나요?"

"고 형, 제 말을 들으세요. 공연한 시간을 낭비할 필요가 없잖아요."

"그럼 지 형의 말씀대루 하겠습니다."

일보는 그런 식으로 명아의 말에 추종하는 것이 자연스런 태도라고 생각했다. 두 사람은 자연스럽게 웃었다. 그런데 사람이 왕래하는 한길에서 명아가 일보의 팔을 꼈다. 서로 안 뒤 처음 있는 일이었다. 더구나 방금 이성을 초월한 친구의 관계를 맺고 나온 명아가 아닌가. 일보가 석연치 못한 얼굴로 명아를 쳐다볼 때 명아가,

"친구니까 이래두 괜찮은 거예요. 아시겠어요."

하고 설명했다. 그 설명에 일보는 아무런 불평도 말할 수가 없었다. 도리

연정과 우정 237

어 명아의 팔을 낀 것이 안정감 같은 것을 주었다. 무교동 입구에 이르자 명아가,
"전 길을 건너가서 버스를 타야 해요. 미스터 고는 저기서 타세요."
하며 일보가 버스 탈 곳을 가리켰다. 그리고는 손을 내밀고 악수를 청했다. 일보는 서슴지 않고 명아의 손을 잡아 흔들었다.
명아가 길을 건너갈 때 일보는 한참 동안이나 명아의 뒷모습을 바라보았다. 작별이 서운해서는 아니었다. 세상에 저런 여자도 있는가 하는 생각에서였다.
일보는 버스를 타고 집으로 가는 동안 쭉 명아를 생각했다. 무엇 때문에 나를 친구로 사귀려 하는 것일까? 따귀 때린 것을 하나의 운명적 계기로 생각하고 있는 것이나 아닌지? 그렇지 않으면 모성적인 성격으로 나를 끌어올리려는 생각 때문인지.
어쨌든 일보는 명아가 좋은 여자라는 마음을 굳게 가졌다. 요염하지가 않을 뿐더러 경박하지도 않다. 올바른 자세를 가지고 흐릿한 생활을 배격하는 순결한 여자.
그렇듯 순결한 명아에게 사랑하는 남자가 있다는 것은 아무리 생각해도 섭섭한 일이었다.
그런 여자에게 딴 남자가 없다면 얼마나 더 매력이 있겠는가? 그렇지만 친구로나마 명아와 교제할 수 있다는 것만은 좋은 일이라고 생각했다.
대로에서 팔을 꼈고 헤어질 때 악수까지 했으니 기회만 있다면 키스까지는 할 수가 있지 않을까? 다른 것은 안 한다고 해도 키스만 한 번 해 보았으면…….
그러면 친구 아니 그보다 더한 '카테고리' 안에서 사귄다 해도 무방할 것 같았다.
내게도 은미가 있는데……. 그러니까 일보는 명아에게 딴 남자가 있다고 해도 무방한 일이라 생각했다.
이런 생각을 하며 집으로 들어갈 때 일보를 맞이해 준 사람은 매일처럼 열어 주던 애경이 아니라 낯선 식모 애였다.

정말 가고 말았을까? 일보는 조마조마한 마음으로 애경의 기척을 살폈으나 식모 애에게마저 애경이 가 버렸느냐는 말을 물을 수가 없었다.

수희가 문을 발딱 열고 뛰어나오며,

"오빠……."

하고 반기는 것을 불길한 소식을 말해 주는 것 같았다.

"일찍 왔구나."

전 달리 자기의 귀가를 반기는 수희였지만 일보는 사무적으로 냉철하게 응수하고는 수희를 쳐다보지도 않고 안방으로 들어갔다. 그런데도 수희는 안방까지 따라오며,

"언니가 아주 갔대요."

하고 말했다. 일보는 수희가 그것을 하나의 길보(吉報)로서 전갈하는 것이라 생각했다. 친절히 해 준 애경이지만 수희로서는 언제나 적대의식을 가지고 있었다. 그러나 애경이 없어진 것을 얼마나 통쾌하게 생각할 것인가?

"나두 알구 있어."

일보는 무뚝뚝하게 대꾸를 했다. 그래야만 수희의 기가 꺾일 것 같았기 때문이었다.

"언제요?"

"아침에. 나는 아버지가 식모를 데려오신 뒤에야 출근을 했어."

"그래요. 그런데 어째 말뚱말뚱한 얼굴루 이렇게 일찍 돌아오세요?"

"왜 술에 취해서 한강물에 빠졌으리라구 생각했니?"

"그렇지는 않아두……. 전 오빠가 굉장히 슬퍼하실 줄 알았어요."

"넌 오빠를 굉장하나 나쁜 놈으로 취급하구 싶은 거로구나."

"내가 왜 그런 생각을 해요."

"형수와 시동생의 스캔들을 꼬집어서 그것을 확대시키고 싶은 것이 네 마음 아니냐. 남의 약점을 들추어냄으로 쾌감을 느끼려는 악취미."

"그런 생각을 하는 오빠가 나빠요. 나는 진심으로 오빠 편이란 걸 알아야 해요."

"그만둬. 나는 형수를 사랑하지두 않았어. 그리구 형수가 우리 집을 떠나

연정과 우정 239

가는 것이 당연한 일이라구 생각하구. 그래서 나는 지금 아무렇지두 않은 거야. 괴롭지두 않아. 그러니까 걱정할 필요가 없어."

"그건 오빠의 위선이에요. 사랑한 것이 사실이면서 왜 그것을 감추려구 그러세요."

일보의 가슴을 찌르는 말이었다. 위선자 나는 위선자 정도가 아니다. 오늘 애경이 집을 떠나는 줄 알면서도 나는 직장에서 바로 집으로 돌아오지 않았다. 딴 여자를 만나기 위함이었다. 그 여자와 함께 저녁까지 먹었다. 죽일 놈이다. 떠나가는 애경을 위해 슬퍼하지도 않은 나.

"위선자니까 어떻게 하란 말이냐?"

일보는 왈칵 화를 냈다. 그것은 수희에 대한 화가 아니라 자기 자신에 대한 항의였다.

일보는 자기 자신을 증오했다. 그러면서도 애경이 만들어다 준 한복을 보자기에서 꺼내 양복과 갈아입었다.

일보가 옷을 갈아입고 있을 때 수희가,

"건 웬 옷예요?"

하고 물었다.

"형수님이 친정에 가서 지어 가지구 온 거야."

일보는 부드러운 촉감에서 애경의 채취를 느끼며 슬픈 가락으로 대답했다.

"마지막 선물이군요."

"그런가 봐."

일보는 손으로 바지를 쓸어 보았다. 촉감 속에 애경이 들어 있는 것을 느끼면서⋯⋯.

그리고 속으로 몇 번이나 미안합니다를 거듭했는지 모른다. 정말 미안했다.

떠나가는 애경을 위하여 마음마저 애경과 같이하지 못했던 자기가 인간적인 성실성을 상실한 최하급의 인간같이 생각되었던 것이다. 어쩔 수 없는 일이라 해도 마음까지 인색할 수가 있겠는가?

"오빠……."

귀찮게도 수희가 또 이야기를 꺼낼 모양이었다.

"왜 그래?"

"제가 어떤 종교가에게 물어 봤어요. 종교적인 교리로서는 형수와 시동생이 결혼할 수 없느냐구요."

"듣기 싫어."

"그러시지 말구 좀 들어 보세요. 참 재미있는 이야기예요."

수희는 쪼르르 자기 방으로 뛰어가 성경책 한 권을 가지고 들어왔다.

"기독교에서는 옛날부터 형수와 시동생의 결혼을 장려했어요. 이걸 보세요. 유가가 오난에게 이르되, 네 형수에게로 들어가서 남편의 아우의 본분을 행하여 네 형수를 위하여 씨가 있게 하라.(창세기 8장 8절)

모세가 말하기를 만일 어떤 사람이 자녀가 없이 죽으면 동생이 형수와 결혼하여 자기 형을 위해 자식을 낳아 주어야 한다고 했습니다. 그런데 우리 이웃에 칠형제가 있었습니다. 첫째가 결혼하였다가 죽었는데 자식이 없으므로 아내를 그의 동생에게 물려 주게 되었습니다. 둘째도 셋째도 그렇게 되고 일곱째까지가 그렇게 되었습니다. 나중에 그 여인도 죽었습니다. 모두 그 한 여인을 얻었으니 그러면 부활 때에 그 여인은 일곱 중 누구의 아내가 되겠습니까?"(마태복음 22장 24~28절)

수희는 성경 구절을 읽은 다음,

"기독교에서는 이렇게 형을 대신하여 형수와 결혼해야 한다구 했거든요. 종교에서까지 형수와의 결혼을 장려했는데 종교적인 사람두 아닌 오빠가 어찌 애경 언니와 결혼할 생각을 안 하세요?"

하고 도리어 일보가 의아스럽다는 듯이 말했다. 일보는 수희를 쳐다봤다. 너는 대체 어떻게 된 애냐? 너같이만 생각한다면 참으로 편리하겠다. 일보는 '요 맹추야' 하는 태도로,

"우리 나라 기독교인들이 모세의 명령이라구 해서 형수와 같이 산다구

하던?"

하고 반문했다.

"우리 나라 사람들은 그런 문제를 그리 심각하게 생각지 않는가 보지요? 오빠처럼……."

그 말이 일보의 가슴을 찔렀다. 과연 일보는 수희의 말과 같이 사느냐 죽느냐의 문제로 심각하게 생각하지를 않았다.

"인간이란 불가능한 것을 생각지 않으려는 습성을 가지고 있으니까 그렇겠지……."

"결혼이 마음대루 안 돼서 자살하는 사람들이 얼마나 많게요? 그 사람들은 생각하는 힘이 지나쳐서 그런가요?"

"지성이 높을수록 생명이 무엇보다 귀하다는 것을 알게 되는 거야. 그리구 위험한 행복보다 안전한 행복을 추구하게 되구……."

일보는 수희가 자기보다 순수하다고 생각했다. 뭐니뭐니 해 봐야 자기는 인간적 순수성을 잃고 있는 것 같았다.

인간은 순수해야 한다. 순수해야 이중적이 아니다. 인간이 저주를 받는다면 오직 그 이중성 때문일 것이다. 일보는 수희의 말이 옳다고 생각하면서도 그것을 옳다고 말할 수 없는 자기의 이중성을 괴로워하지 않을 수 없었다.

"오빠는 지금 언니가 만들어 준 옷을 입고 행복감을 느낄 거예요. 그렇지만 그 행복감을 속으루 태우지 않구 왜 겉으루 느끼기만 하시지요?"

수희가 일보의 약점을 신랄하게 찌를 때 일보는,

"그만둬. 이젠 다 지나간 문제야. 이야기 할 필요두 없어."

수희의 입을 막아 버렸다. 더 들을 수가 없었던 것이다.

"뭐가 지나간 문제예요. 어제의 상황과 오늘의 상황이 조금두 변함없는데…… 언니가 장소를 옮겼을 뿐……."

그래도 수희가 일보를 공격할 때 일보는 오빠라는 지위로라도 그것을 막지 않을 수 없었다.

"그만두라니까, 해야 소용없는 이야기를 해서 뭣 해……."

일보는 논쟁할 필요도 없다는 듯 책상 앞으로 몸을 돌리고 책을 펼쳤다. 공부나 할 테니 돌아가라는 뜻이었다.

"오빤 바보야."

수희는 논쟁이 불필요한 것을 느꼈는지 한 마디 말을 남기고 자기 방으로 들어갔다.

일보는 애경이 지어 준 한복에서 포근하고 따뜻함을 느꼈다. 그래서 손바닥으로 옷을 또 한 번 쓸어 봤다. 애경을 느낄 수 있는 촉감을 향락하면서.

그러나 일보는 금세 손을 떼었다. 수희의 말처럼 겉으로만 느끼려는 행복감이 너무나 비굴해 보였기 때문이었다.

외국 사람들은 애를 낳지 못하고 죽었을 때 형수와 결혼하여 형의 애를 낳아 주는 것이 동생의 윤리로 생각하고 있다. 그렇다면 형수와 결혼해서는 안 된다는 한국적 윤리가 반드시 절대적인 것은 아니다. 절대적이 아닌 윤리 속에서 그것을 절대적인 것처럼 생각하는 것은 자기 행복의 창조를 거부하는 태도 이외에 아무것도 아니다.

상황이란 객관적인 것만이 아니다. 인간이 주관적으로 만들어 내는 것이기도 하다. 그렇다면 그것을 변경시킬 수 있는 것이 또한 인간이 아니겠는가?

일보는 조금 더 현실적으로 자기 문제를 생각해 보았다. 만약 내가 형수와 결혼을 한다면 사회가 나를 어떻게 대할 것인가?

우선 신문이 무엇이라고 할 것인가? 그리고 신문기사를 본 사회의 모든 기관과 단체가 뭐라고 할 것인가?

그렇지는 않을 것 같았다. 세상에는 자기 친구의 아내를 빼앗아 살면서도 잘 사는 이가 수두룩하다. 영화배우들의 스캔들이 크게 보도되지만 그들이 그 보도 때문에 사회와 격리된 생활을 하지 않는다. 하물며 배신이 아닌 자기 행동을 누가 무엇이라고 하겠는가? 속으로는 백안시할지 모른다. 그러나 겉으로까지 따돌릴 사람은 없을 것이다.

일보는 내일 애경을 찾아가리라 생각했다. 애경이 무슨 말을 할지 모르나 자기의 마음을 한 번쯤 속시원히 털어놓고 이야기하고 싶었던 것이다. 애경이 동의를 안 하면 할 수 없다. 그러나 해 볼 때까지는 해 보아야 하는 것이 의지를 가진 인간으로서의 성실성이다. 의지를 가지고도 그것을 발표조차 못하는 것은 비겁한 동시에 자기에게 성실하지 않은 태도다.

그런데 밤늦게 돌아온 아버지가 일보에게 내일은 좀 일찍 돌아오라고 말했다. 일찍 와서 선을 보라는 것이었다. 그때 일보는 서슴지 않고 말했다.

"아버지, 며칠만 기다려 주십시오. 생각해 봐야 할 여자가 하나 있습니다."

일보는 자기도 의지를 가진 남자라고 생각했다. 의지가 있으면 용기도 가져야 한다.

"교제하는 여자가 있었니?"

일보는 생각해 봐야 할 여자가 있다는 말에, 아버지는 사뭇 놀라는 표정이었다.

"최근에 안 여잔데 결혼 이야기는 한 번도 해 본 적이 없습니다."

일보는 아버지가 눈치를 채지 못하게 최근에 안 여자라는 말을 했다. 용기를 내어 말을 꺼내기는 했으나 그것이 애경이라는 것을 밝힐 수가 없는 것이 일보였다.

"네가 좋은 여자라면 아무하구라도 결혼을 해라. 아버지는 너한테 그런 여자가 없을 줄만 알았었다."

그것은 꾸미는 말이 아니었다. 일보를 그만큼 이해하고, 또 일보의 의사를 존중하는 아버지였다. 그러나 일보는 애경의 말을 꺼내지 못했다. 이런 기회에 자기 마음을 털어놓고 이야기하면 혹시 난 모르겠다, 너 맘대로 해라 하고 대답할지도 모른다.

일보가 수회에게서 들은 성경 이야기를 하고 형수와 결혼하는 것이 윤리적으로도 부당한 것이 아니란 말을 하면 아버지는 반대할 근거가 없게 될 것 같은 생각을 했다. 반대할 근거가 없다면 억지로라도 승낙하는 수밖에 없다. 만약 아버지가 승낙만 한다면 자신을 가지고 애경을 만날 수 있고, 또 강경하게 결혼을 요구할 수 있지 않겠는가? 그러나 일보는 그런 생각을 하면서도 아버지에게 애경의 말을 꺼내지 못했다. 이론이야 어쨌든 실제가 허락지 않을 것 같았기 때문이었다. 실제가 허락지 않는 이야기를 하면 그런 말을 꺼낸 자기가 아버지에게 불신을 받게 된다. 인간적인 불신을 받게 되는 것이 두려웠던 것이다.

"깊은 관계는 아니지만 며칠만 생각할 여유를 주십시오."

그것으로 이야기를 일단 중지했다. 그리고 난 다음 일보는 내일 애경을 만나 애경이 자기 말에 동의를 한다면, 그때는 아버지가 뭐라고 하든 자기의 소신대로 나가리라 생각했다. 애경의 사랑을 얻은 뒤에는 아버지의 인간적인 불신도 무서울 것이 없을 것 같았다.

내 의지의 자유를 쟁취하리라. 의지가 결정되기만 한다면, 그때는 세상을 버려도 나는 사는 인간이 된다.

다음날 출근을 했을 때 오래간만에 은미에게서 전화가 왔다. 그새 바쁜 일이 있어 전화도 걸지 못했다는 사과를 한 다음 오늘은 점심을 같이 먹고 싶다면서 열두 시 반에 그릴로 나와 달라는 것이었다.

일보는 애경을 찾아갈 시간을 정하지 않고 있었다.

아무때 가도 만날 수 있으리라는 생각에 퇴근한 뒤가 좋지 않을까 막연하게 생각하고 있었을 뿐이었다. 그렇기 때문에 낮에 은미를 못 만날 것이 없었지만, 낮에는 만날 사람이 있다고 거절했다.

"그럼, 저녁때는요?"

저녁때도 무방하다는 은미의 말에,

"저녁때두 일이 좀 있는데요."

일보는 그것마저 거절했다. 은미를 만나고 싶은 흥미가 생기지 않았던 것이다.

"그런 법이 어딨어요."

은미가 사뭇 불만스러운 듯 말했다.

"오늘만은 용서하십시오."

"특종 이야기가 있는데 오늘 꼭 만나야겠어요."

"사정이 있는 걸 어떡헙니까. 내일 만나지요."

"그럼, 점심때가 지난 뒤루 하지요. 식사는 다음에 하기루 하구……. 두

연정과 우정 245

시쯤 차를 보낼 테니 집으루 와 주세요."

"근무 시간에는 사무실에 있어야지요. 일이 없어두 사무실을 지켜야 하는 법이니까요."

은미는 그래야 할 법이 어디 있느냐고 말했다. 그러나 일보는 어떤 말에도 은미의 요구를 들어 주지 않았다. 근본적으로 만나고 싶은 마음이 없었기 때문이었다.

은미는 종일 기다리고 있을 테니 아무때라도 전화를 걸어 달라고 말했다. 일보는 그러마 하고 대답한 뒤 전화를 끊었다. 그리고는 애경에게 갈 시간을 생각하는 것이었다.

일보는 우선 은미가 찾아올 수 있는 시간을 생각했다. 점심때와 저녁에는 볼일이 있다고 했으니 그때 찾아오지 않을 것이 분명하다. 찾아온다면 점심 뒤 두세 시쯤일 것이라 생각될 때 일보는 두 시쯤 애경에게로 갈 것을 결정했다. 자기가 이렇게 피하고 있는 것을 안다면 은미가 불쾌해 할 것이 분명했지만 할 수 없는 일이었다.

오후 두 시 일보는 자기 논문이 실린 신문 한 장을 들고 종로 4가에 있는 애경의 친정을 찾아갔다. 애경은 반가이 맞아 주었다.

"웬일이세요? 나두 내일쯤 전화를 걸까 했는데······."

일보도 애경이 반가워하는 것을 당연한 일이라고 생각했다. 애경은 공격 받을 약점을 가지고 있으니까. 그런 생각이 들어선지,

"시원하겠군요."

우선 비꼬는 말부터 꺼냈다. 그러나 애경은 그 말을 받아들이지 않고,

"인사나 드리세요."

하며 자기 양친에게로 안내했다. 일보는 할 수 없이 애경의 부모에게 인사를 했다. 인사를 끝내자 이번에는,

"저리루 가실까요."

하고 애경이 일보를 자기 방으로 안내했다.

소박한 방이었다. 치장이라곤 전혀 안 한 방이지만 새로 도배를 한 벽과 천장이 신선해 보였다.

넓고 화려한 은미의 방에 비해 한 칸 반밖에 안 되는 좁은 방이었지만 일보는 그 산만하지 않고 아담한 방이 애경의 성격을 말해 주는 것같이 느껴다.

일보는 우선 가지고 온 신문을 애경에게 주었다. 신문을 받아 들고 일보의 이름을 본 애경이,

"어머나! 도련님이 쓰신 글이……."

하며 그 신문을 뺨에라도 문지를 듯이 반가워했다. 그리고는,

"이 글의 원고료가 그렇게 많았어요?"

하고 신문을 들여다보았다. 일보는 자기의 거짓말이 탄로되고 만 데 얼굴이 붉어졌으나 그런 것을 변명할 때가 아니라고 생각했다.

"정말 아주 오신 겁니까?"

그것 이외에 더 중요한 이야기가 있을 수 없다는 듯이 일보가 말했다. 그러나 애경은 그것은 이미 지나간 일이 아니냐는 듯이 대답했다.

"이제 도루 갈 수가 있어요? 갈 필요두 없지만……."

일보는 애경을 형수로서 다시 와 달라는 말은 할 수가 없었다. 그래서 자기의 심정을 털어놓기 시작했다.

"솔직히 말씀해 주세요. 정말 결혼 상대가 생겼습니까? 저는 오늘 중내 한 의논을 하러 왔습니다."

"무슨 의논인데요?"

"수회하고는 미리 의논했습니다만 우선 형수님의 대답을 들어야 하겠습니다."

"일전에 다 말씀 드렸다구 생각하는데요. 결혼할 시기까지 이야기되구 있어요."

"어떤 남잡니까?"

"나이는 서른다섯이구 한 번 결혼했다가 상처한 사람예요."

"뭘 하시는 분이죠?"

"회사에 다니는 월급쟁이예요."

"이름은 뭔가요?"

"그건 알아서 뭣 하죠?"

"뭣 하려는 건 아닙니다. 그저 알구 싶어서 그러는 거지요."

그때 애경이 얼굴을 약간 붉히고 대답을 머뭇거렸다.

"저는 그것이 형수님이 꾸민 거짓말이라구 생각해요. 뭐 때문에 거짓말을 하시죠?"

"내가 왜 거짓말을 해요. 정말 거짓말이 아녜요."

"그럼 그 혼담을 물리치구 저와 결혼을 해 주세요. 우리는 서루 사랑했다구 생각해요. 사랑하는 사람끼리 결혼을 하는 것은 당연한 일이 아닐까요?"

일보는 조금도 주저할 필요가 없다고 생각했다.

너무나 대담한 말에 애경은 고개를 숙이고 얼굴을 붉힐 뿐 대답을 못했다.

"똑똑히 말씀해 보세요. 우리는 사랑을 한 것이 아닌가요?"

"전 모르겠어요."

애경이 겨우 입을 여러 나지막하게 대답을 했다.

"그렇게 말씀하실 것 없습니다. 저는 오늘 긴가 아닌가를 결정지으러 왔습니다."

그때 애경이 얼굴을 쳐들고 약간 자신 있는 목소리로 말했다.

"지금 그런 걸 따질 필요가 없잖아요. 저는 이미 혼담이 있는 여자니까요."

"결혼식을 거행했다면 모르지만 그렇지 않은 이상 물를 수두 있는 일 아닙니까."

"그건 안 돼요. 그리고 형수와 시동생이 결혼하는 법이 있어요."

"옛날에는 성이 같아두 결혼을 못했었습니다. 그러나 지금은 동본끼리두 결혼을 할 수 있잖아요? 없던 것두 새루 만들면 그것이 되구 법이 되는 거니까요."

"다른 사람들은 몰라두 우리에겐 가능하지 않은 일이라구 생각해요."

"그럼 저하구 결혼을 할 수 없다는 것이군요?"

애경이 대답하기가 곤란한지 잠시 고개를 숙이고 있다가,

"꽃다운 처녀들이 얼마든지 있는데 나 같은 걸 생각하실 필요가 뭐에요. 냉정하게 생각을 하세요. 도련님은 철학공부를 했기 때문이겠지만 비현실적인 생각을 많이 가지구 계신 것 같아요."
하고 일보에게 현실적 눈을 뜨고 살아야 한다는 말을 했다.
"나는 절대로 비현실적인 생각을 갖고 있지 않습니다. 그 실례를 말씀드리지요. 결혼에는 반드시 결혼의 조건이 있는 겁니다. 여러 가지로 따져 봤지만 내 결혼 조건에 맞는 여자가 형수님뿐입니다. 그렇게 조건을 따지고 형수님께 말하는 것이 어째 비현실적입니까?"
"따지는 방법이 비현실적이겠지요. 내가 결혼 조건에 맞을 까닭이 없거든요. 결혼의 첫째 조건이 처녀일 텐데……."
"실질적인 면에서 처녀와 비처녀를 구별할 수 있을까요?"
"어쨌든 한 번 결혼했던 여자는 결혼 대상이 안 될 거예요."
"결혼 안 한 비처녀는 죄악을 감추고 있다는 면에서 더 나쁘겠어요."
"의심나는 처녀를 택하지 않으면 되잖아요."
"아무리 잘 택한다구 해두 그걸 골라낼 수 있나요. 차라리 비처녀에 대해 신경을 안 쓰는 것이 좋을 것 같아요. 여자가 남자에게 동정을 바라지 않는 것처럼 말입니다."
"그건 마음대루 하세요. 그렇지만 나는 이미 결혼 대상을 정해 놨으니까 나보구 다시 그런 말씀을 하지 마세요."
"성경에두 시동생은 형수와 결혼하는 것이 죽은 형을 위하는 길이라구 씌어 있습니다."
"우리 나라에서는 안 돼요. 우선 어디 가서 발 붙이구 살 수가 없을 거예요."
"자기를 출세시킨 사람의 아내를 뺏어 살면서도 어엿이 스크린에 나오는 배우들이 우리 주변에 있는데요?"
"좌우간 이젠 그만두세요. 해야 소용없는 이야기니까요."
"그렇게두 마음을 돌릴 수가 없습니까?"
"절대루 안 될 거예요."

"그럼 나를 사랑하지 않았군요?"

"언제 내가 도련님을 사랑한다구 했던가요? 큰일날 말씀 하지두 마세요."

"그래요?"

"오해를 마세요. 내가 도련님을 좋아한 것만은 사실입니다. 그렇지만 결혼까지 생각할 만큼 그런 사랑을 한 일은 없어요."

일보는 더 이야기해야 소용이 있을 것 같지 않았다.

사랑을 안 했다는 사람에게 무엇을 요구할 것인가?

일보는 부끄러울 뿐이었다. 애경이 자기를 사랑하는 줄만 믿고, 해서는 안 될 말까지 했다. 오산에서 오는 용기였다. 만약 애경이 자기를 사랑하지 않는다는 것을 알았다면 어찌 그런 말을 꺼낼 수가 있었을 것인가? 그런 말을 하므로 애경은 자기를 윤리도 도덕도 모르는 사람으로 간주할 것이다.

"미안합니다. 어젯밤 아버지가 어떤 여자와 선을 보라기에 그 전에 형수님과 이야기라두 해 봐야 할 것 같아 찾아왔던 것입니다."

일보는 이때까지 애경에게 한 모든 말을 취소하듯 변명을 했다.

"선을 보시구 웬만하면 결혼을 하세요. 며칠 안 있으면 삼십이신데 빨리 서두르셔야지요."

"알겠습니다."

일보는 그까짓 결혼은 해서 무엇 하느냐고 투정이라도 하고 싶었지만 참았다.

당초부터 애경과의 결혼은 있을 수 없는 것이라고 생각해 온 일보였다. 그리고 애경도 자기와 꼭같은 생각이란 것을 알고 있을 터였다. 이미 생각하고 있던 일을 가지고 인격이 졸렬해질 말을 계속해서 무엇 할 것인가.

"약혼하시거든 알려나 주세요."

애경이 이런 말을 할 때도 그까짓 것은 알아 무엇 하느냐고 당신과 나는 아무 상관도 없는 사람이란 뜻의 말을 하고 싶었다. 그러나,

"알려드리죠. 그 대신 형수님두······."

일보가 의젓하게 말했다.

"그럼요."

이야기가 일단 끝나자 애경이 잠깐만 앉아 있으라고 하여 방을 나가려 했다. 차라도 끓이려는 모양이었다.

"가야겠어요. 근무시간이니까."

일보는 빨리 그 자리를 떠나고 싶었다. 다음에 다시 찾아온다고 해도 오늘만은 오래 머물러 있고 싶지가 않았다.

"그래두······."

애경은 일보를 그냥 보내기가 안된 모양이었다.

"또 만나게 되겠지요. 시간 있는 대루 전화를 걸어 주세요."

일보가 고집을 부리자 애경은 아무 말을 않고 일보의 얼굴을 말끔히 쳐다 보았다. 빨아들이는 것 같은 시선이었다.

일보는 얼굴이 따가운 것 같아 시선을 돌렸지만 애경의 눈초리가 계속해서 자기를 지키고 있음을 알았다.

"왜 그렇게 보시지요?"

무서운 것 같기도 하고 또 불타는 정열 같기도 한 애경의 시선을 피할 수가 없어 물었을 때 애경이,

"아 아녜요."

하고 그때서야 시선을 떨구었다.

'아 아녜요.'라니 무엇이 아니란 말인가? 무엇인가를 부정하는 말임에 틀림이 없다. 가슴 속에 무엇이 들어 있기에 그것을 부정하는 것일까?

'아 아녜요.' 하고 시선을 떨구었던 애경이 또 일보를 쳐다보았다. 전번과 똑같은 시선이었다.

일보는 마음의 혼란을 느꼈다. 그렇게 쳐다보면 나는 어떻게 하라는 것인가?

애경도 확실히 혼란에 빠지고 있었다.

마지막이란 생각에서 오는 혼란이었다. 마음의 혼란은 두 사람을 꼭같이 꿈쩍도 못하게 했다. 자리에서 일어서야 할 일보는 몸이 움직여지지가 않았고, 다음에 오라는 인사라도 해야 할 애경은 입이 떨어지지 않았다.

두 사람은 자기들도 모르는 사이에 포옹을 했다. 포옹을 했으나 죽은 사람처럼 몸들을 움직이지 못했다. 말없이 한참 동안이나 포옹을 하고 있다가,
"또 만날 수 있을까요?"
일보가 겨우 입을 열었다.
"안 만나는 것이 좋겠지요."
애경은 떨리는 목소리로 말할 때 일보는 그만 애경이 입술을 눌렀다.
"안 만나야 할까요?"
두 번째 입을 열었을 때 이번에는 애경이가 대답을 안 했다. 그 대신 눈 가장자리가 젖어 있었다.

애경의 젖은 눈을 보자 일보는 애경을 놓고 벌떡 일어섰다. 그리고는 여유 없는 행동으로 방 안을 나와 버렸다. 애경이 대문까지 따라나왔으나 일보는 뒤도 돌아보지 않고 쏜살같이 대문 밖을 나섰다. 골목길을 한참 걸어 꾸부러지는데 이르러서야 처음으로 뒤를 돌아다보았다. 그러나 그때까지 대문 밖에서 자기를 지켜 보고 있는 애경과 시선이 부딪치자 다시 고개를 돌리고 도망치듯 달려갔다.

끝이다, 끝이다. 일보는 속으로 이런 말을 되뇌며 종로를 향해 걸었다. 합승을 탈 생각도 안 했다. 그리고 회사로 들어가야 한다는 생각도 안 했다. 일보는 거리를 걸으면서 길가에 서 있는 말라붙은 가로수를 보았다. 가지를 모조리 잘라 버린 이파리 하나 없는 나목(裸木)들. 그는 그 나목에서 머리와 팔이 잘린 사람의 동체(胴體)를 생각했다. 몸이 오싹했다.

일보는 가로수 가까이로 가서 그 껍질을 들여다보았다. 죽은 나무처럼 검기만 한 것은 아니었다. 그 속에 생명이 들여다보였다. 머리와 팔이 잘렸어도 플라타너스는 살아 있다.

일보는 화신까지 걸어와서 백화점 안으로 들어갔다. 거기서 어제 명아에게서 받은 원고료로 아버지에게 드릴 라이터를 한 개 샀다.
"아버지여! 기뻐하시라."
일보는 아버지에게 애경이 이야기도 안 해도 좋게 된 것을 다행하게 생각했다. 만약 자기 뜻대로 애경과 결혼을 한다면 아버지는 죽을 때까지 얼굴을

들지 못하고 살 것이다. 다 늙은 아버지의 여생을 한숨 속에 보내도록 한다는 것은 나 개인의 행복과 비교가 되지 않을 만큼 슬픈 일이 아닐 수 없다.

일보는 아버지에게 드리려고 산 라이터를 찰깍 소리나게 켜 보았다. 불이 켜졌다. 연기 없는 불이 싱싱하게 타올랐다. 타오르는 불을 입으로 훅 불어 끄고는 백화점을 나와 충무로로 걷기 시작했다.

이제는 애경을 생각지 말자.

일보는 길을 걸으면서 애경을 잊어야 한다고 생각했다. 그러면서도 일보의 눈앞에는 눈물에 젖은 애경의 눈이 육박해 왔다. 애경은 왜 울었을까? 무엇 때문에 키스를 하는데도 그것을 거절하지 않았을까?

확실히 애경은 거짓말을 했다. 사랑을 하면서도 사랑하지 않는다고 거짓말을 했다. 그러기에 그는 눈물을 흘린 것이다. 그러나 거짓말이 건 참말이건 그는 앞날을 내다보면서 그런 말을 했다. 있어서는 안 되는 일이라고 다짐하면서 한 말이다. 그런 만큼 돌이킬 수 있는 성질의 말이 아니다.

그는 사무실에 이르러서도 그런 생각만을 했다.

애경! 이제는 다시 만날 수도 없을 것인가? 다시 만날 수도 없다면 애경은 나와 아무 관계가 없는 사람이 되었다고 해도 만나기까지 말야야 할 까닭도 없다. 만나고 싶다. 사랑을 안 해도 만나기만은 하고 싶다.

그러나 아무 관계가 없이 만날 수가 있을 것인가? 그렇다고 해서 만나고 싶다는 구실 아래 독특한 관계를 따로 지을 수도 없다.

일보는 문득 친구라는 것을 생각했다. 명아가 자기를 만나기 위한 특별한 관계다. 명아가 자기를 만나고 싶어서 만들어 부른 그 친구를 자기도 애경에게 요구할 수 있지 않을까?

만약 애경과 자기가 친구의 관계를 맺는다면 그를 죽을 때까지 만날 수 있다. 그러나 일보는 그것만은 있을 수 없다고 생각했다. 형수가 어찌 친구가 될 수 있는가? 결혼보다 더 힘든 일 같았다. 그러니 친구도 될 수 없는 애경은 영영 관계가 없는 사람이 되고 만다. 그러는 수밖에 없다.

조건 없는 결혼

일보는 담배를 피워 물었다. 천장을 향해 연기를 뿜어내고 있는데, 권기철이 수표책을 가지고 와서 도장을 찍어 달라고 했다. 뭣에 쓸 돈이냐고 물었더니 오늘이 월급날이라고 대답했다.

4만 원이 조금 넘는 액수였다. 무슨 돈이 그렇게 많으냐고 묻고 싶었으나 월급을 나누어 주기 전 서류 결재를 할 때 보면 알 것이라는 생각에 아무 말 없이 도장을 찍어 주었다.

권기철이 사환을 시키지 않고 자기가 직접 은행으로 갔다. 아직 세 시 반밖에 안 되었다. 다섯 시까지 무료한 시간을 어떻게 보낼 것인가? 일보는 옆방 숙직실로 갔다. 그리고 침대 위에 털썩 누웠다.

결혼! 결혼이란 결국 결혼 조건을 갖춘 여자와 하는 것이 못 된다. 사랑하는 사람하고만 하는 것이 아니라, 그저 남자와 여자란 어떤 경우에도 할 수 있는 것이 결혼이다.

일보는 누워서 이런 생각을 했다. 내일에라도 아버지가 권하는 여자를 만나 보자. 코가 비뚤어지지만 않았다면 어떤 조건이든 결혼을 하는 거다. 남편으로 나를 잘 섬겨 주기만 한다면 아무런 여자도 좋다. 애경과 결혼 안 하는 바에야 어떤 여자도 무방하다.

일보가 결혼에 대하여 자포자기적 생각을 하고 있을 때, 권기철이 노크를 하고 숙직실 문을 열었다. 월급을 지불하기 전에 결재를 해 달라는 것이었다.

일보는 사무실로 나가 서류에 도장을 찍기 시작했다. 그런데 맨 처음에 자기 월급이 나왔다. 출근한 지 며칠도 안 되었는데 이만 원 전액을 지불하는 것으로 되어 있었다.

"첫달 월급은 날짜루 계산하는 것이 아닙니까?"

일보가 물었을 때 권기철이,

"사장의 명령이십니다."

즉 자기 의사가 아니라고 대답했다.

"차용금두 있는데……."

명아를 만나러 갈 때 권기철에게서 빌린 오백 원만이 적혀 있고 은미에게서 직접 빌린 돈이 전혀 적혀 있지 않았다.

"오백 원을 제했는데요."

권기철로서는 그렇게 말하는 수밖에 없었을 것이다.

일보는 아무 말도 않고 도장을 찍었다. 도장을 찍고 얼마 안 있어 권기철에게서 월급봉투를 받을 때 일보는 은미가 세심한 여자라는 것을 생각했다. 불쾌감을 주지 않기 위해 전액을 지불하도록 권기철에게 지시했다는 것은 보통 사람으로 있을 수 없는 일이다.

나를 사랑한다고 했지. 사랑하니까 그런 신경도 쓰는 것이리라.

이런 생각을 하니 하루 종일 피하기만 했던 자기가 바보스럽게 생각되었다. 사랑한다는 여자를 피할 것이 무엇인가?

일보는 은미에게서 받은 은미 사진을 속주머니에서 꺼내 그것을 남모르게 보았다. 선이 뚜렷한 얼굴의 윤곽 무엇인가를 이야기하고 있는 듯한 눈, 일보는 그러한 은미의 얼굴을 보는 데 조금도 싫증을 느끼지 않았다. 보고 또 보았다. 언제까지나 그것만 보고 있을 수가 없어 다시 주머니 속에 넣을 때는 은미와 작별을 하는 것 같이 서운한 마음이 들었다. 그래서 사진이 들어 있는 주머니를 겉으로 만져 보았다.

앞으로는 만나자고 할 때 피하지 않으리라 이런 생각을 하며 그는 시계를 보았다. 네 시 반이 거의 되었다.

종일 기다리고 있겠다는 말을 했으니 지금이라도 전화를 걸어 볼까. 전화를 걸어 주면 얼마나 반가워할까?

일보가 전화를 걸까 말까 하며 책상 위에 놓여 있는 수화기를 바라보고 있을 때였다. 노크도 없이 문이 열리며 은미가 들어왔다. 일보는 반가웠다. 일이 제대로 들어맞았다고 생각했다. 그러나,

"전화를 막 걸려구 했는데……."

그새를 참지 못해 왔느냐는 식으로 말했다.

"그럼 도루 가서 기다리구 있을까요?"

은미가 되돌아서며 샐쭉 웃었다. 악의 없는 농담을 명랑하게 받아들이는 것이었다.
"이왕 오셨으니까 그냥 계시지요."
일보는 은미 곁으로 가서 소파를 권했다. 은미는 못 이기는 척 소파에 앉으며,
"조금만 더 기다리구 있었다면 기다린 보람이 있었을 텐데……."
"글쎄나 말입니다. 조그만 더 기다려 줬다면 전화 걸었다는 생색이 났을 텐데……."
"그러게 말예요, 미안합니다."
그들은 권기철이 보고 있는 데서도 하고 싶은 이야기를 함부로 했다.
일보가 월급봉투를 꺼내 들고,
"이렇게 많이 주셔서 감사합니다."
하며 빌린 돈을 갚으려고 돈을 세고 있을 때도 은미는,
"숙녀 앞에서 돈을 세는 분이 어디 있어요."
하며 일보의 손에서 돈을 뺏어 주머니 속에 집어넣어 주었다.
"빌린 것은 갚아야죠."
"누가 돈을 빌려 드렸어요. 나는 그런 기억이 조금두 없는데……."
은미는 그때야 권기철이 있는데 조심하라는 뜻으로 눈짓을 했다.
일보는 알았다는 듯이 빚 이야기를 다시 꺼내지 않았다. 그랬더니 은미가,
"좀 가야 할 데가 있는데 같이 가실까요?"
하고 반 명령조로 말했다. 오전에 전화를 걸었을 때 일보는 분명 퇴근 후에 볼일이 있다는 말을 했었다. 그런데 은미는 그 말을 완전히 무시하고 자기와 같이 어디를 가자는 것이었다. 일보는 그런 은미에게 항의를 했어야 할 것이지만 도리어 그러는 은미에게 친밀감을 느꼈다. 싫지 않은 사람에게는 요구하는 것보다 요구받는 것이 더 유쾌한 모양이었다.
"어딘 데요?"
"진짜 사장은 제가 아녜요. 그러니까 진짜 사장에게 인사를 드려야 할 것 같아요."

그것은 일보를 은미 아버지에게 선 보이겠다는 것이었다. 지난번 은미의 집에 갔을 때 은미가 자기 부모에게 일보를 소개시키겠다는 말을 한 일이 있었기 때문이었다. 그런 줄 알면서도 일보는,
"인사를 안 가면 해곤가요?"
농담투로 물었다.
"해고는 아니래두 예의를 지켜야 하지 않아요. 이 집을 지어 준 분이니까……."
"좀 거북한데요."
"일 분만. 절대루 그 이상 더 오래 걸리지 않두룩 할게요."
일보는 선을 보이러 가는 것 같은 생각이 들어 거절하고 싶었으나 신임한 지배인으로 사장의 사장에게 그것도 일 분 동안만 인사를 가자는데 못 가겠다는 말을 할 수 없었다.
"꼭 일 분만이죠?"
"숙녀를 믿지 않으면 신사 자격이 없대요."
일보는 여자를 믿는다기보다 여자에게 잘 속는 것이 신사라는 생각을 하며 은미 뒤를 따랐다.
은미와 일보는 소공동에 있는 커다란 빌딩 삼층으로 올라가 사장실이라고 쓴 방으로 들어갔다. 열 칸도 넘어 보이는 으리으리한 방이었다. 사장은 자기 책상에서 멀리 떨어져 있는 소파에서 손님과 같이 이야기를 하고 있었다. 그러나 은미는 그들의 이야기가 끝나기를 기다리지 않고 자기 아버지 옆으로 가서,
"말씀드린 빌딩 지배인이에요. 잠깐만 인사를 받으세요."
하고 아버지를 끌어냈다.
"그래?"
이야기를 중단하고 딸에게 끌려나온 은미 아버지가 일보를 아래위로 훑어보았다.
"고일보입니다."
일보가 고개를 숙이고 인사를 했다.

"수고하는군……."
은미 아버지가 다정하게 인사를 받은 다음,
"사장이 아무것두 몰라 지배인이 일하기가 힘들 텐데……."
농담까지 했다. 그러자 은미가,
"바쁘신데 빨리 가 보세요."
볼일을 다 보았으니 간다는 식으로 말했다.
"일부러 왔는데 이렇게 보낼 수가 있나?"
은미 아버지는 섭섭하다는 듯이 말했지만 은미가,
"집에 가 있을게, 빨리 들어오세요."
한 마디를 남기고 일보 앞을 서서 사장실을 나왔다. 엘리베이터를 타고 아래로 내려와 자동차 있는 데까지 걸어갔을 때 일보가,
"난 집으루 돌아가지요."
용건이 끝났으니까 가야 하지 않겠느냐는 태도로 은미의 의사를 물었다. 헤어져야 한다는 생각은 가졌다면 내일 다시 만납시다 안녕 하고 자기 길을 걸었어야 할 일보다. 그런데도 마치 은미의 승낙을 구하는 것처럼 말한 것은 그 뒤에 올 은미의 태도가 궁금했기 때문이었다.
"네?"
은미가 천만 뜻밖이라는 듯 놀라는 표정을 지었다.
"일이 끝났으니까 가야지요, 뭐……."
일보가 다시 가야 한다는 의사를 소극적으로 표시하자 은미가,
"저녁 준비를 시켜 놨는데 가심 어떻게 해요."
하고 있을 수 없는 일이라는 듯 말하고는 한 손으로 일보의 팔을 잡아끌었다.
"자꾸 얻어먹기만 해서……."
일보는 왜 강력하게 말을 못하는지 몰랐다. 볼일이 있어서 가야 한다고 완강히 말하면 은미도 어찌하지 못할 것이다.
"쌀은 떨어지지 않으니까 걱정 마세요."
은미가 일보를 자동차 안으로 밀었다. 여자가 밀기로서니 안 가려고 만

한다면 밀릴 까닭이 없을 것이다. 그러나 일보는 밀려서 자동차 안으로 들어가고야 말았다. 그리고는,

"오늘은 월급을 탔으니까 내가 저녁을 사지요."
하고 말했다.

"월급은 갖다가 형수님이나 드리세요. 살림을 하라구……."

"형수는 있지두 않습니다."

일보는 자기도 모르는 새 안 해도 좋을 말을 했다. 자기가 외톨이라는 것을 알리고 싶은 잠재의식이 발로였을지 모른다.

"어디 가셨는데요?"

"친정으루 갔지요. 부모들이 재혼을 강요하는 모양이죠?"

"그럼 살림은 누가 하죠?"

"식모를 하나 구했습니다."

이런 말을 주고받을 때 차는 이미 은미의 집을 향해 움직이고 있었다.

일보는 싱거운 마음이 들었다. 은미의 집에 가고 싶은 의사가 있었다는 것을 보인 것 같았기 때문이었다.

"정말 돈을 받으세요. 셈은 똑똑히 해야 하니까……."

일보는 빌렸던 돈이나 갚으려고 했다. 그래서 주머니에서 월급봉투를 꺼내려고 할 때 은미가,

"그러심 싫어요. 저를 모욕하지 마세요."
하고 일보가 움직이지를 못하게 두 손으로 일보의 팔을 꼭 붙잡았다.

"그러시면 모욕을 당하는 건 나죠."

"드리는 건 받으셔야 해요. 그보다 더한 것이라도……."

"이유 없이 함부루 받을 수 있어요?"

"드리고 싶어서 드리는 건데 거기 무슨 이유가 있어요. 드린 것두 없지만……."

"받을 때는 받아두 갚을 것은 갚아야 하지 않아요?"

"일보 씨!"

은미는 일보를 부른 뒤 머리를 일보 어깨에 대고 일보를 쳐다봤다. 그리

고는,

"저는 일보 씨에게 무엇이나 드리구 싶어요. 드리구 싶은 것을 아무 말씀 말구 받아 주세요."

"나는 체면두 없는 사람인가요?"

"사랑에 체면이 있는가요. 주는 것두 사랑이구 받는 것두 사랑이면 그뿐 아녜요."

일보는 대답하기가 곤란했다. 자기가 은미의 호의를 받고 있기는 하지만 그것을 사랑이라고 느낀 적은 별로 없다. 그것은 자기가 사랑하기 때문에 받는 것이란 생각이 없었기 때문이었다.

일보가 대답을 못하고 있을 때 은미가,

"일보 씨는 주저하구 계세요. 그것이 일보 씨의 성격이라구 생각해요. 그렇지만 저는 일보 씨의 사랑을 받구 싶어요. 받구 싶은 것을 주저 없이 주실 수는 없으세요?"

일보로서 대답 안 할 수 없는 일이었다.

"나두 은미 씨를 사랑하구 있었어."

이런 말을 해 주면 우선 자기가 시원할 것 같았다. 은미는 얼마나 좋아할 것인가? 그러나,

"요구한다구 그런 것을 줄 수 있어요?"

하고 마치 자기는 그런 생각을 해 본 일도 없는 것처럼 말했다.

"주기 싫으면야 할 수 없겠지요."

은미가 일보를 쳐다보던 눈을 가련스럽게 떨어뜨렸다.

일보는 갑자기 은미가 불쌍한 생각이 들었다. 동시에 자기 어깨에 놓여 있는 은미의 머리카락을 가만히 쓸었다. 이것도 나의 소유였지 하는 생각이 들면서 은미를 안아 주고 싶었다. 그러나 은미를 안는 대신,

"사장님이 왜 이러실까? 부하한테."

하고 은미의 어깨를 흔들었다.

"전 사장이 아녜요. 여자예요."

어느새 자동차가 은미네 집 대문 안에 들어섰다.

일보는 어색하기 짝이 없었다. 은미에게 만족할 말을 해 주지 못하면서 저녁을 얻어먹기 위해 그의 집에 들어간다는 것은 쑥스러운 일이었다. 그러나 현관 앞에 멎은 자동차가 클랙슨 소리를 냄과 함께 식모가 뛰어나와 자동차 문을 열어 줄 때 일보는 먼저 내려 은미를 부축해 주었다. 은미도 기운을 내어 자동차를 나와서는,

"들어가십시다."

하며 앞장을 섰다. 둘이서 현관 안에 들어섰을 때였다. 은미의 어머닌 듯한 여자가 복도를 걸어 나오며,

"지금 오니?"

하고 은미를 맞이했다. 그러자 은미가 일보를 가리키며 말했다.

"지배인이에요."

은미 어머니는 새삼스럽게 일보를 바라보며,

"어서 오세요. 몇 번 오셨더라는 걸 미처 인사두 못했구만요."

상냥하게 말했다. 일보는 고개를 숙여 인사를 한 뒤,

"신세만 지구 있습니다."

한 마디를 했다.

그때 은미가,

"올라가십시다."

하는 말에 은미 어머니가,

"어서 올라가세요."

하고 일보를 독촉했다. 더 할 이야기도 없는 터라 은미를 따라 2층으로 올라가고 있을 때, 일보는 어쩐지 은미의 아버지나 어머니가 은미를 자기에게 내맡기는 것 같음을 느꼈다.

다 길러 논 딸을 알지도 못하는 남자에게 맡긴다는 것을 생각할 때 일보는 쾌감을 느끼지 않을 수 없었다. 귀한 보물을 남에게 보이기도 싫어하는 것인데.

일보는 이제부터 마음놓고 은미를 마음대로 할 수 있다는 생각을 하며 은미의 응접실까지 들어갔다. 그런데 응접실에 들어가 소파에 앉기가 무섭게

은미가 울기를 시작했다. 눈에 수건을 대고 흑흑 느껴 우는 것이었다.

일보는 영문을 몰라 잠시 멍하고 서 있을 수밖에 없었다.

아무리 생각해도 울 일이 없다. 여자에게는 이유 모를 히스테리가 부정기적으로 발작된다고 하지만 그래도 무슨 짐작이 있어야 할 것이 아닌가? 일보는 은미를 불쾌하게 해 준 일이 조금도 기억되지 않았다.

일보는 은미가 가까이로 가서,

"왜 우는 거죠?"

울음의 이유가 반드시 자기에게 있는 것 같은 불쾌감으로 물었다. 그래도 은미가 대답이 없을 때,

"손님을 청해 놓구 우는 법이 어디 있어요?"

불쾌하다는 것을 노골적으로 말했다.

그때야 은미가,

"울지 않을게요. 갑자기 발광증이 났던 모양예요."

하며 눈물을 닦았다. 그리고는 일어서서 전축이 있는 데로 갔다. 금시 <림보 록>이 울려 나왔다. 은미는 춤이라도 추는 기분으로 걸으며 찬장이 있는 데로 가서 커피세트를 꺼내 들고 왔다.

조금도 울던 여자 같지가 않았다. 일보는 정말 은미가 발광증에 걸렸던가 하고 생각했다. 그리고 언젠가 명아를 때려 준 뒤 자기가 발광했었다고 생각했던 일을 기억했다.

남자는 발광증에 걸리면 사람을 때리는데 여자는 혼자서 우는 것일까? 그러나 발광증에도 원인이 있다. 일보는 은미를 불러 옆에 앉히고,

"왜 우셨죠? 만약 우선 이유를 이야기 안 하면 은미 씨가 나를 이중으로 모욕하는 것이 됩니다."

대답을 안 하면 어떤 말이 나올지 모른다는 눈으로 은미를 뚫어지게 보았다.

은미는 그제야 할 수 없다는 듯이 가벼운 한숨을 쉰 뒤,

"고 선생님 때문예요."

하고 고개를 떨구었다.

"나 때문이라뇨?"
"저를 너무 알아 주시지 않는 것 같애요."
"알아 드리지 않은 게 뭐지요? 빌렸던 돈을 돌려 드리려구 한 거 말인가요?"
"그런 게 아녜요."
"그럼."
"저는 오늘 고 선생님을 모시구 아버지에게 인사를 드리러 갔었어요. 그리구 어머니한테는 고 선생님을 초대했으니까 저녁 준비를 해노라고 그랬구요."
"그런데 어떻다는 겁니까?"
"아버지두 고 선생님을 보시구 퍽 만족해 하셨어요. 어머니두 그랬구요. 그렇지만 고 선생님은 조금두 좋아하시지 않는 것 같았어요."
"좋아하면 뭐라구 해야 하나요?"
"사랑은 요구한다구 해서 줄 수 없는 것이라구 말씀 하셨지요?"
일보는 은미가 운 이유를 충분히 알 수 있었다. 그래서,
"이론적으로는 그렇지 뭡니까? 마음속에서 우러나와야지 요구한다고 해서 사랑을 할 수 있어요?"
하고 마치 남의 일처럼 말했다.
"속에서 우러나오지두 않구 요구에 응하지두 않으니까 저에게는 흥미두 없다는 거 아녜요."
"흥미 없다구 누가 그랬지요?"
일보는 자기 때문에 울기까지 한 은미가 여성적인 나약성을 다분히 가진 여자라고 생각했다. 부호의 딸로 귀족적인 생활을 해 왔지만 자기에게만은 반항과 반발을 일삼지 않는 점에서 귀여워 보였다.
"말은 안 했지만 속이 들여다보이는 걸요."
"오버 센스야."
일보는 두 손으로 은미의 양 볼을 잡고 키스를 해 주었다. 그리고는,
"이런 것을 아무에게나 할 수 있나?"

하고 은미의 뺨에 손을 댄 채 말했다.

"누가 알아요."

"솔직히 말하지. 나는 은미 씨를 사랑하는지 안 하는지 나두 몰랐어. 그렇지만 지금 우는 것을 보고 또 운 이유를 들었을 때 내가 모르던 것을 조금 안 것 같은 생각이 들었어요."

이런 말을 하면서 일보는 은미에 대한 자기의 본심을 추궁해 보기 시작했다.

은미를 사랑했는지 안 했는지는 모르나 사랑한다고 생각한 일은 한 번도 없었다. 사랑한다고 생각한 일이 없다는 것은 결국 사랑하지 않았다는 것을 증명한다.

일보는 이때까지 은미를 그렇게 생각해 왔다. 사랑을 하지 않으면서도 은미를 소유까지 한 것은 오직 그때 그때의 분위기 때문이었다. 분위기가 만들어 주기만 하면 가장 싫어하는 사람을 위하여 살인도 할 수가 있다. 사랑하지 않는 여자의 육체적 교섭쯤 못할 것이 무엇인가?

그러나 지금 자기 앞에 눈물 흘린 은미를 보았을 때 일보는 은미가 자기를 진심으로 사랑하고 있었다는 것을 알았다.

자기에게 직장을 주었고, 자기에게 돈을 준 것도, 자기를 사랑하기 때문이었다는 것을 느꼈다.

사랑하기 때문에 몸까지 허락했을 것이다.

이런 생각을 하자, 일보는 진심으로 주는 사랑을 사랑으로 느끼지도 못한 자기가 여자를 농간하는 것을 취미로 삼고 사는 불한당 같은 생각이 들었다.

사랑하지 않는 여자를 소유할 수가 있을 것인가? 정말 불한당 이외에는 있을 수가 없는 일일 것 같았다. 만약 자기가 은미 이외의 여자를 또 소유했다고 한다면 자기는 불한당이란 말을 들어도 어쩔 수 없는 일이다.

일보는 은미 이외에 딴 여자와 깊은 관계를 맺은 일이 없다는데 안도감을 느꼈다. 동시에 언제까지나 은미를 사랑한다는 마음을 가지지 않고 지내는 경우 자기는 불한당과 같은 마음으로 이 여자 저 여자를 점령할지도 모른다는 생각을 했다.

일보는 무척 위험한 위치에 놓여 있던 자기를 깨달았다.

일보가 위기를 생각하고 있을 때, 은미가,

"사랑은 강요하는 것이 아니래요. 억지루 저를 즐겁게 해 주실 생각은 하지 마세요."

마치 자기는 희생이 되어도 무방하다는 듯이 말했다.

"억지루 하는 말은 아닙니다. 찾아내지 못했던 나를 찾아냈다는 것뿐이지."

일보는 조금도 과장이 없이 자기 감정을 말했다. 그러나 은미로서 일보를 의심할 수가 없었을 것이다.

"후회를 안 하시겠어요?"

장래까지 보장해 달라는 말을 다짐했다.

일보는 자기가 그렇게까지 의지가 없는 사람이라고는 생각지 않았다. 한 번 말한 데 대한 책임은 져야 하는 것이 자기라고 생각했다.

"그렇게 마음이 변하는 사람은 아닙니다."

그때 은미가 일보 가슴에 얼굴을 파묻으며,

"일보 씨."

하며 감격의 눈물을 흘렸다. 그러나 금시 일어나 절름거리는 걸음으로나마 종달새처럼 뛰어다니며 차를 끓였다.

나란히 앉아서 차를 마실 때였다. 은미가 갑자기 어색한 표정을 지으며,

"요새두 명아를 만나세요?"

하고 물었다. 마치 무엇을 알고 묻는 것 같은 태도였다.

"만납니다. 그렇지만 절대루 다른 의미루 만나는 건 아닙니다. 명아 씨에게는 얼마 안 있어 결혼할 남자가 있으니까요."

일보는 명아와의 관계에 대하여 조금이나마 의심을 받고 싶지 않았다.

"S신문에 일보 씨 논문이 실린 걸 봤어요."

"그래서 의심을 했었나요?"

"의심은 안 했지만 자주 만나는 것이라 생각했죠."

"설사 자주 만나기는 해두 단순한 친구루 만날 겁니다."
"명아두 그런 소릴 하더군요."
일보는 은미가 벌써 명아와 만났던 것을 알았다. 불쾌한 감정이 일어나지 않을 수 없었다.
그러나 일보는 불쾌한 표정을 짓지 않았다. 은미가 자기를 사랑한다면 자기가 명아와 만난다는 것을 안 이상 명아의 심경을 타진해 보고 싶어할 것이 당연한 일이란 생각이 들었던 것이다.
더구나 명아와의 관계가 아무것도 아니 이상 은미의 질투가 문제될 것 같지가 않았다. 그래서,
"논문을 읽고 난 감상이 어떻습니까?"
하고 화제를 돌려 버리고 말았다.
"제가 뭘 알아요. 아버지가 읽으시구 참 훌륭하다구 그러시더군요."
일보는 은미 아버지가 자기 논문을 읽었다는 데 놀랐다.
"아버지가 다 읽으셨어요?"
"제가 읽어 보시라구 그랬지요."
"좀 창피한데……."
"뭐가 창피해요. 저두 일보 씨 이론이 옳다구 생각해요. 저두 그렇기는 하지만, 요새 젊은 사람들은 주체성이 없거든요."
이런 말을 하고 있을 때, 식모가 올라와 저녁 준비가 다 됐다는 말을 했다.
"아버지는 안 오셨지요?"
은미가 식모에게 물었다.
"금시 오신다는 전화가 있었어요."
식모가 대답하자, 은미는 일보를 보며,
"내려가실까요?"
하고 말했다.
일보는 비공식적이기는 하지만 자기가 은미의 가족에게 선을 보이기 위해 온 것이란 생각을 했다. 그러나 할 수 없는 일이었다. 은미를 따라 아래

층으로 내려갔다. 그들은 우선 한국식으로 꾸민 안방으로 들어갔다. 반짝반짝 윤기가 도는 장판이 미끄러워 보였다. 그리고 커다란 자개장들과 구석구석에 놓인 텔레비전과 전축이 눈부실 정도였다.

방 안에 들어서자 은미 어머니가 꽃방석을 가리키며 앉으라고 했다.

일보는 촌사람처럼 방을 둘러보며 방석 위에 쪼그리고 앉았다.

"편히 앉으세요."

은미의 말에 이어 은미 어머니도,

"편히 앉아요."

보기가 거북하다는 듯 친절하게 말했다.

방이 으리으리한데다가 은미 어머니가 옆에 있으니 일보로서 위압을 당하지 않을 수 없었다. 쪼그린 다리가 펴지지 않았다.

"편히 앉으라니까요."

은미 어머니가 다시 권하는 데도 일보는 괜찮습니다는 말을 거듭하며 쪼그린 채 앉았다.

그럴 때 현관에서 자동차 클랙슨 소리가 들려 왔다.

"아버지가 오셨군요."

은미가 현관으로 나갔다.

일보는 일어서지 않을 수 없었다. 불편하다고 생각했지만 할 수 없는 일이었다.

"앉아 있어요."

은미 어머니가 그럴 필요 없다고 말했지만, 일보는 앉지를 못했다.

그런데 안방으로 들어올 줄 알았던 은미 아버지가 안방으로 들어오지도 않았는데 은미가 와서 식당으로 가자는 말을 했다. 은미가 눈치를 채고 될 수 있는 한, 일을 간편하게 진행시키는 모양이었다.

식당은 순 양식으로 꾸며져 있었다.

둥그런 테이블에 의자가 여나문 개, 그리고 냉장고와 찬장이 눈을 부시게 했다.

은미가 한가운데 자리를 지정해 주고 거기 앉으라고 한 뒤 자기가 그 옆에 앉았다. 어머니는 바로 맞은편에 앉았다.
　일보가 자리에 앉자 얼마 안 되어 은미 아버지가 은미 어머니 옆자리로 왔다. 일보가 자리에서 벌떡 일어나서 절을 꾸뻑 하자, 은미 아버지가,
　"내가 늦었군…… 어서 앉게."
하며 자리에 앉았다. 그러자 얼마 안 되어 대여섯 명의 애들이 빈자리로 와서 앉았다.
　모두 자기를 주시해 보았다.
　일보는 다시는 못 올 집이라고 생각하며 머리를 숙이고 있는데, 어린애가 킥 하고 웃음을 터뜨렸다. 그러자 어떤 애가 자아식 하며 웃는 애의 옆구리를 쳤다.
　거북한 식사였다. 사양하고 싶어서가 아니라 주목해 보는 시선들이 싫어 일보는 식사도 제대로 못했다.
　일보는 빨리 그 자리를 떠나고 싶은 생각뿐이었다. 그러나 은미의 어린 동생들이 재잘거리며 식사를 빨리 끝내지 않았기 때문에 일보는 숟갈을 놓고도 자리를 일어날 수가 없었다.
　일보가 지루해서 천장만 쳐다보고 있을 때 그것을 눈치챈 은미가,
　"우리 먼저 올라가겠어요."
　자리에서 일어서며 일보에게 눈짓을 했다.
　"그래, 어서 올라가거라."
　은미 어머니가 조금도 사양할 필요가 없는 일이라는 듯 말할 때, 일보는 해방이 된 듯한 느낌으로 은미를 따라 식당을 나왔다.
　이층 은미의 방으로 가자 은미가,
　"수고하셨습니다."
하며 상냥하게 웃었다. 대단한 일은 아니었지만 지루했던 자기 마음속을 들여다보고 어루만져 주는 은미의 말이 고마웠다. 그래서 고맙다는 뜻으로 은미의 손을 잡아 주었다.
　은미는 일보에게 잡힌 손을 시계추처럼 몇 번 흔들고는 일보를 쳐다봤다.
　"다들 일보 씨를 좋아해요. 그런 것 같지요?"

일보는 그런지도 모른다고 생각했다. 그러나,

"내가 알아. 좌우간 바늘방석에 앉은 것 같어."

하고 말했다.

"처음이니까 그랬을 거예요. 몇 번 만나면 친숙해질 테니까 뭐……."

은미는 그런 것이 걱정거리가 아니라는 듯 말했다.

"사람이야 자주 만나면 친해질 수두 있지만 침실 따루 객실 따루 식당 따루의 생활이 질식할 것 같은데요. 생활에 부담을 느끼거든요. 한국적 서민은 한 방에서 자구 먹구 일하구 그러는 게 편해요. 살기두 힘든데 감정의 부담까지 느끼면서 어떻게 살아요."

"부담이 돼두 문화적인 생활을 해야 하지 않아요? 잠자는 방에서 어떻게 먹구 일을 한담……."

"문화가 나쁜 것은 아니겠지요. 그렇지만 인간이 문화에 지배된다고 생각하면 문화가 도리어 불편하지 않겠어요."

이야기가 이상한 데로 번져 가고 있었다. 은미는 필요 없는 일을 가지고 이론을 전개시키고 싶지 않았다. 은미는 이 날 꼭 해야 할 이야기가 있었던 것이다.

그래서 은미는,

"고 선생님."

하고 일보를 정중하게 부른 다음,

"솔직하게 말씀해 주세요. 오늘은 이야기를 결정짓구 싶어요."

하고 엄숙한 태도를 보였다.

"언제는 내가 솔직하지 못했던가요?"

엄숙해진 은미에게 일보는 빙그레 웃음을 웃었다.

"그런 의미루 말씀드린 건 아녜요. 다만 선생님의 진심이 알구 싶어서 그러는 거예요."

"언제는 일보 씨, 언제는 선생님. 시간에 따라 내 모양이 변하는가요?"

일보는 은미의 엄숙한 표정을 깨뜨리고 싶었다. 무슨 이야기든 웃으며 하고 싶었던 것이다.

"선생님두……."
은미가 부끄러운 듯이 고개를 숙이며 웃을 때 일보가 말했다.
"말해 보세요. 너무 심각한 표정을 짓지 말고……."
"저…… 선생님, 따루 좋아하는 여자 없으시죠?"
은미가 심각한 표정이 아닌 웃는 얼굴로 물었다.
"있지요. 명아두 좋아하구, 내 형수두 좋아하구, 살아 계시다면 어머니두 좋아했을 거구요."
"그러시지 말구 똑바루 말씀해 주세요. 사랑하는 여자 말예요."
"아, 사랑하는 여자 말입니까? 사랑하는 것하구 좋아하는 것하는 다르겠지. 좋아하는 여자라구 그러기에……."
"………."
"사랑하는 여자두 있지요. 한 사람쯤."
그때 은미는 얼굴을 약간 붉히고 일보를 쳐다보며,
"누군데요?"
하고 물었다.
일보는 빙그레 웃으며 천장을 둘러보다가,
"그걸 몰라 묻는 겁니까?"
"알구 싶어요."
할 때 은미의 뺨을 살짝 꼬집으며,
"아마 요 사람일 것 같은데……."
하고 눈을 껌뻑껌뻑했다.
은미는 예상했고 또 기대했던 말인 만큼 새삼스럽게 놀랄 것도 감격할 것도 없었지만 감격해 말이 안 나오는 것처럼 얼굴을 일보 가슴에 파묻었다.
그러다가 한참 뒤에야,
"선생님 의견도 들어 보지 않구 아버지와 어머니에게 인사를 시켜 죄송해요. 그렇지만 저는 선생님이 용서해 주실 줄 믿었어요. 용서하시지요?"
"용서구 뭐구 있어."
"사실은 아버지와 어머니에게 제 심경을 말씀드렸어요. 퍽 좋아하시는 것 같아요."

"무슨 말을 했는데?"

"결혼을 하구 싶다구요."

"정말?"

일보는 놀랐다. 은미의 눈치를 못 살핀 것은 아니지만 자기와 아무런 의논도 없이 부모에게 그런 말까지 했다는 것은 너무나 의외의 일이었다.

"아무래도 할 걸 빨리 했으면 해서요."

"나하구 말인가요?"

"그러문요.."

일보는 문득 은미가 임신을 한 것이나 아닌가 생각했다. 만약 임신을 했다고 하면 아무래도 해야 할 것인지 모른다. 그러나 그렇다고 해도 '아무래도 할 걸 빨리 했으면 해서요'라는 말을 할 수가 있을까?

"그래야 할 이유가 뭐지요?"

"안정하구 싶어서요."

"안정하구 싶다니? 생리적인 변화라두 생겼나요?"

일보는 역시 그것이 무엇보다도 걱정스러웠다.

"그건 둘째예요. 우선 정신적인 안정 속에서 나라는 인간을 정착시키구 싶어요."

은미의 정신적 안정이란 말은 일보에게 중요시되지 않았다. 그래서,

"생리적 변화가 생긴 건 아니군요? 똑똑히 말해 봐요."

라고 그 문제에 대한 확답을 요구했다.

"그것두 그런 것 같아요. 있을 것이 있지 않으니까요. 그렇지만 그것보다두 결혼 생활 속에서 자신을 부동 못하게 붙잡아 매고 싶어요."

임신한 것이 사실인 모양이었다. 그렇다면 그것이 더 중요할 터인데, 그것보다도 정신적 안정이 필요해서 결혼하겠다는 것은 무슨 말일까?

"자신을 붙들어 매다니요?"

"선생님과 결혼을 해서 거기서 행복을 찾고 싶다는 거예요. 여자란 결혼하기 전 누구나 쓸데없는 공상을 많이 하는 거 아녜요?"

은미는 좀더 솔직히 말한다면 이때까지 생활에 지쳤기 때문에 결혼으로 과거의 생활을 청산하겠다고 했어야 할 것이다. 그러나 자기의 과거를 짐작하고 있다 해도 일보에게 그런 말을 할 수가 없었던 것이다.

"나하구 결혼을 한다면 행복할 것 같다는 겁니까?"

"그럴 것 같아요."

"무엇으로 보장을 하지요?"

"보장은 못해두 이때까지 사귄 결과 그런 결론을 내렸어요."

일보는 은미가 자기를 너무 간단하게 생각하고 있는 것 같았다.

"은미 씨의 결혼 조건은 어떤 것이 있는데요?"

"아무것도 없어요. 그저 사람이 좋으면 그뿐이라고 생각해요."

"그런 조건이라면 나보다 난 사람이 얼마든지 있을 텐데요……."

"제게는 조건이 없어요. 고 선생님이 제일 좋은 것 같아요."

"조건이 없기 때문에 내가 합격했다는 거로군요. 그리 명예스럽지두 않은데요……."

"조건 없이 좋은 것이 가장 좋은 것 아녜요?"

"악조건만 가지구 있으니까 그렇게 말하는 것이겠지요."

"천만의 말씀. 절대루 그렇지 않아요. 고 선생님에게 무슨 악조건이 있습니까?"

"악조건은 없다 해두 유리한 조건이 하나두 없는 사람이죠."

"그런 말은 그만두기루 해요."

은미가 그런 이야기를 못하게 일보의 입을 막은 뒤,

"정식으루 약혼식을 해요."

하고 조르듯 말했다.

일보는 생각했다. 만약 은미가 임신을 했다면 결혼은 반드시 해야 한다. 임신이 아니라고 해도 자기가 은미를 사랑했다고 생각한 이상 결혼을 거절할 이유가 없다. 그리고 그 자리에서 그러자고 대답을 하기가 싱거웠다.

"나두 좀 생각을 해 봐야겠지요."

그랬더니 은미가 놀라는 표정을 지으며 물었다.

"아까는 저를 사랑한다구 그리셨지요?"
"사랑한다구 해서 곧 결혼을 해야 한다는 말이 성립되나요?"
"사랑하면 결혼하는 것이 당연하지 않을까요?"
"당연한 일이기는 하지요. 그렇지만 결혼은 하나의 사무적 일이니까 사무적인 일을 간단히 할 수 있어요?"
"고 선생님은 아무것두 준비하실 것 없어요. 제가 전부 준비하겠어요."
"사내의 체면으루 그럴 수가 있나요?"
"체면이구 뭐구 있어요? 형편대루 하는 것이지. 남자두 해야 할 것은 반지일 거예요. 그건 월급을 선불해서 사면 될 거구요."
"그렇지만 아버지의 승낙은 받아야 할 거 아닙니까? 은미 씨 부모만 승낙하구 내 아버지는 승낙 안 하실 경우 어떡하지요?"
"그건 그래요. 그러니까 오늘밤에라두 아버님 승낙을 받으세요."
일보는 은미가 너무 서둔다고 생각했다. 사실은 자기도 하루빨리 결정지어야만 아버지가 권하는 여자를 거절하기 좋다. 그렇지만 여자가 결혼을 요구하는데 너무나 적극적이고 또 지나치게 서두르는 것이 마땅치가 않았다. 그런 일일수록 여자는 수줍어할 줄을 알아야 한다. 여자의 맛이란 무엇보다도 부끄러워할 줄 아는데 있지 않은가?
"아버지가 쾌히 승낙하실지 모르겠는데요."
일보는 아버지를 내세우고 한 번 비틀어 봤다.
"안 하실 까닭이 없잖아요? 요즘 세상에 본인의 의사를 무시하는 부모가 있을 수 있어요?"
"부모 나름이죠. 그리구 나는 이때까지 아버지 의사를 존중해 왔으니까요."
"아버님이 승낙하시지 않으면 결혼을 못하게 되나요?"
"그때는 또 달리 생각해 봐야겠지만 아버지가 반대하시면 약간 곤란하죠."
"그럼 아버님이 저를 한 번 보셔야겠군요."
일보는 그렇게까지 안 해도 무방하다고 생각했다. 은미의 한 다리가 불구라는 데 아버지가 반대하실지 모르나 그것도 자기 이야기로 이해를 얻을 수 있는 일이라고 생각했다. 그러면서도 일보는,

"그것두 그렇죠. 안 보시구 승낙하실 수 있어요."

라고 말했다.

"그럼 아버님를 한 번 나오시게 하시죠. 제가 집으루 가서 뵐 수는 없을 테니까요."

은미는 성급하게 이야기를 구체화시키려 했다. 그럴수록 일보는 또 반발하는 것이었다.

"우선 이야기를 해서 반승낙을 받은 뒤에야 만나는 것이 순서 아녜요?"

그러니까 만나는 것은 다음의 일인 것처럼 말했다.

"이야기는 오늘밤에 드릴 수 있잖아요? 그럼 내일이나 모레쯤은 만나 뵐 수 있겠군요?"

"이야기를 듣구 아버지가 뭐라실지 알아요?"

그 말에는 은미도 서둘지를 못했다.

"그럼 내일이나 모레 전화를 걸어 주세요. 기다리구 있겠어요."

그러나 은미는 그것으로 이야기의 끝이라고는 생각할 수가 없는 모양이었다.

"그 동안 아버지를 모실 장소를 생각해 두겠어요. 조용하구두 음식이 맛있는 집이라야 하겠으니까요……."

일보는 그 이상 그 이야기를 더 연장시키고 싶지 않았다.

"내일이나 모레 전화를 걸게요."

그리고는,

"가 볼게요."

하고 자리에서 일어섰다.

오래 앉아 있는 것이 거북스러웠던 것이다. 은미의 부모는 물론 은미의 동생까지도 자기가 은미의 방에 있는 것을 알고 있다. 비록 문구멍으로 들여다보지는 않는다 해도 모든 신경을 자기에게로 집중시키고 있을 것이 뻔했다.

은미가 일보의 손을 잡고,
"좀더 놀다 가세요."
했지만,
"다음에 와서 오래 있지."
하고는 갈 차비를 했다.
은미도 더 붙들 생각을 않고,
"불쾌하시지는 않았지요?"
피날레에 할 수 있는 말을 꺼냈다.
"아 아니……."
"불쾌한 일이 있었어두 용서하세요."
"조금 부자유스럽기는 했어두 불쾌하지는 않았어."
그때 은미가 일보의 목을 잡아끌고는 입을 일보 귀에다 대고,
"아이 러브 유."
하고 속삭였다.
일보는 그 말에 대답을 하는 대신 은미의 이마에 입을 가볍게 대고 입맞춤을 한 뒤,
"잘 자요."
하고 말했다. 그러자 은미는 테이블에 붙어 있는 벨을 누른 뒤,
"잠깐만 기다리세요. 자동차가 나올 테니까……."
하고 일보의 손을 잡았다. 일보는 자동차를 사양할 생각을 안 했다. 이왕이면 타고 가리라 생각하고 다시 소파에 앉았을 때 은미가 옆으로 와서,
"오늘밤 꿈을 잘 꿔야겠는데요."
하며 웃었다.
"무슨 꿈을?"
"고 선생님 아버지가 기꺼이 승낙하시도록……."
그때 일보가,
"꿈은 안 꿔도 괜찮아."
하고 은미의 무릎을 툭 쳤다. 일보는 그만큼 아버지의 승낙을 낙관하고 있

었다. 아버지는 일보의 결혼 상대가 애경이 아닌 것을 무엇보다도 다행하게 생각할 것이다. 더구나 장안의 갑부인 은미 아버지 이름을 대면 믿을 수 없는 기적처럼 자기 귀를 의심할 것이다.

아버지의 승낙이 결정적인 것처럼 생각되자 일보는 아버지에게 이야기할 자기 태도를 신중히 해야 한다고 생각했다.

만약 갑부의 딸이란 말을 강조해서 이야기한다면 아버지가 승낙을 하면서도 속으로 실망을 느낄지 모른다.

아래층으로 내려와 은미의 부모들에게 인사를 한 뒤 자동차를 타고 집으로 달리는 동안 일보는 그런 결혼을 생각했다.

아버지에게 실망을 주는 것은 둘째로 하고 다리병신인데도 재산을 보고 결혼하는 것처럼 오해를 받으면 자기의 인격은 영 컴마 이하로 떨어진다. 세상 사람들은 모두 그렇게 생각할지 모른다. 그러나 세상 모든 사람들이 자기를 오해한다고 해도 아버지와 누이동생에게만은 경멸받는 인격자로 처세할 수는 없다.

일보는 아버지에게 은미가 갑부의 딸이라는 것을 숨기리라 생각했다. 병신이기는 하지만 사랑하기 때문에 결혼을 하는 것이라고 말하면 아버지가 실망을 하지 않고 승낙해 줄 것이다.

그런 일보는 어떤 것이 사실인가를 스스로 생각해 보았다. 아버지에게는 어떻게 해서든 승낙을 받는다고 해도 자기 스스로가 자기의 마음을 알아야 한다고 생각되었기 때문이었다.

자기는 이때까지 은미가 재산가의 딸이기 때문에 호감을 가진 것이라고 생각해 본 일이 없다. 그러나 은미의 청혼을 거절하지 않은 자기 마음속에는 자기도 모르게 재산의 탐욕이 깃들어 있는지도 모를 일이었다. 재산에 대한 탐욕이 없었다 해도 재산 있는 것을 불쾌하게 생각해 본 기억은 없다. 돈을 물 쓰듯 할 때 은미를 아니꼽게 생각한 일은 있지만 그렇다고 해서 교제해서는 안 될 여자란 생각을 해 보지 않았다. 그렇다면 결국 자기는 은미의 재산에 흥미를 느낀 것이 사실 아닐까?

만약 그것이 사실이라면 자기는 노골적으로 재산에 탐욕을 느끼는 사람보다 더 가증스런 인간이 아닐까?

일보는 아내의 재산으로 공부를 한 뒤 사회에 진출하고 나서는 그 아내를 내버렸다는 사람들의 이야기를 상기했다. 그런 남자가 수두룩 있다는 것이었다.

배은망덕 하는 사람이다. 세상에 배은망덕보다 더한 악덕이 또 있을 것인가?

만약 내가 은미의 재산에 현혹하여 그와 결혼한다고 하면 나도 배은망덕하게 될는지 모른다. 돈 있는 여자는 언제나 세도를 부린다. 불구자라 해도 그 세도만은 버리지 않을 것이다. 불구이기 때문에 그 세도가 더 강할지도 모른다. 아내의 세도에 인종할 남자가 어디 있을 것인가?

어쩐지 자기의 앞길이 훤한 것 같았다.

아버지에게 이야기 할 것도 없다.

일보는 문득 이런 생각을 했다. 모든 사람에게 오해를 받으며 결혼했다가 그 결혼을 오래 지속하지 못한다면 차라리 일찍 단념하는 것이 현명한 일이라고.

돈이 탐나서 하는 정략결혼.

아무리 현실을 부정 못하는 합리주의의 세상이라고 해도 정략결혼을 하는 정신적 사기한이 될 수는 없을 것 같았다.

그래서 집에 들어가 아버지를 대했을 때에도 일보는 은미의 이야기를 꺼내지 않았다. 다행히 아버지도 일보의 혼담에 대해서 입을 열지 않았다.

그런데 일보가 형수 애경이 지어 준 한복을 갈아입고 책상머리에 앉아 있을 때 한복에서 오는 따뜻한 촉감을 느끼면서 일보는 애경을 생각했다.

애경은 딴 남자와 결혼을 하게 되었다지, 이런 생각이 드는 순간 일보는 머리를 내저었다. 생각해서 안 될 일이라는 마음이 들었던 것이다.

일보는 애경의 영상을 지우기 위해 앉았던 자리에서 일어섰다. 그리고는 외투가 걸려 있는 벽으로 가서 주머니 속에 들어 있는 오늘 산 라이터를 끄집어냈다. 그리고 아버지에게로 가서,

"이거 저 첫 원고료루 샀어요."

조건 없는 결혼 277

하고 그것을 아버지에게 드렸다.
아버지는,
"건 왜 샀니?"
하면서도 기특한 마음에 라이터를 켰다 껐다 하다가 담배를 꺼내 라이터 불을 붙였다. 일보는 다시 양복 주머니에서 월급봉투를 꺼내 봉투 째,
"이거 월급입니다."
하고 아버지에게 드렸다.
"월급이 이렇게 많니?"
아버지는 월급봉투에서 돈을 꺼내 세는 것이었다.
"지배인인데요……."
일보는 대단한 것이 아니라는 듯 말했지만 아버지가,
"갑부의 딸이 사장이라지?"
일보의 마음을 타진하듯 물었다.
일보는 아버지가 수희에게서 이야기를 들은 것이라고 생각했지만 별로 꺼낼 것도 없는 일이라,
"네, 그렇습니다."
하고 범연하게 대답했다.
그러자 아버지가 뜻밖에도,
"그 여사장하구는 결혼할 수 없니?"
하고 물었다. 일보는 어물어물할 성질의 이야기가 아니라고 생각했다.
"네, 결혼할 수 있는 여자가 아닙니다."
"어째서?"
"사장하구 지배인하구 결혼을 할 수 있습니까? 생각해 본 적두 없습니다."
"그래? 만약 네가 좋아만 한다면 결혼해두 무방할 것 같아서 하는 말이다."
"불구의 여자와 결혼을 하면 남들이 돈이 탐나서 하는 정략결혼이라구 할 것이 아닙니까? 그런 말을 듣구 싶지 않습니다."

"글쎄 나두 그런 점에선 반대한다. 그렇지만 네가 그 여자를 사랑한다면 문제가 달라지는 것이 아니겠니?"

"글쎄요."

일보는 구체적인 대답을 할 수가 없었다. 은미 앞에서도 일보는 은미를 사랑한다는 말을 했던 것이다. 사랑한다는 것은 결혼 이전의 일이다. 그러나 결혼을 부정하는 사랑이 있을 수 없다면 아버지의 말처럼 은미가 불구거나 또 갑부의 딸이거나 상관할 바가 못 된다. 그러나 방금 아버지에게 은미와 결혼할 의사가 없다는 것을 밝힌 것이다.

"난 잘 모르겠다만 네가 좋아서 결혼한다면 나는 반대하지 않겠다. 그것만 알아둬라."

수희가 무어라고 했기에 아버지가 그런 말을 하는지 알 수 없는 일이었다. 일보는 수희 방으로 뛰어가고 싶었지만 아버지 앞에서 그럴 수도 없어 잠잠히 있었으나 수희가 무어라고 했건 아버지가 은미와의 결혼을 찬성한다는 것은 아버지의 타락인 것같이 생각되었다. 설사 자기가 은미와 결혼하고 싶다는 의사를 말했다 해도 그것을 반대했어야 할 아버지다.

그런데 아버지는 무엇 때문에 자진해서 은미와의 결혼을 권하는 것일까? 가난에 지쳤기 때문에 며느리 덕이라도 보자는 것일까? 그렇지 않으면 아무하고라도 빨리 결혼을 시키고 싶은 단순한 마음에서일까? 어떤 편으로든 아버지는 아버지 세대의 사람으로서 가져야 할 결백성을 잃고 있다. 아버지의 위엄과 권위는 낡은 세대의 윤리나마 결백성을 가지는 데 있다고 말할 수 있다.

합리주의에 젖은 젊은 사람은 돈에 몸을 팔 수도 있다. 자기의 안일과 행복만을 추구하면 그만이다. 그런데 아버지야 차마 그럴 수가 있는가?

일보는 아버지에게 실망을 느끼지 않을 수 없었다.

그러나 아버지에게 실망을 느끼므로 존경심이 가벼워질 것을 생각할 때 그냥 있을 수가 없었다. 아버지를 존경하지 않고 어찌 아버지와 같이 살 수가 있을 것인가?

"아버지가 결혼을 하신다면 돈이 있다구 해서 불구자두 상관 안 하실 수

조건 없는 결혼 279

있겠습니까?"

일보는 아버지의 마음을 좀더 똑똑히 알고 싶었던 것이다.

"나두 그런 정략결혼은 반대한다. 정략결혼을 찬성할 사람이 어디 있겠느냐? 그렇지만 네 경우는 다르다. 내가 보기에 너는 부유한 생활을 할 수 있는 사람이 아니다. 책이나 읽고 글이나 쓸 사람이다. 그러니 네게는 돈 있는 아내가 필요하다구 생각한다."

일보는 아버지의 마음을 약간 알 수 있었다. 그러나 아버지의 말이 옳다고 동의할 수는 없었다.

"남자가 어떤 면에서나 우세해야지. 여자에게 끌려서 되겠습니까? 여자에게 끌리는 생활을 하면 그것이 오래가지 못한다구 생각하는데요."

"물론 그렇지. 그렇지만 여자에게 결점이 있을 경우에는 사정이 달라지지 않겠니?"

"그런 것두 생각할 수는 있지만 어쨌든 정상적인 결혼 같지는 않습니다."

"물론 내가 그 여자를 사랑하지 않는다면 말할 필요두 없다. 그렇지만, 네가 평생 가난하게만 산다는 데는 찬성할 수가 없다 내가 돈벌이를 할 수 있다면 별문제지만, 그렇지 못한 이상 너는 그 여자를 돈이 있다구 해서 그것을 이유로 결혼 못한다는 마음을 갖지 않는 것이 좋을 것 같다."

"잘 알았습니다."

일보는 아버지의 마음을 안 것이 무엇보다도 즐거웠다. 아버지가 그런 생각으로 은미와의 결혼을 권한다면 기쁘게 그러겠다는 대답을 해도 좋다고 생각했다.

"내가 보기에는 그 여자는 확실히 너를 사랑하구 있다. 사랑하지 않구서야 그런 호의를 베풀 까닭이 있겠니? 그 호의를 받아들이는 너두 그 여자를 좋아하는 것이라구 생각되는데 어떠니?"

말이 이렇게까지 나오는데 숨길 수가 있겠는가 일보는 이실직고를 하고야 말았다.

"사실은 오늘 그 여자에게 결혼 신청을 받았습니다. 아버지께 말씀을 드리기루 하구 답을 안 했습니다만……."

"그래 성격이 위험해 보이는 여자는 아니냐?"
"위험하다니요?"
"너를 휘어잡구 살려는 성격 말이다."
"그런 것 같지는 않습니다."
"그러면 별루 걱정할 것두 없잖니?"
"사실은 결혼 안 할 수두 없게 되었습니다."
일보는 은미가 임신했다는 사실을 상기했던 것이다.
"그래? 그렇다면 더 생각할 필요두 없게 되었구나."
아버지는 약간 놀라는 표정을 지었으나 금세 자연스런 태도로 말했다.
"부끄럽습니다만······."
"부끄러워할 것 없다. 삼십이 다 된 네가 지각없는 일을 했겠니. 빨리 결혼만 하면 무사할 일이겠지."
일보는 너그러운 아버지에게 감사를 드리고 싶었다. 동시에 그러한 아버지에게 처음부터 솔직하게 이야기 못한 것이 면구스러웠다.
"용서하십시오."
"용서구 뭐구 있니? 결혼하면 그뿐일 건데. 그 대신 식을 빨리 올려라. 늦게 하면 늦게 할수록 양심의 가책을 받을 테니까."
"알았습니다."
일보는 이제부터 아버지의 말에 절대로 복종해야 한다고 생각했다. 자기의 약점을 자기 입으로 말해 놓았으니 복종 안 할 수도 없게 되었다.
일보는 은미와의 결혼이 결정적이라고 생각했다. 내일 아침 은미에게 전화를 걸고 아버지의 승낙을 얻었다고 말만 전해 주면 그뿐이다. 이제는 더 생각할 필요도 없다 생각하고 망설이던 그만큼 자기가 악한 인간이 된다. 모든 것을 다 제쳐놓고라도 은미의 임신 하나만을 가지고 결혼을 승낙해야 한다.
물론 결혼을 안 한다면 은미가 유산시키는 길을 취할지도 모른다. 그러나 그것은 어떠한 이론을 가지고도 정당화시킬 수 없는 일이다.
일보는 생각했다. 아무런 조건도 붙일 필요가 없다. 사랑을 했고, 사랑했기 때문에 임신을 한 것 아니냐? 그러면 결혼은 응당 해야 하는 것이다. 결혼에 조건이 있을 수 없다.

생활의 정리

다음날 은미는 종일 일보의 전화를 기다렸다. 그런데 퇴근 시간이 거의 다 되었을 때까지 일보에게서는 전화가 오지 않았다. 그 동안 은미는 몇 번이고 일보에게 전화를 걸려고 했다. 그러나 청혼해 놓고 그 대답을 독촉하는 것은 결국 결혼을 강요하는 것 같은 인상을 주는 일 같았다. 아무리 못난 여자라고 해도 남자에게 결혼을 강요할 수는 없었다. 전화가 없는 것은 일보 아버지가 승낙을 안 했기 때문이라고만 해석할 수는 없었다.

일보가 미처 이야기를 꺼내지 못한 것이라고도 말할 수 있다. 하루쯤 참아 보자. 참는 자에게는 복이 있다고 한다. 참으면 내일쯤 일보에게서 기쁜 소식이 올지도 모른다. 경박하게 전화를 걸었다가 실망을 느끼는 것보다는 소식이 올 때까지 기다리는 것이 현명한 일이다. 만약 이쪽에서 전화를 걸고 아버지가 승낙을 안 하시는데 하는 일보의 불투명한 목소리를 듣는다면 그것은 돈을 주고 병을 얻는 결과가 된다.

이런 생각을 하며 전화 오기만 기다리던 은미는 다섯 시가 거의 되자 오늘은 전화가 안 오는 것이라고 단정했다. 기쁜 소식이 있다면 퇴근 시간까지 미루고 있을 리가 만무하다. 반드시 불길한 일이 있는 것이라 생각되었다. 아버지가 승낙을 안 했거나 이야기를 미처 못했거나 두 가지 중 한 가지다.

그러나 일보가 자기와 결혼할 생각이 있기만 하다면 아버지의 승낙쯤 못 얻을 리가 없다. 만약 자기가 그런 경우에 놓여 있다면 부모가 승낙하게 하는 방법은 얼마든지 만들어 낼 수가 있다. 승낙 안 한다면 죽어 버린다고 협박을 한다거나 또는 아무 말 않고 외출하여 며칠 동안 집에 돌아가지를 않는다. 그러면 아무리 반대하던 부모라 해도 승낙을 안 할 수 없을 것이다.

아버지의 승낙을 못 받았다면 그것은 결국 일보의 결심이 약하다는 것을 말함이다. 그리고 아버지에게 미처 이야기를 못했다는 것도 일보의 성의가 부족하다는 것을 말한다. 결혼이 하고 싶기만 하다면 어떠한 기회에라도 이야기를 꺼낼 수 있다. 잠자리에서도 할 수 있고 밥을 먹으면서도 할 수 있다.

그러니 결국 일보의 결심이 약하다거나 성의가 부족하다고 해석할 수밖에 없었다.

자기를 사랑한다고 분명히 말했다. 그런데도 성의가 없는 것은 무엇 때문일까? 설사 아버지에게 이야기를 못했다고 해도 기다리는 사람을 생각한다면 그 사실만이라도 알려 줄 것이 아닌가? 은미는 속이 뒤집히는 것을 느꼈다. 완전히 무시당하고 있는 것 같은 느낌이었다.

이제 와서 일보에게 무시당한다면 자기는 부모에게 무엇이라고 말할 수 있을 것인가?

일보와 결혼함으로써 자기를 안정시키려고 결심하여 용단을 내렸던 자기는 또다시 질서 없는 생활에서 시간의 공백을 채우기 위해 거리를 헤매야 하는 것인가?

이제는 남자를 알 만큼 알았다. 별다른 호기심을 가질 필요가 없다고 생각했다. 오직 결혼 생활에서 여유 있는 생활을 하고 싶다. 그런데 일보가 적극적인 협조자로 나서 주지를 않는다.

은미는 일보가 자기에게 적극적이 아닌 이유를 생각했다. 반드시 이유가 있을 것 같았다.

"불구자이기 때문에?"

물론 이유가 있다면 그것이 첫째 이유가 될지 모른다. 그리고 반드시 그것만일 것 같지는 않았다. 자기가 불구자라는 것은 처음부터 보아 알고 있다. 그것이 절대적인 이유라면 교제를 계속하지 않았을 것이다. 계속해서 교제를 해 왔고 또 사랑한다는 말까지 했으니 그것이 절대적인 이유일 수가 없지 않는가?

은미는 문득 명아를 생각했다. 그리고 친구로서 교제한다 하는 말을 기억했다. 아무래도 명아가 수상했다. 오빠 동생이니 친구니 하는 것은 연애를 캄플라지하기 위한 하나의 수단에 불과하다. 은미는 명아를 찾아가기로 했다.

, 서로 사랑을 한다고 해서 그것을 자기에게 고백하리라고는 생각되지 않았다. 그러니 명아를 만난다고 해도 자기의 괴로움을 크게 하는 결과밖에 얻는 것이 없을 것이다. 그러나 그것이 질투라고 불리는 것이라, 은미는 명아를 안 만나고 배길 수가 없었다.

우선 전화를 걸었다.

"은미라구? 그러잖아두 만나구 싶었는데……."

명아가 명랑한 목소리로 반가워했다.

은미는 그것이 명아의 이중성격이라 생각하면서도,

"틈 있어? 나 이제 나갈까 하는데……."

하고 감정을 조금도 담지 않고 서서히 말했다.

"나두 나갈 수 있어. 무교동 ××다방으루 나올래?"

"곧 갈게……."

은미는 전화를 끊고도 명아를 앙큼한 여자라고 생각했다. 중학교에 다닐 때 숙제를 해 왔느냐고 물으면 으레 안 해 왔다고 대답을 하다가도 선생이 숙제해 온 학생 손들라고 하면 맨 먼저 손을 들곤 하던 명아다. 일보를 사랑하면서도 사랑 안 하는 척 친절을 보여 주는 명아에게 속아서는 안 된다.

은미는 명아에게 속지 않는다는 생각을 하며 약속한 다방으로 갔다.

명아는 벌써 와 있었다. 은미가 가까이 가자, 자리에서 일어나 은미를 자기 옆으로 끌어다 앉힌 뒤,

"결혼하게 됐다지? 축하한다."

하며 은미의 손을 잡아 흔들었다.

은미는 명아에게 자기가 결혼한다는 말을 한 번도 한 적이 없다. 더구나 일보와의 이야기는 어제야 겨우 합의를 본 형편이다. 이야기를 하려야 할 새도 없다. 그런데 명아가 어떻게 그것을 알고 이야기하는 것일까?

"얘두……."

은미가 긍정도 부정도 못하고 있을 때 명아가,
　"일보 씨한테서 이야기 들었어. 뭐 숨길 것 있니?"
하는 것이었다. 은미는 더욱 놀랐다. 자기에게는 전화도 걸지 않은 일보가 어째서 명아에게 그런 말을 했을까?
　"언제 만났니?"
　"만난 지 두 시간 됐을까?"
　"어디서?"
　"바루 이 다방이야. 일보 씨가 좀 만나구 싶다기에 여기서 만났더니 너와 결혼하게 됐다구 그러지 않아?"
　"정말?"
　은미는 일보가 자기와 결혼하기로 결심했다는 사실이 반가웠다.
　"정말 아니구, 그이가 나한테 거짓말하겠니? 그이는 딴 남자와 달라."
　그 말에 은미는 얼굴이 달아오름을 느꼈다. '그이는 딴 남자와 달라.' 하는 말이 일보와 얼마나 가깝다는 것을 말해 주는 것인가? 일보는 자기 대신 명아를 만났고, 명아는 자기를 칭찬하는 대신 일보를 칭찬하고.
　그렇다고 해서 질투의 시선을 보낼 수는 없었다. 일보가 결혼하려는 여자는 명아가 아니고 자기다.
　"나두 그 이야길 하려구 너를 만난 거야."
　은미는 이렇게 말하지 않을 수가 없었다. 그랬더니 명아가,
　"참 잘 됐어. 일보 씨의 머리하구 네 환경하구 합치면 참 행복한 가정을 이룰 수 있을 거야."
하고 진심으로 경하하는 듯이 말했다. 참으로 이상한 일이었다. 명아가 일보를 조금이라도 사랑한다면 그런 말이 입 밖에 나올 수가 없는 일이다. 그런데도 명아는 조금도 구김 없는 말로 경하를 한다.
　"일보 씨가 불행하겠지. 나 같은 것하구 결혼을 하니까……."
　은미는 뭐가 뭔지를 모르면서도 일보를 아끼는 투로 말했다. 그러자 명아가 또 은미의 가슴을 찌르는 말을 했다.
　"너 일보 씨의 학문을 살려 주어야 한다."

명아가 어찌 일보의 학문을 살려 주어야 한다는 식의 명령을 감히 말할 수 있을 것인가? 자기도 일보의 논문을 신문에서 읽고 일보가 학문에 뜻을 두고 있는 사람이란 것쯤 알고 있다. 결혼만 한다면 그의 취미를 살리도록 보조할 것은 물론이다. 그런데 명아는 마치 일보가 자기의 사람이기나 한 것처럼 학문을 살려 주어야 한다고 명령조로 말을 했다.

은미는 불쾌했으나,

"나두 알아."

하고 대답했다.

"나 같으면 결혼 뒤에라두 일보 씨를 대학원에 다니게 해서 학창 생활을 하도록 하구 싶어."

명아가 거침없이 이런 말을 할 때,

'그렇게 그 사람을 생각하거든 결혼을 하지 왜.'

하고 명아를 윽박아 주고 싶었지만

"나두 생각하구 있었어."

마치 명아가 생각하는 것쯤은 자기도 생각하고 있다는 듯이 말했다.

"꼭 학자루 만들어 드려. 아까운 사람이라구 생각해. 만약 돈만 있다면 그는 외국 유학이라도 가구 싶을 거야. 공부만 하면 성공할 사람이니까……."

명아는 은미가 생각해 본 적도 없는 이야기를 했다. 그래서 자기보다도 일보의 장래까지 생각하는 명아에게 불쾌감을 느꼈으나 한편 자기가 일보를 너무 겉으로만 생각하고 있었다는 무성의에 스스로 부끄럼을 느꼈다. 결혼할 생각을 했다면 결혼 뒤의 생활 설계를 꾸몄어야 할 자기다. 그런 자기는 자기 재산을 그대로 가지고 가서 일보와의 생활을 윤택하게 해 보겠다는 것 이외에 일보의 개성을 살려야 한다는 것을 한 번도 생각해 본 일이 없었다.

물질적인 걱정을 안 하고 사는 것만이 인생의 전부는 아닐 것이다. 남자에게는 사회적 지위도 필요하고 명예도 필요하다. 그 점이 여자와 다르다. 만약 남자로서 자기의 욕망을 이루지 못한다면 그는 생의 보람을 느끼지 못할지도 모른다. 생의 보람을 느끼지 못한다면 불행감을 갖지 않을 수 없게 된다. 불행감을 가진다면 가정생활인들 원만하게 꾸며 나갈 수가 없게 된다.

은미는 명아와 더 오래 이야기하고 싶지가 않았다. 자기가 생각지도 못했던 것을 알려 주는 것이 한편 고맙기는 했지만, 그 대신 자기가 일보를 넓게 생각지 못했던 애정이 부족감 같은 것을 느끼게 하여 유쾌하지가 않았다.

"네 말을 잘 기억하구 있을게."

은미는 불쾌한 감정을 드러내 보이며 고맙다는 말의 반대 의사를 표했다. 그리고는 집으로 돌아오려고 하는데 명아가 또 한 마디 했다.

"진실된 감정으로 돌아가 일보 씨를 행복하게 해 드려. 물론 너두 결심을 했겠지만, 이때까지는 생활 감정이 너무 복잡하지 않았던가 생각해……."

참으로 불쾌한 말이었다. 자기는 조금도 흠이 없는 사람인 양 남의 과거까지 들추어 충고한다는 것은 은미를 무시하는 태도가 아닐 수 없었다.

일보를 얼마나 좋아하기에 그런 말까지 하는 것일까? 은미는 명아가 일보 앞에서 자기 흉을 보지 않았을까 하는 생각이 들었다. 자기의 과거가 복잡한 감정 속에 전개된 남성 교제였다고 면전에서 말하는 명아다.

그럼 명아가 일보 앞에서 자기 이야기를 좋게 했을 리 만무하다.

"나는 네가 절대루 나쁜 애라구는 생각지 않아. 그렇지만 일보 씨를 위해서 한 마디 한 것뿐야."

"일보 씨를 그렇게 아끼면 나하구 결혼하지 말라구 그러지 왜……."

"내가 왜 그런 말을 하니? 둘이 다 좋아하는 것 같은데……."

"좋아해두 행복할 것 같지 않을 때는 결혼을 말려야 할 게 아냐?"

"그런 의사는 조금두 없어, 진실된 마음으루 사랑만 하면 누구나 행복할 수 있는 거니까……."

은미는 명아와 더 이야기하고 싶지가 않았다. 자기의 결혼을 반대하지 않는 것처럼 말하는 데 약간 안심은 되었지만

"다음에두 또 충고해 줘."

한 마디를 툭 쏘아붙이고 자리에서 일어섰다.

은미가 불쾌한 표정을 조금도 숨기지 않는데, 명아는 약간 당황해졌다. 그러나 다방을 나와 자동차를 타려고 할 때 명아가 뒤따라나오며,

"결혼식 준비를 할 때 도와줄게 전화를 걸어."
하고 아무렇지도 않은 태도로 은미를 보냈다.
명아의 수수께끼 같은 태도에 어리둥절한 은미는 그러한 명아를 이중적이고 위선적이라고밖에 달리 해석할 수가 없었다.
일보를 사랑한다면 왜 솔직하게 사랑한다는 말을 못할까? 나는 일보가 없다고 해서 죽을 여자는 아니다. 세상에 일보만한 남자는 얼마든지 있다. 정말 사랑한다면 언제든지 양보할 아량이 있다.
어쨌든 은미는 명아에게 조금도 호감이 가지 않았다. 불쾌할 따름이었다.
은미는 집으로 돌아와서도 일보에게서 전화가 오지 않았느냐는 말을 묻지 않았다. 묻고 싶지가 않았던 것이다. 하루 종일 일보의 전화를 기다리다가 지쳐서 명아를 찾아갔던 것이지만, 명아를 만나고 돌아온 지금 일보의 전화가 문제 아니었다. 도리어 일보에게서 전화가 안 온다고 해서 안달할 자기가 아니란 생각이 들었다. 영영 소식이 없어도 무방할 것 같은 마음이었다.
그런데 저녁을 먹으러 아래층 식당으로 내려갔을 때, 어머니가 은미에게 어디를 갔다 왔느냐고 물었다. 일보를 만나고 왔으면 일보의 이야기를 들려 달라는 눈치였다. 은미는 간단히 친구를 만나러 갔었다고 대답했을 뿐 아무런 설명도 가하지 않았다.
어머니는 은미의 심상치 않은 태도에,
"기분 나쁜 일이라두 있었니?"
하고 물었다.
"아 아니요."
은미는 어머니에게나마 명아의 이야기를 하고 싶지 않았다. 자기 의사로 선택한 일보와 결혼하겠다고 한 뒤 며칠도 안 가서 일보에게 일보를 좋아하는 여자가 있다는 말을 하면 우선 누구보다도 자기가 눈이 없는 여자로 취급받을 것이다. 겨우 그런 남자를 골랐느냐고 한다면 무엇이라 대답할 것인가?
우울한 마음이 가시지 않아 저녁도 몇 숟갈 먹지 않았지만 은미는 끝까지 명아의 이야기를 입 밖에 꺼내지 않았다.
 수저를 놓고 이층 자기 방으로 올라가려는데 식모가 와서 전화를 받으라고 했다. 은미는 갑자기 가슴이 설레었다. 그래서 절름거리며 전화통 있는 안방으로 뛰어갔다. 일보에게서 온 전화라고 생각했던 것이다. 전화통을 들기가 바쁘게,
 "여보세요, 저예요."
 무조건 반가운 목소리를 보냈다. 명아가 어떻든 일보는 일보다. 일보가 자기를 좋아하면 그뿐이다. 그런데 상대방 목소리는 일보의 것이 아니었다.
 "안녕하십니까?"
 자기 이름은 대지 않고 인사말만 하는 목소리가 귀에 익기는 하나 은미는 기억을 더듬기가 귀찮아,
 "누구시죠?"
하고 물었다.
 "강찬웁니다."
 그때야 은미는 강찬우의 얼굴을 생각해냈다. 그러나 조금도 반갑지 않은 목소리로,
 "안녕하세요?"
 강찬우의 말을 받아들였다.
 "오래간만인데요?"
 "오래간만이에요."
 "한 번 만날 수 없을까요?"
 "글쎄요."
 "오늘밤엔 나오실 수 없을까요?"
 "여자가 남자처럼 쉽게 외출할 수 있어요."
 강찬우는 매력 있는 남자다. 어딘가 싫으면서도 그가 만나자고만 하면 거절을 해 본 적이 없는 은미였다. 그러나 오늘만은 만나자고 해도 만나고 싶지가 않았다.
 일보와 결혼하기로 마음먹은 뒤 은미는 어떠한 남자하고도 교제를 안 하

리라 생각했다. 새로 사귀지도 않을 뿐더러 과거에 교제하던 남자와도 일체 만나지 않기로 했었다. 그러니까 강찬우가 아무리 매력적인 남자라고 해도 만나서는 안 될 일이다.

"나 그새 지방에 출장을 다녀왔는데 조그만 프레젠트두 하나 있구 해서……."

그러니까 강찬우는 은미를 꼭 만나고 싶다는 것이었다. 그렇지만,
"나 같은 여자에게두 프레젠트를 다 주세요?"

은미는 비꼬기만 하며 시들하게 말했다.
"그런 이야기는 만나서 하기루 하지."
"지금 막 외출하고 돌아온 길예요. 그러니까 오늘은 나갈 수가 없어요."
"그래? 그렇다면 할 수 없지 봐서 내일 또 걸겠소."

강찬우는 본시 거만한 성격의 소유자다. 이쪽에서 만나자고 할 때는 거드름을 피우며 할 수 없이 만나는 척하기를 잘 한다. 먼저 전화를 거는 일도 열 번에 다섯 번 있을까 말까 하다. 그런데 오늘은 어찌된 일로 전화를 걸고 만나고 싶다는 의사를 노골적으로 표시하는지 알 수 없었다. 그러니 은미가 나갈 수 없다는 말을 하자 조금도 섭섭하게 생각지 않고 전화를 끊는 것은 역시 강찬우다운 일이다. 전화를 끊자 은미는 속이 개운했다. 요구를 거절했다고 불쾌한 감정으로 꽁하게 생각하는 강찬우가 아니기 때문에 마음의 부담을 느끼지 않았지만 그보다도 남자의 요구를 거절했다는 쾌감을 느꼈기 때문이었다. 복잡한 감정을 버리라고 하던 명아의 말이 생각남과 동시에 복잡한 감정을 단일하게 정리한 첫번 증거가 실제로 드러났다고 생각되었던 것이다. 이렇게 남자의 유혹을 거절할 만한 동기를 보인다면 누구도 자기를 복잡한 감정의 소유자라고는 말하지 않을 것이다.

돈이 욕심나서 결혼을 강요하던 마철배는 돈을 줌으로 관계를 끊었다. 사랑하는 것이 아니라 동정으로 교제해 주는 것처럼 거만하기만 한 강찬우는 자기의 의사에 따라 손쉽게 관계를 끊을 수 있다. 그밖에 어중이떠중이는 문제도 되지 않는다. 이제 자기는 정말 단일한 감정으로 살 수가 있다.

명아에게 보여 주기 위해서라도 일보와 결혼을 하고 또 행복한 부부생활

을 하자. 일보를 대학원에 보내고 원하기만 한다면 외국 유학도 시키자. 일보가 외국 유학을 갈 때는 자기도 따라가서 나도 외국어 공부를 하자.

은미는 약혼식과 결혼식에 대해서도 계획을 세워 보았다. 약혼식은 가족들끼리만 간단히 한다. 그릴 같은 데가 좋을 것이다. 그 대신 결혼식만은 색달리 해야지. 한 명씩 나가서 졸업장을 받아 가지고 돌아가는 졸업식처럼 예식장에서 거행하는 결혼식은 싫다. 비행기에서 거행하면 단출해서 좋기는 하나 남몰래 도망가는 기분일 것 같다. 기차를 서너 칸 전세를 내어 손님들 모시고 부산까지 가며 그 속에서 거행하면 멋이 있을지 모르나 손님들이 따라가지를 않을 것이다. 주례하는 분과 단 셋이서 높은 산꼭대기에 올라 거행해도 멋질 것이지만 절룩거리며 산꼭대기에는 올라갈 수가 없다.

은미는 문득 자기 집 정원을 생각했다. 나무가 빽빽이 서 있는 넓은 정원에서 결혼식을 하면 꼭 숲 속에 가서 하는 기분이 날 것이다. 정원에서 결혼식을 하고 그 자리에서 칵테일파티를 연다.

그러려면 꽃이 피는 봄으로 정해야 할 것이다. 4월만 되어도 화원에서 화분들을 사다가 화분째 땅에 심으면 다른 집 정원에서 볼 수 없는 꽃들을 얼마든지 볼 수 있게 된다. 손님들도 감탄을 할 것이며 또 기억에 오래 남으리라. 결혼식이 끝나면 비행기를 타고 가장 먼 제주도로 신혼여행을 가자.

신혼여행을 가서는 일찍 돌아올 필요가 없다. 서귀포에서 일주일쯤 있다가 경주로 가서 일주일, 그리고 그 다음에는 온양 온천으로 가서 일주일쯤 지내다가 돌아오자. 신혼여행을 최소한도 삼 주일 잡는다. 그래야만 밀월여행에서 꿀맛을 충분히 맛볼 수 있다.

그때쯤이면 뱃속에 들어 있는 생명도 꽤 자랄 것이다. 제2의 생명을 위하여 준비를 시작하자. 은미는 임신을 생각하자 빨리 애를 낳고 싶은 충동을 느꼈다. 애를 낳기만 하면 자기는 다리가 불구라고 해도 그밖에는 아무데도 이상이 없다는 것이 드러난다. 다리 하나쯤 불구면 어떻다는 말인가 여자로 할 일을 다 하면 그뿐이다.

은미는 이때까지 어린애를 갖고 싶다는 생각을 한 번도 해 본 일이 없었다.

그것은 청춘이 다 간 뒤에 가져도 무방하다고 생각했었다. 청춘을 발 묶어 놓은 어린애. 그래서 지난 달의 경도가 없을 때 도리어 걱정을 했었다. 그리고 여차하면 수술을 해 버리리라는 생각을 했었다.

그러나 그러한 생각을 가졌던 자기를 철없는 과거로 돌렸다. 만약 일보가 결혼을 거절할 때 자기는 임신을 빙자할 수도 있지 않은가. 임신을 했으니 결혼을 강요한다고 해서 나쁠 것이 없다.

아무렇게 해서라도 일보와 결혼을 해야 한다. 일보만큼 순진한 남자가 또 있을 수 없다. 많은 남자를 교제해 보았지만 자기의 결혼 대상으로 일보만 한 남자를 보지 못했다.

사실 은미에게는 순진한 남자여야만 한다는 것이 결혼의 첫째 조건이었다. 순진한 남자가 아니고서는 믿을 수가 없다. 돈은 있다고 해도 육체적으로 완전하지가 못한 만큼 남자들이 순간적으로 좋아한다고 해서 그것을 영원한 것으로 믿을 수는 없다. 조금 전에 전화를 건 강찬우 같은 남자는 자기가 불구이기 때문에 흥미를 느끼고 있다. 불구니까 동정하지 않을 수 없다는 태도를 노골적으로 보이고 있다. 그러나 그 흥미와 그 동정이 오래갈 것이라고는 아무도 보장을 못한다. 모든 남자가 다 그럴 것이다. 그런데 일보만은 그렇지가 않다. 불구라는 데 별로 관심이 없는 것 같다. 그러기에 일보가 더욱 좋다.

다음날 아침 은미는 오늘이야 하고 일보의 전화를 기다리기 시작했다. 캘린더를 보고 일요일이라는 것을 알았지만 일요일이라고 해서 전화를 못 걸 일이 없으리라고 생각했다. 전화만 오면 같이 드라이브라도 하리라는 생각으로 일요일이 다행하게 여겨졌다.

그러나 전화는 오지 않았다. 점심때가 거의 될 때까지도 전화벨은 울지 않았다. 은미는 화가 났다. 명아는 찾아가기까지 하고 자기에게는 전화마저 걸지 않는 일보가 괘씸했다. 아버지가 승낙을 안 해서 결혼을 할 수 없다면 솔직하게 결혼을 할 수 없다고 하면 되지 않는가?

무엇이 무서워서 전화도 걸지를 못한담. 은미는 일보가 흐릿하다고 생각했다. 만약 흐릿하지가 않다면 명아에 대한 미련 때문이리라. 자기와 결혼하기로 했지만 명아와의 관계를 명확하게 자르는 것이 아쉬워하기 때문이리라.

은미는 더욱 화가 났다. 일보에게서 전화가 온다고 해도 반가울 것이 하나도 없을 것 같았다.

안 하면 그뿐이지. 은미가 토라질 대로 토라졌을 때 정오 사이렌이 울렸다. 같은 시각에 식모가 뛰어올라 오며 전화가 왔다고 했다. 스위치를 돌려 놨으니 빨리 받으라고 서둘렀다.

은미는 일보에게서 온 것이라고 생각했다. 역시 반가웠다. 어제 전화 걸지 않은 것을 잘못했다고 하겠지. 은미는 옷매무시를 고치고 단정히 앉은 다음 수화기를 들었다.

"저 은미예요."

목소리도 가라앉혀 침착하게 말했다. 그런데 상대방의 목소리가 달랐다.

"굿모닝, 일요일인데두 집에 계시군……."

그것은 어제 전화 걸었던 강찬우였다.

은미는 갑자기 역증이 났다. 기다리고 기다리던 것이 겨우 강찬우의 전화였던가?

"웬일이세요?"

왜 전화를 또 거느냐고 말하고 싶었지만 말이 그렇게 나오지 않았다.

"만난 지가 너무 오랜 것 같아서……. 별일은 없었죠?"

전 같으면 이십 일 동안이나 안 만나는 일이 이상스럽게 생각되었을 것이다. 그러니 만나고 싶다는 거겠지. 은미는 강찬우의 마음을 알 수 있었지만,

"변한 일이 많아요."

자기의 혼담까지를 이야기하려 했다.

"좋은 일인가요? 나쁜 일인가요?"

"물론 좋은 일이죠."

"그럼 만나서 이야기를 듣구 축하를 해야겠네요."

"축하란 장식품밖에 안 되는 거니까요."

"그럴 수가 있나요? 좋은 일에는 다 같이 좋아해야 하니까요."

"혼자 좋아하는 것이 더 좋아요."
"마음이 단단히 변하셨군요?"
"변하기두 해야죠. 갈대와 같이 변하는 것이 여자의 마음이라면서요?"
"갈대와 같다구요?"
"여자는 마음이 변해 갈 때 마음이 굳어지나 봐요."
"그런 이야기는 만나서 합시다. 몇 시에 나오시겠수?"
"이때까지 공연한 이야기를 했게요. 전 못 나가요. 못 나가는 몸이 됐어요."
"그러지 말아요. 그래야 값나가는 건 아니니까……."
 은미는 어떤 영화에서 남자들은 피하는 여자를 좋아한다는 세리프를 본 생각이 났다. 그래서,
"제가 강 선생님한테 값을 올려야 할 필요가 뭐 있어요. 정말 얼마 안 있어 결혼하기루 했어요."
하고 오해가 없기를 바란다는 뜻으로 말했다.
"상당히 전술이 능했겼군요? 그렇지만 사람을 보구 전술을 써야지……."
 강찬우는 은미의 말을 신용하지 않았다. 남자들이란 자기에게 불리한 것은 믿지 않는 모양이었다.
"저 같은 여자는 결혼 못하나요?"
 은미는 언젠가 강찬우가 평생 결혼을 안 해두 좋지. 그 대신 연애를 실컷 할 수 있잖아 하던 말을 생각하며 불쾌하게 대답했다. 강찬우는 정말 은미가 쉽게 결혼할 수 있는 여자가 아니라고 생각했던 것이다. 그러나 꾸며 하는 말이라고도 생각할 수 없었던지,
"프레젠트가 썩겠는데."
하며 더 추궁을 하지 않았다.
"한 개 주려던 여자에게 두 개를 주면 더 좋아할 거 아녜요?"
 은미는 웃으면서 전화를 끊었지만 강찬우의 유혹을 물리친 자기의 마음을 가상하게 생각했다. 남자의 유혹을 물리친 일이 별반 없는 은미였다. 건방지다고 생각하면서도 그래도 좋아하던 강찬우의 유혹을 물리쳤다. 어쩐지

자기가 어른이 된 것 같은 기분이었다.

그러면서도 은미는 계속해서 두 번씩 전화를 걸어 본 일이 없는 강찬우가 무슨 마음에서 어제 오늘 계속해서 전화를 걸었을까 하고 생각했다. 사랑한다는 말을 한 번도 해 본 적이 없는 그가 혹시 그런 말이 하고 싶었기 때문은 아닐지? 그러나 결혼하게 됐다는 말을 듣자 자기를 주려고 사 왔다는 그 프레젠트가 썩게 되었다고 말한 것을 생각할 때, 그런 남자가 '사랑한다고' 해야 대단한 사랑이 아니리란 마음이 들었다. 주려고 사 온 프레젠트라면 결혼하게 되었다고 못 줄 것이 무엇인가? 너절한 인간이란 생각이 들었다.

동시에 전화도 걸지 않는 일보 역시 너절한 인간이 아닌가 하는 마음이 들었다. 자기에게 주려고 샀던 프레젠트를 다른 여자에게 주는 강찬우처럼 자기와 결혼을 하려다가 딴 여자를 생각하는 남자가 일보라면······.

은미는 당장에 일보를 찾아가고 싶었다. 찾아가서 싫으면 싫다고 솔직하게 말하는 것이 장래를 위해 좋은 것이라고 말해 주고 싶었다. 임신을 했으니까 할 수 없이 결혼을 해야 한다는 생각을 가졌다면 그것은 조금도 고맙지가 않다는 말을 해 주고 싶었다. 임신 같은 것은 문제가 안 된다. 얼마든지 처리할 수가 있다. 중요한 문제는 일보가 자기와의 결혼을 후회하느냐 안 하느냐에 있다. 결혼하기로 결심을 했는데, 그것을 자기에게 통고하기도 전에 마음이 흔들린다면 그런 남자와는 차라리 결혼을 안 하는 편만 같지 못하다. 그러한 결혼이라면 절대로 오래 지속되지가 못할 것이다. 설사 오래 지속된다고 해도 행복할 것이 못된다.

그러나 은미는 하루만 더 참아 보기로 했다. 하루를 참지 못해 일보를 찾아간다는 것은 경솔한 인상을 줄 우려가 있다. 내일 만나서 이야기를 해도 늦지가 않다.

그리고 일보의 마음이 변했다고 속단하는 것이 자기의 잘못이란 생각도 들었다. 일보는 그렇게 마음이 변할 사람이 아니다. 마음이 악하지 않은 사람이니 의리가 없을 수 없다. 의리가 있는 사람이라면 남의 마음을 아프게 하지 못하는 법이다.

은미는 내일까지 기다렸다가 일보에게서 아버지가 승낙하셨어 하고 말을 들은 뒤 '그래요? 고맙습니다.' 하고 즐거운 표정을 보여 주리라 생각했다. 자기가 일보를 믿지 못해 의심하고 있었다는 말을 조금도 비치지 않고 즐거워만 한다면 일보가 얼마나 만족스럽게 생각할 것인가? 자기는 너그러운 여자가 된다. 서두름이 없이 너그럽게 기다리는 여자. 은미는 자기의 일이나마 신중하게 생각되었다. 결혼을 하고 살려면 너그러운 여자라는 말도 들어야지.

다음날 아침 과연 일보에게 전화가 왔다. 은미는 일보의 전화를 받으면서 자기 마음을 지그시 눌렀다. 기다리게 한 일보를 원망하는 말도 해서는 안 된다고 생각했다.

"어제는 일요일이 돼서 전화두 걸지 못했어……."

일보가 변명을 할 때 은미는,

"그런 줄 알았어요."

하고 너그럽게 응수를 했다.

"아버지가 승낙하셨어. 그렇지만 한 번 만나 보두룩 하는 것이 좋을 것 같아……."

일보의 말이 너무나 간단해서 불만스러웠지만 은미는,

"어마나! 제가 지금 곧 갈게요."

그저 좋기만 하다는 태도를 보였다.

"기다리구 있을게. 만나서 이야기합시다."

일보의 목소리가 지나치게 침착하게 들렸다. 좀더 자기를 즐겁게 해 줄 말이 있을 텐데 하고 생각했지만 은미는 그런 불만을 말하지 않았다.

"삼십 분 이내에 갈게요."

전화를 끊자 은미는 곧 화장을 시작했다. 보통은 한 시간쯤 걸려야 하는 화장을 이십 분도 안 되어 끝냈다. 화장을 끝내자 은미는 경대 앞에서 입술을 뾰족 내밀었다. 누구에게 보이기 위한 것인지 몰랐다. 누구에게 할 것 없이 용용 죽겠지 하고 혓바닥을 내밀어 보이는 어린애의 자기 과시(誇示) 그것이었다.

은미는 아래층으로 내려가 어머니에게,

"좀 나갔다. 오겠어요. 일보 씨 아버지가 승낙하셨대요."

자랑삼아 말했다.

"그래? 그럼 빨리 다녀오너라."

어머니도 반가운 모양이었다.

"다녀올게요."

은미는 모든 암운이 걷혀 즐겁기만 했다. 과거는 사라져 버렸다. 새로운 행복의 설계가 진행될 오늘부터의 미래만이 눈앞에 보였다.

자동차를 탔을 때도,

"빨리 빌딩으루 가요."

운전수에게까지 행복의 거리를 단축시키도록 독촉했다.

빌딩 앞에 이르러 이층 사무실까지 올라가는 동안 은미는 하늘에 오르는 기분이었다. 스틱을 짚고 다리를 절름거리면서도 조금도 불편을 느끼지 않았다. 평지와도 달리 층계를 뛰어 올라가는 것이 남의 눈에는 보기도 흉했을지 모르나 은미는 신바람이 나기만 했다.

헐떡이며 사무실 문을 열자 맞은편에서 일보가 벌떡 일어나는 모습이 보일 때 은미는 달려가서 양팔을 활짝 벌리고 그를 안고 그 가슴에 파묻히고 싶은 충동을 느꼈다.

두 팔을 벌리고 다가오는 행복을 맞는 기분. 그러나 일보 옆에 앉아 있는 권기철이 일어서서 인사하는 것을 보는 순간 은미는 사장이라는 것을 잊을 수 없었다.

"수고들 하십니다."

은미는 갑자기 점잖아졌다. 모든 동작이 완만해졌으며 입까지 굳어졌다.

하고 싶은 이야기가 목구멍까지 가득 차 있지만 마음에 있는 말을 한 마디도 할 수가 없었다. 은미가 사장다운 태도로 소파에 앉자 권기철이 그새 수입과 지출을 기록한 장부를 가지고 왔다. 은미는 그것을 보는 척만 하고 도장도 찍지 않은 채 권기철에게 돌려 주었다. 빨리 일보와 단 둘이 이야기하고 싶은 마음뿐이었다.

"이번 사 들인 석탄의 질이 좀 나쁩니다."

권기철이 보일러용 석탄의 질이 나빠 소비량이 늘었다는 이야기를 했다. 그러나 은미는 전 달에 비해 소비량이 얼마나 늘었냐고 그 내용을 물으려 하지 않았다. 그렇게 되면 거기서 오는 차액도 물어야 할 것이며 같은 회사 석탄을 쓰는 아버지네 공장에 물어 보았느냐는 말도 해야 한다. 이야기가 길어질 것 같았다.

그래서 은미는,

"아버지한테 부탁해서 조사해 보도록 하지요."

결론을 짓고 이야기를 끊어 버렸다.

그리고 볼일은 다 보았다는 듯,

"고 선생님, 차라두 한잔 마실까요?"

하고 일보를 쳐다봤다.

일보는 기다리고 있었다는 듯이 자리에서 일어나며,

"그러십시다."

하고 은미 앞으로 걸어왔다. 그리고는 권기철에게 잠깐 나갔다 오겠다는 말을 하며 출입 도어를 열고 은미를 나가게 했다.

차 안에 올랐을 때 은미는 운전수에게 그랜드 호텔로 가자고 했다. 점심시간이 아직 안 되었기 때문에 거기 광동식(廣東式) 다방으로 갈 작정이었다.

그러나 일보는 은미와 같이 칠층 홀에 갔던 기억이 남아 있어 식사하러 가는 줄만 알고,

"아직 점심시간이 멀었는데……."

하며 다방으로 가자고 했다.

"거기두 다방이 있어요."

은미는 일보가 너무나 모르는 것이 많다는 것을 생각하며 속으로 웃었다.

"그래요?"

"광동식 케익을 파는데 맛이 괜찮아요."

그랜드 호텔 일층에 있는 광동식 다방은 천장이 높고 한편 벽에 중국식 빨간 천이 쳐 있을 뿐 별다른 것이 없었다.

다방에 들어가자 은미는 케이크 이인분을 주문한 뒤,
"아버님이 승낙하셨다구요?"
비로소 결혼 이야기를 꺼냈다.
"네, 아버지는 벌써 우리 사이를 짐작하구 계셨습니다."
일보는 아버지가 승낙하는 것이 그리 새로운 뉴스가 아니라는 듯 대답했다.
"어떻게 아셨을까요? '일'이 이야기했던 거로군요."
은미는 일보를 '일'로 부르기 시작했다. 이제는 고 선생도 일보 씨도 적당치 않은 말 같았던 것이다.
"이야기한 적이 없는데두 아시던데요. 인생 체험이 많으면 남의 맘속두 뚫어보는가 봐요."
"이상하지요, 참."
"내가 '미'의 호의를 받아들이는 것을 곧 애정의 교류로 보셨나 봐요."
일보도 은미를 '미'라고 불렀다.
"내가 무슨 호의를 드렸다구······."
그때 일보가 은미의 손가락을 잡아 가볍게 꺾으며 은미를 쳐다봤다.
은미도 미소 먹은 얼굴로 일보를 바라보다가,
"빨리 약혼식을 하구 결혼을 해요. 네······."
사람들이 보는데도 머리를 일보 어깨에 기대고 응석을 피우듯 말했다.
은미는 좋기만 했다. 어제와 그저께 혼자서 애태우던 일들은 감쪽같이 잊고 있었다. 사랑하는 마음이 용솟음칠 때 사람은 너그러워지는 법이다. 일보가 원망스럽지도 또 시시한 인간이란 생각도 들지 않았다.
"그래야지, 언제쯤 할까?"
일보가 은미에게 동의해 줄 때 은미는 '아이 좋아라.' 하는 소리가 입 안에서 뱅뱅 돌았다.
"약혼식은 이 달 안에 하구, 결혼식은 사월 달쯤 해요."
"좋은 생각이야."
"약혼식은 간단히 하구 결혼식은 멋지게 해요. 결혼 배급받는 것 같은 예

생활의 정리　299

식장 결혼식은 절대 반대니까요."

"그럼 어디서 하나?"

"우리 집 정원에서 해요. 숲 속 같지 않아요? 화원에서 꽃을 사다가 그뜩 심어 놓으면 꽃밭 속에서 결혼식을 올리는 게 되거든요. 꽃밭에서 결혼식을 하구. 꽃밭에서 축하 파티를 하구……."

"참 멋있겠는데……."

"그리구 신혼여행은 제주도 경주 온양으로 다니며 최소한도 석 주일 보낼 것."

"너무 길지 않을까?"

"길면 어때요? 외국엘 갈 수 있다면 외국으루 가구 싶은데……."

"좋아."

"그리구 난 뒤 '일'은 대학원엘 다녀요. 대학원을 나오면 외국두 가구. '일'이 하구 싶은 건 무어나 해요. 네……."

"나두 대학원엘 다니구 싶었어."

"그렇죠. 나는 '일'의 맘속을 들여다보구 있으니까……."

"대단한데……."

"'일'의 아버님 같은 분두 계신데…… 뭐……."

"난 세계 최대의 행복자군. 속마음까지 알아 주는 여자를 아내루 맞게 되었으니까……."

은미는 명아를 생각지 않을 수 없었다. 자기가 일보의 마음속을 들여다보는 것처럼 말한 것은 명아 때문이었다. 일보를 자기 사람처럼 말하던 명아.

은미는 일보와 명아와의 관계를 확인하고 싶은 마음이 들어,

"아버님의 승낙을 언제 받으셨지요?"

하고 이야기를 처음부터 되돌렸다.

"그끄저께, 그러니까 '미'의 집에 갔던 날이었어."

일보는 은미가 무엇을 알고 싶어하는지를 모르는 모양이었다.

"그걸 왜 오늘에야 알려 주셨죠?"

"중대한 일인 만큼 '미'에게 알리기 전 나 혼자서 얼마 동안 간직해 두고

싶었던 거야."

"혼자 간직해 두면 맛이 나나요?"

"맛이 나라구 그런 건 아냐. 결정하기 전에 생각을 많이 못했으니까 결정한 뒤에라두 좀더 생각을 할려구 한 거지."

"생각한 결과는 어땠어요?"

"물론 좋지. 영원히 사랑할 수 있는 방법들을 생각했으니까."

"그럼 나한테 이야기하기 전에 명아에게 이야기한 것은 무슨 이유죠?"

"아, 그것 말야 언제 또 명아를 만났어?"

일보는 그때야 은미가 꺼낸 말의 초점을 알았는지 얼굴을 붉혔다.

"그저께 만났어요."

"정말 오해하지는 말아요. 오해한다면 앞으루는 만나지 않을 테야. 요전에두 말한 것처럼 명아 씨는 성을 초월한 친구야. 그래서 내가 '미'와 결혼하게 되었다는 것을 알리구 또 결혼 생활을 행복하게 해 나가는 방법을 들으려구 만났던 것뿐야."

"절대루 오해는 안 해요. 다만 나를 만나기 전에 명아를 만났다는 것이 조금 불쾌했을 뿐이죠. 앞으루두 만나세요. 안 만나면 내가 도루 기분 나쁠 테니까……."

"'미'가 신경을 쓴다면 안 만나는 것이 좋을 것 같은데……."

"안 만나면 도리어 수상하게 생각되잖아요."

은미는 자기가 명아를 의심하는 속된 여자란 인상을 절대로 주고 싶지 않았다.

의심하고 질투한다면 자기가 치사한 인간이 된다. 명아가 자기보다 난 점이 많을지 모르지만 그렇다고 해서 자격지심을 가질 필요가 없다. 결함이 있는 자기라고 해서 명아보다 못났다고 생각할 것이 무엇인가? 질투란 자기 경멸에서 오는 자학에 지나지 않는다.

"명아는 참 좋은 애예요. 그 애두 얼마 안 있어 결혼을 한다니까 그의 부부하고 우리 넷이서 다 같이 친구가 되면 좋지 않겠어요?"

은미는 명아를 칭찬함으로써 명아에 대한 질투심을 가리려 했다.

"'미'는 무엇 때문에 명아를 만났지?"

일보는 명아의 이야기가 무척 기분 나쁜 모양이었다.

"나두 결혼하게 된 것을 알리려구 찾아갔었어요. 그렇지만 행복하게 사는 방법을 들으려구 가지는 않았어요."

은미는 일보의 옆구리를 한 번 찔렀다.

"약혼식이 끝나거든 우리 명아를 한 번 초대해요. 우리의 결혼을 굉장히 좋아해 주었어요."

그때 정오 사이렌 소리가 들려 왔다. 은미는 명아 이야기를 길게 하면 서로 불쾌해지기만 할 것 같아,

"우리 점심 먹으러 가요."

하며 일보의 손을 잡아끌었다.

일보를 끌고 밖으로 나오자 은미는 자동차 운전수에게 광나루로 가자고 한 뒤 일보에게,

"강고기 좋아하세요?"

하고 물었다.

"있구두 안 주는 것 빼놓구는 못 먹는 거 없죠."

일보도 명아의 이야기를 잊고 빙그레 웃었다.

"강고기의 고추장찌개 참 맛있어요."

"고추장찌개두 좋아해요?"

"고추장찌개두 좋아하다니요?"

"양식만 좋아하는 줄 알았지."

"한국적 정서를 잊어버릴 수 있어요?"

"고추장이 한국 정선가요?"

"고추장에 대한 향수가 곧 한국에 대한 향수겠죠."

그들은 광나루에 이르러 찾아간 집은 한강을 향해 기다랗게 지은 청명장이었다. 이층으로 되어 있는 청명장은 어떤 방에서나 일요일 다음날이라 손님은 별반 없었다. 한쪽 끝엣방에 슬리퍼가 두 개 놓여 있을 뿐이었다.

음식점 사환은 조용한 방을 쓰라고 하며 손님이 들어 있는 방에서 제일

먼 북쪽 골방을 주었다.

방을 정하자 은미가 화장실에 다녀온다고 방을 나갔다. 일보는 은미가 돌아오기 전까지는 음식을 시킬 수도 없고 해서 은미를 기다리는 수밖에 없었다.

은미가 나간 지 얼마 안 되어 슬리퍼 소리가 들렸다. 일보는 은미가 벌써 돌아오는가 하고 슬리퍼 소리에 귀를 기울였다. 그러나 그것은 은미가 아니고 남쪽 골방에 든 손님인 모양이었다.

무심히 앉아 은미를 기다리고 있는데 은미가 좀체로 돌아오지를 않았다. 그 대신 은미의 목소리가 가느다랗게 들려 왔다.

무슨 말인지 들리지는 않았지만 목소리가 날카로운 것 같았다. 상대방 목소리는 남자였다. 그리고 남자의 목소리는 은미의 목소리에 비해 부드러웠다.

두 목소리가 점점 가까이 들려 왔다.

"글쎄 그건 알아서 뭣 해요?"

은미의 목소리였다.

"말하지 못할 건 뭐야?"

남자의 목소리가 여전히 유했다.

"상관할 것 없어요. 빨리 기다리는 사람한테나 가요."

두 사람의 슬리퍼 소리가 일보의 방 앞에까지 이르렀다. 은미가 방 안으로 들어왔고 남자는 자기 방으로 걸어갔다.

"누구지?"

일보로서 안 물을 수 없었다.

"좀 아는 남잔데 자기두 여자하구 같이 오구서는 나와 같이 온 이가 누구냐고 묻지 않아요."

일보는 그럴 수도 있는 일이라 생각하고 그리 신경을 쓰지 않았다. 그런데 은미가 좀체 흥분을 가라앉히지 못했다.

사환이 들어와 음식 주문을 맡을 때도 볼이 부은 목소리로 말했다.

"찌개 이인분 줘요."

그리고 일보를 보는 일도 없이 초점 잃은 시선을 맞은편 벽에 보내고 있었다.

일보는 은미를 건드릴 수가 없어 담배를 피우며 밥상이 들어올 때만 기다렸다. 침울한 가운데 말을 잃고 멍하니 앉아 있을 때 찌개냄비가 놓여 있는 식상이 들어 왔다. 일보는 얼른 냄비 뚜껑을 열고 그 안을 들여다보았다.

"메긴데, 대가리가 커두 미련하기만한 메기, 자 먹읍시다."

일보가 분위기를 돌리려고 농담을 하면서 은미의 밥그릇 뚜껑을 열어 주었다. 그래도 은미는 새침한 얼굴을 움직이지 않았다. 젓가락을 집어 들고도 말 한 마디 안 했다.

"잊어요. 남자란 다 실없는 거라고 생각하면 되잖아요. 자아, 먹기나 합시다. 고추장찌개가 정말 향수를 자아내는데……."

그때야 은미가 눈 가장자리에 웃음을 지었다.

"미안합니다."

"미안은? 기분 내요. 우리 술 한 잔씩 할까?"

일보는 정말 아무렇지도 않게 생각했다. 세상에는 싱거운 친구도 있는 법이니까 싱거운 친구가 은미를 기분 나쁘게 했나 보다 정도로 생각했다.

"난 안 하겠어요. '일'이나 하세요."

은미는 일보가 술을 마시고 싶어할 줄 알면서도 이런 정도로밖에 말하지 않았다. 전 같으면 자기가 손뼉을 쳐서 사환을 불러다가 술을 가져오라고 할 것인데,

"술을 가져오라구 그러세요."

자기는 번거로운 일을 하지 않으려 했다.

"찌개 좋으니, 한 잔만 해야지."

일보는 손뼉을 쳐서 사환을 불렀다. 그리고는 비어를 한 병 가져오게 했다. 은미는 한 방울도 마시지 않았다.

일보가 비어를 마시며,

"술맛을 모르누만! 술이란 기분을 회복시켜 주는 활명수 같은 거야."

술에 대한 해석을 해 주었지만,

"술맛은 알아서 뭣 해요. 이젠 그런 거 입에두 안 댈래요."

은미는 철이 든 것 같은 말을 했다. 일보는 그러는 은미에게 술을 권하지 않았다. 여자란 결혼하기 전에만 자유를 동경한다. 결혼 뒤에는 자유를 도리어 부자유보다도 백안시한다. 스스로를 도덕률에 붙잡아 매 둠으로써 안정감을 느끼려는 마음이리라. 혼자서 술을 다 마시고 식사를 하려고 할 때였다. 슬리퍼 소리가 마루를 울리며 가까이 오더니 방문을 노크하는 소리가 났다. 일보는 불길한 생각이 들었지만 들어오라고 했다. 서슴지 않고 문을 연 사람은 언젠가 사무실로 와서 은미가 나오지 않았느냐고 서슬이 퍼래서 떠들던 깡패 같은 바로 그 남자였다. 그 남자는 실례한다는 말을 한 뒤 일보 옆으로 와 앉으며 자기 이름을 댔다.

"마철배라구 합니다."

일보도 가만 있을 수 없었다.

"나 고일봅니다."

"우리 한 번 만난 적이 있지요. 기억나십니까?"

"기억이 있습니다."

그랬더니 철배는 대뜸,

"약혼을 하셨다지요."

도전적으로 말을 꺼냈다.

"그렇게 됐습니다."

"과거를 다 알아보구 약혼을 했나요?"

말씨는 아주 순순했다. 태도도 침착했다. 그러나 독이 들어 있는 말이었다.

일보는 술기운이 뜨겁게 얼굴로 확 퍼져나오는 것을 느꼈다.

은미는 일보의 표정이 심상치 않은 것을 보고 그 옆으로 가서 붙잡으려 했으나 어느새 일보의 주먹이 철배의 얼굴을 때렸다.

"거 어떻게 하는 수작이냐?"

그러자, 철배가 벌떡 일어났다.

"사람을 때려?"

침착하게 웃저고리를 벗었다. 여유 있는 태도였다.
"너 같은 자식은 죽여 버려야 해."
일보도 자리에서 일어섰다. 은미는 일보를 붙들어 앉히려 했으나 힘이 당할 수 없었다.
두 사람은 때리고 맞고 했다. 식탁이 뒤엎어졌고 식기가 소리를 내며 깨졌다.
은미는 밖으로 뛰어나가 소리를 질러 사람을 불렀다. 사람들이 몰려와서 싸움을 막았지만 일보가 얼굴이 터져 쓰러질 때까지 싸움은 멎지 않았다.
얼굴이 터져 피가 나오는데도 눈에 보이는 상처보다 더 아픈 데가 있는지 일보가 꼼짝 못하고 쓰러져 있을 때 은미가 철배에게,
"빨리 나가지 못해요."
소리를 지른 뒤 수건으로 상처가 난 일보의 얼굴의 피를 닦기 시작했다.
"절대루 좋지 않을 테니까 그런 줄 알어."
철배가 은미에게 협박적인 말을 할 때 어느새 와 있었는지 철배의 동행인 젊은 여자가 철배의 팔을 잡아끌었다.
"좋지 않을 건 뭐야? 뭘 잘못해 줬다구."
"난 그런 걸루 만족할 사람이 아냐? 잘 알아 둬."
철배는 여자에게 끌려 자기 방으로 갔다.
참으로 알 수 없는 일이었다. 결혼을 약속했던 사이도 아니다. 돈이 탐나서 은미와 결혼하려고 했던 것을 알고 있지만 현금으로 십만 원이나 주었다. 돈을 받을 때 그는 다시 은미 앞에 나타나지 않을 것을 약속했는데, 그것만으로 만족하지 않는다는 것은 무슨 소린가?
은미는 상처를 입은 일보보다 그림자처럼 따라다니며 괴롭힐 철배로 말미암아 불안 속에 살아야 할 자신을 걱정했다. 그래서야 일보와 결혼인들 할 수가 있을 것인가?
일보가 비시시 일어서며,
"가요."
하고 코트를 입고 방을 나섰다.

은미는 따라가지 않을 수 없었다. 은미에게는 일보에게 용서를 빌 용기조차 없었다. 그를 위로하고 어루만져 줄 용기는 더욱 없었다. 음식점을 나와 자동차를 타고 광나루를 벗어날 때까지 은미는 입을 통 열지 못했다. 오직 일보의 분부가 내리기만 기다릴 뿐이었다.

자동차가 컨트리클럽 앞을 달릴 때까지 일보도 입을 열지 않았다. 은미는 침묵이 무서웠다. 차라리 때리고 욕을 해 주었으면 했다.

"아프시지는 않으세요?"

처음으로 입을 열고 일보의 반응을 기다렸다.

"괜찮아."

일보의 목소리는 거칠었다. 그러나 그것만으로는 일보의 마음속을 알 수 없었다.

"병원으루 갈까요?"

"괜찮다니까……."

일보의 목소리는 여전히 퉁명스러웠다. 어떻게 하자는 것인가? 은미는 답답했다.

"깡패예요. 신경쓰지 마세요."

일보는 대답도 안 했다.

"돈밖에 모르는 깡패예요."

그래도 일보는 반응이 없었다. 마음이 정리되지 않아 말을 못하는 모양이었다.

"용서하세요."

만약 용서만 한다면 은미는 무엇이나 하라는 대로 하고 싶었다.

그러나 일보는 돌처럼 말이 없었다.

"용서하세요. 다음부턴 그런 일이 절대 없을 테니까요."

은미는 용기를 내어 용서를 청했다. 정말 용서만 해 준다면 어떠한 수단을 써서라도 일보에게 다시 그런 일이 없도록 하리라 생각했다.

"도대체 그 남자는 '미'와 어떤 관계였지요?"

일보도 무언으로 넘길 수 있는 일이 아닌 듯 입을 열었다. 무엇보다도 은미와 그 남자와의 관계를 알아야 자기의 태도를 밝힐 수 있는 모양이었다. 은미로서 난처한 질문이 아닐 수 없었다.
 그렇다고 꼬리를 뺄 수도 없는 일이었다.
 "알던 사람인데 저에게 프러포즈했어요. 그걸 들어줄 수 있어요. 그랬더니 집으루 찾아온다고 야단났었어요."
 "그렇다구 그런 무례한 행동을 할 수 있을까?"
 일보는 이해가 되지 않는 모양이었다. 그러나 은미로서 그 이상의 설명을 할 수는 없었다.
 "깡패 기질이란 단순한 것인 줄만 알았어요. 정말 다시는 그런 일 없두룩 맹세를 할게요. 피를 내서라도……."
 "맹세는 필요 없어 '미'가 맹세한다구 그 친구가 가만 있을 것두 아니구 끝까지 귀찮게 굴 것 같던데……."
 "그건 제가 어떻게든 처리하겠어요."
 "또 돈을 왜 줘요. 돈을 줘야 할 만큼 약점을 잡힌 것두 아닌데……."
 "돈 먹자구 하는 친구를 돈 안 주구 어떻게 뗄 수가 있어요?"
 은미는 철배가 정 귀찮게 굴면 돈을 좀더 줄 생각이었다. 그러나 일보 앞에서 돈을 주겠다는 말은 할 수가 없었다. 돈을 안 주겠다고 했으니 다른 방법을 말해야 할 것인데 그 방법이 머리에 떠오르지 않았다. 그렇다고 해서 아무 방법도 제시 안 하면 일보가 안심을 못할 것이다.
 "깡패 가운데두 악질적인 깡패던데……."
 일보는 은미의 말이 믿어지지 않는 모양이었다.
 "걱정 마세요. 아버지는 깡패를 막기 위해 깡패를 기르기도 하구 있으니까요."
 "적당히 해."
 일보는 그 이상 더 추궁하지 않을 모양이었다. 은미는 그 기회에,
 "이젠 그 이야기 잊으세요, 네? 다시 생각나지 않게 해 드릴게……."
하며 일보의 팔을 잡아 흔들며 사정했다. 정말 은미는 이번만 무사하게 넘기면 다시 일보에게 그런 불쾌한 생각을 갖지 않도록 해 주고 싶었다. 어제

는 강찬우를 보기 좋게 거절했다. 모든 남자에게 외면을 하고 일보만을 생각한다면 아무리 마철배가 괴롭힌다 해도 문제될 것이 없다. 뭐니뭐니 해도 돈만 집어 주면 철배도 단념하지 않을 수 없으리라 생각했다.

일보 모르게 돈을 집어 주자, 그리고 곧 결혼식을 거행하자. 그러면 마철배가 무엇이라고 할 것인가. 깡패도 사람이다.

은미는 생활을 정하기 위해서라도 빨리 결혼을 해야 한다고 생각했다.

"잊어버릴게 걱정 마."

일보가 무뚝뚝하게나마 은미의 말을 받아 주었다. 은미는 그러한 일보가 고마웠다. 자기의 과거를 어느 정도로 알고 있는지 모르지만 일보의 태도든 무조건 너그러운 것 같았던 것이다. 고마웠다.

"다음에 큰절을 할게요."

정말 몇 번이고 절을 해도 좋다고 생각했다.

"누가 절을 받겠댔어?"

"제가 하구 싶어서 그러는 거예요."

은미는 운전수에게 외교구락부로 가자고 말했다.

"밥 먹을 생각 없는데……."

"그래두 점심을 굶을 수 있어요."

그들은 외교구락부로 갔다. 거기 조용한 방으로 인도되었을 때 은미는 비프스테이크 2인분을 주문했다. 그리고 두 사람만의 시간이 왔을 때 은미는 키스를 하고 싶은 격렬할 충동 같은 것을 느끼고 마룻바닥에 곱게 앉으며 큰절을 했다. 일보가 두 팔을 잡고 못하게 했지만 은미는 큰절을 하고야 말았다.

일보는 큰절하는 은미를 반쯤 외면한 채 은미가 왜 저럴까 하고 생각했다. 옛날 구식 결혼을 할 때 신부가 신랑에게 하는 큰절 바로 그것이라고 생각했다. 눈을 감고 입을 다문 뒤 무사념(無思念)의 표정으로 절하는 모습은 그 이상 더함이 없는 근엄 그대로였다. 절을 할 때는 어린애들도 근엄해지는 것이지만 일보는 은미의 큰절에서 근엄한 인생을 엿보았다. 이해타산이라든가, 미움과 사랑의 감정이라든가. 아첨하는 비굴이라든가 인간의 협잡

들 일체를 거세한 순수한 영혼이 자기의 깨끗한 자세를 취하고 있는 것 같았다.

은미는 큰절을 한 뒤 사붓이 일어나서는 고개도 들지 않고 자기 의자로 가서 앉았다. 말도 하지 않고 웃지도 않았다.

일보는 큰절을 통해 은미의 엄숙한 모습을 보자 이때까지 보지 못한 새로운 인간을 발견한 듯한 것을 느꼈다.

"'미'! 왜 큰절을 했지?"

새로운 인상을 주는 은미의 마음을 구체적으로 확인하고 싶었다.

"그냥 하구 싶었어요."

은미의 대답은 간단했다.

"나는 그런 절을 받을 이유가 없다구 생각해. 그래서 외면하구 있었어."

"아무래도 좋아요. 전 '일'을 마음속으로 생각하며 절을 했으니까요."

일보는 은미가 돋보였다. 어쩐지 영혼이 살아 있는 여자란 생각이 들었던 것이다. 사람마다 자기의 내면적인 정신을 보여 주기는 하나 정신 속에 깃들여 있는 영혼을 보여 주는 일이 별반 없다. 일보는 그 십 년을 살아오는 동안 영혼이라는 것을 느끼게 해 주는 사람을 만난 일이 없었다.

점심을 끝내는 동안 일보는 영혼의 소유자인 은미를 더욱 사랑해야 한다고 생각했다. 은미의 영혼을 사랑하고 은미의 영혼을 살려 주자. 그러므로 나도 영혼을 가진 인간이 될 수 있고 또 깨끗한 인간으로서 살아 나갈 수가 있다.

그런 식사가 끝나자 은미가,

"내일은 집으루 와 주시겠어요?"

할 때 일보는 자기도 모르는 새,

"이 얼굴을 해 가지구 어디를 가?"

하고 그만 영혼과 거리가 너무나 먼 말을 했다. 말을 하고 나자, 일보는 자기가 너무 비천한 인간임을 느꼈다. 어쩐지 그렇게 느껴졌던 것이다.

"그럼 이삼 일 댁에서 쉬시겠어요?"

"글쎄."

일보는 이삼 일씩 쉬어야 할 만큼 상처가 큰 것인가 생각했다. 그래서 은미에게 거울을 빌려 자기 얼굴을 보았다.
 눈 가장자리가 약간 퍼렇고 귀밑이 조금 찢어져 있었다. 거리에 나다니기가 창피스러울 것 같았다. 그러나 은미 앞에서 얼굴의 상처가 창피해서 사흘이나 쉬겠다는 말을 할 수가 없었다. 그렇게 말하면 더욱 비천한 인간이 될 것 같았던 것이다.
 "하루만 쉬지요."
 "바쁜 일두 없다는데 며칠 마음놓구 쉬세요."
 "그래두 그럴 수가 있어요? 오늘은 바루 집에 들어가구 내일부턴 나오두룩 하지요."
 일보는 내일도 쉴 필요가 없다고 생각했다. 싸우다가 얻어맞아 상처가 났다고 한들 무어 그리 창피할 것이 있겠는가?
 "같이 다니는 제가 창피하잖아요. 그러니까 더운물 찜질을 하구 멍이 다 난 뒤에 나오두룩 하세요."
 "생각해서 좋두룩 할 테니까 걱정 말아요."
 은미는 같이 다닐 자기가 창피하다는 말을 거듭하며 웃었다. 그러나 정말 창피해서 같이 다닐 수 없다는 것을 강조하는 말은 아니었다. 어떻게 해서든 일보를 쉬게 하려는 의사임을 알 수 있었기 때문에 일보는 자기 일은 자기에게 맡기라는 말을 하고 그릴을 나왔다.

살아 있는 과거

 일보는 사무실에만은 들리고 싶지가 않아 은미에게 전화 연락을 부탁한 뒤 집으로 돌아갔다. 은미가 노량진까지 자기 차로 바래다 주며,
 "내일 제가 댁으루 찾아가두 괜찮을까요?"
하고 일보의 의사를 물었다.
 "내일부터 출근할지 모른다니까요. 그리구 아버지와 인사두 없는데 찾아오는 것이 순서두 아닐게구……."

"순서구 뭐구 있어요. 병자를 문안가는 건데……."

"뭐 대단한 병자라구? 그럴 필요 조금두 없어요. 그리구 나는 내일 어떤 일이 있어두 출근을 할 테니까……."

"제가 댁엘 찾아가는 것이 싫으세요?"

"누가 싫다구 그랬지? 참 이상한 말을 하는데……."

"아무래두 그런 것 같아요. 그렇지 않구야 내일부터 출근하실 필요가 어디 있어요?"

"그럼 '미'가 집엘 찾아오게 일부러 누워 있을까?"

"누가 일부러 누워계시랬어요?"

일보는 은미가 자기를 믿지 못해 불안해하고 있음을 느꼈다. 그럴 수도 있는 일이라고 생각했다.

"아버지와 의논해서 가족 전체가 한 자리에 모일 날짜를 정해 가지구 내일 나갈게요. 만일 조금이라두 달리 생각한다면 '미'가 나쁜 사람이야."

일보는 은미를 안심시켜야 한다고 생각했다.

"좋두룩 하세요."

그래두 은미가 시무룩해서 명랑하지가 못했다. 일보는 은미가 하자는 대로 해 주는 것만이 은미를 안심시키는 길이라 생각했지만 이제 와서 내일 집으로 찾아오라는 말을 할 수가 없었다.

차가 노량진에 이르렀을 때 시무룩한 은미를 그냥 돌려 보내기가 안되어 운전사 모르게 은미의 손을 꼭 잡아 주었다. 그리고는 내일 아침 일찍 전화를 걸겠다고 한 뒤 은미를 돌려 보냈다. 은미는 조금도 웃지를 않고 돌아갔다.

집을 향해 언덕길을 걷는 동안 일보는 마음이 무거웠다. 별로 잘못한 것이 없는데도 침울한 얼굴로 돌아간 은미가 안되었다는 생각이 들었던 것이다. 자기의 잘못을 스스로 뉘우치는 마음에 큰절까지 한 은미. 거짓이 없는 뉘우침이다. 그러한 은미를 섭섭하게 해 준다는 것은 결국 자기의 인격이 부족하다는 것을 말하는 이외에 아무것도 아니다.

그러나 집에 들어가 식모를 시켜 뜨거운 물수건을 가져오게 하여 멍든 눈을 찜질하고 있을 때 일보는 이때까지와 정반대의 생각을 하기 시작했다. 비록 은미가 자기 잘못을 뉘우쳤다 하기로서니 내 얼굴에 멍까지 들게 한 그의 과거가 소멸될 수 있을 것인가? 한 번 있었던 일은 없어질 수가 없다. 길바닥에 있던 돌을 물 속에 던지면 그것은 길바닥에서 자취를 감춘다. 그러나 물 속에는 엄연히 존재한다. 사람이 죽으면 생명과 육체는 없어진다. 그러나 그 사람에 대한 기억은 역사적으로 존재한다.

은미가 뉘우치건 안 뉘우치건 철배라는 인간이 살아 있는 한, 은미의 과거는 소멸되지 못할 것이다.

어떠한 과거였는지는 확실히 모른다. 그러나 철배가 비록 인격이 없는 남자라 해도 체면불구하고 남의 방에까지 뛰어들어 은미에게 협박적인 언사를 썼다는 것은 보통 사이가 아닐 것이다. 그렇기 때문에 철배는 앞으로도 가만 있지 않겠다는 말을 했다. 철배가 가만 있고 안 있는 것이 문제 아니다. 소멸될 수 없는 은미의 과거를 모르는 척 눈을 감을 수가 있느냐가 문제다. 더럽혀진 몸, 몸뿐이 아니다. 철배에게 '당신을 사랑합니다.' 하고 사랑을 속삭이던 은미의 입, 그리 오래지도 않은 은미의 과거가 몸에 때가 앉듯 몸을 덮고 있다.

"아."

일보는 저절로 나오는 한숨을 막을 수가 없었다.

불쾌했던 것이다. 샘물처럼 솟아오르는 불쾌한 감정 속에 일보는 눈을 감고 또 한숨을 내뿜었다. 흙탕물을 마신 듯한 불쾌감, 일보는 자기의 불쾌감이 옳고 그른 것을 가릴 여유가 없었다. 깨끗하지 못한 것을 삼킨 것처럼 도로 토해 내고 내장을 씻어야만 깨끗해질 것 같은 기분이었다.

동시에 은미와 결혼한 뒤에도 그런 불쾌감이 계속된다면 차라리 결혼을 안 하는 것이 낫지 않을까 하는 생각을 했다. 결혼을 한다고 해서 은미의 피부에 묻은 때가 씻길 것 같지는 않았다. 씻기지 않는 때를 만지고 바라보는 동안 일보는 언제까지나 불쾌감을 느낄 것이다. 불쾌감을 느끼면서 사랑을 할 수는 없다. 사랑할 수 없다면 절대로 행복해질 수가 없다.

불행해질 것을 예견하면서도 결혼한다는 것은 어리석은 가운데서도 둔한 어리석음에 속할 것이다. 어리석은 일만도 아니다. 불행을 관여치 않고 결혼한다면 그것은 정략결혼의 표본이 된다. 불행하다 해도 돈만 소유할 수 있다면 그뿐이라는 검은 마음의 발로 이외에 아무것도 아니다.

'아직 약혼도 안 했는데……'

그렇기 때문에 일보는 일이 더욱 용이하게 해결되리라고 생각했다. 동시에 상처가 났다 해도 약혼하기 전에 철배에게 매를 맞는 것이 잘 된 일이라고도 생각했다. 만약 약혼을 한 뒤라면 결혼을 거절하기가 더욱 곤란할 것이 아닌가?

다만 문제는 은미의 육체를 소유했던 것과 그리고 현재 은미가 임신을 했다는 사실이다. 그러나 일보는 평생을 불행하게 사는 것보다는 양심의 가책 같은데 눈을 감는 것이 도리어 현명한 일이 아닐까 생각했다. 양심의 가책은 시간의 흐름에 따라 자연 경감될 가능성이 있다. 그리고 자기는 결혼할 수 없다는 현재의 심경을 이야기할 때 임신을 구실 삼아 결혼을 강요할 은미가 아니란 생각을 했다. 은미는 자기 입으로 그런 말을 한 적이 있었다. 임신 때문이 아니라 자기를 정리하기 위해 결혼을 하고 싶다고. 그러니 결혼을 체념하는 날은 '미'는 별 미련 없이 병원으로 가서 수술을 할 것이다. 은미가 미련 없이 수술만 한다면 일보는 양심의 가책도 그리 받지 않을 수 있다. 내일로라도 은미를 만나 결혼의 포기를 선언하자.

일보가 이런 생각을 하고 있을 때 식모 애가 뜨거운 물을 가지고 들어와 수건을 갈아 주었다. 그리고는 물찜으로 멍든 자리가 과연 아주 없어질까 걱정하는 태도로 말했다.

"약을 발라야 하지 않을까요?"

식모 애는 왜 얼굴에 멍이 들었는지도 모른다. 그러면서도 멍이 아주 없어지지 않는 것이나 아닐까 하고 걱정했다.

일보는 갑자기 부끄러움을 느꼈다. 만약 식모 애가 멍이 든 그 경위를 안다고 하면 자기를 얼마나 경멸할 것인가? 여자가 없어서 그런 여자와 결혼하려느냐고 비웃을 것이 분명했다. 그것은 식모 애뿐이 아닐 것이다. 아버지도 그럴 것이요, 수희도 그럴 것이다. 그렇다고 해서 식모 애에게 거짓말을 꾸며 오해가 없도록 변명할 수가 없었다. 아버지와 수희에게만은 변명을 하자. 그러면 식모 애는 자연 오해를 품지 않게 되겠지.

"물찜만 해두 날 거야. 더운물만 떨어뜨리지 말어."

일보가 식모 애를 내보낸 뒤 자기는 식모 애에게까지 신경을 쓰면서 살아야 하는가 하는 생각을 했다. 얼마나 지지리 못났으면 식모 애의 눈치까지 살피며 살아야 하는가? 일보가 자기에 대한 환멸을 느끼고 있을 때였다. 대문 두들기는 소리가 나고 애경이 방 안에 들어섰다.

일보는 벌떡 일어나 앉았다. 물수건으로 한 눈을 가린 채,

"웬일이십니까?"

반사적으로 놀라는 표정을 지었다.

생각지도 못했던 애경이 너무나 돌연하게 나타나 일보는 반가움보다 놀라움을 느낀 것이지만 출근하고 없는 틈을 타서 들러 본다고 찾아왔던 애경 역시 자리에 누워 있는 일보를 볼 때 놀라지 않을 수 없었다.

"웬일이세요?"

일보의 말을 그대로 받아 돌렸다. 출근도 안 하고 자리에 누워 있으니 심상치 않은 병임에 틀림없다. 자기가 있는 동안 한 번도 누워 앓아 본 일이 없었다.

'내가 나간 지 며칠도 안 되어…….'

가슴이 섬찍해서 일보의 얼굴을 쳐다보고 있는데 일보가,

"술을 마시다가 불량배를 만나서 그만……."

하고 말을 채 맺지도 못했다.

일보는 애경의 오해를 사지 않기 위해 그런 말을 갑자기 꾸며댔던 것이다.

애경은 가슴이 더 설레었다. 술을 왜 그렇게까지 마셨을까? 그러나,

"그래 눈을 다치셨어요?"

상처만이 걱정되는 듯 물었다.

"조금 다쳤을 뿐입니다."

"어디 좀…….."

애경은 일보 가까이로 가 눈에 대고 있는 수건을 잡아당겼다. 일보가 할

수 없다는 듯이 수건을 떼고 상처를 보여 주었다. 대단한 상처는 아니었지만 술에 곤드레가 되었던 증거가 살아 있는 것처럼 보였다.

"다른 데는 다치시지 않았어요?"

"네, 아무렇지도 않습니다."

"언제 그랬어요?"

"어젯밤입니다."

일보는 대낮에 술을 마셨다고는 말할 수 없었다.

"그래요?"

애경은 더 말을 못했다. 그저께 밤 꿈을 생각했던 것이다. 물결이 거센 바다였다. 애경과 일보는 파도를 보며 말없이 모래사장을 걷고 있었다. 사람이 하나도 없는 해변의 침묵은 무섭도록 무거웠다. 바위에 눌린 것처럼 중압감을 느끼며 침묵을 깨뜨리려 했으나 입이 통 열리지 않았다. 그때였다. 일보가 갑자기 옷을 벗어버리고 바다 속으로 뛰어들었다. 애경이 한사코 말렸으나 일보는 거센 파도를 뚫고 앞으로 나아가기 시작했다. 뒤도 돌아보지 않고 자꾸만 나아갔다. 애경은 일보가 왜 자기에게서 멀어지려 하는가를 생각했다. 동시에 거센 파도와 싸우려고 하는 일보의 무모한 행동을 걱정했다.

그러나 일보는 어느새 바다 한가운데 있었다. 파도를 타고 수면 위에 올랐다가는 물 속에 잠겨 버리곤 했다.

그만 돌아왔으면 좋겠다고 생각할 때였다.

"형수님!"

일보의 황급한 목소리가 들렸다. 애경은 놀라 일보를 주시했다. 손을 자기 편으로 내저으며 물 위에 떴다 가라앉았다 하는 것이었다. 애경은 일보처럼 손을 내저으며,

"도련님!"

하고 소리를 질렀다. 바다가 찢어지도록 불렀다. 그러나 하늘을 울리던 일보의 목소리가 물 속으로 가라앉았다. 일보는 영영 떠오르지 않았다.

"도련님!"

기진맥진해서 일보를 부르기만 하다가 꿈을 깼다.

꿈을 깨자 애경은 일보에게 불길한 일이나 생기지 않았나 하고 걱정되었다.
 그리고 제발 불길한 일이 일어나지 않았으면 하고 속으로 빌었다.
 그래서 일보가 무고한가를 알아보기 위해 오늘 찾아왔던 것이지만 자기가 꿈꾸던 날 밤 일보가 술을 마시고 사고를 일으켰다는 사실을 알았다. 애경은 꿈이 근거 없는 것이 아니란 생각을 하면서,
 "얼마나 마셨는데요?"
하고 물었다.
 "비어 한 병을 마셨습니다."
 비어 한 병만 마셨다는 것은 거짓말이라고 생각했다. 그러나 자기에게 걱정을 시키지 않으려는 일보의 마음을 그대로 덮어 주고 싶었다.
 "악질들을 만나셨군요."
 "악질들이었어요, 정말."
 애경은 이야기보다도 일보의 상처를 낫게 해 주어야 한다고 생각했다. 그래서 식모 애에게 더운물을 다시 떠오게 한 뒤 수건을 적셨다.
 "누우세요. 찜질을 하면 멍이 빠질 거예요."
 그러나 일보는 누우려 하지 않았다. 애경은 물수건을 일보 눈에 대 주고 머리를 잡아 베개 위에 눕혔다.
 "누워서도 이야기할 수 있잖아요?"
 일보는 애경의 친절을 거역할 수가 없어 눕기는 했으나 애경이 하필 이럴 때 찾아왔을까 하고 스스로 역겨운 마음에 눈을 감았다.
 눈을 감고 있는 일보를 보자, 애경은 측은한 마음이 생겼다. 동시에 일보가 행복하지 못한 것이나 아닌가? 하는 생각을 했다. 만약 행복하기만 하다면 술을 마시고 사고를 내는 일이 있을 수 없다. 그러나 애경은 일보의 내면 생활을 물어 볼 수가 없었다.
 그런 것을 물어 보면 일보가 더 괴로워할지도 모른다. 그리고 자기는 이미 일보를 위하여 일보 곁을 떠난 사람이다.
 일보의 생활에 관여할 수가 없다.

애경은 일보의 눈에서 물수건을 뗐다. 그리고는 일보의 이마와 물이 묻은 눈을 닦아 주고는 더운물을 적셔 다시 눈 위에 얹어 주었다.

"술을 왜 그렇게 많이 마시세요."

애경은 일보를 돌봐 주는 사람이 없어서 그런 사고를 낸 것이라 생각했다. 무서운 것을 모르는 어린애처럼 일보가 위태롭다는 마음이 들었던 것이다.

"많이 먹지 않았다니까요."

일보가 짜증 아닌 변명을 했다. 곧이들리지 않는 변명이었다. 애경은 비어 한 병밖에 마시지 않았다는 말을 듣고도 술을 왜 많이 마시느냐고 물었었지만, 일보가 거듭하는 변명에 그를 꼬집어 주고 싶은 충동을 느꼈다.

그러나 그럴 수가 없었다. 일보는 자기가 관여해서 안 될 사람이다. 관여할 수 없는 사람이기 때문에 무슨 괴로운 일이 있느냐고 묻는 대신 술을 왜 많이 마시느냐고 걱정하는 말만을 했던 것이다.

거짓말 말라고 힐난을 한다면 일보는 거짓말 안 할 수 없는 괴로움을 얼굴에 나타낼 것이다. 그리고 그것을 보는 자기는 마음이 아파질 것이다. 자기로 말미암아 일보가 괴로워해서는 안 된다. 애경은 한참 동안 일보의 얼굴을 내려다보다가,

"가야겠어요."

자기는 이 집에 오래 머물러 있을 수 없는 사람이라는 듯 말했다.

"왜요?"

일보가 한 눈을 뜨고 그럴 수가 있느냐는 듯이 말했다.

"가야지요."

그럴 수밖에 없지 않느냐고 말할 때 일보가 갑자기,

"언제 결혼하시기루 했어요?"

하고 물었다. 애경은 그런 말을 묻는 일보를 물끄러미 바라보았다. 그리구는 대답할 말을 생각했다.

'내 걱정은 말고 도련님 결혼이나 빨리 하세요.'

'모르겠어요. 언제 하게 될지.'

'곧 하게 될 거예요.'
이런 말을 생각했으나 애경은,
"청첩장을 보내 드릴게요."
했다. 그리고는,
"도련님은 언제 하시죠?"
묻지 않는다고 생각했던 말을 기어이 묻고야 말았다. 먼저 말하기 전에 묻는다는 것은 결국 일보의 생활에 관여하는 것이 된다. 묻기는 했으나 속이 찜찜한 일이 아닐 수 없었다. 그런데 일보는 대답 대신에 투정부터 시작했다.
"아직두 내가 도련님인가요?"
"그럼 뭐라구 그래요?"
뜻밖의 말에 애경은 당황했다.
"우리 집을 나갔으면 우리 집과 관계를 끊으신 건데 도련님일 수가 있어요?"
사실 그렇기도 하다. 그러나 애경은,
"한 번 맺은 관계를 그렇게 끊을 수가 있나요? 아버지는 죽어서두 아버지가 아니겠어요?"
일보의 입을 막았다.
"아버지와 같아요? 형 없는 형수와 남편 없는 시동생인데……."
"누이동생이 죽었다구 매부를 무어라고 부르지요?"
일보의 태도로 어떤 말이 나올지 모른다고 생각에 애경은 일보를 옥박지르고 말았다. 도련님이 아니란 말은 형수를 형수로 생각지 않는다는 말이요, 또 형수를 형수로 생각지 않겠다는 말 뒤에는 그보다 더한 뜻이 숨어 있다는 것을 말하는 것 같았기 때문이었다.
"그럴까요?"
애경이 옥박지르는 바람에 일보가 기가 꺾여 반발을 못했다. 그 순간,
"다음에 또 올게요."
애경은 자리에서 일어났다. 일보의 결혼 문제를 묻고 싶었지만 그러는 것

이 도리어 위험한 것 같음을 느꼈다. 잘못하다가는 딴 이야기가 나올지도 모른다.

"언제 또 오시겠어요?"

"틈나는 대루 오지요. 바쁘기는 하지만……."

애경은 냉정한 태도를 보였다. 그러지 않을 수 없었던 것이다.

방을 나와 신발을 신으려고 하는데 일보가 뒤따라나왔고 부엌에 있던 식모 애가,

"이걸 가지고 가셔야지요."

하고 조그만 단지를 내밀었다.

"뒤 두구 그냥 써."

애경은 단지를 받지 않고 대문 밖으로 나왔다. 그리고 대문께까지 나와, 애경을 멀거니 바라보고 있는 일보를 돌아다보지 않았다. 돌아다보아서는 안 된다는 생각을 했던 것이다. 꿈자리가 사나워 찾아왔던 것이지만, 일보의 소식만 듣기 위해 일부러 출근하고 없을 시간을 골라 왔던 애경이었다. 그런 만큼 애경으로서는 일보를 만났다는 사실부터가 의외였다.

그리고는 조금도 행복해 보이지 않는 것이 무엇보다도 놀라웠다.

결혼을 언제 하느냐고 물었을 때 일보는 어째서 그 말에 대답할 생각을 않고 도련님이라고 한 말에 트집을 잡으려 했을까? 결혼 문제가 뜻대로 되어 가지 않는단 말인가? 확실히 결혼 문제 때문에 괴로워하는 것 같았다. 그렇다면 자기는 어째서 일보를 위험인물처럼 생각하고 일보 옆을 떠나 도망치듯 뛰어왔던가? 애경은 자기 일이면서도 자기를 알 수 없다고 생각했다.

일보가 딴 여자와 결혼하기 위해 혼담을 빙자하여 친정집으로 돌아갔다. 그리고 일보를 만났을 때는 그 혼담이 곧 이루어질 것처럼 말했다. 그래서 일보가 딴 여자와 결혼할 것을 다짐받았다. 그러나 하루도 잊지 못하고 있는 일보다. 앞으로 취직을 해서 부모의 신세를 지지 않으며 일보를 가슴 속에 간직하고 혼자 살려는 애경이다. 그러면서도 일보의 괴로움을 외면하고 도리어 그를 위험한 폭발물처럼 피해 오는 자기의 존재가 무엇이란 말인가?

그러나 애경은 일보를 뒤돌아봄이 없이 바쁜 걸음으로 전찻길까지 나왔

다. 전찻길에 다 나와서야 뒤를 돌아서 일보의 집이 있는 쪽을 향해 눈을 보냈다. 집이 보일 리 없었다. 일보가 뒤따라왔을 리도 없었다. 그러나 애경은 눈을 돌리지 못했다. 한참 뒤에야,

"가야지."

애경은 몸을 돌렸다. 안 떠날 수가 없다고 생각했던 것이다. 미련이 있어도 할 수 없다. 자기는 일보와 만날 수도 없는 여자다.

"일보 씨, 부디 행복하기를."

속으로 기원하는 말을 남긴 채 노량진을 떠나 집으로 향했다.

애경을 보내고 방 안으로 들어오자 일보는 식모 애를 불러 애경이 가지고 왔다는 단지가 무엇이냐고 물었다.

"쇠고기 장조림이에요."

식모 애의 대답을 듣자 일보는 새삼스럽게 애경의 따뜻한 마음을 느꼈다. 아버지를 위해 가져왔는지 자기를 위해 가져왔는지 확실한 것은 모르나 누구를 위해 가져왔든 밥반찬을 만들어 가지고 왔다는 것은 애경이에게만 있을 수 있는 일일 것 같았다. 세상 어떤 여자도 흉내낼 수 없는 일인 것 같았다. 부탁도 하지 않은 한복을 만들어 준 애경. 일보는 그러한 애경이 도련님이란 말을 가지고 시비를 걸 때는 어째서 그악스럽게 자기 입을 막았을까? 일보는 애경을 이해할 수가 없었다.

혼담이 있어 곧 결혼하게 될 것처럼 말해 왔으나 어쩐지 그것도 믿어지지가 않았다. 혼담이 있고 결혼 준비를 하는 여자라면 자기 집을 찾아올 리가 없다. 빈손으로 온 것두 아니다. 그런데 애경은 일보의 입을 막고 딴 이야기를 꺼내지도 못하게 했다. 어떤 것이 애경의 본심인지 알 수가 없었다.

내가 아직도 도련님인가요? 하고 말했을 때, 애경이 그 말의 뜻을 알아듣고 실제에 있어서 도련님이 아니니까 도련님이라고만은 부르지 말아 주세요 라는 말을 일보의 입에서 나오게 해 주었다면, 일보는 은미와의 관계를 솔직하게 고백했을지도 모른다.

만약 일보가 은미와의 관계를 솔직하게 이야기하면 애경은 그러한 은미와의 결혼을 못하게 막을 것이 분명하다. 그렇게만 되면······.

역시 일보의 향수는 애경이었다. 애경을 생각하기 시작만 하면 마음이 흐뭇하다. 편안한 소파에 앉은 것처럼 몸과 마음이 안정된다. 그러나 결혼을 할 수 없는 여자다. 일보는 생각했다. 새로운 세대는 모든 것을 변질시키고 있다. 개인의 진실을 억압하는 모든 것을 부정한다. 부패하고 위선적인 기성 도덕을 타기(唾棄)한다. 그런데도 형수와 시동생 간의 애정 문제를 부정에서 긍정으로 이끄는 법률과 도덕이 나타나지 않는 것은 무엇 때문일까?

새로운 것에 대한 의욕은 강하나 용기가 없기 때문일까? 그러지 않으면 그러한 사건이 숫자로 보아 사회문제가 될 만큼 많지가 않다는 것일까?

일보는 결국 자기도 용기가 없기 때문에 애경과 결혼할 생각을 못하는 것이라 생각했다. 용기만 있다면 솔선수범을 한다. 그러면 처음에는 비난성이 높을지도 모른다. 그러나 그것이 하나의 인습을 이루면 그때는 법률도 도덕도 자기 편이 될 것이다. 그것은 틀림없는 일이다. 틀림없이 시정될 윤리 문제라고 생각하면서도 일보는 기성 윤리를 깨뜨리는데 앞장 설 용기가 없는 것이다. 어떻게 하면 용기를 기를까?

일보는 거기 대한 해답을 얻을 수가 없었다. 그 용기란 선천적인 것이라고만 생각되었기 때문이었다.

일보는 마침내 결혼이란 반드시 해야 하는 것인가 하는 회의를 품게 되었다.

결혼을 안 하고도 살 수는 있을 것 같았다. 결혼을 안 하면 도리어 간편하고 자유롭게 살 수 있을 것이 아닌가? 책임감이 적어지니 생활에 여유도 있을 것이다.

결혼에 첫째로 생리적인 욕구를 충족시키기 위한 것이라면 남자로서 그것을 해결할 방안이 없을 수 없다. 돈을 주고 여자를 사는 것이 죄악이라면 자위적 행위로써도 능히 해결할 수가 없다.

인구의 과잉으로 가족계획을 부르짖은 오늘, 생산 안 하는 독신주의를 국가에서도 장려할지도 모른다.

'독신으로 살까?'

그러나 아버지와 수희가 들어왔을 때 일보는 누구에게도 그런 말을 꺼내지 못했다. 애경과 결혼하겠다는 말을 할 수 없는 것과 같이 독신(獨身)으로 살겠다는 것도 기성도덕을 깨뜨리는 일 같아 입 밖에 꺼낼 수가 없던 것이다.

결혼을 하고 안 하는 것이 사회문제가 될 것은 없다. 독신주의자가 많아지면 거기 따르는 부작용이 사회악을 조성할지는 모르나 독신주의 자체가 사회악일 수는 없다.

그러나 부모나 친척에게 독신주의자를 말할 수는 없다. 결혼을 인생의 정상적인 생활 방도라고 생각하는 그들에게 독신주의는 하나의 반역이다. 질서를 파괴하는 반역이라고 생각할 때, 부모는 그러한 자식을 이단자로 취급할 것이다.

일보는 이단자가 될 용기도 없었다. 그러니 결국 결혼은 해야만 한다. 하되 가능한 결혼만을 해야 한다.

일보는 자기가 너무나 시시한 인간이란 생각을 했다. 자기 의지대로 살지 못하는 인간이다. 의지대로 살지 못하면서 현대인의 주체성 확립이니 떠들 자격이 있는가?

열등감에 사로잡힌 일보는 결국 되는 대로 살자는 생각을 갖는 수밖에 없었다. 자학(自虐)의 길이었다. 깊이 생각할 것 없이 살자는 생각이었다.

그래서 다음날 아침 출근할 때까지 일보는 아버지에게 해야 할 말도 하지 않았다. 은미와의 혼담을 파의하고 싶다는 말은 물론 하지 못했다. 그리고 은미의 부모와 일보의 아버지가 한 자리에 모이도록 하자는 은미와의 약속도 묵살했던 것이다. 만약 은미와의 결혼이 결정적인 것이라면 아버지에게 의논해서 은미에게 그 만날 날을 통지해 주어야 한다. 그러나 일보는 그런 것을 생각하고 싶지가 않았다. 생각 같아서는 출근조차 안 하고 싶었다.

출근을 안 하면 은미를 만나지 않아도 좋게 된다. 당분간 은미를 만나지 않기만 해도 좋을 것 같았다. 그러나 곧 병이나 든 것처럼 누워 있으면서 아버지와 수희에게 걱정을 끼칠 수가 없었다. 그리고 명아가 보고 싶은 마음에 일보는 집에 있을 수가 없었다. 명아가 어쩐지 지성(知性)의 대표 같은 느낌이 들었다. 명아라면 어떠한 문제에도 정당한 해답을 내릴 수 있을 것 같았다.
 일보는 명아가 보고 싶었다. 일보의 유일한 협조자다. 그의 말이라면 무엇이든 순종하고 싶었다.
 일보는 집을 나섰으나 사무실로는 가지 않았다. 그새 마음이 변했던 것이다. 사무실로 나가면 아무래도 은미에게서 전화가 오거나 그렇지 않으면 찾아와서 만나게 될 것 같았다. 지금의 마음 상태로는 은미를 만날 수가 없다고 생각되었다. 설사 만난다고 해도 명아를 만난 뒤에야 만나고 싶었다. 만약 명아를 만나 어제 생각한 대로 은미와의 결혼을 단념(斷念)하는 방향으로 나가게 된다면 그때는 사표를 제출하고 사무실에도 나갈 필요가 없다.
 일보는 시내로 들어가 어떤 다방에서 시간을 보냈다. 아침 일찍부터 명아를 불러내기가 안되어 시간을 보내려는 것이었다.
 텅 빈 아침 다방에서 일보는 오늘 은미와의 관계를 결론지어야 한다고 생각했다. 그리고 명아와 이야기를 하면 그 결론이 힘들지 않게 나올 것이라는 생각을 했다. 명아의 의견에 따라 지어지는 결론이면 강력하게 실행할 수가 있을 것 같기도 했다.
 이상한 일이었다. 아버지에게도 수회에게도 또 애경에게도 의논을 할 수 없는 일을 명아와 의논하려는 심정. 어째서 명아를 그렇게까지 신뢰하고 싶어진 것일까?
 한 시간쯤 시간을 보내다가 전화를 걸었다.
 "굉장히 중요한 일입니다. 꼭 만나서 이야기를 하고 싶은데!"
 "그래요? 곧 나갈게요."
 명아도 쾌히 승낙했다.
 일보가 명아의 신문사 가까운 데 있는 다방으로 가서 명아를 만났을 때,
 "냉정한 태도로 이야기해 줘야 합니다."
 다짐을 한 뒤 은미와 같이 광나루에 갔다가 봉변당한 이야기를 쭉 설명했다. 그리고는 경관 앞에서 지혜로운 판단이 내려질 것을 기다리는 듯 명아의 대답을 기다렸다. 이야기를 다 듣고 난 명아는 자기 의견을 말하기 전에 일보의 마음을 타진했다.

"무척 괴로우신 모양인데 어떻게 하실 작정이십니까?"
"그걸 결정짓기 위해 의논하러 온 것 아닙니까?"
"결정을 짓고 그것에 대한 나의 동의를 구하려는 것이 아네요?"
"불쾌합니다. 그래서 결혼하려던 결심이 흔들리는 것만은 사실입니다."
명아는 일보의 얼굴을 찬찬히 지켜보다가 말했다.
"불쾌하실 거예요. 불쾌한 결혼을 어떻게 합니까? 그만두셔야지······."
명아가 너무나 간단하게 결론을 지어 버리는 데 일보는 도리어 불만이었다. 일보에게는 결론보다는 결론을 내리기까지의 이론적인 합리화가 필요했던 것이다.
"세상일이 그렇게 간단하게 처리될 수 있을까요?"
"간단하게 처리할 문제를 가지고 오래오래 생각하는 것은 지성적 주관이 빈약한 사람의 행동이 아닐까요?"
"그러면 세상에 고민이니 비극이니 하는 것이 없어지구 말게요?"
"고민이니 비극이니 하는 것은 행동 뒤에 오는 것이 아닐까요? 주관을 가진 사람은 행동을 해야 할 테니까요. 일보 씨는 행동하기 전에 미리 고민한다는 거죠?"
"행동 뒤에 올 괴로움과 불행을 사전에 방지하기 위한 괴로움이겠죠?"
"그건 현대인답지 않은데요. 불쾌하시면 우선 결혼을 단념하세요. 그리구 그걸 과감하게 은미에게 통고하십시오."
일보는 명아의 말이 진정인지 농담인지를 구별할 수 없었다. 자기가 아는 한, 명아는 지성적인 여자다. 지성적인 여자가 어째서 깊은 사색도 거치지 않고 감정적인 행동을 권유하는 것일까? 일보는 명아가 자기를 테스트하는 것이라고 생각했다. 그래서,
"만약 은미 씨가 나 때문에 임신을 했다면 어떻게 할까요?"
하고 자기 고민의 중심점을 말했다.
"그게 무슨 문제예요? 일시적인 과오로 돌리면 그뿐일 텐데요······."
명아는 조금도 태도를 달리하지 않고 감정적인 단정을 내렸다.
"그러면 세상에는 윤리나 도덕이 필요 없게 되지 않을까요?"

"기성도덕의 노예가 되시겠다는 겁니까? 자기가 정당하다고 생각되는 대루 살면 되잖아요?"
"그건 지나친 견핸데요. 그럼 나는 윤리두 모르는 인간이 되잖습니까?"
"윤리적으루 매장당할 것이 두려우신 모양이군요?"
"두려워 안 할 수 있어요?"
"그렇다면 은미와 결혼을 하시는 거죠. 달리 생각할 필요가 없잖아요?"
"은미 씨의 과거가 마음에 걸리는 걸 어떡합니까?"
"그게 걸리면 결혼을 포기하셔야 하구요."
"나 자신의 양심과 은미 씨의 과거가 서루 타협을 하지 않으니까 괴롭다는 게 아닙니까."

그때 명아가 또다시 일보의 얼굴을 찬찬히 보다가 정중하게 입을 열었다.
"나는 상반되는 두 마음을 가지고 혼자 괴로워하는 일보 씨를 이해할 수 없어요. 우리는 기성도덕을 부정한다고 해도 자기 마음속에 있는 양심은 부정할 수 없다구 생각해요. 양심이 마비되었다거나 양심을 상실했다면 몰라요. 그렇지만 양심이 살아 있는 한, 그것이 도덕보다도 더 무서운 것이라구 생각합니다. 일보 씨는 자기 양심에 의존해야 한다구 생각해요. 그렇지 않으면 일평생 자기를 후회하며 살 것입니다. 세상에서 가장 불행한 사람은 뭐니뭐니 해두 자기를 후회하며 사는 사람이라구 생각해요."

그때야 일보는 명아가 진실된 말을 한다고 생각했다.
"후회하지 않는 생활을 하기 위해서 현실적인 고민을 초월할 수 있을까요? 그것이 문제라구 생각하는데……."

일보는 자기 고민의 핵심을 다시 한 번 표명했다.
"나는 일보 씨의 현실적 고민이라는 것을 이해할 수 없어요. 은미의 과거가 복잡했던 것은 나두 잘 알 수 있지만 그러나 문제는 과거가 아니라 현재라구 생각해요. 은미가 현재의 일보 씨에게보다 과거 생활에 집착하고 있다면 그것은 고려할 여지두 없겠죠. 그렇지만 은미가 과거를 청산하고 현재의 일보 씨에게 충실하다면 문제삼을 것이 무엇입니까? 과거가 없는 사람이 어디 있을까요? 그런 고민을 하고 있는 일보 씨는 과거가 조금두 없을까요?"

명아가 단호한 태도로 말을 했다.

"이론과 실제가 조화되지 않기 때문에 괴로움이 있는 게 아니겠습니까."

"결국 옳다구 생각되는 대루 행동을 해야겠죠. 옳다구 생각하면서도 행동하지 못한다면 성격의 파탄을 초래하게 된다구 생각해요. 한 가지 묻겠는데, 은미가 일보 씨를 진심으루 사랑하는 것 같지가 않습니까?"

"그렇지는 않다구 생각합니다."

"그러리라구 생각해요. 그 애가 최근 나를 두 번이나 찾아왔었는데 그것이 모두 일보 씨를 사랑하기 때문이라 생각해요. 일보 씨를 사랑하기 때문에 나를 의심한 거예요. 의심한 나머지 찾아왔던 것인데, 과거에는 은미가 그런 일을 해 보지 못했을 것이라구 생각해요."

"그런 건 나두 짐작하구 있습니다."

"그러면 주저할 것 없이 은미와 결혼하세요. 결혼은 간단하다구 생각합니다."

"그럼 처음엔 왜 결혼을 포기하라구 그랬죠?"

"일보 씨의 본심을 몰랐기 때문예요."

"땅케."

일보는 독일어로 고맙단 말을 하고 명아에게 고개를 숙였다. 자기가 생각했던 바와 별다른 것이 없었지만 명아의 이야기로 가슴 속이 후련해짐을 느꼈기 때문이었다.

"다음에 내 피앙세를 소개할게, 넷이서 같이 저녁이나 먹어요."

명아가 웃으면서 네 사람의 우정 생활을 제안했다.

"그럽시다."

일보가 가볍게 승낙했다. 그래서 그들은 명랑하게 작별을 했다.

일보는 늦었으나 회사로 출근했다. 그러지 않을 수 없었던 것이다. 명아의 말대로 행동하리라 마음을 먹었던 만큼 명아와 합의 본 것을 무시할 수 없었다.

회사에 도착하자 일보는 은미에게 전화를 걸어야 했다. 그러나 권기철 씨가 얼마 전 사장에게서 전화가 왔었다는 말을 할 때, 일보는 전화 걸기를 주저했다. 걸어야 한다고 생각을 하면서도 은미에 대한 불쾌감이 되살아났던 것이다.

일보는 우울했다. 은미를 생각할 때마다 그리고 은미를 대할 때마다 현재의 은미보다도 과거의 은미가 더 생각날 것 같았기 때문이었다. 명아는 과거보다 현재가 더 중요하다고 말했다. 그것은 사실이다. 그러나 머릿속에 밀착한 기억이 쉽게 떨어질 수 있을 것인가? 사람은 좋은 것보다 나쁜 것을 더 잘 기억하게 마련이다. 은미가 자기를 진심으로 사랑한다고 해도 은미를 눈으로 볼 때, 과거 은미가 딴 사람에게도 그런 사랑을 바쳤으려니 생각될 것이 아닌가?

그렇다면 자기는 평생 순수한 사랑으로 은미의 사랑을 곱게 받아들일 수가 없게 된다. 그런 심정으로 은미와 같이 산다는 것은 고역이 아닐 수 없다.

일보는 문득 명아를 생각했다. 은미에게 전화 거는 것을 주저하고 있는 자기를 비웃고 있을 명아. 그때였다. 테이블 위의 수화기에서 전화벨이 울렸다.

일보는 그것이 은미에게서 온 것이라 생각하면서 수화기를 들었다. 수화기를 들고 '여보세요' 했을 때 은미는 벌써 목소리를 알아듣고 '저예요' 했다.

일보는 시험공부를 못한 채 시험실에 들어간 듯한 느낌이었다. 은미가 묻는 말에 어떻게 대답할 것인지 통 자신이 없었다. 그래서 시험공부를 못했다는 변명부터 하지 않을 수 없었다.

"나 지금 막 나왔어요."

그러자 은미가,

"눈은 좀 어떠세요? 물찜은 계속해서 하셨어요?"

"찜을 해서 그런지 괜찮아요. 아직 멍이 아주 낫지는 않았지만……."

일보는 그렇게 대답했다.

"그럼 제가 나갈까요?"

일보는 은미가 반드시 나오리라고 예상했었다. 상처가 궁금하기도 하겠지만 그것보다도 자기의 태도가 어떤가를 확인해 보고 싶어할 것이 뻔한 일이기 때문이었다. 그리고 가족끼리 만날 날짜를 어떻게 결정했는지 그것이 알고 싶어할 것이다.

그런데 일보는 거기 대해 아버지와 의논을 못했다.

그러니 은미를 만난다고 해도 은미가 가장 알고 싶어하는 말을 해 줄 수가 없다. 그뿐 아니라 자기는 어제의 사건으로 말미암아 마음의 동요를 받았다. 명아를 만난 뒤 다시 자기 마음을 붙잡기는 했지만 어쩐지 동요되었던 자기 마음을 은미에게 보여 주고 싶지가 않았다. 보여 준다고 해도 얼마 지난 뒤에야 보여 주고 싶었다.

왜 그런지 그것을 일보는 알 수 없었다. 어쨌든 그는 당분간 은미를 만나지 않는 것이 좋으리라 생각했다.

"오늘 좀 일찍 들어갈까 하는데 내일쯤 만나지······."

"왜요?"

"아무래두 몸이 좀 불편한 것 같아 하루만 쉴려구······."

"잠깐만 만나면 되잖아요. 그리고 댁까지 모셔다 드릴게요."

"그럴 것 없이 내일 또 만나서 오래 이야기하면 되잖아요?"

"그럼 내일 전화 걸어 주시겠어요?"

"그럴게."

"그럼 빨리 돌아가 편히 쉬세요."

일보는 자기 말에 순순히 복종해 주는 은미에게 고마움을 느꼈다. 자기를 의심하지 않을 뿐더러 만나러 나오겠다고 우기지도 않는 은미에게 역시 좋은 점이 있는 것 같기도 했다.

그러나 한편 그럴 수밖에 없으리라 생각도 없다. 약점이 있으니까 조금이라도 거슬릴 수 없는 은미의 심정. 그래서 일보는 이런 기회에 은미의 정말 자기의 잘못을 뉘우칠 수 있도록 만들어 줘야 한다는 것을 생각했다.

전화를 끊은 다음 일보는 내일뿐 아니라 며칠 동안 은미를 안 만나는 것이 좋으리라는 생각을 했다. 안 만남으로 은미에게 좀더 생각할 시간을 주

자. 그리고 자기도 그렇게 속이 없는 사람이 아니라는 것을 보여 주자. 은미의 불미한 과거로 말미암아 자기가 봉변까지 당하고도 아무렇지도 않게 은미를 대해 준다면 결혼 생활을 할 때에도 은미는 자기를 무시하고 아무렇게나 대할지 모른다. 남녀 문제에서도 자존심을 유지해야 하며 따라서 권위를 잃지 않아야 할 것 같았다.

이런 생각을 하고 있을 때였다. 문밖에 또 철배가 찾아왔다. 결국 또 오고야 말았다. 일보는 가슴이 섬찍했다. 또 폭행을 당하리라는 생각보다도 만나서는 안 될 사람을 만났다는 마음이었다. 철면피 같은 철배가 증오스럽기도 했지만 은미에 대한 감정을 가까스로 안정시킨 자기 마음이 또 뒤집어질 것 같은 위구를 느끼기도 했다. 일보가 철배를 보고도 외면하고 있을 때 철배가 가까이 와,

"어제는 실례가 많았습니다."

천연스럽게 말을 붙였다. 그래도 일보는 대답을 안 했다.

"사과두 드릴 겸 잠깐 이야기를 하구 싶은데요?"

"말씀하시죠."

일보는 철배를 피할 도리가 없었다.

피할 도리가 없으니 상대를 해 줄 수밖에 없다. 그러나 긴 이야기는 하고 싶지가 않았다.

"조용한 데루 나가실까요?"

철배는 신사적으로 조용조용히 말했다. 폭력을 쓰는 사람답지가 않았다. 그러나 거센 파도가 일기 직전의 바다와 같은 잔잔함이었다.

"여기보다 더 조용한 데가 있습니까?"

도리어 일보의 말소리가 거셌다.

"그러지 마시구 잠깐만 나가시죠. 여기서야 복잡한 이야기를 할 수 있습니까."

철배는 힐끗 권기철을 돌아보았다.

"괜찮습니다. 말씀하세요."

"그러실 것 없습니다. 오 분만 이야기하면 될 일이니까요."

일보는 철배를 물리칠 수가 없다고 생각했다. 가지 않는다고 하면 강제로라도 끌고 가고야 말 사람이라고 생각했기 때문이었다. 강제로 끌려가는 창피를 당하기보다는 차라리 자기 발로 걸어가는 것이 나을 것 같았다.
"그럼 갑시다."
하고 자리에서 일어섰다. 다방으로 가는 도중 철배는 반 걸음쯤 뒤에 서서 걸었다. 죄인이 경관의 감시를 받으며 걷는 느낌이었다.
일보는 어렸을 때 일이 생각났다. 열 살 때쯤이었다. 어머니 핸드백에서 돈을 훔쳐 엿을 사서 혼자 먹고 있을 때 형이 들어왔다. 엿 먹고 있는 것을 본 형이 다짜고짜 밖으로 좀 나가자고 했다. 말은 어디까지나 부드러웠다. 일보는 속으로 떨면서도 형의 뒤를 따라가지 않을 수 없었다. 그러나 형은 어떤 골목까지 가서 편지봉투 하나를 꺼내 주며 골목 맨 끝 집에 가서 그것을 대문 안에 떨어뜨리고 오라 했다. 일보는 시키는 대로 했다. 그것뿐이었다.
지금 철배도 자기를 끌고 가기는 하지만 힘들지 않는 청을 하고는 형처럼 아무 말 않고 돌려 보낼지도 모른다. 겁낼 필요가 없다고 생각했다.
그러니 일보는 지금 자기를 앞세우고 가는 철배를 죽은 형이라면 하는 생각을 했다. 만약 형이 살아 있다면 자기를 가만둘 리가 없을 것이다.
"이놈아. 그래 형수를 좋아하는 놈이 천하 어디에 있니?"
형은 자기를 죽이려고 할지도 모른다. 형이 자기를 죽인다고 해도 자기는 무엇이라고 변명할 말 한 마디가 없을 것 같았다.
일보는 어쩐지 철배에게도 변명할 말이 없을 것 같았다.
"이놈아. 그래 남의 여인을 빼앗는 놈이 천하 어디에 있니?"
일보는 자기가 과연 철배에게 못할 짓을 했는가 생각했다. 죽일 놈이란 말을 들을 만큼 나쁜 짓을 했다고 생각되지 않았다.
그러나 감시를 받으며 앞에 서서 걷고 있노라니 어쩐지 잘못을 저지른 것 같은 생각이 들었다.
다방에 들어가자, 철배가 차를 주문한 뒤 담배를 꺼내 물고 여유 있는 태도로,

"은미 씨가 나와 어떤 관계였다는 것을 알구 결혼하려는 건가요?"
할 때, 일보는 화를 내기 전에 철배의 심경을 타진하려고 했다.
"형께서는 아직 은미 씨와 결혼할 의사를 가지구 계신가요?"
"거야 물론이죠."
"은미 씨의 생각은 그렇지가 않은 것 같던데요."
"여자란 어떤 마음을 가졌다 해두 남자의 수단에는 넘어가구야 마는 거 아닙니까?"
"그럼 내가 은미 씨를 넘어뜨렸단 말씀인가요?"
"말하자면 그런 거겠죠."
 일보는 철배의 얼굴을 똑바로 쳐다보았다. 자기의 의지를 과시하는 깡패 청년이다. 그런데도 철배는 어째서 은미를 빼앗겼다고 생각하고 있을까? 그리고 깡패답지 않게 양보를 구하다니…….
 직접적으로는 안 되니까 그러는 것이겠지만 죄 없는 사람을 협박 위협하고 양보를 강요하는 것이 비굴한 일이 아닐 수 없었다.
"아무 말도 안 할 테니까 내가 없는 센치구 은미 씨의 마음을 잡아 보두룩 하시죠."
"형씨가 어떤 태도를 취해두 나는 내가 하고 싶은 대루 할 것입니다. 그건 염려 마십시오. 그렇지만 형씨가 나와 은미 씨와의 관계를 모르고 있는 것 같아 하는 말입니다."
 일보는 두 사람 사이를 짐작 못하는 바가 아니다. 그러나 당사자의 입으로 직접 구체적인 이야기가 듣고 싶었다. 사실은 직접 듣는 것이 더 큰 불쾌감을 가져다 줄 것이지만,
"내가 그것을 알 까닭이 없죠."
하고 철배에게 이야기할 기회를 주었다.
"일 년 전부터 호텔에 다니기 시작했소. 호텔에 갈 때마다 비용은 은미가 부담했소. 만약 그것이 믿어지지 않는다면 나하구 그 호텔루 갑시다."
 대강 짐작했던 일이기는 했지만 철배 입에서 그런 말이 나올 때 일보로서는 아찔함을 느끼지 않을 수 없었다. 우선 그런 말을 하는 철배가 더러워 보

였다. 치사스런 인간이다. 동시에 은미가 더럽다는 생각이 들었다. 더러운 손으로 떡을 집어먹은 것같이 꺼림칙하기도 했다.

은미는 자기가 과거를 씻기 위해 큰절까지 했다. 그러나 큰절을 했다고 해서 씻길 것이 아니란 생각이 들었다.

더럽다는 생각이 들었다. 그리고 그 더러운 것이 자기 살에까지 붙어 있는 것 같았다. 그러나 철배에게 지고 싶지가 않았다. 철배에게 진다는 것은 철배의 치사스런 협박을 두려워한다는 뜻이 되기 때문이었다.

"그것뿐입니까? 그건 은미 씨에게 이미 듣구 아는 일인데요?"

"그것을 직접 이야기했어요?"

"나는 은미 씨의 그런 솔직성을 좋아합니다. 흐릿한 것이 있는데도 그것을 숨기고 결백한 척한다면 나는 은미 씨를 상대도 안 했을 겁니다."

철배는 어처구니가 없는지 담배연기를 천장을 향해 뿜어 올리며,

"형씨두 돈에 눈이 어두운 모양이군요."

일보를 모욕하며 동시에 자기가 돈 때문에 은미를 잊지 못한다는 비굴성을 노골적으로 표시했다.

"그렇게 보일지두 모릅니다. 또 그렇게 보이는 것이 당연할지두 모릅니다. 그러나 은미 씨는 나에게 있어서 첫사랑입니다. 첫사랑이 어떻다는 것은 아마 짐작하시겠죠."

"나는 지저분한 놈이오. 그러니까 당신들이 결혼을 한다 해두 언제까지나 따라다니며 괴롭힐 테니 그쯤 아시우."

일보는 불쾌감을 느꼈다. 절대로 사내답지 못한 인간이다. 얼굴에다 침을 뱉어 주고 싶기까지 했다.

"세상에는 법률이라는 것이 있소. 당신과 같이 악하구 치사한 사람을 거세하구 선의의 사람을 보호하기 위한 법률이 있다는 것을 아시오."

"해 보시오. 법보다는 사람의 마음이 더 무섭다는 걸 모르는 모양이로군……."

일보는 철배가 조금도 무섭지 않았다. 끌려오던 때와 달리 반발심이 일어났던 것이다.

"더 할 말은 없겠죠?"

일보가 일어서서 다방을 나오려는데도 철배는 그대로 앉아 일보를 바라볼 뿐 더 말을 안 했다.

일보는 사무실로 돌아가 잠시 앉아 있다가 권기철 씨에게 일찍 돌아가겠다고 한 뒤 사무실을 나왔다.

은미에게 할 말도 있지만 그것보다도 문제는 자기 자신을 주체할 수가 없었던 것이다. 가만히 앉아 있을 수가 없을 만큼 마음이 산란했다. 불쾌한 인간을 만났다는 사실이 세상이 온통 불쾌하기만 하다는 생각을 주었다. 치사하고 더러운 세상에 대해 애착을 가질 수가 없었다. 그뿐만도 아니었다. 철배에게는 큰소리를 쳤지만 은미의 몸에 묻어 있는 더러운 때가 눈에 보여 세상이 모두 은미와 같은 사람으로 이루어진 더러움의 복합체같이 생각되었다. 세상을 향해 침을 뱉어 주고 싶기만 했다.

피곤한 집착

일보는 또 명아를 생각했다. 이런 경우, 자기 마음을 조금이라도 명랑하게 해 줄 사람은 명아밖에 없기 때문이었다. 그러나 바로 조금 전 명아에게 설교를 들은 자기가 겨우 몇 시간도 안 되어 또 명아를 찾아간다는 주책을 되풀이할 수가 없었다. 나는 내 괴로움을 남에게 하소연할 수도 없는 사람인가? 내 괴로움이란 그렇게도 가치가 없는 것인가?

사실 일보는 자기가 괴로움 속에 있으면서도 그 괴로움이 가치가 없는 것이란 생각을 했다. 가치가 있는 괴로움이라면 누구에게나 떳떳하게 말할 수 있어야 한다. 그런데 자기는 남에게 이야기하기가 창피한 괴로움을 괴로워하고 있다. 어제로써 끝난 것이라 생각했던 괴로움을 하루도 못 가서 다시 반복한다는 것은 그만큼 의지가 약하다는 것을 뜻한다. 의지가 약함으로 해서 느끼는 괴로움이란 가치가 있을 수 없다.

그러면서도 일보는 괴로움을 내버릴 수가 없었다. 조금 전 명아 앞에서는 분명히 내버렸던 괴로움이다. 그때도 일보는 은미의 과거를 깨끗한 것이라고는 생각지 않았었다. 그러나 철배를 만난 뒤 다시 은미의 과거가 되살아나는 것을 어떻게 하겠는가?

과거란 절대로 덮어 버릴 수가 없는 것이란 말인가?

일보는 인간이 지은 죄과는 칠판에 썼던 백묵 글씨를 지우개로 지우는 것처럼 지워질 수가 없다고 생각했다. 지워지지 않는 것을 지워 보려고 인간들이 종교를 만들었고 휴머니티를 부르짖는 것이란 생각을 했다. 어떠한 지우개로라도 그것을 지우지 않고서는 살아갈 수가 없기 때문이 아니겠는가?

일보는 문득 대학교 동창생인 곽병소(郭丙昭)를 생각했다. 동창생 가운데 가장 너그러운 친구였다. 너그러웠기 때문에 동창생들이 모두 좋아했을 뿐만 아니라 형님처럼 의지하려고 하던 사람이다.

일보는 너그러운 사람이 그리웠다. 너그러운 사람이라야만 가치 없는 괴로움도 가치 없는 것으로 타개하지 않고 어루만져 줄 것 같았던 것이다. 그것만도 아니었다. 죄라는 것은 영원히 지워질 수가 없다. 지워질 수는 없지만 생각지 않을 수는 있다. 생각지 않으면 지워진 것으로 취급할 수가 있다. 생각지 않는다는 것 그것은 결국 너그러움이 아니겠는가?

일보는 외교구락부에서 마룻바닥에 앉으며 큰절하던 은미를 생각했다. 그것으로 과거의 죄과가 아주 지워지지는 않을 것이다. 그러나 과거의 죄과를 뉘우치는 마음과 그것을 용서받겠다는 용감성──그것은 아무에게나 있을 수 있는 일이 아니다. 아무에게나 있을 수 없는 일을 했다는 것은 훌륭한 일이 아닐 수 없었다. 과거야 어쨌든 현재에 훌륭한 은미를 단순한 마음으로 경멸만 할 수는 없을 것 같았다.

그러나 혼자서는 결정지을 수가 없는 일이었다. 아무 관계가 없는 사람, 그리고 가장 믿을 만한 사람에게서 동의를 받아야 한다. 동의해 줄 사람은 반드시 너그러운 사람이어야 한다. 그런 점에서 일보는 곽병소를 생각했던 것이다. 혼자서라도 결정지어야 할 일이지만 남의 조언을 받아야 한다는 것은 결국 자기가 의지박약자라는 것을 스스로 인정하는 일이다. 의지박약자라고 해도 좋다. 남의 조언으로나마 이 괴로움을 해결해야 한다.

일보는 병소가 근무하고 있는 T고등학교에 전화를 걸었다. 신기하게도 병소가 수업이 없는 시간이어서 기다리는 일 없이 병소의 목소리를 들을 수 있었다.

"이거 얼마 만인가?"

병소가 무척 반가워했다.

"그새 결혼했나?"

병소는 일보의 결혼이 무엇보다도 궁금한 모양이었다. 첫마디 말이 그것이었다. 일보는 전화로 자기에게 고민이 있다는 말을 할 수가 없어 오늘 만날 시간이 없겠느냐고 병소의 사정을 물어 보았다.

"오늘 말인가? 오늘은 좀 안 되겠는데. 내일 만나. 내일 만나서 이야기라두 실컷 해 보세. 나두 할 이야기가 많아."

병소는 여전히 쾌활한 목소리로 말했다.

"나는 오늘 꼭 만나구 싶은데……."

일보는 내일까지 기다릴 수가 없었다.

"오늘은 안 되겠어. 같이 있던 선생의 송별회야. 참석 안 할 수가 없잖아."

"그래. 그럼 내일 다시 전화를 걸지."

아무리 자기에게 필요한 사람이라고 해도 못 나오겠다는 것을 억지로 끌어낼 수는 없는 일이었다. 내일은 전화를 걸지 못하게 될지도 모른다. 만날 필요성을 느끼지 않을지도 모른다. 그러나 일보는 단념했다.

그리고 어디론가 멀리 여행이나 갔으면 하는 생각을 했다. 여행을 간다고 괴로움이 없어질 까닭은 없다. 다만 괴로움에서 좀 멀리하고 싶을 뿐이었다. 바다가 있는 먼 곳으로 가서 고독을 짓씹어 보자. 고독을 느끼는 가운데서 무엇을 찾아보자. 고독 속에는 아름다움에 대한 그리움이 생겨나겠지. 누구를 그리워하는 그리움 속에서 세상을 아름답게 보자.

그러나 일보는 주머니 속이 비어 있음을 알았다. 월급봉투를 아버지에게 그대로 드렸다. 사무실에 가면 변통할 수 있겠지만 일찍 나간다고 아주 나온 뒤 돈 때문에 다시 들어갈 수는 없었다. 내일 떠나기루 할까.

일보는 결국 집으로 돌아가는 수밖에 없었다. 집에 가서 누워 뒹굴자. 누워 뒹굴며 생각을 하자. 그러나 집에 들어가기가 싫었다. 혼자라는 것이 싫었던 것이다. 어떤 사람에게서라도 조언을 받아야만 숨을 내쉴 것 같았다. 숨이 막혔던 것이다.

일보는 문득 애경을 생각했다. 어제는 만나서도 아무 말 못했지만 오늘은 모든 것을 털어놓고 이야기하자.

애경을 사랑하는 여자로서가 아니라 자기를 아껴 주는 형수로서 대하자. 그럴 수밖에 없는 일이지만 이때까지는 사랑한다는 마음을 한 쪽에 감추고 대해 왔던 애경이다. 오늘 감춰 뒀던 마음을 활짝 열어 놓고 형수의 조언을 들어 보자. 그래도 가장 진실되게 자기를 생각해 줄 사람은 애경뿐이다.

일보는 종로 4가에 있는 애경의 집을 찾아갔다. 그러나 애경은 집에 있지 않았다. 일보는 애경도 외출을 하는가 하고 생각했다. 찬거리를 사러 시장에 가는 일 외에 외출하는 것을 별로 보지 못했기 때문이었다.

그렇다고 해서 크게 실망을 느낀 것은 아니었다. 다만 무슨 일로 어디를 갔을까 그것을 알고 싶을 뿐이었다.

"어디를 가셨습니까?"

대문께까지 나와 애경이 집에 있지 않다는 것을 말해 준 애경 어머니에 애경이 행방을 물었다

"취직자리가 있다구 나가던데요. 아마 곧 돌아올 거예요. 좀 들어가 기다리시지……."

애경의 어머니가 친절하게 대답해 주었다.

"취직요?"

일보는 놀라지 않을 수 없었다. 애경에게서 취직이라고 말을 들어 본 적이 한 번도 없었기 때문이었다.

"글쎄, 그런 것 하지 말라구 그래두 말을 안 듣는군요."

"어떤 곳인데요?"

"제 오빠의 친구 소개루 무슨 대학 부속병원이라나요. 아마 사무원이겠죠."

"곧 결혼하게 될 것 같다는 말을 들은 것 같은데요."

"글쎄나 말예요. 그랬으면 얼마나 좋겠어요. 그런데 결혼은 안 한다지 않아요."

일보는 우연하게도 전혀 모르던 사실을 알았다. 모르던 일을 알았다고 해서 반드시 즐거운 것은 아니었다. 일보는 우선 실망을 느꼈다. 그것은 애경이 자기를 속이고 있었다는 일종의 배신 같은 것을 느꼈기 때문이다.

가장 가까운 사이라면 무엇 하나 가릴 것 없이 이야기를 해야 한다. 그런데 애경은 가장 중요한 자기의 신상 문제를 속이고 있었다.

'내가 이야기의 대상도 되지 않는단 말인가?'

일보는 순간적으로 애경에 대한 불만을 느꼈다. 불신(不信)을 당했다는 서글픔이었다. 그러나 그 서글픔은 오래 가지 않았다. 표면에 드러난 거짓말보다도 거짓말 속에 숨어 있는 애경의 마음속 핵심이 그의 마음을 찔렀던 것이다.

자기를 속이려고 한 애경의 본심이 어디 있었나를 생각하게 해 주었다. 속이고 싶어서 속인 것은 아니다. 불신하기 때문에 속인 것도 아니다.

일보는 애경 어머니에게 안녕히 계시라는 인사를 한 뒤 그냥 집으로 돌아왔다. 돌아오자 식모 애를 시켜 소주 한 병을 사 오게 한 후 혼자서 술을 마시기 시작했다.

'착잡, 혼선, 걷잡을 수 없는 마음의 공허.'

술이 괴로운 문제를 해결해 주는 것일 수가 없다. 다만 흥분 속에서 자기 도피를 촉진시키는 하나의 마취제에 지나지 않는다. 그러나 완전한 자기 도피도 이루어지지 않는 것이 또한 술이다.

자꾸만 애경의 생각이 났다. 어째서 애경은 결혼을 하지 않고 취직을 하려 할까? 그러면서도 무엇 때문에 자기에게는 결혼을 곧 하게 될 것이라고 거짓말을 했을까? 머지않아 결혼 청첩장을 보내겠다던 애경. 그는 형수와 도련님의 관계는 죽을 때까지 지속되는 것이라고 말했다.

일보는 어떤 것이 애경의 본심인지를 알 수 없었다. 모든 것이 거짓말만 같았다. 결혼한다는 것은 물론 거짓말이지만 취직하고 싶어하는 것도 본심은 아닌 것 같았다. 형수와 도련님의 관계는 아버지와 자식의 관계처럼 영원한 것이라고 한 것도 본심이 아니다.
 그러나 그 거짓말투성이 가운데 진실된 것이 하나쯤은 있을 것 같았다. 반드시 숨어 있는 진실이 있을 것이다.
 일보는 그 진실을 알 수 있을 것 같기도 했지만 그것을 꼬집어 말할 자신이 없었다.
 '나를 사랑하는 마음.'
 애경이 거짓말만 하여 본의 아닌 생활을 하는 것이 그것 때문이라 단정하기에는 자기가 너무나 부족했기 때문이었다. 어쩐지 그러한 애경에 대하여 자기는 부족하기만 한 인간 같았다.
 '나는 어떻게 해야 할 것인가?'
 일보는 암담을 느꼈다. 은미에게도 어찌해야 할지를 모르고 있는 자기다. 애경에게는 더욱 그러하다.
 '한 사람을 사랑하기가 이렇게도 힘든 것인가?'
 일보는 식도와 위가 아리도록 술을 크게 한 모금 꼴깍 넘겼다. 가슴에서 불이 이는 것 같았다.
 '애경이 진심으로 나를 사랑한다면 나는 어떻게 해야 하는가?'
 생각하는 것만으로 해결될 문제는 아니었다. 그러나 생각에서 벗어나 행동으로 옮길 수 있는 문제도 아니다.
 '은미를 단념하고 애경과 결혼한다면…….'
 만약 술이 극약이라면 그새 마신 술이 자기 목숨을 빼앗고도 남음이 있을 것 같았다. 그러면 자기는 이미 죽은 사람이 된다.
 '차라리 죽은 사람이라면…….'
 자기가 죽은 사람이기를 바라고 있을 때,
 "오빠, 벌써 왔수?"
 수회가 방문을 열고 들어왔다. 학교에서 돌아온 채 옷도 갈아입지 않고 있었다.
 "혼자서 술을 마시네요?"

피곤한 집착 339

수희는 명랑했다. 그것은 자기가 술에 취하지 않은 똑똑한 사람이라는 것을 과시하는 것 같았다.
"너두 한잔 할래?"
일보는 혼란된 자기 마음을 보이기가 싫어 빈말로나마 수희에게 술을 권했다.
"아무리 술을 같이 마셔두 오빠의 우울에 내가 동화될 수는 없을 걸요."
수희가 냉소하듯이 말했다.
"누가 우울하다던?"
일보는 우선 자기가 아무렇지도 않다는 것을 알리고 싶었다. 술에 취한 사람일수록 자기가 취하지 않았다는 것을 강조하는 법이다.
"우울이 아니라 괴롭단 말씀이죠?"
"이 애가 사람을 잡을려구 그래."
"똑똑히 말씀하세요. 그렇게 괴로운 것이라면 결혼을 하실 필요가 뭐예요?"
수희는 자기대로 모든 것을 단정하고 있는 모양이었다.
"뭘 안다구 그러지 넌?"
일보는 수희의 단정을 수긍할 수가 없었다.
"난 오빠의 태도를 경멸해요. 그렇게 괴로운 것을 무엇 때문에 생각하구 계세요. 은미만한 여자가 또 없을라구······."
"내가 괴로워한다구 누가 그러던?"
"빤히 들여다보이는 거짓말을 왜 하세요. 그럴수록 오빠가 비굴해진다는 걸 모르세요."
"넌 나를 바보루 만들 작정이구나······."
"천만예요. 제가 왜 오빠를 바보루 만들어요? 나는 오빠를 가장 순수하구 순진한 면에서 존경을 하는데요. 도리어 너무 순진해서 걱정이지만······."
"그만둬, 나는 순수하지두 순진하지두 않다. 아무것도 모르는 바보야."
"오빠, 너무 괴로워하지 마세요. 너무 그러시면 모두가 오빠를 경멸하게 될 거예요. 결혼이 그렇게 힘든 건 아니라구 생각해요. 물론 중요한 것이기는 하겠지만 그렇게까지 괴로워할 건 아니라구 생각해요. 아무하구라두 결혼하면 그대루 사는 것이 아니겠어요. 다만 문제는 상대방을 끝까지 사랑할 수가 있느냐 하는 것이겠지요. 사랑할 수 없을 것 같을 때는 깨끗이 단념해야지 않아요."

"오빠는 은미 씨와 결혼하기루 했어요. 나는 오빠가 은미 씨를 사랑하는 줄 알고 찬성했어요. 그것은 오빠가 애경 언니 때문에 방황하구 있는 것 같기 때문이기두 했어요. 결혼할 수 없다구 생각하는 여자 때문에 방황할 것이 뭡니까? 그래서 사랑만 한다면 은미 씨와 빨리 결혼하기를 바랬던 것이지만 역시 오빠는 은미 씨두 사랑을 못하시는가 봐요. 사랑을 할 수가 없어서 괴로워하실 바에야 차라리 끊어 버리는 것이 낫지 않아요? 사실 은미 씨에게는 결혼 대상으로 부족한 조건이 많이 있으니까요."

수희는 자기가 생각한 것을 거침없이 이야기했다. 현실을 너무나 얄잡아 보는 태도였다.

"그래 은미 씨에게 부족한 조건이 뭐냐?"

일보는 수희의 은미관(觀)을 알고 싶었다. 거의 비슷한 생활태도를 가졌던 수희였기 때문이다.

"오빠가 가장 잘 아실 텐데요. 무엇보다두 불구자라는 게 낙제점수 아녜요?"

일보는 실망을 느꼈다. 그러한 외면적인 것에 구애될 세대가 아니라는 생각을 가졌었기 때문이었다. 다른 사람은 몰라도 수희가 그런 말을 할 수 있을까?

"난 은미 씨가 절름발이라구 해서 결혼의 대상이 안 된다는 생각은 한 번두 해 본 일이 없다. 그게 문제될 것이 무엇이냐?"

"우선 걸어다닐 때 남들이 어떻게 보겠어요? 이쁘다구 선망의 눈으루 본다면 모르죠. 그렇지만 그 반대루 볼 때 얼마나 창피해요? 왜 창피한 일을 합니까?"

"난 그런 걸 창피라구 생각지 않는다. 설사 창피하다기로서니 그것이 결혼 못할 조건이 뭐냐?"
 "그러니까 오빠는 순진한 거예요. 같은 값이면 미인이구 체격 좋은 여자가 좋잖아요."
 일보는 수희와 더불어 이야기할 필요를 느끼지 않는 반면 수희를 공박해 주고 싶은 마음이 들었다.
 "꼭 미남이라야 할 것은 없지만 이왕이면 못생기지 않은 편이 좋잖아요. 그리구 남자가 너무 작다거나 체격이 빈약하다면 그걸 어떻게 데리구 삽니까?"
 "그러니까 은미 씨와 결혼하지 말라는 거지, 잘 알았다. 가서 저녁을 먹구 잠이나 자라."
 "그렇지만 오해는 마세요. 아무리 못생겼다 해두 사랑만 한다면 문제가 아니라구 생각해요. 병신이면 어때요. 오빠가 고민하는 것을 보니까 사랑을 안 하는 것 같아서 한 말이지……."
 "글쎄 알았다니까! 잘 알았으니까 그만 해."
 "오빤 내 말을 잘못 들었나 봐. 결혼에 괴로움이 있을 수 없다는 거예요. 괴로운 결혼을 하구 싶으시면 내가 하나 소개할게요. 성당에 나오는 동무를 가운데 얌전한 처녀가 수두룩해요. 오빠는 종교를 믿는 여자를 좋아하실 거예요."
 "너두 교회당엘 다니니?"
 "왜 놀라셨어요?"
 "놀랄 것까지는 없지만……."
 "그냥 다니구 싶어졌어요. 경건한 마음으루 인생을 살아보는 것두 좋을 것 같아서……."
 "대단한 결심이구나……."
 "대단한 것두 없어요. 인생이란 순간적인 충격 속에서 진리를 발견하는 것 아녜요. 그런 의미에서 순간이라는 것이 중요하다구 생각해요."
 "종교를 믿으면서두 순간을 중요시해?"
 "영원이라는 것이 결국 순간의 종합체가 아녜요? 순간이 없으면 영원이 있을 수 있겠어요."

일보는 수희가 교회당에까지 나가게 된 심경의 변화를 알지 못한다. 그저 각박한 생활을 하다가 그 생활태도를 고친 것이려니만 생각해 오고 있었던 것이다.

소파수술을 할 때 수희는 체험한 일도 없고 또 앞으로도 감내할 수 없는 육체적 고통을 느꼈다. 육체적 고통에서 수희는 그것이 결국 떳떳치 못한 행동의 결과라는 것을 생각했다. 떳떳치 못한 행동에는 언제나 후회가 따른다. 그래서 근엄한 태도로 살면서 후회하는 일이 없도록 하겠다는 마음을 먹었다.

있을 수 있는 일이다. 그러나 일보는 수희의 정신적 변화의 과정을 모르는 만큼 수희를 이해할 수가 없었다. 이해하려고도 하지 않았다.

나쁘게 되었다면 모르나 좋게 변한 이상 놀랄 필요가 없었다. 그리고 수희 따위가 일보의 관심사일 수 없었다. 은미와 애경이 마음속에 차 있어 다른 것이 들어갈 공백이 없었다.

일보는 수희와의 대화에서 아무 얻은 것도 없는 것을 느끼고 더 큰 고독에 잠겼다. 자기의 괴로움을 의논할 상대가 세상에 하나도 없다는 절망감까지 느꼈다.

일보는 이러한 때 자살하는 것이 아닌가 생각했다.

의논할 사람도 없고 혼자서는 해결지을 수가 없고── 그러니 눈앞에 막혀 결국 죽음을 선택하게 된다. 일보는 수희를 내보내고 혼자 술을 마시면서 죽음을 생각했다.

죽음을 괴로움의 안식처라고 말한 사람이 있다. 죽음이 있기 때문에 사람들은 삶에 대한 공포를 느끼지 않는다고 한다. 인생에게서 가장 엄숙한 순간은 죽을 때뿐이라는 사람도 있다.

일보는 죽음을 생각하면서도 죽어야 할 필요성을 느끼지 않았다. 죽음을 생각하는 것은 오직 용기가 없기 때문이라고 생각했다.

용기만 있다면 얼마든지 살 수 있다. 용기, 용기만이 필요한 것이다.

일보는 용기로써 은미와 애경 둘 가운데 하나를 선택하자고 생각했다. 눈을 감고 살자.

다음날 일보는 늦지 않게 출근을 했다. 그것은 현실과 부닥쳐 거기서 나오는 자연적 결론을 붙잡기 위함이었다. 은미를 회피할 필요가 없었다. 만나자, 만나서 이야기해서 결론을 내리자.

그래서 일보는 출근을 하자 은미에게 전화를 걸리라고 생각했다. 그런데 일보가 전화를 걸려고 하는 순간 수화기의 벨이 울렸다. 일보는 은미에게서 온 전화가 아닌가 하고 주춤했다. 자기가 걸기 전에 은미의 전화를 받는다는 것이 은미에게 약점을 보이는 것 같아 수화기로 손을 내밀지 못하고 있을 때 권기철이 수화기를 들었다.

"네, 사장님이십니까? 저 권기철올시다."

"………."

"네, 나오셨습니다."

권기철은 그것으로 전화를 끊었다. 은미가 그 이상 더 알 것이 없다는 태도를 보인 모양이었다.

"곧 나오신답니까?"

일보는 은미가 곧 나오는 것이나 아닌가 해서 물었다.

"그런 말씀 안 하시는데요."

권기철의 대답에 일보는 일이 잘 되어 간다고 생각했다.

전화를 걸었으면 응당 자기를 불렀어야 할 은미다. 그런데 자기를 부르지 않았을 뿐 아니라 나온다는 말도 전달하지 않았다는 것은 은미가 자기를 불신한다는 것이 아니겠는가? 만약 은미가 자기를 불신하고 경원한다면 일은 제대로 되어 가는 셈이다. 은미가 결혼을 요구하지 않기만 한다면 일보는 애경만을 생각할 처지에 놓이게 될 것 같기도 했다.

일보는 생각했다. 곧 결혼한다는 말을 했으나 결혼을 안 하기 위해 취직을 하려 하는 것은 애경이 오직 자기만을 생각하기 때문일 것이라고. 자기만을 생각하고 있는 애경을 사랑 안 할 수가 있는가? 나중에야 삼수갑산을 가는 한이 있더라도 애경과 결혼하자.

한국 사람들은 유교의 윤리를 받아들여 형수와 시동생은 결혼할 수 없다는 굳은 도덕률 밑에서 살고 있다. 그러나 가까운 일본이나 또 먼 외국에서 나 다 같이 허용되고 있는 결혼이다. 구태여 우리 나라에서만 중국식 유교 사상에 얽매여 살 필요가 없다. 언제든 깨지고야 말 도덕률을 솔선해서 깨뜨림으로써 시대를 앞질러 걷는 것이 무슨 잘못인가? 선각자는 비난과 조소를 달갑게 받아야 한다.

일보가 이런 생각을 하며 은미가 제풀에 물러나 주기를 바라고 있을 때 심각한 표정을 한 은미가 사무실에 나타났다. 사무실에 나타나자 은미는,
"안녕하셨어요?"
냉정한 인사를 한 뒤,
"잠깐만 이야기를 할까요?"
하며 옆방인 숙직실로 들어갔다. 일보는 뒤따라 들어갔다. 심상치 않은 일이 벌어질 것 같은 예감을 느끼면서도 일보는 마음 든든한 것을 느꼈다.

숙직실에 들어가자 은미가 대뜸,
"어떻게 하실 작정이시죠?"
심문하듯이 물었다.
"어떻게 하기는 무엇을 어떻게 해요?"
일보는 대체 무슨 말이냐는 식으로 반문했다.
"몰라서 물으시는 건가요? 싫으시면 싫다구 솔직히 말씀하세요."
"누가 싫다구 그랬어?"
"집에 찾아가지두 못하게 하구 또 사무실에 나와서는 만나려구 하지두 않구. 그래 그것이 싫어하는 거지 뭡니까? 솔직하게 말씀하세요. 나는 무엇이나 강요할 생각은 없으니까요. 그렇게까지 시시한 여자는 아닙니다."

은미가 서슬이 퍼래 가지고 말했으나 일보는 책임 있는 말을 하고 싶지 않았다.
"글쎄 싫다구 생각한 일은 없는데."
"그럼 가족끼리 만나게 하자던 약속은 왜 실행치 않는 거죠?"
은미는 점점 언성을 높였다. 흥분이 커지기만 하는 모양이었다.
일보는 은미가 제풀에 물러나기를 기다리던 판이기는 했지만 약속을 안

지켰다는 불신을 받기가 싫어,

"적당한 시기를 기다리구 있는 것이지 약속을 어길려구 그런 것은 아닙니다."

자기 변명을 했다.

"그만두세요. 남자가 어쩌면 그렇게까지 솔직하지가 못합니까? 괴로워하신다죠? 어젯밤에는 혼자 술을 마셨구요?"

은미가 화난 이유를 짐작했다. 그러나 어떻게 어젯밤 일을 알고 있을까?

"그건 누구한테 들었죠?"

"조금 전에 누이동생이 전화를 걸었더군요."

"뭐라구 그럽디까?"

"혼자 술을 마시면서 괴로워하니 무슨 일이 생겼느냐구 묻더군요."

일보는 능히 있을 수 있는 일이라고 생각했다. 그리고 자기 변명을 안 할 수 없다고 생각했다. 그래서 어제 철배가 찾아와서 한 이야기를 말하고,

"괴로워 안 할 수 있어요? 언제까지나 그림자처럼 따라다니며 괴롭힐 모양이니 그걸 어떻게 참구 견디지요?"

자기의 솔직한 감정을 설명했다.

"그러실 겁니다. 그러니까 괴로워하지 않은 방법을 강구해야겠지요. 간단한 일입니다. 그런 시시한 남자 때문에 괴로워하신다면 결혼을 단념하는 수밖에 없지요."

은미는 정말 간단하게 말했다. 그리고는 일보가,

"그것이 그리 간단한 일일까요?"

하고 더 이야기하려는 데도,

"간단하지 않을 것이 뭡니까? 내 걱정은 조금두 말구 좋두룩 하세요."

한 뒤 자리에서 일어서는 것이었다.

"생각해 주니 고맙소. 그렇지만......."

은미는 일보의 말을 들으려 하지도 않고 숙직실을 뛰쳐 나갔다. 그리고는 권기철에게도 인사 한 마디 없이 사무실을 나가 버렸다.

일보는 홀가분한 기분이기도 했지만 소에게 물린 것처럼 어안이 벙벙

했다.
　그럴 수가 있을까? 아무리 원하던 바라고 해도 수수께끼 같은 일에 정신을 수습할 수가 없었다.
　공주처럼 자라난 여자니까 자존심이 꺾이는 일을 싫어하겠지. 은미로서는 능히 할 수 있는 일일 것 같았다. 그러나 문제가 결혼 문제다. 더구나 임신까지 한 여자로서 그것을 그렇게 간단하게 취급할 수가 있을까?
　일보는 아무 일도 않고 담배만 피우며 몇 시간을 보냈다. 그 동안 그는 은미에게서 전화가 오지나 않나 하고 기대했다. 잘못했으니까 달리 생각 말고 다시 만나자는 전화가 꼭 올 것만 같았다. 그러나 몇 시간이 지나도록 은미에게서는 전화가 오지 않았다.
　일보는 할 수 없다고 생각했다. 이제는 자기가 취할 태도만이 남았다고 생각했다. 즉 은미와 관계를 끊는다면 자기는 사무실에 나올 수가 없다. 사표를 제출하고 내일부터 출근을 안 해야 한다는 생각을 했다.
　만약 자기가 출근만 안 한다면 은미는 자기를 만나려고도 하지 않을 것이다. 일보가 사표를 써야 한다고 생각하고 있을 때였다. 전화벨이 울렸다. 일보는 아침과 달리 수화기가 권기철에게 넘어가기 전에 수화기를 잡아들었다.
　"여보세요."
　"고일보 씨 계신가요?"
　"내가 고일본데요."
　"그래요? 저 애경이에요. 어제 집에 오셨다죠?"
　애경이라는 것을 알자, 일보는 맥이 확 풀리는 것을 느꼈다. 절대로 싫지는 않았다. 긴장 위에 긴장이 덮쳐 맥을 쓸 수 없던 것이다.
　정신을 조금 수습한 뒤에 전화를 걸어 주었다면 하는 생각만을 했다.
　"지금 어디 계십니까?"
　어제 집으로 찾아갔는데도 외출하고 없었던 것을 사과하기 위해 애경이 전화를 건 것이겠지만 일보는 자기 감정에만 치우쳐 애경과 만나고 싶다는 초조로운 마음을 그대로 나타냈다. 아무리 긴장한 때라고 해도 애경을 냉대

할 수는 없었다. 도리어 만나고 싶은 마음이 초조로웠다. 그러나 애경은,

"종로에 있어요."

하고는 이어서,

"어제 볼일을 보구 들어갔더니 금방 다녀가셨다지 않아요? 미안했어요."

그것만이 가슴에 걸리는 듯 어제 이야기를 조급히 꺼냈다.

"미안하기는요. 그냥 놀러 갔던 건데요. 지금 좀 만날 수 없을까요?"

일보에게는 어제보다도 오늘이 중요했던 것이다.

"글쎄요. 저두 좀 만나구 싶기는 하지만……."

"곧 갈 테니 화신 백화점 앞에서 기다려 주세요. 십 분두 안 걸릴 거예요."

"그러지요."

일보는 전화를 끊기가 바쁘게 사무실을 나왔다. 그리고 택시를 잡아 타고 화신백화점 앞으로 달렸다.

어떻게 하자는 것인지는 일보 자신도 몰랐다. 그저 만나고 싶었던 것이다. 감정을 비벼 댈 데가 없는 고독의 발악이었을지도 모른다. 애경을 만난다는 사실이 초조로울 뿐이었다.

그러나 일보는 화신 채 못 미처 광교 부근에서 택시를 내렸다. 택시까지 타고 가는 자기의 초조로움을 애경에게 보이기가 싫었던 것이다. 지금 자기는 은미의 일로 걷잡을 수 없는 착잡 속에 허덕이고 있다. 그런 짓을 애경에게 보여서는 안 된다는 마음이 불쑥 일어났던 것이다. 은미의 일로 마음이 착잡하기 때문에 애경을 만나고 싶어졌다는 불순성을 보일 수가 없었던 것이다.

택시에서 내려 걸으면서도 그새 오 분도 경과하지 않았다는 것을 머릿속에 계산하고 걸음을 천천히 옮겼다.

화신백화점 앞에서 이쪽만 바라보고 서 있는 애경 앞에 이르러서도 일보는 침착한 태도를 취하고,

"많이 기다리셨지요?"

여유 있는 목소리로 말했다.

그들이 세종로를 향해 걷기 시작했을 때 애경이,

"어제 정말 미안했어요."

하고 또 어제 이야기를 꺼냈지만 일보는 그런 이야기는 그만두자는 듯이,

"거리에 사람이 많지요?"

하고 엉뚱한 말을 꺼냈다. 일보는 거리에서 이야기를 꺼내기가 싫었다. 오래 이야기할 수 있는 장소를 정한 뒤 거기서 천천히 이야기하고 싶었던 것이다.

잠시 걷다가,

"어디루 갈까요?"

이야기할 장소에 대하여 애경의 의견을 물었다.

"아무데나요."

"다방은 싫구."

"좋은 대루 가세요. 아무데나."

애경은 일체 일보에게 일임하는 태도였다. 일보는 할 일 없이 소일하기에 지루해 하는 사람들만이 모이는 것 같은 다방 대신에 고궁이 어떨까 하고,

"덕수궁으루 갈까요?"

했다.

"좋아요."

애경이 아무런 불만도 표시하지 않았기 때문에 그들은 덕수궁으로 가 분수가 있는 박물관 앞에 벤치에 앉았다.

자리를 잡고 앉자 그때야 일보는,

"어제 어디 가셨지요?"

하고 어제 이야기를 꺼냈다.

"오빠가 취직자리를 알선해 준다구 해서 잠깐 나갔었어요. 돌아와서 도련님이 왔다 가셨단 말을 듣고 어떻게 미안했는지 딴 볼일이 있어 오셨던 건 아니지요?"

애경은 특별한 일이 있어서 찾아왔던 것이나 아닌가 하고 그것을 궁금히 여기는 것 같았으나, 일보는 그런 말에는 대답할 생각도 않고 자기 물을 말

만 물었다.
"곧 결혼을 하신다더니 취직은 뭣 때문에 하시는 거죠?"
일보는 애경이 본심을 털어놓지 않을 수 없으리라고 생각했다. 그러나 애경은 조금도 주저하지 않으며,
"결혼을 해두 같이 벌어야 살지 않아요?"
결혼을 위해서 취직을 하는 것처럼 대답했다.
"어머니 말씀은 그렇지가 않은 것 같던데요?"
"어머니가 뭐라구 그리셨는데요?"
"결혼은 생각지두 않는다구 걱정을 하시더군요."
"어머닌 그러실 거예요. 어머니가 말씀하시던 남자와 결혼을 할까 했었는데 전실에서 난 애가 너무 많지 않아요. 그래서 그것을 거절했거든요."
"그렇다구 결혼을 생각지두 않는단 말씀을 하실까요?"
"부모가 권하는 남자와 결혼하기가 싫어서 우선 결혼을 안 하겠다구 그랬으니까 그러셨겠지요. 직장을 구해 출근을 하며 남자와 교제를 할까 해요. 아무리 만족한 결혼을 할 수 없다 해두 상대방을 내 손으루 선택하구 싶어서요."
애경의 말을 들으니 그것도 그럴싸했다. 다만 문제는 그러한 애경이 어째서 자기에게는 곧 결혼식을 올릴 것처럼 말했느냐 하는 것이었다.
"그렇지만 나보구는 금시 결혼할 것처럼 말하지 않았습니까?"
"처음에는 아무하구나 결혼할 생각이었어요. 조건이 나쁜 여자가 남자를 선택할 권리가 있어요? 그렇게 말했었지요. 그러면서도 막상 하려고 하니 어디 그렇게 되요?"
애경의 말에는 일리가 있었다. 동시에 이해할 수도 있었다. 그러면서도 일보는 납득이 가지 않아,
"모르겠는데요."
마치 독백이나 하듯 고개를 흔들었다.
"모르기는요? 돌아다니노라면 굴러다니는 돌이라두 발에 채이는 수가 있잖아요?"

애경은 구해 보면 적당한 사람이 있을지도 모른다는 낙관적 태도를 보였다.
일보는 그러한 애경이 마음에 들지 않았다. 발에 채이는 돌이면 어떤 것이든 무방하다는 그런 말을 어찌할 수 있을 것인가?
"무척 결혼에 초조하신 모양이군요?"
일보는 비꼬는 말을 하고야 말았다.
"초조 안 할 수 있어요. 게다가 나이까지 먹으면 누가 주워 갑니까?"
애경은 이야기를 심각한 데로 끌고 가기가 싫어 농담조로 말하는 것이겠지만 일보의 귀에는 그런 말이 가시처럼 걸렸다.
"이때까지는 어떻게 참으셨나요?"
그때야 애경이 얼굴을 떨어뜨리고,
"모르겠어요. 아마 철이 덜 들었던 모양이죠."
후회도 아니요 자조(自嘲)도 아닌 불투명한 말로 자기의 방황하는 마음을 보였다.
"무척 후회가 되시겠습니다."
"후회되는 것 같지는 않아요. 누가 시켜서 한 것은 아니니까요."
"과거를 후회하구 저주하시죠. 마이너스밖에 준 것이 없는 과건데······."
"저주할 필요가 어디 있어요? 나는 어떤 경우에도 후회를 안 하며 살겠어요."
일보는 애경의 말에서 꼬리를 잡을 수 없는 것이 안타까웠다. 꼬리가 잡혀야 하고 싶은 말을 할 수 있을 텐데 하고 싶은 말을 꺼낼 수가 없었다.
그러나 언제까지나 마음의 주변만 돌 수는 없었다.
"결혼을 하지 말구 혼자 사시지요?"
용기를 내어 애경이 마음속을 찔러 보았으나 애경은 여전히,
"그렇다구 누가 칭찬해 주나요? 물결에 따라 살아가야지요."
불투명한 말을 또 했다.
"내가 칭찬해 드리죠."
주책없는 말이었지만 그 말에 애경이 샛별 같은 눈을 반짝이며 일보를 쳐

다봤다.

　속에서 타오르는 말을 거침없이 할 것 같이 보였다. 그러나 애경은 또 김 빠진 말을 하고야 말았다.

　"고맙습니다."

　고맙다는 그 말 한 마디로 일보가 어찌 애경이 마음을 알 수 있을 것인가? 그렇다고 해서 혼자서 살라는 말을 더 강조할 수도 없는 일이었다.

　"나두 당분간 결혼을 안 하겠습니다."

　그러니까 애경에게도 독신생활을 권하는 것이란 뜻을 표시했다. 그때야 애경이 놀라는 표정으로,

　"왜요?"

하고 물었다.

　"꼭 해야 할 필요두 없지만, 막상 하려구 하니 쉽지두 않은 것 같아서요."

　애경이 불투명한 말만 하는 이상, 일보로서도 그 이상 다른 말을 할 수가 없었다.

　"세상에 쉬운 일이 어디 있어요? 그렇지만 하려구 하던 것을 그만두시는 이유는 뭐지요?"

　애경은 자기 이야기를 할 때보다 일보의 이야기를 할 때 화제에 흥미를 더 느끼는 것 같았다. 그래서 일보는 이 기회를 놓치지 않으려고 용기를 냈다.

　"마음을 딴 데 두고 사랑하지두 않는 여자와 결혼할 수가 있습니까?"

　그러면 애경이 마음을 딴 데 어디다 두고 있느냐고 물을 줄 알았다. 그때 일보는 그걸 몰라서 묻느냐고 꼬집어 말할 예정이었다. 그러나 애경은,

　"결혼하구 살면 사랑이 생기는 거예요. 빨리 결혼하세요."

　자기 이야기가 더 나오지 못하게 말했다.

　"과거가 복잡한 여잡니다. 사랑할 수가 도저히 없을 것 같아요. 벌써 몇 번이나 기막힌 일을 당했는데요."

　일보는 결국 은미에 대한 이야기를 꺼내고야 말았다.

"기막힌 일이라니요?"

애경이 눈을 크게 뜨고 물었다.

"전에 좋아하던 남자가 나타나서 협박을 하구 구타까지 하잖아요? 내 눈이 왜 멍들었는지 아세요?"

"그래요?"

애경은 정말 상상 못했던 일이라는 듯이 놀랐다.

"그러니 아무리 결혼에 기갈이 들렸다 해두 할 수가 있겠습니까?"

"상당히 복잡하군요……."

그래도 애경은 그 이상의 말을 하지 않았다. 감질나는 일이었다. 그런 여자와 어떻게 결혼을 하느냐고 최소한도 일보의 말에 동의를 해 줄 수 있지 않은가?

"어떻습니까? 그런 여자하구두 결혼을 하면 사랑이 생기겠습니까?"

일보는 애경의 분명한 대답이 듣고 싶어 정면으로 질문을 했다.

"글쎄요, 잘 모르겠는데요."

애경은 대답을 회피했다. 만약 명아라고 하면 어떻게 해서든 결혼을 하라고 권할지도 모른다. 그런데 애경이 권하는 말을 안 하는 것은 명아와 다른 점이라고 할 수 있지만, 어째서 그런 결혼을 어떻게 하느냐고 속시원히 말해 주지를 못할까?

"형수님이 하라는 대루 할게요. 똑똑히 말씀해 주세요."

"제가 어떻게 알아요? 본인의 마음이지."

"한 번 가졌던 과거는 씻을 수가 없는 것 같아요. 그게 제일 큰 문제라구 생각해요."

"과거가 없는 사람이 얼마나 있을까요?"

일보는 아차 했다. 과거라고 하면 애경에게도 과거가 있지 않은가?

"청산되지 않을 과거 말예요. 사랑하던 사람이 살아 있어서 자꾸만 방해공작을 하거든요."

"사랑은 빼앗는 것이라면서요? 스릴을 느끼는 때 사랑이 깊어진다구 그러는가 보든데요."

일보는 백 마디의 말을 가지고도 애경의 진심을 털어놓게 할 수가 없다고 생각했다. 단도직입적으로 말하는 수밖에 없었다.

"내가 보기에 형수님두 결혼할 생각이 있는 것 같지가 않습니다. 형수님이 결혼하지 않는 이상 나두 결혼을 안 하겠습니다."

일보는 용기를 내었다. 그리고는 그것만이 가장 중요한 일이라는 듯 멀리 하늘을 쳐다봤다.

"내가 결혼을 왜 안 해요? 아까두 말했지만 결혼을 하기 위해 취직을 하기루 했는데요."

애경이 펄쩍 뛰다시피 말했다. 자기와 일보가 관련되는 말에서는 도망칠 생각만 하는 것이었다.

"결혼을 하기 위해서가 아니라 안 하기 위해서 취직하시는 것 같은데요……."

"모르시는 말씀. 내가 뭘 믿구 혼자 살겠어요? 한때는 혼자 살 생각두 안 했던 것이 아니지만 그럴 수가 없다는 걸 알았어요."

일보는 주저할 것도 사양할 것도 없다고 생각했다. 나중에는 따귀를 맞는 한이 있다고 해도 하고 싶은 말을 해야 시원할 것 같았다. 마지막일지 모른다. 마지막이라고 해도 해야 할 것 같았다.

"그러시다면 망설일 것 없이 우리의 숙원을 푸십시다. 눈을 감구 살지요. 어때요? 손가락질들을 하라죠. 그렇지만 나중에는 우리를 용감하다구 칭찬해 줄 때가 올 겁니다."

"글쎄요……."

애경의 대답은 너무나 뜨뜻미지근했다. 긍정하는 것 같기도 하고 부정하는 것 같기도 하고 일보는 애경의 팔을 잡아 흔들었다. 혼몽한 정신을 흔들어 깨우는 식으로,

"용기를 내세요, 네. 다만 하루를 산다구 해두 하구 싶은 일을 하며 살아야 않아요?"

애경의 대답을 구했으나 애경은 초점 없는 시선을 공중으로 보내고 입을 열지 않았다.

"오래 살 것 없습니다. 하루를 살구 하루에 죽지요. 무슨 원한이 있겠어요."

그때 애경이 가는 한숨을 내쉬며 입을 열었다.
"어떻게 하루를 살구 죽어요? 인생은 길구 긴 건데……."
"긴 걸 단축시키면 되잖아요? 시시하게 오래 살아서는 뭘 합니까?"
그때 애경이 벤치에서 일어서며,
"가십시다."
걷기를 시작했다. 할 수 없는 일이었다. 일보는 애경의 뒤를 따라가며,
"그런 이야기는 다시 말아야겠군요."
하고 결론을 지으려 했다. 백 번 이야기해도 효과가 없을 것이라면 아주 단념하는 것이 좋을 것 같았기 때문이었다.
"좋두룩 하세요."
하지 말자는 데도 애경은 적극적이 아니었다.
"좋두룩 하라니요?"
"제가 도련님에게 명령할 수가 있어요?"
"명령이 아니라 요구는 할 수 있잖아요."
"전 남에게 요구할 권리두 상실된 지 오래됐어요."
"무엇을 요구합니까?"
"요구는 안 한다구 해두 거부는 할 수 있잖아요?"
"제가 산다는 것이 모두 거부뿐인데요."
"잘 알았습니다. 앞으루 거부당할 말을 꺼내지두 않겠습니다."
"좋두룩 하세요."
"그럼 오늘이 마지막이군요?"
"그런 말씀은 왜 하시죠. 세상에 마지막이라는 게 어디 있어요? 시동생과 형수는 영원일 거예요."
"그런 의미가 아니구……."
"가십시다."
애경은 대답을 또 피했다. 말없이 걸으며 그들은 덕수궁 안을 한 바퀴 돌

피곤한 집착 355

왔다. 한 바퀴를 돌고 출구 근처 연못에 이르렀을 때 일보는 애경의 마음을 다짐하기 위하여,

"오늘이 마지막이죠?"

집착이 강한 말을 다시 꺼냈다.

"그런 말 이젠 그만둬요."

애경은 이야기 자체를 거부했다.

일기의 여백

애경은 시청 앞에서 일보와 작별했다. 식사나 하고 가라는 일보를 물리치고 혼자서 걸었다. 무교동으로 해서 종로로 빠져 나오는 동안 애경은 줄곧 땅만을 내려다보며 걸었다. 어깨를 스치며 지나가는 사람이 있어도 거들떠 보지도 않았다. 생각이 꽉 차 있는 것 같으면서도 텅 빈 것만 같은 가슴.

몸에 열이 있을 때처럼 머리가 멍멍했다. 그러면서도 애경은 일보가 왜 결혼을 쉽게 하지 못하는가 하고 일보의 결혼을 생각했다. 만약 일보가 빨리 결혼만 한다면 자기는 아무 구애도 받지 않고 혼자 자유스럽게 살 수가 있다. 그리고 일보나 자기가 결혼 문제로 괴로워할 일이 없게 된다.

그런데 일보는 은미와 결혼을 못하게 될 것 같다. 그런 창피와 협박을 감내하고 당연한 일이다. 더구나 일보는 그러한 굴욕을 참으면서까지 결혼할 비굴한 남자가 아니다. 더구나,

"형수님이 혼자 사는 한 나두 혼자 살겠습니다."

하던 일보의 말이 생각될 때 애경은 자기 일생이 복잡해질 것 같은 공포심이 들었다. 일보가 딴 여자와 결혼을 하고 자기를 잊어 준다면 자기는 슬프나 괴로우나 단순한 생활을 할 수 있다. 그렇지만 자기를 바라보며 일보가 결혼을 안 하는 한 자기는 마음의 부담을 느끼며 살아야 한다. 그뿐만도 아니다. 일보와 자주 만나게 되면 자기도 모르는 새 자기의 감정을 숨기지 못하게 될지 모른다. 자기의 감정을 숨기지 못한다면 일보는 더욱 적극적으로

나올 것이다. 그렇게 되면 설사 결혼을 안 한다고 해도 두 사람의 관계가 백일하에 드러나게 된다.

그럴 수는 없다. 절대 그래서는 안 된다.

그래서는 안 된다는 것이 애경의 습관처럼 굳어진 생각이다. 어떤 이유를 가져다 붙여도 안 될 일이다. 그러나 애경으로서는 일보가 딴 여자와 결혼해 주기를 진심으로 갈망한다고 해서 그것이 거짓말이 아니다. 그러나 그렇다고 해서 애경의 마음은 그렇게 단순한 것만은 아니었다.

'형수님이 혼자 사는 한 나두 혼자 살겠습니다.'

얼마나 매력적인 말인가? 애경에서는 그 말이 살아서 온몸 구석구석을 맴도는 것같이 느꼈다. 그 말이 어떤 형태를 이루어 눈앞에 보이는 것 같기도 했다. 만약 일보가 그래만 준다고 하면 자기는 외로우나 외롭지 않은 인생을 살 수가 있다. 혼자 있으나 혼자가 아닌 충만감을 느낄 것이다. 결혼을 못해도 산 보람을 느끼며 살 것이다.

가슴이 울렁거렸다.

'하루를 살구 하루에 죽지요.'

얼마나 사랑을 하면 일보가 그런 말을 할까? 모든 것에 눈을 감고 하루만 산다. 하루를 살다가 하루에 죽는다 얼마나 멋지고 얼마나 아름다운 생인가?

애경은 오래 살아야 복될 것이 하나도 없을 것을 생각했다. 자기와 같은 사람이 백 년을 살면 자기에게 무슨 즐거움이 있을 것인가? 오래 살면 오래 살수록 욕된 생활이 반복될 것이다.

'일보 씨.'

애경은 속으로 일보의 이름을 불렀다.

'나를 사랑한다구요?'

일보의 활짝 편 얼굴이 눈앞에 보였다.

'하루만 살까요?'

'정말요. 네? 정말입니까?'

일보가 두 손을 활짝 벌리고 안으려고 한다.

'안 돼요. 노상에서⋯⋯.'
애경이 몸을 비틀었다. 순간 신호등에서 울려오는 종소리가 요란하게 들렸다. 종로 네거리 교차로에 이르렀던 것이다.
애경은 '서시오'의 빨간 신호를 보았다. 그리고는 가서는 안 된다는 생각을 했다. 하루를 살기 위해 가서는 안 된다.
파란 불이 켜지고 횡단도로를 걸어갈 때도 애경은 하루를 살기 위해서 일보 앞으로 가서는 안 된다는 생각을 했다. 안 된다.
안 된다는 부정 속에서만 살게 마련된 자기다.
애경은 종로 4가까지 걸었다. 많은 사람이 오고가고 있었으나 그는 혼자라는 것을 느꼈다. 혼자라고 해서 외로운 것은 아니었다. 수천만 군중 속에서 자기만이 혼자라고 해도 할 수 없었다. 당연한 일이기 때문이었다. 다만 혼자여야만 하는 운명이 슬플 뿐이었다.
애경은 집으로 돌아가 저녁을 먹은 뒤 자기 방으로 가 일기를 꺼냈다. 쭉 계속해 오는 일기였다. 마음이 어지러울 때마다 일기를 쓰므로 자기를 정리하는 습관을 가진 만큼 그는 일기책 앞에 앉기만 하면 마음의 안정을 얻을 수가 있었다. 마음의 안정을 얻기 위해 일기책을 앞에 놓고 하루 동안의 일을 회상하기 시작했다. 그리고는 일기에 쓸 글의 총화(總和)를 생각했다.
'안 된다.'
안 된다는 말 한 마디가 오늘의 결론이요. 일기의 총화라고 생각했다. 그 이상 다른 것이 없다고 생각한 뒤 그는 일기를 쓰기 시작했다.

'어제 도련님이 찾아왔었다는 데 대한 인사를 하기 위해 전화를 걸었다. 그렇기 때문에 전화를 건 것이 잘못은 아니었다. 나는 전화로 인사말을 하고는 그냥 돌아오리라 생각했다. 그러나 도련님이 만나자고 할 때 나는 거절을 못했다. 만나면 자연 이야기가 길어지고 이야기가 길어지면 서로의 감정이 노출될 것을 모르지 않았다. 그러나 도련님이 만나자고 할 때 나는 그런 것을 조금도 겁내지 않았다. 만나는 것만이 당연한 일처럼 생각되었다.

그런데 도련님은 자기의 결혼이 성사되지 않을 것을 이야기하고 나와의 결혼을 제의했다. 물론 처음 있는 일이 아니었다. 그러나 오늘처럼 적극적인 때는 없었다. 하루를 살고 하루에 죽자는 말을 전제로 하고 결혼하자는 도련님의 마음을 이해하지 못할 바 아니다. 하루가 영원일 수도 있을 것이다. 영원성을 내포한 하루를 살다가 하루에 죽는다면 얼마나 멋진 일이겠는가? 구질구질하게 오래 산다는 것은 생활이 아니라 생명의 연장에 지나지 않는다. 깨끗하고 아름답게 하루를 장식하면 그뿐이다.

나는 도련님의 말에 정말 눈을 감고 하루나마 행복을 맛보며 살고 싶다. 그리운 일보 씨. 나는 세상에서 당신 한 분만 알면 그뿐입니다. 당신 한 분만 생각하며 살겠습니다. 내 속을 들여다보십시오. 당신 이외에 아무것도 없습니다. 취직을 한다는 것도 당신을 생각하며 살기 위한 것입니다. 아무것도 하지 않고 집에 있으면 부모는 물론 오빠까지도 그냥 두려고 하지 않습니다. 남자 교제를 하기 위해 취직하겠다고 한 말이 본심이 아닌 거짓임을 당신은 알게 될 것입니다.

그런데 도련님은 어째서 다시는 만나지 않을 것처럼 마지막이란 말을 자꾸만 거듭했을까? 결혼을 안 하면 만날 필요도 없다는 것인가? 그러지는 말고 나와 너와 결혼을 못하면 죽어 버린다고 협박적인 위압을 했다면 그러면 나는 피동적인 존재로서 도련님의 제안에 굴복할지도 모른다. 그러나 도련님은 그럴 사람이 못 된다. 그런 데 도련님의 가치가 있다. 도련님은 어디까지나 내 의사를 존중한다. 그리고 말로는 눈을 감고 살자고 하지만 속으로는 도덕과 제도에 눈을 감지 못하는 사람이다. 거기에 도련님의 선량성이 있다.'

애경은 잠시 붓을 놓고 일보의 얼굴을 생각했다. 모난 데가 어딘가 있는 것 같으면서도 절대로 모질지가 못한 일보. 남을 때릴 줄도 알지만 후회를 더 많이 하는 사람. 그러기에 사랑하는 사람에게는 어린애보다도 더 약한 일보다. 그러한 일보가 어찌 협박적인 위압을 가지고 결혼을 강요할 수가 있을 것인가?

애경은 다시 일기를 계속했다.

 '도련님이 다른 여자와 결혼을 한다면 나는 어떻게 될까? 도련님은 아무래도 결혼을 하고야 말 사람이다. 은미하고는 힘들지 모른다. 그런 여자와 어떻게 결혼할 것인가? 그렇지만 결혼 대상은 얼마든지 있을 것이다.
 도련님은 나만을 생각하며 평생을 혼자 지낼 수가 없을 것이 아닌가? 그는 아직 사랑의 쓴맛 단맛을 잘 모른다. 사랑이 쉬운 것 같으면서도 가장 어려운 것임을 알지 못한다. 아무나 사랑하면 되는 것이라 생각하고 있는 것이다. 그뿐만도 아니다. 남자란 사회생활을 해야 하기 때문에 개인 생활에 있어서는 반드시 여자의 내조를 받아야 한다. 여자의 도움 없이는 불편해서 살지 못하는 것이 남자들이다. 그리고 요즘 남자로서 결혼을 부정하는 이가 몇 사람이나 될 것인가? 현실을 사랑하기보다 현실을 짓밟기만 하는 현실주의자들. 그러니 도련님이 나만을 생각하며 혼자서 산다는 것은 꿈에도 생각할 수 없는 일이다.
 은미와의 결혼이 파탄되었으니까 얼마 동안은 결혼을 안 하겠지. 그 동안은 나를 생각해 줄 것이다. 그 동안이나 조금 길어 주었으면……. 그러면 그새 이때까지 맛보지 못했던 사랑을 주고받을 수 있지 않겠는가? 설사 결혼을 못한다 해도 평생 혼자 살아야 할 내 미래의 정신적 양식을 저장할 수가 있다. 약대(낙타)는 밥주머니에 물을 저장했다가 그 물을 두고두고 먹는다지 않는가? 도련님의 사랑을 내 가슴 속에 좀더 많이 저장하고 싶다.'

 이까지 쓴 애경은 머리가 아찔해짐을 느꼈다. 사방의 불꽃이 튀어오르는 것 같았기 때문이었다. 눈이 부시도록 강력한 불꽃, 현황 찬란한 그 불꽃 속에서 몸을 가누지 못하고 허우적거리는 자기. 애경은 그 불꽃 속에서 쓰러지고야 말 것 같았다. 아주 쓰러져 버려도 좋을 것 같았다. 그러나 곧 머리를 내젓고 다시 일기를 쓰기 시작했다.

'내일부터 나는 출근을 한다. 출근해서 일을 하며 모든 것을 잊자. 아주 잊을 수는 없다. 그러나 조금씩 생각하며 가느다랗게 살자. 가늘수록 부피는 작게 된다. 명주실처럼 부피가 작으면서도 긴 일생을 살자.
 도련님. 빨리 결혼을 해 주십시오. 그래서 나를 그리움 하나만으로 살게 해 주십시오. 나는 오직 그리움만을 붙잡고 살아가야 할 여자입니다. 그 이상의 혼란이 있어서는 안 되는 것입니다.'

 애경은 일기를 이쯤 해서 끊는 것이 좋으리라고 생각했다. 아무도 읽을 수 없는 자기 혼자만의 비밀이기는 하지만 그것을 지저분하게 만들고 싶지가 않았던 것이다. 마음의 발자취를 깨끗하게 만들어야 한다. 그래야 내일의 발자취도 깨끗해질 수가 있다.
 애경은 일기책을 덮어 책상 빼닫이에 넣고 쇠를 잠갔다. 그러고 나서 두 손으로 턱을 고인 뒤 일기의 여백을 생각했다. 어쩐지 여백이 남을 것 같고 그 여백을 채워야 할 것 같았다. 그것은 괴로워하고 있는 일보의 얼굴이 눈앞에 벽을 쌓기 때문이었다. 은미에게서 받은 상처. 그리고 자기의 거절로 받은 타격에 한숨짓고 있을 일보. 그는 지금 어린애처럼 울고 있을 것 같았다. 어린애처럼 어루만져 줄 사람을 기다리고 있을 것 같았다. 애경은 일기의 여백에 그런 것을 더 써넣어야 할 것 같았다. 그러나 열쇠를 만지작거리던 애경은 그것을 다시 핸드백 속에 넣은 뒤 벌렁 누워 버렸다.
 다음날 아침 애경은 일찌감치 조반을 먹은 뒤 경대 앞에 앉았다. 출근을 위한 화장을 시작하는 것이었다. 출근을 한다고 해서 특별한 화장을 하는 것은 아니었다. 크림을 바르고 머리에 빗질을 하면 그만이다. 그는 이때까지 눈썹을 그린다든가 루즈칠을 해 본 적이 없다.
 그런 만큼 이 날도 크림을 바른 뒤 머리에 빗질을 하고 일어서려 할 때 문득 거울에 비친 자기 입술에 빨간 루즈를 발라 보았으면 하는 생각이 들었다. 언젠가 일보가 '형수님두 화장을 좀 해 보세요.' 하며 사다 준 루즈가 생각났던 것이다. 그때 애경은 한 번 루즈를 칠해 봤다. 하얀 얼굴에 빨간 입술이 대조적으로 눈에 띄었다. 나쁜 것 같지가 않았다. 그러나 한 번 칠했던 루즈를 금시 지워 버렸다. 어울리지가 않는 것 같았기 때문이었다.
　화장이란 몸을 단정하게 하는 한 방법이라고 한다. 애경은 있는 그대로를 단정히 하는 것이 자기의 올바른 자세라고 생각했다. 그러면서도 한 번밖에 칠해 보지 않은 루즈를 오늘만은 칠해 보고 싶었다. 일보가 사 준 것을 몸에 지니고 직장에 나가고 싶은 충동을 받았던 것이다. 집에 있을 때와 달리 사회에 나가면 아무래도 남자와의 교제를 갖게 된다. 남자들의 교제에서 어떤 유혹을 받을 것이 겁나서는 아니었다. 남자들과 교제를 하면서 일보를 더 생각하고 싶었던 것이다. 일보가 사 준 것을 입술에 칠하고 다니면 일보가 몸에 붙어 있는 것 같음을 느낄 것이다. 그리고 남자들을 볼 때 남자들의 얼굴에서 일보를 느낄 것이다.
　애경은 경대 서랍에서 곱게 간직해 두었던 루즈를 꺼냈다. 그리고 거울을 보며 입술을 빨갛게 문질렀다. 그리고 새끼손가락으로 입술의 선을 곱게 그렸다. 다 그리고 나자 입술을 다물었다 열었다 하며 빨간 색깔을 음미했다. 확실히 안 칠한 것보다 매혹적이었다. 넓은 뜰에 빨간 장미가 한 송이 핀 것처럼 시선을 끌기도 했다.
　'남자들이 좋아하겠지?'
　남자들은 여자에게서 매혹적인 것을 요구한다. 그리고 거기서 자극을 얻으려 한다. 여자에게 하이힐을 신게 한 것도 남자들일 것이다. 삐뚝거리는 걸음걸이와 그러한 걸음걸이로 색시하게 움직이는 둔부를 보기 위하여 그 뾰족한 구두를 신게 했다.
　애경은 수건으로 빨간 입술을 문질렀다. 혓바닥으로 침칠을 해 가며 닦고 또 닦았다. 루즈가 완전히 닦아졌을 때 거울을 보고 원색으로 돌아간 입술에 신선미를 느꼈다. 더럽히지 않았기 때문에 자랑할 수 있는 입술.
　애경은 남자들이 매혹적으로 느끼지 않을 신선한 입술이 좋았다. 제발 일보 이외의 모든 남자가 자기를 거들떠보지도 않았으면 하고 생각했다.
　경대 앞을 떠나서 한복을 벗고 양복을 갈아입었다. 오래간만에 입은 양복이었다. 몸에 좀 작은 감이 났지만 한복을 입고 직장에 나가기가 거북스러워 그대로 입었다. 옷을 갈아입고 방을 나가자 기다리고 있었다는 듯이 오빠가 뒤따라나오며 같이 가자고 했다. 어머니와 올케도 마루까지 나와 처음으로 직장을 나가는 애경을 바라보았다.
"정말 처녀 같은데요?"
올케가 애경이 몸맵시를 보고 부러운 듯이 말했다.
"글쎄나 말이다."
올케의 말을 뒤받아 어머니도 한 마디 했다. 결혼이나 하지 않고 무엇 때문에 취직을 해서 돌아다니려고 그러느냐는 말투였다.
"다녀오겠어요."
애경은 그들의 말을 들은 척도 않고 대문 밖으로 나섰다. 대문 밖에 나서자 앞장을 섰던 오빠가 발을 멈추었다가 애경 옆에 나란히 걸으며,
"일이 힘들지는 않을 거다."
하고 이야기를 시작했다.
오빠가 근무하고 있는 학교도 서대문이다. 애경이 취직한 병원도 서대문인 만큼 같은 버스를 타게 될 것이지만 오빠는 버스를 타기 전에 할 이야기를 해 버릴 모양이었다.
"힘이 들어두 할 수 없지요."
오빠가 무슨 말을 하려는 것인지 애경으로서 신경쓸 필요가 없었다. 힘이 든다고 해서 오빠를 원망할 이유가 없기 때문이었다. 그런데 오빠는 애경이 생각했던 것과는 아주 거리가 먼 이야기를 꺼냈다.
"닥터 강이 있으니까 잘 봐 줄 거다. 그이하구 잘 의논해서 일해라. 좋은 사람이니까······."
어제 취직 이야기를 결정짓기 위하여 오빠와 같이 병원에 가서 강 박사를 만나고 돌아올 때도 오빠는 지금 한 것과 꼭같은 말을 했었다. 강 박사가 사람이 좋다는 것을 거듭 강조하는 말이 약간 수상쩍었다. 그러나 그 말을 의심하는 것처럼 보일 수가 없어서,
"그이두 너를 좋게 본 것 같더라. 인상이 좋다는 말을 몇 번이나 했어!"
하고 애경이 얼굴을 바라보았다.
"고맙군요. 오늘 만나거든 감사를 드리지요."

애경은 오빠의 고등학교 동창이라는 강 박사에서 실례되는 일이 없도록 조심하겠다는 뜻으로 말했다. 그랬더니 오빠가,
"그이 요즘 독신이다. 작년에 상처를 했어."
라고 뚱딴지같은 말을 했다. 애경은 아차 하는 생각을 했다. 오빠의 생각하는 바가 자기의 뜻과 너무도 거리가 멀다는 것을 느꼈기 때문이었다.
 오빠는 애경의 취직을 알선한 동기가 바로 거기 있는 모양이다. 오빠로서는 그럴 수도 있는 일이지만 그런 것을 전혀 모르고 무심히 직장으로 나가고 있는 자기는 결국 호랑이 굴을 찾아가는 것과 마찬가지다.
 결혼을 도피하기 위해 구한 직장이 결혼의 매개물로 자기를 기다리고 있다니······.
 그렇다고 해서 오빠를 원망하는 말은 할 수가 없었다.
"그래요?"
아무래도 좋다고 초탈한 태도를 보이자, 오빠는 마치 결정된 일이기나 한 것처럼
"잘 보이두룩 하란 말야. 내 말을 알아듣겠지?"
하고 빙그레 웃었다.
'오빠두! 난 그런 것 생각하고 있지 않아요. 그런 걸 강요하면 출근두 안 하겠어요.'
 애경은 이렇게 자기의 태도를 밝혔어야 했을 것이다. 그러나 취직을 졸라 겨우 성사가 되어 첫 출근을 하는 날 그런 말을 할 수가 없었다. 대단한 직장도 아닌데 강 박사라는 사람이 보통 사람으로는 도저히 뚫을 수 없는 자리라고 생색이나 내듯 말하던 것을 무시할 수가 없었다. 취직하기가 힘들지 않은 세상이라면 그런 생각을 악의로 해석할 수도 있지만 워낙 취직난이 심한 때라 그러한 강 박사를 악의로만 해석할 수 없었던 것이다.
"제게 맡겨 주세요. 오빠 체면이 상하지 않두룩 하겠어요."
 애경은 오빠에게 듣기 좋은 말로 재론을 하지 않도록 했다.
"그런 사람 만나기가 그리 쉽지 않을 테니까 하는 말이다. 너두 네 앞을 내다봐야 하지 않겠니······."

"잘 알았어요. 명심할게요."

애경은 그런 이야기를 더 길게 하고 싶지가 않았다. 버스 정류장도 가까웠고 해서,

"버스루 가시죠? 빨리 가서 타십시다."

하고 버스 정류장을 향해 달음질쳤다.

버스에 올라서도 애경은 오빠가 그 이야기를 다시 더 못하게 얼굴을 창 밖으로 돌렸다. 오빠두 그 이상 더 할 말이 없었을 것이다. 서대문에 이를 때까지 아무 말도 하지 않았다.

서대문에서 버스를 내렸을 때야,

"일 잘 해라."

조금도 걱정이 되지 않는다는 표정으로 말했다. 오빠가 마포 방면으로 걸어가는 것을 한 번 뒤돌아보고 병원을 향해 걷고 있을 때 애경은 오빠가 행복한 사람이란 생각을 했다. 보잘것없는 집안이지만 오빠 순주(舜周)는 별 걱정 없이 자랐다. 공부도 순탄하게 해서 대학까지 졸업했다. 그것까지는 자기와 별다른 것이 없었지만 대학을 나오자 결혼을 했고 지금 다니고 있는 학교에 취직을 했다. 가정생활에도 파란을 일으킨 일 한 번 없이 삼남매의 아버지로서 평화스러운 생활을 할 뿐 아니라 학교에서 불우한 대우를 받지 않고 지금 교무주임을 맡고 있다. 세상의 고생이라는 것을 모르고 있다. 따라서 인생을 자기를 척도로 하여 안이하게 보고 있다.

애경이 일구와 결혼할 때 순주는 쌍수를 들어 그것을 찬성했다. 그리고 일구가 단순하지 않은 사람으로 가정에 충실하지 않다는 것을 알았을 때도 순주는 남자란 그럴 수도 있는 것이니까 참고 살라는 말을 했다. 그러나 일구가 죽은 지 얼마 안 되서부터는 빨리 시집을 떠나와 재혼을 하라고 했다. 세상이 그렇게 되어 있는데 남편 없는 시집에서 살 필요가 어디 있느냐는 것이었다.

얼마 전 부모들이 어떤 남자를 소개하려고 한 때가 있다. 일보에게는 맞선을 보고 결혼까지 하려다가 그만두었다고 말했지만 애경은 그 남자의 얼굴도 보지 못했다. 어쨌든 그 혼담이 있을 때도 순주는 재취로나 들어가야

할 팔잔데 남자한테 먹을 것이나 있으면 그만 아니냐고 했다. 자식이 많아도 그건 애경의 팔자라는 것이었다.
애경은 그 남자를 보지도 않고 애가 많다는 것을 이유로 거절해 버렸지만 애경이 생각하고 있는 것을 도저히 이해할 수 없는 위인이다.
애경은 그래도 자기를 이해해 줄 사람은 오빠밖에 없을 것이라고 생각하는 때가 있다. 그러나 이때까지 자기의 속마음을 한 번도 이야기해 본 적이 없다.
악의가 있는 것은 아니지만 너무나 단순하기 때문이었다.
'행복한 사람.'
결국 오빠와 같은 사람만이 행복할 수 있다고 생각했다. 행복도 단순한 행복이다. 애경이 오빠를 부러워하는 마음으로 병원엘 들어갔다. 큰 종합병원인 만큼 의사 아닌 사무원 수도 적지 않았다.
애경이 근무하게 된 회계과에만도 근 오륙 명이 있었다. 애경은 회계과장에게 인사를 한 뒤 회계과장의 지시에 의해 어제 들은 대로 '입원'이라고 쓴 창구를 향한 의자에 앉았다. 입원환자를 취급하는 사무를 맡게 된 것이다. 잠시 동안 입원실에 대한 입원 규정과 그리고 환자들에게서 받은 돈을 취급하는 방법에 대해 설명을 들었다. 문과 계통을 공부한 애경으로도 얕잡아 볼 수 있는 간단한 일이었다. 다른 일을 더 시키면 몰라도 그 일만 하란다면 조금도 힘들 것 같지가 않았다.
애경은 힘에 겨운 일이 아니라는데 우선 안심을 하고 강 박사에게 인사를 해야 한다는 생각을 했다. 그의 힘으로 취직이 되었으니 출근했다는 인사쯤 해야 하는 것이 도리라고 생각했기 때문이었다.
애경은 아직 찾아오는 손님이 없는 것을 기회로 회계과장의 양해를 얻고 강 박사가 있는 소아과 진찰실을 찾아갔다. 노크하고 방 안에 들어섰을 때 강 박사는 막 출근을 했는지 가운을 입었다.
"저 출근을 했습니다."
애경이 머리를 숙이고 인사를 하며 출근한 것을 보고했다.
"잘 하셨습니다. 힘이 들 테지만 수고해 주십시오."

강 박사는 가운의 단추를 채우며 일어선 채 정중하게 말했다. 그러고 나서는 애경에게 자리를 권하며 자기부터 의자에 앉았다.

애경은 길게 이야기할 것이 없었기 때문에 앉을 생각을 안 했다.

"좀 앉으십시오. 아직 바쁠 때두 아닌데……."

강 박사가 앉기를 또 권했다. 애경은 권에 못 이겨서라도 앉아야 한다는 생각을 했지만 첫날 첫 시간부터 자리를 비고 나와 있을 수가 없어,

"자리를 비구 왔는데 가 봐야지요."

앉을 수 없는 이유를 설명했다.

"그래요? 그럼 이왕 오신 김에 인사나 하구 가시죠."

강 박사는 더 만류하지 않고 진찰실 안에 있는 의사와 간호부들을 소개시켰다. 소개가 끝난 뒤에는 서슴지 않고,

"그럼 가 보십시오."

하고 애경을 돌려 보냈다.

애경은 자기 사무실로 돌아와 자기를 기다리고 있는 손님을 상대로 일을 시작했다. 자궁암으로 수술해야 할 환자의 입원 수속이었다. 입원 환자의 남편인 듯한 사람은 벌써 수속비용에 대한 것을 알아보고 준비해 온 모양이었다. 애경의 말에 얼굴살 하나 찌푸리지 않고 요구하는 금액을 선선히 내주었다. 애경은 돈을 받아 세고 용지에 기입을 하면 그뿐이었다. 환자의 주소 성명과 연령 그리고 보증인의 주소 성명 등을 기입한 뒤 입원실 번호를 쓰려고 하는데 어떤 병실에 입원시켜야 할지를 알 수가 없었다. 그래서 회계 과장에게 가서 물었다.

"비어 있는 병실 리스트가 있잖습니까? 그것을 보구 적당히 정하십시오."

애경은 자기 자리로 돌아와 병실 리스트를 보고 적당히 병실을 정했다.

그렇게 힘이 드는 일은 아니었다. 한 사람을 끝내고 난 뒤 얼마 안 있어 어떤 신사가 또 찾아왔다. 맹장염을 수술해야 하는 환잔데 입원 수속을 해 달라는 것이었다. 그런데 입원 보증금을 전부 가져오지 못했다고 했다. 우선 가져온 것이 이천 원뿐이니 그것만 받아 입원시켜 주면 내일 전액을 다 가

져오겠다는 것이었다.
 애경은 자기 마음대로 할 수 있는 일이 아니기 때문에 회계과장에게 가서 의논을 했다. 회계과장은 첫마디에 안 된다는 말을 했다. 병원 규칙이 있으니 그대로 하는 수밖에 없을 것이다.
 애경은 돌아와 기계적으로 보증금 전액을 가져와야 입원할 수 있다는 말을 했다. 그랬더니 신사는 명함 한 장을 주며 내일은 꼭 가져올 테니 입원시켜 수술을 받게 해 달라고 졸랐다.
 급성 맹장염이니 시간을 다투는 병이라 하면서 사람을 살려 달라고도 했다.
 애경은 받은 명함을 들고 다시 회계과장에게로 갔다.
 맹장수술을 해야 하는 사람인데 내일은 전액을 다 가져오겠다고 하니 어떻게 했으면 좋으냐고 물었다. 회계과장은 명함을 보며 환자가 어떤 사람이며 보증인과의 관계 같은 것을 물었다. 애경은 다시 자기 자리로 와서 그 신사에게 환자와 보증인에 대한 것을 물었다. 환자는 자기 부인이고 보증인은 전기회사의 계장이라고 했다.
 갑자기 생긴 일이라 돈 준비할 새가 없어 그렇게 되었으니 특별히 사정을 보아 달라는 애원을 했다.
 애경은 또 회계과장에게로 가서 들은 이야기를 그대로 전달했다. 회계과장은 할 수 없다고 하면서 가져온 것만 받아 우선 입원을 시키라고 말했다.
 이 사건에 대해 애경은 자기 의사를 한 마디도 말하지 않았다. 첫날부터 자기 의사를 말할 수가 없었기 때문이었다. 그러나 회계과장의 그리 인색치 않은 태도가 좋았다.
 애경은 입원수속을 해 주며 직업에 대한 일종의 흥미를 느꼈다. 환자들이 직접 오지 않고 보증인이 오기 때문에 얼굴살을 찌푸리지 않고 일할 수 있는 것도 다행스러운 일의 하나였다.
 만약 환자들이 직접 와서 보증금이 없다느니 입원비가 비싸다느니 하고 승강이를 건다면 얼마나 귀찮을 것인가?
 세 번째 온 손님은 어떤 암 환자의 보증인으로 입원 수속비에 대한 것과 입원실의 유무를 묻고 그냥 돌아갔다.

그 뒤 잠시 손님이 없는 동안 애경은 자기가 자기의 맡은 일을 능히 해 나갈 수 있다는 생각을 했다. 학교를 졸업하고 결혼을 한 뒤 이때까지 사회와 직접적인 접촉이 없이 살아온 애경이다. 더구나 직업이라는 것을 한 번도 가져 본 적이 없는 만큼 취직을 하고도 속으로는 과연 자기가 사회생활을 할 수 있을까 하고 걱정하고 있었다. 그런데 첫날 세 사람의 손님을 대하고 난 애경은 사회가 이런 정도라고 하면 능히 그 사회 속에서 살아갈 수 있다는 자신을 느꼈다.

또 손님이 오지 않는가 하고 창구를 내다보고 있을 때였다. 복도를 걸어 가고 있는 강 박사가 보였다. 변소에 다녀가는 길인 것 같았다. 어쨌든 애경의 사무실 앞을 걸어가면서 힐끗 애경을 바라보고는 못 본 척 자기 방으로 가는 강 박사의 뒷모습에 시선이 끌렸다. 시선이 한 번 부딪쳤는데도 아는 척하지를 않을 뿐 아니라 도리어 못 본 척하고 걸어가는 강 박사 나이는 아직 사십도 되지 않았다. 그런데도 박사답게 위엄이 있고 경박스럽지가 않았다. 특히 소아과 전문 의사가 되어 그런지 사람을 대하는 태도는 무척 부드럽다. 아침에 인사를 하러 갔을 때의 부드럽던 인상이 머리에 떠올랐다.

오빠에 말에 의하면 강 박사가 애경에 대한 인상을 좋게 가지고 있다 한다. 그런데 시선이 부딪쳤는데도 그는 본 척도 않고 가 버렸다.

신사적이고 선량한 사람이라는 생각을 하면서 애경은 강 박사 때문에 직장에 열중을 느낄 필요는 없을 것이라고 생각했다.

사실 그러했다. 애경은 오빠 순주에게서 들은 말이 있기 때문에 강계학(姜啓學) 박사가 슬그머니 걱정스러웠던 것이다. 남에게 눈치가 보일 만큼 추근추근 따라다니면 큰일이다. 그런데 예상했던 것과 달리 강계학 박사는 애경을 보고도 못 본 척했으며 또 하루 종일토록 애경을 찾아온 일도 없다.

오빠가 강 박사를 매부로 삼고 싶은 마음에 공연히 애경의 마음만 위축케 했다고 얄궂게 생각하는 애경이었다.

다음날도, 다음 다음날도 강 박사는 애경에게 관심을 가진 듯한 태도를 조금도 보이지 않았다. 병원 복도에서 가끔 만나는 때가 있기는 하나 그런 때도 강 박사는 고개를 끄덕하고 인사를 할 뿐 일을 잘 하느냐고 묻는 법도 없이 그냥 스쳐 가곤 했다.

근무한 지 사흘째 되는 날 처음으로 강 박사가 애경이 있는 데로 왔다. 애경은 역시 강 박사가 자기에게 관심이 있어 온 것이라 생각했다. 그러나 강 박사는 자기의 소아과 환자로 입원해야 할 애가 있는데 보증금이 모자란다고 하니 특별 편의를 보아 달라는 용건만 말하고는 개인적인 말은 한 마디도 없이 돌아가 버렸다.

그 날 밤 집에서 오빠 순주가,

"그래, 강 박사가 어떻든?"

하고 그 동안의 경과를 물으려 했을 때 애경은,

"좋은 사람 같더군요."

밋밋하게 대답함으로 보고할 이야깃거리가 없다는 것을 암시했다.

"같이 이야기두 해 보았니?"

"오빠두 싱겁기는…… 이야긴 무슨 이야길 해요."

"원체 신중한 사람이 돼서 그럴지두 모르지. 내가 한 번 만나 봐야겠군."

순주는 그래서 되느냐는 식으로 말했다.

"싱겁게 그러지 마세요. 만나 보기는 뭣 때문에 만나 봐요. 자꾸 그러시면 병원에 안 나갈래요."

애경은 강 박사보다도 오빠를 더 귀찮은 존재로 생각했다.

일주일 동안 아무 일 없이 출근했다. 이상한 눈치를 조금도 보이지 않을 뿐 아니라 도리어 자기를 경원하는 것 같아 강 박사에 대한 생각이 불안감으로 변해 가고 있었다. 그러나 대단한 불안은 아니었다. 무관심해졌다는 것이 좋을지도 모른다. 어쨌든 강 박사에게 별 신경을 쓰지 않게 되었을 때 애경은 일보에게 전화를 걸었다.

취직을 하고도 직장을 알려 주지 않았다. 그것만도 아니었다. 일보가 그새 어떻게 지내고 있는지가 궁금스러웠다.

정말 결혼을 안 하게 되었는지 그리고 건강에는 별 지장이 없는지. 괴로워하는 얼굴을 본 기억이 사라지지 않는 만큼 일보가 혹시 병으로 누워 있지나 않을까 하는 걱정도 했다. 일보뿐 아니라 시아버지와 수희의 안부도 궁금했다. 철없는 식모 애가 시중을 들고 있으니 시아버지의 불편은 얼마나 할까? 식모 애는 시아버지의 내의 갈아입힐 까닭이 없다. 외출을 하실 때 뒷돌의 신을 바로 놓아 주는 일은 물론 안 할 것이다.

수희도 마음을 바로잡았다고 하나 또다시 싸돌아다니지 않는지? 애경은 너무 오랫동안 그들을 만나 보지 못했다는 생각을 했다. 그래서 전화라도 걸어서 그들 전체의 안부라도 물어 보고 싶었던 것이다.

더욱이 마지막이라는 말을 몇 번이나 한 일보인 만큼 전화도 걸지 않으면 정말 아주 만나지 않으려고 할지도 모른다. 멀리 떨어져 살고 있다면 모르지만 같은 서울에 살면서 어찌 만나지 않고 살 수가 있을 것인가?

그런데 전화를 걸고 고일보 씨 좀 대 달라고 했을 때 저쪽에서 일보가 요새 며칠 나오지 않고 있다는 말을 해 주었다. 애경은 성급하게 물었다.

"어디가 편찮으신가요?"

그런데 저쪽 대답이 시원치가 않았다.

"자세히 모르겠습니다."

"언제부터 나오신단 말씀두 없나요?"

"그런 말 없습니다."

애경은 더 물어야 소용이 없다고 생각했다. 다만 전화를 너무 늦게 걸었다는 자기의 게으름을 한탄했을 뿐이다. 며칠 전에만 걸었어도 그를 만날 수 있었을 것이다.

애경은 전화를 끊은 뒤 일보가 출근 안 하는 이유를 생각해 보았다.

자기가 일보의 요구를 들어 주지 않았으니까 거기서 정신적 타격을 받고 앓아누워 있는 것이 아닐까?

결혼을 안 하게 되었기 때문에 은미와 손을 끊으려고 그곳을 그만둔 것이 아닐까? 그렇지 않으면 더 좋은 곳에 취직이 된 것이 아닐까?

애경은 혹시 시아버지가 몹시 편찮아 그것 때문에 결근하는 것이 아닌가 하고도 생각해 보았다. 다 그럴 듯한 것 같지만 하나도 들어맞지 않는 생각인 것 같기도 했다.

자기 때문에 정신적 타격을 받아 앓아누웠다면 사무실에 아프다는 것을 알리지 않았을 까닭이 없다.

그런데 사무실에서는 일보가 결근하는 이유도 알지 못하고 있다. 만약 은미와 손을 끊기 위한 것이라면 사표를 제출했을 것이고, 사무실 사람들은 일보가 앞으로는 안 나올 것이라고 잘라 말했을 것이다.

그런데 전화 받는 사람은 그저 모른다는 말만을 했다. 통 알 수 없는 일이었다. 애경은 집에 찾아가는 수밖에 없다고 생각했다. 아무래도 좋은 일이 아니라고 생각되니 더욱 참을 수가 없었다.

일보는 어째서 한 번도 찾아오지 않을까? 정말 앞으로는 만나지도 않을 작정인가?

애경은 점심도 먹히지가 않았다. 자기의 직장을 알 리가 만무할 것이지만 일보에게서 전화가 올 것만 같은 착각을 느끼며 퇴근 시간만 기다렸다. 노량진으로 나가리라.

그런데 퇴근하기 얼마 전 오빠 순주가 찾아왔다. 그리고는 퇴근할 때 같이 나가자는 말은 한 뒤, 강 박사가 있는 소아과 진찰실로 갔다. 얼마 안 있어 돌아온 오빠는 셋이서 저녁이나 같이 먹자고 했다.

애경은 오빠가 기어이 강 박사와 자기를 밀접하게 만들고야 말려는 것이라 생각했다. 그러나 애경은 그 문제보다도 오늘 일보를 찾아가지 못하게 된 것을 걱정했다. 오늘 찾아가지 못하면 스물네 시간을 기다려야 한다. 스물네 시간 동안을 어떻게 지낼 것인가?

애경은 일보가 꼭 앓아누워 있을 것만 같았다. 앓아누워서도 자기를 생각하고 있을 것 같았다. 다른 때와 달리 앓아누워 있을 때도 찾아가지 않는다면 일보가 자기를 얼마나 원망할 것인가?

다들 나가고 없는데 혼자 누워 앓는다면 시중들어 줄 사람도 없다. 식모애야 냉수 한 그릇이나마 제대로 떠다 줄 리가 없다. 앓기는, 그래도 괴롭기는 자기보다 내가 더할 것이 아닌가? 나에게는 아무 희망도 없다. 그래도 나는 앓지를 않고 살고 있는데.

오빠가 기다리고 있으라고 한 뒤 또 강 박사에게로 갔다. 애경 옆에 있기가 안되었던 모양이었다.

오빠가 없는 동안 애경은 아무 말도 하지 않고 몰래 도망쳐 버릴까 생각했다. 일보가 보고 싶었던 것이다. 빨리 가서 출근하지 않는 이유를 알고 싶었다. 그러나 차마 그럴 수가 없다.

내일부터 병원에 출근을 안 한다면 모른다. 매일처럼 만나야 할 강 박사에게 나쁜 인상을 줄 수가 없다. 그리고 그의 힘으로 취직이 되었는데 자기로서 따라가지 않을 수가 없는 일이다.

만나서 무슨 이야기가 나올지 모르지만 그런 것쯤 겁낼 것은 없다. 자기 마음 하나만 굳다면 문제될 것이 없다. 아무리 좋은 음식도 자기가 싫으면 얼마든지 안 먹을 수가 있다.

다섯 시가 조금 지나자 오빠가 강 박사와 함께 애경이 있는 데로 왔다. 아직 한 사람도 퇴근하지를 않고 있기 때문에 먼저 나가기가 안되어 머뭇거리고 있을 때, 강 박사가 회계과장에게 가서 이야기를 하고 왔다. 그리고는 과장의 양해를 얻었으니까 걱정할 것 없이 나가자는 것이었다.

애경은 강 박사와 오빠가 가는 대로 따라가지 않을 수 없었다.

밖으로 나가자 오빠가 택시를 불렀다.

그리고 강 박사와 애경을 뒷자리에 앉히고 자기는 운전사 옆자리에 앉았다.

강박사가 운전사 옆에는 자기가 앉는다고 했지만 오빠가 말을 듣지 않았다.

애경은 오빠의 저의(底意)가 노골적으로 표현되는 것을 보고 불쾌감을 느꼈다. 만약 강 박사가 오빠에게 끌려 적극적인 언동을 하지나 않을까?

그러나 강 박사는 애경에게서 멀찌감치 떨어져 앉았다. 그리고 말도 앞자리에 앉아 있는 오빠하고만 주고받았다. 강 박사는 일부러 애경과 접근하려는 태도를 보이지 않았던 것이다.

명동에 있는 어떤 한정식 집으로 가서도 강 박사는 여전했다. 마주 앉아서도 이상한 시선으로 애경을 바라보는 일이 없었다. 나이 사십이니 여자 앞에서 수줍어 할 것도 아니다. 애경이 강 박사가 올려다볼 수 있는 그런 조건을 가진 여자도 아니다. 그런데도 강 박사는 이야기를 잘 걸지 않았다. 그렇다고 해서 애경을 무시하는 태도를 보이는 것도 아니었다. 애경이 지루해하는 눈치를 보았을 때는,

"좀 드십시오."

하고 음식을 권하기도 했으며,

"일하기가 피곤하시죠?"

하며 애경의 마음속을 더듬기도 했다. 그러면서도 애경에 대해 어떤 욕망을 가졌다는 눈치는 추호도 보이지 않았다.

"이야길 좀 하게, 애경이 속으루 욕할 것 아닌가?"

오빠가 싱겁게 웃어도 강 박사는 정색을 하고,

"속으루 나를 욕하고 계십니까?"

만약 그렇다면 그때는 할 이야기가 있다는 듯이 물었다. 애경이 아니라고 대답하자, 강 박사는 그럴 테지 하는 투로 안심을 하고 다시 입을 다물었다.

식사 도중 강 박사는 술은 마셨지만 그리 많이 마시지 않았다. 일부러 안 마시는 것이 아니라 생리적으로 많이 마시지 못하는 모양이었다.

오빠가 술을 강권해도 강 박사는,

"못 먹겠다는 걸 억지루 권할 것 없잖아. 나는 미국 사람들이 그런 건 잘 한다구 생각해. 음식이나 술을 절대 권하지 않거든……."

정색하고 오빠의 권을 물리쳤다.

식사를 끝내자, 강 박사는 차를 마시자는 말도 안 했다. 물론 개업하고 하는 개인 병원이 있으니까 빨리 돌아가기도 해야겠지만 애경에 대한 미련을 조금도 나타내지 않았다. 보통 남자 같으면 이왕 늦어진 걸음이니 돈도 안 드는 생색을 내며 차라도 마시자고 할 것이다. 그런데 순주가 다방을 가자고 해도,

"사실은 내가 차라두 대접해야겠지만 밤에 찾아오는 환자두 있구 해서 가 봐야겠어."

하고 사양했다. 그리고는 자동차를 불러 순주와 애경에게 타라고 했다. 이왕

374 결혼 학교

자기는 자동차를 타고 갈 테니까 좀 돌아도 애경을 데려다 주고 간다는 것이었다. 집이 서대문인데도 종로 4가까지 애경을 데려다 주고 가는 데는, 애경은 강 박사가 인간미를 가진 사람이란 생각을 안 할 수 없었다. 그러면서도 그는 애경이 자동차에서 내릴 때까지 털끝만한 눈치도 보이지 않았다.

애경은 집으로 돌아올 때 오빠 순주에게서 강 박사가 애경에게 절대적인 호감을 가지고 있다는 이야기를 들었다. 그러면서도 그런 태도를 나타내지 못하는 것은 오직 그의 성격 때문이라는 말도 들었다. 그렇기 때문에 집으로 돌아와 자기 방에 혼자 있을 때 애경은 강 박사가 참으로 좋은 사람이라고 생각했다.

부인환자를 많이 다루기 때문에 의사들의 품행이 좋지 않다는 말도 하지만 강 박사는 소아과 의사인 만큼 그럴 위험도 없다. 학식이 있고 좋은 직업을 가졌으며 연령도 애경으로서는 탓할 수 없는 나이다. 상처를 했다고 하나 소생이 하나도 없다는 것 또한 얼마나 좋은 조건인가?

애경이 혼자 강 박사를 생각하고 있을 때 어머니가 들어왔다.

"강 박사란 분이 너를 좋아한다는데 너두 그 분을 싫어하지 않는다지?"

오빠가 무슨 말을 했는지 어머니가 싱글벙글하며 이야기를 꺼냈다.

애경은 이런 때 하는 한 마디 말이 몹시 중요하다고 생각했다. 잘못 말하면 걷잡을 수 없는 결과를 가져오게 될지도 모른다.

"좋은 분이라고 생각해요. 그렇지만 교제를 안 해 보구 뭐라 말할 수 있어요?"

애경은 책임을 회피하기 위해 그렇게 말했지만 어머니는,

"첫눈이 제일이야. 첫눈에 좋으면 그 다음에는 알아보나 마나야."

하며 일이 다 된 것처럼 말했다.

"그렇지만, 사귈수록 싫어지는 사람두 있다지 않아요?"

"남녀란 사귈수록 대개 좋아지는 법이다. 곧 약혼을 하도록 하자."

"뭐요? 약혼요?"

애경은 일부러 놀라는 태도를 보였다. 우선 그래 놔야 어머니가 강압적으로 나올 수가 없을 것 같았던 것이다.

"왜? 약혼할 생각이 없니?"

"아직 사귀어 보지두 않구 어찌 그런 생각을 합니까? 어머니두 우물에서 숭늉을 달래시겠네요."

"쇠뿔은 단김에 빼라구 그러지 않던? 네 처지에 그런 분을 어찌 싫다구 그러겠니?"

"저두 잘 알아요. 저 같은 것한테는 그 분이 과남하다구 생각하지만 그래두 여잔데 그렇게 쉽게 대답할 수 있어요? 그럴수록 가치가 더 떨어지니까요."

"그럼 언제쯤 허락을 하겠니?"

애경은 이 이야기를 더 길게 하지 않게 안심시키는 수밖에 없다고 생각했다.

자기 스스로가 결정짓지 못할 문제이기 때문에 이야기를 오래 끌수록 그만큼 자기에게는 불리하다.

"글쎄 좀 사귀어 봐야겠어요. 사귀어 본 뒤에 말씀드릴 테니 어머니두 성급하게 그러지 마세요. 제가 저를 왜 모르겠어요? 그리구 그 분이 좋은 사람이라는 것두 알구 있으니까 걱정하실 필요두 없어요. 어머니보다 제가 더 급하니까 얼마 동안은 아무 말씀 마세요."

그 말에야 어머니는 안심이 되는지 잘 생각하라는 말을 남긴 뒤 방을 나갔다.

당분간 어머니의 입을 막게 된 셈이었다. 그러나 애경은 누가 강요해서가 아니라 자기 스스로가 결정지어야 할 절박한 문제라고 생각했다. 시급히 해결하지 않으면 안 될 일이다.

잘못하다가 강 박사를 놓치면 자기는 정말 결혼할 기회를 영영 놓치게 될지 모른다. 결혼 조건으로 만점이라고 할 수 있는 강 박사가 자기를 좋아한다는 것은 천재일우의 기회라 아니할 수 없다.

애경으로선 망설이지 않을 수 없는 일이었다. 일보와 결혼을 할 수 없기 때문에 자기는 평생 혼자 살리라 결심해 오고 있었지만 과연 혼자 살 수가 있을 것인가? 여자란 남자 그늘 밑에서 살아야 한다는 말이 있다. 그리고 남자에 따라 팔자가 달라지는 것이 여자라는 말도 있다.

이제 서른 살이니 육십까지만 산다고 해도 반밖에 못산 인생이다. 어렸을 때는 부모의 덕으로 사는 것을 하나의 당연한 일로 생각하지만 삼십이 넘어서 부모의 덕을 보잘 수는 없다. 죽을 때까지 무엇을 먹고 살 것인가? 직업을 가진다고 해도 여자는 젊어서 한때다. 그리고 혼자 살다가 죽으면 누가 묻어 줄 것인가?

혼자 사는 여자는 공허 속에서 부족감을 느끼며 살아야 한다. 불구자나 마찬가지다. 겉으로는 남의 경멸을 받는다.

얼굴이 쪼글쪼글해서까지 부족감을 느끼며 살 수가 있을 것인가?

옛날 같으면 열녀라고 칭찬해 줄 것이다. 그러나 요즘 세상에 열녀라는 말이 어디 있는가? 자기는 설사 혼자 늙는다고 해도 열녀일 수는 없다. 늙은 남편 때문에 혼자 늙는 것은 아니니까. 마음속을 들여다보기만 한다면 세상 사람들은 자기를 비웃고 자기에게 침을 내뱉을 것이다.

그러니 결론은 결혼을 해야 한다는 것이 된다. 결혼을 한다면 강 박사밖에 없다.

지극히 당연하고 하나밖에 없는 결론을 내리고도, 애경은 그것이 자기의 일 같지가 않게 생각되었다.

다른 여자면 당연히 그래야 할 것이다. 그러나 자기는 그럴 수밖에 없다는 생각이었다. 모든 여자는 다 그렇게 생각을 해도 자기만은 그렇게 생각할 수가 없었을 것 같았다.

애경은 일기책을 꺼냈다. 마치 일기에 씌어지는 대로 사는 것이 자기 인생이기나 한 것처럼 일기를 쓰기 시작했다.

'오늘 강 박사라는 사람과 저녁을 같이 먹었다. 나에게 호감을 가졌다는 남자다. 그리고 흠 잡을 데가 없는 사람이다. 나 같은 여자로서는 감히 바라볼 수도 없는 사람이 내게 호감을 가졌다고 한다. 오빠와 어머니가 약혼을 서둘렀다. 그러나 나는 확답을 피했다. 내가 어찌 결혼을 생각할 수 있을 것인가? 도련님……'

일보 이야기를 쓰기 시작하려 할 때 애경은 갑자기 숨이 막히는 것을 느꼈다. 잊어버렸던 자식을 찾은 것같이 일보의 얼굴이 가슴 속에 꽉 차 왔다. 눈물이 나오려고 했다. 잊어버리고 있었던 자기가 죽을죄를 진 것 같기도 했다. 일보는 지금 누워 앓고 있을지도 모른다.

자기를 생각하며 앓고 있을지도 모르는 일을 내버리고 딴 남자와 결혼할 것을 생각하다니…….

칠색(七色)의 수의(囚衣)

애경은 가슴 속 내장이 경련을 일으키며 떨고 있음을 느꼈다. 동시에 죄의식에 떨고 있는 내장들을 생각했다.

'오늘 나는 도련님에게 전화를 걸고 도련님이 사무실에 나오지 않았다는 말을 들은 뒤 노량진으로 찾아갈 생각이었다. 그러나 그런 사정으로 갈 수가 없었다. 만약 도련님이 그런 사실을 안다면 나를 얼마나 야속하다고 할 것인가? 사실 나는 야속한 여자일지 모른다. 사랑하고 있으면서도 한 번이나마 사랑한다는 말을 해 본 적이 없다.

그뿐만도 아니다. 도련님이 결혼을 제의할 때마다 나는 벙어리마냥 대답을 안 했다. 물론 결혼을 할 수 없다. 그렇지만 결혼을 못한다고 해서 도련님을 슬프게 해야만 하는 것일까? 도련님은 슬프지 않아도 좋은 사람이다. 좋은 여자와 얼마든지 결혼할 수 있는 도련님을 슬프게 한다는 것을 결국 내가 나쁘기 때문일 것이다.

그러나 어떻게 하면 도련님을 슬프지 않게 할 수 있을까? 보고도 못 본 척하고 찾아와도 만나 주지를 않으면 나를 단념하겠지. 그러면 얼마 동안은 슬퍼해도 체념 속에서 망각의 세계도 들어갈 것이다. 그러나 내가 그런 잔인성을 발휘할 수가 있을까? 보고도 어찌 보지 못한 척을 할 수 있으며, 찾아와도 만나지 않을 용기가 어떻게 생기겠는가? 도련님은 결혼을 해도 좋다. 그러나 도련님과 형수라는 관계로나마 만나서 얼굴이야 봐야 살 수 있을 것이 아닌가?

그렇지만 자기는 결혼을 하고 내가 혼자 살 경우, 도련님이 나를 볼 때마다 괴로워하면 그때 나는 어떻게 할까? 자기를 생각하며 혼자 사는 것을 보면 괴로워하지 않을 수가 없을 것이다.

내가 결혼을 할까? 내가 만일 결혼만 한다면 도련님도 나를 평범 이하의 여자라고 생각할지는 모른다. 그러나 나 때문에 괴로워하는 일은 없겠지.

강 박사와 결혼을 해 버리고 말까?'

애경은 일기를 거기서 끊었다. 더 이상 더 쓸 수가 없었던 것이다. 일보와 결혼해 버리고 싶은 마음이 문득 문득 가슴을 치밀고 올라왔으나 일기에서 나마 그 말을 쓸 수가 없었다. 만약 일보와 결혼을 한다면 일보에게 괴로움이 없어지고 말 것이다. 자기 역시 알지도 못하는 사람과 결혼하여 일보에게 평범 이하의 여자라는 말을 들을 필요가 없다. 죽을 때까지 잊을 수 없는 일보. 어떠한 생활을 한다고 해도 일보만을 그리워할 자기.

하루만을 살다 죽는 한이 있다 해도 애경에게 있어서 자기 인생을 해결하는 길은 오직 그것밖에 없을 것 같았다. 해결할 수 있는 오직 한 길을 내버리고 딴 길을 찾으려 하는 것은 어리석음을 자처하는 행동 이외에 아무것도 아니다.

수백 수천의 길이 있다고 해도 그것은 자기의 인생을 해결시켜 주는 길이 못 된다.

애경은 일기책을 덮고 자리 속에 들어갔다. 고요한 마음과 안정된 육체로 자기의 생각의 날개를 마음껏 펼치고 싶었던 것이다. 생각의 자유만이 있다. 자유롭게 마음껏 생각해 보자.

'형수님. 나도 용기가 없는 사람이지만 형수님은 어째서 그렇게도 용기가 없으시죠? 우리 용기를 내십시다. 호적 없이 살면 어떻습니까. 토막굴에서 거지 노릇을 하면 어떻습니까? 설사 문전걸식을 하며 산다고 해도 그것이

우리의 운명이라면 어쩔 수 없는 일이 아니겠습니까? 형수님. 용기를 내십시오.'
자유로운 생각을 할 때 일보의 목소리가 들리는 것 같았다. 일보의 손짓이 눈앞에 보이는 것 같았다.
그렇다. 문전걸식을 하면 어떻다는 말인가? 호적 없는 인생이면 어떻다는 말인가? 용기, 용기가 필요할 뿐이다.
전화를 걸고 이제부터 사무실에 나가지 않는다는 것을 통고한 다음날 일보는 명아를 찾아갔다.
뭐니뭐니 해도 의논의 대상은 명아뿐이기 때문이었다. 사실은 의논할 것도 없었다. 은미는 자기가 물러갔고, 애경은 예정된 코스를 변경시킬 의사를 보이지 않았다. 모든 것은 끝이 난 것이다. 새삼스럽게 의논할 건덕지도 없게 되었다. 그러나 명아가 보고 싶었다. 의논할 것이 없어도 명아의 얼굴을 대하면 어두운 마음이 조금 밝아질 것 같았기 때문이었다.
은미와 애경이 문제를 모두 결정지었다고는 하나 암담 같은 것을 느끼게 하는 결정이었다. 무엇인가 미진한 데가 있는 것 같은 종말이었다. 말하자면 종말 아닌 종말 같은 느낌이었다. 태양이 빛을 잃은 때문에 일보는 어두운 것을 느꼈다. 태양이 빛을 잃은 때보다 죽음을 느끼게 하는 마음의 어둠이었다.
그런데 이 날은 명아도 우울한 표정이었다. 일보가 찾으려 하던 명아의 명랑성이 어디론가 자취를 감추고 없었다.
"오늘은 어디 조용한 데루 가서 이야길 해요."
명아는 하고 싶은 이야기가 있는 모양이었다.
일보는 실망을 느꼈다. 자기의 어두운 감정을 털어버리고 명아의 명랑성을 받아들이려고 했던 것이 그야말로 혹을 떼는 것이 아니라 혹을 덧붙이게 되었다.
그렇다고 해서 혹을 덧붙이기가 싫다는 말을 할 수 없었다.
"어디루 갈까요?"
명아의 의견을 존중하여 물었다.

"덕수궁으로 갈까요? 거긴 밤까지 열구 있으니까요."

일보는 며칠 전 애경과 같이 덕수궁에 갔던 일을 회상했다. 애경과 최후의 발언을 했던 곳. 거기서 일보는 애경에게 마지막이란 말을 했다. 그리고 그것이 마지막으로 되어 가고 있다. 생각만 해도 불길한 장소 같았다. 그러나 그렇다고 해서 명아의 의견을 막을 이유가 되지 않았다. 애경은 애경이고 명아는 명아다. 명아는 마지막이랄 것도 없는 여자다.

일보는 명아의 의견에 동의를 하고 덕수궁으로 갔다. 애경과 왔을 때보다 시간이 늦었기 때문인지 덕수궁에는 사람이 좀더 많았다. 많아도 무방했다. 명아하고는 비밀의 이야기가 있을 수 없다.

명아와 같이 앉은 곳은 또 애경이와 같이 앉았던 분수 앞 벤치들이 놓인 바로 그곳이다.

'형수는 지금 출근을 하고 있겠지. 바쁜 생활 속에서 나를 잊고 있을 것이다.'

애경에 대한 생각이 전광처럼 머릿속에서 번쩍이었다.

'직장에는 남자가 허다할 것이다. 어떤 남자와 교제를 할까?'

일보는 눈을 감아 비볐다. 더 생각하고 싶지가 않았던 것이다.

"일보 씨."

일보가 딴 생각을 하며 명아에게 신경도 기울이지 않고 있을 때 명아가 일보의 이름을 불렀다.

"네?"

"외국엘 가면 사람이 다 변하는가요?"

명아가 불쑥 꺼내는 말에 일보는 눈을 크게 떴다.

"좀 산문적으루 말씀하세요. 무슨 말인지 잘 모르겠는데……."

"내가 약혼하기루 했던 사람 있잖아요? 얼마 안 있어 미국엘 가는데 가기 전 약혼식을 올리자고 했더니, 미국 가면 마음이 어떻게 변할지 누가 아느냐 하면서 그걸 거절하지 않아요?"

"그래요?"

일보는 명아가 우울해하는 이유를 알았다. 그리고는 그것이 단순한 문제가 아니라는 것을 알았다.
"이해할 수도 있는 말예요. 그렇지만 그것은 결국 자기를 믿지 못하는 태도가 아닐까요?"
명아는 일보의 의견을 묻는 것이었다.
"자기를 믿지 못한다는 것은 그만큼 의지가 박약하다는 것을 뜻하지 않을까요?"
명아의 어조는 상대방 남자를 비난하는 것에 틀림없다. 남자를 비난하게끔 되었을 때 그는 얼마나 고민을 했을 것인가?
일보는 고자세(高姿勢)를 취했다. 그것은 명아가 연기자고 자기는 연출가의 위치에 서 있다는 생각에서였다.
"애정이 식은 것 같습디까?"
일보가 고자세로 물었지만 명아는 저자세가 되지 않았다.
"애정이 변했으면 가만두나요."
일보는 명아의 태도가 허세라고 생각했다.
"애정이 변한 것은 아니지만 약혼식만 거행하지 않겠다는 거군요. 미국서 돌아와서 할 예정 아닌가요?"
"물론 그런 말을 하구 있어요."
"그건 그이가 자기를 못 믿는다구만 해석할 것이 아니라 명아 씨를 믿지 못하는 것도 되겠지요."
"여자의 마음이 그렇게 변할 수 있어요?"
"여자나 남자나 마찬가지지요. 미국엘 가면 적어두 이삼 년은 있어야 할 거 아닙니까? 이삼 년 동안에 사람의 마음이 안 변한다고 누가 보장하지요?"
"변하기 쉬우니까 변하지 못하게 약혼을 하자는 거 아녜요."
"변할 가능성을 예견하구 약혼을 하자니까 더욱 믿을 수 없는 게 아닙니까?"
"미국 가면 고독한 생활을 하게 되니까 고독 때문에 사고가 일어나는가 봐요. 미국 가서 오래 있다가 온 사람으루 그냥 온 사람이 별로 없다는 말을 들었어요."

"그건 남자가 아니라 여자라구들 하던데요. 어쨌든 오랫동안 헤어져 있으면 변화가 일어나기 쉬운 것만은 사실이요. 그러니까 최악의 경우에라도 상대방에게 타격을 주지 않도록 한다는 것은 현명한 일이 아닐까요?"

"그러니까 사전에 그런 타격이 없두룩 노력해야 할 것 아녜요?"

"사람이란 현실적인 것이 되어 현실에 휩쓸릴 가능성이 있거든요. 그 분이 없는 동안 명아 씨가 고독한 틈을 타서 어떤 유혹이 손을 뻗칠 때 한 번만이라도 명아 씨의 마음이 흔들리면 그 뒤는 걷잡을 수 없게 되거든요. 그런 경우를 생각한다면 약혼을 안 해야 할 것이 아닙니까?"

"난 그런 일이 없어요."

"신이 아닌 이상 그걸 누가 보장합니까?"

"내가 보장해요."

"명아 씨두 신은 아닐걸요."

일보는 약혼을 거부하는 명아 애인의 저의가 무엇인지를 확실히 모르면서도 그 남자의 편이 되어야만 한다고 생각했기 때문에 끝까지 그런 자세를 견지했다. 명아는 불만이었을 것이다. 그러나 일보가 은미와의 문제를 의논할 때 명아는 은미의 결점을 눈감아야 한다고 강력하게 말했다. 그러는 것이 일보를 위하는 일로 삼고 있었다.

그런 만큼 일보는 명아를 눌러 그의 의사를 꺾어 주는 것이 명아를 위하는 길이라 생각하고 있다.

"약혼을 안 하구 간다면 그 사람과의 관계를 끊구 말래요."

명아가 결정적인 말을 하자 일보는

"미국 다녀와서 약혼을 하자는데 관계를 끊을 필요가 어디 있습니까? 그건 명아 씨가 자신을 못 믿는다는 증거가 아닙니까?"

"나를 못 믿는 게 아니라 그 사람을 믿을 수가 없어요. 믿을 수 없는 사람을 무엇 때문에 기다려요."

일보는 그 이상 더 이야기하고 싶지가 않았다. 자기가 남의 일에까지 간섭할 자격이 없다는 생각이 들었다. 자기 문제도 해결하지 못하는 사람이다.

더구나 명아는 이미 결심을 하고 있는 모양이다. 결심한 사람의 마음을 뒤집어엎어야 할 이유도 없다고 생각했다.

"결심을 했다는 건가요?"

일보는 명아의 결심 여부만을 확인하려고 했다.

"그러는 수밖에 없다고 생각해요."

명아는 결심했다는 말을 단정적으로 하지 않았다. 어떤 여유를 보이고 싶은 모양이다.

"결심을 했다면 할 수 없는 일이겠죠. 마음대루 하십시오. 만약 결심이 흔들리면 도리어 불행을 느끼게 되는 경우가 있을 테니까……."

일보는 명아가 마음대로 하는 것이 좋다는 말을 했다. 그것은 남의 일에 관여하고 싶지 않다는 심정이었다. 자기 일만 해도 벅찬데 어찌 남의 일에 관심을 가질 수 있을 것인가?

일보는 자기 이야기를 꺼낼 수 없는 것만이 불만이었다. 명아에게 그런 문제만 없다면 자기의 심정을 고백할 수가 있다. 그러나 명아는 명아대로 자기일 때문에 남의 이야기를 받아들일 마음의 여유가 없을 것이다.

"나갈까요?"

일보는 돌아갈 것을 제의했다. 그러는 수밖에 없다고 생각했던 것이다. 다음 기회에나 이야기를 하리라 생각하고 자리에서 일어서려 할 때 명아가 갑자기,

"일보 씨의 우정이 의심스러운데요."

하고 일보에게 불만을 노골적으로 표시했다.

"우정을 의심하다니요."

일보는 반문하지 않을 수 없었다.

"마음대루 하라구 그랬지요? 우정이 있다면 어떻게 그럴 수가 있어요?"

"명아 씨의 의사를 존중하는 것이 우정이 아닙니까?"

일보는 명아 가까이로 다가앉더니 자기 변명을 늘어놓았다.

"우정이 있다면 그럴 수가 없다구 생각해요. 끝까지 설득을 시켜야지요……."

"모두 자기 고집이 있는 법인데 설득시킨다구 설득이 되나요?"
"해 보지두 않구 그만둔다는 건 결국 우정의 결핍이지 뭐예요?"
"그럼 명아 씨는 내 의사에 추종하도록 내가 강압적인 태도를 취해 달라는 겁니까?"
"그런 건 아니지만 마음대루 하라는 무책임한 말은 듣고 싶지 않아요."
"미안합니다. 그럼 이야기를 다시 시작할까요?"
"싫어요. 엎드려 절 받기를 누가 해요."
 명아는 몸까지 돌리지는 않았지만 마음속으로 일보에게 뒤를 돌리고 있음이 분명했다. 일보는 명아에게서 우정에 대한 불신을 받기가 싫었다. 책임감이 없다는 말처럼 듣기 싫은 말이 어디 있겠는가?
"내 의견은 어디까지나 명아 씨와 그 사람과 같습니다. 그것은 명아 씨의 장래를 생각하는 마음에서입니다. 그렇지만 명아 씨가 내 청을 받아들이지 않으니 어떻게 하지요?"
 일보는 자기 변명을 하자 명아는 더 이야기 안 해도 좋다는 듯이 자리에서 일어섰다. 벌써 날은 어두워 있었다. 밤 덕수궁을 즐기려는 쌍쌍의 젊은 사람들이 고궁 뒤 숲 속을 돌고 있었다.
"저쪽에 재미있는 게 있는가 보죠?"
 명아는 몇 쌍이나 걸어간 석조전 뒤로 마음이 끌리는 모양이었다. 사실은 일보도 그들이 쌍쌍이 무엇 때문에 석조전 뒤로 가는지를 알지 못했다.
"그리로 해서 밖으로 나가는가 보지요."
"우리도 그리루 나갈까요?"
 그래서 그들은 석조전 뒤 나무가 서 있는 곳을 찾아갔다. 그러나 나무 밑 으슥한 곳에서 마침 그들은 서로 부둥켜안고 키스하는 쌍쌍들을 보았다. 저쪽에 가면 어떨까 하고 발길을 돌렸지만 어디들 가나 뜨거운 장면이 연출되고 있었다.
"빨리 나가요."
 명아가 일보의 팔을 붙잡고 모란꽃 화원이 있는 데로 발길을 독촉했다. 일보도 명아에게 그런 꼴들을 보이기가 민망스러워 발걸음을 빨리하고 있을 때 좁은 길가 야트막한 향나무 밑에 무엇인가 히뜩 보이는 것이 있었다.

무얼까 하고 잠시 발걸음을 멈추고 그쪽을 향했을 때 일보는 또 키스하고 있는 젊은 사람들을 보았다. 못 볼 것을 본 것처럼 몸을 움칠했을 때 명아도 일보와 꼭같은 동작을 취했다.

서울에는 젊은 사람들이 밀회할 장소가 없다. 밤에나 겨우 이런 장소를 찾아오는 것이라 생각하니 동정심이 들기도 했다.

그런데 전등불이 훤한 연못 가까이 왔을 때 명아가 일보의 팔을 낀 채,

"<제8요일>이 생각나는데요. 사면을 가릴 수 있는 벽을 찾아 헤매는 젊은 사람들……."

하고 남의 일처럼 말했다.

남의 일처럼 말하는 명아를 보자, 일보는 그러한 명아에 반발하고 싶었다.

"불쌍한 군상들이죠. 정열을 폭발시킬 장소가 오죽 없으면 이런 델 찾아 오겠어요."

"집두 절두 없는 사람들인가요?"

"설사 집이 있다 해두 자유가 없는가 부지요."

"그만둬요. 별 동정을 다하셔……."

명아는 무자비하게 일보의 입을 막았다.

일보는 명아가 끼고 있는 자기 팔을 빼고 명아의 간격을 두고 걷기 시작했다. 도학자 같은 냄새를 풍기는 것이 싫었던 것이다. 그러나 명아는 다시 다가와서 일보의 팔을 끼며,

"불쾌하세요?"

하고 꾸민 웃음을 웃었다.

"불쾌할 이유가 있어요?"

일보는 불쾌하다는 말을 할 수가 없었다. 그러나 유쾌한 웃음은 웃을 수 없었다.

"그까짓 키스나 하려구 이런 델 찾아올 게 뭐예요. 안 그래요?"

명아는 자기가 도학자로 취급받기는 싫은 모양이었다.

"그럼 더 이상 뭘 합니까?"

"돈이 없어서 호텔엘 못 가면 싸구려 여관에라도 갈 거 아녜요?"
 일보는 웃지 않을 수 없었다. 그렇게까지 나올 줄은 몰랐던 것이다. 명아에게서 새로운 것을 발견한 즐거움이었는지도 모른다. 일보는 계속해서 웃었다. 소리가 터져나오려는 것을 겨우 참으며, 얼굴 표정으로만 웃고 있을 때,
 "왜 웃으세요?"
 명아가 조롱을 당한 사람처럼 새침해서 웃었다.
 "그냥 웃었어요."
 "그냥 웃는 법이 어딨어요."
 "명아 씨가 그런 말을 다 하니 우습지 않아요?"
 "나는 그런 말두 못하나요?"
 "하지 못한다는 것이 아니라 진보적인 말을 하니까 놀란 거지요."
 "진보적인 건 뭐 있어요? 정 참을 수가 없으면 여관에 가라는 것이……."
 "참을 수 없으면 아무때나 여관을 가는 건가요?"
 "어두움을 찾아다니며 키스나 할 생각을 가질 바에야 차라리……."
 "키스하는 것하구 그건 또 다르지 않아요?"
 "키스하면 어두운 곳을 찾아가는데 합의를 보았다면 어차피 그 경지까지 들어간 것은 아닐까요?"
 "그렇지만 한계가 다르지 않아요?"
 그때 그들은 대한문에까지 나와 있었다. 대한문을 나와 전차역에 나섰을 때 일보는 명아와 같이 갈 새로운 방향을 정하지 않을 수 없었다. 그냥 헤어질 수는 없을 것 같았기 때문이었다.
 "어디루 갈까요?"
 명아의 의사를 물었다.
 "아무데나요."
 명아도 집으로 들어갈 생각은 아닌 모양이었다.
 "중국요리를 먹으러 갈까요?"
 일보는 중국집 독방을 생각하며 명아를 유혹했다.

정말 그것은 유혹이었다. 명아가 그렇게 개방적이라고 하면 한 번 그런 데로 가서 명아를 시험해 보리라 마음을 가졌기 때문이었다.

명아가 아무런 의견도 말하지 않고 일보를 따랐다.

일보는 명아가 자기의 시험에 응해 주는 것이라고 생각했다. 만약 조금이라도 꺼려한다면 연애하는 사람들의 밀회 장소로 통용되고 있는 중국요릿집에 따라올 까닭이 없다.

공평동에 있는 어떤 중국요릿집에 들어가 독방들이 있는 이층으로 올라갈 때도 명아는 망설이는 기색을 보이지 않았다.

들여다보려구 구멍을 뚫은 데가 있는지 널판자로 된 벽에 붙어 있는 종이 조각들이 몇 군데 보였다. 그야말로 밀회의 장소라는 느낌을 주었다. 그러나 명아는 태연했다. 일보보다도 먼저 방석을 끌어다 자리에 앉았다.

일보는 명아에게 키스를 요구하리라 생각했다. 만약 거절을 한다면 참을 수 없도록 갈망되는 것을 거절할 까닭이 무엇이냐고 말할 것이다. 그래도 거절을 하면 친구라면 상대방이 필요한 것을 조금쯤 빌려 줄 수 있는 것이 아니냐는 말을 한다. 친구가 돈이 없다면 거저라도 줄 수가 있지 않을 것인가?

애정이란 자기의 정열이 불타오를 때 아름다워지는 것이지만 우정이란 친구를 위하여 아름다운 희생을 할 때 그것이 더욱 빛나는 법이다. 명아처럼 개방적인 생각을 가졌다면 능히 있을 수 있는 일이다.

그런데 보이가 들어와 요리를 주문 받고 나가면서 문을 닫았을 때 명아가 뜻밖에도,

"연탄가스 냄새가 나는 것 같아요. 문을 좀 여세요."

하는 것이었다. 일보는 연탄 냄새가 난다고 생각지 않았다. 냄새가 나지 않는데도 냄새가 난다고 문을 열라는 데는 딴 의미가 있는 것이라고 생각했다.

"열지요."

일보는 서슴지 않고 문을 열었다. 중국요릿집에 데리고 오기는 했지만, 딴 마음이 있다는 치사스런 인상을 주기가 싫었던 것이다. 속을 들여다보고

자기를 경계한다면 얼마나 창피한 일인가? 그런데 주문했던 고기튀김과 자장면 두 그릇을 들고 왔다가 나가는 보이가 다시 문을 닫았다. 그것을 보자 일보는,

"가스 냄새가 나는데 왜 닫을까?"

명아에게 선수를 쓰며 문을 열었다. 그러자 명아가 이번에는,

"문 닫으세요. 여나마나에요."

했다. 이랬다 저랬다 하는 것이 기분 나빠 일보는 문 닫을 생각을 않고,

"내버려 둡시다. 남들이 이상한 눈으루 볼지두 모르니까."

하고 자기의 결백성을 보였다.

"이상하게 보면 어때요? 우리만 깨끗하면 그만이지······."

명아는 자신이 있다는 듯 말했다.

일보는 '우리만 깨끗하면 그만이지.' 하는 말이 싫었다. 아무런 일도 있을 수 없다는 뜻이리라.

"나를 믿을 수 있어요?"

일보는 차라리 명아가 자기를 의심해 주었으면 했다.

"믿을 수 있으니까 이런 데까지 따라왔죠. 사실은 남자하구 이런 데 오구 싶지 않아요."

"자유스런 장소가 달리 있는가 보군요?"

"일보 씨는 나쁜데요. 왜 그런 말을 하세요?"

명아는 자기 손으로 문을 닫았다. 그러나 일보는,

"사람으루 그런 생각하는 게 뭐 나쁠 것 있어요?"

한 뒤 닫은 문을 다시 열었다. 심술이었다. 공연히 심술을 부리고 싶었던 것이다.

"그러시지 마세요. 은미 씨가 보면 웃을 거 아녜요?"

일보는 은미의 이야기는 하지도 말라고 소리치고 싶었다. 그러나 그런 경우에나마 은미의 이름을 꺼낼 기분이 생기지 않았다.

일보가 식사만을 하며 대꾸를 안 할 때 명아가,

"이상하셔."

하며 다시 문을 닫았다.

"만약 내가 키스를 요구하면 어떡하지요?"

일보는 명아를 노려봤다.

"정 하구 싶으시면 하세요. 은미한테 야단을 맞아두 상관없다면……."

일보는 명아가 말을 잘 했다고 생각했다. 하라는 데야 못할 것이 무엇인가.

그는 문을 닫고 명아에게로 다가앉으며 명아 입술에 자기 입술을 갖다 댔다. 그리고는,

"은미 이야기는 하지두 말아요."

하고 금시 자기 자리로 돌아왔다.

명아의 얼굴이 금시 빨개졌다. 그러나 화를 내지는 않았다.

"그래 좋으세요?"

"좋구 말구."

"그러니까 남자를 동물이라는 거겠죠? 애정 없이두 애정 표현을 할 수가 있으니까. 사실은 애정 표현두 아니겠죠. 단순한 육체의 마찰뿐이지……."

"육체의 마찰만두 좋은 걸 어떡헙니까?"

"그러니까 동물이란 말을 듣는 거예요. 그렇지만 그런 정도의 마찰은 무방하니까 다음에두 또 하세요."

그런 말을 듣자 일보는 도리어 불쾌했다.

"나를 동물루 취급하구 경멸하겠다는 건가요?"

"그렇지는 않아요. 여자 동무끼리두 그런 정도의 입맞춤은 하지요. 그런 걸 가지구 우정을 깨뜨리구 싶진 않아요."

"예, 잘 알았습니다."

일보는 이야기를 길게 해야 결국 자기가 부끄러움만 느낄 것을 알았다. 그래서 말을 않고 있다가 식사가 끝날 쯤 해서,

"그 동안 논문 좀 쓰셨어요?"

하고 딴 이야기를 꺼냈다.

"못 썼습니다."

일보는 심술궂은 목소리로 대답했다. 그것이 그렇게도 중요한 일이냐는 듯이,

"어떤 일이 있어두 공부를 열심히 하세요. 그것이 일보 씨의 주체성을 잃지 않는 길이라구 생각해요."

일보는 학교 선생투로 이야기하는 명아가 싫었다.

"그까짓 것은 해서 뭣 해요. 그게 밥 먹여 주나요."

"꼭 밥 먹여 주는 일만 할 수 있어요? 밥 먹여 주지 않는 일을 하는 데 가치가 있잖아요."

"가치를 찾으며 살 수 있게 됐어요?"

"언제부터 그렇게 되셨지요? 많이 변하셨는데……. 은미한테 한 번 전화를 걸어야겠군요."

"은미 이야기는 그만두라니까요."

"건 왜요?"

"이야기두 하기 싫어요."

"이야기 좀 해 보세요. 무슨 일이 있었어요?"

"다음에 이야기할게요."

일보는 어떤 일이 있어도 오늘만은 은미 이야기를 안 하리라 생각했다. 은미 이야기를 꺼낼 기분이 나지 않았던 것이다. 그래서 자리에서 일어서며

"그만 가십시다."

했다. 명아는 미심한 눈으로 일보를 쳐다보았으나 기분 나빠하는 일보의 얼굴을 보고 더 물으려 하지 않았다. 거울을 꺼내 잠깐 얼굴을 본 뒤 자리에서 일어섰다. 그때 일보는 명아에게 달려가 포옹을 하고 키스를 하고 싶었다. 그러나 경멸을 받을 것만 같아 문을 드르륵 열고 복도로 나와 버렸다. 그리고는 조선호텔 앞까지 와서,

"난 미도파 앞에 가서 합승을 타겠습니다."

명아는 서대문 쪽으로 보낸 뒤 혼자 미도파 쪽으로 걸었다. 혼자 걸으며 일보는 만약 명아가 약혼을 하려던 남자와 관계를 끊는다면 하는 생각을 했다. 그때는 우정이 애정으로 변할 수도 있을 것 같았다.

칠색의 수의 391

명아는 자기와 은미와의 관계를 모른다. 그리고 애경에 대한 자기의 감정도 모른다. 그런 암담한 감정의 몸부림을 모르면서도 명아는 무조건 그 몸부림을 받아 주었다. 그것은 일보를 존중한 나머지 아량일 것이다. 정말 존경할 만한 여자라는 생각이 들었다. 존경해야 할 명아를 모독한 자기가 주책이었을 뿐이다. 일보는 내일이라도 명아에게 사과를 하리라 생각했다. 사과를 하므로 자기의 주책을 용서받자. 그리고 신용을 회복한 뒤 진실된 우정을 도로 살리자. 그렇게 되면 나중에 애정으로 변할 가능성이 농후해질 수도 있다.

일보는 집으로 돌아가서도 명아의 입술이 닿았던 자기 입술을 가볍게 쓸어 보았다. 그때의 감각이 그대로 남아 있는 것 같기도 했지만 자기가 주책이었다는 생각을 버릴 수 없었다. 주책이었다고 생각하면서도 그 감각이 음각(陰刻)처럼 입술에 파여져 있으면 하는 생각을 했다.

따지고 보면 자기는 은미에게서도 또 애경에게서도 거절을 당한 셈이다. 마철배의 사건이 있은 뒤 괴로워하기는 했으나 은미와 절교할 생각까지는 없었다.

그런데 은미가 도리어 화를 내고 자기와의 관계를 끊자고 했다. 애경은 자기를 싫어하지는 않으면서도 결혼만은 할 수 없다고 단호하게 거절했다. 여자에게 거절을 선고하지는 못했을망정 여자에게 거절을 선고받은 남자의 비참.

그런데 우정 이외에 애정을 주려고 하지 않는 명아에게 주책없이 빼앗은 키스의 감각을 음미하려는 서글픈 감정. 일보는 정말 자기가 비참하고 서글픈 인간이라 생각했다.

다음날 아침 동생 수희가 자기와 같이 교회당엘 가자고 했다. 며칠 전 교회당에 나오는 얌전한 동무를 소개해 주겠다던 말이 생각났다.

"오늘이 일요일인가?"

일보는 수희의 말에 대답을 하지 않고 딴 소리를 했다.

"오빠 세월 가는 줄두 모르시는가 봐."

"알아야 할 것두 없잖니."

수희는 흰자위를 굴리며 일보를 흘겨보았다.

"그리고 오늘부터 교회당엘 가 보세요. 교회당에 가 앉아 있는 시간만에라두 마음의 자유를 느끼실 테니까요. 평화로운 가운데 자유를 느낀다는 것이 우리가 갈망하는 마음의 아름다운 자리가 아니겠어요?"

훈시적인 말을 했다.

"너나 마음의 아름다운 자세 속에서 살아라. 나는 그런 것을 구할 마음의 여유도 없다."

일보는 정말 종교라든가 신의 존재를 믿고 그 속에서 마음의 자유를 느끼겠다는 생각을 가져 보지 못했다. 과거에는 그러한 것을 필요로 느낄 만큼 절박한 상태에 놓여 있지 않았고 지금은 지나친 절박감에서 그런 것을 요구할 여유가 없었다.

"마음의 여유는 자기 스스로가 만드는 거예요. 그걸 만들 줄 모르는 사람은 자기의 생활을 창조할 줄 모르는 사람이구요. 생활을 창조할 줄 모르는 사람은 타력(他力)에 의존해서만 살게 되는 거구요."

"신을 믿는다는 마음의 결심은 자력(自力)에서 우러난 의지의 힘이죠."

"좌우간 너나 잘 믿어……."

일보는 수희가 종교에 귀의하려는 마음을 이해할 수 있었다. 신의 위대함을 깨달은 때문이 아니라, 신에 대한 선택권을 행사해 보려는 심정의 발로다. 아프레적인 행동을 할 때에도 수희는 타력을 배제하고 자력을 과시하려는 마음이었을 것이다. 그러나 그 자력이라는 것이 견고하지 못한 만큼 신에의 귀의도 길지는 못할 것 같았다.

"처음엔 못 느껴두 나가기 시작하면 흥미를 느끼게 될 거예요. 또 오늘은 내 친구들이 오빠를 기다리구 있을 테니까."

수희가 일보를 보며 살짝 웃었다. 일보는 수희의 웃음이 기분 나빴다. 사람들을 낚으려는 듯한 그 의미 있는 웃음이 사람을 우롱하는 것 같았다. 친구들을 미끼로 자기를 교회당에 끌어들이려는 것 같기도 하고 교회당에 나가는 심심풀이로 장난을 하려는 것 같기도 했다.

그것은 일보가 새로운 여자를 사귀어 보겠다는 흥미가 없기 때문에 더욱 그렇게 생각했을지 모른다. 사실 일보는 새로운 여자를 다시 알고 싶은 마음이 없었다. 새로운 여자와 교제함으로써 과거의 여자들을 잊어버릴 수도 있다. 수희의 말대로 하면 생활의 창조일 것이다.

그러나 새로운 여자로 정리될 수 있는 그런 과거 같지가 않았다. 마음의 결단을 내려 부정을 해 버리면 아무것도 아닐지 모르는 과거 같기는 하나 아무것도 아닌 과거일 수가 없었다.

은미의 몸에는 자기의 생명이 들어 있다. 애경의 마음속에는 자기의 그림자가 조각처럼 패어 있다. 그러한 것들을 어찌 과거라 부정해 버릴 수가 있을 것인가?

"나를 기다려 줄 사람이 어디 있어? 나를 본 적두 없을 텐데……."

일보는 자기 친구가 기다릴 것이라고 한 수희의 말을 부정했다.

"본 적이 없으면 기다리지 못하나요? 보지 못한 사람을 기다리는 마음이 더 낭만적인 건데……."

"기다릴 필요가 없게 말을 잘 해라. 나는 당분간 여자를 멀리하겠어."

과거를 완전히 정리하지 않고 새 생활을 만든다는 것은 과거에 대해 죄악일 것 같았다. 그리고 자신에 대한 모욕이라고도 생각되었다.

"나는 그런 오빠를 경멸해요. 왜 자기를 아끼구 자기를 사랑하지 못하세요?"

"너는 내가 방탕아가 되기를 바라니?"

"자기를 아끼는 길루 나가는 게 왜 방탕아예요. 오빠두."

"자기 행동에 대한 정리두 없이 어찌 다른 행동을 취할 수 있니? 행동에 대한 정리를 하지 않는 것이 행동에 대한 책임감이 없는 방탕이지 뭐냐?"

"정리를 하기 위해 새로운 행동을 개시하는 것이 생활에 대한 하나의 방법이 아녜요. 새로운 것 없이 낡은 것을 정리할 수 있어요?"

"그건 독선적인 방법이야. 너같이 자력으로 살려는 비정신파의……."

"제가 왜 비정신파예요?"

"교회당엘 나간다구? 교회당엘 나가두 너는 정신적 양식을 구하는 것이 아니라 종교를 방패로 삼아 너를 고정시켜 보려는 거야. 실례지만 너는 교회당에 오래 나갈 수 없을 거다."

"오빠는 사람을 모욕하시네요."

"모욕은 아냐. 그럴 거라는 거지. 그럼 내가 물어 볼게. 네 마음속에 신이 어떤 작용을 하구 있니?"

"작용하구 있어요. 신을 믿으면 내가 안정된 생활을 할 수 있다는 신념 같은 것 말예요."

"그럼 좋다. 내가 잘못 보았군. 너를 위해 다행한 일이다. 타성적으로 교회당엘 다니지 말구 신념적으루 다녀라. 그리고 교회당에서 오빠 애인을 만들어 보려는 생각은 말아. 당분간 현실을 떠나 순수한 종교를 생각하란 말이다."

"현실과 떠난 종교가 있을 수 없어요. 오빠는 관념론자야요. 관념만으루 살 수 있어요?"

일보와 수희는 마음의 합치를 보지 못했다. 결국 수희는 혼자서 교회당엘 가고야 말았다.

일보는 그 날 하루 종일 집에 있었다. 밖에 나가고 싶은 마음도 없었지만 혹시나 하는 생각이 마음속에서 떠나지 않았던 것이다. 누군가가 찾아올 것만 같았다.

은미가 찾아올 것 같았지만 애경도 찾아올 것만 같았다. 은미는 토라지고 헤어졌지만 그것이 결정적인 수 없다. 임신까지 하고서 어찌 그런 결정을 간단히 할 수가 있을 것인가? 도리어 잘못했다고 빌러 올 것만 같았다. 그리고 애경도 마지막이라는 것이 어디 있느냐고 항의를 하러 올 것만 같았다.

자기가 그들을 잊지 못하는 것처럼 그들도 자기를 잊지 못하는 것이 아닐까 생각했다. 잊지 못하기 때문에 찾아올 것이다.

그러나 종일토록 아무도 찾아오지를 않았다.

어긋난 기대. 일보는 인생을 잘못 본 것을 느꼈다.

기대할 것도 못 잊어 할 것도 없는 것이 인생인 것 같았다.

중요한 문제를 가볍게 처리하는 은미가 더욱 이해할 수 없었다. 나쁘다는 말에 구애되지 않는다면 가장 간단하게 처리할 수 있는 사람이 자기다.

남자는 책임감을 느끼지 않을 때, 여자를 얼마든지 비참하게 만들 수 있다. 그런데 여자로서 어찌 자기의 비참을 손쉽게 만들 수 있을 것인가?

일보는 자기를 가볍게 처리하는 은미를 깊이 생각할 필요가 없다고 느꼈다.

자기를 사랑하는 사람이라야 나도 사랑할 수 있다.

애경도 그렇다 마지막이라는 말을 했다고 해서 그것을 정말 마지막이라고 생각하고 찾아오지도 않는다는 것은 가능성을 부정해 버리는 것이 된다.

비록 결혼은 못할망정 한 번 형성되었던 마음의 상태가 쉽게 없어질 수 있을 것인가? 비록 딴 여자와 결혼을 한다고 해도 자기는 애경을 잊지 못할 것이다. 어찌 마음속 비극이 현실적 행복보다 몇 배나 더 크다 할지라도 어쩔 수 없는 운명이라고 생각했다. 그것이 운명이라면 참아 가며 살지 않을 수 없다.

그런데 애경은 취직을 하고 난 뒤 한 번도 찾아오지를 않는다. 그것은 결국 일보를 잊어버려 가고 있는 현상임에 틀림없다. 딴 남자가 생긴 것일까?

일보는 애경에게 딴 남자가 생겼다고 해도 항의할 아무런 권리가 없다. 그것을 누구보다도 잘 알고 있지만 찾아오지 않는 애경이 저주스러웠다.

다음날 아침 일보는 아버지에게 돈을 얻어 가지고 서울역으로 갔다. 어디든지 여행을 하고 싶었던 것이다.

여행을 떠난다고 해서 모든 것을 잊을 수는 없다. 그러나 서울을 떠난다고 하는 사실이 어느 정도 마음을 가볍게 해 줄 것 같았던 것이다.

여행하고 싶은 마음은 며칠 전부터 있었다. 마철배를 만나 협박적인 말을 들었을 때 서울을 버리고 어디론가 떠나고 싶은 마음이 들었었다.

그런데 어제 하루 종일 혼자 집에 있으면서 일보는 정말 서울이 싫다고 생각했다. 서울을 아주 떠나 살 수는 없을 것이지만 얼마 동안 서울을 떠나 있다가 서울을 새로운 감정으로 대하고 싶었다. 새 서울? 새로운 분위기를 만들어 줄 서울. 얼마 동안 떠나 있다가 돌아오면 그런 서울이 자기를 맞이해 줄 것 같았다.

그래서 아버지에게 돈을 얻기 위해 잠깐 시골에 다녀오겠다는 말을 한 뒤 서울역까지 나왔지만 어디로 갈 것은 미처 정하지 못했다.

어디든지 상관없을 것 같았다. 목적은 서울을 떠나는 것뿐이니까.

기차 시간표를 보고 다음에 떠나는 열차가 장항행이라는 것을 알았다. 장항행이라는 것을 보자, 일보는 수덕사를 생각했다. 절에 가면 조용하리라는 것, 그리고 비용이 덜 들리라는 것을 생각하고 그는 곧 기차표를 산 뒤 나머지 혼자 떠나는 고독한 여행의 출발을 처량하게 보내고 싶지가 않아 역 구내를 나와 서점으로 들어갔다.

수덕사에 가서 읽을 책이나 사려는 생각이었다. 일보는 손쉽게 여러 학자가 집필한 『철학논총』이란 책을 한 권 사고는 살 만한 책이 또 없는가 하고 이 책 저 책 뒤지는 동안 『생활법률전서』라는 책을 발견했다. 일보는 무심코 그 책을 끄집어내어 목차를 훑어보았다.

제1부 헌법 관계, 다음에 제2부 신분법 관계 중 「혼인 난」에 눈이 멎었다. 그 중에서도 '어떤 경우의 혼인이 무효인가'라는 항목 중 '근친간에 결혼을 했을 때'라는 대목을 보고 본문을 읽기 시작했다.

민법 제809조
① 동성동본인 혈족 사이에서는 혼인하지 못한다.
② 남계 혈족의 배우자 부(夫)의 혈족 팔촌 이내의 인척이거나 이러한 인척이었던 자 사이에는 혼인하지 못한다.

법률 본문이 있은 다음 거기 대한 해설이 있는데 삼종형제(三從兄弟) 이내의 친척을 근친이라 하며 혼인간에 있어서는 그 관계가 끊어진 후라 할지라도 결혼할 수 없다고 했다.

그것을 읽자 일보는 형수와 시동생간의 결혼이 우리 나라에서는 법률로 금지되어 있다는 사실을 처음으로 알았다. 전통적인 관습만이 아니라 법률로서도 금지되어 있는 것을 알자 일보는 이때까지 범해서는 안 될 정신적인 죄과를 범하고 있었다는 사실을 깨달았다. 법률로 금지한 일을 억지로 실천

하려 한 것은 반국민적인 태도다. 비록 처벌을 받지 않는다고 해도 법에 거슬리는 일이다. 법에 거슬리는 행동을 한다는 것은 파렴치나 몰지각한 일이라 아니할 수 없다. 개인이 아무리 중하다고 하나 어찌 국가에 대하여 파렴치하거나 몰지각한 인간이 될 수 있는가?

일보는 애경에 대해 지금까지 무리한 감정 속에서 무리한 요구를 한데 미안감을 느꼈다. 좀더 일찍 그러한 법률에 대해 충분한 지식을 가졌더라면 피차 아무런 타격도 받지 않고 근친 관계의 범위를 지켜 왔을 것이라는 생각을 하며 역으로 돌아왔다.

역으로 돌아와 개찰하는 시간을 기다리고 있는 동안 일보는 애경이 현명한 여자라고 생각했다. 만약 애경이 자기처럼 감정에 홀려 자기의 요구를 들어 주었다면 어떻게 되었을 것인가? 애경에게 결혼을 요구할 때 자기는 거지가 되어도 무방하지 않느냐, 또는 길게 살 것 없이 짧게 살며 행복을 느끼자는 말을 했었다. 그러나 살게 되면 어찌 하루만 살고 말 것인가? 일보는 여행을 중지하고 시내로 들어가 애경을 만나고 싶은 마음이 들었다. 애경을 만나 법률 이야기를 해서 서로 깨끗이 단념하도록 하자. 그래서 애경도 아무 미련 없이 딴 사람과 결혼하게 하자.

그러나 일보는 여행을 취소하지 않았다. 법률 책은 보지 않았을망정 언제는 법률이 허락하는 것이라고 생각했던가?

안 되는 것인 줄 알면서도 사랑해 왔던 두 사람이다. 새삼스럽게 그런 이야기를 한다면 애경이 자기를 도리어 의심할지 모른다. 유치하다고 생각할지 모른다. 일보는 편지로 써 보내는 것이 도리어 자연스러우리라고 생각을 하며 플랫폼으로 나갔다. 시간은 아직 이른데 기차는 출발 준비를 하고 있었다. 찻간에 올라 빈자리를 잡고 앉아 일보는 은미 생각을 했다. 애경에게처럼 은미에게도 결정적인 편지를 써 보낸다면 은미는 어떻게 할까? 자기가 먼저 관계를 끊자는 말을 했으니 설사 어떤 기대를 걸고 있다 해도 순순히 단념할 것이다. 그리고 모든 문제를 혼자서 처리할 것이다.

이런 생각을 하고 있을 때 자기 옆자리를 가리키며,

"여기 비었습니까?"

하는 사람이 있었다. 일보는 얼굴을 쳐들고 앉으라는 말을 했다. 순간 그 사람은 일보의 대학 동창인 곽병소라는 것을 알고,
"어디 가나?"
반갑게 옆자리를 권했다.
"야, 이거 웬일인가? 자넨 어딜 가지?"
곽병소도 반가워했다.
"좀 놀러 가는 길이야."
"난 고향엘 가."
그들은 구김살 없는 얼굴로 담화를 시작했다.
"고향이 어디였지?"
"서산이야. 삽교에서 내려 버스를 타구 가야 돼. 그런데 무슨 팔자가 좋아서 놀러를 다니나? 어디루 가는데?"
"수덕사엘 가려구. 좌우간 삽교까지는 같이 가게 됐군……."
"온양 온천엘 갈 것이지 궁상맞게 산에는 뭣 하러 혼자 가나……."
"팔자가 좋아서 가는 건 아냐. 가슴이 답답해서 숨을 쉬러 가는 거지……."
"수덕사에 가면 숨을 쉬게 해 주는 사람이 있나?"
"사람을 찾아가는 것이 아니라 사람을 피해서 가는 거야."
"사람을 피하다니 무슨 죄를 졌나?"
일보는 언성을 낮추어 남들이 듣지 못할 목소리로 은미의 이야기를 꺼냈다. 은미와 약혼까지 하려고 했으나 은미의 과거가 깨끗지 못해 관계를 끊을 생각이라는 이야기를 하며 병소가 동조해 줄 것을 기대했다.
"과거를 가진 것을 알면서야 어떻게 결혼하나? 모르고 속아 하면 할 수 없는 일이지만……. 그런 일루 가슴이 답답할 것이 뭔가? 생각할 것두 없어. 눈 감구 잘라 버려."
병소는 일보보다도 적극적인 태도를 보였다.
"애정과 애정에 대한 책임감까지 무시할 수가 있나? 그래서 답답한 거지."

"그만둬. 그런 여자에게 무슨 책임감을 느끼냐. 그런 여자는 결혼한 뒤에 두 말썽을 부리는 법야. 내 장담하지……."

"설마 그렇기야 할라구……."

"설마가 뭔가? 부모 가운데 그런 사람이 있기만 해두 자식은 그 부모를 배우기 마련이야. 그렇기 때문에 결혼하려면 그 부모들의 행실까지 봐야 하는 거야."

"사람 나름이겠지. 누구나 다 그럴라구."

"자넨 도대체 인생을 모르는구만……. 보구 들은 것이 그것인데 어찌 영향을 안 받겠는가?……."

"애정이 깊었다면 타격이 클 거 아닌가? 나는 상대방의 타격을 생각해서 망설이는 거야."

"아따, 그런 여자에게 타격이 있으면 얼마나 있겠나? 공연히 인생을 불행케 하지 말구 일찍 단념해 버려. 선배의 말을 잘 들어."

"결혼한 지 얼마나 됐다구 건방지게 선배야."

"선배지, 선배구 말구……."

그들은 한바탕 웃었다. 허탈한 웃음 같았다. 웃음의 꼬리는 모두가 쓸쓸해 보였다.

언젠가 일보는 병소를 만나고 싶어 전화를 건 일이 있었다. 그때 일보 자기의 문제를 병소에게 의논하고 싶었던 것이다. 그러나 병소가 바쁜 일이 있다고 해서 만나지를 못했던 것이지만, 오늘 병소를 만나는 순간 아무 거리낌없이 은미 이야기를 털어놓았다. 남자 사이에는 그런 것이 별로 흥이 될 비밀이 아니란 생각 때문이었다. 어느 정도 결심이 서고 있는 일이라 의논이 아니라 결과 보고식으로 한 말이었다. 그러나 이야기를 다 하고 나니 후련할 듯한 가슴이 후련해지지가 않았다. 어쩐지 한 여자를 나쁜 사람으로 만들고 자기는 그 여자를 조롱하는 위치에 서 있는 것 같았다. 물론 은미를 조롱하는 태도로 말하지는 않았다. 과거를 가진 여자라는 정도로 말했을 뿐, 마철배의 이야기는 입에도 꺼내지 않았다. 그러나 은미의 결점을 말한 것이 자기의 경박성을 드러낸 것 같은 느낌이었다. 은미의 과거를 모르고 있은 일보가 아니었다. 만약 마철배가 나타나지만 않았다면 아무런 조건 없이 결혼을 했을 것이다. 그런데도 은미를 용서할 수 없는 여자처럼 이야기한 자기. 일보는 그러한 자기에게 어느 정도 환멸을 느꼈다.

병소도 그러했다. 일보에게 선배라고 말했지만 실은 서글픈 선배였다. 결혼한 지 이 년도 못 되어 이혼을 하고 지금 그 이혼 수속을 하러 가는 길이다.

어떤 친구의 소개로 전혀 알지 못하는 여자와 결혼을 했다. 아버지가 대학교 교수라는 것만을 알고 양가집 딸이라는 생각에 아무것도 알아보지 않고 결혼을 했었다. 그러나 결혼한 지 일 년도 안 되어 아내는 결혼 전에 알던 남자와 만나기 시작했다. 그냥 만나는 정도가 아니었다.

친구를 팔아 가며 외박까지 했다. 병소는 아내의 외출을 금지시켰다. 말로만이 아니라 주먹으로까지 외출을 제한시켰다. 그러나 아내는 얼마 동안 복종하는 척하다가 다시 외출을 했다. 어떻게도 할 수 없었다.

이혼을 하자고 협박했다. 그러나 아내는 이혼할 이유가 되냐고 변명했다. 그러면서 얼마를 끌어오다가 최근에는 여자 측에서 자기 입으로 이혼을 하자고 했다. 병소는 얄미워서 되레 이혼을 안 해 주려고 했다.

그러나 싹수가 노란 것 같아 어제 이혼장에 도장을 찍어 주었다. 그것을 가지고 지금 호적이 있는 고향으로 내려가는 것이었다.

말하자면 앓던 이를 뺀 것처럼 시원해야 할 일이지만 어쩐지 이 사이에 무엇이 낀 것처럼 시원치가 않았다. 그러면서 선배라고 뽐낼 것이 무엇이겠는가?

병소는 일보에게 자기 이야기를 했다. 절대로 유쾌하지 않다는 자기 심정을 고백했다.

"결혼이란 한 번만 할 것인 것 같아. 한 번만 하구 더 안 할 사람하구 결혼해야 한다는 거야. 난 그새 늙었네, 늙었어, 아마 곧 흰머리가 나올 거야."

"여자가 새것일수록 좋다면서? 여러 번 하면 그만큼 행복하지 않겠나?"

"천만에. 아내가 외박을 하구 안 들어올 때는 목이 마른 게 아냐, 피가 마르는 것 같아. 이혼하면 그뿐이란 생각을 하면서두 할 수 없네. 이상한 일이야. 난 몇 번이나 죽고 싶었는지 몰라."
"병신 같은 소리 말게. 사내자식이……."
일보는 정말 그렇게 생각했다. 결혼 전이라면 모르지만 결혼 뒤에 아내가 부정한 행동을 한다면 조금도 거리낄 것 없이 이혼할 것 같았다. 이혼한 뒤에야 미련을 가질 필요도 없다.
"잔소리 말구 자네는 선배가 하라는 대루만 해. 절대루 내 전철을 밟지 말란 말야. 세상에 지옥이란 말이 있지만 결혼을 잘못했을 때를 두구 하는 말야."
일보는 경험이 없어서 그런지 그 말이 실감 있게 들리지가 않았다.
"병신 같은 소리 말어. 싫으면 얼마든지 이혼할 수가 있잖아?"
"이론과 현실은 다른 거야. 경험자의 말을 들어 그러니까 자네는 결혼할 때 아무것두 볼 것 없어. 대학을 못 나와두 좋구 미인이 아니래두 좋아. 정숙한 여자를 골라 남편 하나밖에 모르는. 그러니까 과거두 조사를 해 봐야지."
"알았어. 선배의 말을 들을게……."
어쩐지 은미 이야기가 다시 나오게 될 것 같아 일보는 병소의 입을 막았다. 좋거나 나쁘거나 은미의 이야기를 다시 꺼내기가 싫었던 것이다.
"앞으로 더 살면 어떤 일이 있을지 모르지만 이때까지 살아온 내 인생에서 결혼문제보다 더 큰 타격을 받은 일이 없네. 결혼은 신중히 해야 해."
일보는 따분한 생각이 들었다. 그래서 지나가는 판매원에게 소주 한 병을 사서 술을 마시기 시작했다. 술을 마시면서도 병소는 그 이야기를 계속하려 했지만 일보는 일부러,
"수덕사에 가 봤나?"
라고 이야기를 딴 데로 끌고 갔다.
이야기가 수덕사로 옮겨지자 병소는 여관에 있을 생각을 말고 절에서 유하라고 했다. 절을 찾아가는 기분도 기분이려니와 경제적으로 그것이 싸게 먹는다는 것이었다.
오후 두 시경 삽교역에 내렸을 때 그들은 시골 조그마한 다방에 들어가

서로의 장래를 축복하며 작별 인사를 했다.
그리고는 병소가 먼저 떠나는 버스에 올랐고 일보는 거리에서 원고지와 봉투를 산 뒤 다시 역 앞으로 나와 수덕사행 합승을 탔다.
수덕사에 이르자 일보는 병소의 말대로 절 방을 하나 빌려 거기 유숙키로 했다. 저녁을 먹고 절 부근을 한 바퀴 돌아 본 뒤 일보는 편지를 썼다.

"형수님.
지금 수덕사라는 데 와 있습니다. 마음의 정리를 하기 위해서입니다. 은미 씨와의 관계도 완전히 끊게 된 것 같습니다. 역시 인생은 건실하게 살아가야 하는 것이라고 생각했습니다.
그 동안 오래 형수님을 괴롭힌 것을 죄스럽게 생각합니다. 있을 수 없는 일을 꿈꾼다는 것은 현실을 모르는 철부지의 환상적인 행동이라고 볼 수밖에 없겠지요. '민법 제809조'를 읽고 더욱 그렇게 생각했습니다.
현명하신 형수님. 어리석음을 비웃지 마시고 빨리 좋은 분과 결혼을 하도록 해 주십시오. 그것이 형수님을 위해 취할 오직 하나의 길입니다. 형수님이 결혼하지 않는 한, 저는 결혼을 못할 것 같습니다. 해도 마음이 개운치가 않을 것입니다.
며칠 있다가 올라가겠습니다. 어떤 생활이 벌어질지 모르지만 새로운 생활을 설계해야 할 것만은 틀림없습니다. 형수님의 건강과 행복을 빌겠습니다."

애경에게 보낼 편지를 간단히 쓴 뒤 일보는 다시 은미에게 화를 내게 해서 미안하다는 말을 쓴 다음 일이 이렇게 된 이상 깨끗이 관계를 끊고 서로를 원망하는 일이 없도록 하자는 사연을 썼다. 쓰고 나서도 미진한 데가 있는 것 같아 편지를 계속해서 썼다.

"나는 도량이 넓은 사람이 못 됩니다. 마철배 같은 인간이 뒤따르고 있다는 사실을 생각할 때 나는 은미 씨를 진심으로 사랑할 수가 없습니다.

이것은 어쩔 수 없는 일입니다. 어떤 남자나 다 나와 같지 않을까 생각합니다. 너무 화를 내지 말고 새로운 출발이 있기를 바랍니다. 그 동안 여러 가지로 신세를 졌습니다. 정식으로 사표를 내지 않았지만 사무실에 나갈 면목이 없는 만큼 출근을 못했습니다. 사무실 인계할 일도 없으니까 적당히 처리해 주십시오."

이렇게 결정적인 편지를 쓰게 된 것은 기차 안에서 만난 병소의 영향을 받은 때문이라고도 말할 수 있었다. 병소의 말과 같이 과거가 있는 여자는 언제 또 그런 일을 만들지 모른다. 그렇게만 되면 병소처럼 지옥을 느끼며 살게 될 것이다. 차라리 결혼을 단념하는 것만 같지 못하다.

일보는 그렇게 결심을 했던 것이다. 자존심이 강한 은미니까 그렇게 해도 일보에게 책임을 씌우는 일을 할 것 같지 않았다.

애경과 은미에게 편지를 쓰자, 가슴이 조금 후련해지는 것을 느꼈다. 그래서 그는 명아에게도 편지를 쓰고 싶은 충동을 받았다.

"명아 씨. 그 날 아무 이야기도 못했지만 나에게도 적지 않은 고민이 있습니다. 즉 은미 씨와의 결혼을 단념하지 않을 수 없는 단계에 이른 것입니다. 원인이 누구에게 있든지 괴로운 일이 아닐 수 없습니다. 이제는 직업도 없게 되었습니다.

어쨌든 괴로움을 정리해 보려고 이곳 수덕사에 왔습니다. 조용한 환경에 놓여 있기 때문에 마음이 조금 안정되는 것 같습니다. 서울에 올라가는 날 다시 직장을 구하고 새로운 생활을 설계하겠습니다. 책도 읽고 글도 쓸 작정입니다. 여기서도 글을 좀 써 볼까 해서 원고용지를 가지고 왔습니다.

명아 씨!

그 날 밤 실례를 했습니다."

일보가 지난날 명아에게 무례한 행동을 한 데 대한 사과를 하지 않을 수 없었다.

　사과하는 글을 쓰려고 하면서 그 날 밤의 정경을 눈앞에 그릴 때 일보는 불현듯 명아가 그리워지는 마음을 억제할 수 없었다. 신선하고 순결한 명아의 입술. 그것은 여러 남자와 접촉이 있는 은미의 입술과 아주 다른 것처럼 생각되었다.

　그래서 명아의 신선한 입술에 닿았던 자기 입술을 또 한 번 쓸어 보았다.

　"그 날 밤 나는 절박한 감정 속에 있었습니다. 주체할 수 없는 감정이었습니다. 그래서 명아 씨에게 무례한 행동을 했던 것입니다. 그러나 그 감미롭고 황홀한 명아 씨와의 그 일을 아직 잊지 못하고 있습니다. 명아 씨는 나의 체면을 위하여 굴욕적인 인내를 보여 주었습니다. 숭고한 인내심이었습니다."

　여기까지 쓰고는 쓴 것을 읽어 보았다. 그리고는 그것을 그 자리에서 찢어 버렸다. 그런 글을 명아에게 보낼 수가 없었던 것이다. 어디까지나 우정을 표방하고 있는 두 사람의 사이다. 이성간의 감정을 초월하고 순수한 우정을 이어가기로 한 만큼 그 약속을 지켜 나가는 데 그 우정의 순결성이 있다. 자연스럽게 우정이 애정으로 변한다면 모른다. 그러나 명아는 우정을 고수(固守)하고 있다. 한편에서 우정을 고수하는데 한편에서 그것을 포기한다면 그것은 배신에 속하는 일이다. 명아가 배신이라고 느낀다면 일보가 애정을 갈망한다고 해도 그것을 받아들이지 않을 것이 분명하였다. 도리어 경멸받는 결과만 초래할 것이다.

　"그 날 밤 나는 절박한 감정 속에 있었습니다. 주체할 수 없는 감정이었기 때문에 무례한 행동을 취했던 것입니다. 씻을 수 없는 행동이라고 생각합니다. 그러나 어떤 일에도 관계할 수 있는 우정을 믿는 나머지의 투쟁이었다고 생각합니다. 다시는 있을 수 없는 일이라고 말씀드립니다. 주책없는 만행을 관대하게 용서해 주신 명아 씨의 우정을 감사하며 우리의 우정을 더욱 아름답게 만들려고 노력하겠습니다. 우리의 우정이 더욱 더 굳어지기를 바랄 뿐입니다."

일보는 세 통의 편지를 각기 봉투에 넣었다. 그리고 그 편지들이 본인들에게 도착되는 시간 자기는 모든 고뇌에서 해방되는 것이라고 생각했다.
아무것도 생각지 말자. 백지로 돌아가 투명한 생활을 하자.
일보는 당분간 아무도 사랑하지 않으리라고 생각했다. 생각지 않는 것이 무엇보다도 마음 편할 것 같았다.
그는 서울서 가지고 온 책을 펴 들었다. 백지 상태에서 공부나 하리라는 생각이었다. 그러나 글자가 눈에 들어오지가 않았다. 일보는 글자가 눈에 들어와야만 자기가 백지 상태로 환원하는 것이라 생각하고 눈자위에 힘을 주며 글자를 읽었다. 딴 생각은 아무것도 하지 않으리라는 마음을 자꾸만 가졌다. 그런데도 곽병소의 말들이 머릿속에 떠올랐다. 결혼생활을 시작한 지 이 년도 못 되어 머리털이 희어질 정도로 늙었다던 말.
그러니까 일보는 당분간 결혼을 안 해야 한다는 것을 굳게 결심하는 것이었다.
그리고 결혼을 단념한 자기를 잘 한 것이라고 생각하기도 했다.
그렇다면 더 생각할 것이 없다. 모두가 소원대로 이루어졌다. 백지 상태로 돌아가는 것은 문제가 없는 일이다. 그런데도 책은 읽혀지지가 않았다. 아무리 읽어도 눈 안에 들어오지 않았다.
일보는 날이 어두웠으나 방을 나와 대웅전 앞을 산책했다. 어두워서 잘 보이지는 않았지만 뜰 정면에 자리잡고 있는 높다란 돌탑이 뿌옇게 보였다. 촛불이 가물거리는 대웅전 안에서는 목탁을 두드리며 염불하는 스님의 목소리가 음산하게 들렸다.
일보는 생각했다. 속세를 그리워하지 않을 수만 있다면 염불만을 생활로 삼고 부처님에게 귀의하려는 마음이 얼마나 아름다운 것일까라고.
스님에게는 욕망이라는 것이 없을 것이다. 명예 지위 금전 행복 사랑 등 인간 고뇌의 근본이 될 그런 것들에 대한 욕망이 없는 이상 그들의 마음은 백지장처럼 하얄 수가 있을 것이다.

물론 고독이라는 것이 따르겠지. 그렇지만 고독이 있기 때문에 생에 대한 미련을 가질 수 있을 것이 아닌가?

일보는 대웅전으로 들어가 문 앞에 꿇어앉았다. 염불을 외고 있는 스님이 뒤도 돌아보지 않는데 안심을 하고 스님과 같은 자세로 염불 소리를 귀담아 들었다. 무슨 소린지 모르지만 염불을 듣고 있는 동안 일보는 자기가 말없는 부처님과 거리가 가까워지는 것 같음을 느꼈다.

모든 것을 다 알고 있다. 그러나 아무것도 생각지 않는다. 알고도 생각지 않는 마음의 경지야말로 깨끗하고 순수한 것이 아니겠는가?

얼마 뒤 늙은 스님이 염불을 그치고 뒤로 돌아앉았다. 그리고는 일보를 보면서 두 손을 모아 머리를 숙였다. 일보는 스님과 꼭같이 합장하고 고개를 숙였다. 그것은 스님에 대하여 경의를 표하는 뜻이었다. 그런데 스님은 아무 말 없이 일보는 바라보았다.

일보는 한 번 더 합장을 하고 고개를 숙인 뒤 대웅전을 나왔다. 말없이 바라보는 스님의 얼굴이 불행한 일이 있으면 불공을 드려 부처님의 가호를 받으라는 것처럼 보였던 것이다.

불행을 느끼고 있을지는 모른다. 그러나 불행하지는 않다. 불행할지는 모른다. 그러나 죽어 있는 사람 앞에서 불행을 이야기하기 싫었다.

만약 눈에 보이지 않는 하느님 앞이라면 무엇이나 이야기하고 가호를 받고 싶은 마음이 생길지 모른다. 만들어 놓은 석가여래 초상 앞에서 그것을 바라보며 신처럼 생각하기는 싫었던 것이다. 그가 가르친 도를 믿는다면 어진 사람이 될지 모른다. 그러나 그에게 호소하고 요구한다는 것은 죽은 사람 앞에서 무엇을 요구하는 것이나 다름없다. 일보는 목탁 소리마저 없는 대웅전 뜰을 거닐며 신을 생각했다. 사람의 눈으로 볼 수 없는 존재다. 사람의 눈으로 볼 수 없기 때문에 위대할지도 모른다. 위대하다고 믿기만 한다면 그에게 무엇이나 호소하고 무엇이나 요구할 수 있을 것 같다.

일보는 자기 방으로 들어가 자리에 누워 눈을 감았다. 그리고 자기가 요구하는 것이 무엇인가를 생각했다.

'백지 상태.'
 일보가 요구하고 있는 것은 오직 백지 상태에 놓이고 싶다는 것뿐이었다. 그는 백지 상태에 놓이고 싶다고 빌었다. 그러면서 잠이 들었다.
 다음날 아침 일보는 세면도구가 하나도 없는 것을 알고 절 입구 바로 밖에 있는 여관촌으로 내려가 세숫수건과 칫솔을 사 가지고 왔다. 그리고는 우물이 있는 곳으로 가서 양치를 하고 세수를 했다. 세수를 다 하고 수건으로 얼굴을 닦고 있을 때였다. 어떤 중년부인이 옆에서,
 "서울서 오셨나요?"
하고 말을 시켰다.
 그렇다고 대답하자 부인은,
 "어디가 편찮으신가요?"
하고 또 물었다. 병은 치료하기 위해 절을 찾아온 것이라 생각한 모양이었다.
 일보는 아파서 온 것이 아니라고 대답했다. 그랬더니 부인은 알았다는 듯 말을 끊었다가,
 "우리두 서울서 왔어요."
하고 자기 이야기를 꺼냈다. 우리라는 것을 보아 혼자가 아닌 모양이었다.
 일보는 그들이 병을 치료하러 온 것이라 생각하고,
 "어디가 편찮으신가요?"
하고 물었다.
 "내 딸 애가 아파서 두 달 전부터 와 있지요."
 부인은 과히 상심하지 않는 얼굴로 대답했다.
 그런데 혼자서 조반을 먹고 있는데 그 중년부인이 쇠고기 장조림과 고추장 볶음을 가지고 들어와,
 "변변치는 않아두 좀 잡수세요."
하고는 그것들을 밥상 빈자리에 놓았다.
 일보는 고맙게 생각했다.
 "걱정을 안 해 주셔두 좋으실 텐데요."

고맙게는 생각했으나 절에 온 지가 오래 되어 절 음식이 보잘것없음을 아는 사람으로 능히 있을 수 있는 친절이라고 생각했다. 더구나 자기 손으로 만든 것이니 별로 아까움 없이 가져다 준 것이라고 생각했다.

부인도 반찬을 가져온 데 대한 생색을 내지 않고,

"심심하면 좀 놀러 오세요. 바루 딴채 첫 방에 있으니까요."

하고 자기네가 들어 있는 방을 가르쳐 주었다.

"고맙습니다."

일보는 건성으로 대답했다. 부인도 그 이상 더 말을 하지 않고 돌아갔다.

일보는 그 부인의 딸이 몇 살이나 됐을까, 또는 병은 무슨 병일까 하고 혼자 생각해 보았지만, 그런 것을 생각하는 것이 부질없는 일 같아 일부러 그런 데 대한 흥미를 갖지 않기로 했다.

조반을 먹은 뒤 젊은 중을 통해 편지를 부친 다음 일보는 책을 읽기 시작했다.

우선 어젯밤 읽혀지지 않던 책이 읽혀지나 하고 자기를 시험해 보았다. 그 결과 어젯밤처럼 그렇지가 않다는 것을 알았다. 마음이 약간 백지 상태로 돌아간 모양 같았다.

얼마 동안 잠넘 없이 책을 읽다가 원고를 쓰기 시작했다. 이번에 쓸 제복은 현대의 휴머니즘에 관한 것이었다. 읽던 책 가운데 중세의 휴머니즘이란 글에 자극을 받았는지 모른다. 어쨌든 그는 파스칼과 야스퍼스를 생각하며 현대인에게 필요한 휴머니즘을 써 보기로 했다.

휴머니즘이란 결국 독단적이고 부자연스런 인생관에 대한 해방운동이오, 또 저항운동이다. 그런데 현대인들은 의식적이거나 무의식적이거나 저항 정신만은 가지고 있다. 그러나 체계 있는 저항이 아니오, 목표 있는 저항이 아니다.

그렇기 때문에 일보는 현대에 있어서 부자연스런 인생관이 무엇인가를 발견해야 한다고 생각했다. 그리고 그 목표에 대한 체계적 이론으로 인간 해방운동을 제시해야 한다고 생각했다.

그래서 중세부터의 휴머니즘을 서론적으로 소개했다. 그리고는 휴머니즘의 필요성을 썼다. 그것을 저녁때가 다 되도록 삼십여 장을 쓰고 나니 골치가 띵했다. 일보는 붓을 놓고 뒷산에 있는 만공대로 해서 여승만이 있다는 암자로 올라갈 생각이었다. 숲 속을 통해 들길을 올라가는 동안 그는 가슴이 상쾌함을 느꼈다. 원고를 조금 쓰고 난 때문이었을 것이다.

살아 있다는 것을 느낌과 동시에 삶에 대한 어떤 보람까지도 느꼈다.

얼마를 걸어 만공대에 이르렀을 때였다. 세운 지 얼마 안 되는 어떤 스님의 공적비라고 무게가 없어 보이는 비석과 바위에 그냥 조각한 약사미륵을 구경하고 있는데 어떤 젊은 여자가 하얀 얼굴을 하고 숨을 헐떡이고 있는 것이 보였다. 첫눈에 아름답다고 느껴졌다.

가냘픈 몸매가 정말 약한 갈대와 같은 느낌을 주는 여자였다. 찬 돌 위에 앉아 가쁜 숨을 쉬고 있는 것이 가여워 보이기도 했다.

일보는 저런 여자야말로 누구를 의지하지 않고는 살 수 없으리라고 생각했다.

결혼을 하면 남편을 의지하고 남편에 매달려 살 여자다. 그런 만큼 곽병소의 아내처럼 남편 속을 썩이지 않을 것이다.

일보는 문득 애경을 생각했다. 애경이야말로 사랑하는 사람 이외에 아무 것도 생각지 않을 여자다.

그러나 알지도 못하는 여자에게 관심을 가질 필요가 없다. 여승만이 있는 암자까지 올라가 서해를 멀리 바라보다가 내려왔다. 다시 만공대로 해서 수덕사 가까이 걸어가고 있을 때 아까 만났던 그 여자가 혼자서 조심스럽게 걷고 있는 것을 보았다. 일보는 반찬을 가져다 준 그 부인의 딸이라는 생각을 하며 잠시나마 그 여자의 지팡이가 되어 주었으면 하고 생각했다. 팔을 붙잡고 가 준다면 얼마나 걷기가 편할 것인가?

그러나 저쪽에서 요구하지 않는 것을 이편에서 먼저 그럴 수는 없었다. 그래서 모른 척하고 그 여자 옆을 지나 혼자 절까지 내려왔다.

절까지 와서 자기 방으로 들어가려고 할 때 친절을 베풀어 준 중년부인이 와서 어디 다녀왔느냐고 하자 이번에는 자기 딸을 보지 못했느냐고 물었다.

딸이 누군지는 모르지만 젊은 여자가 내려오고 있는 것을 보았다고 대답했다.

"지금 어디쯤 왔을까요?"

"거의 다 왔을 겁니다."

"힘들어하지는 않습니까?"

"조금 힘들어하는 것 같던데요."

"며칠 전부터 조금씩 걷기를 시작하는데 오늘은 만공대까지 갔다 온다지 않아요? 될 수 있는 대루 걷는 것이 좋을 것 같아 나두 갔다 오라기는 했지만……."

"걱정하실 것은 없습니다. 곧 돌아올 테니까요."

"이젠 살았어요. 정말 죽는 줄만 알았었으니까요."

"무슨 병인데요."

"폐병이랍니다. 요새는 약이 좋아서 살아난 거지요."

"다행이군요."

그러자 부인은 절 위로 딸을 마중 나갔다. 그리고 십 분도 못 되어 돌아온 부인이 일보의 방문을 열고,

"저녁을 같이하십시다. 변변치는 않아두 손님 진지까지 지어 놨으니까요."

뜻밖에의 말을 했다.

"아무데서나 먹으면 어떻습니까?"

일보는 사양했다. 알지도 못하는 사람의 친절을 받고 싶지 않는 것이 그의 본심이었다.

"이런 데 와 있으니까 사람이 그립군요. 더구나 서울서 오셨다니 가족 같은 생각이 들어요. 사양하실 것 없이 어서 오세요."

"괜찮습니다. 여기서 먹겠습니다."

"준비해 논 것을 어떡허지요? 그러실 줄 알았더면 미리 말을 하구 준비할 것을……."

부인이 퍽 난처해하는 것 같았다. 일보는 더 거절할 수가 없었다. 사람이 그리워 아무나 데려다가 밥을 먹이고 싶어하는 그 마음을 비참하게 만들어

줄 수가 없었던 것이다. 그리고 아까 본 그 부인의 딸을 한 번 더 보고 싶은 마음도 없지 않았다.

부인에게 인도되어 그들의 방에 들어갔을 때 아까 본 그 처녀가 자기 방인데도 손님처럼 고개를 숙인 채 앉아 있었다.

우선 인사를 끝낸 뒤 아까 만공대에서 본 이야기를 했다. 그러나 송숙희라는 그 처녀는 일체 말을 안 했다. 그만큼 부끄러움을 타는 여자였다.

일보는 그러한 숙희가 더욱 좋았다. 현대에 사나 현대적이 아니어서 좋은지도 몰랐다. 여자는 부끄러워할 줄 아는 데 멋이 있는 것이니까.

숙희는 어머니가 밥상을 들고 들어왔다. 절에 온 것 같지 않게 찌개냄새가 근사했다.

식사를 하는 동안 숙희 어머니가,

"종일 무엇 하셨어요? 꼼짝두 않구 방 안에만 계시는 것 같던데요."

하고 일보의 정체가 궁금하다는 듯 물었다.

"무어 좀 쓸 것이 있어서요."

"소설가신가요?"

"아닙니다. 논문을 좀 썼습니다."

그때야 숙희가 입을 처음으로 열었다.

"학교에 계시나요?"

일보는 자기의 정체를 밝혀 두는 것이 좋으리라 생각했다.

"그렇지두 않습니다. 철학을 공부하는 학도지요. 그래서 논문 같은 걸 조금 썼습니다."

"그럼 며칠 계시겠군요."

숙희 어머니가 물었다. 그랬으면 하는 희망이 들어 있는 말 같았다.

"네, 이삼 일 묵겠습니다."

그랬더니 숙희 어머니는 숙희 이야기를 꺼내기 시작했다. S대학교 2학년까지 다니다가 말았는데, 내년에 다시 공부를 계속시키겠다는 이야기며, 집에는 딸 하나밖에 없어 숙희가 기둥이라는 둥 묻지 않는 말을 했다.

식사가 끝난 뒤에는 초콜릿과 사과를 내놓았다. 정말 절에 온 기분이 아니었다. 더구나 숙희가 껍질을 벗기는 사과는 더 맛이 있을 것 같았다.

일보는 문득 칼을 쥐고 사과 깎는 숙희의 손을 보았다. 하얀 손인데 기름 칠한 것처럼 윤기가 돌았다. 그리고 길쭉길쭉한 손가락이 어쩐지 투명해 보이는 것 같았다. 어떤 여자에게서도 본 일이 없는 아름다운 손이었다.

사과를 다 깎고 나서는 사과 접시를 일보 앞으로 밀었다. 먹으란 말은 어머니가 했고 일보는 사양 없이 사과를 먹었다.

"계시는 동안 식사를 같이하세요."

숙희 어머니가 불쑥 말했다.

그러자 숙희는 덧붙였다.

"그러세요."

"고맙습니다."

일보도 그랬으면 했다. 절에 와 있지만 불편을 조금도 느낄 것 같지 않았던 것이다.

"정말요?"

숙희가 다짐을 했다. 그러자 체면이 없는 일이라 생각이 들었다. 그리고 그리는 사이에 숙희와 가까워질 것을 생각했다.

"고맙기는 하지만 미안해서 그럴 수 없어요."

"미안하실 것 없어요. 우리 먹는 대루 해 드리는 건데……."

"미안해서 오래 있을 수가 없으면 어떡하지요?"

"그러시다면 안 돼요."

숙희가 어머니를 보고 쌀쌀하게 말했다. 친절을 베풀다가 남을 쫓아 보내면 어떻게 하나 하는 태도였다.

"그러실 것 없대두……."

"엄마."

숙희가 자기 어머니의 말을 막았다.

"그러실 것 없을 텐데."

숙희 어머니도 할 수 없는 일이라는 듯 말을 끊었으나,

"내일부터 산책을 가실 때 우리 숙활 데리구 다녀 주세요. 누이동생 같은

데 어떻습니까?"
하고 청을 했다. 이제 스물둘이나 되었을까? 그러니까 동생 나이라고 해도 무관하다. 그러나 어찌 동생처럼 생각할 수가 있을 것인가?
"글쎄, 좀 바빠서요."
"사람들이 적은 때라 걱정은 안 되지만 그래두 큰 처녀를 혼자 내보내기가 안 돼서 그래요."
그때 숙희가 어머니를 홀겨보며,
"엄마두……."
하고 또 입을 막았다.
일보는 앉은 자리가 거북하게 느껴졌다. 그래서 할 일이 있다는 것을 핑계로 자기 방에 올라왔다.
일보는 가슴 속으로 스며드는 숙희에 대한 상념에 눈을 감으려 했다. 생각할 필요도 없는 여자라구 생각했다. 숙희보다 더한 여자가 나타난다고 해도 자기는 지금 여자를 생각할 수 없다는 마음이었다. 모든 여자와 손을 끊었다. 그러나 아직은 손과 발이 묶여 있는 것을 느끼고 있는 일보였다. 아무런 자유도 없는 것 같았다. 그뿐만도 아니었다. 아직 상처도 가시지 않을 때 딴 여자를 생각한다는 것은 자기 자신을 농락하는 일같이 느껴졌다. 인생을 희롱하는 태도 같았다.
그러지 않기로 했는데도 다음날 아침 숙희 어머니가 조반을 먹자고 찾아왔다.
일보는 어쩔 수 없는 일이라 생각하고 따라갔지만 일보는 여기 있는 동안 그 분의 친절을 막을 길이 없다고 생각했다. 또 산책을 갈 때는 숙희를 데리고 가지 않을 수 없게 될 것이고.
일보는 조반을 먹자 자기 방으로 돌아와 떠날 준비를 했다. 하루만 더 있으면 그만큼 숙희와 가까워질 것이 두려웠던 것이다.
일보는 숙희와 숙희 어머니에게 서울서 바쁜 일이 있다는 거짓말을 하고 그들과 작별 인사를 했다.

회색의 베일

수덕사를 떠나 삽교역에 이르는 동안 일보는 정말 가슴 시원한 것을 느꼈다.
 사랑을 하게 되는 마음, 사랑을 안 할 수 없는 자기 마음을 두려워했던 것이다. 숙희와 교제를 하면 꼭 사랑하게 될 것만 같았다. 그것이 두려웠던 것이다. 그런데 지금 숙희를 떠나 서울로 가고 있다. 다시 숙희를 만날 수 없을 것이다.
 일보는 기차에 올라서도 사람이 사랑을 안 하고는 살 수 없을 것인가를 생각했다. 사랑을 하되 참된 사랑 하나밖에 모른다면 인간은 얼마나 아름답고 행복할 것인가? 사랑 때문에 결국 인간은 얼마나 아름답고 행복할 것인가? 사랑 때문에 결국 인간은 괴로워해야 하고 고독해야 하고 슬퍼해야 한다.
 사랑에서 오는 소유욕 때문에 질투와 시기가 가지를 친다. 사랑의 변심에서 증오와 복수라는 것이 발생한다. 사랑이 죄를 만들기도 하고 죽음을 가져오기도 한다. 그런 것들이 없는 사랑은 없을까? 없다고는 할 수 없다. 사람은 참된 사랑을 받기에 모두가 부족한 결점들을 가지고 있다. 받을 만하다고 생각되는 사람은 그것을 받을 만한 외부적 조건을 갖추지 못했다.
 인생은 참된 사랑을 할 수 없도록 운명지어진 모양이다. 일보는 차라리 사랑을 안 할 수 있었으면 하고 생각했다. 사랑할 생각을 안 가졌다면 그만큼 불행해질 일이 적게 될 것 같았다. 공백 상태를 유지하며 살아갈 수는 없을까?
 그러나 그럴 수가 없을 것 같았다. 숙희와 가까이 하면 그를 사랑하고야 말 것 같은 위험을 체험했던 것이다. 지금도 숙희의 얼굴이 눈앞에 떠오르고 있다.
 그 가냘프고도 아름다운 얼굴, 한 번 사랑하기만 하면 변할 수가 없다는 듯이 부끄러워 할 줄 아는 마음, 어찌 사랑하지 않고 배길 수가 있을 것인가?

일보는 용단을 내리고 수덕사를 떠난 자기에게 찬사를 올리고 싶었다.

더구나 서울에 돌아와 애경과 은미가 모두 집으로 찾아왔었다는 말을 들었을 때 일보는 숙희와 가까이 안 한 것을 더욱 잘 한 일이라고 생각했다.

만약 숙희를 사랑하게 되었다면 은미와 애경을 어떻게 대할 것인가? 찾아왔다고 하니 앞으로라도 만나게 될 사람들이다. 물론 수덕사에서 보낸 편지들을 보았을 테니 앞으로는 찾아오지 않을지도 모른다. 그렇지만 우연히라도 만나는 경우, 나는 벌써 달리 사랑하는 여자를 구했다고 어찌 말할 수가 있을 것인가? 물론 말은 안 할지라도 그런 여자가 생겼기 때문에 괴로워도 하지 않는다는 태도를 보일 수는 없다.

어떻게 해서든 그들에게 숙희와의 일을 숨길 수는 있을 것이다. 그러나 숨길 수가 있다고 해서 만족할 수는 없다. 속임으로 그들이 속아 넘어간 것을 만족하게 생각한다면 자기는 부자연한 인간관을 가진 사람이 된다. 그러한 인간관을 가지고 산다면 자기는 은미나 애경에게 저항을 받아야 한다. 저항하는 휴머니즘 앞에서 가슴을 떨고 살아야 한다.

일보는 자기가 쓰고 있는 논문과 관련시켜 자신을 생각했던 것이다. 자기 자신에 부자연한 인간관이 들어 있는 이상 어찌 휴머니즘에 관한 논문을 쓸 수 있을 것인가?

서울로 돌아온 다음날 일보는 외출을 안 하고 논문을 썼다. 그것밖에 할 일이 없었기 때문이었다. 은미와 애경이 집으로 찾아왔었다고 하지만 그들을 찾아갈 수는 없었다. 그리고 취직에 대해서는 논문이나 쓴 뒤 걱정하기로 했다.

그래서 저녁때까지 논문을 거의 끝내 가고 있는데 애경이 찾아왔다. 일보는 애경이 자기의 편지를 받아 보고 온 것이라 생각하고 더욱 놀랐다. 편지를 받았다면 찾아올 수 없는 애경이다.

"편지를 받아 보셨나요?"

"아아니요. 언제 보내셨는데……."

순간 일보는 그 편지가 잘못되어 영영 애경의 손에 들어가지 말아 주었으면 하는 생각을 했다.

그것은 순간적 감정이었다. 애경의 얼굴을 보자 억눌렸던 그리움의 감정이 폭발하려고 했기 때문이었다. 편지를 받지 않는다면 애경은 앞으로도 찾아올 것이다.

"형수님."

일보는 와락 애경의 손을 붙잡았다. 그리고는,

"내가 나쁜 놈이에요?"

흥분한 나머지 애경을 포옹하려고 했다. 다시는 만나지 말자고 편지한 자기를 나쁜 놈이라고 말하려 했던 것이다. 그러나 애경이 뒤로 몸을 피하며 일보를 경계했다. 경계를 하나, 싫어서 경계하는 것은 아니었다.

"무슨 편지를 보냈는데요?"

보냈다는 편지의 내용을 물으며 일보의 흥분을 식히려고 했다.

"아무것두 아녜요."

일보가 여전히 열에 들뜬 어조로 말할 때 애경은,

"그새 어디 가셨어요?"

하고 냉정한 어조로 물었다.

"수덕사에 갔었어요. 좀더 오래 있으려다가 어제 돌아왔죠."

일보는 수덕사에 갔던 이유를 말하지 않았다.

"직장을 그만두셨다면서요?"

일보는 대답하기가 싫었다. 직장 이야기를 하려면 반드시 은미 이야기가 나오게 될 것이다. 좋으나 나쁘나 은미 이야기를 꺼내고 싶지 않았다. 애경만 바라보며 애경만 생각하고 싶었다.

"그만뒀지요."

일보가 이야기를 흘려 버리려 했으나 애경이 캐어묻기 시작했다.

"은미 씨하구 싸우셨나요?"

은미 이야기가 나왔지만, 일보는,

"싸우구 말구 할 것 있나요. 그저 그렇죠."

흥미 없다는 태도로 말했다.

"그럼 왜 직장을 그만두셨어요?"

"다니기 싫으니까 그만뒀지요."
"생활은 생각지 않으시구요?"
"어떻게 살아나가겠지요."
애경은 잠시 동안 묵묵히 무엇을 생각하다가 가느다란 한숨을 내뿜은 뒤
"편지에는 뭐라구 쓰셨어요?"
하고 물었다.
일보는 애경이 왜 자꾸만 말을 시키는가 하고 생각했다. 아무 말 않고 서로 얼굴만 보고 있으면 마음이 안정될 것 같았다. 옆에 있다는 사실만으로 충족감을 느끼는 그런 경지에 들어가고 싶었다. 그러나 묻는 말을 묵살할 수는 없다. 돌아가면 아무래도 보게 될 편지다.
"법률 책을 보았더니 이상한 것이 있기에 그저 써 보냈지요."
일보는 그 편지를 쓰던 때의 심경을 애경 앞에서 취소할 용기가 없었다. 그까짓 법률이 두려울 것 무엇이냐고 말한다면 그 뒷말을 어떻게 이어갈 것인가?
"무슨 글을 읽으셨는데요?"
애경이 또 캐어 물었다.
"가서 읽으면 아실 겁니다."
일보는 거기 대한 이야기도 오래 계속하고 싶지 않았다. 애경의 냉정한 태도 앞에서 흥분이 가라앉음에 따라 감정적인 데서 지성적인 데로 머리가 식어 갔던 것이다. 가까이할수록 그리워지는 것은 오직 감정적인 충동으로 행동을 하거나 이야기를 하다가는 결국 애경에게 무안을 당하고야 말 게 된다. 아무 성과도 거두지 못하고 무안만 당하는 일을 해서 무엇 할 것인가?
"가서 읽으면 알 걸 미리 말씀하실 순 없어요?"
"못할 것도 없습니다. 법률 책을 보았더니 형수와 시동생은 결혼할 수가 없다구 써 있습니다. 그 이야깁니다."
"그걸 책을 보구야 아셨어요?"
"책을 읽으니까 더 절실하게 느껴지더군요."
"그래서 결심하셨다는 거지요?"

"말하자면 그렇습니다."

일보는 그렇게 말할 수밖에 없었다. 미련을 보일 필요도 없다고 생각했던 것이다.

"잘 생각하셨어요."

미련도 가지지 않는다는 듯이 말할 때 애경은 고개를 떨어뜨렸다. 그리고는 한참 동안 말이 없었다.

애경으로서 응당 그러리라고 생각했던 말을 들은 만큼 일보 역시 할 말이 없었다. 다만 묻고 싶은 것은 무엇 때문에 일전에도 찾아왔고 오늘도 찾아왔느냐는 것뿐이었다. 할 말이 있기 때문에 두 번씩이나 찾아왔을 것이다. 그러나 일보는 그 말도 묻지 않았다. 할 이야기가 있으면 묻지 않아도 이야기할 것이라 생각했던 것이다. 그리고 묻지 않으면 하기가 힘든 이야기일 경우 그것을 구태여 알아야 할 필요가 없을 것 같았다. 이야기는 다 끝난 것이다. 다 끝난 일을 가지고 할 말인들 있을 것이 무엇인가?

애경은 무엇을 생각하고 있는지 알 수 없었다. 종내 이야기를 안 하다가 슬그머니 일어서며 돌아가겠다는 말을 했다.

"저녁이니 잡숫구 가시지요."

일보가 애경을 만류했다. 멀리 찾아왔던 사람을 그냥 돌려 보낼 수가 없었던 것이다.

"가겠어요."

애경은 붙잡아도 기어이 가고야 말 눈치였다.

"오래간만에 오셨는데 아버지와 수희두 만나 보시구 가셔야지 않아요?"

"지난번 왔을 때 뵈었어요."

애경의 마음이 유쾌한 것 같지가 않았다. 그렇기 때문에 일보는 그 이상 더 만류하지는 못하고 배웅이나 해 줄 생각으로 옷을 갈아입고 애경 뒤를 따랐다. 애경이 그냥 돌아가라고 혼자 갈 것을 몇 번이나 되풀이해 말했지만 일보는 전찻길까지 따라나갔다. 전찻길에 나올 때까지 그들은 여전히 말이 없었다.

일보는 애경이 왜 저렇게까지 침울해할까 하고 생각했다. 기분을 명랑하게 할 수 있는 말을 하고 싶어도 말을 붙일 수가 없었다. 말을 붙일 수 없어 초조해하고 있는데도 애경은 그런 것을 아는 척도 안 했다. 자기 감정에 사로잡혀 있는 모양이었다. 일보는 버스 정류장에 서 있는 애경을 혼자 가라고 내버려 둘 수가 없었다.

"안녕히 계세요."

버스를 타면서야 겨우 한 마디 인사말을 할 때 일보는 애경을 뒤따라 버스에 올랐다.

"어딜 가세요?"

애경이 귀찮은 듯 물었다.

"나두 시낼 좀 들어가려구요."

볼일 보러 가는 것처럼 말하자 애경은 마치 자기와 관계없는 일이니 관여할 필요가 없다는 듯 입을 다물어 버렸다. 일보는 답답했다. 왜 그렇게까지 침울한지 그 이유를 통 할 수 없었다.

그렇다고 해서 왜 그러느냐고 물을 수도 없었다.

"출근하시는 재미가 어떠세요?"

일보는 그런 말이라도 해서 애경의 입을 열게 하고 싶었다.

"그저 그렇지요."

그래도 애경의 대답은 지극히 간단했다. 일보는 한 걸음 나아가,

"기분 나쁜 일이라도 있으세요?"

하고 직접적인 질문을 했다.

"아아니요."

애경이 조금도 다름없게 냉정한 대답을 했다. 그러나 얼마 안 있어

"기분 나빠하는 것처럼 보여요?"

약간 상냥해진 태도로 물었다.

"굉장히 우울하신 것 같은데요."

"미안합니다. 사실은 아무렇지도 않은데."

애경은 이때까지의 자기 태도를 후회하고 있음이 분명했다.

"내가 그렇게 봐서 그랬을까요?"

"아마 그렇게 보셨던가 부지요?"

애경은 약간 미소 띤 얼굴로 일보를 쳐다봤다. 그리고는 버스가 남대문을 지나 정류장에 멎었을 때,

"취직 턱을 낼게 여기서 내려요."

하며 일보의 동의를 구했다.

일보는 최소한 애경과 부자연스럽게 헤어질 수는 없다고 생각했다. 비록 아주 남이 되는 경우에라도 웃으면서 헤어져야 할 것 같았다.

그래서 애경이 저녁을 사겠다는 말에,

"고맙습니다."

하고 무조건 애경의 뒤를 따랐다.

애경은 조용한 집으로 가서 저녁을 먹었으면 하고 생각했지만 그럴 만한 돈이 없었다. 취직은 했다 해도 아직 월급을 탄 일이 없으니까.

결국 언젠가 일보가 사 주는 점심을 얻어먹은 명동 한일관에 가서 비빔밥을 주문했다. 비빔밥을 시켜 놓은 뒤 애경은 잔잔한 목소리로 이야기를 시작했다.

"직장을 그만두시구 어디로 가셨다기에 전 걱정을 했어요. 그래서 오늘 찾아갔더니 다행히 돌아와 계시잖아요? 안심이 됐어요. 그렇지만 무엇 때문에 여행을 갔었느냐구 묻지를 못했어요. 묻는 것이 무서웠어요. 그렇지만 편지 보내셨다는 말을 듣구 안심을 했어요. 여행의 동기가 저 때문이든 아니든 도련님의 결심이 움직일 수 없게 되었다니까 말예요. 그래서 제 직장 이야기를 하려 했지만 그 이야기두 못 하구 말았어요."

이렇게 긴 이야기를 할 때 일보도 마음이 놓이는 것을 느꼈다. 어떤 이야기를 해도 무방할 것 같았던 것이다.

"안심을 하셨는데 왜 이야기를 못하였을까요?"

"부모가 너무 친절하면 잘못을 고백하려다가두 고백을 못하는 경우가 있잖아요?"

"무슨 잘못을 저지르셨나요?"

"잘못을 저지른 것은 아니지만……"

"그러면……."

"아무것두 아녜요. 도련님이 직장을 그만두셨는데 제가 직장 이야기를 자랑삼아 할 수가 없었던 거예요."

애경의 말이 두서가 맞지 않았다. 그러나 꼬집어 물을 수가 없어서,

"좌우간 재미가 좋으세요?"

하고 이야기를 흘려 보냈다.

"재미가 뭐 있겠어요? 돈 받구 일하는 건데……."

애경은 본시 강계학 씨에 대한 이야기를 할 작정이었다. 이야기해야 하는 것이 의무요 또 책임이라는 계산 밑에서가 아니었다. 일보에게 숨기는 일이 있어서는 안 된다는 마음이었다.

오늘 말고 그전에 일보를 찾아갔을 때도 그 이야기를 하려고 했었다. 오늘도 일보를 만나기 전까지는 자기가 할 이야기는 그것뿐이라고 생각했었다. 그러나 일보를 만난 다음부터 애경은 그 이야기를 할 수 없다고 생각했다. 만약 그 이야기를 한다면 일보는 강계학 씨와 결혼 안 하는 이유를 자기 본위로 생각할 것이다. 즉 일보를 사랑하는 나머지 그 사람과 결혼을 안 하는 것이라 해석할 것이다.

그것은 사실이다. 사실이지만 사실대로 믿어 주는 것이 싫었다.

그렇게 해석한다면 일보는 애경이 그러니 자기도 결혼을 안 한다고 하면 어떻게 할 것인가?

그뿐도 아니었다. 일보가 법률 책을 보고 자기를 단념하기로 했다는 사실이 좋은 현상이건 나쁜 현상이건 애경의 마음을 짓눌러 놓았던 것이다. 자기의 소망대로 된 셈이다. 그러나 빨리 겨울이 오기를 바라다가도 찬바람에 낙엽이 휘날리는 것을 보고 가을을 느끼는 것과 같은 심정이었다. 결혼을 안 한다 못 한다 할 때는 그래도 사랑을 느끼고 있다는 증거를 눈으로 볼 수 있었다. 그러나 이제는 그런 증거를 찾아볼 방도가 없게 되었다. 그렇다고 해서 일보에게 우울한 표정을 계속해서 보일 수가 없어 저녁을 사고 긴 이야기를 했지만 아직까지도 강계학 씨에 대한 이야기만은 꺼낼 수가 없었다.

"사회생활이 시작되었으니까 화제가 생길 텐데요."
"저 같은 것한테 무슨 화제가 생기겠어요.."
애경은 강계학 씨에 대한 이야기를 해야 한다는 의무감도 책임감도 느끼지 않았다. 도리어 이야기 안 하는 것이 일보를 위해 좋은 일이라 생각했다.
일보는 애경이 마음을 알지 못했다.
지금 평온한 태도로 이야기하고 있는 애경의 얼굴을 보며 조금 전까지 우울해하던 애경이 얼굴을 생각할 때 어떤 것이 진짜 애경인지 판단할 수가 없었다.
어쨌든 음식점을 나올 때 옛날과 조금도 다름없이 애경과 담담하게 헤어질 수 있는 것만을 다행하게 생각했다. 이대로 헤어지기만 하면 아무런 한이 없을 것 같았다.
다시 만날 것을 생각하며 애경의 직장 전화번호를 물은 뒤 다음에 전화 걸겠다는 말만 하고 애경을 배웅하러 합승 정류장까지 갔다. 그때 애경이,
"도련님이 멀리 가실 테니까 먼저 타구 가세요."
하며 일보가 합승을 탈 길 건너로 앞장을 서서 걸어갈 때 일보는 별다른 생각 없이 애경의 뒤를 따랐다. 정류장에 와서 잠시 서 있을 때 노량진행 합승이 왔다. 일보는 애경에게 잘 가라는 간단한 인사를 한 뒤 합승에 올라탔다.
그리고는 애경에게 손짓이라도 하려고 밖을 내다보았을 때 어쩐 일인지 애경이 보이지가 않았다. 고개를 창 밖으로 돌리고 여기저기 찾아보고 있을 때였다. 비좁은 자리를 뚫고 일보 옆에 앉은 사람이 있었다. 반사적으로 그 사람을 보았을 때 그가 바로 애경이란 것을 알고 일보는 놀라지 않을 수 없었다. 놀라면서도 고마움을 느꼈다. 그냥 이별하기가 안타까워 차에 뛰어오른 애경.
일보는 그저 고맙고 감격해서 합승이 서울역에 이를 때까지 아무 말도 못했다. 가슴이 그저 꽉 차 있을 뿐이었다. 그러나 합승이 가는 데까지 가서 내리게 되면 그때는 작별을 해야 한다는 생각이 들었다. 아무래도 작별하지 않을 수 없는 애경이다. 합승이 어둔 길을 쉬지도 않고 끝없이 달리고 달려 주었으면……. 일보는 작별이 싫었다.

애경도 그런 모양이었다. 일보를 보는 일도 없이 입을 다문 채 몸 하나 까딱하지 않았다. 작별이 아쉬워 차에 뛰어올랐지만 그의 머릿속에는 오직 작별만이 잠겨 있는 모양이었다.

서울역을 지나 갈월동을 통과하려고 할 때 일보는,

"여기서 내릴까요?"

하고 애경의 동의를 구했다. 작별을 생각지 않고 밤이 새도록 애경과 이야기가 하고 싶었다.

"그냥 가요."

애경의 대답은 또 냉정했다. 따라서 일보의 환멸은 그에 정비례했다. 가슴이 싸늘해짐을 느꼈다. 끓는 젊음의 정열을 솟아오르게 해 놓고는 그것을 몸부림치게 하는 마녀 같은 애경. 일보는 정말 애경을 마녀라고 저주하고 싶었다.

일보는 자기 몸이 애경의 몸에 닿을까 해서 일부러 몸을 뒤로 뽑았다. 그리고는 얼굴을 애경에게서 외면했다. 아는 사람이란 생각도 하기 싫었던 것이다.

합승이 또 얼마를 달렸다. 삼각지가 눈앞에 보일 때 애경이 처음으로 입을 열고,

"정말 전화하세요?"

라는 말을 했다. 일보는 그 말에도 대답을 안 했다.

그런데 합승이 삼각지에서 멎었다. 다시 떠나려 하는 순간 애경이 차장에게 잠깐만 하고는 일보의 팔을 잡고 한 번 누른 뒤 합승에서 뛰어내렸다. 일보는 따라 내릴 생각도 안 했지만 내릴 수도 없게 합승이 떠나 버렸다. 합승이 떠났으나 일보는 뒤를 돌아보지 않았다.

"쌀쌀한 여자, 그러니까 시집도 못 갈 거야."

일보는 혼자 중얼거렸다.

사람을 미치게 해 놓고는 모르는 척 싹 돌아서는 잔인한 여자.

그러나 합승이 한강 철교를 지날 때 일보는 차에서 뛰어내려 애경의 집으로 달려가고 싶은 충동을 느꼈다. 잔인할수록 매력을 느끼게 되는 모양이었

다. 배웅을 해 주러 왔다가 말없이 합승에 뛰어오른 애경의 정열이 붙잡고 매달리고 싶게 그리웠다.
'그리워 죽어. 그리워 죽어.'
일보는 정말 미치게 애경이 그리웠다. 애경도 그런 것 같았다. 합승 정류장에서 꼼짝도 않고 자기가 타고 가는 합승을 먼발치로 바라보고 있을 것만 같았다.
뒤를 돌아봐야 보일 리가 없었다. 불러야 대답할 리 없었다. 붙잡으려 해야 손에 닿을 리가 없었다. 그러기에 더욱 그리운 것인지 몰랐다.
노량진에서 합승을 내린 일보는 우뚝 서서 한강 쪽을 바라보았다. 시내를 향해 다시 달려가고 싶은 충동 때문이었다. 집으로 찾아가면 반드시 만날 것이다. 가기만 하면 만날 수 있는 애경이 아닌가? 그러나 찾아가는 순간 무엇 때문에 왔죠? 하고 또 지극히 냉정한 말을 하면 그때 나는 어떻게 할 것인가
그때는 죽고 싶은 생각뿐일 같았다.
'갈까 말까?'
혼자 망설이고 있을 때
"오빠, 지금 들어가세요?"
등 뒤에서 수희 목소리가 들렸다. 그러나 일보는 수희를 본 척도 안 했다. 자기를 아는 척하는 모든 것이 싫었다. 나무와 바위처럼 보고도 못 본 척 자기에게 무관하기만 바라는 심정이었다.
'죽어도 혼자 죽고 살아도 혼자 산다. 나 혼자뿐이다. 혼자가 되고 싶다.'
"오빠, 뭘 하구 계시우?"
수희가 재차 물을 때,
"먼저 가."
일보는 귀찮은 표정을 그대로 보였다.
"누굴 기다리세요?"
그냥 내버려두지 않는 것이 가까운 사람의 특권인지 모른다.
"그래."

회색의 베일 425

"누굴 기다리시는데요?"

수희는 절대로 혼자 가려 하지 않았다. 귀찮았다.

간섭받는 것도 귀찮았고 대답하는 것도 귀찮았다.

일보는 아무 말도 않고 수희 앞에 서서 집을 향해 걷기 시작했다.

포로처럼 자유가 없는 자기를 깨달았던 것이다.

일보가 뚜벅뚜벅 어두운 길을 걷고 있을 때 수희가 다가와 팔을 끼고는,

"오빠, 오빠 너무 방황하는 것 같아……."

하고 말했다.

"방황하긴 내가 뭘 방황해?"

일보가 거친 소리로 말했다.

"설사 나쁜 일을 해두 방황할 필요는 없다구 생각해요. 방황이란 행동에 자신이 없는 사람들이나 하는 일 아녜요. 젊음의 무의미한 소모구……."

"나는 방황두 안 하구 있지만 어쨌든 내버려 둬."

수희는 일보를 내버려 둘 듯이 잠시 잠잠히 걷다가 입을 열었다.

"오늘 은미 씨가 학교루 찾아왔어요. 자기가 잘못했다나요……. 오빠를 한 번 만나게 해 달라면서……."

일보로서 그냥 넘겨들을 이야기가 아니었다. 그러나 못들은 척했다.

"우스운 여자예요. 자기가 먼저 싫다구 하구서는 지금 와서 잘못했다구 만나게 해 달라는 게 뭐예요. 나는 그 여자를 경멸하구 싶어요."

수희는 남을 경멸하는데 신이 나서 말했지만 일보는 말대꾸도 안 했다. 지금의 자기로서 관심조차 가질 수 없는 일이기 때문이었다.

"자기와 결혼은 안 한다 해두 사무실에는 나오라나요. 그럴 수가 어디 있어요? 결혼하는 것과 직장 생활하구는 아무 상관이 없다는 그런 말이 어떻게 성립돼요."

수희는 혼자 지껄이는 것이었다. 일보는 마음대로 지껄이라고 내버려 두었다.

"오빠의 취직에 대해선 내가 힘써 보겠어요. 취직 못해 죽는 법은 없을 테니까."

일보에게는 직장이 가장 큰 문제였다. 한참 놀면 그만큼 생활의 위협을 받을 것이다. 그래서 어떤 사람에게 부탁을 할 수 있느냐고 묻고 싶었지만 그것도 물어 보지 않았다.

일보는 오직 애경만을 생각했다. 어쩌면 그런 여자가 있을까 하고.

집으로 돌아와 혼자서 애경을 생각하고 있을 때, 아버지가 돌아왔다. 아버지는 두루마기를 벗고 밥상을 대할 때까지 아무 말을 안 했다.

한참 동안 식사를 하고 나서야 밥상 옆에 지키고 앉아 있는 일보를 보며 입을 열었다.

"직장두 그만두었다지?"

일보는 아버지에게 자기 신상에 대한 이야기를 한 일이 한 번도 없었다. 그러나 모두 알고 있는 모양이었다.

일보는 아버지에게 걱정들을 것을 생각하여 불안한 마음으로 대답했다.

"네."

"잘 했다."

아버지의 말은 의외였다. 직장을 그만두면 어떻게 사느냐고 걱정하리라고 생각했던 아버지의 말이 예상과 반대였던 것이다.

"딴 데를 알아보겠습니다."

아무 의논도 않고 혼자서 마음대로 직장을 버린 자기 경솔을 뉘우치는 태도로 말하자 아버지는,

"너무 걱정 마라, 어떻게 되겠지."

무척 낙관하는 태도로 말했다. 낙관뿐이 아니라 일보가 한 일을 잘 했다고 두둔해 주는 태도였다. 일보는 그런 아버지의 마음을 알 수 없었다. 좋기만 하다면 은미하고 결혼하라던 아버지였다. 말하자면 은미와 가까이 지내는데 조금도 반대한 일이 없던 아버지가 은미 밑에서 월급을 받던 직장을 버린 데 대해 극구 찬성하는 이유가 무엇일까? 그러나 일보로서 그러한 아버지의 마음을 타진할 수도 없었다. 그저 묵묵히 있을 때 아버지가 젓가락질을 하면서 말했다.

"은민가 하는 여자하구는 혼담두 끊었다지?"

"네, 그럴 생각입니다."

"잘 했다. 사내자식이 굶어 죽어두 처시하에서 살아서는 못쓰는 법이다. 돈이 탐나서 계집에게 머리를 숙이구 들어간다는 것은 불을 밝히구 혼자 사는 것만두 못한 일이다."

일보는 그제서야 아버지의 마음을 알 수 있었다.

그러나 그러한 아버지가 처음에는 은미와의 혼담을 무엇 때문에 찬성했었을까? 외람된 일이지만 일보는 그것을 묻지 않을 수 없었다.

"처음에는 찬성하셨는데요……."

"응, 그랬다. 그것은 네가 그 여자를 이미 마음속으로 정하구 있는 것 같았기 때문이었다. 네가 정한 것을 다 늙은 애비가 반대할 수 있겠니. 내 반대루 네가 네 뜻을 이루지 못하면 네 불행이 얼마나 크겠니. 다들 그러더라. 요즘 세상에서는 젊은 사람들이 하는 대루 내버려 둬야 한다구. 사실 그렇다. 애비두 늙어서 그런지 애비가 생각하는 것이 너희들 생각하는 것과 모두 틀리기만 한 것 같다. 그래서 애비가 위신만 지키려구 애쓸 수가 없단 말이다."

"그럴 수가 있습니까. 저는 아버지의 말씀을 전부 옳다구 생각합니다."

"그럴 리가 있겠니? 어쨌든 애비는 네 결혼에 찬성을 하구두 하루도 마음이 편한 날이 없었다. 네가 그 여자와 결혼하는 날, 나는 수회하구 같이 따루 살 생각까지 했었다. 그렇지만 일이 제대루 되었으니 이젠 걱정할 것이 없게 됐다. 속으로는 네가 그렇게 무지각한 네가 아닌 만큼 이럴 때 있으리라는 것을 짐작하구 있기는 했다만……."

아버지는 구미가 좋았는지 밥 한 숟가락에 반찬은 이것저것 집어 들었다.

"파탄의 이유가 된 것만은 아니었습니다. 앞으루는 명심하겠습니다."

일보는 은미와의 파탄이 아버지를 위해서도 잘 된 일이라고 생각했다. 내가 은미와 결혼을 한다면 죽을 때까지 아버지와 수회에게 근심을 주게 될 것이다. 동시에 자기는 그들에게 경멸을 받을 것이다. 그런 것을 생각할 때 일보는 은미와의 파탄이 참으로 다행한 일이라고 생각하며 속으로 한숨을 내쉬었다.

그러나 일보는 아버지의 의견과 같이 은미가 돈 문제로 결혼 대상이 될 수 없다는 데는 전적으로 동의하고 싶지 않았다. 물론 경제적으로나 어떤 면에서 남녀가 불균형한 상태에서 결혼한다는 것은 옳은 일이 아니다. 그런 원칙에는 찬성하나 애정을 느낄 경우 약간의 불균형은 능히 극복할 수 있는 문제라고 생각했다. 만약 불균형한 결혼이라고 해서 무조건 그것을 반대한다면 세상에는 결혼이 얼마도 성립되지 않을 것이다. 그리고 균형만을 생각해서 결혼한다면 세상은 점점 불균형하게 될 것이다. 세상의 불균형을 시정하기 위해서라도 불균형의 결혼을 장려해야 할 것이라고 생각했다.

그렇다고 은미와 결혼할 생각은 아니었다. 결혼을 안 한다고 해도 안 하는 이유를 그런 경제적 불균형에 두고 싶지가 않았던 것이다. 결혼을 했다가도 불균형이 조화가 되지 않고 타협의 길이 막혀 버릴 때는 이혼해도 무방할 것 같기 때문이었다.

어쨌든 아버지의 말은 은미와의 파탄을 다행한 것이라 생각했고 거기서 오는 괴로움을 제거하는 데 도움이 되었다.

다음날 일보는 써 놓은 원고를 추고해 가지고 명아를 찾아갔다. 원고를 부탁하는 동시에 취직도 부탁할 생각이었다. 명아를 불러내 어떤 다방에서 만났을 때 명아는 반가워했다. 몇 달 만에 만난 애인인들 그렇게 반가워할 수가 없다.

"수덕사엘 갔었다구요? 언제 오셨어요? 마음두 안정되구요?"

일보가 대답할 사이도 없이 묻고 싶은 말을 겹쳐서 묻는 것이었다. 사람들이 없다면 손을 잡고 키스라도 할 것처럼 팔딱팔딱 뛰었다.

일보는 그렇게 반가워하는 명아가 보기 좋았다. 그래서 빙그레 웃고만 있을 때 명아가 계속해서 종달새처럼 지저귀었다.

"은미하구도 어떻게 됐다구요. 아주 결정적인가요? 사귄 지 얼마나 됐다구 벌써 야단들일까?"

일보는 명아의 말에 질서 있는 대답을 할 수가 없었다. 그래서 파탄에 이르기까지의 전말을 간단히 말한 다음 아버지와 수희도 절대 찬성이라는 말을 덧붙였다. 이야기를 듣고 나자 명아는,

"그래두 일보 씨가 나빠요. 한 번 결심을 했으면 그만이지 조그만 사건으로 결심을 깨뜨릴 수가 있어요?"

그러나 은미와의 결혼을 강행해야 한다는 말은 안 했다.

"나쁘다는 말을 들을지는 모르지만 결심이라는 것두 조건 여하에 따라 변경될 수 있잖습니까? 가뭄에 화초가 자랄 수는 없는 거니까요."

일보가 변명을 하자 명아는,

"뭐 지나간 일이니까 할 수 없는 일이지만······."

하고 일보를 공격하려 하지 않았다. 그 틈을 타서 일보는,

"명아 씨는 어떻게 하기루 했습니까?"

하고 물었다.

"내가 졌어요."

명아는 명랑하게 대답했다. 명랑한 이야기가 아닐 텐데도 명랑하게 웃으며 말하는 속마음을 알 수 없었다. 그래서,

"지다니요?"

일보는 명아의 설명을 요구했다.

"유학을 갔다 와서 결혼하기루 했어요. 몇 해가 지나두 마음이 변할 것 같지가 않아서요."

"그새 무슨 사고가 생기면 어떡하지요?"

"할 수 없지요. 그렇지만 믿어야 하지요."

"그 분이 언제 떠나시는데?"

"곧 떠날 거예요. 여권 수속이 거의 끝나가니까요."

"그래요."

일보는 그 남자가 떠난 뒤가 볼 만한 점이라고 생각했다. 그런 남자를 믿고 그냥 떠나보내면서도 웃으며 이야기할 수 있는 명아에게 불쾌한 말을 할 수가 없어 입을 다물었다.

일보는 써 가지고 온 원고를 명아에게 주며 잘 부탁한다는 말을 했다.

"용하시네요. 그런 감정 속에서도 원고를 다 쓰시구······."

원고를 받아들며 명아가 일보 칭찬을 했다.

"안정이 됐으니까 쓸 수 있었겠죠. 앞으로는 더 열심히 공부하겠습니다."
"잘 했어요. 당분간 결혼 생각 마시구 공부를 하세요."
"그럴 생각입니다."
"여자 교제를 할 때는 내 심사를 받으세요. 아무래두 여자가 여자를 잘 보니까요."
"그러지요."
두 사람은 서로 웃으며 얼굴을 마주 쳐다봤다. 그러자 일보는 수덕사에서 만났던 숙희 생각이 나서,
"수덕사에서 좋은 여자를 만났지만 도망쳐 왔죠."
"어떤 여잔데요?"
"폐가 약해서 수양하러 온 여잔데 정말 여자다웠어요. 그리구 신선하고 청초한 맛이 나는 여자였죠. 틀림없이 좋은 여자라구 생각했지만 여자 교제가 싫어서 가깝기 전에 그곳을 떠나 버렸습니다."
"잘 했어요. 아무리 좋아두 건강이 나쁘면 안 되니까요. 폐병은 완쾌되었다가두 다시 도지기가 쉽다면서요?"
"어쨌든 다시는 만날 수 없을 겁니다."
"잘 하셨어요. 제가 상을 드리지."
"무슨 상을요?"
"잘 하셨으니까 잘 하신 상을 드리구 싶어요. 저녁을 살까요?"
"또 실수를 하면 어떡하게요."
"해두 괜찮아요."
그들은 또다시 같이 웃었다. 그러자 일보가 새삼스럽게 몸을 바로 하고 고개를 숙이며,
"지난 일은 다 잊어 주세요. 아무 일두 없었던 것처럼."
하고 웃음 섞인 말을 했다.
"일보 씨는 겁쟁이셔. 그런 걸 가지구 뭘 대단하게 생각하세요. 다 잊었으니까 내가 이렇게 나왔잖아요."
"고맙습니다."

"그럼 좀 있다 다섯 시쯤 해서 만나실까요?"
"글쎄 미안해서……."
"그런 것이 일보 씨의 장점이기두 하지만 단점이에요. 뭘 주저하세요."
일보는 일부러 그래보기나 한 것처럼 갑자기 태도를 달리했다.
"어디서 만날까요?"
"여기서 만나죠."
"그러죠. 그때 다시 부탁하겠지만 취직두 좀 생각해 주십쇼. 우선 먹구 살아야 할 테니까……."
"힘자라는 대루 알아보지요."
이렇게 명아와 일단 헤어졌지만 일보는 갈 데가 없었다. 점심때도 안 됐는데 어디로 가서 다섯 시까지 시간을 보낼 것인가?
일보는 우선 곽병소에게 전화를 걸었다. 시골서 돌아왔을 때 그에게 안부나 전하고 싶었던 것이다. 그러나 곽병소는 수업에 들어가고 자리에 없었다.
이혼 수속을 끝냈을 테니 마음이 가뿐하겠지. 일보는 수속이라는 것을 생각했다. 수속이라는 것은 형식이다. 마음을 정리하는 정신적 과정이다. 좋든 나쁘든 표면적 형식까지 갖추었으니 병소의 마음이 개운할 수밖에. 일보는 자기도 차라리 수속을 밟아 개운해질 수 있다면 하고 생각했다. 그러나 수속조차 밟을 건덕지가 없다. 수속을 밟을 건덕지도 없는데 마음은 개운치가 않다. 수속을 밟을 것이 없기 때문에 도리어 마음이 정리되지 않는다는 말인가?
일보는 애경에게 전화를 걸었다. 왜 거는지 자기도 몰랐다. 걸어야 소용없는 일이라는 것을 누구 보다 더 잘 알면서도 그는 전화를 걸었다. 향수처럼 솟아오르는 그리움인지 몰랐다.
어린애가 어머니를 그리워하듯 무조건인지도 몰랐다.
"도련님이세요?"
전화를 받는 애경도 반가워했다.
"어젯밤에는 실례했습니다."
뭐가 실례였는지도 생각지 않고 일보는 실례했다는 말을 했다. 반가워하는 애경의 목소리를 듣자 자기 때문에 여러 가지 문제가 일어났었다는 자책이 들었던 것이다. 얼마든지 곱게 지낼 수 있는 사이가 자기 때문에 거칠어졌다는 생각이었다.

"지금 어디 계세요?"

애경은 일보의 말을 들은 척도 않고 성급하게 물었다.

"무교동에 있습니다."

"멀지 않은 곳에 계시군요."

멀지 않은 곳에 있으면 어떡하라는 것인가? 일보는 병원까지 오라는 말이 나오리라고 기대했다. 그러나,

"그럼 점심시간에 잠깐 오실 수 없어요? 점심을 살게요."

애경은 점심시간밖에 자유가 없다는 것을 말했다.

"고맙습니다."

"그럼 열두 시 정각 병원 현관까지 와 주세요."

일보는 그러겠다고 대답했다. 그리고 애경이 하라는 대로만 한다면 앞으로 아무 일 없이 곱게 지낼 수 있으리라는 생각을 했다. 아무런 의사도 없이 곱게 지낼 수 있으리라고 생각을 했다. 아무런 의사도 나타내지 말자.

그리고 애경이 하라는 대로만 하자. 오라면 가고, 먹으라면 먹고, 좋다고 하면 웃고── 그러면 아무런 문제도 생길 수 없다. 그렇게 살자. 일보는 종로에 있는 서점에 들어가 외국서적들을 보다가 열두 시 십 분 전에 서점을 나왔다. 타고 갈 필요가 없었다. 가서 기다리느니 천천히 걸어 시간에 대어 가는 것이 좋을 것 같았다.

그래서 서대문까지 걷기로 했다. 걷는 동안 일보는 줄곧 애경을 생각했다. 애경을 생각하는 마음이 어떤 포화상태에 이르고 있는 것을 느꼈다. 티 없는 마음으로 생각하는 것만도 즐거운 일이었다. 생각하므로 즐거움을 느끼는데 삶의 보람을 느끼고 따라서 거기에 자기가 존재하는 가치를 느꼈다. 마음이 포화상태에 놓이지 않을 수 없었다.

병원 앞에 이르자 애경이 벌써 나와 있었다. 일보는 좋았다. 자기를 기다려 주는 사람이 있다는 것이 마음 흐뭇했던 것이다. 사막을 걸어가도 자기

를 기다려 주는 사람이 있다는 것을 생각하면 산 보람을 느낄 것이다.

"체면 없이 왔습니다."

오란다고 해서 체면 없이 온 것을 미안하게 말했다.

"점심쯤 매일이라두 살게요."

애경은 몸을 가볍게 움직이며 앞장을 섰다. 역시 즐거운 모양이었다.

그들은 어떤 중국요릿집 이층으로 올라가 자장면을 시켰다. 그런데 애경은 명아처럼 사람들의 시선을 경계하거나 문을 열려고 하지 않았다. 그런데 대해서는 신경도 쓰지 않는 모양이었다.

일보는 명아에게처럼 아무런 욕심도 느끼지 않았다. 그런 것을 느껴서도 안 된다고 생각했다. 바위처럼 무감각 자세로 애경 앞에 앉아 있으면 그만이라고 생각했다. 그것만도 좋았다. 말없이 얼굴만 보아도 그 가운데서 삶의 보람을 느끼는 것 같았다.

자장면을 먹고 나올 때까지 일보는 잔잔한 마음으로 마음의 평화를 유지했다. 아무런 동요도 받지 않았으며 그리고 또 흥분 상태에서 자기를 처리하지 못해 쩔쩔매지도 않았다.

중국집을 나올 때 애경이,

"정말 가끔 오세요. 전화두 걸구……."

마치 자기도 혼자서는 살아갈 수가 없다는 듯이 말했다. 일보는 그러겠다고 대답했다. 애경이 하라는 것이라면 무엇이나 하고 싶었다. 그러는 수밖에 없다고 생각했다.

그러나 애경과 헤어져 혼자가 되었을 때 일보는 어딘가 허전함을 느꼈다. 미진한 데가 있는 것 같았다. 충족감이 아니라 부족감 같은 것을 느꼈다. 어쩐지 그것만 가지곤 전부라고 할 수가 없는 느낌이었다.

거리로 나오자 일보는 다시 곽병소에게 전화를 걸었다. 다행히 이번에는 병소가 전화를 받았다.

"그래 이젠 마음이 좀 개운해졌나?"

일보가 알고 싶은 것은 역시 그것이었다.

"그래 좀 개운해졌어. 그렇지만 아주 개운해질 수야 있나……."

"호적상 수속을 끝냈으면 마음의 결산두 쉬울 것 아닌가?"

"그렇기야 하지. 하지만 사람의 마음이 어디 그런가. 분하기두 하구 슬프기두 하구 그런가 하면 또 아쉽기두 하구……."

"언제 한 번 만나세……."

일보는 그 이상 더 알고 싶지도 않았다. 나쁜 여자라고 단정하고도 잊지 못해 하는 병소의 마음을 미루어 자기가 가지고 있는 미련이 부당한 것이 아니란 것만 알면 그뿐이었다.

애경, 은미, 명아. 모두 잊을 수 없는 여자들이다.

모두가 마음 한 구석을 차지하고 있지만 그런 상태 속에서 살아도 무방할 것 같았다.

그러나 애경에게 느낀 미진하고 충족치 못한 감정을 생각할 때 미진함이 없는 충족한 사람이 유달리 그리워졌다. 마음껏 사랑할 수 있고 충족감을 느낄 수 있는 은미가 저절로 머리에 떠올랐다. 은미라면 언제나 포옹을 할 수 있다. 그리고 언제나 충족감을 느끼게 해 주는 여자다.

사랑이란 역시 그런 것이 아닐까? 부족감이 없게 충족감을 느낄 수 있을 때 비로소 사랑은 가능한 것이다.

일보는 회색 베일에 싸였던 은미를 눈앞에 클로즈업시켰다. 숨김없이 감정을 노출시킬 줄 아는 은미, 사랑에 용감하며 거리낌이 없는 은미…….

다방에서 시간을 보내다가 명아를 만났지만 일보는 자기가 사랑할 수 있는 여자는 은미 혼자뿐이 아닌가 생각했다. 명아가 일보의 의견도 묻지 않고 중국요릿집으로 들어갔다. 그리고는 전번과 달리 문을 열려고 애쓰는 흔적도 보이지 않았다. 일보는 명아가 자기를 테스트하는 것이라고 생각했다.

테스트한다는 생각을 하니 명아의 신경을 건드릴 행동이 도리어 싱거운 것으로 생각되었다.

일보는 무신경한 사람처럼 음식만 먹었다. 음식을 다 먹고 나올 때 명아가 피식하고 웃었다.

기대와 어긋난 데 실망을 느꼈다는 것일까? 그렇지 않으면 그런 기대를 가졌던 자신을 조소하는 것일까?

일보는 피식 혼자 웃는 명아에게 약간 불쾌한 것을 느꼈다. 이해할 수 없는 그 웃음이 나오지 못하도록 만행을 저질렀다면 하는 후회도 했다. 자신은 없지만 명아는 자기 마음대로 할 수 있는 여자 같은 생각이 들었다.

그런 일이 있은 뒤 또다시 중국요릿집으로 끌고 온 명아는 자기에게 어떤 호기심을 가지고 있는 것이 분명했다. 더구나 약혼하려던 남자가 오랫동안 미국 유학을 떠나게 된다. 그새 명아를 꼼짝 못하게 사랑만 하면 약혼하려던 남자와의 관계가 끊어질 것은 극히 자연스런 일이다.

그러나 일보는 이해할 수 없는 웃음이 나오지 못하도록 명아를 조처하지 못한 데 후회를 안 했다.

우정이라는 명분을 세워 가지고 사귀어 온 사이다. 우정의 명예를 더럽히지 않는 것을 도리어 자랑스럽게 생각했다. 우정의 계속으로 언제까지나 깨끗한 교제를 한다는 것이 얼마나 아름다운 말인가. 여자를 모두 사랑의 대상으로만 생각할 수는 없다. 여자를 여자로만 보게 된다면 남자는 모두가 동물로 저하해 버릴 것이다.

명아와 담담한 감정으로 헤어져 집으로 돌아왔을 때 일보는 뜻밖에도 은미에게서 온 편지를 읽었다.

간단한 편지였다. 내일 열두 시에 조선호텔 바에서 만나자는 것이었다. 할 말이 있다는 것만 썼을 뿐 그밖에는 아무것도 쓰지 않았다.

편지를 읽자 일보는 우선 반가운 마음이 들었다. 당장에 뛰어가고 싶은 충동을 느꼈다. 이때까지 씌우고 있던 회색 베일을 벗겨 버리고 명랑한 은미의 진정한 얼굴을 눈앞에 그렸다.

사실 일보는 은미 얼굴에 회색 베일을 씌우고 은미를 희미하게 보고 있었다고 생각했다. 부자라는 것 그리고 과거가 있다는 것 같음을 은미의 본질처럼 생각한다는 것은 관찰자의 지나친 주관이다. 주관을 떠나 객관적으로 관찰하는 것만이 그 본질을 파악하는 방법이다.

은미는 자존심 때문에 도리어 화를 내고 만나지 않겠다는 말을 했다.

만약 은미가 지나간 자기의 과거를 잊어버리지 않고 그를 괴롭힌다면 일보로서 참을 수 없을 것만은 사실이다. 질투와 경멸을 느끼는 여자와 일평생을 살 수 없을 것이다.

그러나 은미는 그 뒤 집으로 찾아왔었다. 수희를 학교로 찾아가기도 했다. 그리고 지금은 만나자는 편지를 보내 왔다. 이것은 은미의 본질이 약한 여자라는 것을 말해 준다.

그리고 진심으로 사랑한다는 것을 말해 준다. 진심으로 사랑하는 마음이 없다면 그렇게 약한 태도를 보일 수 없을 것이다. 약한 태도를 보이면서까지 만나고 싶어하는 것은 진심으로 사랑하기 때문이리라.

남녀 관계에서 사랑 그 자체가 무엇보다도 중요하다. 그것만 있다면 아무것도 상관할 것이 없다. 은미는 자기를 사랑한다. 이해관계를 따지는 불순한 사랑이 아니다. 만약 은미가 일보에게 요구하는 것이 있다면 그것은 불순한 사랑일지 모른다. 그러나 일보에게 요구할 것이 무엇인가? 재산도 명예도 지위도 없는 일보가 아닌가? 있다면 젊음일 것이다. 젊음을 요구한다는 것은 당연한 일이다. 그것을 공리적이라고 비난할 수는 없다.

일보가 이렇듯 은미의 사랑을 생각할 때 은미의 과거는 사랑의 줄기를 흔들 수 없는 작은 이파리에 불과하는 것으로 생각되었다.

마철배. 그깟 친구가 문제될 것이 무엇인가? 내가 마철배와의 사건을 모른다면 별문제였지만 그것을 다 알고 결혼하는 데야 무서울 것이 무엇일까? 돈만 바라고 흥정을 붙이는 그런 친구에게 개의할 필요도 없다. 경멸해 주면 그뿐이다.

그러한 과거를 가졌기 때문에 은미는 자기를 더욱 사랑할 것이다. 알면서도 눈을 감고 결혼하는데 은미는 언제까지나 위축감을 느낄 것이며 그것을 약점으로 해서 자존심을 죽이게 될 것이다.

자기를 만나려고 갖는 방법을 다 쓰는 것도 은미의 자존심이 꺾였기 때문이 아닐 것인가?

일보는 내일 은미가 만나자고 한 장소로 나가리라 생각했다. 그래서 은미를 어루만져 줌으로 은미를 행복감에 쌓이도록 하리라.

수희와 아버지가 돌아왔을 때 일보는 그들이 다 같이 은미와의 결혼을 달갑게 여기지 않는다는 사실을 생각했다. 돈이 있는 여자와 결혼한다는 것을 설사 정약결혼이 아니라고 해도 균형 잡히지 않는 결혼이라고 해서 반대를 한다.

그러나 일보는 불균형이 반드시 파탄의 원인이 되지 않는다고 생각했다.

은미가 가지고 있는 약점들을 가지고 그 불균형을 균형으로 조화시킬 수 있다고 생각되었기 때문이었다. 그리고 아버지와 수희도 원칙론에서 그 불균형을 두려워하는 것이라고 생각했다. 두 사람의 진실된 사랑을 사실적인 면에서 바라본다면 그 결혼을 끝까지 반대하지 않는 것이다.

물론 일보가 전혀 알지 못하다가 어떤 사람의 중매로 은미와 결혼하게 된다면 그러한 사랑은 다르다.

먼저 사랑을 한 것이다. 그리고 지금은 은미가 임신까지 하고 있다.

일보로서는 그 임신을 무시할 수가 없었다. 임신을 무시한다는 것은 하나의 목숨을 물 속에 던져 버리고도 죄의식을 느끼지 않는 사람의 행동과 같은 것이다. 어찌 한 생명을 내던져 버리고 모른 체할 수가 있을 것인가?

그러나 일보는 마음의 변화를 일으키고 있는 자기에게 자신을 가지지 못했다. 아주 단념하기로 했던 은미를 다시 생각한 자기가 언제 어떤 일로 다시 변심할지 모른다는 생각이 들었기 때문이었다. 한 번 변했던 마음은 두 번 변할 가능성이 있다. 그래서 일보는 현재의 자기 심경을 아버지나 수희에게 말하지 못했다. 이야기를 했다가 은미를 만난 뒤 다시 마음이 변한다고 하면 자기는 주책없는 사람이 되고 만다.

아버지와 누이동생에게 조소받는 인간이 된다는 것을 생각하니 몸에 소름이 끼쳤다.

사실 은미를 만난 뒤의 자기가 어떻게 변할지 의심이었다. 은미가 자기를 만나고 싶어하는 것은 사실이지만 자존심이 강한 여자인 만큼 이야기하는 도중 어떤 태도로 나올지 모른다. 만약 은미가 자존심을 숙이지 않고 자기를 자극시키는 말만 한다면 그때는 다시 마음이 변하지 않을 수 없을 것이다. 결점이 많은 여자다. 결점이 많은 것을 알면서도 그런 여자에게 굴해 가면서까지 결혼할 수 없지 않겠는가? 일보는 어떤 경우라 해도 은미에게 굴할 생각은 없었다.

다음날 아침 수희가 일보에게 오늘은 외출을 안 하느냐고 물었다. 일보는 그것이 어떤 의미가 있는 말 같아 '왜?' 하고 반문했다.

"동무를 데리구 올까 해서요."

수희는 역시 그런 것을 생각하고 있었다.

"내가 없으면 데리구 오지 못하니?"

일보는 자기와 관계없는 일이라는 듯이 말했다.

"주인공이 없으면 의미가 없잖아요……."

일보는 은미의 이야기를 꺼내므로 수희의 입을 막고 싶었다. 그러나 그런 말을 꺼낼 자신이 없어,

"넌 네 일이나 생각해. 남의 걱정 말구……."

수희를 무시하는 태도로 말했다.

"오빠두, 나는 나이가 있잖아요. 아직 어린걸 뭐. 당분간 백지상태에서 살래요. 얼마 전까지 사귀던 순진한 대학생과두 안 만나기루 했어요."

수희는 일보가 무시하는 것도 모르고 자기 이야기를 털어놓았다.

일보는 사람이란 거의 같은 과거를 밟는 것이라 생각했다. 수덕사에서 백지 상태로 살아가려던 자기의 노력이 깨졌던 것이다. 그러나 자기의 경우 그 백지 상태에서 오래 지속되지가 못했다.

백지는 백지대로 있을 수 없는 것이 백지의 운명일 것이다. 역시 낙서로라도 지면이 매워져야 하는 것이 백지다.

"며칠이나 가나 보자."

일보는 다시 수희를 무시하는 태도로 말했다.

"두고 보세요. 난 아무거라두 뭐가 될래요."

"되기는 뭐가 돼? 여자나 되는 거지."

"너무 무시 마세요. 아무거라두 되구야 말 테니까……."

"잘 돼라."

"오빠!"

수희는 일보는 부른 다음 처음 하려던 말을 다시 꺼내기 시작했다.

"참 좋은 애예요. 오빠두 보면 첫눈에 반할 거야. 은미 씨만은 못해두 재

산가의 딸이구…….”
"듣기 싫다니까. 나두 백지 상태에 있다. 그리구 뭐가 되려구 하구…….”
"오빠는 결혼을 하구두 될 수가 있지 않아요. 결혼은 사업이 병행되니까.”
"좌우간 당분간은 그런 결혼을 하구 싶지 않아.”
일보는 수희의 말에 귀를 기울이지 않았다. 그리고 열한 시가 조금 지나자 은미와 만날 것을 생각하며 집을 나왔다.
그렇기 때문에 조선호텔에 도착한 것은 약속 시간보다도 이십 분이나 이른 열한 시 사십 분이었다. 그런데 얼마 안 되어 은미가 나타났다. 시계를 보자 십오 분 전이었다. 은미도 시간을 단축하여 일보를 만나고 싶었던 모양이다.
일보를 보자 은미는 생긋 웃었다. 티없는 웃음이었다. 그리웠던 감정이 증기처럼 온몸에서 떠오르는 것같이 보였다. 그러나 일보는 웃지를 못했다. 그리고 말도 못했다. 얼굴 가죽이 굳어졌던 것이다.
말없이 마주앉아 가끔 얼굴만 쳐다볼 때 은미가 미소진 얼굴로,
"맛이 어때요?”
"고소하더군.”
일보는 멋없이 대답했다. 그때 은미는 판정 내리는 운동경기 심판처럼,
"이젠 싸우지 말아요. 결국은 손해를 보게 되니까요.”
하고 말했다.
일보는 은미의 말을 긍정하고 추종하기가 쑥스러웠다. 싸우던 이야기를 꺼내고 잘잘못을 가린 뒤라면 모른다. 거두절미하고 싸우지 말자는 말부터 하는 은미의 태도가 너무나 비약적이라고 생각되었던 것이다.
"싸우게 되면 쌈두 해야지.”
"꼭같이 손해 보는 걸 해서는 뭣 해요.”
"난 손해 본 것 없는데…….”
"그래서 얼굴이 좋아지셨군요.”
"좋아지지 않구…….”

"그만두세요."

은미는 일보의 얼굴이 며칠 새 수척해진 것을 발견한 모양이었다.

"정말 나는 아무렇지도 않았어."

"그래서 이런 편지를 보내셨군요."

은미는 핸드백을 열고 일보가 수덕사에서 보냈던 편지를 꺼내 일보에게 내 주었다. 그리고는 명랑한 듯 말했다.

"찢어 버리세요."

일보는 할 수 없었다. 은미가 보는 데서 그 편지가 찢었다. 편지를 찢자, 일보는 도리어 가슴이 후련해지는 것을 느꼈다. 자기 손으로 만들었던 며칠 동안의 과거를 완전히 취소한 듯한 느낌이었기 때문이었다.

편지를 찢자, 은미는 또 생끗 웃었다. 사람을 빨아들이는 것 같은 웃음이었다. 견딜 수가 없었다. 일보는 웃음진 은미의 얼굴을 뚫어지게 보다가

"은미."

하고 불렀다. 그리고 은미가 고개를 쑥 내밀고 얼굴을 일보 가까이로 가져 올 때 일보는 은미의 귀에다 입을 대고,

"키스가 하구 싶어."

했다.

은미는 아무 말 않고 또 웃었다. 일보의 마음을 잘 알았다는 웃음이었다. 아무도 없는 단 두 사람만의 방이라면 일보는 은미를 껴안고 피가 나도록 그의 입술을 깨물었을 것이다.

은미는 보이를 불러 주스 두 잔을 청했다. 일보는 주스를 한 모금에 다 마셨다. 초조로웠던 것이다. 은미도 초조한 태도를 보이지는 않았지만 쉬지 않고 주스를 마셨다. 주스를 마시자 은미가,

"가실까요?"

하며 일어섰다. 어디를 가자는 것일까? 시시한 데로 간다면 가다가도 되돌아서리라. 일보는 혼자 이런 생각을 하며 은미 뒤를 따랐다.

자동차에 오르자 은미가 운전수에게,

"우이동으루 가요."

할 때 일보는 안심을 한다. 우이동에 가기만 하면 은미와 키스할 장소가 얼마든지 있으리라는 생각이었다. 자동차가 창경원 앞을 지날 때까지 두 사람의 얼굴은 굳어져 있었다. 얼마 후에 생길 일들을 생각하며 똑같이 긴장되어 버린 모양이었다. 자동차가 창경원을 지날 때였다.

은미가 일보의 손을 잡으며 입을 열었다.

"미안했어요. 다시는 걱정을 안 시키도록 할게요."

하고 처음에 했어야 할 말을 지금에야 꺼내는 것이었다. 그러나 일보는 그것을 말하고 싶지가 않았다. 마음속에 준비했던 말이니 처음에 하건 나중에 하건 그 순서를 가지고 시비할 필요가 없다.

도리어 예의적인 말을 나중에 하는데 은미의 매력이 더한 것 같았다.

무너진 성

일보를 삼각지까지 바래다 주고 돌아올 때 애경은 오래간만에 세상을 얻은 것 같은 즐거움을 느꼈다. 일보가 갈월동에서 내리자고 할 때 내려 주지 않은 것이 미안하기는 하나 그것은 어쩔 수 없는 일이었다. 삼각지에서도 일보가 뒤따라 내리지 못하게 합승이 발차할 무렵 뛰어내린 것도 미안했다. 그러나 밤중에 둘이서 걸으면 어디로 갈 것인가? 감정은 흥분하기만 할 것이고 흥분을 처리하지 못하는 데서 오는 안타까움은 도리어 불안감을 자아낼지 모른다.

어두운 밤중에 단 둘이서 걷는 기회를 만들지 않은 것은 일보에게 미안하나 잘 한 일이 아닐 수 없었다. 그렇지만 애경으로서는 그만큼 용감하게 자기 감정을 표시한 것도 처음이었다. 일보를 배웅해 주려고 합승 정류소까지 갔다가 일보도 모르게 갑자기 합승에 뛰어올랐다는 것은 애경으로서 언제나 있을 수 있는 일이 아니다.

일보를 혼자 돌려 보내기가 싫어 앞뒤를 가릴 새 없이 합승에 뛰어올라 일보 옆에 앉았던 것이다. 남들이 마음속을 들여다봤다면 미친 여자라고 비웃었을지 모른다. 그러나 애경은 좋았다. 일보 옆에서 끝없는 나라로 가는 기분이었다. 그 기분을 끝까지 살릴 수가 없어서 도중에 뛰어내리기는 했지만 그래도 세상을 얻은 듯한 느낌이었다.

집에 이르자 애경은 자기 감정이 식기 전에 일기를 쓰기 시작했다.

"오늘 나는 일보 씨를 나의 사람으로 만든 듯한 느낌이었다. '나의 사람' 얼마나 깊고 넓은 말일까? 일보 씨가 합승을 타고 혼자 떠나려고 할 때 나는 나도 모르게 그의 옆을 뛰어올라 갔다. 그가 나의 사람이라는 생각에서였다고 생각한다. 나의 사람을 어찌 혼자 보낼 것인가? 그런 생각이 드는 순간 나는 나를 완전히 잊어버렸다. 아무것도 헤아릴 수 없었다. 다만 그의 옆에 있고 싶은 일념뿐이었다.

내 마음이 그런 상태에 놓여 보기는 오늘이 처음이었다. 사랑을 하면서도 그를 나의 사람이라고 생각해 본 일은 한 번도 없었다. 일보 씨도 그러한 내 마음을 알아 주었다. 그래서 그는 갈월동 정류장에서 합승을 내리자고 했다. 그러나 일보 씨가 나의 사람이라고 해도 아직은 내가 마음대로 할 수 없는 나의 사람이다. 어쩐지 그런 생각이었다. 그래서 나는 그가 내리자고 하는 것을 거절했다.

거절할 때 일보 씨의 표정이 눈에 보이도록 굳어졌다. 그것은 확실히 나에게 적의를 품은 것이었다. 나는 그의 얼굴을 정시할 수가 없었다. 보기가 두려웠던 것이다. 그러나 옆으로 훔쳐보았을 때 나는 그의 얼굴에서 슬픔을 발견했다.

꼭 다물고 있는 입술이 슬픔으로 해서 경련하고 있는 것 같았다. 나는 전율 같은 것을 느꼈다. 내가 나를 일보 씨에게 내던지는 순간 나는 일보 씨를 슬프게 하는 존재임을 깨달았기 때문이었다. 내가 도사리고 앉아 혼자 즐거워할 때에 일보 씨를 행복하게 할 수 있다는 것을 깨달았다.

앞으로는 일보 씨 가까이 가지도 말아야겠다. 위험물은 언제나 폭발할 위험성이 있다. 위험물이 폭발하면 위험물 자체가 산산조각이 되며 동시에 근처에 있는 사람에게까지 피해를 입힌다.

그러한 위험물은 언제고 폭발해야만 하는 운명을 가지고 있지 않은가? 땅 속에 묻혀서도 폭발할 가능성을 가지고 있다.

일보 씨.

당신이 만약 인간이 아니고 신이라면 나는 폭발할 위험성도 느끼지 않고 당신을 사랑할 수가 있을 것이 아닙니까? 그런 당신은 인간입니다. 당신이 인간이고 또 내가 인간이기 때문에 나는 당신을 사랑할 수가 없습니다 그려.

나는 오늘 일보 씨에게 전에 없던 용기를 보인 이유를 생각해 보았다. 그것은 일보 씨가 은미 씨와의 결혼을 단념했다는 것, 그리고 일보 씨가 당분간 결혼을 생각지 않겠다는 말 때문이었을 것이다. 일보 씨를 향한 내 평소의 마음에 그런 것들이 불을 질러 놓았던 것이다. 아무리 생각해도 그 외에 다른 이유가 있을 수 없다. 그렇기 때문에 나는 인간 가운데도 가장 비속한 인간이 아닐 수 없다.

일보 씨가 다른 여자와 결혼하지 않을 수 없는 사람임을 누구보다도 잘 아는 내가 그의 결혼이 성립 안 됨을 왜 즐거워하는가 말이다. 내가 그와 결혼할 수 없으니까 그도 결혼 안 하고 살아야 한다는 법은 없다. 그런데도 나는 그것을 바라고 있기나 했던 것처럼 만족해했다. 비속한 인간이다. 비속한 인간이기 때문에 나는 의지와 영혼의 조화를 이루지 못하고 사는지도 모른다.

의지와 영혼의 조화가 없다는 불완전한 인간이기 때문에 일보 씨가 신이기를 바란다면, 나는 일보 씨에게 불쌍히 여김을 받고 동정을 사야 하는 인간이 되고 말 것이다."

애경은 일기를 계속하지 못했다. 아무리 써도 끝이 없을 것 같았다. 설사 끝이 있다고 해도 자기 마음이 어떤 안정 상태에 놓이리라고는 생각되지 않았다. 한 갈래를 잡았다고 생각하면 그것이 미꾸라지처럼 미끄러져 나가고 또 딴 갈래를 잡게 된다. 그것도 미끄러져 나가고 만다. 미끄러져 나가지 못하게 손바닥에 모래를 묻혀야 하겠지만 모래가 없다. 어디를 보아도 모래는 없다.

다음날 병원으로 출근할 때였다. 오빠가 뒤따라오며 강 박사의 이야기를 꺼냈다. 약혼식을 거행했으면 좋겠다는 것이었다.

애경은 이 날 처음으로 그 이야기에 귀를 기울였다. 오빠의 말을 듣는 순간 자기의 취할 길이 오직 그것밖에 없다는 생각이 가슴 깊숙이 떠올랐기 때문이었다. 자기는 일보를 사랑한다는 것은 결국 일보를 슬프게 하는 일이다.

그렇기 때문에 일보를 사랑할 수는 도저히 없다. 도저히 불가능한 일을 생각하느니보다는 자기를 헐값으로 처리하는 것이 일보를 위해서도 현명한 일이다. 남자란 현실적이 되어 만약 내가 딴 남자와 결혼하기만 하면 일보는 그 날로 나를 잊어버릴지도 모른다.

나를 처리해 버리자. 강 박사는 지금의 내가 붙잡고 싶어하는 이상적인 사람이 아닐지 모른다. 나는 그의 표면 이외에 아무것도 모른다. 그러나 외부적 조건이 그만한 사람도 별로 없다. 모래가 없다고 해서 미끄러져 나갈 사람은 아니다.

"그 분이 그렇게 말씀하세요?"

헐값으로 자기를 처리하려 하면서도 애경은 자기를 무가치하게 보이고 싶지가 않았다. 그래서 저쪽 의사를 확인하려고 했다.

"말은 직접 안 하지만 그런 의사를 가지구 있지."

그 말에 애경은 신경질적으로 오빠를 비난했다.

"싫어요. 저쪽의 의사 표시가 없는데, 오빠가 먼저 그런 말을 꺼낼 필요가 없잖아요. 오빠는 아무래도 제 편이 아녜요."

그것이 전체에 대한 부정이 아니라, 방법에 대한 시정임을 알 수 있었다.

"누가 먼저 말한다고 하던? 저쪽 의사가 그런 것 같으니까 네게 물어 본 거지."

오빠는 애경의 자존심을 상하지 않게 폭이 있는 말을 했다.

"싸구려루 넘기는 태도는 보이지 마세요. 저쪽두 남자라는 것이 다를 뿐, 저나 별다른 조건이 아니니까요."

애경은 이런 말을 하고도 뒷말을 잇지 못했다. 싸구려로 팔면서도 싸지가 않다고 허세를 부리는 비굴이 자기 눈으로도 들여다보였기 때문이었다.

병원에 이르러 사무를 보면서도 애경은 자기가 비참한 여자라는 것만을 생각했다. 자기 의지를 포기하고 영혼의 눈을 가리고 사는 사람보다 더 비참한 사람이 어디 있을 것인가? 현실 조건 여하에 따라 그 비참을 비참으로 느끼지 않으며 살 수도 있지만 그것은 영혼을 팔아 버린 사람의 생활이 아닐까?

그러나 애경은 강 박사를 생각했다. 그 사람이라면 비참을 비참으로 느낄 마음의 여유가 생기지 않도록 자기를 사랑해 줄 것 같았다. 아픈 상처를 관대하게 포섭해 줄 것 같기도 했다.

'강 박사의 관대한 애정을 받을 때 일보에 대한 미련은 자연 잊어버리게 되겠지.'

이렇게 자기 생각에 잠겨 있을 때였다. 소아과에 있는 간호원이 와서 입원 수속용지 한 장을 달라고 했다. 애경은 아무 생각 없이 용지를 내 주었다. 그런데 간호원이 용지를 얻어 가지고 간 뒤 같은 방에서 일하고 있는 이순화란 여자가,

"강 박사 어린애가 입원을 했대요."
하고 간호원이 왔다 간 이유를 설명했다.

"몇 살난 어린앤데요?"

애경은 무심코 어린애의 나이를 물었다. 자기의 애가 될지도 모른다는 잠재의식 때문이었는지 모른다.

"일곱 살 난 사내애래요."

"무슨 병이래?"

"홍역이라나 봐요. 집에는 간호해 줄 사람이 없으니까 입원시킨 것이래요."

"그럼 벌써 입원을 했나요?"

이런 말을 주고받을 때 조금 전에 왔던 간호원이 용지를 들고 회계과장에게 갔다.

무엇이라고 이야기하는 것이 직원 가족에 대한 입원비 삭감 문제 같았다. 조금 뒤 그 간호원이 보통 환자 입원비의 반액밖에 안 되는 돈을 가지고 왔을 때 애경은 병원에서 일하는 의사들은 일반 사람들보다 병을 좀더 자유스럽게 앓을 수 있다는 생각을 했다. 입원비도 반액이지만 입원 수속도 하기 전에 입원을 할 수 있다는 특전을 호의로 생각했던 것이다.

그런데 이순화가 애경을 찬찬히 바라보며,

"병실에 가 보지 않으세요?"

하고 물었다.

"글쎄요."

애경은 아무 뜻도 없이 막연하게 대답했다. 그러나 이순화로서는 좀더 다른 뜻을 가지고 한 말이었다.

"빨리 가 봐야 할 것 같던데요……."

"천천히 가면 어때요……."

그러자 이순화가 일부러 가까이 와서,

"강 박사와 결혼을 하신다면서요……."

하고 귓속말을 했다. 애경은 놀라지 않을 수 없었다. 그런 말이 벌써 돌고 있다니…….

그런데도 이순화의 말눈치를 미리 알아차리지 못했던 둔감한 자기.

"누가 그런 말을 하죠?"

애경은 수치감에서 순화에게 반문했다. 처녀의 부끄럼에서 오는 수치감이 아니라 결정도 안 된 일이 자기도 모르게 유포된 데 대한 모욕감 비슷한 수치심이었다.

"다들 그러던데요."

다들이란 것은 순화만이 아니고 딴 사람들도 안다는 말이다. 애경은 입을 다물어 버렸다. 부정할 수도 긍정할 수도 없는 말이기 때문이었다.

순간적 생각 같아서는,

'근거 없는 말을 누가 해요?'

하고 부정해 버리고 싶지만 그랬다가 강 박사와의 결혼이 성립된다면 자기는 경솔한 여자가 되고 만다.
 말을 못하면서도 불쾌감이 온몸을 엄습해 와 일손이 잡히지 않았다. 직접 본인에게 말 한 마디도 안하고 주위 사람들에게 소문을 퍼뜨린 강 박사의 인격이 의심스러웠다. 가장 관대하고 가장 선량해 보이는 사람으로서 어찌 그런 일을 할 수 있을까? 소문이 퍼졌다는 것은 강 박사가 입을 열었기 때문이라고밖에 달리 해석할 수가 없었던 것이다.
 결혼에 대한 의사를 정식으로 교환한 일도 없이 결혼한다는 소문을 먼저 퍼뜨린 강 박사의 인격이 의심스러운 동시에 그 소문을 들은 사람들이 자기를 어떻게 생각하고 있을까 하는 의구심이 들 때 애경은 책상에서 일을 할 수가 없을 만큼 현기증을 일으켰다.
 강 박사는 결혼하기 위하여 애경을 취직시켰다 할 것이요, 애경은 취직을 시켜 주었으니까 강 박사와 결혼하는 것이라 생각할 것이 분명했다.
 취직으로 결혼을 흥정하는 인간, 애경은 생각만 해도 얼굴이 화끈거렸다.
 물론 강 박사의 어린애가 입원한 병실로 찾아갈 수도 없었다. 설사 그 애가 위독해서 죽게 되었다고 해도 찾아갈 수가 없다고 생각했다.
 그런데 오후가 되자, 오빠가 찾아와,
 "강 박사 어린애가 입원했다면서?"
하며 애경에게 병실에 가 보았는가를 물었다.
 "아직 못 갔어요."
 애경이 시들하게 대답하자,
 "그럴 수가 있니? 빨리 가 보자."
 오빠가 애경을 앞장세웠다. 어찌할 수 없는 일이었다. 애경은 앞장을 서서 병실로 걸어갔다. 병실에는 강 박사도 간호원도 없었다. 칠팔 세가 되어 보이는 사내아이가 혼자 누워 있었다. 잠이 들었는지 꼼짝도 안 하고 있었다.
 애경은 별 흥미를 느끼지 못했기 때문에 가까이 갈 생각도 안 했다.
 "가서 강 박사를 좀 불러 와라."
 문병을 와서 강 박사를 안 만나고 갈 수 없다는 오빠의 말이었다. 애경은 오빠가 하라는 대로 강 박사에게 가서 오빠가 병실에 와 있다는 말을 전했다.
"그래요?"
강 박사가 벌떡 일어나 진찰실을 나왔다. 애경은 강 박사에 대한 불쾌감이 아직 가시지 않았지만 대면한 이상 문병의 말을 안 할 수 없어,
"걱정되시겠습니다."
강 박사의 뒤를 따르며 입을 열었다.
"아는 병인데요, 뭐……."
강 박사는 아무렇지도 않다는 듯이 말했다. 애경을 안심시키기 위한 말이겠지만 그 부드러운 말이 상냥한 몸에서 배어 나오는 것 같았다.
비할 수 없이 상냥한 사람이 어째서 사람에게 수치감을 주는 소문을 퍼뜨리고 다닐까?
애경은 이해할 수 없는 강 박사의 뒷모습을 위아래로 훑어보았다. 그리고는 만약 그런 일만 없었다면 지금 자기는 어린애 병실에서 어머니 견습을 하고 있을지도 모른다고 생각을 했다. 만약 강 박사와 결혼을 하는 것이라 결심을 했다면 강 박사의 아내와 동시에 강 박사 애들이 어머니 준비를 해야 한다.
어린애가 입원했을 때 그 애와 친해진다면 어머니 되기 위한 준비로서 얼마나 좋은 기회겠는가?
그러나 강 박사의 뒤를 따라 다시 병실로 들어갔을 때도 애경은 어린애와 가까워지려는 마음을 먹지 못했다. 체면상 할 수 없이 어린애 얼굴을 들여다보았을 뿐 이 애가 장차 나에게 어머니라고 하겠지, 하는 생각은 추호도 가지지 못했다.
더구나 잠들어 있는 어린애의 인상이 마음에 들지가 않았다.
눈이 움푹 들어간 것이 어딘가 심술궂게 보였다. 그리고 광대뼈가 불쑥 나온 것이 순진한 어린애 같지가 않았다.
그런 애의 의붓어머니가 되었다가는 살이 한 점도 남지 않을 것 같았다.
어린애가 많지 않다고 그 숫자만 가지고 안심했던 자기의 경솔을 되씹으

면서, 그러나 애경은 한편 마음의 안정을 얻었다.

강 박사와의 결혼을 단념해야 한다는 생각이 드는 동시에 그것이 자기의 본심이라는 마음이 자리를 잡았던 것이다. 그 날 퇴근을 한 뒤 오빠와 함께 병원을 나오며 애경은 오빠에게 이런 말을 했다.

"강 박사와의 혼담 절대루 서둘지 말아 주세요."

강 박사와의 혼담에 자신을 잃게 되자 애경은 또다시 일보를 생각하게 되었다. 어제 하루 종일 전화를 걸지 않았으니 혹시 오늘쯤 전화가 오지 않을까 하는 기대와 아울러 그 날 밤 이후 일보가 자기를 어떻게 생각하고 있을까 하는 궁금증이 한시도 머리에서 떠나지 않았다.

일보가 다른 것은 다 잊어버리고, 자기가 합승에 뛰어오르던 일만을 기억해 주었으면 하는 바람이 가슴 속에 간절했다. 그것만 기억해 주고 있다면 더 바랄 것이 없을 것 같았다.

자기가 혼자 있으면서도 마음이 비어 있지 않은 것처럼 일보도 혼자 있으나 자기와 같이 있을 것이 아닌가? 마음이 같이 있으면 그뿐이다.

애경은 언젠가 일보가 껌 한 갑을 사다 주던 때의 일을 회상했다. 일보가 사다 준 그 껌을 입에 넣고 씹을 때 그 시원하고 달던 껌 특유의 감각, 단물이 다 빠진 뒤에도 껌은 조금도 소모되지 않았다. 탄력도 여전했다. 그때 애경은 그 껌이 일보가 씹던 것이라면 하는 생각을 했다. 그렇다면 일보의 그 부드러운 혀의 촉감을 느끼며 두고두고 씹을 것이 아닌가 하고.

껌은 아니지만, 두고두고 씹어도 싫증이 안 나는 일보에 대한 추억들.

애경은 앞으로 두고두고 씹을 추억들을 더 많이 만들어야겠다고 생각했다. 추억만을 가지고 살아도 부족감이 없도록 지상 최고의 추억들을 만들었으면……

이런 생각을 하고 있을 때 일보에게서 전화가 왔다.

"납니다."

일보는 이름 대신 나라고 했다. 애경도 그 말을 되받아,

"저예요."

하고 대답했다. 이름을 통 대지 않고 나예요, 저예요로 통할 수 있는 사이가

얼마나 다정스러운 것인가? 그러나 그 다음에 나온 말은 그렇지가 않다. 사무적인 음성이었다.
"요전날 밤에 실례했습니다."
"그런 거 생각하실 필요 없어요. 오늘 점심시간에 병원으로 와 주시겠어요."
애경은 정말 귀찮은 기억을 다 제쳐놓고 오늘의 계획을 세우려 했다.
"너무하시는 것 같던데요. 왜 그러셨지요?"
일보는 그 날의 감정을 아직 정리하지 못하고 있는 모양이었다.
"만나서 이야기하세요. 아무것두 아닌 걸 가지구 심각하게 생각할 것 없어요."
"나는 그때 최대의 모욕을 당한 것 같았습니다."
"참, 도련님두. 좌우간 점심때 오세요. 사과를 드릴게."
"오늘은 바쁜 일이 있어 갈 수가 없습니다."
"그럼 내일은요?"
"내일 봐서 전화 걸지요."
일보는 전화를 끊었다. 애경은 당황하지 않을 수 없었다. 기다리고 기다렸던 일보의 전화가 겨우 그것뿐이라니?
애경은 눈물이 쏟아지려는 것을 겨우 참았다. 그리고 생각했다. 일보가 무엇 때문에 전화를 걸었을까? 하고. 자기가 보고 싶어서 전화를 건 것은 아니었다. 그러면 화를 내기 위해 전화를 걸었단 말인가?
그 날 밤 기분이 상했을 것은 사실이다. 그러나 하루가 지난 다음 그런 전화를 건 것은 무엇 때문일까? 도무지 알 수 없는 일이었다. 그리고 그 날 밤 더 좋은 일도 있었는데, 일보는 무엇 때문에 나빴던 일만을 기억하고 있을까?
설사 화가 났다 해도 자기가 그렇게까지 반가워하며 몇 번이나 만나자고 했는데, 일보는 어째서 기분을 풀어 주지 않았을까?
참고 참았던 눈물이 저절로 흘러내렸다. 애경은 손수건으로 얼굴을 가렸다. 호흡을 막고 눈물을 눌렀다. 그러나 부풀어오른 산모의 젖처럼 눈물이

방울지어 떨어졌다.
 애경은 참을 수가 없었다. 퇴근을 하자 저녁도 먹지 않고 일보를 찾아 노량진으로 갔다. 가서 사과를 해야 했던 것이다. 큰 잘못은 아니었지만 해도 일보를 화나게 한 것은 자기다. 그런 전화를 걸 만큼 화가 났으니 일보가 얼마나 괴로워하고 있을 것인가?
 애경은 지금 슬프다는 것을 잊고 있다.
 슬픔보다 두려움이 앞섰던 것이다. 자기를 나쁘다고 원망하고 있을 일보가 두려웠던 것이다. 이제 만나지도 않겠다고 무서운 눈으로 자기를 바라보면 어떻게 할 것인가?
 다시는 그런 일 안 하겠다고 백배 사죄할 생각으로 일보의 집까지 갔으나 일보는 외출한 채 집에 있지 않았다. 시아버지도 수회도 아무도 없었다.
 애경은 편지라도 써 놓고 싶었으나 그것은 딴 사람이 볼 것 같아 쓸 수가 없었다. 그렇다고 그냥 돌아가기에는 남모르게 폈다 지는 꽃처럼 자기가 가엾게 생각되었다.
 식모에게 내일 전화 걸도록 부탁을 해 놓고 돌아올 수밖에 없는 애경은 혹시 내일도 전화를 걸어 주지 않으면 어떻게 할까 하고 또 걱정했다. 믿고 있던 하늘이 무너진 것 같았다.
 쌓고 쌓아올린 성이 와르르 무너진 것 같았다.
 애경은 시내로 들어와 한국 영화를 개봉하는 K극장으로 갔다. 무슨 영화인가를 살펴볼 필요도 없었다. 한국 영화면 대개가 눈물을 짜내는 것이다. 실컷 울고 싶었던 것이다.
 영화를 보며 영화에 도취된 척, 고였던 눈물을 마구 흘려 버린 뒤 나왔으나, 마음은 그래도 허전했다. 술을 마실 줄 안다면 어디 가서 술을 마셨을 것이다.
 할 수 없이 집으로 돌아갔지만 배고픈 줄도 몰랐다.
 어머니가 저녁을 먹으라 했을 때,
 "먹고 왔어요."
하는 대답에 더 권하지도 않고 안방으로 들어가는 어머니를 보자 애경의 눈에서는 또다시 눈물이 흘러내렸다. 한 마디로 저녁을 먹고 왔다는 말에 속아 넘어가는 척 무관심한 어머니가 역겨웠던 것이다.

먹고 들어왔으리라고 생각지 않았기 때문에 저녁 먹으란 말을 했을 것이다. 사실 먹지도 않았는데 어머니는 어째서 더 권해 보지도 않을까? 세상 사람 모두가 인정에 인색한 것 같았다.

애경은 눈물을 닦으며 일기책을 꺼냈다. 일기를 쓰므로 슬픔을 정리하기 위함이었다. 그러나 일기가 써지지 않았다.

한 번도 없었던 일이다. 전혀 생각나지 않는 시험문제의 답안을 쓰는 기분이었다.

무슨 말부터 써야 할지를 몰랐다.

일기가 써지지 않는다.

쌓아올렸던 성이 무너진 것만 같다.

두 줄만 써 놓고는 일기책을 덮었다. 그리고는 경대 앞에 앉아 자기 얼굴을 들여다보았다.

어떻게 생긴 여잔데 이렇게 슬퍼만 하는가 하고 자기 얼굴을 보아주고 싶었던 것이다. 눈물을 여러 번 닦아낸 탓인지 눈 가장자리가 윤기를 잃고 있었다. 모든 슬픔이 집중되고 있는 것 같은 눈이 보기 싫어 그는 분첩을 꺼내 눈 가장자리만 화장을 하기 시작했다.

그때였다. 대문 두들기는 소리가 들렸다. 애경은 자기와 관계없는 일이라고만 생각하고 못 들은 체했다. 대문께로 나가는 고무신 소리를 들으면서도 누굴까 하는 생각조차 안 했다.

그런데 대문을 열고 들어온 올케가 애경을 불렀다.

"도련님이 오셨는데요."

경풍 들린 사람처럼 애경은 뛰어 일어섰다. 이상한 눈으로 지켜 보고 있는 올케를 무시한 채 대문께로 달려갔다.

술 오른 얼굴로 멍하니 바라보고 있는 일보 앞에 이르자 애경은 자기 육체 속에 있는 모든 세포가 와해되는 것 같음을 느꼈다. 동시에 자기를 찾아준 일보 앞에 목숨을 내던지고 싶은 충동을 느꼈다.

"오늘 전화루 실례했습니다. 사과를 드리려고 왔습니다."

일보가 이 말을 하고 몸을 돌릴 때까지 애경은 정신 나간 사람처럼 몸을 가누지 못하고 있었다.

"제가 사과를 드리러 갔었는데요······."

애경은 일보가 사라지기 전에 하고 싶은 말을 해야 한다고 생각하여 일보를 보았다. 그리고는 일보의 말이 나오기도 전에,

"도련님은 사과하실 거 없지 않아요. 모두 제 잘못이니까요."

하고 덧붙였다.

애경은 일보의 사과가 진심에서 우러난 사과 같지가 않았던 것이다. 말하자면 두 사람 사이가 이어지는 사과가 아니라 그것을 끝으로 끝이 나는 사과 같았다. 그래서 애경을 일보를 불렀다. 그러나 일보는 뒤도 돌아보지 않았다.

"내일 전화 걸어 주세요."

그래도 일보는 대답 없이 빠른 걸음으로 골목을 빠져나갔다.

애경은 자기의 예감이 맞는다고 생각했다. 애정을 이어 나갈 생각이라면 부르는데 대답도 없이 그냥 돌아갈 리가 만무하다.

일보는 마지막 말을 하러 온 것이었다. 전화로 화를 냈던 것이 가슴에 걸려 사과를 하러 왔던 것이겠지만, 그 사과란 자기 마음의 안정을 얻기 위한 하나의 절차에 불과했을 것이다.

애경은 생각했다. 그 날 밤 일보는 괴로웠을 것이다. 괴로웠기 때문에 전화를 걸고 화를 냈던 것이 아닌가고. 결국 일보를 괴롭게 한 자기가 잘못이다. 자기가 합승에 뛰어오르지만 않았다면 아무 일도 없었을 것이 아닌가? 애경은 자기의 경솔을 후회했다.

애경은 편지를 쓰기 시작했다. 그것은 일보가 전화를 걸어 주지 않으리란 생각에서였다. 일보가 전화를 걸어 주지 않는다고 해도 애경은 일보에게 해야 할 말은 해야 한다고 생각했다.

그래서 전화가 안 오면 저녁때 집으로 일보를 찾아가리라 마음먹었다. 그러나 집에도 없을 경우에는 편지라도 써 놓고 와야 한다. 그러니까 내일 일

보를 찾아가서 일보가 집에 없을 경우에 놓고 올 편지였다.

"도련님.
도련님에게는 사과할 아무것도 없습니다. 감정을 주체하지 못해 도련님을 괴롭힌 제가 나쁠 뿐입니다. 정말 도련님은 조금도 괴로워하지 말아 주십시오. 다시 안 만나 주어도 좋습니다. 그러나 절대로 도련님 자신이 잘못되었다는 생각만은 말아 주십시오.
저는 도련님에게 마음의 부담을 드릴 수는 없습니다. 그것은 저로서 죽기보다 더 힘든 일입니다. 저로 말미암아 괴로워하지 말아 주십시오. 저의 마지막 소원일지 모릅니다. 도련님의 행복을 진심으로 빌고 있는 제 마음을 알아 주십시오."

애경은 마지막이라는 말을 자기도 모르게 썼다. 왠지 그런 불길한 생각이 들었던 것이다. 불길한 말을 지워 버릴까도 했지만, 불길을 두려워하지 않는 경우 그것이 행운으로 변할지도 모른다는 생각에 그대로 두었다.
그는 편지를 봉투에 넣고 다른 사람이 뜯어보지 못하도록 풀칠을 단단히 했다. 그리고는 내일을 위하여 핸드백 속에 깊이 집어넣었다.
편지를 집어넣자 그는 일기를 쓰기 시작했다.

"일보 씨를 괴롭혀서는 안 된다. 어차피 이루어지지 못할 사랑에 상처를 줄 수가 있는가? 내 목숨을 끊는 한이 있어도 일보 씨를 괴롭혀서는 안 된다. 일보 씨를 괴롭힌다면 내가 목숨을 거둘 때 나는 눈을 감을 수가 없을 것이다."

애경은 대답도 없이 돌아가던 그 고독한 일보의 뒷모습이 눈앞에 떠올라 일기를 길게 쓰지 못했다.
다음날 일보에게서는 예상대로 전화가 오지 않았다. 그래서 계획한 대로 퇴근 후 노량진으로 일보를 찾아갔다. 일보는 집에 있지 않았다. 그것도 애경이 예상했던 대로였기 때문에 놀라지를 않았다. 그런데 집에 있던 수희가 뛰어나오면 애경을 반겼다.

"어서 오세요."

수희가 반기는데 그냥 돌아갈 수가 없어 애경은 방 안을 들어갔다.

오래간만에 만난 터라 이야기가 없을 수 없었다. 그 동안 지난 이야기를 서로 주고받다가 수희가 먼저 일보 이야기를 꺼냈다.

"요새 오빠 못 만났어요?"

"며칠 전에 한 번 만나기는 했어요."

그러자 수희가 그 동안의 일보 이야기를 시작했다.

"며칠 새 변했어요. 수덕사에 다녀오신 뒤 얼마 동안 안정된 것 같더니요 며칠 새 갑자기 달라지지 않았겠어요? 매일처럼 술을 마시구······. 말을 안 하니까 왜 그러는지 그 이유도 알 수가 없어요. 언닌 알구 계신가요?"

애경은 그러한 일보의 마음을 알 수 있는 것 같았다. 그러나 안다고 말을 할 수가 없었다.

"나한테는 무슨 말을 하나요······."

"꼭 무슨 일이 나구야 말 것 같아요."

"직접 한 번 물어 보시지······."

"물어 보지는 않았나요? 통 입을 열지 않으니까 걱정이지 정말 전에는 그런 일이 별루 없었어요."

수희의 말을 들으니 이때까지 혼자 걱정하던 것과는 심도가 너무 다르게 일보의 괴로움이 심각하다는 것을 느꼈다. 자기에게 전화로 화를 냈고, 어젯밤 집에 와서는 사과한다는 말을 할 뿐 불러도 대답조차 안 하고 돌아갈 때 애경은 걱정이 되면서도 그것을 일보의 사치스런 감정으로만 생각했다.

수희가 무슨 일을 내고야 말 것 같다고 한 말을 생각할 때, 애경은 온몸에 소름이 끼치는 것을 느꼈다. 자기가 일보를 희생시키는 것이나 아닌가 하는 생각이 들었던 것이다.

그런데 수희가 또 입을 열었다.

"언니는 왜 결혼을 안 하시죠? 언니만 결혼을 하시면 오빠의 괴로움은 좀 나아질 것 같은데……."
 놀라운 말이었다. 무엇을 근거로 해서 그런 말을 하는 것일까? 만약 근거가 있는 말이라면 묵과할 수 없는 일이었다.
 "어째서 그런 말을 하지요?"
 애경이 눈을 똑바로 뜨고 따지듯이 물었다.
 "그렇게 느낀 것뿐예요. 그 느낌이 틀림없을 것 같기두 하구요."
 "막연히 느낀 것을 가지구 그렇게 말을 할 수가 있을까요? 도련님이 괴로워하는 것하구 내가 결혼하는 것하구는 아무 상관두 없다구 생각해요."
 애경은 오해를 받기가 싫어 태연하게 말했다.
 "솔직하게 말하겠어요. 오빠하구 언니의 관계는 조금도 표면화되지 않았습니다. 그렇지만 측근자만은 다 눈치를 채고 있습니다. 절대로 입에 내지는 못하겠죠. 말은 못 하지만 아버지두 알구 계시리라 생각해요."
 애경은 무엇을 말하는 것인지 놀란 표정을 짓고 있었다. 그러나 양심상 차마 그럴 수가 없어 입을 닫아 버렸다.
 "식구가 알구 있구 없구가 문제가 아닙니다. 문제는 오빤데, 오빠는 은미 씨와 혼담이 있을 때 무척 괴로워했습니다. 그것두 언니 때문이라구 생각해요. 그런데 은미 씨와의 혼담이 파기되었지만, 파기에 이르기까지에 딴 이유가 있었을 것입니다. 그렇지만 거기에두 언니가 개재되지 않았나 생각해요."
 수회가 자기 의견을 숨김없이 털어놓을 때 애경은 간담이 써늘해짐을 느꼈다. 자기와 일보와의 관계는 두 사람만의 문제가 아니라 가족 전체의 문제가 되어 버렸다는 생각에서였다.
 그렇다고 해서 수회의 말을 전적으로 긍정하기에는 체면이 허락지 않았다. 가족들에게까지 걱정을 끼칠 그런 체면 없는 인간이란 인상을 주고 싶지 않았다.
 "나는 그렇게 생각지 않는데요."
 "내 관찰이 정확하다고는 말하고 싶지 않아요. 그렇지만 언니가 우리 집을 나가지 않았다면 오빠가 은미 씨와의 교제를 깊이 안 했을 것이라구 생각해요. 또 그 뒤 언니와 아주 발을 끊었다면 은미 씨와의 혼담이 파기되지 않았을지두 모르구요."

"솔직히 말해서 도련님에게 있어서는 내가 그렇게 큰 존재는 아니었다구 생각해요."

"그게 정말일까요?"

수희가 따지고 물을 때, 애경은 대답을 못했다. 긍정할 수가 없고, 또 긍정할 수도 없었기 때문이었다.

"왜 대답을 안 하시죠?"

수희가 대답을 재촉할 때 애경은,

"마음대루 생각하세요. 내 입으루 판단을 내릴 수 있는 일이 아니니까요."

수사관 앞에 선 죄인처럼 말했다.

"나는 이렇게 생각해요. 오빠나 언니나 다 같이 두 분의 결혼이 성립 안 될 것을 자인하구 있어요. 나는 오빠에게 기성도덕에 구애될 것 없이 언니와 결혼을 하라구 직접 이야기한 일이 있어요. 사실 두 분이 그럴 용기만 있다면 나는 극구 찬성하겠어요. 그렇지만 두 분에게는 꼭같이 그럴 용기가 없어요. 그렇다면 일찌감치 서루 헤어지는 것이 피차 현명한 일이라고 생각해요. 피차 헤어지려면 언니가 빨리 딴 사람과 결혼하시는 게 가장 좋은 방법이구요."

수희는 냉정한 태도로 차근차근 이야기했다. 그리고는 이론이 정연한 이야기였다. 애경은 수희가 언제부터 남에게 감화를 줄 수 있는 여자가 되었는가 하고 감탄을 했다.

평생 남에게 걱정이나 끼치고 살 줄 알았던 수희에게 도리어 걱정을 당하고 났을 때, 애경은 입이 열 개가 있어도 말을 할 수가 없다고 생각했다.

더구나 수희의 이야기는 애경으로서도 이미 모색하고 있던 일이다. 그래서 강 박사와의 결혼을 마음속으로 결정지었던 일까지 있지 않았던가?

"누이는 요새 교회에 나가신다죠?"

애경은 화제를 돌렸다. 일보와의 이야기는 그것으로 일단락 시켰다는 생각이 들었기 때문이었다.
"교회에 나가기 때문에 내 생각이 달라졌다는 말씀이 하구 싶으신가요?"
수희가 눈을 반짝이며 물었다.
"그런 것은 아녜요. 나두 나가구 싶어서……."
애경은 말을 맺지 못했다. 갑자기 가슴이 꽉 막히는 것 같았기 때문이었다.
"절대적인 존재가 누구보다도 관대하다는 생각을 가지게 될 때 신념이란 뜻이 생긴다고 할 수 있겠죠. 신념 속에서 운명을 자각할 수 있게두 되구요."
그러니까 수희는 신념을 가지고 운명을 자각하며 살라는 것이었다. 옳은 말이었다. 그러나 애경은 수희 앞에서 수희의 말을 긍정할 수도 없었다. 낯이 간지러웠던 것이다.
"누이는 좋으시겠어요."
"좋구 나쁘구가 있나요? 정해진 인생 코스를 걸어갈 뿐이죠."
애경은 그 이상 수희 앞에 앉아 있기가 답답했다. 자기도 자기의 코스를 알고 있다. 모르고 헤매는 것은 아니다. 알면서도 헤매지 않을 수 없는 것이 인간이 아닌가?
"가 봐야겠어요."
애경은 일어섰다. 핸드백 속에 편지를 간직해 가지고 왔었지만, 그것을 전할 필요는 없다고 생각했다.
대문 밖까지 따라나온 수희에게,
"나두 내가 걸어갈 길을 정했어요. 오빠에게 그렇게 전해 주세요."
한 마디를 남기고 오랫동안 발에 익었던 비탈길을 걷기 시작했다. 걷는 길에 눈물을 뿌리며…….

반복의 반복

은미와 일보가 탄 은미네 자가용차는 우이동에서도 제일 높은 곳에 위치하고 있는 어떤 음식점 정원까지 올라갔다. 거기서 차를 내린 은미는 운전수에게 여덟 시에 오라는 말을 하고 차를 돌려 보냈다. 한 시가 조금 지났으니 여덟 시까지는 일곱 시간이나 남은 셈이다.

일보는 속으로 걱정했다. 일곱 시간을 무엇으로 소비할 것인가 하고. 사실 유흥시설이라고는 아무것도 없는 곳이다. 그렇다고 해서 다리가 부자연스런 은미를 데리고 산에 올라갈 수도 없다. 시간이 지루할 것을 걱정하고 있을 때 은미는 주인을 불러 조용한 방을 달라고 부탁했다. 그리고 시냇가에 멀리 떨어져 있는 조그만 방갈로에 들어가자 은미는 향기로운 내음에 도취된 듯 아름다운 시간에 만족했다.

창 밖의 나무와 바위와 시내를 바라보며 이렇게도 아름다운 시간이 있는가라는 듯 혼자서 즐겨했다.

초인종을 눌러 일하는 사람을 불러다가는 물수건을 가져오라 한 뒤, 점심 두 상과 비어를 주문하기도 했다. 주문하고 나서는 일보에게,

"비어를 좀 마셔야지요?"

"나두 한 잔 할까요?"

모두가 자유라는 듯 일부러 목소리를 크게 했다.

자유라는 듯 일부러 목소리를 크게 했다.

"마셔야지. 누가 잘 마시는가 내기해 볼까?"

별로 손님도 없는 것 같았다. 조용하기만 한 외딴집이 땅속 두더지 굴 같은 기분이었다. 떠들고 까불어도 볼 사람이 없을 것 같았다. 그래서 일보도 지루한 시간을 어떻게 보낼까 하던 걱정을 일소하고 은미와 같이 시간을 즐기리라 생각했다.

"그건 무리예요. 술은 자기 기분에 맞도록 마시라구 만든 것이니까요. 기분에 넘치면 도리어 파흥이 되잖아요?"

"그래 마시고 먹는 일에 내기를 한다는 것은 야만이니까. 그 대신 절대루 사양하는 일은 없기야."

"그럼요. 누가 이런 데서 사양을 해요."

두 사람은 마음이 맞는다는 듯이 서로 보며 미소를 교환했다. 교환하는 미소 가운데는 이런 자유스런 장소를 찾아온 자기들의 지혜를 자랑하는 즐거움이 숨어 있었다. 보이가 물수건을 가져왔다. 그 참에 그들의 미소는 중단되었지만 은미가,

"얼마나 기다려야 돼요?"

하고 묻는 말에,

"십 분만 되면 가져오겠습니다."

하고 보이가 돌아갈 때 그들은 다시 얼굴을 마주보며 미소를 지었다.

십 분 동안 자유가 있다는 뜻이었다. 일보는 은미를 포옹하고 싶었다. 그러나 오래간만에 그리고 커다란 갈등을 거친 만큼 그냥 은미에게로 다가갈 수가 없었다. 그래서 창 밖의 풍경을 음미하듯 일어서 밖을 내다보다가 자기의 동정을 살피고 있는 은미에게 두 팔을 벌렸다.

은미는 생끗 웃고 나서 자리에서 일어섰다. 그리고는 일보 품을 향해 천천히 걸어왔다.

일보는 마주 가서 안으려 했으나 은미가 올 때까지를 기다렸다. 그 기다리는 만족히고도 긴장된 감정을 오래 맛보고 싶었던 것이다.

은미가 가까이 와 얼굴을 가슴에 묻을 때 일보는 눈을 감고 그를 안았다. 무아몽중의 세계였다. 그대로 있고만 싶었다. 그러나 은미의 머리에서 독특한 냄새를 맡을 때 일보는 은미의 머리채를 뒤로 잡아당기고 은미의 얼굴을 보았다. 그리고는 자기 얼굴을 은미의 뺨에 비볐다. 비비고는 또 뺨과 뺨을 댄 채 한참 동안을 피부의 감촉만을 음미했다. 아무것도 없었다. 세상에 보이는 것이 아무것도 없었다. 생각할 아무것도 없었다. 오직 음미를 느낄 뿐이었다.

텅 빈 지구 위에 은미와 자기만이 있는 것을 느꼈다. 자기에게 안겨 있는 은미를 느끼는 동시 은미를 안고 있는 자기를 느꼈다. 은미로 말미암아 느껴지는 자기. 결국 일보는 사랑이 자기를 느끼게 하는 것을 생각했다.

"은미 씨."

일보가 은미를 부른 뒤 은미의 입술을 찾았다.

"네."

하고 은미는 일보에게, 일보가 찾는 것을 내밀었다. 긴 포옹과 긴 키스였다.

밥상을 들고 오는 보이의 발소리가 들렸을 때 그들은 각기 자리에 앉았다. 그리고는 아무 일도 없었다는 듯이 일보는 담배를 피웠고 은미는 무료한 듯 방바닥을 들여다보았다.

보이가 밥상과 비어를 놓고 나갔을 때 두 사람은 서로 마주보며 피식 웃었다. 비밀이 보장되었다는 즐거움이었으리라.

그러나 은미가 글라스에 비어를 붓고 그것을 일보에게 내밀 때 일보가 주먹으로 입술을 쓸었다. 은미의 입술이 닿았던 자리를 씻는 것이었다. 그리고는 웃음을 짓자 은미도 지지 않고 일보와 꼭같은 시늉을 했다.

그러자 일보가 화가 난 듯 은미 옆으로 가서 강제적으로 키스를 했다. 은미는 그 강제적 행동을 달게 받았다.

그리고 난 뒤 일보는 자기 자리로 돌아갔다.

"또 한 번 그래 봐."

하고 말했다. 그러면 또 강제권을 행사할 복선이었다.

은미는 또 주먹으로 입술을 쓸었다.

"요것 봐."

서로가 다 바랐던 일이다. 그들은 밥상을 앞에 놓고 키스를 또 했다.

"이젠 그만……."

은미가 일보를 떠밀었다. 일보는 밀리는 척하며 자기 자리로 돌아갔다.

그들은 비어를 마시며 식사를 시작했다.

일보는 비어를 두어 글라스 마신 뒤 젓가락을 놓은 채 은미를 바라보았다. 바라보는 눈초리가 또 무엇을 요구하는 것 같아 은미가,

"먹기두 해야잖아요?"

하며 젓가락으로 불고기 한 점을 집어 일보 입에 넣어 주었다. 일보는 주는 것을 받아먹으면서도,

"먹는 것이 뭐 중요해."

하고 불만스럽게 말했다.

"먹을 땐 먹어야 하잖아요?"

"먹으면서도 생각나는 걸 어떡하지."

"얼마든지 시간이 있는데 조급할 거 뭐예요."

일보는 먹는 것도 사는 것도 다 동댕이치고 은미를 음미하고만 싶었다. 모든 것을 다 내던지고 잠시 동안 미쳐도 무방할 것 같았다. 그러나 은미의 말대로 시간은 얼마든지 있다. 은미는 도망치지도 않을 것이다.

의젓한 자세로 돌아가는 먹는 것과 마시는 일에 열중했다. 한참 먹고 마시고 할 때 은미가 불쑥,

"내일부터 사무실에 나오세요, 네. 공연히 손해 볼 것 없잖아요? 고집부리면 배가 고프지……."

하고 말했다.

일보는 이상스럽게 생각했다. 은미도 비어를 서너 잔 마셨다. 그러면 상당히 기분이 좋을 텐데 어째서 그런 시시한 소리를 꺼내는 것일까? 그런 이야기는 다음에도 얼마든지 할 수 있다. 그리고 하나마나 마찬가지의 이야기다. 서로 즐기고 서로 하나가 되면 직장에 나가고 안 나가는 것이 문제될 것 없다.

더구나 고집부리면 배나 고프지 않느냐는 말에 신경이 날카로워졌다. 그리고 '공연히 손해 볼 것 있어요.' 한 그 말이 조금 전 조선호텔에서 한 말과 꼭같음을 느꼈다.

'역시 돈으로 나를 조종하려는 여자로구나…….'

일보는 이렇게 생각을 안 할 수 없었다.

그것은 호의에서 한 말일지는 모른다. 직장이 없으면 당장에 곤란한 것을 생각하고 일보를 위해 한 말일지도 모르지만, 아무리 호의로 한 말이라 해도 배금주의적 잠재의식에서 나온 말이 아닐 수 없다. 돈이 없으면 굶어 죽는다. 나는 돈이 얼마든지 있으니까, 나와 결혼하면 행복하다. 은미는 이렇게 말하는 것 같았다.

조선호텔에서 은미는 '맛이 어때요?'라고 물은 뒤 '공연히 손해 볼 것 있어요.' 하고 말했다. 그때 일보도 순전히 감정적 손해를 뜻하는 말이라 생각

하고 은미의 말솜씨에 감탄했었다. 그러나 지금 두 번째 같은 말을 들었을 때 일보는 처음에 한 말도 나와 결혼을 안 하면 손해 보는 것은 '너뿐이다'라는 뜻으로 해석되었다.

일보가 갑자기 술이 깨는 말을 한다고 은미를 노려볼 때 은미가 다시
"그새 집을 하나 계약해 놨어요. 내일 구경 가세요. 천오백만 원짜리에요."

자랑삼아 말했다.

"좋은 집 사서 좋겠군……."

일보는 마침내 퉁명스런 말을 하고야 말았다. 이때까지 흥분과 긴장 속에서 말초신경까지 부풀어올랐던 상황은 아주 깨지고 말았던 것이다.

"아무래두 살 건데 뭐요."

아무래도 살 거란 무슨 뜻일까? 자기가 아니라도 누구하고나 결혼을 해야 할 것이니까, 그런 뜻으로 말하는 것인지? 그렇지 않으면 자기하고 결혼할 것을 의심치 않고 있다는 뜻일까?

만약 입으로 앞으로는 만나지 말자고 한 은미였다. 그런 것을 선언하므로 일보도 은미를 단념했었다. 그 뒤 혼자서 덩달아 집으로 찾아오고 수희를 만나러 가고 했다지만, 끊었던 관계를 다시 맺기도 전에 혼자서 결혼을 위해 집까지 계약했다는 것은 너무나 독선적 행동이 아니라 할 수 없다. 독선이란 상대방을 가장 무시하는 행동이다. 그러나 싸우고 헤어졌다가 처음으로 만나는 날 또다시 싸움으로 헤어지는 것이 너무나 유치스런 일 같아 일보는 꾹 참았다. 무엇이라도 해 주고 싶은 것을 꾹 참고 있는데 은미는 남의 속도 모르고 자랑을 터뜨렸다.

"신당동인데요. 대지가 백오십 평에 건평이 오십 평이래요. 뜰에는 나무가 많아서 원시림 같은 느낌을 주구요. 산토끼를 잡아다가 놔서 길러야겠어요. 평장을 만들고 꿩도 기르구요."

은미에게 있어서는 꿈일지 모르지만 일보에게 있어서는 엄청난 현실이었다.

"적은 식구가 무서워서 살겠나?"

"무섭기는요? 집 지키는 사람이 없나요. 그리고 집 지킬 셰퍼드를 기르거든요. 광활한 천지를 단 둘이서 소유하고 산다는 것이 얼마나 유쾌한 일인데요. 난 죽도록 단 둘이서 살면 좋겠어요."

"절에 가서 중이 되지?"

"그건 싫어요. 그거야 혼자지 둘인가요? 참, 그새 나 병원에 갔었어요."

은미는 또 다른 자랑을 꺼냈다.

"병원엔 왜?"

"소파수술을 했어요."

일보는 놀라지 않을 수 없었다. 은미의 임신을 일보는 얼마나 무겁게 생각했던가? 일보는 은미가 임신했다는 사실 하나만으로도 결혼을 해야 한다는 생각을 했었다. 그런데 은미는 자기에게 의논도 없이 소파수술을 했다. 그것의 잘잘못은 고사하고 도저히 이해할 수 없는 일이었다.

"왜?"

일보는 은미가 수술한 동기를 알고 싶었다.

"애 때문에 희생되고 싶지가 않았어요. 신혼 생활의 즐거움을 오래오래 맛보기 위해서는 역시 자유스러워야 하는 거니까요."

일보는 거짓으로라도 잘 했다고 말 안 할 수 없었다. 그랬더니 은미는 상이라도 타려는지,

"병원에서 수술을 할 때 나는 '일'을 얼마나 불렀는지 몰라요. 정말 고통스러웠어요. 그런 고통을 왜 여자만 받아야 하는지 모르겠어요. 남자는 뒀다 뭣에 쓰라는 건지……."

하고 자기의 수고를 과장하며 웃었다.

일보는 속으로 냉소(冷笑)를 했다. 누가 하라고 해서 한 일인데 고통을 과시하는 것일까?

일보는 꼭 한 마디를 해 주고 싶었다.

'생명을 그렇게 간단히 죽여도 괜찮으냐고.'

사실 일보는 어쩐지 서운한 감이 들었다. 이때까지 한 번도 생각해 본 일이 없었던 것이지만 그게 사내나 아니었을까 하는 마음도 들었다. 그놈이

그대로 자라서 세상에 나온다면 자기보고 아버지라 부를 것이 아닌가?
아름다운 꿈을 꾸다가 누가 흔드는 바람에 꿈을 중단한 것 같은 서운함이 들었다.
"그리구 마철배 말예요. 그자두 꼼짝 못하게 만들어 놨어요. 깡패에게는 깡패의 왕이 있거든요. 그것을 움직였지 뭐예요. 이제 뭐라구 했다가는 성해 나지 못할 거예요."
은미는 기세를 올려 마철배 이야기까지 꺼냈다. 일보는 그 동안 은미가 많은 일을 했다고 생각했다. 그것은 자기와의 결혼을 위한 물샐 틈 없는 계획일 것이다.
그러나 어쩐지 그 공을 인정해 주고 싶은 마음이 들지 않았다. 아무 의논도 없이 은미가 혼자 했다는 생각 때문인지 어떻든 일보는 은미가 잘 했다는 것보다 독선적이라는 마음이 들었다.
그리고 은미와 반드시 결혼을 해야 한다고 생각하고 있던 마음이 자취를 감추었다. 이상스런 일이었다. 은미는 오직 결혼만을 생각하며 자기 딴은 자기의 최선을 다했다고 하는데 일보는 어째서 그 반대로 결혼에서 해방된 듯한 느낌을 가시게 되는 것일까?
그렇다고 해서 은미와 결혼을 안 하겠다는 생각이 구체화한 것은 아니었다. 하게 되면 하는 것이지만 안 해도 무방하다는 생각이었다. 결혼을 안 한다고 해서 은미에게 죄 의식을 느끼지 않아도 좋다는 생각이었다. 일보는 자기가 나쁘다고 자기를 반성하면서도 은미가 임신했던 것은 자기 때문이 아니라 마철배 때문이 아닌가라는 생각을 했다. 그런 생각을 하는 것은 확실히 자기 인간을 의심받는 일이 될지 모른다. 그러면서도 일보는 마철배의 애였기 때문에 수술을 한 것이 아닐까 하는 생각을 했다.
이런 생각을 해서 그런지 은미가 이때까지의 다른 딴 여자처럼 보이기도 했다. 동시에 과거를 가진 여자와 결혼했다가 이혼 뒤에까지 괴로워하고 있는 곽병소의 얼굴이 눈앞에 떠올랐다. 언제든 나를 괴롭히고야 말 여자가 아닐까?
일보는 술맛이 나지 않았다. 들어온 비어도 다 마시지 않고 밥상에서 물러나 앉았다.

"왜 술을 남기세요?"

은미가 일보의 술잔에 술을 가득 부어서 일보에게 내밀었다. 그리고는 자기도 글라스를 쳐들고 일보의 글라스에 대고는 째각 소리를 내었다.

"오늘을 위해서……."

은미는 흥이 나는 모양이었다. 일보는 오직 은미의 흥에 못 이겨 술잔을 들어 마셨다. 그러자 은미는 자기 잔을 절반쯤 비우고 난 뒤 일보에게 다가오며,

"여보."

하고 입술을 내미는 것이었다. 생전 처음 여자에게 듣는 '여보'였다.

일보는 은미의 요구를 물리칠 수 없었다. 물리칠 수가 없기 때문에 키스를 해 주었다. 정말 물리칠 수가 없기 때문이었지 솟아오르는 내부의 욕망 때문은 아니었다. 그런 만큼 일보는 능동적이 아니라 피동적이었다.

만약 키스만이 아니라 그 이상의 것을 은미가 노골적으로 요구한다면 일보는 그것까지도 피동적으로 허락했을지 몰랐다.

그러나 여자는 역시 여자였다. 속으로는 요구하면서도 겉으로까지는 나타내지 못하는 것이 은미였다.

은미는 일보 옆에서 떠나려고 하지 않았다. 일보가 키스를 끝내고 물러앉았지만 자석에 끌리는 쇠붙이처럼 따라왔다. 그것이 곧 갈망의 표시였을 것이다. 그러나 일보가 모른 척할 때 은미는 그 이상의 요구를 구체화시키지 못했다. 그만 방바닥에 누워 버리고 말았다. 의사에 맡긴다는 뜻임이 분명했다. 그러니 일보는 은미를 자기 임의대로 할 수가 있는 것이었다. 그러나 일보는 그러고 싶은 정열이 솟구치지 않았다. 애경을 만나고 명아를 만날 때 일보는 그들을 자기 임의대로 할 수 없다는 마음에서 은미만을 사랑할 수 있다고 생각했었다. 그런데 지금 자기 임의대로 할 수 있는 상황 속에서도 은미를 건드리고 싶은 마음이 일어나지 않는다는 것은 결국 일보가 마음속으로 은미를 사랑하고 있지 않기 때문일 것이다.

앞으로는 어떻게 될지 모르지만 최소한 현재의 상태는 사랑을 하지 않는

것이다.

　무감동한 얼굴로 마음의 거리를 멀리하고 있는 일보를 보자 은미는 창피당할 것을 두려워하고 자리에서 일어났다. 그리고는 멀찌감치 가서 벽에 기대고 앉은 뒤 옷매무시를 고쳤다. 그리고는 한참 무엇을 생각하다가,
　"화나셨어요?"
하고 물었다. 자존심 때문이었으리라. 그것이 불안해서 나온 말 같지 않게 묻는 것이었다.
　"나는 화만 내는 사람인가?"
　"얼마 전에 났던 화가 아직 소화되지 않은 건 아녜요?"
　"화나지 않았다니까."
　"그럼 한 번 웃어 보세요."
　"참……."
　일보는 어처구니가 없어서 나오는 웃음을 은미가 요구하는 웃음에 대신했다.
　"고맙습니다."
　어떤 의미의 웃음이든 일보가 웃어 준 데 대하여 은미가 고개를 까딱 하며 인사를 했다. 그리고는,
　"우리 시내루 들어가서 서독 서커스 구경이나 할까요?"
하고 꾸밈없는 미소를 지었다.
　일보는 은미가 영리한 여자라고 생각했다. 자기가 수치감을 느끼지 않게 우이동을 떠나자는 그 마음을 들여다보았던 것이다.
　"자동차는 어떡허구."
　일보는 여덟 시에 오라고 한 자동차 걱정을 했다.
　"이 집에 부탁을 하죠, 뭐. 그냥 돌아가라구."
　"마음대루……."
　일보도 오래 있을수록 지루하기만 할 것 같아 은미의 의견에 동의를 했다.
　그들은 택시를 잡아 타고 시내로 들어와 서독 서커스 구경을 했다. 그리

고는 은미의 말에 끌려 다방으로 들어갔다.
 다방에 들어가자 은미는 일보에게 내일 자기 집으로 오라고 했다. 그리고 수일 내로 약혼식에 대한 구체적인 의논을 하자고 했다.
 일보는 그러자고 대답했으나 은미가 왜 그렇게 서두를까 하고 속으로 불만을 느꼈다. 무슨 일에나 여유를 주지 않고 즉결하려는 은미가 마땅치 않았던 것이다. 그러나 은미의 의사를 무시하는 태도를 취한다면 결국 또 싸우게 될지 모른다. 일보는 은미와 싸우기 싫었던 것이다.
 은미와 헤어져 집에 돌아와서도 일보는 은미의 조급성이 자꾸만 가슴에 걸리는 것을 느꼈다. 어차피 결혼하기로 되어 있는 사이라면 그렇게까지 다그치는 이유가 무엇일까? 결혼이 하구 싶어 몸살이 날 지경이란 말인가? 그렇지 않으면 시일을 끄는 데 따라 새로운 비밀이 탄로될까 두려워하기 때문일까?
 이해할 수 없는 불쾌감을 느끼면서도 일보는 은미와 결혼을 단념해야 한다는 생각은 하지 않았다. 하나의 숙명처럼 은미와의 결혼을 기정사실로 생각했다. 이제 와서 은미와 결혼을 안 한다면 자기는 정말 주책없는 사람이 되고 만다. 내일에 불행이 온다 해도 일단 은미와 결혼은 해야 한다고 생각했다.
 그래서 아버지가 들어오자 일보는 아버지에게 은미와 결혼할 것을 말했다. 아버지가 쾌락하지 않을 것을 알고 있다. 그러나 만족하지는 않는다고 해도 그것이 자기의 결심이라면 아버지도 극력 반대하지 않을 것이라 생각했던 것이다.
 아버지가 은미와의 결혼을 달가워하지 않는 것은 오직 은미네와 일보네가 경제적으로 균형을 이루지 못하고 있기 때문이다. 그것은 온당한 생각일지 모른다. 그러나 은미에게 혜택을 받는다 해도 이쪽이 꿀리지만 않는다면 그리 부끄러워할 일이 못된다. 사실 은미가 돈이 있을 뿐 그밖에 이쪽이 꿀릴 일은 하나도 없다. 그리고 거부의 딸로 자기가 쓰고 싶어 돈을 가지고 혜택 운운할 건덕지도 없다. 처음부터 돈이 탐나서 하는 정략결혼이라면 또 모른다. 그러나 그런 생각은 털끝만큼도 가져 본 일이 없다.

말하자면 일보 자신이 그 문제에 있어서 정신적으로 떳떳하다는 생각을 가졌기 때문에 아버지에게 거리낌없이 이야기를 했다.
그런데 그 말을 듣자 아버지가 깜짝 놀라는 표정을 지었다. 물론 말로는 마음대로 하라는 뜻을 표시했다. 말하자면 일보의 의사에 반대하지 않았던 것이다.
"결혼을 안 할 수 없는 사이가 되었습니다. 지난번에는 저쪽에서 저를 싫어하는 것 같아 저도 단념하려구 했었던 것이지만 그건 저의 관찰 부족이었습니다."
일보가 보충 설명을 했을 때 아버지는,
"글쎄 네가 좋다면 하는 거지 누가 말리겠니 좋두록 해라."
마치 자기에게 의견이 있으며 설사 있다 해도 말할 것이 못 된다는 듯 말했다.
일보는 아버지가 즐겁게 승낙해 주리라고는 기대하지 않았었다. 그러나 너무나 맥이 풀리는 말 같아,
"별 여자가 있습니까? 다 그렇구 그런 거지요. 아버지두 보시면 과히 불만은 아니시리라구 생각해요. 며칠 안에 한 번 만나 주십시오. 만약 보시구 합당치 않게 생각하시면 단념하겠습니다. 아버지가 싫으시다는 여자와 결혼할 생각은 없습니다."
아버지의 의견이 절대적이라는 것을 밝혔다.
"글쎄, 보기는 하자 그렇지만 나야 보나마나 아니냐. 너만 좋으면 그뿐이니까 좋두룩 해라."
아버지는 말을 마치고 한숨을 내쉬었다. 그 한숨이 너무나 처량했다. 아들에게 실망을 주지 않으려고 죽여 가며 가느다랗게 뿜어내는 그 한숨이 가슴을 아프게 했다. 그리고는 담배를 피우는데 담배 연기가 모두 한숨으로만 보였다.
처음 말을 꺼냈을 때 놀라던 그 표정의 연장이라고 말하지 않을 수 없다.
일보는 아버지가 자기에게 실망을 느끼고 있다고 생각했다. 실망을 느끼면서도 그것을 표현하지 않으려는 아버지의 노력이 더욱 처량해 보였다.

"아버지가 정 마음에 내키지 않으면 그만두겠어요."

일보는 이런 말을 안 할 수가 없었다.

아버지가 그렇게까지 실망을 느낀다면 그런 결혼은 할 수 없다고 생각했던 것이다. 물론 결혼은 자기 자신을 위한 결혼이다. 아버지나 가족을 위한 결혼이 아니다. 그러나 아버지가 반대하는 결혼을 한다면 그것이 언제까지나 마음에 걸릴 것이고 또 언제든 그 결혼에서 불행을 느낄 때 아버지의 반대를 무릅쓰고 결혼한데 그 원인을 돌릴 가능성이 있다.

그래서 아버지가 정 마음이 내키지 않으면 결혼을 안 할 것처럼 말했을 때 아버지가

"내가 뭐라니? 공연히 내게 책임을 돌리지 말아라. 네가 하는 일에 나는 조금두 반대할 생각이 아니니까……."

하고 책임을 회피했다.

"반대는 안 하셔두 달가워하시지 않는 일을 할 수 있습니까?"

"달가워 안 할 것이 있니? 혹시 돈이라는 것이 불행을 가져올까 해서 걱정하는 것이지. 그렇지만 아무나 다 그렇다는 법두 없는 일이니까."

이렇게까지 말하는데 아버지에게 책임을 씌우는 듯한 태도를 보일 수 없어 일보는,

"잘 생각해 보겠습니다."

하고 이야기를 끊었다. 그리고는 눈치를 살폈으나 아버지는 아무래도 쓴 과일을 먹은 듯한 얼굴이었다.

계속해서 담배 연기만 내뿜었다.

그리고는 저녁을 먹자 밖으로 나갔다. 저녁밥을 먹은 뒤 외출한다는 것은 아버지에게 있어서 극히 드문 일이었다. 그것도 간다 온다 말 한 마디 없이 도망치듯 나가 버렸다.

그럴 때 수희가 돌아왔다. 일보는 수희의 의견을 존중하리라 생각했다. 단 세 식구의 집안에서 한 사람의 찬동도 받지 못한다면 자기는 은미와의 결혼을 단념해야 한다는 생각을 가졌던 것이다. 그런데 아버지와 달리 수희는 자기 편이 되어 줄 것 같았다. 젊은 사람은 젊은 사람의 마음을 알아본다.

그래서 오늘 은미와 만났던 일 전부를 이야기했다. 물론 그 집을 계약한 것 그리고 혼자서 마음대로 소파수술을 했다는 것은 일보에게 마땅치 않은 일이었지만, 그것도 빼놓지 않았다.

그것도 결국 자기를 사랑하기 때문이 아니겠느냐는 식으로 은미를 두둔하여 말했다.

그랬더니 수희가 자신 있는 태도로,

"오빠, 세상에서 돈 많은 여자와 결혼해서 행복한 사람을 보았수?"

하고 물었다.

그 말에 일보는 화가 났다.

"넌 어째서 그런 걸 관련시켜 생각하니? 그래 내가 돈을 보구 결혼한단 말이냐?"

"그렇다구 생각지는 않아요. 상식이니까요. 상식을 무시할 수는 없다구 생각해요."

"그럼 날더러 상식적으루 살라는 거냐?"

"상식적으루 살지 않는데두 상식적으루 해석되면 누가 손해를 보죠? 나는 오빠가 애경 언니와 결혼한다면 반대하지 않겠어요. 그것은 상식적이 아닌 동시에 상식적으루두 해석되지두 않을 거예요. 그렇지만, 은미 씨와 결혼하면 반드시 상식적인 비판을 받게 될 겁니다."

"그러니까 은미 씨와의 결혼을 반대한다는 거로구나?"

"말하자면 그렇지요. 다리가 불구인 여자와 결혼하는 것은 돈 때문이란 말을 안 들을 수 없으니까요. 나는 그런 돈의 혜택을 받고 싶지 않습니다."

일보는 수희와 이야기를 해도 별다른 성과가 없으리라는 것을 알았다.

결국은 가족 전체의 반대를 받으면서도 은미와 결혼을 작정해야 하느냐는 문제만이 남았다.

일보는 생각했다.

가족이란 반대한다고 해서 그것만을 이유로 은미와의 결혼을 단념해도 좋은 일인가 하고. 다른 한편 가족의 반대를 무릅쓰고도 결혼을 해야 할 만큼 은미의 가치가 그렇게 큰 것일까 하는 생각도 했다.

난처한 처지에 놓여 있음을 알았다.

가족이라곤 단 두 사람인데 그들의 반대를 무릅쓰면 그들에게 배신하는 결과가 된다. 배신당하는 사람들도 괴로운 것이지만, 배신한 사람은 외롭게 된다. 가족을 잃는 것은 세상을 잃는 것이나 마찬가지가 아니겠는가? 세상을 잃는 듯한 외로움을 갖고 어떻게 살아나간단 말인가?

그렇다고 해서 아직 형식적 절차는 밟지 않았다 해도 결혼하기로 다 된 은미를 배신할 수가 있을까? 개인 대 개인의 일이기는 하지만 함부로 처리할 수 없는 일이다.

은미가 세상에서 최고의 여자라는 생각은 들지 않는다. 그러나 최고라 말할 수 있는 여자가 얼마나 될 것인가? 내가 아는 여자 가운데 명아와 애경을 빼면 아무도 없다. 그러나 명아와 애경은 절대로 결혼권 외에 있는 여자다. 결혼 못할 여자를 생각해서는 무엇 하는가?

일보는 어젯밤 애경의 타는 듯한 정열과 그 아주 반대의 냉정성을 보고 난 뒤 더욱 그렇게 생각하고 있다. 사랑하는 것만은 사실이다. 그러나 그 사랑은 안타깝기만 하고 고통스럽기만 한 것이다.

그러니 애경과 결혼을 못할 바에야 아무하고 하거나 마찬가지다. 사랑의 끄나풀이 생겼으면 그것을 붙잡고 늘어지면 그뿐이다. 일보는 은미가 최고라고 생각되는 여자가 아닌 것을 다행으로 생각했다. 만약 은미가 최고의 여자라면 애경을 완전히 잊게 될지 모른다. 애경과 결혼을 못한다 해도 그를 완전히 잊고 싶지는 않았다. 애경을 잊지 않기 위해서는 애경보다 못한 여자와 결혼해야 한다.

역시 은미와 결혼하는 방향으로 생각하고 있을 때 아버지가 돌아왔다. 돌아온 아버지는 술에 취해 있었다. 곤드레는 아니라도 몸을 제대로 가누지 못할 지경이었다.

일보는 가슴이 섬찍했다.

"왜 술을 이렇게 잡수셨어요."

아버지를 부축해다가 자리에 누이며 말했다.

"아니다. 친구가 기쁜 소식을 가져와서 한잔했다."

아버지가 조심성스럽게 대답을 했다.

"그래두 술을 좋아하지두 않으면서……."

"내가 요즘 사업을 꾸미구 있다. 그 사업이 제대루 되어 가구 있단 말야. 국유지를 불하 맡았다가 파는 일인데 땅 살 돈을 대겠다는 사람이 생겼단 말이다. 그래서 중간에 섰던 사람과 한잔했지."

말하는 것으로 보아 그것이 정말 같기는 했다. 그런데 그런 좋은 이야기를 하면서도 아버지는 어째서 조금도 웃지를 않을까? 입으로는 좋은 말을 하나 속으로는 처절한 무엇을 느끼고 있는 것 같았다. 일보는 가슴이 아팠다. 내 마음대로 하라고 하면서도 내 결혼에 대하여 그렇듯 속을 쓰고 있는 아버지다. 차라리 '이놈아, 그런 결혼을 하고야 말 테냐.' 하고 욕을 퍼부어 주었으면 좋을 것 같았다. 그러나 그런 말을 입 밖에 낼 수가 없어, 혼자 괴로워하는 아버지. 그리고의 진심을 알면서 그것을 들어볼 수가 없는 자기.

일보는 정말 아버지에게,

'아버지. 제 결혼이 그렇게두 맘에 맞지 않으세요?'

방향은 아니라 해도 아버지의 마음을 타진하는 말을 입 밖에 꺼낼 수가 없었다.

말 못하는 것이 진실일까?

일보는 괴롭고 슬펐다. 행복해 보자는 것이 결국은 모두에게 괴로움을 주고 말았다. 그리고 괴로움을 준 자기가 그 괴로움을 다시 받아야 한다.

찾으려는 행복, 그리고 그 행복을 붙잡으려는 데서 오는 괴로움, 그 어느 것이 더 중요한 것일까?

행복을 찾으려는 마음을 포기할까? 그러면 괴로움도 사라지리라.

괴로움을 없이하기 위해 행복의 갈망을 포기한다면 결국 무사주의밖에 남는 것이 없게 된다. 무사주의—— 그것이 인생을 살아가는 진정한 태도일 수 있을까? 인생은 행복을 쟁취해야 한다. 거기에 보람이 있다.

행복을 쟁취하는 데는 모험이 있어야 한다. 일시적 괴로움을 무시하는 모험이 필요하다.

그러나 일보는 행복을 쟁취하는 모험성이 약한 모양이었다. 밤새 생각하고, 또 생각했지만 결론을 내리지 못했다.
 다음날 아침 조반을 먹고 집을 나갈 때까지 아버지와 수희는 이렇다 할 말을 한 마디도 안 했다. 자기를 경원하는 것이었다. 이방인시 하는 것이었다.
 일보는 집을 뛰쳐 나왔다. 이방인 취급이 싫었다. 그럴 만한 죄를 짓지는 않았다. 그런데 무엇 때문에 이단자처럼 백안시를 하는 것일까.
 일보는 사무실로 나가고 싶었다. 정식을 다시 출근을 하자. 그리고 오늘 은미를 만나 결혼을 확정하자 혼자도 좋다. 혼자서라도 행복을 창조하자.
 그러나 사무실부터 나갈 수는 없었다. 은미를 만나 이야기를 한 뒤에 나가는 것이 순서일 것 같다. 은미 집으로 찾아갔다.
 그런데 은미 집 앞에 이르렀을 때였다. 어디서 본 듯한 남자가 은미의 집 대문 안으로 들어서는 것이 보였다. 일보는 발걸음을 빨리해서 그 뒤를 좇았다.
 마철배였다. 마철배가 의젓하게 은미의 집 안으로 들어가는 것이었다.
 일보가 멈칫 섰다. 그리고는 금시 발길을 돌렸다. 은미의 집도 자기가 마음놓고 들어갈 수 없는 곳이란 생각이 들었다. 그리고 순간 '일은 잘 됐다.'라는 생각이 들었다. 잘 됐다. 그뿐이다.
 그러나 되돌아 걷고 있을 때 일보의 가슴은 터지는 것 같았다. 슬픈 것인지, 분한 것인지, 무엇인지 통 알 수가 없었다.
 그저 약탕관의 약처럼 모든 게 한데 뭉쳐 끓어오르는 것 같았다.
 속의 열 때문에 약탕관이 터져 버렸으면 하는 생각이 들었다. 어디로 가서 머리가 깨지도록 무엇을 들이받고 싶었다.
 애경만 아니었다면…… 일보는 문득 이런 생각이 들었다. 죄 없는 애경이 미웠다. 애경만 아니었다면 은미와 결혼할 생각을 안 했을지도 모른다. 터무니없는 생각이다. 남대문에서 매맞고 동대문에서 눈 홀기긴가.
 일보는 애경에게 전화를 걸었다. 애경을 원망하고 싶은 착잡된 마음이었다.
 세상에서 가장 깊게 사랑하는 사람이 애경이었기 때문인지도 모른다. 애경이 점심을 사겠다고 병원으로 오라는 말을 했지만 그것도 받아들이지 않았다. 모두가 종말이다. 종말이라는 생각 이외에 아무 생각도 없었다.

애경이 슬퍼할 것도 생각지 않았다.

그 전화로 말미암아 애경이 강 박사와 결혼하기로 결심을 하리라는 것은 물론 상상도 못했다. 분풀이가 될 수 없었다.

원망이랄 수도 없었다. 그저 끓어오른 가슴을 발산한 것뿐이었다.

그렇다 해서 속이 시원할 턱이 없었다.

우편국으로 가서 엽서 한 장을 샀다.

"은미 선생
굿바이 굿바이,
나를 죽은 사람으로 취급하시오.
오늘부터 이 세상에 없는 사람으로 생각하시오.
굿바이 굿바이."

간단한 편지를 써서 포스트 박스에 넣었다.

그리고는 동창생인 곽병소를 찾아 학교로 갔다. 전화를 걸어도 무방할 일이었지만 학교까지 찾아갔다.

그러나 은미의 이야기를 하는 대신 병소의 심경을 물었다.

"아직 죽겠는데……."

병소가 미련 깊은 말을 했을 때 일보는 조소하듯 말했다.

"넌 참 바보로구나, 바보야 바보."

일보는 수치감 같은 것 때문에 자기 이야기는 한 마디도 못하고 병소를 경멸하는 말만 했다. 그리고는 자기 말이 나올 위험성을 느끼자 병소를 작별하고 학교를 나가 버렸다.

병소를 냉소하고 경멸했지만 그보다 더한 경멸을 받아야 할 사람이 자기란 생각이 들었다. 자기는 그런 냉소나 경멸로 그칠 사람이 못될 것 같았.

'피를 토하고 죽어야 할 인간 같았다.'

일보는 일찍 집으로 돌아갔다. 갈 곳이 없어서 그리고 자기 처리를 못해 쩔쩔 맬 자기가 가엾었던 것이다. 처한 꼴을 스스로 보기가 힘들 것 같았다.

잘못하다가 정말 피를 토하고 죽기나 하면 하는 생각도 들었다. 아무도 없는 집으로 들어가 죽거나 살거나 혼자 씨름하는 것이 도리어 미관상 아름다울 것 같았던 것이다.

하기야 갈 곳도 없었다. 갈 곳이 있다면 명아를 찾아가는 길이 있지만 이렇게도 비참한 꼴을 명아에게 보이고 싶지가 않았다. 그리고 명아도 자기와 아무 상관이 없는 사람 같았다.

그런데 집으로 돌아갔을 때 집에는 명아의 속달편지가 와 있었다. 꼭 해야 할 말이 있으니 편지를 받는 즉시로 자기를 찾아 달라는 것이었다.

그러나 일보는 '꼭 해야 할 말이 무엇일까' 하고 궁금하게 생각지도 않았다. 모두가 대수롭지 않았다. 설사 긴요한 일이 있다 해도 그것이 자기와 무슨 관계가 있단 말인가? 일보는 식모를 시켜 소주 한 병을 사 오게 했다. 그리고 그것을 찔끔찔끔 마셨다. 마치 자기의 피를 찔끔찔끔 빨아 마시는 듯이. 정말 피가 생명이다. 인간은 자기의 피, 자기의 생명을 씹어먹으면서 사는 거다.

일보는 술을 마시면서 문득 수덕사에서 만났던 숙희를 생각했다. 오래 있으면 감정적인 혁명이 일어날 것 같아 미리 돌아오려고 할 때 할 수 없다는 듯이 붙잡을 생각도 않고 잘 가라던 그 가냘픈 여자, 속으로는 집념이 더할지 모르지만 겉으로는 단념이 빠른 그런 여자가 자기에게 꼭 알맞을 것 같았다.

애정이 그리고 결혼이 인생의 전부가 아니라면 애정과 결혼에 그리 많은 정력과 신경을 소비할 필요가 없다. 정력과 신경을 소비하지 않으면서도 사랑을 이어갈 수만 있다면 그것이야말로 아름다운 사랑일 것이다. 숙희는 확실히 아름다운 사랑을 줄 수 있는 여자다.

그러나 모두가 헛된 일이다. 다시 만날 수도 없는 여자를 생각한들 무엇하겠는가.

일보는 아무것도 생각지 않을 수 있을 정도로 술을 마셨다. 몸이 약간 괴롭기는 했지만 괴롭기 때문에 딴 생각을 안 할 수가 있었다.
　저녁때 수희가 돌아왔다. 그러나 일보는 수희에게 아무 말도 안 했다. 수희가 말을 시키려고 몇 번이고 질문해 왔지만 왜 일찍 들어왔느냐는 말에도, 그리고 왜 술을 또 마셨느냐는 말에도 일체 대답을 안 했다. 은미와의 결혼을 어떻게 하겠느냐는 말에는 더욱 입을 닫아 버렸다. 밤늦게 아버지가 또 취해서 돌아왔다. 그러나 아버지에게도 아무 말을 안 했다. 은미와의 결혼을 아주 단념했다고 하면 아버지는 내일부터 술을 안 마실지 모른다.
　일은 다 끝났다. 그러나 그 끝난 것이 잘 된 것인지, 잘못된 것인지를 알 수 없었다. 잘 된 일인지, 잘못된 일인지 알 수 없는 일을 수다스럽게 꺼내기가 싫었던 것이다.
　그런데 다음날 아침 언제나 일보보다 먼저 일어나던 아버지가 자리에서 일어나지 않았다.
　"아버지."
　일보가 아버지를 깨웠으나 아버지는,
　"먼저 조반을 먹어라."
할 뿐 일어나지를 않았다.
　"어디가 편찮으세요."
　"아니 괜찮다."
　일보는 아버지의 이마에 손을 얹어 봤다. 뜨거웠다.
　"열이 나시네요."
　"열은…… 몸살이겠지."
　아버지가 눈을 감은 채 대답했다.
　일보는 눈물방울이 떨어지려는 것을 느꼈다. 그래서 눈을 섬벅이며 눈물이 흐르지 못하도록 막았다.
　"아버지 그렇게까지 상심하실 줄은 몰랐어요."
　"그런 거 아니다. 상심은……."
　"은미하구 결혼 않기루 했어요."
　"건 또 왜?"

"아무리 생각해두 안 되겠어요."

"내가 상심하는 것 같아서?"

"그런 건 아녜요. 정말 아버지 때문은 아녜요. 전 어제까지두 결혼을 하려구 은미를 찾아갔었어요. 아버지가 반대하셔두 그냥 하려구 했었어요."

"그럼 그냥 할 것이지……."

"그렇지만 그 여자가 제게 적당하지 않다는 것을 알았어요. 그것뿐이에요."

"그럴 수가 있겠니?"

그래도 아버지는 썩 시원해 하는 얼굴이 아니었다. 일보는 어른이란 그런 것인가 생각했다. 왜 좀더 솔직하게 잘 했으면 잘 했다는 말을 안 해 주시는 것일까? 그리고 잘 한 일이라면 좀더 솔직하게 기뻐해 주지를 않을까?

일보는 아버지에게 사뭇 불만이었으나 불만을 불만으로 이야기할 수가 없었다.

"의사를 데려올까요?"

우선 아버지의 병을 고치도록 해야 했다.

"의사는, 한참 있으면 일어날 테니 걱정 말아."

"그래두 열이 대단하신데요."

"글쎄, 괜찮다니까."

"병원엘 다녀오겠어요."

"얘, 얘, 그러지 말라니까. 정 뭣하면 한약국에서 가서 감기약 두어 첩만 지어 오너라."

일보는 아버지가 하자는 대로 하는 것이 좋을 것 같아 한약을 지어다 식모에게 주어 달이게 했다.

한약을 지어오자 아버지가,

"나가 봐라. 내 걱정은 말구……."

하고 마치 일보가 옆에 있는 것이 불편하기라도 한 듯 말했다.

일보도 대단치 않은 병인 줄 알기 때문에 종일 아버지 옆에 있기가 싫었다. 그래서 아버지의 말대로 외출을 했다.

외출하자 일보는 명아를 찾아갔다. 급히 만나고 싶어하는 일이 무엇일까 하는 궁금증 때문은 아니었다. 갈 데가 없는데다가 만나자는 편지를 받았으니 안 갈 수가 없어 갔던 것이다.

그랬더니 명아는 반가워하며,

"일보 씨, 참 운이 좋으신 분야."

하며 다방으로 가자고 했다.

운이 좋기는 무엇이 좋단 말인가? 나보다 더 운이 나쁜 사람이라면 어떤 사람일까. 일보는 속으로 불만을 느끼면서 명아 뒤를 따라갔다.

다방에 들어가 앉자 명아는,

"취직이 됐어요. 이런 말 공짜루 해두 좋을까. 나중에 단단히 한턱 내야 해요."

하고 일보의 반응을 살폈다.

일보는 좋아하는 표정을 짓기가 싫었다. 사실 취직이 중대한 문제이기는 했지만, 그런 문제로 감정이 안정될 것 같지 않았다.

"취직이라니?"

마치 알지도 못하는 남의 일처럼 물었다.

"나한테 부탁하잖았어요. 직장을 구해 보라구……."

명아는 쓸데없는 일을 하지나 않았나 하는 눈을 동그랗게 떴다.

"아, 그때 부탁했던 거요?"

일보는 그때야 자기가 부탁했던 일이 기억난다는 듯이 말했다. 그리고는 명아에게 실망을 주지 않게

"그래 정말 취직이 됐어요? 어떤 곳인데…… 고맙습니다."

하고 흥미 있어 하는 눈초리를 보냈다.

"요전에 쓰신 원고 있지요? 그 원고를 실어 주기루 한 잡지사예요."

명아는 신명이 나지 않는 태도로 말했다. 애써서 직장을 구해 주었는데 반가워도 안 해 주었으니 그럴 수밖에 없을 것이다. 일보는 자기 감정으로 반가워해 주지도 못한 데 미안을 느꼈다. 단시일 내에 된 취직이라 해도 그것이 쉽게 얻을 수 있는 자리가 아닌 것은 누구보다도 잘 알 수 있는 일보다.

"맹활동을 하셨군요. 단단히 한턱 내겠습니다. 고맙습니다. 덕택에 굶지 않게 되었습니다."
하고 명아의 마음이 풀리도록 진심으로 감사하다는 뜻을 표했다. 그러자 명아도 어떤 생각을 했던지 전과 같이 명랑한 태도로
"정말이에요. 일보 씨 운이 좋아 쉽게 됐어요. 한 자리가 비었는데 몇 사람의 이력서가 들어왔는지 몰라요?"
하며 생글생글 웃었다.
"그게 내 운인가요? 명아 씨 수완이지…… 내 절을 할게요."
일보는 일어서서 허리를 구십 도로 굽히고 절을 했다.
"남들이 봐요. 창피하게 그게 뭐예요?"
명아가 일보의 손을 잡아끌었다.
"다음엔 명아 씨를 업어 드리지."
일보는 절도 부족한 것처럼 말했다.
"그래 사람 없는 데서 업어 줘요."
"그럼 사람 없는 데서 업지, 다방에서 업을라구……."
"아이 좋아라."
그들은 서로를 보며 구김살 없는 웃음을 웃었다. 잠시 동안 웃고 나자 명아가 말을 꺼냈다.
"좀 바쁘기는 할 거예요. 그렇지만 분위기를 이용해서 공부 많이 하세요."
일보는 명아를 건방지다고 생각지는 않았다. 건방져서 하는 말이 아니었기 때문이었다. 그저 고마울 뿐이었다. 진심으로 자기를 아껴 주는 명아. 그리고 언제나 자기를 신뢰해 주는 명아.
"명심해서 공부 많이 하겠습니다."
"누가 그러랬어요. 학생이 선생 앞에서 말하듯……."
"명아 씨는 나한테 선생 이상인 것 같은걸……."
"그 말 취소해요. 내가 왜 선생 이상야, 취소 안 하면 가만 안 둘 테예요."

"가만 안 두면 어떡하지요?"

"때려 주지?"

"선생님처럼 말이죠? 그럼 얼마든지 때려 주세요."

"아이 싫어, 일보 씨."

명아는 일보의 얼굴을 찌르기라도 할 듯 둘째손가락을 펴서 일보 눈앞에 댔다.

일보는 명아의 손가락을 잡고 가볍게 잡아당겼다.

"손가락이 예쁜데……."

"누가 숙녀 앞에서……."

명아가 일보의 손잔등을 가볍게 치고 손가락을 뺐다.

"미안합니다."

일보가 빙그레 웃었다.

"누가 그런 말을 듣겠댔어요."

"숙녀님에게는 예의가 발라야 하잖아요."

"숙녀는 아무때나 숙녀가요."

명아는 숙녀 되기가 싫은 모양이었다.

"때에 따라 숙녀가 되기두 하구, 안 되기두 하는가요?"

"인생이 다 그렇잖아요? 좋은 사람이 되었다가는 나쁜 사람이 되기두 하구."

두 사람은 흐뭇하게 웃었다.

사실 일보는 명아보다 마음이 흐뭇함을 느꼈다. 이럴 줄 알았다면 좀더 일찍 명아를 만났다면 하는 생각까지 들었다.

마음을 흐뭇하게 해 주는 여자.

일보는 마음을 늘 불안케 하면서 매력적인 은미와 비교해 보며 명아가 긴 인생을 걸어가는 데 정말 친구처럼 필요한 여자라고 생각했다.

"참, 잡지사엘 가 봐야죠. 선을 봬야 할 테니까요."

명아가 중요한 일을 잊고 있다는 듯이 서둘러댔다.

최후로 남긴 것

　일보가 D잡지사에 출근한 지 이틀째 되는 날 사원들의 환영회가 있었다. 모두가 대학을 졸업한 젊은 사람들이라 어떤 직장보다도 좋은 분위기 속에서 환영회가 진행되었다. 더구나 딱딱한 형식적 회장이 아니었기 때문에 처음부터 농담으로 시작하여 웃음 속에 서로의 거리를 단축할 수 있었다.
　술이 몇 잔 오가고 하는 동안 일보는 그들과 오래된 친구들 같은 친밀감을 느꼈다.
　얼마 뒤 어떤 기자가,
　"명아 씨하구는 어떤 관계죠?"
하고 물을 때도 일보는 그냥 웃으며 대답할 수 있었다.
　"친굽니다."
　"걸 프렌드라는 건가요?"
　"걸 프렌드라면 연애 직전이거나 연애 도중의 여자를 말하는 것이 아닐까요?"
　"우리 나라에서는 그렇게 통해지는 것 같더군요."
　"그렇다면 걸 프렌드는 아닙니다."
　"그냥 프렌드란 말씀이군요. 그렇지만 그냥 프렌드는 동성에 한한 것일 텐데……."
　"미국에는 우리 나라에 있는 남녀간의 우정에 대한 어휘가 없는가 보지요."
　"새로운 어휘를 만들어 미국 사람들에게 선사를 해야겠군."
　명아의 이야기가 그것으로 끝나고 만대도 일보는 그들에게 호의를 느꼈다. 대개의 경우 남녀 관계를 죄악시하듯 색안경으로 바라보려고들 한다. 이해관계가 없으면서도 그 밑바닥을 캐려고 한다. 그런데 현대적인 교양을 갖고 있기 때문인지 그들은 그러한 악취미를 나타내지 않았다. 편집장 되는 사람이,
　"좌우간 명아 씨의 성의가 대단했습니다. 그 분에게 톡톡히 한턱 내셔야

할걸요."

할 때도 그 말 속에 불투명한 협잡물이 끼어 있지 않았다.

"잘 알았습니다."

일보는 자기의 실력보다 명아의 공작력이 자기의 취직을 결정지어 준 것 같아 부끄러움을 느낄 뿐이었다.

술이 취했을 때도 별로 불유쾌하게 노는 친구가 없었다. 직장 의식과 또 지성적인 세련미로 유쾌한 환영회가 끝났다.

일보는 마음에 드는 직장이라고 생각했다. 그러한 직장이라면 아무 사고도 내지 않고 오래오래 있어야 한다는 생각을 했다.

직장에 대한 즐거움을 가지고 집으로 돌아왔을 때 일보는 은미에게서 온 편지를 받았다.

"죽은 사람으로 취급하라는 뜻이 무엇인지 알 수 없습니다. 막연한 표현을 하지 말고 구체적으로 말해 주십시오. 내가 싫어졌으면 무엇 때문에 싫어졌다는 것을 밝히는 것이 서로의 미련을 없이 하는 데 도움이 될 것입니다.

나는 그 삐뚤어진 일보 씨의 성격에 염증을 느꼈습니다. 좀더 대담하고 솔직하게 사시는 것이 어떨지요? 깊은 곳에는 흐린 물이 있고, 거기에는 썩은 고기가 있을 것이라고 그 깊은 곳만을 들여다볼 필요가 무엇입니까? 위에 있는 맑은 물만을 보고 거기에 만족하는 것이 우생학적으로 플러스가 되지 않을까요? 나도 이 이상 일보 씨에게 신경을 쓰고 싶지 않습니다. 이 이상 더 비굴해지고 싶지 않습니다. 일보 씨와 같은 태도만이 생에 대해 성실한 것이 아니란 것만 알아 주기 바랍니다."

편지를 읽고 나자 일보는 일이 다 제대로 잘 되어 간다고 생각했다. 회답을 쓸 필요도 없었다. 내 인생과 은미의 인생이 다르다는 것을 은미가 알아 주고 미련 없이 단념해 준 데 감사를 보내고 싶은 심정이었다.

일보는 정말 은미와 자기의 인생이 다르다는 것을 은미의 편지를 통해 알았다. 그것을 알려 준 은미가 자기보다 인생을 더 잘 안다는 생각도 들었지만 어쨌든 은미와 자기는 인생이 다르다. 하나는 사람을 표면으로 보려 하고 하나는 눈으로 보이지 않는 면을 보려고 하고 있다.

그런데 그 다른 인생 가운데서 은미의 인생이 자기의 인생보다 위에 있다는 것을 느꼈다.

만약 입장을 바꾸어 자기가 은미의 처지에 놓여 있다면 자기는 가만 있을 수가 없을 것 같았다. 이유라도 알아야겠다고 상대방을 못 살게 굴 것이다. 그런데 은미는 일보가 구체적인 말을 한 마디도 안 했지만 애정에 대한 추궁과 더불어 배신당했다고 흥분도 보이지 않았다.

일보는 은미에게 마지막 편지를 보내던 때의 일을 생각했다. 마철배와의 관계를 아주 끊지 못했다고 해서 은미에게 가차 없는 편지를 쓰던 자기. 자기는 그 순간 태양이 없는 암흑을 느꼈다. 영원한 어둠이었다. 육체는 마비 상태에서 제대로 움직이지를 못했다. 그래서 굿바이라는 말을 몇 번씩 되풀이하며 자기를 죽은 사람이라고 생각해 달라는 편지를 썼다.

은미에 비해 어린애 같은 짓이라 아니할 수 없다. 그렇기 때문에 일보는 자기에 비해 어른 같은 은미가 언제건 자기를 다시 찾아 주리라는 생각을 했다. 마철배에 대한 것은 엉터리없는 오해라고 하며,

"맛이 어때요?"

하고 웃어줄 것만 같았다. 만약 그렇게만 해 준다면 일보는 또 전처럼 은미를 사랑할 수 있다. 은미를 사랑하고 그를 소유하고, 그리고 결혼을 한 뒤에는 은미를 꼼짝도 못하게 붙들어 놓으리라.

그러나 은미는 다시 편지를 안 했다. 수희를 만나서 자기의 심정을 전하지도 않았다.

일주일쯤 지난 어떤 날 수희가 잡지사로 일보를 찾아왔다. 일보는 은미의 이야기리라 생각하고 수희가 가자는 대로 잡지사 근처에 있는 다방으로 갔다. 그런데 다방으로 들어선 수희가 생글생글 웃으며 어떤 여자가 앉아 있는 박스로 데리고 갔다. 그리고는 그 여자 옆에 앉은 뒤 일보를 맞은편 의자에 앉으라고 했다. 늘 이야기하던 일이라 일보는 놀라지도 않고 앉았다.

"오빠, 제 친구를 소개할게요. S대학 철학과에 다니는 송명숙예요."

수희가 찬찬히 소개를 할 때 일보는,

"고일봅니다."

머리를 끄떡하고 인사했다.

머리를 아주 짧게 깎고 새까만 눈썹에 손질도 안 한 송명숙의 인상이 무척 청초해 보였다. 거친 세파에 한 번도 시달려 본 일이 없는 듯한 신선한 여자이기도 했다. 그러나 어쩐지 유치원 학생 같은 생각이 들었다.

"전에 ××신문에 논문을 발표하셨지요? 잘 읽었습니다."

송명숙이 일보에 대해 사전 지식을 가지고 있다는 것을 말했다.

"고맙습니다."

일보는 조금도 감탄하지 않았다.

"그 뒤에는 쓰시지 않으셨나요?"

"써선 뭣 합니까? 아는 것두 없으며……."

일보는 얼마 뒤 자기의 논문이 잡지에 발표된다는 이야기를 하지 않았다. 화제를 연장시키고 싶지 않았던 것이다.

"왜 그런 말씀을 하세요. 젊은 사람들이 철학에 관심을 갖도록 자꾸 쓰셔야지……."

"공부를 좀더 한 뒤 쓰지요."

일단 이것으로 화제가 끊어졌을 때 수희가,

"오빠, 이 애 예쁘지요?"

하며 일보를 쳐다봤다. 참으로 우스운 일이었다. 일보는 웃음이 나오는 것을 억지로 참으며,

"예쁘신데요."

하고 담배를 꺼냈다. 달리 할 말이 없어 그런 말을 했지만, 낯이 간지러웠던 것이다.

"우리 친구들 가운데서 넘버원예요."

수희가 또 정면으로 송명숙을 칭찬하자 명숙이 수희의 입을 막으면서 얼굴을 붉혔다.

"나두 그렇게 생각한다."

일보는 수희와 명숙이 무안하지 않도록 수희 말을 긍정했다. 사실 까만 눈동자며 얄팍한 입술이 나무랄 데 없는 처녀다.

수희는 그 뒤에도 명숙이가 공부를 잘 한다고 했고 집안이 엄격해서 남자 교제가 없다고 하여 명숙에 대한 흥미를 돋우어 주려 했다. 그런데도 일보는 명숙에게 흥미를 느끼지 못했다. 그래서,

"일을 하다가 나와서 들어가 봐야겠다."

수희에게 일 핑계를 하고 자리에서 일어섰다.

"사무실루 찾아가두 괜찮아요?"

명숙이 일어서서 의미 있는 웃음을 웃었다.

확실히 일보에게 흥미를 느끼는 태도였다.

"좋습니다."

일보는 그럴 수밖에 없었다. 차마 오지 말라는 말을 할 수가 없었던 것이다. 그러나 사무실로 돌아와 일을 계속하고 있을 때, 일보는 혼자서 빙그레 웃었다. 고르려고 해도 고르기 힘든 여자 같았던 것이다.

그런 여자가 의외에 나타났다. 그리고 자기에게 호감을 갖고 있다.

세상에는 여자도 많고 따라서 좋은 여자도 수두룩하다는 생각이 들었다. 초조하게 굴지만 않으면 얼마든지 좋은 여자를 만나게 된다.

명숙에서 호기심이 들기 시작했다는 것이 아니었다. 이때까지 결혼으로 초조했던 자기가 돌아보였기 때문이었다.

좀더 여유 있는 마음으로 여자를 널리 구했더라면 은미를 가지고 괴로워 하지 않아도 좋았을 것 같은 마음이 들었던 것이다.

명숙을 생각하며 일보는 앞으로 절대 초조하지 말아야 한다고 스스로 다짐했다.

초조하지 말고 천천히 기회를 기다리자.

일보가 이런 생각을 하며 일을 하고 있을 때, 명아에게서 전화가 왔다. 오늘 퇴근 후에 좀 만나자는 것이었다.

언제 만나도 정신적 부담을 주지 않는 명아와 일보는 만날 시간과 장소를

가벼운 마음으로 약속했다. 그리고는 취직을 위해 애써 준 명아에게 저녁이라도 사야겠다는 생각을 했다. 그러나 취직된 지 얼마 안 된 사람으로 월급을 선불해 달랄 수가 없어 빈주먹으로 가지 않을 수 없었다.

약속 시간이 되어 약속한 장소인 서울역 이층 구내식당으로 들어갔을 때 저쪽 구석에 앉아 있던 명아가 손을 들었다.

일보가 그리로 걸어가 웃음을 보냈다. 그런데 웬일인지 명아가 전처럼 명랑해 보이지가 않았다. 일보가 커피를 주문하고 난 뒤에도 명아는 좀체로 말을 꺼내지 않았다. 일보도 별달리 할 말이 없어

"오늘은 왜 여기로 정했지요?"

하고 약속 장소에 대한 이야기를 꺼냈다.

"좋지 않아요? 인생은 결국 떠나고 보내는 것인데 가는 사람과 보내는 사람이 구경하구 싶었어요. 구경하는 입장이 언제나 여유 있는 것이거든요."

명아가 일부러 웃음을 지으며 말했다. 자연스런 웃음이 아니라는 것을 알 수 있었다.

"오늘은 좀 멜랑코리한 것 같은데요."

"그렇지는 않아요. 일보 씨에게 보고할 일은 있지만……."

"보고라니요? 내가 무슨 그런 자리에나 있나요?"

"보고란 반드시 웃사람에게만 하는 건가요? 친구 사이에 알아야 할 일을 알리는 것두 보고지……."

"그렇지만……."

"그렇게 어렵게 생각할 것은 없어요. 오늘 그 사람 미국으로 떠났어요."

그런 이야기라면 딱딱하게 보고라고 전제할 필요도 없을 것 같았다.

"그래서 멜랑코리하시군요?"

"그랬는지도 모르지요. 하여튼 떠나가는 사람을 보냈어요. 김포공항에서……."

"그래서 나와 만나는 장소두 이런 곳으루 정했군요? 나두 떠나보내는 심정으루 만나는 것입니까?"

"농담할 기분이 나지 않아요. 난 그이를 아주 떠나보냈으니까요."

명아는 냉정성을 잃지 않으려고 커피를 홀짝홀짝 마셨다.

"아주 떠나보내다니요?"

일보는 자기의 얼굴 표정에 신중을 기하며 말했다. 사랑하던 사람을 아주 떠나보냈다고 하여 침울해 하는 명아에게 함부로 대할 수가 없었던 것이다.

"어떻게 해요? 그의 소원이 그런 것을……."

"소원이 그렇다니요?"

일보는 정말 알 수 없는 일이라는 듯 반문했다.

"미국에서 영주하겠다는 거예요."

"명아 씨를 내버려 두고요?"

"그런 건 아니지요. 영주하게 되면 날더러 오라는 거지……."

"그럼 가시면 되잖아요?"

"싫어요. 나는 그런 것이 싫단 말예요."

"남들은 그러구 싶어두 그러지를 못해 야단들인데……."

"조국을 버리려구 하는 생각이 싫어요. 살기가 힘들다 해두 조국은 조국 아녜요? 겉으로는 공부를 위해 갑네 하고 말하면서 속으로는 제 나라를 버릴 궁리를 하는 그 속마음이 나빠요. 고향과 부모를 버리구 가서 이방인 노릇을 한들 무엇이 즐겁겠어요?"

"그래두 사랑하는 사람을 따라……."

일보는 말끝을 맺지 못했다. 사랑하는 사람을 위해서는 어디든지 따라가야 하지 않느냐고 말해야 할 것 같았으나 그 말이 도리어 명아의 마음을 건드리는 것이나 아닐까 걱정되었던 것이다.

"거기서 적당한 사람과 결혼을 하라구 그랬어요."

"혹시 마음이 변해 귀국을 한다면 기다리구 있어야 하지 않을까요?"

"사정이 여의치 않을 경우에나 마음이 변할 겁니다. 그때를 기다릴 수 있어요. 불여의해서 돌아올 때를 기다린다는 것은 내가 무리한 여자라는 것을 말하는 것 아녜요? 그런 비참한 여잔 되고 싶지 않아요."

"그렇기도 하군요."

"그래서 오늘 김포공항에서 마지막 작별을 했어요. 잘 가서 성공하라구 말하며……."

"성공이라니요?"

"조국을 버리는 데 성공해야 할 거 아녜요."

일보는 그 이상 더 할 말이 없었다. 더 알고 싶은 것도 없었지만 침울해 하는 명아의 마음을 달리 건드릴 수도 없었다. 다른 화제를 꺼냈으면 하는 생각이었지만 그것은 명아가 할 일이다. 다른 화제를 꺼내면 그 일을 무시하는 것 같이 되어 명아에게 실례가 된다.

그래서 일보가 이야기를 꺼내지 못하고 침묵하고 있을 때 명아가,

"저녁이나 먹으러 가요."

하며 일보의 얼굴을 쳐다봤다.

'아주 떠나보낸 기념으루요?'

일보는 이 말이 하고 싶었으나 농담할 때가 아닌 것 같아,

"취직 턱을 내야겠는데 오늘은 돈이 없어서…… 며칠 뒤 내가 초대를 하겠습니다."

하고 따라가기를 주저했다.

"저녁값은 있어요. 걱정 말구 가세요. 일보 씨는 월급을 탄 뒤 톡톡히 내셔야 할 테니까……."

명아가 처음으로 웃음을 보였다. 그 기회를 놓쳐서는 안 되었다. 일보는 분위기를 돌리기 위해,

"돈을 꾸어 주시지. 그럼 멋진 데루 안내할 텐데."

하고 명아 앞에 손을 내밀었다.

"그럴 돈은 없어요. 어디 가서 설렁탕이나 먹어요."

"숙녀 하구 설렁탕집에 가는 건 조금 어울리지가 않는 것 같은데요……."

"우족탕이나 추탕 같은 걸 먹을 줄 알아야 숙녀가 된다는 걸 모르시는군요."

"막걸리두 한 잔쯤……."

"일보 씨를 위해서라면 갈 수 있어요. 설렁탕을 먹은 뒤 가세요."

그들은 서울역을 나왔다. 그리고는 가는 사람과 보내는 사람이 굳은 표정으로 서성거리는 서울역을 뒤로 하고 시청 앞을 함께 걷기 시작했다.

명아와 설렁탕을 먹고 대포까지 한잔 한 뒤 집을 돌아올 때 일보는 명아도 순탄한 길을 걷는 여자가 아니라는 생각을 했다. 힘껏 불어 바람을 넣었던 풍선이 터지면 그 풍선은 다시 쓸 수가 없게 된다. 다시 바람을 넣을 수 없을 만큼 아주 못쓰게 된 것은 아니지만, 어쩐지 명아가 터져 버린 풍선 같은 느낌을 주었다.

명아만이라도 순탄한 인생행로를 걸어 주었으면 하고 바라지는 것은 일보 자신이 쓰라린 체험에 시달린 때문이었는지 모른다. 어쨌든 이때까지 불행한 여자라고 한 번도 생각해 본 일이 없던 명아가 오늘 처음으로 불쌍한 여자라는 마음이 들어 가슴이 허전했다.

불행이란 비록 남의 것이라 해도 유쾌한 것이 아니었다. 더구나 명아가 불행해진다면 자기도 마음이 무거워질 것 같은 의구심이 들었던 것이다.

빨리 좋은 사람이 나타났으면 하고 명아의 앞날을 걱정하며 집에 들어갔을 때였다.

수희가 일보에게로 와서,

"조금 전에 애경 언니가 왔다 갔어요."

했다.

"무엇 하러?"

일보는 생각할 새도 없이 놀라는 표정을 지었다. 가슴이 두근거림과 동시였다. 아주 생각지 않기로 했던 애경이었지만 찾아왔었다는 말을 듣자 일보는 애경에 대한 애정이 봇물처럼 터져나오는 것을 느꼈다.

애경! 역시 애경은 나를 잊지 못하고 있구나. 그러한 애경에게 나는 왜 비정(非情)만 보여 주었을까? 그의 가슴에 얼굴을 파묻고 백배 사과를 해도 모자랄 나. 그러나,

"약혼을 했대요."

최후로 남긴 것 491

하는 수희의 말에 일보는 앞이 캄캄해짐을 느꼈다.
"정말?"
"같은 병원에 있는 소아과 과장이라나요. 흠 잡을 데 하나 없는 남자래요."
"언제?"
"바루 어제 했대요."
거짓말은 아니었다. 그러한 거짓말을 어떻게 꾸며서 할 수가 있을 것인가?
"그래?"
일보는 맥빠진 한숨을 내쉬었다.
일보는 그것을 알리려 일부러 찾아왔던 애경이 심정을 이해할 수 없었다. 자기도 행복해질 수 있는 여자라고 그것을 알리러 왔던 것일까?
그렇다고 해서 일보는 애경을 증오하고 싶은 생각을 못했다. 모든 것이 자기를 비참하게 만들고 있다는 생각만을 했다.
원망할 수도 증오할 수도 없는 일이었다. 다만 자기 자신을 비참하게 생각할 뿐이었다.
"너는 기쁘겠구나."
자기를 빤히 쳐다보고 있는 수희에게 바늘로 찌르듯 쏘아붙였다. 지금 자기가 증오할 수 있는 사람은 오직 수희뿐이었기 때문이었다. 이 비참한 얼굴을 보기 위해서 너는 애경의 약혼을 신나게 전하는 것이 아니냐?
"오빠는 눈물이 나우?"
수희가 일보를 비양하듯 말했다.
"그렇다. 눈물이 난다. 가슴이 아프다."
일보는 해서 안 될 말 인 줄 알면서도 함부로 지껄였다.
"미안합니다. 그렇지만 처음부터 그렇게 될 줄 알았던 일 아녜요? 운명의 방향은 옆으루 기울어지구 있었으니까."
"누가 모른다던? 몰라서 슬퍼하는 줄 아니……."
"고정하세요. 오빠답지 않아요."

일보는 수희를 한 대 갈겨 주고 싶었다.
주먹이 부들부들 떨렸다. 그러나,
"난 죽어야 해. 죽어도 고칠 수 없는 바보야."
하며 눈물을 닦았다. 정말 일보의 눈에서는 눈물이 흐르고 있었던 것이다.
"오빠, 다 끝난 일 아녜요. 끝난 일을 가지구 뭘 그러세요."
그래도 일보는 방바닥에 덜렁 누워 흐르는 눈물의 뜨거운 촉감을 피부로 느끼고 있었다.
얼마를 울고 있는데 밖에 나갔던 아버지가 들어왔다. 일보는 벌떡 일어나 눈물을 닦고 얼른 수희 방으로 건너갔다. 아버지에게까지 차마 눈물을 보일 수가 없었던 것이다.
'아버지! 아버지는 왜 나에게 그렇게까지 신경을 써 주십니까? 나는 애정에 약한 놈입니다. 아버지 앞에서는 눈물도 흘릴 수가 없습니다.'
그러나 일보는 아버지의 애정을 거부하려고 하지는 않았다. 거부할 수도 없는 것이었다.
일보가 눈물을 거두고 앞으로는 아버지를 슬프게 하지 말아야겠다는 생각을 하고 있을 때 수희가,
"명숙이 어때요? 좋지요? 정말 오빠에게 소개하구 싶은 애예요."
하고 명숙의 이야기를 꺼냈다.
"좋더라. 좋기는 하지만 그런 이야기 당분간 하지 말아라."
일보는 그런 이야기를 일체를 거부하고 싶은 심정이었다. 애경이 비록 약혼했다고 하지만 그렇다고 해서 자기도 빨리 결혼해야겠다는 마음은 일어나지 않았다.
'애경이 결혼한다는 것은 결혼이 하고 싶어하는 것이 아니다. 그럴 수밖에 없으니까 해 버리는 것이다. 나는 결혼을 서두를 아무 이유가 없다. 혼자 살면서 좀더 애경을 생각하자. 애경을 생각함으로 내 순결을 지키자.'
"오빠두. 오빠가 상처하셨수?"
"상처보다 더한 거지. 살아 있는 사람들을 다 떠나보냈으니까……."
"그런 센티멘탈 버리세요. 나이가 몇 살이라구 그런 생각을 하세요?"

"죽을 때까지 그러구 싶다. 꿈만이 아름다울 테니까……."

"명숙인 오빠를 굉장히 좋아하던데……. 그런 애 다시 만나기 힘들 거예요."

"그러지, 아버지가 좋아하시면……."

"건, 문제없어요."

수희는 다 된 일인 것처럼 좋아했다. 일보는 수희가 좋아해도 무방하다고 생각했다. 아버지를 움직여 아버지가 추천하도록 한다면 그것까지 거절할 필요는 없다고 생각했기 때문이었다. 어쨌든 자기의 의사로 결혼하려고 하는 노력은 정력의 소비 이외에 아무것도 아니다.

애경은 지금 행복을 느끼고 있을까? 슬퍼하고 있을지도 모르지. 그렇지만 결혼 준비를 하고 있을 것만은 사실이다. 일보는 애경만을 생각했다. 결혼 생활을 위하여 이부자리를 만들 것이며 살림 도구들을 사들일 것이다.

일보는 머리가 아찔해지는 것을 느꼈다. 애경이 딴 남자와 결혼 생활을 하기 위하여 자기 손으로 결혼에 필요한 물건들을 준비하다니…….

잠이 오지 않았다. 자야 한다고 생각하면서도 애경의 얼굴이 눈앞에 떠올라 잠들 수가 없었다.

행복을 빌어 줘야지. 어찌할 수 없는 일에 미련과 애착을 느껴서는 무엇할 것인가? 애경이 행복을 빌어 주자. 그러나 행복을 빌면서도 세상에 그럴 수가 있을까 하는 안타까움이 마음을 설레게 했다.

애경이 딴 남자와 결혼하다니…… 그리고 모든 것을 부끄럼 없이 바치다니…….

다음날 일보는 애경에게 전화를 걸었다. 약혼을 축하해야 한다는 마음에서였다. 그러나 약혼을 축하한다는 말을 하고 일보는,

"결혼하시면 나를 만나 주지도 않겠군요."

해야 할 필요가 하나도 없는 말을 꺼내고야 말았다.

"그러는 것이 좋겠죠."

애경의 대답은 쌀쌀해졌다. 이때까지 한 번도 본 일이 없는 냉담이었다.

"정말입니까?"

일보는 어안이 벙벙해서 그 말의 진위를 가리려 했다.
"가정을 갖구 살게 되면 자연 구애되는 일이 많지 않아요? 구태여 두드러지게 살 필요는 없다구 생각해요."
"형수와 시동생인데두요?"
일보는 언젠가 애경이 형수와 시동생의 관계라면 어떤 경우에도 만날 수 있느냐고 하던 말을 회상하며 말했다.
"내가 결혼을 하게 되면 그런 관계는 자연 끊어지구 마는 것이니까."
그렇기는 하다. 그렇지만 그렇다고 해서 약혼한 지 며칠도 안 되어 그런 말을 할 수가 있을까?
일보는 애경이 너무 심하다고 생각했다. 그러나 항의할 수가 없는 일이다.
"잘 알았습니다."
이렇게 해서 전화를 끊으려 할 때,
"도련님의 행복을 빌겠어요."
하고 말했다. 일보는 '그런 말 그만둬요.' 하고 전화통을 내동댕이치고 싶었지만 아무 말도 않고 전화를 끊어 버렸다.
비할 데 없는 냉정한 태도를 보일 때 일보는 애경의 머리가 돌지나 않았나 하고 의심했다. 아무리 결혼에 몰두했고 부부 생활에 충실하려 한다 해도 그럴 수가 없을 것 같았던 것이다. 그러나 맨 마지막으로 '도련님의 행복을 빌겠어요.' 하던 말을 들었을 때 일보는 가슴이 써늘해지는 것을 느꼈다. 그 음성이 유언처럼 들렸던 것이다. 애절한 기원이었다. 그리고 마지막 기원 같은 애절이었다.
다른 사람과 결혼을 하면서도 나에 대한 진실은 버리지 못하는 것이로구나.
애경의 진실은 역시 그런 것이라고 생각했다.
분노와 같은 감정으로 전화를 끊었지만 애경의 진실을 느낄 때 일보는 좀 더 이야기를 했더라면 하고 후회했다. 언제쯤 결혼을 하느냐고도 물어야 했을 것 같았고 결혼할 때는 청첩장을 꼭 보내 달라는 말도 했어야 할 것 같왔다.

이렇게 자기를 후회한다는 것은 애경에 대한 미진한 마음이 그냥 남아 있기 때문이었을 것이다.

그런 미진한 마음이 있었기 때문에 일보는 또 애경에 대한 어떤 기대를 가졌다. 대담한 기대는 아니었지만 전화라도 걸어 주리라는 최소한도의 기대였다.

그러나 보름이 지나도 애경에게서는 전화가 오지 않았다. 자기를 완전히 잊고 결혼 준비에만 몰두해 있는 것이라 해석하지 않을 수 없었다. 그래서 자기가 먼저 전화 걸 생각도 못했다. 만나지도 않고 전화도 걸지 않고 약 보름을 지냈다. 그 동안 일보는 사랑하는 사람과는 결혼을 안 한다는 말을 생각했다. 그러나 상대방도 결혼을 안 할 때 말이지 한편은 결혼하는데 한편은 결혼을 하지 않고 상대방을 생각한다는 것은 참을 수 없는 일이라고 생각했다. 애경이 결혼한 남자에게 좋아해 주는 장면만이 자꾸만 생각났던 것이다. 그럴 때마다 몸이 오싹오싹하는 것을 느끼면서도 그래도 또 애경을 생각하게 되는 것은 무슨 까닭일까?

애경이 결혼식을 거행하고 살림을 시작해야만 없어질 법인지…….

그 동안 아버지가 명숙 이야기를 꺼냈다. 만약 그 여자가 괜찮다고 생각되면 자기가 한 번 만나 보겠다는 것이었다. 일보는 그러는 아버지 말을 싫다고 거절하지 않았다. 그 대신 당분간은 숨을 돌려야겠다고 얼마 동안 보류해 달라는 말을 했다. 아버지도 서두를 필요는 없다고 하며 일보의 말에 동의해 주었다.

그러고 있는데 어떤 날 애경으로부터 편지가 왔다. 봉투 속에는 편지와 애경의 결혼 청첩장이 들어 있었다.

일보는 우선 청첩장부터 보았다. 일주일 뒤인 금요일 ××교회에서 ××목사 주례 하에 결혼식이 거행된다는 청첩장이었다.

청첩장을 읽고 일보는 올 날이 왔다고 생각했다. 미련과 그리움이 있을 수 없는 최후의 날이다.

신랑 강계학과 신부 조애경의 이름을 두 번 세 번 읽고 난 일보는 동봉한 편지를 읽고 싶은 마음이 들지 않았다. 최후의 날이 왔는데 편지가 무슨 소용이냐는 생각이었다. 그러나 솜에 싼 햇병아리 다루듯 조심스럽게 편지를 펼쳤다. 꺼져가는 촛불을 대하는 심정이기도 했다.

"도련님.
이것도 마지막으로 부르는 이름이 아닌가 생각합니다. 동봉한 청첩장처럼 저는 운명에 팔려 가는 것입니다. 오랫동안 도련님을 괴롭혔습니다. 안 될 사랑임을 알면서도 내부에서 우러나는 열이 열병환자를 만들었던 것입니다. 더구나 희망과 앞날이 요원한 도련님에게도 있을 수 없는 꿈이었습니다. 남자에게 애정을 생명처럼 바치고야 살아가는 여자로서는 애정은 생명입니다. 한 번 바친 나의 애정이 다하는 날 나는 내 목숨을 다 산 것입니다. 그렇기 때문에 나는 내 생명을 빛나고 영광스러운 것으로 생각합니다.
나를 원망하고 증오하셔도 좋습니다. 그 대신 도련님의 희망과 앞날에 영광이 있도록 즐겁고 씩씩하게 살아 주시기 바랍니다. 결혼식 날짜를 알려 드리지 않을 수 없어 알려 드립니다만, 그 날 오시지는 말아 주십시오. 이것은 진심입니다. 오심으로 괴로움을 느끼시느니보다 외면하고 제 운명의 길을 떠나보내시는 것이 좋을 것 같습니다. 조금도 화려한 결혼식이 아닐 것입니다. 일부러 교회를 택한 것도 화려한 것을 피하기 위한 저의 의사입니다. 저는 그새 교회에 나가기 시작했습니다.
그럼 도련님의 앞날을 거듭 축복하겠습니다."

편지를 읽자 일보는 그 편지를 갈기갈기 찢어 버리고 싶었다. 자기의 결혼을 앞두고 과거의 고별하는 부질없는 넋두리라고 생각되었던 것이다. 자기를 어디까지나 미화시키려는 푸념이다.
그러나 찢지를 못했다. 넋두리와 푸념만으로 보기에는 너무나 절실한 것이 있었기 때문이었다. 일보는 애경이 편지를 잘 쓰는 여자라고도 생각했다. 넋두리와 푸념을 쓰면서도 그것이 절박한 것으로 느끼게 썼으니까.

어쨌든 일보는 편지를 접고 눈을 감았다. 그리고 '나의 애정이 다하는 날 나는 내 목숨을 다 산 것입니다.'라는 말과 '환자가 병원을 찾아가는 심정으로 교회에 나간다.'는 말을 생각했다. 아무리 넋두리라 해도 꾸며댄 말이라고는 할 수 없다. 더구나 애경 같은 여자가 마음에 없는 말을 거짓으로 꾸밀 수는 없다. 확실히 꾸밈없는 진실이다.

애경은 결혼을 앞두고 괴로워하는 것이다. 괴로운 나머지 자기 목숨을 다 살았다는 말까지 한 것이다.

일보는 종기가 곪았을 때처럼 가슴이 쏘는 것을 느꼈다. 머리에 열이 나는 것 같았으나 손이 저절로 떨리는 것 같았다.

일보는 담배를 꺼내 입에 물었다. 그리고는 커다란 성냥통을 집어 성냥불을 켰다. 그러나 불이 일어난 성냥을 담배 있는 데로 갔다 대지를 않고 성냥통 속에 가져다 댔다. 순간 성냥통이 일시에 폭발했다. 매캐한 유황 냄새가 코를 찔렀다. 일보는 당황하여 불붙고 있는 성냥통을 창으로 던졌다. 그러나 열려 있지 않은 창문이라 성냥통은 방 안에 떨어져 뒹굴었다. 그는 황급히 그것을 쥐고 미닫이를 연 뒤 뜰로 내던졌다.

뜰에서 훨훨 타고 있는 성냥통을 보면서도 일보는 왜 자기가 정신 나간 짓을 했는가 생각을 못했다.

일보는 생담배를 문 채 넋을 잃은 사람처럼 타오르는 성냥통만을 멍하니 바라보고 있었다.

이삼 일 뒤였다. 일보가 출근을 했다가 돌아왔을 때 애경이 와서 주고 갔다고 하며 포장지에 싸 온 작은 상자 하나를 식모가 주었다.

일보는 상하지 않게 조심조심 포장지를 뜯었다. 포장지를 뜯자 한지가 나왔다. 한지를 조심스럽게 뜯고 상자를 열자 그 속에는 순금 반지 하나가 곱게 앉아 있었다. 반지 옆에는 네 겹으로 접은 하얀 종이가 있었다.

"제 결혼기념품입니다. 받아 주시기 바랍니다. 애경."

쪽지를 읽은 뒤 일보는 반지를 들고 안팎을 살펴보았다. 그러나 아무런 글자도 새겨 있지 않았다. 두 돈쯤 되어 보이는 묵직한 금반지. 일보는 중량감에서 애경의 애정을 느꼈다. 자기 결혼의 기념품을 남에게 주는 일이 있을 수 없다. 그러면서도 아무런 글자 하나 새길 수 없는 애경의 심정.

일보는 왼편 손 무명지에 그것을 꼈다. 약혼반지를 끼는 손가락이다.

반지가 손가락에 꼭 맞아 들어갈 때 일보는 애경의 관찰력이 예민하다는 것을 느꼈다.

일보는 반지를 보며 애경이 딴 사람과 결혼을 하지만 마음으로는 자기를 사랑하는 것이라 생각했다. 영원히 변치 않는 순금반지, 그것이 애경의 마음이 아니겠는가?

그러나 일보는 며칠 전 편지를 받았을 때처럼 자기의 정신을 잃지 않았다. 죽을 때까지 소중히 간직하며 애경의 마음을 잊지 않으리라 생각했다. 그리고 자기는 무엇을 보낼까 궁리했다. 자기도 반지를 사 보내고 싶었지만 애경은 그것을 마음대로 낄 수가 없을 것이다. 끼지 못할 물건을 보낼 필요는 없다. 그러면 무엇을 보낼까? 브로치, 목걸이 등 오래 가질 수 있는 것을 생각해 보았으나 그런 것들을 분실할 우려가 있다. 화장품이나 의류는 써서 없어질 물건이다.

일보는 궁리궁리하다 결국은 끼지는 못하는 몸에 지닐 수 있는 금반지를 사기로 결심했다.

내일 사서 보내자. 보낼 때는 수희를 시키자.

애경이 자기가 출근하고 없는 시간을 틈타 집에 왔던 것처럼 일보는 자기도 애경을 만나지 않고 물건만 전달하는 것이 도리라 생각했다.

어쩔 수 없는 일이다. 만나서 안 될 사람을 만날 필요가 없다. 만나진 않으며 마음의 교류를 하는 것이 두 사람의 운명이다.

학교에 갔다가 늦게 돌아온 수희가 일보의 손에 끼여 있는 반지를 보고 어디서 났느냐고 물었다. 일보는 샀다고 대답하고 싶었으나 금시 탄로되고 말 것 같아,

"얻었어."

하고 대답했다.

"누구한테서요."

"전에 있던 회사에서 파면이 아닌 스스로 그만두는 사람에게는 반지를 기념품으로 준다나……."

일보는 그것도 들어 줄 것 같지 않다고 생각했지만 그밖에 달리 꾸밀 말이 없었다.

"좋은 회사로군요."

수회가 그런 말에 속아 넘어갈 것 같지 않았지만 어쩐지 액면대로 받아들였다.

"의외루 그런 좋은 점이 있어."

이렇게 말했을 때 일보는 애경이 결혼한 반지야, 수회와 아버지에게 반지의 유래를 이야기해야 한다고 생각했다. 그래야 떳떳하게 그 반지를 끼고 다닐 수가 있을 것 같았기 때문이었다.

그러나 다음날 아버지에게 이천 원을 받아 반지를 산 뒤 수회에게 전달을 부탁할 때 일보는 자기가 끼고 있는 반지의 출처를 밝히지 않을 수 없었다.

이야기를 끝내고,

"그러니까 나와 꼭같은 반지를 보내는 거야. 수고스럽지만 좀 전해 줘."

했을 때 수회는 알았다는 듯이 생긋 웃었다.

다음날 즉 애경이 결혼식이 있기 전날 수회가 애경에게 들러 회사로 왔다.

"공연히 그런 심부름을 했어요."

수회는 일보를 만나자 투덜거리기부터 했다. 그러나 그것은 자기가 힘든 심부름을 했다는 하나의 시위였다.

"반지를 껴 보면서 자꾸 울지 않아요. 민망해서 혼났어요. 정말 내일 식장에는 가지 마세요. 오빠를 보면 또 울지 모르니까……."

수회가 하려는 말은 이것이었다.

"결혼식 날 우는 여자가 어디 있어? 새로운 희망이 싹트는 날인데……."

"아버지하구 나하구만 같게, 오빠는 정말 가지 말아요. 언니에게는 장래보다두 과거가 더 중요할 것 같이 보였어요. 언니두 오빠보구 오지 말도록 해 달랬어요."

"글쎄, 봐서 하지."

일보는 수희와 애경이 이야기를 길게 하고 싶지 않았다 어물어물해서 수희를 돌려 보낸 뒤 일보는 진심으로 애경을 위해 걱정했다. 이왕 결혼을 하는 바에야 과거에 눈물 흘릴 것 없이 신혼생활의 설계나 꾸며야 하지 않느냐고. 정말 자기 때문으로 해서 애경의 결혼생활에 파탄이 일어나지 말아주기를 바란다. 그런 의미에서 내일 애경의 결혼식에는 참석하지 않는 것이 좋으리라는 생각도 했다.

이렇게 일보로서 가장 정상적인 생각을 하고 있었으나 애경이나 자기나 할 것 없이 다 같이 불행한 사람이란 마음이 들어 종일 우울한 날을 보냈다. 우울하게 일만을 하고 있을 때 명아에게서 전화가 왔다. 오늘이 자기 생일이라면서 저녁이나 같이 먹자는 것이었다.

다른 날과도 달리 생일이라는데 다음에 만나잘 수가 없었다. 그리고 빈손으로 갈 수도 없었다. 일보는 하기 힘든 일이었지만 서무과에 가서 돈을 빌려 가지고 명아를 만나러 갔다.

이 날 약속한 장소는 소공동에 있는 단층집의 양식 그릴이었다. 명아를 식당에서 만난 일보는 우선,

"해피 버스데이 투유."

라고 생일을 축하한 뒤,

"축하하는 뜻으로 오늘 저녁은 내가 삽니다."

하고 말했다.

"천만예요. 생일 파티는 주인공이 베푸는 거 아녜요."

명아는 자기가 초대한 것이라 하며 일보에게 양보하지 않았다. 어쨌든 런치를 주문할 때 일보는 비어를 두 병 가져오게 한 뒤 그것으로 축배를 올리려 했다. 그런데 비어가 오기 얼마 전 명아가 일보의 손가락에서 금반지를 보고,

"그것 누구한테 받으신 거예요?"

하고 물었다. 그 말에 일보는 갑자기 슬퍼지는 마음에서 이때까지 한 번도 고백하지 않았던 애경과의 관계를 자진해서 설명했다. 이십 분 이상이나 걸

려 애경 이야기를 한 뒤,

"그래서 준 것이니 죽을 때까지 껴야 하지 않겠어요?"

하고 자기의 심경을 말했다.

"그래요? 그럼 오늘은 울구 싶으시겠네요?"

"약간……"

"그럼 내가 오늘 술 상대를 해 드리죠."

그때 명아가 비어 잔을 들고 일보에게 권하며 자기도 마시려 했다.

"그만두세요."

일보는 엄격한 어조로 명아를 저지했다.

"왜요. 나두 마시고 싶은데……"

"여자가 술 마시는 건 그리 아름다운 일이 아니니까요?"

"그래요? 동양 남자들은 자기 애인에게만은 술과 담배를 못하게 한다지요?"

명아가 의미 있는 웃음을 웃었다.

"글쎄요."

일보는 문득 생각했다. 은미에게 술을 못 마시게 한 일이 한 번도 없었다는 것을.

"이상하신데요?"

명아가 또 웃으며 일보를 쳐다봤다.

애경의 결혼식이 있은 다음 날은 일요일이었다. 일보가 집에 있는데 소포 하나와 편지 봉투 한 장이 배달되었다. 소포 꾸러미 위에는 애경의 이름이 씌어 있었고, 봉투 속에는 은미의 결혼 청첩이 들어 있었다. 일보는 손쉬운 결혼청첩장부터 읽었다.

"마운성 씨 장남 마철배."

신랑의 이름을 읽는 순간 일보는 일은 제대로 잘 되었다고 생각했다. 더욱이 마철배의 아버지가 옛날 자유당 시대에 유명한 국회의원이었던 것을 생각할 때 그 결혼은 있을 수 있는 일이라 수긍했다. 축전을 보내야지. 이런 생각을 하며 애경에게서 온 소포를 뜯었다. 어제 결혼식장에서 시선이 마주

쳤을 때 무표정하던 애경의 얼굴이 눈앞에 떠올랐다.

아무 의지도 없고 아무 감정도 없는 얼굴이었다. 그러나 소포 가운데는 좀더 벅찬 무엇이 들어 있을 것이라 기대하며 그것을 뜯었을 때 일보는 애경의 일기책임을 발견하고 이것이야말로 최후로구나 하는 생각을 했다. 최후로 보내는 물건.

일보는 그런 마음으로 일기의 맨 마지막 페이지부터 읽기 시작했다.

"내일 결혼식 날이다. 살기 위해서 안 할 수 없는 결혼식이기에 나는 눈을 감고 식장에 나가야 한다. 내일이 지나면 일보 씨도 마음놓고 결혼할 것이다.

그러나 결혼식이 가까워질수록 결혼의 의미가 모호해진다. 마음으로 사랑하는 사람을 두고도 육체적으로 딴 남자와 결혼할 수 있는 것일까? 나는 일보 씨를 잊을 수는 없다. 잊지 않으려고 반지까지 사 보냈다. 일보 씨도 꼭같은 반지를 보내왔다. 그러면서 딴 사람과 결혼한다는 것은 몸을 파는 행위나 아닌가?

그리고 결혼을 한 뒤 일보 씨를 생각한다는 것은 일보 씨를 모독하는 일이다. 딴 남자에게 시중을 들며 어찌 일보 씨를 생각한다는 말을 할 수 있겠는가?

아무래도 나는 내 생각을 고집해야겠다. 그것만이 일보 씨를 향하여, 그리고 또 나 자신을 위하여 떳떳한 일이다. 그러나 그렇게 되면 나를 모욕할 사람들이 있겠지. 그러나 그것을 겁낼 것은 없다. 나를 위하여."

결혼 전 날의 일기를 읽자 일보는 가슴이 떨려 왔다. 애경이 고집하려는 생각이 곧 죽음이라는 것을 알 수 있었기 때문이었다. 결혼식이 끝나자 온양으로 신혼여행을 떠났다니 아직 죽지는 않았을 것이다. 그러나 머지않아 죽고야 말 애경임을 생각할 때 일보는 자기가 살인자라는 죄의식을 느꼈다. 살인하지 않을 수는 없을까? 애경은 어째서 한 마디의 이야기도 없이 그런 생각을 하고 있을까? 이야기만 한다면 죽을 필요까지는 없을 텐데. 일보는 애경이 신혼여행에서 돌아오는 대로 그를 만나야 한다고 생각했다. 만날 방법은 있을 것 같았다.

그런데 오후였다. 배달된 신문을 뒤적이다가 일보는,

"온양 관광호텔에서 결혼 초야의 신부 음독자살."

이란 기사를 읽었다.

바로 애경의 이야기였다.

일보는 그냥 아연했다. 울 수도 없고 한탄할 수도 없고 통탄할 수도 없었다. 오직 아연할 뿐이었다.

신문을 보고 명아가 찾아왔다. 숨을 헐떡이는 것으로 보아 마구 달려온 모양이었다. 걱정되는 얼굴을 하고 찾아온 명아를 보자 일보는 갑자기 눈물이 솟구쳤다.

"그럴 줄 알구 달려왔어요. 일보 씨, 저를 좀 보세요."

명아가 일보의 팔을 잡고 흔들었다.

그러나 일보는 아무 말도 않고 그냥 울었다.

남자라는 것을 잊고 울었다.

"일보 씨 제가 있잖아요. 제가 옆에 있잖아요."

명아도 울면서 말했다.

그리고 한 시간쯤 뒤 두 사람은 한강철교 위를 걷고 있었다. 어디랄 것 없이 그들은 둘이서 걷고 있는 것이었다.

(원) 《조선일보》 1962. 11. 7 ~ 1963. 8. 11,
(출) 『한국대표작가신문학전집 1』 문리사, 1976.

종각

서장(序章) 신앙생활

날이 밝으려면 아직 한 시간쯤 있어야 하는 새벽 네 시 반.
최광주(崔光柱)는 높다란 종각 꼭대기에 매달린 아름드리의 쇠종을 한 번 우러러보고는 전선을 꼬아 만든 밧줄을 잡아당겼다.
"뗑그렁!"
어두운 방에서 한 가치의 성냥불을 켜면 온 방 안이 빛으로 가득 차듯, 금속성의 종소리는 고요한 새벽 공기를 파헤치고 한 구석도 남김없이 번져 나간다.
어둠으로 해서 종이 눈에 보이지는 않았으나 광주는 밧줄을 놓을 때 기울어졌다가 제자리로 내려가는 종을 다시 우러러보고 밧줄을 잡아당겼다.
"뗑그렁!"
이렇게 종을 치기 직전 종을 우러러보는 것은 광주에게 있어서 종이 하느님과 같은 거룩한 존재로 생각되었고, 거기서 울려나오는 소리는 하느님의 음성처럼 거룩한 목소리로 생각되었기 때문이었다. 한 구석도 비우지 않고 온 누리를 꽉 채우며 울려 나가는 종소리에 죄 진 사람은 귀가 트일 것이다.
"뗑그렁!"
계속해서 세 번째 종을 울릴 때 광주는 그 종소리가 자기 몸과 마음에 가득 차는 것을 느낀다.

마치 자기의 육심(肉心)이 종소리로 만들어진 느낌이다.

그것은 하느님이 자기를 조금도 백안시하지 않고 친자식처럼 사랑의 눈길로 감싸 주고 있다는 자의식(自意識) 때문일 것이다.

"뗑그렁!"

밧줄을 잡아당기면서 광주는 속으로,

"하느님!"

하고 부르짖었다.

그것은 어떤 욕망에서 우러나오는 부름이 아니었다. 이인동체(二人同體)가 된 듯한 만족감에서 사랑하는 사람의 이름을 부르는 것과 같은 부름이었다.

종을 우러러보고는 온 몸을 굽혀 밧줄을 당기기 열다섯 번.

그 동안 광주는 무아(無我)의 자기를 느끼며 하느님만을 생각했다.

종소리 속에서 하느님의 목소리를 들으며 하느님을 생각했던 것이다.

C교회에서 사찰(伺察) 노릇을 하며 교회의 잡일을 도맡아 보고 있는 광주에게 있어선 종 치는 시간이 가장 즐거운 시간이지만 종 치는 시간 가운데서도 새벽종 치는 일이 가장 즐거운 일이었다.

그것을 즐거움이라 표현할 수는 없을지 모른다.

자기와 하느님이 가장 가까워지는 시간, 그리고 거기서 자기 인생이 밝아짐을 느끼는 순간, 그런 순간은 즐거움이라기보다 엄숙한 인생을 느끼는 순간이라고 말함이 옳을 것이다.

광주는 언제나 종을 열다섯 번 친다.

자기가 젊었을 때 여자를 열다섯 명 범했다는 죄의식에서 시작한 것이 이제는 습관화되고 만 것이다.

그런 만큼 처음에 교회에 들어와 세례를 받은 뒤 자진해서 사찰이 되었을 때까지 그는 열다섯이란 숫자를 자기의 십자가로 생각했었다.

그래서 종을 치면서 한 번 두 번 그 종소리를 세어갈 때, 그의 가슴은 죄의식 속에서 하느님을 쳐다보지도 못했었다.

그 열다섯 번 가운데 마지막 숫자를 셀 때의 고통이란 더 말할 수 없었다.
그러나 종을 치며 죄의식 속에서 산 지 칠 년이 지난 지금 그는 하느님을 두려워하기보다 엄하기는 하나 친밀감을 느끼는 친아버지처럼 생각하고 있다.
그래서 종을 칠 때, 하느님처럼 생각하는 쇠종을 매번 우러러보기도 하고 종소리 속에서 하느님의 부드러운 음성을 느끼기도 한다.
열다섯 번 종을 친 뒤 광주는 종각을 나와 교회당으로 들어간다.
물론 텅 빈 교회당이다.
아직 목사도 전도부인도 나와 있지 않다.
그는 전깃불을 켜고 설교단으로 올라가 설교 탁자며 목사가 앉는 의자에 손질을 한다.
밤마다 소제를 하기 때문에 거기에 먼지가 앉거나 그것들이 비뚤어져 있거나 하는 일이 없지만 습관적으로 손을 대보는 것이었다.
그리고는 강단을 내려와 교인들이 앉는 의자를 둘러보았다.
새끼줄을 치고 꽂아 놓은 벼 포기들처럼 의자들은 직선을 이루어야 한다.
교회당 안을 한 바퀴 살핀 뒤 그는 맨 뒷자리에 앉았다.
그때 목사가 들어왔다.
광주가 맨 뒷자리에 앉아 있을 것을 뻔히 알면서도 본 척도 안 했다. 그것은 엄숙한 기도를 드리는 첫 새벽 하느님과의 대화(對話) 이전에 인간과의 대화를 함으로 엄숙한 마음을 흐트러뜨리지 않기 위함이었다.
그것은 목사뿐 아니라 전도부인도 또 신자들도 마찬가지였다.
새벽기도가 끝난 뒤 돌아갈 때는 서로 인사를 하나, 기도하러 들어올 때는 인사를 나누는 일이 없다.
목사가 본 척도 안 하고 앞으로 걸어가지만 광주는 일어서서 그를 맞이한다. 그리고 설교단이 아닌 교인석 맨 앞자리에 자리를 잡고 앉을 때까지 그대로 서 있는다. 그것은 목사를 존경하는 마음에서였다. 하느님과 가장 가까운 목사는 그만큼 존귀한 분이다.
목사가 들어온 지 얼마 안 되어 전도부인이 들어왔다. 전도부인이 들어올 때도 광주는 자리에서 일어섰다. 말로 인사는 안 하나 일어섬으로 인사를 표하는 것이었다. 그러나 그미가 교회당에 들어섰을 때만 일어섰을 뿐 그미가 여자석을 향해 걷기 시작할 때에는 자리에 앉는다. 목사와 꼭같은 존경을 보내지 않아도 좋기 때문이었다. 전도부인은 아무래도 목사 다음에 가는 사람이다. 석차를 생각해도 그런 것이지만 한 번 결혼했던 여자라는 데서 오는 일종의 경멸감이기도 했다.

하느님은 인간을 그 믿음(信仰心)으로 저울질한다. 절대로 인종이나 성(性)을 가지고 저울질하지는 않는다. 그런 줄 알면서도 광주는 여자를 남자와 동등하게 보지는 않는다. 여자의 믿음이 대부분 맹목적이라는 데서 오는 것만은 아니었다. 아담 이브 때, 이브가 원죄의 씨를 만들었다고 해서만도 아니었다. 여자가 있기 때문에 남자가 죄를 짓는다는 자기의 체험에서 생겨난 잠재의식 때문이었다.

전도부인은 사십이 조금 넘은 여자다. 자기보다 나이가 몇 살 아래지만 목사를 도와 신도들의 신앙을 두텁게 해 주는 하느님의 목자다. 비록 한 번 결혼했었다고 하지만 애도 없이 혼자를 깨끗이 지키고 있다. 조금도 잡스러운 것을 느끼게 하지 않는 여자다. 그러나 광주가 그미를 목사보다 존경하지 않는 것만은 사실이었다.

전도부인이 들어와, 거리는 떨어져 있으나 목사와 같이 맨 앞줄에 앉아 머리를 숙이고 기도를 하기 시작했을 때, 정 장로가 교회당 안으로 들어섰다.

새벽기도에 빠지지 않는 유일한 신도다. 육십이 가까운 정 장로는 교회를 꾸려 가는 주인 격의 인물이지만 믿음에 있어서도 신도들을 대표할 만한 사람이다.

정 장로는 가운데쯤 되는 자리에 앉아 기도를 시작했다. 이백여 명이 들어앉을 수 있는 교회당에 목사와 전도부인 그리고 정 장로 세 사람이 멀찍멀찍 떨어져 앉아 기도를 하고 있을 때 광주도 머리를 숙였다.

이제는 더 올 사람도 없지만 더 온다고 해도 관여할 필요가 없다. 자기는 자기대로 기도를 드려야 했기 때문이었다.

광주의 기도는 언제나 비슷비슷한 것이었다. 이제 하루를 무사히 보내게 해 준 데 대한 감사, 그리고 오늘 하루도 주님 품 안에서 별고 없이 지낼 수 있게 해 달라는 기원으로 시작되어 자기네 교회가 날로 부흥할 수 있게 해 주는 동시 교인 전부에게 복을 주시어 하느님을 더욱더욱 찬송케 할 수 있도록 해 달라는 것이었다. 지금 기도드리고 있는 사람 전부가 아마 그와 꼭 같은 것을 기도드리고 있을지 모른다. 그것은 기도의 형식적 순서이기 때문일 것이다.

그러한 형식적인 것이라 해도 광주는 그것을 형식적인 것으로 생각지 않았다. 진실된 기원이기 때문이다. 그는 남들처럼 소리를 내어 기도를 드려 본 일이 없다. 즉 기도하는 형식은 남에게 배웠다 해도 자기가 드리는 기도는 하느님에게 직접 호소하는 자기 마음의 진실이었던 것이다.

칠 년 전 하느님을 처음으로 찾게 되었을 때 그는 가슴 속에서 타고 있는 갈망을 하느님에게 울부짖었다. 그것이 그의 기도의 시작이요 또 신앙의 시초였다. 그때의 기도와 그때의 신앙이 지금까지 계속되고 있는 것이다.

교회와 교인을 위한 기도가 끝나면 민족을 위한 기도로 들어간다. 한국 민족이 모두 하느님을 깨닫게 해 주고 한국 민족이 모두 하느님 뜻으로 잘 살게 해 달라는 것이었다.

광주는 지금 자기만을 생각하는 절박한 상태에서 헤엄쳐 나와 있다. 말하자면 마음의 여유가 생긴 것이다. 처음에는 자기만을 생각했고 자기의 갈구 이외의 것을 생각지 못했었다. 그러나 지금은 다른 사람들까지 자기처럼 불쌍한 인간이란 생각을 하게 되었고, 자기처럼 다른 사람들도 구원을 받아야 한다는 생각을 갖게 되었다.

하느님을 모르고 하느님을 의존하지 않기 때문에 사람은 악하고 사회는 질서를 잃고 있다고 생각하고 있다.

민족을 위한 기도 다음에 '모든 인류에게서 악을 소멸시켜 주소서.'라고 기도드리게 되는 것도 잊지 않는다. 인간은 죄악 때문에 괴로워하고 스스로 멸망한다는 것이 그의 신념이기 때문이다.

그가 종교를 찾게 된 동기가 단순했던 것처럼 그의 종교에 대한 신념도 단순했다. '마귀를 섬기지 말라.' '이웃을 사랑하라.' '오른뺨을 때리거든 왼뺨을 내밀어라.' 이런 종교적 신조 같은 것은 별로 생각지도 않았다. 죄악에서 벗어나기만 하면 그런 것은 자연히 이루어진다. 천당에도 갈 수 있다.

그렇기 때문에 그는 죽은 뒤에 천당에 간다는 것을 별로 생각지 않는다. 천당이 있느냐 없느냐에 대해서도 깊이 생각하려 하지 않는다. 다만 죄만이 중요했다. 모든 인간이 죄를 짓지 않게 되면 세상은 평화를 얻을 것이고 꽃동산을 이룰 것이라 생각하고 있다.

인류를 위하는 기도가 끝나면 그 뒤부터 자기 개인 관계의 기도로 들어간다.

우선 아내 심삼애(沈三愛)를 위한 기도다. 죄의 값을 받아 반신불수가 된 아내를 긍휼히 여겨 달라는 것이었다. 그미의 죄는 자기에게 그 원인이 있다. 그렇기 때문에 그미를 생각할 때마다 그의 고통은 온 몸과 마음을 짓누른다.

그의 기도가 그 고통에서 출발되었고 칠 년 동안의 기도가 온통 그것뿐이었다. 지금은 남을 위한 기도도 드리고 있지만 몇 해 동안은 오직 그미와의 관계에 대한 것뿐이었다. 죄를 지은 자기를 용서하고 죄에서 오는 고통을 없애 달라는 것이었다. 처음 기도를 드릴 때는 삼애도 죄인이라고는 별로 생각지 못했다. 삼애는 자기처럼 고통을 느끼지 않는 것 같았기 때문이었다. 물론 그미도 죄인이라는 것을 스스로 느꼈을 것이지만 그미의 죄를 생각할 여유가 없을 만큼 자기 자신의 죄의식에 사로잡혀 있었던 것이다.

그러나 그미가 반신불수가 된 삼 년 전부터 광주는 자기의 죄가, 그리고 자기와 공범자인 그미의 죄가 합쳐져서 그미가 벌을 받은 것이라고 생각했다. 아내만이 받을 벌이 아니다. 자기도 응당 받아야 할 벌이다. 아니 자기가 아내보다 더 큰 벌을 받아야 한다. 그런데도 아내 혼자만이 벌을 받은 데 대해 광주는 아내를 예수 당시의 여인보다도 더 불쌍하게 생각했다. 간음을 했으면 남자와 꼭같이 벌을 받아야 한다. 여자만이 돌에 맞아야 할 까닭이 무엇인가?

"여호와이시여, 육신은 벌을 받고 있사오나 마음에까지 벌을 주지 마십시오. 하느님의 이름을 부르고 하느님 품 속에서 축복을 누리게 해 주십시오."

자기만이 벌을 받았다고 그미가 하느님을 버리지 않을까 하는 것이 광주의 가장 큰 두려움이었다. 만약 그미가 하느님을 버리고 하느님을 저주한다면 그미는 불쌍한 인생인 채 영원히 구원을 받지 못한다. 그미가 구원을 받지 못하면 자기는 영원히 죄의식에서 벗어나지 못한다. 죄의식에서 벗어나지 못한다는 것은 하느님의 용서를 받지 못했다는 증좌가 된다.

자기는 지금 어느 정도 하느님의 용서를 받고 있다고 자위하고 있다. 그렇기 때문에 삶에 대한 일종의 광명을 느끼고 있다.

다행히 아내는 자기의 불구를 하느님의 벌이라 생각지 않고 있다. 다행한 일이다. 그것은 그미의 신앙이 두텁지 않은 데서 오는 것이리라. 그미는 광주보다 나중에 교회에 나오기 시작했다. 교회에 나오기는 하면서도 자기처럼 절실하게 하느님을 부르지 않고 있다. 그것이 광주에서는 다행한 일일지 모른다. 그미가 자신을 죄인이라고 크게 고통을 느낀다면 자기는 두 사람 몫의 고통을 느껴야 한다.

아내를 위한 기도를 드린 다음에는 삼애를 뺀 열댓 여자를 통틀어 그미들을 불쌍히 여기시고 그미들의 죄를 용서해 달라는 기도를 드린다. 그때 그는 그 여자들 하나하나를 생각지 않는다. 물론 개중에는 이름마저 잊어버렸고 얼굴조차 기억치 못하는 여자가 있다. 그리고 그 열댓 여자에 대한 죄는 꼭같다. 삼애처럼 가슴을 쑤시는 듯한 고통을 준 여자가 별반 없다. 다들 죄를 잊어버리고 자기 멋대로들 살고 있을 것이다.

그러나 그미들에게 죄를 지어 준 것은 지울 수 없는 사실이다. 자기로 말미암아 죄를 지은 그 여자들의 죄를 사해 주시고 벌을 내려 주지 말아 달라는 기도. 이기적인 동기에서 나온 것이라고 해도 할 수 없었다. 광주는 그것을 모르고 있지 않다. 그 여자들이 자기와의 공범으로 지은 죗값을 삼애처럼 받는다면 자기의 고통이 더 클 것이라는 것을! 그러나 그 여자들은 자기의 양심을 배신했을 따름이다. 삼애처럼 배신해서 안 될 사람까지 배반하지는 않았다. 벌을 받는다 해도 삼애와 같은 벌은 받지 않을 것이다.

그러한 자위 때문인지 그는 열댓 여자를 통틀어 한몫으로 기도를 드린다. 그러고 난 뒤에는 맏딸 경선(慶善)의 차례다.

"하느님 아버지, 경선에게 자기 부모가 죄인이라는 것을 알지 않게 하옵소서. 만약 그 애가 그것을 알게 되면 그 애가 하느님을 버릴까 걱정되옵니다. 하느님을 버리는 그 무서운 죄를 범하게 하지 마옵소서, 이 죄인이 유황불에 타는 벌을 받을지언정 그 애에게는 벌을 받지 않게 해 주옵소서."

 열세 살 난 경선은 광주와 삼애를 자기 친부모로 알고 있다. 그렇기 때문에 아직 어리기는 하지만 마음의 고통을 받지 않고 있다. 마음의 고통을 받을 소지(素地)를 가지고 있는 애. 그래서 광주는 경선을 다른 두 애 경원과 경구보다 더 사랑한다. 연민의 정이 가산되었기 때문이다. 동시에 다른 두 애보다 경선을 위해 더 많은 기도를 드린다. 기도의 힘으로 경선에게 고통을 느낄 기회를 주지 않게 하기 위함이었다. 경선에게는 언제든 자기의 불행을 감시할 기회가 올 위험성이 있다. 그 위험성을 가져오지 않게 하는 것은 광주와 그의 아내의 노력에 달려 있다. 자기 부부가 하느님의 넓으신 도량에 의해 그 위험성을 막지 않는 한 경선은 누구보다도 불행하게 된다.

"하느님! 경선을 품 속에서 길러 주시어 아리따운 하느님의 딸이 되도록 만들어 주옵소서."

 간곡한 간구가 끝나면 삼애의 몸에서 난 경원(慶源)과 경구(慶九)가 하느님의 아들로 부끄럼이 없는 애들이 되게 해 달라고 기도한다.

 그 다음, 동생 대주(大柱) 차례다.

"하느님의 인도를 받아 직장을 구해 열심히 일을 하고 있습니다만 그 애의 믿음이 걱정되옵니다. 그 애를 버리시지 마시고 믿음을 갖게 해 주옵소서. 그래서 나라와 의(義)를 위해 사는 애가 되게 해 주옵소서."

 끝으로,

"하느님 아버지시여, 이 불쌍한 죄인을 긍휼히 여기시사 이 죄인과 죄인의 가족들에게 한시나마 손을 거두시지 마시고 어미닭이 병아리를 품에 안듯이 안아 주시기 바라나이다. 이 모든 것을 하느님의 독생자 예수의 이름으로 간구하나이다. 아멘."

기도를 끝냈다. 매일 새벽 거의 같은 기도를 근 삼십 분 동안 드리고 나면 높은 산에서 아침 햇살을 바라보는 것보다 더 가슴이 시원해진다. 먼지로 가득 찼던 폐부가 깨끗해지는 것 같기도 했다. 무죄선고를 받고 옥문을 나오는 사람처럼 하늘을 떳떳하게 우러러볼 수 있는 것 같기도 했다.

기도를 끝내고 자리에서 일어섰을 때였다. 광주는 목사와 전도부인 그리고 정 장로가 그냥 기도드리고 있음을 보았다. 기도를 드리다가도 그들이 일어서는 기척을 알면 기도를 중단하고 그들과 같이 일어서는 광주지만 이렇게 광주보다 오랫동안 기도드리는 그들을 볼 때면 그들은 무슨 기도를 저렇게 오래 드리고 있을까 생각하게 된다.

신앙심이 두텁다고 해서 반드시 기도를 오래 드려야 하는 법은 없을 것이다. 기도란 자기의 죄를 사해 달라는 것과 모든 사람에게 축복을 비는 것 이외에 다른 것이 없을 것이다. 목사나 전도부인에게 무슨 큰 죄가 있을 것인가? 그리고 자기처럼 간절한 축복을 빌어야 할 사람이 몇 명이나 될 것인가?

그들은 자기 자신을 위하는 기도보다 교인 하나 하나를 위해 기도를 드리는 것이겠지. 그러니까 자연 기도드리는 시간이 길 수밖에.

광주는 이렇게 생각하는 것이었다. 목사나 전도부인이 자기의 기도가 어떤 것인지를 모르듯 그도 목사나 전도부인의 기도를 알 수 없기 때문이었다.

나와 내 가족만을 위해 기도드린 나는?

광주는 자기의 기도를 생각지 않을 수 없었다. 자기도 교인과 민족과 인류를 위해 기도드리기는 했다. 그러나 그것의 전체의 몇 분의 일도 안 되는 짧은 기원이었다. 자기와 자기 가족에 대해서만 기도를 드린 자기는 자기 욕망에만 가득 찬 사람이 아닌가?

기도를 끝내고 후련해졌던 가슴이 갑자기 흐려졌다. 자기보다도 남을 더 생각하고 남을 위해 더 많은 기도를 드려야만 하느님의 아들이 될 수 있다. 예수는 자기를 위한 기도를 드린 일이 별반 없었다. 언제나 세상 죄인들을 위해 기도를 드렸다. 그러기에 그는 하느님의 아들로서 부끄럼이 없는 삶을 보냈다. 십자가를 지신 것도 자기 개인 때문이 아니었다. 세상 죄인을 대신해서 피를 흘리신 것이다.

남을 위해 좀더 많은 기도를 드리자.

이미 자리에서 일어섰으니 다시 꿇어앉을 수는 없었다. 내일 새벽부터나 그렇게 하리라 마음을 먹고 있을 때 최 집사가 교회당 안으로 들어왔다. 매일 새벽 오는 여자는 아니지만 올 때는 남편과 같이 오는 독실한 신자의 하나다. 더구나 광주에게 있어서는 잊을 수 없게 고마운 분이다. 동생 성주를 자기네가 경영하는 나사점(羅絲店)에 취직시켜 준 분이다. 그리고 자기에게도 한 달에 한 번씩 돈 백 원을 쥐어 준다. 이백 명을 헤아리는 교인 가운데서 수고한다면서 개인적으로 돈을 쥐어 주는 이는 최 집사 한 사람밖에 없다.

광주는 최 집사에게 허리를 굽혀 목례를 했다. 최 집사는 얼굴에 미소를 지으며 인사를 받고는 전도부인 근처로 가서 기도를 드리기 시작했다.

최 집사가 기도를 드리기 시작한 지 얼마 안 되어 목사가 일어섰다. 목사가 출입문을 향해 걸어 나올 때 전도부인과 정 장로가 거의 동시에 자리에서 일어섰다.

광주는 나가는 그들에게 다 같이 허리를 굽혀 인사를 했다. 그들은 고개로 인사를 받았다. 모두의 얼굴이 광주가 기도를 끝내고 후련함을 느꼈을 때와 같은 그런 얼굴들이었다.

죄가 있건 없건 하느님과 대화를 함으로 얻는 마음의 평화일 것이다. 비록 간구가 아니라 해도 거룩하신 분과 대화를 하고 나면 마음이 든든해지고 또 마음이 가벼워질 수가 있다.

광주는 믿음이 좋은 것이라고 생각했다. 믿음이 없다면 하느님과 대화할 수가 없을 것이다. 하느님을 의지하지 않는다고 해도 하느님 가까이 있을 수 있다는 것이 얼마나 마음 든든한 일인가?

광주는 교회당을 나와 종각 한 모퉁이에서 싸리 빗자루를 들고 나와 교회 마당을 쓸기 시작했다. 완전히 밝지는 않았지만 흩어져 있는 종이조각과 낙엽들이 보일 만큼 밝아 있었다.

매일같이 모여 어린애들이 장난하고 노는 곳.

광주는 마당을 쓸며 깨끗한 마당에서 애들이 즐겁게 뛰어놀 일을 생각했다. 놀 데가 없어서 교회당 마당으로 모여 노는 애들이지만, 그 애들이 다른 데가 아니고 교회당 마당에서 노는 만큼 그들이 하느님과 가까워질 수 있다는 것을 생각했다. 즐겁게 놀면 즐겁게 놀수록 하느님을 고맙게 생각할 것이다.

"이 마당에 와서 노는 어린애들에게 복을 주소서."

광주는 마음속으로 기도를 드리며 비질을 계속했다. 마당을 말끔히 쓸고 종이조각과 낙엽들을 모아 불을 지르고 있을 때 기도를 끝낸 최 집사가 교회당에서 나왔다.

광주는 최 집사에게 안녕히 가시라는 인사를 한 뒤 얼른 교회당으로 들어가 전등을 끄고 출입문을 잠갔다. 열쇠를 열쇠 구멍에 넣어 오른편으로 돌려 잠근 뒤 다시 고리쇠와 자물쇠를 잠갔다. 도둑을 방지하는 단단한 단속이었다.

문을 잠그고는 교회당을 한 바퀴 돌기 시작했다. 새벽 기도회가 끝나면 날이 거의 밝는다. 날이 밝으면 밤새 이상이 없는가 교회당을 한 바퀴 둘러보는 것이 또한 그의 습관이었다.

교회당 벽을 끼고 한편 모퉁이를 돌려고 할 때였다. 설교단으로 직접 들어가게 만들어 놓은 출입문 시멘트 층계에서 잠자고 있는 거지 애를 발견했다. 광주는 아무 말 없이 거지 애 가까이로 가서 그 얼굴을 들여다보았다. 그 거지 애의 얼굴을 들여다보자,

"이놈."

하고 그 애를 흔듦과 동시 그 애의 한편 팔을 붙잡았다.

"너 또 도둑질을 하러 왔구나……."

그 애의 팔을 꽉 붙들고 높은 소리로 말했다. 한 달도 지나지 않은 어떤 날 새벽, 광주가 기도를 다 끝낸 뒤 마당 청소를 하고 있을 때 어떤 애가 자기 모르게 살그머니 교회당 안으로 들어갔다. 광주는 아무것도 모르고 마당 청소를 끝낸 뒤 전등을 끄려고 교회당에 들어갔다가 피아노 옆에 서 있는

그 소년을 발견했다.
 그는 기겁을 해서 달려가 그 소년의 팔을 붙잡았다. 열두어 살 되어 보이는 그 소년은 도망칠 생각도 않고 빨개진 얼굴을 내려뜨리고 있었다. 광주는 피아노를 분해해서 건반을 훔쳐가는 도둑이 있다는 말을 들은 기억이 있기 때문에 그 소년이 피아노를 분해하고 부속품을 훔쳐내려는 것이란 판단을 내렸다. 그래서 그 소년을 교회당 밖으로 끌고 나와,
 "어떤 놈이 시켜서 여길 왔니?"
하고 그 배후 관계를 조사하려 했다.
 "아무도 시키지 않았어요."
 소년은 바들바들 떨며 대답했다.
 "그럼 너 혼자 피아노를 훔쳐 가려고 했니?"
 "그걸 어떻게 훔쳐요?"
 소년은 생각해 본 일도 없는 일이란 듯이 놀란 눈으로 광주를 쳐다보았다.
 그 말을 들은 정말 열두어 살밖에 안 된 애가 혼자서 피아노를 어떻게 분해하여 부속품인들 혼자 어떻게 운반하랴 하는 생각이 들었다.
 "그럼 왜 몰래 교회당 안엘 들어갔었니?"
 소년은 대답을 안 했다.
 "대답 안 하는 것이 수상치 않으냐 말이다. 도둑놈 아니고는 몰래 들어갈 까닭이 없지 않아?"
 광주는 부드럽게 물었다. 그때 소년은,
 "피아노를 가까이서 한 번 보고 싶었어요."
하고 힘없는 목소리로 대답했다.
 "그래 정말 피아노를 가까이서 본 일이 없니?"
 "그래요."
 "그럼 나보구 그런 말을 하구 들어가서 보면 되지 않아?"
 "무서웠어요."
 무서워서 말을 못했다는 말을 듣자 광주는 그 소년이 측은하게 생각되었

다. 세상에 태어나 피아노도 구경을 못하다니. 가까이서 본 일이 없는 그 피아노를 보고 싶어 도둑처럼 교회당에 몰래 들어갔던 소년.

그래서 광주는 그 소년을 데리고 교회당 안으로 들어가 피아노 뚜껑을 열고 피아노를 구경 시킨 다음 건반을 두들겨 소리까지 들려 주었다. 만약 그가 피아노를 칠 줄 알았다면 찬송가 한 곡쯤 들려 주었을지도 모른다. 불행하게도 피아노를 칠 줄 모르기 때문에 저음에서부터 고음까지 한 손가락으로 건반을 쳐 그 소리가 다 다름을 들려 주었을 뿐이었다. 그리고 나서는,

"주일마다 교회에 나와라. 그럼 피아노에 맞추어 찬송가를 부를 수 있어."

하고 교회에 나오기를 권유했다.

"거지 애가 교회에 어떻게 나와요?"

소년이 세상 모르는 말 하지 말라는 듯이 광주를 말끔히 쳐다볼 때,

"하느님은 불쌍한 사람을 더 사랑하시는 거야. 하느님의 아들 예수님께서는 나사렛에서 문둥병에 걸린 거지의 병을 손수 고쳐 주셨다. 그러니까 너두 교회에 나오면 하느님께서 불쌍히 여기시고 복을 주실 거야."

그러나 소년은 교회에 나오겠다는 말을 하지 않았다.

광주는 그 애를 자기 집으로 데리고 가서 조반을 먹이면서 교회에 나오기를 당부하고 돌려 보냈지만 그 뒤 그 소년은 다시 나타나지 않았다.

그런데 그 거지 애가 지금 다시 광주에게 붙잡혔다. 나오라는 교회에는 나오지 않고 교회 한편 모퉁이에서 잠을 잔다는 것은 아무래도 피아노를 훔치려는 계획을 품고 있는 것이라 단정하지 않을 수 없었던 것이다.

'이번에는 절대로 그냥 돌려 보내지 않는다.'

이런 생각을 하며,

"너 이번에는 무얼 훔치러 왔지?"

하고 그 소년의 팔을 붙잡은 채 설교단으로 들어가는 출입문을 열쇠로 열었다.

"훔치러 오지 않았어요."

소년이 완강히 부정했지만 광주는 그 애의 팔뚝을 잡은 채 교회당의 창문

을 들어가며 전부 흔들어 보았다. 혹시 자기 모르게 창문을 열어 놓지나 않았는가 검사를 해 보는 것이었다. 그리고는 벽에 걸린 시계며 교회의 비품이 들어 있는 뻬닫이를 살펴보았다.

아무런 이상이 없었다. 그러나 광주는,

"또 속지는 않을 테니까 똑바로 말해."

하고 소년을 협박했다.

지난번에는 소년을 조금도 의심치 않았었다. 속이는 것 같지가 않았기 때문이기도 했지만 남을 의심치 말라는 성경 말씀을 기억했기 때문이었다. 함부로 남을 의심하는 것도 죄에 속한다. 그뿐 아니라 남을 의심하는 것은 자기가 착하지 않기 때문이다.

그래서 처음에는 그 소년을 의심치 않고 조반까지 먹여 돌려 보냈었다. 그러나 두 번 나타난 거지 애를 그냥 돌려 보낼 수는 없었다.

그런데 거지 애도 처음과 달리,

"뭘 똑바루 말해요?"

아주 반항적이었다.

"왜 여기 와서 잤느냐 말야? 뭘 훔치려구 왔어?"

"훔치기는 뭘 훔쳐요?"

"그럼 왜 여기서 자느냐 말야?"

"이 근처에서는 잠두 못 자나요?"

"이 자식 봐. 그럼 파출소루 가자."

광주는 그 애를 잡아끌었다.

"왜 파출소루 가요? 무슨 죄가 있다구……."

소년은 광주의 손을 뿌리쳤다. 동시에 광주는 주춤했다. 주춤하지 않을 수 없었다. 죄를 지으려고 했을지는 모르지만 죄를 지은 것이 아니다. 당돌하게 대항하는 것으로 보아 도둑질할 생각이 없었을지도 모른다.

거지 애니까 잘 집이 없다. 잘 곳이 없으니 아무데서나 잘 수밖에. 그런 애가 교회당 처마 밑에서 하룻밤을 잤기로서니 그것이 죄 될 것은 없다. 다만 문제는 두 번째 왔다는 사실이다. 그리고 몰래 교회당에 들어가 피아노 옆에 서 있었다는 사실이 중요하다.
 그러나 교회당은 언제나 문이 열려 있어야 하는 곳이다. 누구나 들어가 기도를 드릴 수 있는 곳이다. 그 교회의 교인만이 기도를 드리는 곳은 아니다. 하느님은 그렇게 편협하시지가 않다. 누구나 하느님을 깨닫고 하느님 품으로 들어가면 하느님의 아들딸이 될 수 있다.
 도둑이 무서워 출입문에 자물쇠를 잠그나 그것은 절대로 하느님의 뜻이 아니다. 세상이 악하기 때문이다. 문만 열어 놓으면 피아노나 시계는 두 말 할 것도 없다. 의자들까지 남는 것이 없게 될 것이다. 그래서 할 수 없이 문에 자물쇠를 채우는 것이지만 소년의 말대로 피아노가 보고 싶어 교회에 들어갔다면 그것은 죄가 될 수 없다.
 거지 애가 피아노가 구경하고 싶어 교회당에 들어간다고 하면 그것을 곧이듣고 들여보낼 사람이 어디 있겠는가? 그러니 거지 애는 몰래 들어갈 수밖에 없었다. 몰래 들어간 것은 나쁘지만 피아노를 구경하고 싶어하는 마음이 나쁠 것이 없다.
 예수께서는 하느님의 이름으로 사람을 함부로 심판하지 말라고 하셨다.
 광주는 거지 애를 붙잡은 채 눈을 감고 기도를 드렸다. 스스로의 생각으로 판단을 내릴 수 없었기 때문이었다.
 "주님, 이 거지 애를 어떻게 하는 것이 좋겠습니까?"
 그 순간 광주의 눈앞에 나타난 것은 경선의 얼굴이었다. 거지꼴을 한 경선이었다.
 광주는 곧,
 '하느님, 감사합니다. 이 애를 돌려 보내겠습니다.'
 속으로 중얼거렸다.
 그 순간 경선의 얼굴이 떠올랐다는 것은 하느님의 뜻이다. 하느님의 뜻으로 경선의 얼굴이 나타났다면 그 뜻을 거역할 수는 없었던 것이다.
 만약 자기가 죽는다고 하면 거지밖에 될 것이 없는 경선이다. 거지가 된 경선이 죄를 짓지도 않고 남에게 의심을 받고 또 벌을 받는다면…….
 "다시는 여길 오지 마, 알았지."

그것도 해서는 안 될 말이다. 교회 근처에도 오지 못하게 할 권리는 아무에게도 없는 것이다. 그러나,

"다시 오면 더 큰 의심을 받으니까……."

하고 다시 오지 말라는 뜻을 설명해서 소년을 돌려 보냈다.

별사람 다 보겠다는 표정으로 힐끗 뒤돌아보고 가는 소년을 지켜 보고 있을 때 광주는 마음이 아팠다.

거지 애와 싸웠다는 생각이 들었던 것이다. 싸움이란 사랑을 하기 위한 것이라 해도 옳지 못한 것이다. 하느님은 오직 사랑만을 가르쳐 주셨다. 사랑에 위배되는 일은 무엇이나 옳지 못하다. 그래서 인간들도 싸움을 추하고 잔인한 것이라 말하고 있다.

죄 없는 거지 애와 추한 싸움을 하다니…….

나는 그 애를 의심하기 전에 어째서 거지가 되었는가를 물어 봤어야 했을 것이다. 그 애는 거지가 됐기 때문에 남보다 몇 배의 의심과 경멸을 받으며 살아야 하지 않는가? 그리고 거지가 되고 싶어서 거지가 되지는 않았을 것이다.

부모가 불행하게 돌아가서 할 수 없이 거지가 되었을지 모른다. 그리고 돌아간 부모가 독실한 신자여서 그 소년도 교회에 다녔을지 모른다. 그래서 거지가 돼서도 교회 근처에 발을 들여놓고 있는지도 모른다.

만약 그런 애라면 그 애를 의심하고 도둑으로 몰아 파출소로 넘기려 한 자기가 악한 인간이 되지 않는가?

광주는 말뚝처럼 선 채 두 손을 모으고 기도를 드렸다.

"하느님, 용서해 주시옵소서. 죄 없는 불쌍한 거지 애를 사랑하는 마음으로 어루만져 주기 전에 의심부터 한 이 죄인을 용서해 주십시오."

만약 그 애가 거지만 아니었다면 광주는 의심을 하면서도 도둑질하려는 동기에 대해 더 관심을 가졌을 것이다. 그러나 거지 애이기 때문에 그런 관심을 전혀 가지지 않고 일방적인 의심만 품었던 것이다.

그는 자기의 속된 인간성을 하느님께 사죄한 뒤 자기 집으로 내려갔다.

제1장 연민과 사랑

　광주의 집은 교회에서 조금 떨어진 곳에 있는 방 두개 부엌 한 칸의 조그만 초가집이었다. 그 집 옆에 목사의 주택이 있는데, 그 집은 물론 기와집이고 방이 셋에 뜰도 있는 꽤 큰 집이다. 두 집이 모두 교회의 소유이기 때문에 교회에서 손질을 안 해 주면 손질할 사람이 없다. 교회도 넉넉지가 못해 비가 새지 않는 한 손질할 생각을 안 하기 때문에 목사의 주택이나 사찰의 주택은 쓰러질 듯한 고가(古家)의 인상을 주고 있다.
　광주는 비가 오면 빗물이 흘러내리지 못하고 전부가 그 밑으로 스며들 것만 같은 엉성한 초가지붕의 낡아빠진 집으로 가서 우선 부엌문을 열었다.
　새벽종을 치고 돌아온 뒤 그가 해야 할 일은 밥 짓는 일이었던 것이다. 아내는 반신불수로 방 안에 누워만 있고, 딸 경선은 이제 나이 열세 살밖에 안 된다. 삼십이 다 되었지만 동생 대주는 아직 결혼을 못했으니 광주 이외에 밥 지을 사람이 없다. 밥 지을 사람은 고사하고 부엌일을 도와줄 사람도 없다. 있다면 대주가 있을 것이지만 대주는 해 주는 밥을 먹고 출근하기에도 바쁠 만큼 언제나 늦잠을 자다.
　광주는 부엌으로 들어가 쌀을 씻어 솥에 안친 뒤 사다 놓은 두부에 된장을 풀었다. 아내가 눕기 시작한 뒤 삼 년 동안 계속해 온 일이라 그 솜씨가 여자보다도 능숙했다.
　밥이 끓은 뒤 찌개 그릇을 연탄불 위에 올려놓고야 방으로 들어갔다. 애들을 깨우고 이부자리를 거두기 위해서였다. 그런데 경원과 경삼은 아직 잠들어 있는데 경선만이 보이지 않았다. 변소엘 간 것이라 생각하고 두 애를 깨워 옷을 입혔다. 그리고 아내도 일으켜 앉힌 뒤 이부자리를 개어 다락에 올려놓았다. 그런데도 경선이 들어오지 않았다. 변소엘 갔다면 아직 안 돌아올 까닭이 없다.
　광주는 변소로 가 보았다. 거기도 없었다. 부엌으로 가 보았다. 그러나 경선은 거기도 없었다. 이상한 일이었다. 그는 갑자기 불안한 생각이 들어 소리를 높여 경선을 불렀다. 그러자 어디에서인지,

"네."

하는 경선의 목소리가 들려 왔다. 광주는 우선 안심이 되었으나 그 소재를 밝혀내야 하였기 때문에 이번에는 조금 낮은 목소리로,

"어디 있니?"

하고 물었다.

"여기 있어요."

하며 목사 주택에서 달려오는 경선의 손에 빗자루가 들려 있는 것을 보았을 때야 광주는 한숨을 내돌렸다. 한숨을 내돌릴 정도가 아니라 신동(神童)을 보는 듯한 쾌감을 느꼈다.

광주는 비를 받아 들고 다른 한 손으로 경선의 손을 잡은 뒤,

"누가 너보구 그런 일 하라던?"

하고 말했다. 아무도 시킨 사람이 없다. 시키지도 않은 일을 혼자서 했다는 것이 얼마나 기특한 일인가?

"나두 할 수 있는 일 같아서 해 봤어요."

경선은 당연한 일을 한 것처럼 말했다. 칭찬을 받기 위해 한 것이 아님을 알 수 있었다.

"네가 할 일두 많은데……. 내일부터는 하지 마."

경선은 지금 국민학교 육학년생이다. 공부를 열심히 해야만 내년 봄 중학교에 입학을 할 수 있다. 거기다 아침마다 어머니 세수를 시켜 줘야 하고 동생들 뒤치다꺼리까지 해 줘야 한다. 그런데 걱정 안 해도 될 아버지 일까지 거드는 것은 광주로서 허락할 수 없는 일이었다.

"아버지는 빨리 장사를 나가야 하지 않아요?"

경선은 아버지를 걱정했다. 조반을 먹은 뒤 목사님 주택 뜰을 쓸고 나면 장사를 나가는 시간이 그만큼 늦게 되는 것을 안 모양이었다.

광주는 그러한 경선에게서 불현듯 두려움을 느꼈다. 아직 자기 일도 걱정할 줄 몰라야 할 나이에 아버지 생각까지 그렇게 한다는 것은 그 애가 보통 애가 아니라는 것을 느끼게 했기 때문이었다.

어린애들이란 모르는 것이 많고 또 모르는 것에 부끄럼을 느끼지 않아야

순진하다고 할 수 있다. 몰라도 부끄러워하지 않는 데 순수성이 있다. 그런데 경선은 몰라도 좋을 것을 알고 있으며 또 알고 있는 것을 모르는 체하는 데 부끄럼을 느낀다.

말하자면 느낌이 빠르고 생각이 너무 조숙하다.

광주는 옛날 중학교 일학년 때 국민학교에서 같이 공부하던 소녀의 손을 잡아 본 일이 있었다. 비 오는 날 우산을 받고 집으로 돌아갈 때 그 소녀는 우산 없이 걸어 집으로 가고 있었다. 그때 그는 소녀를 자기 우산 밑으로 불러들이고 가다가 가방을 바꿔 쥐려고 소녀에게 우산을 맡기는 순간 소녀의 손을 잡았던 것이다. 국민학교 다닐 때부터 예쁘다고 생각했던 소녀였다. 한 반이 아니었기 때문에 더 했을지 모르지만 운동장에서라도 만나면 공연히 얼굴이 붉어지곤 했다. 그것이 무엇인지는 몰랐지만 그래도 만나면 좋았던 것이다. 그러던 소녀의 손을 잡아 본 뒤 광주는 이 애가 다음에 내 아기를 임신할 것이라 생각했다. 그러나 그 소녀는 여학교를 졸업하자 딴 남자와 결혼을 하고 애를 났다. 자기가 그 소녀와 결혼할 생각은 해 보지도 못했다. 결혼할 나이도 아니었던 것이다. 그런데도 그는 그 뒤부터 그 소녀를 증오했다. 그리고 모든 여자를 경멸했다 여자란 별것이 아니다. 남자의 욕망의 충족시켜 주는 대상 이외에 아무것도 아니라고 생각을 했다. 그래서 그는 고등학교만을 졸업한 뒤 상급학교에 진학도 안 하고 엽색을 시작했다. 말하자면 어렸을 때부터 여자에 대한 느낌이 빨랐던 것이다. 그 결과…….

광주는 무서운 그 결과가 오늘의 자기를 만들었다는 것을 생각하며 경선의 앞날을 걱정했다. 경선은 자기처럼 이성에 대한 느낌이 빠른 것은 아니다. 그렇기 때문에 자기와 같은 길을 밟으리란 생각은 들지 않지만 자기와 각도가 다른 면에서 인생을 어렵게 살아갈 소질이 있는 것만은 사실이다.

어린애는 차라리 어리숙하고 모르는 것이 많아야 한다. 그래야만 평범하게 그리고 무난하게 어른이 될 수 있다. 비범이란 것은 천재를 만들 수도 있는 것이지만, 천재가 못 되는 비범은 불행만을 초래한다.

광주는 자기의 인생에 진저리를 느끼고 있는 만큼 경선에게서 자기와 같은 인생을 엿본다는 것은 두려운 일이 아닐 수 없었다.

"좌우간 내일부턴 그런 일 하지 말아. 목사님이 보셔두 걱정하실 테니……."

광주는 경선의 행동을 제약함으로써 그미의 생각까지 누르려 했다.

"아버지두. 목사님이 왜 걱정을 하세요? 저보구 착하다구 칭찬하시던데……."

경선은 목사님이 칭찬하시는 일을 아버지가 왜 못하게 할까 하고 의아해 하는 태도였다. 어린애들은 특히 칭찬받기를 좋아한다. 칭찬받는 일은 모두 잘 하는 일로 알고 있다.

그러나 광주는 경선이 칭찬받기가 좋아서 시키지도 않는 일을 한다고는 생각지 않는다. 집안을 위해서 무엇인가 해야 한다는 강박관념이 경선을 조숙하게 만들고 있는 것이다. 살림을 해야 하고 애들의 치다꺼리를 해야 하는 것이 어머니다. 그런 어머니가 어머니로서의 역할을 전혀 못하고 있다. 그래서 밥까지 아버지가 짓지 않으며 안 된다. 그러한 어머니 밑에서 살고 있기 때문에 경선은 어머니의 일까지 자기가 해야 한다는 강박관념 속에서 어른이 되어 가고 있다. 어린애가 어린애다운 감정을 상실하고 그 과정을 뛰어넘어 일찍부터 어른이 되면 천재가 될 수도 있겠지만, 거쳐야 할 과정을 거치지 못한 때문으로 인생을 빗나갈 우려가 있다.

그때의 경선에게 책임질 사람은 누군가? 그때에 책임질 사람도 그리고 그렇게 될 경선을 미리부터 걱정해 줄 사람도 광주 자기 이외에 아무도 없다. 목사님이 경선을 칭찬했다고 하지만 못 사는 경선의 장래에 책임질 사람이 아니다. 빗나갈 인생의 전조일지도 모르는 경선의 조숙성을 제삼자의 입장에서 방관하고 있을 따름이다.

아마 성경에 있는 말씀을 생각하고 있을지 모른다.

"누구든지 내 이름으로 이런 어린아이 하나를 영접하면 곧 나를 영접함이다."(마태복음 18장 5절)

그러니 목사는 하나님에게 영접을 받기 위해 착한 사람을 칭찬하고 반기는 것임이 분명하다. 그 애가 장차 천국에 들어갈 수 있을까를 생각하기 전에 남을 칭찬하고 반겨야만 자기가 천당에 들어갈 수 있다는 것만을 생각하고 있을 것이다.

천당에 들어갈 수 있을 만큼 착하고 또 하느님을 영광스럽게 할 수 있는 사람(어린이)을 영접하는 사람만이 하느님의 영접을 받을 것이 아닌가?

인생을 빗나갈 가능성이 있는 애라면 칭찬하기 이전에 빗나가지 않도록 만들어 주어야만 그것이 어른의 책임이 아닐 것인가?

"빨리 세수를 하고 학교 갈 준비나 해라."

광주는 내일부터는 경선이 목사님 주택 마당을 쓸지 못하게 자기가 먼저 쓸리라 생각하며 경선을 집 안에 들여보냈다.

광주가 부엌에서 설거지를 하고 밥상을 차리고 있는 동안 경선은 국민학교 이학년에 다니는 경원(慶源)과 다섯 살짜리 경삼(慶三)을 데리고 나와 세수를 시킨 뒤 세숫물을 떠 가지고 방 안으로 들어가 자기 어머니 세수를 시켰다. 광주가 부엌일을 맡고 있으니 수족을 못 쓰는 아내의 세수를 시킬 사람은 물론 경선밖에 없다. 그러나 매일처럼 안 씻겨도 괜찮을 세수를 매일 시키면서도 불평 한 번 해 본 적이 없는 경선이다.

"매일 안 씻기면 어떠니?"

광주가 세수 시켜주는 경선에게 얼굴을 내밀고 있는 아내가, 어미 소의 혓바닥으로 몸에 붙은 양수(羊水)를 핥이우는 갓난 송아지처럼 보여서 며칠에 한 번씩만 씻기라고 말한 적이 있다.

"예쁜 얼굴에 세수를 안 하면 어떡해요?"

경선은 어머니의 얼굴이 더 예뻐 보이기를 원하는 모양이었다. 밖에는 한 걸음도 나가지 못하는 불구자의 어머니 얼굴이 예뻐 보이면 무엇 하고 예뻐 보이지 않으며 어떠할 것인가?

'여자는 어떤 경우에두 예뻐야 하니?'

광주는 아내 얼굴에서 예쁘다는 것을 느껴 본 지가 이미 오래다. 젊었을 때 그미는 확실히 예뻤었다. 지금도 윤곽만은 예쁜 축에 든다. 그러나 이성(異性)으로 보일 때만 그 예쁘다는 느낌이 남자의 마음줄을 울린다. 여성으로서의 기능을 잃은 아내는 이성이기는 하나 이성으로서의 느낌을 주지 않고 있다.
"나두 엄마만큼 예뻤으면 좋겠어."
경선은 광주와 달리 자기 어머니를 여전히 여성으로 보는 모양이었다. 여성이기 때문에 비록 불구자라 해도 그 예쁨을 잃어서는 안 된다고 생각하는 모양이었다.
그러니 매일 아침 엄마의 얼굴을 씻겨 주는 경선의 마음은 남자들이 잠을 자고 난 뒤 의례적으로 세수하는 그런 것과는 다른 것인 모양이었다.
광주가 밥상을 들고 방 안에 들어갔을 때는 경선이 자기 엄마의 머리에 빗질을 해 주고 있었다.
광주가 밥상을 들고 들어가는데도 머리를 빗기느라고 눈을 껌벅이고 있는 아내를 볼 때 광주는 집안에서 대소변을 보는 망령한 팔십 노인을 연상했다. 오래 살지 못할 노인인데도 먹을 것을 다 먹고 입을 것을 다 입으려는 망령 든 노인은 자손들이 역겨워해도 그것을 눈치채지 못한다. 아내는 아직 그런 데까지는 이르지 않았다. 누가 조금 언짢은 말만 해도 곧잘 운다. 생각하고 판단하는 능력을 아직 가지고 있다. 그러나 머지않아 망령 들린 노파처럼 되면 어떻게 할 것인가? 애들도 엄마라고 해서 애정을 느끼지 못할 것이다. 자기 역시 싫증을 느낄지도 모른다. 그렇게 되면 마음대로 말하지도 못하고 마음대로 움직이지도 못하는 아내는 자기의 생명을 원망할 것이다. 나아가서는 하느님까지 원망하게 될 것이다.
길을 잃고 기진맥진한 어린 양이 산 속을 헤맬 때, 그 어린 양을 구해 줄 사람은 오직 어진 목자(牧者)뿐이다. 목자가 어린 양을 구해 주지 않으면 어린 양은 하늘을 우러러보며 하늘을 원망하다가 죽을 것이다.
어린 양에 대한 목자의 사랑. 그 사랑은 하느님의 사랑처럼 절대적일 것이다. 위에서 아래로 내려가는 사랑이기 때문이다. 그러나 동등한 위치에 있으면서도 인간적인 애정을 받지 못하는 아내를 돌봐 줘야 한다는 것은 사랑과 성질이 다른 연민(憐憫)이 아닐 것인가?
날이 갈수록 아내에 대한 사랑은 엷어질 것 같았다. 그러나 돌봐 주지 않을 수 없는 아내다. 사랑이 없으면서도 돌봐 주지 않으면 안 되는 연민.

광주는 사랑이 없어도 연민을 느낄 때 그가 아내를 미워하지는 않을 것이라고 생각했다. 미워할 수도 없는 일이지만 미워하지 않는 한 자기는 하느님에게 죄를 짓지 않을 것이란 생각도 했다.

연민!

사랑!

이 두 가지의 개념이 서로 다른 것으로 생각될 때 광주는 성경 말씀을 기억하지 않을 수 없었다. 예수께서는 이웃을 네 몸같이 사랑하라고 하셨다. 그리고 모든 사람을 사랑으로 대함으로써 자기를 희생하라고 하셨다. 그러면 자기는 응당 아내를 연민이 아니라 사랑으로 대해야 할 것이 아닌가?

그러나 사랑! 어떻게 사랑을 하란 말인가? 신애(信愛, 지금 아내의 언니)가 죽어도 무방할 만큼 사랑했던 삼애(三愛)다. 그러나 지금 폐인이 다 되고 껍데기만이 남아 있는 삼애를 어떻게 동등한 위치에서 아내로 사랑할 수 있단 말인가?

'하느님, 정말 그미를 사랑할 수만은 없습니다. 연민으로 그미를 증오하지 않고 배신 안 하겠사오니 연민만으로 사랑에 대신하도록 용서해 주십시오.'

미워하지 않고 배신하지 않는다면 하느님을 거역하는 일은 되지 않을 것 같았다. 사랑은 적극성을 띤 자의식이요, 연민은 소극성을 띤 자의식이다. 오직 적극과 소극이 다를 뿐 아닌가? 그러니 사랑을 하라고 명령하신 하느님이라고 해도 연민으로 사랑을 대신하는 것을 용서해 주실 것 같았다.

머리를 다 빗은 뒤 아내는 밥상을 대하고 앉았다. 간단한 식사기도를 드린 뒤 다 같이 숟가락을 들었다. 아내도 숟가락을 들었다. 바른팔을 못 쓰기 때문에 왼손으로 숟가락을 든 아내는 왼손에 힘을 주어 밥을 입에 떠 넣는다. 어색한 손 움직임이었다. 그래도 밥을 떠 넣은 뒤 찌개를 퍼먹는다. 그리고는 김치까지 먹으려 한다. 서투른 왼손이기 때문에 젓가락질을 할 수 없어 김치도 숟가락으로 먹으려 한다. 그런데 김치가 숟가락에 담겨지지가 않아 몇 번이나 김치를 쑤셨다. 그래도 숟가락에 떠지지가 않았다. 그때 경선이 젓가락으로 집어 삼애 숟가락에 얹어 주었다. 그때야 숟가락을 입 안에 넣는 아내.

광주는 그러한 삼애가 어쩐지 인간 이하의 인간 같음을 느꼈다. 목숨이 붙어 있기 때문에 살아 있다고밖에 말할 수 없는데 그래도 먹기는 하려고 한다. 표정이 없다. 간혹 가다가 씩 하고 웃을 때가 있으나 얼굴을 활짝 펴고 소리를 내어 웃는 그런 웃음은 웃을 줄로 모른다. 맛있는 것을 먹으면서도 맛있다는 말도 제대로 하지를 못한다. 표정과 말을 잃어버린 사람을 어찌 동등한 위치에서 사랑할 수가 있단 말인가?

그러나 삼애가 숟가락질을 하다가 밥을 흘리기라도 하면 경선은 날쌔게 떨어진 밥을 주워 어머니 숟가락 위에 올려 놔준다. 김치를 먹으려 할 때마다 젓가락으로 집어 준다.

경선은 삼애를 인간 이하로 보지 않는 모양이었다. 그러기에 삼애에게 시중드는 표정이 연민이 아니라 사랑으로 보였다. 자식은 어머니가 인간 이하라고 해도 사랑할 수 있는 모양이었다. 사실 자기를 낳아 주었다는 절대적인 사실을 부정할 수 없다면 어머니가 인간 이하라 해도 사랑할 수가 있을 것이다.

'삼애가 내 어머니라면…….'

광주는 삼애를 보며 생각했다. 만약 어머니기만 하다면, 자기도 경선처럼 삼애를 사랑할 수가 있을 것 같았다. 그러나 삼애는 어머닐 수가 없다. 아내다. 하느님이 정해 주신 아내가 아니라 해도 남편과 아내란 동등한 위치에서 이탈할 수 없는 인간이다. 그렇기 때문에 자기는 삼애를 사랑할 수가 없다.

하느님이 남자의 갈비 하나를 뽑아 그것으로 여자를 만들 때 하느님은 여자가 남자의 반려(伴侶)요 협조자라는 의사를 표시하셨다. 그런데 삼애가 자기의 반려도 협조자도 안 된 지금 그미를 사랑하지 못한다는 것은 자기의 죄가 아니다.

"무…무……."

삼애가 밥그릇에 물을 부어 달라는 시늉을 했다. 광주는 얼른 물주전자를 들어 삼애 밥그릇에 부어 주었다.
 삼애는 물이 쏟아지는 밥그릇을 보다가 광주가 손을 떼기도 전에 숟가락을 밥그릇에 넣어 밥을 뜨기 시작했다. 미안하다는 그리고 고맙다는 표정도 짓지 못하는 아내였다.
 광주는 또다시 연민이라는 것을 생각했다. 동등한 위치에 있을 때 사랑이란 상대적인 것이다. 고맙다거나 미안하다거나 하는 표정을 지을 수도 없는 아내를 어떻게 일방적으로 사랑할 수가 있을 것인가?
 그러면서도 그러한 아내에게 증오를 느끼지 않는 자기를 대견하게 생각했다. 사랑을 못하면서도 증오 없이 연민으로 대할 수 있다는 것은 오직 하느님의 힘이리라 생각했다. 하느님의 뜻이 자기 마음속에 들어 있기 때문에 아내를 미워하지 않는 것이다.
 하느님은 나를 용서하고 계신다. 용서하시기 때문에 사랑 대신 연민의 정을 주신 것이다.
 식사가 끝나갈 때 동생 대주(大柱)가 들어왔다.
 그는 같은 식구지만 언제나 남 같은 사람이다. 밤에는 늘 늦게 들어와 아무도 만나지 않고 자 버린다. 회사 일이 바쁘다면서 하루도 일찍 들어오는 일이 없다. 자고 나면 조반만 먹고 그냥 출근을 한다. 그러니 살뜰한 말 한 마디 서로 나누는 일이 없다.
 대주는 밥을 어떻게나 빨리 먹는지 늦게 들어와서도 남보다 별로 늦지 않게 끝내고 나가 버렸다.
 경선과 경원은 학교에 가고 광주도 설거지만 하면 집을 나가야 한다. 결국 집에 남아 있을 사람은 삼애뿐이었다. 광주는 설거지를 하고 들어와 요강을 삼애 옆에 놔 주고,
 "갔다 올게."
한 뒤 다섯 살짜리 경삼을 끌고 방 안을 나가려 했다.
 그때 삼애가,
 "자…잘……."
하며 나서려는 광주를 바라보았다. 잘 갔다 오라는 뜻이리라.

광주는 다시 삼애에게 시선을 주고,

"갔다 올게."

를 거듭 말했다. 누워 있는 삼애를 혼자 남겨 두고 떠나기가 마음 측은했던 것이다. 아침마다 느끼는 감정이지만 목이 마를 때 물 떠다 줄 사람 하나 남기지 않고 떠나는 광주로서 아내를 측은하게 생각하지 않을 수 없었다. 그러나,

"자…잘……."

하며 잘 가라는 인사를 할 때 광주는 웬일인지,

"그냥 가셔두 좋아요?"

하고 자기를 원망하는 것처럼 생각했다. 왜 그렇게 생각되는 것일까? 그는 그런 의심을 품는 동시 아내에게로 달려가 얼굴만은 아직 훤하게 보이는 그미를 끌어안고 키스를 해 주고 싶은 충동을 느꼈다. 웬일인지 알 수 없었다. 이때까지는 그저 환자로만 취급했다. 그 이상의 아무것도 아니었다. 아내 구실을 전혀 못하는 여자 아닌 여자로 여기며 성적 충동을 느끼려 하지도 않았던 것이다.

'내가 나를 억제 못해서야 되나.'

광주는 결국 자기가 욕정을 억제하지 못하는 데서 오는 느낌이라고 생각했다. 그래서는 안 되는 것이다. 육체적 감각과 감정적 감성을 잃고 있는 여자에게 욕정을 느끼다니…… 그것도 하나의 죄처럼 생각되었다.

그래서 그는 다시 뒤도 돌아보지 않고 방을 뛰어나갔다. 부엌에 두었던 고구마 부대를 짊어지고 경삼의 손을 잡은 뒤 골목길을 걸을 때 그는 어린 경삼의 보드라운 손에서 여자의 감촉 같은 것을 느꼈다. 부드럽다. 따뜻하다. 작다. 모두가 여자의 손과 비슷했던 것이다. 그러자 그는 경삼의 손을 놓았다. 여자를 생각해서는 안 된다는 생각이 하나의 계명(戒命)처럼 그의 마음을 눌렀던 것이다. 여자는 생각도 해선 안 된다.

그러나 한편 여자를 모르고 지낸 지가 몇 해나 되었는가를 생각했다. 아내가 뇌일혈로 쓰러져 반신불구가 된 때부터 삼 년 간이다. 금욕 생활을 삼년이나 계속했으니 욕정이 되살아날 만도 한 일이다. 그러나 아내가 저 모

양이니 언제까지라도 금욕생활을 괴로워해서는 안 될 것이 아닌가?
과거에 많은 방탕을 했었다. 그 죗값으로라도 금욕의 고통을 이겨 나가야 한다. 그것을 이길 때 비로소 자기는 과거의 자기와 다른 인간이 된다. 과거를 회개하고도 다시 금욕 생활의 고통을 이기지 못한다면 자기는 거듭난 사람이라 할 수 없다. 거듭난 인간이 되지 못했을 때 어찌 하느님의 아들이라 일컬음을 받을 것인가?
그러나 한편 아내를 연민으로서가 아니라 사랑으로 대할 수 있는 길은 아내를 성적인 대상으로 만드는 데 있지 않을까 하는 생각이 들었다. 비록 불구라고 해도 가능만 하다면 성적인 대상으로 삼는 것이 죄는 되지 않을 것 같았다. 반응이 없는 여자를 그렇게 한다는 것은 추한 행동일지 모른다. 추한 행동이라고 해도 성적 대상으로 삼을 때 아내를 인간 이하의 인간으로 보지 않아도 좋을 것이며 동시에 그미를 사랑하게 되지 않을까? 사랑이 무엇보다도 중요하다면 사랑할 수 있는 요소를 스스로 만들어야 할 것이다.
'오늘 밤 한 번 시험해 보리라.'
만약 거부만 안 한다면 일방적인 욕정이라도 채우자. 그러면 부족하나마 아내로서의 애정을 느끼게 될 것이다. 그것은 하느님이 허락하시는 길이 아니겠는가?
그는 경삼의 보드라운 손을 다시 잡았다. 그리고는 골목길을 나와 점포들이 있는 한길로 나가 얼마 안 되는 잡화상 앞에서 고구마 부대를 내려놓았다.
잡화상은 진실한 교인인 김 집사가 경영하는 가게다. 광주는 저녁때마다 고구마 굽는 드럼통을 그 집 마당에 옮겨다 놓는다. 그래서 고구마 부대를 내려놓고는 그 집 뜰 안으로 들어가 드럼통을 굴려 내왔다. 드럼통에는 아직 불이 살아 있었지만, 어제 저녁에 넣고 간 것이기 때문에 김 집사네 가게에서 십구공탄 하나를 사서 불을 갈았다. 그리고는 쇠판 위에 고구마를 올려놓고 드럼통 뚜껑을 닫았다. 불이 일고 고구마가 익기까지는 한참 동안이나 있어야 한다. 고구마가 익기를 기다리며 경삼을 업고 서 있을 때였다. 잡화점 주인 김 집사가 광주에게로 와서,

"목사님과 전도부인의 사이가 수상하다면서……."

지나가는 말처럼 물었다. 광주에게 있어서는 금시초문의 말이었다. 그래서,

"무슨 말씀이신지요?"

말뜻도 알 수 없다는 듯이 반문했다.

"사찰이 모른대서야 말이 되나? 소문이 파다한 모양인데……."

김 집사는 그런 것을 모르는 체하는 광주가 의아스럽다는 듯이 말했다.

"저는 처음 듣는 말입니다."

광주는 불쾌했다. 사찰이라고 해서 목사나 전도부인의 사생활까지를 알아야 하는 것인가?

"모른다면 할 수 없는 일이지만 앞으론 눈앞의 일을 좀 잘 살펴야지."

김 집사는 광주를 그 이상 책잡으려 하지 않고 가게 안으로 들어가 버렸다.

광주는 자기를 의심하거나 또는 책잡으려 하지 않았다고 해도 김 집사가 불쾌했다. 김 집사가 목사와 전도부인과의 관계를 의심하고 있다는 그 마음이 싫었던 것이다. 김 집사는 지금 목회를 보고 있는 목사가 부임해 오기 전의 목사를 내쫓은 장본인이었다. 설교를 잘 못 한다는 이유로 신자들을 충동해서 끝내 내보내고야 말았다. 그런데 새로 부임한 지 일 년도 못 된 새 목사의 불미한 행동을 조사하는 것 역시 목사 축출의 움직임이라고 보지 않을 수 없다.

어째서 그는 목사 축출을 마치 하느님에게서 받은 사명처럼 생각하고 있을까?

전번 목사를 내보낼 때는 설교를 잘 못 하기 때문에 젊은 사람들이 목사를 좋아하지 않는다고 말했다. 젊은 사람들이 좋아하지 않으니 결국 신자 수가 줄어든다는 것이었다. 월급을 주고 초청해 온 목사가 교회를 발전시키지 못하고 후퇴하게 만든다면 그는 하느님의 사명을 다하지 못하는 목사다. 그리고 그러한 목사를 두었다가는 신자가 줄어 교회를 유지하지 못하게 된다.

그러니 교회를 위해 그 목사를 내보내는 것이 정당한 일일지 모른다.

이번 목사도 마찬가지다. 하느님의 종으로 하느님의 말씀을 전하는 목사가 자기 부인이 아니고 딴 여자와 간음을 하고 있다면 그것은 용서할 수 없는 일이다. 목사는 물론 평신도의 자격도 없다. 축출함이 마땅할 것이다. 말하자면 김 집사의 생각과 처사가 그른 것은 아니다. 그런데도 광주는 김 집사가 좋은 사람 같게 생각되지가 않았다. 하느님의 뜻을 행동으로 옮기는 사람이란 생각도 들지 않았다.

사랑이 없는 사람이다. 사랑으로 사람을 대하려는 것이 아니라 정죄하려는 마음으로 사람을 대한다. 함부로 하느님의 이름을 빌려 사람을 정죄해서는 안 된다. 그런데도 김 집사는 무엇 때문에 목사까지도 하느님의 이름으로 정죄하려고 하는 것일까?

자기에게 죄가 없는 사람만이 죄 지은 사람에게 돌을 던질 수 있다. 그런데 김 집사는 남에게 돌을 던질 수 있는 사람이 아니다. 그의 과거는 모른다. 과거는 알 필요도 없지만, 현재 그는 매일같이 사람을 속이고 있다. 그것을 광주는 매일 보고 있는 것이다. 부인들이 가게에 와서 물건값을 에누리할 때 김 집사는 본전이 얼맙니다 하며 본전에서 이삼 원밖에 이를 보지 않는 것처럼 밀며 장사를 한다. 다는 모르지만 광주가 알고 있는 도매금보다 얼마나 더 비싸게 팔고 있는지는 알고 있다. 그러면서도 집사의 교직까지 가지고 있는 사람이 어찌 거짓말을 할 것이냐는 태도로, 본전을 속여가며 남보다 비싼 값으로 장사를 한다. 사실 근처 가게보다 값이 비싸다는 소문이 자자하다. 그런데도 교인이나 처음 오는 손님들은 그 집 물건을 사 간다.

본전이 얼마라는 말만 안 해도 거짓말을 안 한다고 말할 수 있다. 그런데도 번번이 본전을 들고 나오며 거짓말을 한다. 이렇게 거짓말을 하는 사람이 어찌 남을 정죄할 수 있을 것인가?

꽤 큰 가게이기 때문에 수입도 적지 않다. 그러나 그는 한 주일에 백 원 이상 연보를 안 한다. 진실한 교인이면 십일조를 드려야 한다. 그러나 그는 백 분의 일도 연보를 안 한다. 그러면서 어찌 자기가 진실한 교인이라 할 수 있으며 또 남을 정죄하려 하는 것일까?

지난번 목사를 내보낼 때 갈 곳 없는 목사가 나가려 하지 않았다. 김 집사가 주동이 되어 제직회에서까지 내보내기로 결정했는데도 목사는 갈 만한 교회를 정해 놓지 않고 어떻게 나가기부터 하느냐 하며 그 뒤에도 주일마다 설교단에 올라가 설교를 했다. 그때 김 집사는 설교단으로 올라가 설교하려는 목사의 넥타이를 잡아끌어 내렸다. 부인들은 하느님의 전당에서 추한 싸움이 일어났다고 통곡들을 했지만 김 집사는 끝내 목사를 교회당 밖으로 끌어내고야 말았다.

잔인한 사람이라 말할 수밖에 없다. 광주는 그 다음날부터 며칠 동안 새벽종을 치지 않았다. 싸움판이 된 교회당으로 기도를 드리러 오랄 수가 없었던 것이다. 세상이 아무리 추하고 싸움으로 넘쳐 있다 해도 교회당만은 깨끗하고 평화가 있어야 한다고 생각했다. 교회당에 평화가 없을 때 세상 어디 가서 평화를 구할 수 있을 것인가? 사랑과 평화를 잃었을 때 교회당의 존재는 있을 수 없다.

잔인한 김 집사. 사랑과 평화의 사도라고 자칭하는 교인이 사랑과 평화를 잃어버리는 경우 사랑과 평화를 생각지 않는 사람보다도 더 잔인해지는 모양이었다.

광주는 김 집사가 보기 싫어 며칠 동안은 고구마 장사도 하지 않았다. 고구마 굽는 통을 김 집사의 집에 맡기고 있기 때문이었다.

며칠 지난 뒤 종소리는 하느님의 음성이라는 것을 생각하고 새벽마다 다시 종을 치기 시작했다. 그리고 이웃을 미워해서는 안 된다는 생각으로 김 집사의 집을 출입하며 장사를 계속했다.

하느님의 이름을 더럽힌 김 집사를 미워하는 동안 광주는 속으로 고통을 느꼈다. 하느님을 배신한 사람은 미워해도 무방할 것이다. 미워지는 김 집사의 얼굴이 보기도 싫었다. 그러나 원수까지도 사랑하라는 하느님의 말씀을 생각할 때 광주는 김 집사를 미워하는 자기가 믿음이 부족함을 깨달았다. 믿음이 부족하기 때문에 사람을 미워하는 것이다.

그러면서도 가까이하고 싶지 않은 것을 어떻게도 할 수 없었다. 그의 마음속에서는 하느님과 마귀의 싸움이 벌어졌다.

그러나 그 싸움에서 하느님이, 질 수는 없었다. 하느님이 진다면 자기는 결국 마귀의 것이 된다. 광주는 하느님 편이 되지 않을 수 없었다. 결과로 하느님이 이겼다. 그런 경우 어느 편이건 사람의 마음이 가담하는 편이 이기는 법이다.

그는 김 집사에 대한 미움을 버리고 그를 대해 왔다. 그런데 이제 또다시 그를 미워하는 마음이 생기기 시작한 것이다. 그는 경삼을 업은 채 눈을 감고,

"하느님! 김 집사를 긍휼히 여기사 그로 하여금 하느님의 이름을 더럽히지 않도록 해 주옵소서."

하고 기도를 드렸다. 만약 김 집사가 또 목사를 내쫓는 싸움을 일으킨다면 자기는 그를 미워하지 않을 수 없을 것이기 때문이었다.

기도를 끝냈을 때 고구마 익은 냄새가 스며 나왔다.

고구마가 익지 않아 사러 왔던 애들을 몇이나 돌려 보냈지만, 이제부터 장사가 시작된다는 것을 생각할 때 마음이 흐뭇했다. 그는 뚜껑을 열고 고구마들을 뒤집어 놓았다. 구수한 냄새가 코를 찔렀다.

"아빠!"

등에 업힌 경삼이 고구마를 내려다보며 손을 내밀었다. 광주는 경삼을 땅에 내려놓고 그 중 작은 것 하나를 골라 껍질을 벗겨 입김으로 식혀서 내밀고 있는 손에 쥐어 주었다. 개시를 하기 전 경삼에게 고구마를 먼저 먹이는 것은 그의 즐거움이기도 했다.

혹혹 입김을 불어 가며 고구마를 떼어 입 속에 넣고도 그것이 뜨거운지 씹지를 못해 통째로 꿀꺽 넘기는 그 표정이 귀엽기 짝이 없었다. 다 식은 뒤에는 호물호물 맛있게 씹어먹는 모양 또한 사랑스러웠다.

"맛있니?"

"응."

경삼은 고개만 끄덕이며 먹기에만 열심이었다. 아버지를 쳐다보려 하지도 않는다.

그런데도 곱기만 했다. 아버지가 '아' 하고 입을 벌려도 경삼은 손을 뒤로

제1장 연민과 사랑 537

돌리고 나눠 먹을 생각을 안 한다. 그래도 경삼이 밉지가 않았다. 자기 욕심만 채우는 어린애.

그런데도 사람들은 그런 어린애의 마음을 동심이라고 아름답게들 말한다. 하느님도 깨끗한 마음이라고 어린애 마음으로 돌아가라 하셨다.

욕심이 있기는 하나 가질 수 있는 것에 대해서만 욕심이 있다. 가질 수 없는 것을 가지려고 계략을 쓰는 일이 없다. 거기에 순결이 있다. 순결은 무조건 아름답다.

"고구마 주세요."

예닐곱 살 남짓한 머슴애가 오 원짜리 동전을 내밀며 고구마를 달라고 했다. 광주는 경삼에게서 눈을 돌리고 그 애의 돈을 받았다. 그리고는 고구마 통을 열고 중치 세 개를 골라 종이봉투에 넣어 주었다. 그런데 봉투를 받아 든 애는 봉투 속을 한 번 들여다본 뒤,

"하나만 더 주세요."

했다. 오 원짜리 돈을 내밀 때는 어린애였는데 하나만 더 달라고 할 때는 어린애가 아니었다. 광주가 파는 고구마는 절대 비싸지가 않은 것인데도 무조건 하나만 더 달라는 것은 어른들이 물건 사는 것을 보고 배운 것에 틀림없었다. 이를 많이 남기려는 장사꾼과 조금이라도 싸게 사려는 손님과의 부당한 흥정이 어린애들의 마음까지 잡스럽게 만들어 놓은 것이다.

"많이 준 거야."

광주는 좋게 말했다. 그래도 손님이기 때문이었다.

그때 어린애는,

"씨."

불만이면서도 그냥 돌아가 버렸다. '씨' 하면서도 그냥 돌아가는 그 동심을 볼 때 광주는 역시 어린애는 추하지가 않다고 생각했다.

상대가 대개 그런 어린애기 때문에 광주는 시간 가는 줄 모르고 장사를 한다. 큰 돈이 벌어지는 장사가 아니지만 어린애를 대할 때마다 뜀뛰기에 일 등 한 애에게 상품을 주는 듯한 착각을 느낀다. 십 원 이상을 가지고 오는 애들은 대부분 집안 심부름을 하는 애들이다. 그러나 이 원이나 오 원을

가지고 오는 애들은 대개가 자기 혼자서 먹으려고 산다. 혼자서 먹는다는 것이 통쾌한지, 일 원보다 많은 돈을 부모들에게 앗아 왔다는 것이 통쾌한지, 어쨌든 고구마를 사 가지고 갈 때는 좋아서 달음박질해 간다. 그 달음박질해 가는 애들을 볼 때마다 광주는 순수한 동심을 맛보며 즐거움을 느낀다. 밑천도 없지만 물욕을 크게 가지지 않기 위해 그런 장사를 시작한 것이었다. 그는 장사를 하면서도 장사 가운데에서는 좋은 장사를 택했다고 생각하는 것이었다.

점심때가 거의 되었을 무렵 어떤 애가 동전 열 개를 내밀며 고구마를 달라고 했다. 돈을 받으며 그 애를 보았을 때 그 애가 오늘 새벽 교회당 처마 밑에서 자던 거지 애임을 알았다. 그러나 아는 체를 않고 굵직한 고구마로 다섯 개를 종이에 싸 주었다. 후하게 준 편이었다. 거지 애도 광주를 아는 체하지 않았다. 그리고 고구마를 좀 더 달라는 말도 안 했다. 고구마 봉지를 받자 그냥 돌아가려고 하는 것이었다.

광주는 구태여 그 애에게 말을 붙일 필요를 느끼지 않았지만,
"너 이 동네서 사니?"
하고 물었다. 그때 거지 애는,
"아니요."
할 뿐 긴 대답을 피하고 슬슬 걸어갔다. 거지 애면서도 다른 애들과 같이 선금을 냈지만 돌아갈 때만은 다른 애들처럼 달아나지를 않았.

어린애 반(半) 어른 반(半)인 애라고 생각했다. 경선의 경우라면 어떨까? 그 애는 고구마를 사기 전에 돈부터 먼저 내는 일을 안 할 것이다. 그리고 고구마를 산 뒤에 달음질치는 일도 안 할 것이다. 그런 점으로 보아 경선은 어린애면서도 완전한 어른이다.

광주는 생각했다. 거지 애와 경선과 어떤 편이 더 불행할 것인가 하고.
물론 부모도 없고 잠잘 곳도 없는 거지 애가 더 불행할지 모른다. 그러나 불행을 발가벗겼기 때문에 불행해 보일 뿐 진정으로 불행한 애는 경선일 것 같았다. 어린애면서도 어른다운 것만 가지고 있는 사이비 어린애가 아닌가? 겉으로 보이지 않게 불행을 보자기로 싸 가지고 다니는 경선이다.

제1장 연민과 사랑

성경에도 어린애 같은 마음을 가져야 천당에 갈 수 있다고 했는데 경선은 어린애이면서도 천당에 갈 만큼 순진하지가 못하다.

광주는 연이어 김 집사를 생각했다. 혼자서 교회에 충실한 것 같고 혼자서 믿음이 강한 것처럼 생각하고 있는 그가 과연 천당에 갈 수 있을 것인가 하고. 도저히 그럴 수는 없을 것 같았다. 천당문 앞에서 쫓겨날 사람이다.

김 집사처럼 경선도 천당문 앞에서 쫓겨나면 어떻게 할까? 그렇게도 착한 애가 어린애 마음을 못 가졌다고 해서 지옥으로 간다는 것은 안 될 말 같았다. 그러나 스스로 불행을 느끼면서도 그것을 감추려고 하는 경선이가 순결한 소녀성을 잃고 있다는 생각을 할 때, 아무래도 천당과는 거리가 있는 위치에 서 있는 것 같았다. 그리고 그러한 성격이 그미를 더 불행하게 만들 것만 같았다.

광주는 눈을 감았다. 경선이 지옥에 떨어지는 애가 되지 말게 해 달라는 기원을 올리는 것이었다. 친어머닌 줄만 알고 삼애의 대소변 심부름을 해 주며, 아침마다 세수를 시키고 머리를 빗겨 주는 그 애가 삼애가 친어머니가 아니라는 것을 알 때 그 애는 어른의 마음에서 마귀의 마음으로 변할지도 모른다. 불행의 절정에서 마귀의 마음을 갖게 되면 지옥으로 떨어질 것은 분명한 일이다.

친어머니가 아닌 것을 모르고 있을 뿐 삼애가 친어머니가 아닌 것은 엄연한 사실이다. 엄연한 사실을 의식하지 못할 뿐이지만, 실재하고 있는 사실이 경선의 마음속에 마귀를 집어넣고 있다. 그래서 그 애는 애이면서도 어른다운 마음을 가지고 있는 것이다.

광주는 경선이 지옥에 떨어지는 애가 되지 말게 기원을 하면서도 이때까지 자기가 그 애를 사랑한 것은 역시 사랑이 아니라 연민이 아니었는가 생각했다. 아내를 연민으로 대한 것처럼 경선도 연민으로 대한 것만 같았다. 진심에서 우러나오는 사랑이 아니라 지옥에 갈 애라는 측은한 마음으로 연민을 주어 왔다.

이렇게 생각하니 과연 그런 것도 같았다. 친어머니는 죽었는데도 어머니 자리에 대신 앉은 여자를 친어머니로 생각하고 있는 그 애가 불쌍해서 사랑했다는 것도 진짜 사랑은 아니다. 사랑에 무슨 조건이 있을 것인가? 조건 없는 것만이 사랑이다.

자기 자식까지도 진심으로 사랑을 못하고 연민으로 대한 것을 생각할 때 광주는 자기도 천당에는 들어가기가 힘든 사람 같은 생각이 들었다. 사랑과 연민은 종이 한 장 사이의 차이밖에 없을지 모른다. 그러나 그 근본에 있어서는 하늘과 땅처럼 이질적(異質的)인 것 같았다.

천당이 있는지 없는지를 깊이 생각해 보지 않은 광주지만 사람을 천당에 갈 수 있는 사람과 없는 사람으로 구별하려는 마음은 그가 기독교에 발을 들여놓은 때부터의 사고방식이다. 그렇기 때문에 천당에 갈 수 없는 그런 사람이 되어서는 안 된다는 것이 그의 염원이었다.

그런데 지금 사랑과 연민으로 자기가 천당에 갈 수 없는 사람이란 생각이 들 때 그는 오랜 세월을 헛산 것 같은 느낌이 들었다.

어차피 천당에 갈 수 없는 그런 사람이라면 나는 스스로를 학대하면서 죄를 씻으려고 애쓸 필요가 없지 않은가?

교회에 들어온 뒤부터 받은 정신적 고통은 말할 수 없는 것이었다. 한 시간도 마음이 편한 때가 없었다. 눈만 뜨면 자기 증오요 자기 경멸이요 자기 학대였다. 그리고 하느님의 용서를 받는 사람이 되기 위해 세상 물욕을 버리려고 교회의 사찰까지 되었다. 그뿐인가? 물욕에 탐을 내서는 안 되기 때문에 최소한도의 생활을 유지하기 위해 군고구마 장사를 하고 있다.

천당에 들어갈 수 없는 사람이란 결국 하느님의 용서를 받지 못할 사람이다. 하느님의 용서를 받지 못할 바에는 스스로 증오하고 스스로 학대할 필요가 없다. 하나의 죄나 백의 죄나 지옥에 가기는 마찬가질 테니까.

요는 죄를 의식하느냐 안 하느냐는 것뿐이다. 죽을죄를 졌다 해도 그 죄의 무서움을 의식하지 않는다면 그는 도리어 평범한 생활 속에서 고통을 느끼지 않을 수 있다.

이런 생각을 하고 있을 때 지나가던 새나라 택시가 갑자기 정거를 하며, "애두 안 보구 뭐 하는 거야?"

욕지거리를 하는 운전수의 거친 목소리가 들려 왔다. 그것은 광주를 향해 퍼붓는 욕이었다.

경삼이가 길 가운데서 놀다가 자기를 향해 뛰어오는 것이었다. 그는 운전수의 욕도 들을 여유 없이 경삼을 끌어올려 가슴에 안았다. 자동차 사고가 일어날 뻔했던 일에 두근거리는 가슴을 진정시키고 있을 때 자동차 운전수가,

"개새끼."

한 마디를 남기고 가버렸다.

어린애를 간수하지 못하고 차가 다니는 길 가운데로 내보냈으니 욕을 먹어도 무방하다. 그러나 개자식이란 너무하다. 자동차 운전수에게 개자식이란 말까지 듣고도 한 마디의 항변을 할 수 없는 자기다.

남과 함부로 싸워서 안 되는 기독교 신자이기 때문이 아니라 자동차 운전수하고도 싸울 수 없을 만큼 천한 위치에 놓여 있기 때문이란 생각을 할 때 광주는 눈물이 나올 정도로 슬픔을 느꼈다. 자기도 물욕을 버리지 않고 살았다면 남만 못지않게 살 자신이 있다. 부모의 재산을 전부 탕진해 버렸을 때 그는 당시 남들이 생각지도 못하는 반창고 공장을 만들어 돈벌이를 했었다. 지금도 발을 벗고 나서기만 하면 남 못지않게 살 자신이 있다. 그러나 길가에서 군고구마 장사를 하고 있는 지금은 누구에게나 경멸을 받아도 항변할 수 없는 위치에 있다.

가슴이 떨렸다. 고구마가 익고 있는 드럼통을 발길로 차 버리고 싶었다. 그러나 그의 입에서는,

"하느님, 용서하십시오. 잠시 제가 사람을 미워했습니다."

하는 기도가 나왔다.

'개새끼.' 하고 달아나 버린 자동차 운전수를 미워함으로 분개했던 자기를 후회한 것이다. 모든 것을 자기 잘못으로 돌리고 하느님에게 사죄를 하면 마음이 편안해진다.

그는 다시 남에게 욕을 먹지 않기 위해 종일 경삼에게서 눈을 떼지 않으며 장사를 했다.

늦저녁 때가 되어 연탄을 갈아 넣고 드럼통을 김 집사댁 뜰에다 옮겨 놓

은 뒤,

"오늘도 하루 종일 장사를 잘 하게 해 주시어 감사합니다."
하고 밤 기도와 같은 기도를 드렸다.

그러고 난 뒤 집으로 돌아가 저녁을 지어 먹고 설거지를 끝냈을 때는 이미 열 시가 가까웠다. 그래도 그는 목사 사택으로 가서 목사님에게 별일 없었느냐는 인사를 드린 뒤 교회당 안팎을 살펴보고야 집으로 돌아왔다.

경원과 경삼은 이미 잠이 들었으나 경선만은 공부를 하고 있었다. 경선의 공부도 공부지만 동생이 아직 돌아오지 않았으니 자려야 잘 수가 없었다. 잠잘 생각을 못하고 누워 있는 아내의 얼굴을 바라보며 광주는,

'오늘밤에는 아내를 사랑해 줘야지.'
하는 생각을 했다. 정말 사랑해 주고 싶기도 했다. 이때까지 참고 누르며 견디어 오기는 했지만 사랑해야 한다는 마음이 들자 육체 속에 잠겨 있던 욕정이 분노한 파도처럼 격동하는 것이었다.

몸이 부자유스러울 뿐이다. 고통을 느끼는 것은 아니다. 그러니 사랑을 해 주어도 능히 받을 수 있을 것이다. 사랑을 주고받을 때 거기에는 연민이란 감정이 자연 소멸된다. 동시에 남자 대 여자의 자연스런 권리와 의무가 소생된다. 그렇게 사랑을 부활시키면 경선에 대한 감정도 달라질 수가 있다. 사랑 속에서 살게 되면 누구에게나 사랑으로 대할 수가 있을 것 같았던 것이다. 경선을 구태여 어머니가 다른 애라고 생각하지 않아도 좋게 될 것 같았다. 경선을 연민으로 대하는 것도 아내를 연민으로 대하는 데서부터 시작된 것처럼 생각되었기 때문이었다.

열두 시가 거의 되자 경선은 자리 속으로 들어갔다. 그리고 동생도 돌아와 자기 방으로 들어갔다. 광주는 경선이 깊은 잠에 들기를 기다려 맨 윗자리에서 애들이 누워 있는 자리를 엉금엉금 기어 아내 가까이로 갔다. 아내 곁으로 가서는 아내가 놀라지 않게,

"여보."
몸을 흔들어 깨웠다.
아내가 눈을 뜨자

"물 마시고 싶지 않아?"

하고 엉뚱한 말을 꺼냈다.

"아…아니……."

아내는 물 마시고 싶지 않다는 뜻을 표하며 광주의 얼굴을 쳐다봤다.

광주는 그저 웃음이 나왔다. 서론이 너무나 우스꽝스러웠던 것이다. 그러나 웃음을 막으며 아내의 뺨에 입술을 갖다 대고 부비기 시작했다.

제2장 마성과 신성

물은 마시고 싶지 않다고 했지만, 깊은 밤에 자기 곁으로 온 광주의 마음을 삼애가 모를 리 없었다. 삼애는 물끄러미 광주를 바라보았다. 자기의 의사는 표시할 수 없지만 광주의 행동에 어떤 기대를 가지고 있는 것 같은 표정이었다.

광주는 우선 자기의 뺨을 삼애의 뺨에 갖다 대보았다. 그런데 삼애는 아무런 반응도 보이지 않았다. 얼굴을 조금만이라도 돌리면 그러지 말라는 뜻이라 해석하고 자기 자리로 돌아가려던 광주는 무반응의 삼애에게서 그미도 그것을 싫어하거나 두려워하지 않음을 알았다. 그래서 입술을 그미 입술에 갖다 댔다. 그런데 삼애는 자기 입술을 피하지 않았다. 도리어 입술을 움직이는 것이었다. 그것은 잠들어 있는 어린애에게 젖꼭지를 갖다 댔을 때 잠이 들었으면서도 엄마의 젖을 잊지 못하고 있는 어린애의 욕구 같은 것이었다. 입술을 호물거리며 젖꼭지가 빨리 입 안에 들어오기를 기다리는 어린애의 본능.

광주는 일종의 자신을 얻었다. 그래서 입술에 침을 묻혀 그미의 입술을 눌렀다. 그때 삼애는 입술을 약간 벌렸다. 좀더 감미로운 입맞춤이 그리운 모양이었다. 광주는 마음놓고 키스다운 키스를 했다. 그러나 육체가 말을 잘 듣지 않는지 그렇지 않으면 너무나 오랫동안 잊어버렸던 일에 대한 부끄럼 때문인지 삼애는 옛날과 같은 정열을 보이지 않았다.

광주는 삼 년 전의 삼애를 생각했다. 병에 앓아눕기 전 삼애는 뜨거운 불꽃이었다. 가까이 하기만 하면 온몸을 빨아들이는 것 같은 뜨거운 키스를 해 주었다. 그 사랑을 느낄 때 광주는 죽고 싶은 충동을 느끼곤 했다. 삼애로 말미암아 지은 죄도 완전히 잊어버렸다. 하느님에 대해 느껴야 할 부끄럼도 생각할 여유가 없었다. 하느님에 대해서는 파렴치한 행동이지만, 삼애의 사랑 속에서 그 사랑을 느끼는 가운데 죽는다면 그뿐이라는 생각이었다. 그 순간만은 천당도 지옥도 없었다. 오히려 축복받을 것만 같았다. 두 사람의 입술이 맞붙은 채 죽는다고 하면 하느님도 그 사랑에 감동하고 축복해 주실 것이 아니겠는가?

그러나 지금 삼애는 정열을 잃고 있다. 오직 수동적일 뿐이다. 애정에 목 마른 사람 같지도 않다. 육체의 마비로 애정의 열이 희박해진 것이라고 해석되었다.

열이 식은 삼애를 느끼는 순간 광주는 삼애에게서 몸을 뗐다. 죽어도 좋다는 생각이 들지 않고 그 대신 열이 없는 삼애를 가까이 하는 것이 죄 되는 일처럼 느껴졌던 것이다.

광주는 교회에 발을 들여놓았을 때 삼애와 헤어질 것을 생각했다. 자기에게 있어서 가장 큰 죄의 근원은 삼애였다. 방탕한 생활을 거듭한 자기 과거를 죄로 생각한 것도 삼애와의 연애 이후였다. 그렇다면 죄를 회개하기 위해서도, 그리고 그 죄를 잊기 위해서도 가장 좋은 방법은 삼애와 헤어지는 것이다. 그러나 삼애 때문에 죽을죄를 졌다고 해도 삼애와 헤어질 수는 없었다. 그때 어떤 목사에게 참회를 했지만, 목사는 이제 삼애를 버린다면 또 하나의 죄를 다시 범하는 것이 된다고 헤어지는 것을 반대했다. 사실 삼애와 헤어짐으로 자기의 죄가 씻겨질 것 같지는 않았다. 죄는 이미 몸에 붙어 있다. 털어도 씻어도 없어질 수가 없는 것이다. 목사의 말처럼 새로운 죄 하나를 더 범하는 결과가 된다.

그것도 그러려니와 삼애에 대한 애정이 식지 않는다는 것이 더 중요했다. 고통 속에서 자기 자신을 증오했지만 삼애가 증오의 대상으로 크게 작용하지 않았던 것이다. 삼애 때문에 자기는 죄를 지었다 해도 그 죄의 책임은 삼애에게보다 자기에게 있다는 생각이었다. 그것은 겸손도 아무것도 아니었다. 삼애를 잊어버릴 수가 없기 때문이었다. 그것은 밤마다 죽어도 좋다는 생각이 들 만큼 삼애의 사랑 속에 젖어드는, 몸에서 떼어 낼 수 없는 쾌락이 작용했기 때문일지도 모른다. 새로운 죄를 범하면서까지 사랑한 삼애를 버릴 수가 있는가?

그런데 하느님의 섭리인지, 그렇지 않으면 하느님의 시련인지 삼애가 불구의 몸이 되었다. 그래서 삼애에 대한 사랑이 연민으로 변했다. 사랑이 아닌 연민으로 대하게 되면서부터 광주는 삼애를 버리려는 생각을 가지지 못했다. 버릴까 하고 생각했던 자기의 과거까지 잊어버렸다. 어떤 경우에라도 그것은 있을 수 없는 일이라 생각되었던 것이다. 그런 점으로 볼 때 사랑보다도 연민이 더 순수하고 순결한 것같이 생각되었다. 사랑이란 주관적인 것, 연민이란 객관적인 것, 그러니 객관적인 연민이 주관적인 사랑보다 더 순수할 것이 당연한 일인 것 같기도 했다.

그런데 광주는 지금 연민을 하나의 의무적인 것으로 생각하고 그것을 초극하여 자의적인 사랑의 세계를 붙잡으려 하고 있다. 사랑함으로 삼애를 생명이 붙어 있는 단순한 생물에서 자기와 동등한 인간으로 끌어올리려 하고 있다. 동등한 위치에서 사랑을 주기도 하고 사랑을 받기도 함으로 생의 보람을 느끼려 하고 있다.

생각하면, 지난 삼 년 동안 광주는 순전히 희생적 생활을 해 왔다. 희생적 생활이 나쁜 것은 아니다. 그러나 희생을 희생이라고 느낄 때 그 희생은 비극이다. 자기는 아직 그것을 슬픈 희생으로는 생각지 않는다. 그렇지만 얼마 뒤에는 슬픈 희생으로 느끼게 될 가능성이 있다. 만약 사랑으로 삼애를 대한다면 슬픈 희생이라고 느끼지 않으며 살 수가 있다. 그래서 지금 삼애를 사랑하기 위해 애들이 잠들어 있는 때를 이용하여 삼애에게로 와 있다. 그러나 삼애는 사랑을 느끼게 할 만한 정열이 식어 있다. 두 사람이 다 같이 사랑의 형태가 변형되어 가는데 무감각할 수 있는 나이라면 모른다. 젊음을 불태울 수 있는 나이에 무감각하게 되었다는 것은 역시 육체의 질환 때문이다. 청춘을 앗아간 질환. 그 질환은 하느님이 주신 벌이다. 벌이 아니고서야 생명을 남기고 젊음만을 빼 버릴 수가 있겠는가?

그러나 하느님의 벌이라면 응당 삼애가 아니라 광주 자기가 받아야 한다. 죄를 지은 것은 삼애라기보다 자기라고 해야 하기 때문이다. 아내를 두고도 열다섯 명의 여자를 즐겼다. 그뿐인가? 아내의 동생인 삼애까지 범했던 것이다. 범한 것으로 끝낸 것도 아니었다. 삼애를 사랑한다는 사실 때문에 아내가 자살까지 했다. 총이나 칼로 아내를 죽인 것은 아니다. 그러나 아내가 죽지 않을 수 없게 만든 정신적 살인범이다. 마음속으로 간음을 해도 죄가 된다고 했다. 하물며 정신적 살인을 한 것이 어찌 죄 되지 않을 수 있을 것인가? 그런 만큼 삼애는 자기 대신 자기 죄를 받은 셈이 된다. 자기가 죄를 받지 않게 하기 위해 십자가를 짊어진 아내다. 의식적으로 진 십자가는 아니다. 그러나 자기가 받을 벌을 대신 받은 것만은 확실하다.

신애가 죽은 뒤부터 계속해 온 죄의식 속의 괴로움으로 광주는 한강에 나가 몸을 던진 일이 있었다. 그때 그는 죽은 것으로만 알았었다. 그러나 얼마 뒤 병원 침대에 누워 있는 자기를 발견했을 때 그는 하느님이 일부러 목숨을 끊지 못하게 하신 것이라고 생각했다. 죽으면 끝이다. 그 뒤에는 지옥이 있을 뿐이다. 괴로움 속에서 생명을 연장하며 완전한 속죄를 함으로 천당에 갈 수 있는 사람을 만드시려는 뜻이다. 그래서 낚시질 하던 사람으로 하여금 그의 목숨을 건지게 한 것이다.

그때 죽었다면 그는 자기의 죄 값으로 지옥에 가는 벌을 받는 것이 된다. 그런데 뜻밖에도 삼애가 불구자의 몸이 되었다. 따지고 보면 뜻밖의 일도 아니다. 그의 벌을 삼애가 대신 받은 것이다. 자기가 한강에서 목숨을 끊었다면 삼애는 불구자가 되지 않았을 것이다.

벌 받는 삼애를 봄으로써 마음의 애통을 좀더 맛보라는 하느님의 뜻이 숨어 있다고 해도 삼애가 자기 대신 벌 받았다는 것을 절대의 사실처럼 믿고 있는 광주였다.

광주는 삼애의 몸으로 다가가 그미의 허리를 껴안았다. 아야 하고 소리를 지르며 돌아눕기라도 할 것처럼 삼애는 놀라는 표정이었다. 그러나 쉽게 돌아누울 수 있을 만큼 육체가 자유롭지 못하기 때문인지 삼애는 놀라는 기색만 보였을 뿐, 소리도 지르지 않았으며 몸도 움직이지 않았다.
　광주는 자기 대신 청춘을 상실하는 벌을 받은 삼애에게 사랑을 부어 주어야 한다고 생각했던 것이다. 청춘을 상실 당했지만 청춘을 느끼게는 해 주어야 한다고 생각했다. 청춘을 상실당하고도 청춘을 느끼지 못한다면 삼애는 자기의 죄 때문에 받는 형벌 이상의 형벌을 받는 여자가 된다. 삼애는 그런 형벌까지 받아야 할 이유가 없다. 그미는 자기 언니 신애가 죽은 것을 아직까지도 자살이라 생각지 못하고 있다. 자기 때문에 언니가 죽었다는 것을 모르는 만큼 광주처럼 깊은 죄의식을 느끼지 않고 있다. 그러한 삼애에게 죄의식을 느끼게 하는 대신 하느님의 은혜를 느끼도록 해야 한다. 청춘을 상실했다 해도 청춘을 느낄 수만 있다면 그미는 하느님이 자기를 아주 버리시지 않은 것이라고 도리어 그것을 은혜로 생각할 것이다.
　광주는 삼애가 불구라는 것을 잊고 팔에 힘을 주어 그미의 허리를 껴안았다. 그리고는 그미의 입술을 열광적으로 빨았다.
　청춘을 느끼고 싶어서인지, 광주의 청춘을 용납함에서인지 어쨌든 삼애는 오직 순응할 뿐이었다.
　다음날 새벽 새벽종을 친 뒤 교회당에서 기도를 드릴 때 광주는 몸과 마음이 하늘로 날을 듯한 가벼움을 느끼며,
　"하느님, 감사합니다. 진정으로 감사드립니다."
　하느님께 연상 감사만 드렸다. 그것은 삼 년 동안이나 계속해 오던 금욕 생활에서 본능적 욕구를 충족시켰다는 생리적 반사작용 때문만은 아니었다. 삼애에 대한 사랑이 하느님의 축복 속에서 이루어졌다는 생각 때문이었다. 삼애는 즐거움을 표시하지는 않았다. 그러면서도 고통을 느끼는 것 같지도 않았다. 고통을 느끼지 않았다는 것은 그미가 광주의 사랑을 받아들였다는 것이 된다. 사랑을 받아들였다는 것은 두 사람의 애정이 교류되었다는 것이 된다. 그렇다면 앞으로는 그미를 연민으로가 아니라 사랑으로 대할 수 있게 된다. 하느님은 광주가 삼애를 연민으로써가 아니라 사랑으로써 대할 수 있는 기회를 주신 것이다. 감사하지 않을 수 없었다.
　"하느님, 이제부터는 불쌍한 당신의 딸을 생명만 부지한 생물 이하의 생

물로 생각하는 일이 없을 것입니다. 생명이 붙어 있으니 사랑할 수는 없지만 미워할 수도 없다는 뜨뜻미지근한 생각도 가지지 않게 되었습니다. 비록 불구라고 해도 저와 동등한 위치에 있는 제 아내라는 마음을 가지게 되었습니다. 하느님의 뜻이신 적극적인 사랑을 퍼부음으로 제 아내가 하느님의 은총을 느끼게 되었습니다. 감사합니다. 진정으로 감사하옵니다. 제가 근 십 년 마음의 애통을 받았사오나 이제 하느님의 나라를 보아도 무방하다고 생각하옵니다. 이제부터 이 죄 많은 자식이 하느님의 나라를 보도록 해 주옵소서."

긴 기도를 드리고 교회당 마당을 청소하려고 할 때 광주는 거지 애를 생각했다. 마귀 같은 그 거지 애가 또 교회당 어떤 처마 밑에서 자고 있을 것 같은 생각이 들었던 것이다. 어찌 된 일인지 알 수 없었다. 어른 반 어린애 반인 그 거지 애가 오늘은 마귀처럼 생각되었던 것이다. 마음의 평온을 얻어 하느님에게 좀더 충실하고 싶은 마음이 들었기 때문인지 몰랐다. 한 사람에 대한 충성심이 높을 때는 그 충성심을 높이기 위해 용기를 내게 되는 법이다.

그 거지 애를 마귀로 취급하고 마귀를 하느님의 거룩한 성당에서 축출하려는 마음이 생겼던 것이다. 그러나 거지 애는 없었다. 어디를 찾아도 없었다. 어젯밤에는 어디서 잤을까? 어디서 자든 마음속에는 마귀가 들어 있을 것이고 그 마귀의 마음으로 죄악만을 생각하고 있을 것이다. 교회 처마 밑에서 자면 교회 안에 있는 물건을 훔치려는 생각을 할 것이고 남의 집 처마 밑에서 자면 남의 집 물건에 탐을 낼 것이다. 먹을 것이 없는 사람에게는 먹을 것만이 생각난다.

광주는 그런 어린 마귀를 교회당 근처에 얼씬도 못하도록 쫓아 버리려고 여기저기 찾아보았으나 허사였다. 그래서 빗자루를 들고 마당을 쓸기 시작할 때 새벽기도회에 왔던 김 집사가 기도를 끝내고 돌아가는 뒷모습이 보였다. 동시에 거지 애를 마귀라 생각하고 그 애를 찾아 내쫓으려 하던 자기 마음속을 들여다보았다. 이때까지 측은하게만 생각했던 거지 애를 오늘따라 마귀라 생각하게 된 것은 김 집사에게서 마귀를 보았기 때문이라고. 한 달

제2장 마성과 신성 549

이면 새벽기도에 서너 번이나 나올까 말까 하는 김 집사다. 그가 오늘 새벽 기도회에 나온 것이다. 만약 어제 목사와 전도부인의 이야기만 안 했다 해도 그의 마음속에 마귀가 들어 있을 것이라는 생각을 안 했을지도 모른다. 교회당에서 김 집사를 보았을 때 광주는 번뜩 그의 마음속에 도사리고 앉아 있는 마귀를 보았던 것이다. 하느님께 사죄를 하고 축복받으려는 천사의 마음이 아니라, 목사와 전도부인에게서 어떤 냄새를 맡으려고 하는 마귀가 움직이고 있음을 보았던 것이다.

저 마귀를 내쫓아야 하다. 저 마귀가 교회를 망치고 하느님의 마음을 아프게 할 것이 아닌가? 그러나 김 집사의 마음속에 들어 있는 마귀를 광주의 힘으로는 내쫓을 수가 없다. 마귀는 본질적으로 다 같다. 다만 사람의 성격에 따라 악의 성질과 형태가 달라진다. 거지 애에게는 거지 애에 알맞은 악이 살아 있고, 김 집사 같은 음흉한 인간에게는 음흉한 마귀가 들어 있다. 그 마귀가 아무리 극악한 것이라고 해도 마귀가 깃들여 있는 사람의 생활 지위에 따라 그 마귀를 본 척도 할 수 없는 경우가 있다. 그리고 자기와 직접적인 관계가 없을 때 더욱 그렇다.

광주는 김 집사에게 들어 있는 마귀를 본 척도 안 할 수는 없었다. 본 척도 안 한다면 그것은 하느님의 뜻이 아니기 때문이다. 예수께서도 마귀에 들린 사람들을 보실 때 마귀를 그 사람에게서 내쫓지 않으셨는가? 다만 자기 힘으로 그것을 내쫓기 힘들다는 것을 느낄 뿐이었다. 김 집사 같은 사람들이 연보를 낸 돈으로 월급을 받고 있는 한낱 사찰에 불과한 자기가 자기를 먹여 살리는 사람 속에 들어 있는 마귀를 내쫓을 수 있을 것인가? 만약 그러다가는 무엄한 놈이라고 교인 전체에게 비난을 받을지도 모른다. 그래서 마귀라는 것은 영원히 존재한다고 생각되지만 어쩌는 수 없었다.

광주는 김 집사의 뒷모습을 멀거니 바라보며 눈물이 핑 도는 것을 느꼈다. 마귀를 바라보면서도 그것을 내쫓을 수 없는 인간의 무기력이 한스러웠던 것이다.

무기력한 인간이 하지 못하는 일을 할 수 있는 분은 오직 하느님뿐이다. 그런데 하느님은 어째서 불가능한 것이 없는데도 사람이 못하는 일을 대신

해 주지 않으실까? 예수를 통해 인간의 각성을 촉구한 것은 틀림없지만, 예수님의 십자가를 보고도 자기 마음속의 마귀를 내쫓지 못하는 인간들을 어째서 방임해 두는 것일까? 인간에게 선을 택하는 자유만 주실 것이지 무엇 때문에 악을 택하는 자유까지 주셨을까?

인간은 모두가 어린애 같다. 부모가 잘 인도하면 착한 애가 될 수 있지만 방임해서 내버려두면 어떤 길을 걷게 될지 모른다. 하느님은 선의로써 사람 하나하나를 인도해 주셔야 할 것이다.

김 집사가 돌아간 뒤 장로가 교회당에서 나왔다. 교회당에서 나오자 광주 가까이로 와서,

"수고하십니다."

하고 간단하나마 정중한 인사를 했다. 새벽마다 종을 치고 기도를 드린 뒤 교회당 마당을 쓰는 광주의 노고를 진심으로 이해하고 있는 태도였다.

"안녕히 가십시오."

광주는 잘 가라는 인사를 하면서 정 장로의 따뜻한 마음을 감사했다. 아무도 모르는 자기의 과거와 정신 고통까지 정 장로는 알고 있는 것 같아, 그는 정 장로가 하느님과 같은 위치에 있는 것 같음을 마음속 깊이 느꼈던 것이다.

정 장로는 다른 말은 한 마디도 하지 않고 걸어갔다. 말없이 고개를 숙이고 걸어가는 정 장로의 뒷모습에서 광주는 천사를 보았다. 천사는 모든 것을 다 알고 있다. 알고 있을 뿐 아니라 옳은 것과 그른 것을 다 판단하면서도 그것을 말로 표현하지 않는다.

광주는 정 장로의 뒷모습에서 감사드리고 싶은 마음이 솟구쳐 올랐다. 그 뒷모습에서 하느님을 느꼈던 것이다. 인간의 속성을 잘 아시고 인간으로 하여금 자의식을 일깨워 주심으로 인간이 스스로 아름답고 귀해질 수 있도록 하시는 것이 하느님이다. 스스로를 아름답게 만들 줄 아는 사람만이 뒤에서 보기에도 아름다울 것이다. 스스로 아름다워질 줄 아는 데 인간의 가치가 있다. 그런 만큼 하느님은 인간이 스스로 자기의 가치를 창조할 수 있는 기회를 주시기만 하는 것이다.

정 장로는 나이가 육십이다. 그리 넉넉지도 못하다. 그런데도 교회의 반 이상을 혼자서 꾸려 가고 있다. 교회의 실질적인 주인이다. 그러면서도 그는 말이 없다. 하느님의 뜻 가운데서 스스로 아름다운 사람이 된 분이다.

광주가 정 장로의 뒷모습에서 하느님의 거룩하심을 생각하고 있을 때 목사와 전도부인이 거의 같이 나왔다. 그 중 전도부인이 가까이 와서,

"좀 있다 쌀 좀 사다 주시겠어요?"

하고 말했다.

"네, 사다 드리지요. 언제쯤 들릴까요?"

광주가 허리를 굽히며 말했다.

"조반 잡숫구 아무때나……."

"알았습니다."

그때 목사가 빙그레 웃었다. 심부름을 시킬 때 조금도 거역하는 빛이 보이지 않는 데 만족감을 느끼는 모양이었다. 언제나 잘 웃는 목사다. 광주는 목사의 그 웃음 속에 늘 마음의 평화를 느끼곤 한다. 그것은 그 웃음만 보면 세상의 괴로움이 다 잊히기 때문이었다.

목사처럼 힘든 일을 하는 사람도 없다. 하느님의 복음을 전파하려면 우선 자기가 하느님의 말씀을 전파하기에 부끄럼이 없는 사람이 돼야 한다. 하루 이십사 시간 긴장 속에서 자기를 잊는 때가 있어서는 안 된다. 그러는 가운데서도 가족들을 먹여 살려야 한다. 애들만이 여섯이니 절대로 적은 식구가 아니다. 얼마 안 되는 월급으로 애들을 기르고 교육을 시켜야 하니 경제적인 고통인들 오죽 할 것인가? 그러나 물질생활이 궁핍하다고 해서 그것을 불만스럽게 말할 수도 없는 처지에 있다. 자기처럼 장사를 할 수도 없다. 그런 가운데서도 늘 웃기만 하는 목사님이다. 마음에 평화를 가지지 않고서는 도저히 웃을 수 없는 그 복된 웃음에 눈살을 찌푸릴 사람은 없다. 눈살이 찌푸려졌던 사람도 그 웃음만 보면 자연 주름이 펴지게 된다.

평화스러운 웃음으로 남에게까지 평화를 주는 목사님. 광주는 그러한 목사를 의심하고 헐뜯으려 하는 김 집사를 또 한 번 악마라고 생각했다. 모든 민족과 모든 교인을 위하여 새벽잠도 자지 않고 기도를 드리러 왔다가는 저

거룩한 모습에 침을 뱉으려 하다니…….

말없이 전도부인과 같이 걸어가는 목사의 뒷모습은 죽어 가던 사람의 목숨을 구해 주고 가는 듯 거룩해 보이기만 했다.

목사와 교인을 다 보내자 광주는 교회당 마당을 열심히 쓸었다. 그리고는 교회당까지 소제를 하고 교회당 문을 잠근 뒤 목사 사택으로 내려갔다. 경선이가 목사의 사택 뜰을 쓸러 오기 전에 자기가 먼저 가서 쓸려 함이었다. 그런데 사택 뜰에 들어섰을 때 목사가 빗자루를 들고 이미 뜰을 쓸기 시작하고 있었다.

"제가 할 일인데 내버려 두십시오."

그는 목사의 손에서 빗자루를 뺏으려 했다. 그러나 목사는,

"내 집 뜰은 내가 쓸어야지요."

하며 비를 놓아 주지 않았다. 말로는 하지 않지만 경선이 뜰을 쓸던 어제 아침을 생각하고 있음이 분명했다.

"목사님 하실 일은 따루 있지 않습니까? 둬 두십시오."

"이것도 내가 해야 할 일입니다. 내가 할 일을 안 하면 하느님에게 게으르다는 책망을 받습니다."

옳은 말이었다. 그러나 그 말이 혹시 경선 때문에 나오게 된 것이나 아닌가 생각되어 미안하기 짝이 없었다. 미안하기는 했지만 목사님이 하느님에게 책망 받아서는 안 될 것 같아 어색한 표정으로 목사 앞을 물러서고야 말았다.

집으로 돌아갔을 때 경선과 마주쳤다. 경선은 또 목사님 사택 뜰을 쓸려고 나섰던 것이다.

"목사님이 손수 쓰시더라. 아버지두 쓸지 못하게 하니까 갈 필요가 없다."

이렇게 해서 경선을 다시 방으로 들여보낸 뒤 부엌으로 가서 조반을 짓기 시작했다.

조반을 다 지어 놓고 우선 방 안으로 들어가 그새 경선이 개어 놓은 이부자리들을 다락 위에 올려놨다. 그리고는 아내를 일으켜 앉히려고 아내 곁으

로 갔을 때였다. 아내가 광주를 보고 소리 없는 웃음을 빙긋 웃었다. 역시 마음의 평화에서 솟아 나오는 웃음이었다. 웃음을 잃고 살던 아내의 얼굴에서 웃음을 보자, 광주도 빙긋 웃었다. 아무런 의미도 찾을 수 없는 웃음이었다. 그러나 평화에서 솟아 나오는 웃음을 보고 웃지 않을 수가 없었다.

아내는 어젯밤의 일을 생각하며 마음의 평화를 얻었을지 모른다. 그러나 그 웃음은 자기에게만 주는 웃음이 아니다. 모든 세상에 보내는 웃음이다. 목사님이 언제나 얼굴에 웃음을 띠고 있는 것 같은 평화스런 웃음이라 하지 않을 수 없었다. 그 웃음은 광주가 만들어 준 것일지 모르나 그렇다고 해서 반드시 자기 혼자만 받을 웃음이 아니다.

광주는 아내의 그 웃음을 하느님에게 돌려야 할 것이라고 생각했다. 연민이 아닌 사랑을 받음으로 마음의 평화를 얻은 아내는, 필연 하느님의 축복을 받은 셈이다.

광주는 아내를 일으켜 앉히고는 다시 부엌으로 나가 밥상을 차려 가지고 들어왔다. 그때 경선이 아내의 세수를 시키고 머리를 빗겨 주고 있었다. 광주는 머리를 빗기는 장면을 유심히 바라보았다. 퍽 아름다운 광경처럼 보였던 것이다. 이때까지는 경선이 빗기는 대로 내버려 두던 아내가 오늘은 거울을 보면서 한 손으로 자기 머리를 쓰다듬고 있었다. 아름답게 보이려는 태도라 해석하기는 힘들지만, 전과 달리 자기 용모에 관심을 가진 것만은 틀림없는 일이었다. 자기 용모에 관심을 가진다는 것은 확실히 삶에 대한 의욕을 말해 주는 것이다. 자기의 목숨을 아무것도 아닌 것처럼 생각하던 삼애가 생에 대해 의욕을 가졌다는 것은 잃었던 생명을 도루 찾은 것이나 마찬가지의 일이다.

광주는 새로운 생명을 창조한 기쁨을 맛본 경험이 있다. 즉 자기의 애들이 새로 세상에 나올 때마다 그러한 즐거움을 느꼈었다. 그러나 잃었던 생명을 도루 찾은 듯한, 지금의 삼애를 보는 데서 느끼는 즐거움은 새 생명을 창조했을 때의 즐거움보다 몇 배나 더 큰 것 같았다.

머리를 다 빗고 밥상을 대했을 때도 삼애는 진수성찬을 대했을 때처럼 즐거운 표정을 지었다. 숟가락에 담겨지는 밥도 전보다 많았다. 서투른 왼손으로 많이 뜬 밥숟가락을 한꺼번에 입 속에 넣지 못하면서도 욕심쟁이 어린애처럼 밥을 숟가락에 그득그득 담았다. 그 숟가락을 입에 넣을 때마다 밥이 적지 않게 떨어졌다. 그러나 광주는 그러는 삼애가 대견스러웠다. 그래서 전에는 경선이 흘린 밥을 도로 삼애 밥그릇에 넣어 주던 일을 자기가 맡아 했다. 숟가락으로 김치를 뜰 때도 광주가 젓가락으로 그것을 집어 주었다.

광주는 신애가 자살한 뒤 처음으로 흐뭇한 인생을 느꼈다. 그래서 식사를 끝낸 뒤 전도부인의 집으로 갈 때에도 그의 발걸음은 유달리 가벼웠다. 전도부인에게 가서 쌀 두 말 값과 자루를 받아 가지고 쌀가게에 갈 때에도 그의 마음은 즐겁기만 했다. 산다고 하는 데 보람을 느끼는 것이었다. 쌀가게에서 쌀 두 말을 사서 메고 전도부인의 집으로 찾아갔을 때 전 같으면 물어 보지도 않았을 말을 물었다.

"이걸 가지면 한 달쯤 잡수시죠?"

혼자서 사니까 그럴 것 같았다.

"그럼요. 나가서 먹는 때두 적지 않으니까 도리어 남지요."

전도부인은 자연스럽게 대답하며 방 안에 있는 쌀뒤주에 쌀을 부어 달라고 했다. 광주는 시키는 대로 방 안에 들어가 쌀을 부어 주었다. 그리고는 여자 혼자서 살고 있는 방이 어떤가 하고 사방을 둘러보았다. 물론 처음 들어가 보는 집은 아니었다. 그러나 여자 혼자 사는 방이 어떤가 하는 호기심으로 방 안을 둘러본 것은 이것이 처음이었다. 비록 한 번 결혼했던 여자지만 하느님에 대한 사명을 다하기에 아무 잡념도 없으리라고만 생각해 왔었다. 그러나 오늘은 어쩐지 혼자 사는 전도부인이 외로울 것 같은 마음이 들었던 것이다. 아무리 하느님의 사업을 한다고 해도 육체를 가지고 있는 만큼 인간적 고통이 없지 않을 것 같았다. 물론 사명감 같은 것을 가지지 않고 사는 삼애와는 다를 것이다. 그러나 사랑을 느끼고 사랑의 즐거움에서 생의 의욕을 느끼는 삼애가 거룩한 사명을 다하고 있는 전도부인보다 인간적으로 행복하지나 않을까 하는 생각이 들었기 때문이었을지 모른다.

단조로운 방 안을 볼 때 그 생각은 더했다. 벽에는 골고다에서 기도드리고 있는 예수님의 그림이 한 장 붙어 있을 뿐 장식품이라고는 하나도 없었다. 전도부인의 옷이 두어 벌 못에 걸려 있을 뿐이었다. 그리고는 아랫목에 중학생용 책상 하나가 놓여 있고 거기 성경과 찬송가 등 책이 몇 권 놓여 있었다. 그밖에 눈에 띄는 것은 쌀뒤주. 결혼 생활의 유일한 유물인지, 없어도 될 물건이 방과 어울리지 않게 덩그러니 놓여 있었다. 혼자 사는 여자에게 필요치도 않은 것이 넓은 면적을 차지하고 있다는 것이 어설프게도 보였다. 그런데 얼핏 보니 성경과 찬송가가 놓여 있는 책상 위에 유리만으로 된 사진들이 보였다. 방 안에서 볼 수 있는 유일한 사치품이었다. 넓이 반자쯤 되는 유리 두 장을 잉크스탠드 같은 것에 받치어 놓은 것인데 유리 사이에 가족사진인 듯한 것이 들어 있었다.

　광주는 전도부인이 결혼 생활을 잊지 못해서 그때의 가족사진을 끼워 놓고 있는 것이리라는 생각에 그것을 가까이서 보고 싶은 흥미를 느꼈다. 그래서 책상 앞으로 가서 사진을 들여다보았을 때 그것이 전도부인의 가족사진이 아니라 목사의 가족사진임을 알고 약간의 실망을 느꼈다. 그러나 금시 전도부인은 무엇 때문에 목사의 가족사진을 책상 위에 놓고 매일 그것을 바라보고 있을까 하는 의혹이 생겼다. 얼핏 김 집사의 말이 생각났다. 역시 전도부인은 목사와 심상치 않은 사이일까? 그러나 광주는 금시 자기의 의혹을 부정해 버렸다. 목사와 심상치 않은 사이라면 무엇 때문에 목사의 부인과 애들이 들어 있는 사진을 꽂아 놓았을까? 사진을 보고 의심한다는 것은 터무니없는 일이었다.

　목사를 존경한다. 그 존경하는 마음이 목사의 가족에게까지 친밀감을 느끼는 것이다. 얼마든지 있을 수 있는 일이다.

　십자가에 못 박히기 직전 골고다에서 피땀을 흘리며 기도드리는 예수님의 그림과 하느님의 사업을 위해 헌신적으로 일하고 있는 목사님의 가족사진은 전도부인의 신앙을 말해 주는 것이다. 예수님과 목사님의 사진을 몸 가까이서 바라보며 하느님의 사업에 힘을 얻고 있는 전도부인을 의심한다는 것은 하느님을 모독하는 일 이외에 아무것도 아니다.

　전도부인을 절대로 의심해서는 안 된다는 생각을 하면서도, 광주는 전도부인을 부모 슬하에서 자라나고 있는 불구자식 같다고 생각했다. 불구자니까 부모의 사랑을 더 받을지 모른다. 그러나 부모는 사랑을 하면서도 어딘가 부족감을 느낄 것이다. 전도부인은 하느님의 사랑을 받으면서도 부족감을 느끼게 하는 사랑을 받을 것이다.

만약 전도부인이 목사를 이성적으로 사랑하며 정신적인 행복감을 느낀다면 그때 하느님은 역시 부족감을 느끼실까? 비록 그것이 불륜의 사랑이라고 해도 전도부인이 행복감을 느끼는 한 부족감만을 느끼시지 않을 것 같았다. 미움을 받는 일이 있다 해도 부족감을 느끼지 않게 하는 인간이 인간으로서 제 구실을 하는 것이 되지 않을까? 아버지는 그런 자식을 걱정하면서도 대견스럽게 생각할 것이다. 만약 자기가 하느님이라면 목사와 불륜의 사랑을 나누고 있다 해도 그미를 이해하고 용서할 수 있을 것 같았다.

그러나 광주는 자기의 생각이 망발이라는 것을 깨달았다. 하느님은 어디까지나 엄격하시다. 불의를 용서하실 까닭이 없다. 간음은 십계명 속에 들어있는 죄다. 인간을 창조하신 뒤부터 오늘까지 그것이 죄라는 것을 강조하고 계시다. 비록 전도부인이 인간으로서의 고민과 고통을 받고 있다 할지라도 그것을 이겨 가며 하느님의 일을 맡아보는 데 존귀함이 있다. 그 존귀를 생명으로 생각하며 산다고 하면 인간적 고민과 고통은 문제가 안 된다. 따라서 전도부인은 자기가 존귀한 인간임을 알고 있으며 그 존귀함을 위해 모든 고통을 참고 있을 것이다. 평범한 인간은 자기만을 위해 살고 있지만 평범하지 않은 사람은 자기보다도 남을 생각함으로 삶의 보람을 느낀다. 자기 같으면 도저히 할 수 없는 일이지만 전도부인만 해도 능히 할 수 있는 일일 것 같았다.

광주는 전도부인이 목사와 불륜의 사랑을 절대로 맺지 않고 있으리라는 신념을 가지고 전도부인의 집을 나와 잠깐 집에 들렀다가 고구마 장사를 하러 거리에 나갔다.

끝의 애를 데리고 나가 언제나처럼 고구마를 구워 팔고 있을 때 광주는 전에 없이 아내 생각이 자꾸만 났다. 혼자서 얼마나 심심할까? 소변이 마려울 때는 얼마나 답답할까? 누워 있기가 지루해서 일어나 앉고 싶을 때는 얼마나 불편을 느낄까? 말하자면 연민으로 대할 때 별로 생각지 않았던 일들이 생각났던 것이다. 그는 먹을 것만 있다면 장사도 집어치우고 아내 옆에서 시중이나 들고 있었으면 하고 생각했다. 그러고 싶었던 것이다. 그러나 교회에서 나오는 돈만 가지고는 도저히 먹고 살 수가 없다. 이렇게 해서 가족을 먹여 살리는 것도 결국 가족을 사랑하기 때문이 아닌가 하는 생각을 했다. 마음대로 움직이지도 못하는 아내를 두 끼니의 밥도 먹이지 못한다면 그것은 아내를 사랑하는 것이 될 수 없다. 아내를 사랑하기 때문에 들어 주고 싶은 아내 시중도 들어 주지 못하고 이렇게 밖에 나와 장사를 하는 것이 아닌가?

전에는 단순한 책임감에서 하던 일도 그는 사랑의 행동으로 생각을 달리 했던 것이다.

사랑하는 아내. 그미는 불구자라고 해도 나의 사랑하는 아내임에 틀림없다. 그미도 지금 나만을 생각하며 누워 있을 것이 아니겠는가? 이런 생각을 하고 있을 때였다. 김 집사의 가게 안에서 김 집사 부인이 안타까이 떠드는 목소리가 들려 왔다.

"어떡허지, 십오 원 줘야 할 걸 오십오 원을 줬으니……."

그리고 가게 밖으로 나와 사방을 둘러보고는,

"어디루 갔는지를 알 수 있나……."

하다가 무턱대고 북쪽으로 달려갔다. 광주는 영문을 몰라 구경만 하고 있었다. 그런데 얼마 안 되어 돌아온 김 집사 부인이,

"쌍년 같으니, 더 받았으면 돌려 주지 않구 그냥 가다니……."

하며 파래진 얼굴로 욕지거리를 했다.

광주는 대강 그 내용을 짐작했지만, 말참견 할 일도 못 되어 모르는 척하고 가만 있었다. 그런데 이번에는 김 집사가,

"장사 잘 한다. 그렇게만 장사를 하다간 집 팔아먹기 똑 알맞겠다."

부인을 비꼬는 소리를 했다.

"누가 일부러 그랬어요? 그렇지 않아두 화나 죽겠는데……."

김 집사 부인이 신경질적으로 말했다.

"그럼 잘 했다구 칭찬해 줄까?"

"누가 칭찬해 달랬어요? 이왕 그렇게 된 일을 어떡해요?"
"뭐라구? 이왕 그렇게 된 일이면 벙어리처럼 가만 있어야 하니?"
"가만 안 있겠거든 때리기라두 하구려."
"똥 싼 놈이 화를 낸다구, 저게 누구 보구 하는 수작이야?"
"수작? 말 잘 하눈요."
"수작이지 뭐야?"
"듣기 싫어요."
"저년이……."
김 집사는 정말 때리기나 할 것처럼 눈을 부라리고 부인을 노려보았다.
"뭐요? 집사 꼴좋다."
"썩 들어가지 못해?"
차마 때릴 수는 없고 때리지 않으려니 몸이 떨려 견딜 수가 없는 모양이었다. 부인도 그러다가는 싸움이 될 것이고 싸우면 동네가 창피할 것 같아 더 소리를 지르지 않고 안으로 들어가 버렸다.
광주는 눈살이 찌푸려졌다. 물건을 팔고 계산을 잘못해 거스름돈을 사십 원 더 준 것으로 입에 담을 수 없는 욕설을 하며 싸우는 그이들이 과연 예수를 믿는 사람들일까 하는 의심이 들었기 때문이었다. 사십 원이 광주 같은 사람에게는 큰 돈일지 모른다. 그러나 김 집사처럼 가게를 벌이고 장사하는 사람에게는 절대로 큰 돈일 수 없다. 그 많지도 않은 돈으로 핏대를 올려 가며 싸운다는 것은 결국 그들이 사랑을 갖고 있지 않기 때문이다. 사랑은커녕 연민마저 가지고 있지 않다는 증거다. 거스름돈을 더 준 부인이 안타까워하는 것을 뻔히 보고도 아내를 욕한다는 것은 김 집사가 부인보다 돈을 더 사랑하기 때문이 아닐까? 가장 가까운 부인까지도 사랑하지 못하는 사람이라면 김 집사는 정말 하느님을 믿을 자격이 없는 사람이다. 그래도 집사의 직분까지 맡아 보고 있는 것은 단순히 하느님을 보호색으로 이용하기 위함이 아닐까? 인간은 정신적인 보호색이 필요하다. 곤충이나 동물들이 육체의 보호색을 필요로 하듯 말이다.
신앙이란 불합리하고 불완전한 인간성을 완전하신 하느님의 인격에 접근

시키려는 의식적 노력을 말하는 것이다. 그런 만큼 신앙심으로 자기 세력을 팽창시키려던 중세적 사고방식이나 신의 가호로 자기 생존을 유지하려던 원시적 사고방식은 모두가 불순한 공리주의라고 말할 수밖에 없다.

김 집사는 신앙심을 가졌다는 것으로 자기 위안을 삼으려 하고 또 그로 말미암아 자기 번영을 꾀하고 있다. 그것뿐이다.

'저 인간은 자기 아내를 사랑할 때도 진심에서 우러나오는 사랑이 아니라 하나의 속성(屬性)에 의해 사랑할 것이다. 일이 끝나면 너와는 상관이 없다는 식으로 돌아누워 잠만 자려는 그런 식의······. 그러니 그것은 사랑이라고도 할 수 없다. 그냥 속성에 의해 사는 인간이다.'

광주는, 하느님과 더불어 인간에게서 가장 경멸을 받아야 할 존재가 김 집사 같은 인간이라고 생각했다.

"어서 오십시오. 잘 해 드리지요. 골라 보십시오."

부인을 때리는 것 이상의 모욕적인 언사로 쫓아 보낸 직후, 가게를 찾아온 손님에게 말하는 김 집사의 목소리가 들렸다.

광주는 화가 풀리기도 전에 찾아온 손님에게 친절을 다하는 김 집사의 얼굴을 바라보았다. 부인과 싸움을 한 사람 같지도 않게 모든 신경을 손님에게 쏟고 있었다. 돈 벌기를 위해 세상에 태어난 사람 같았다.

"조금만 더 생각해 주십시오. 본전이 오십오 원입니다."

"그만두겠습니다."

"그럼 가져가십시오. 본전에서 오 원을 밑져 드립니다."

기어이 흥정을 붙이고야 마는 모양이었다. 가게를 닫고 혼자 통곡해도 시원치 않을 마음을 가지고도 손님에게 거짓말을 할 만한 여유를 가졌다는 것은 인간의 탈을 쓰고 마귀의 마음으로 사는 인간이라 아니할 수 없는 일이다.

밑지면서 산다는 사람은 절대로 밑지지 않고 사는 사람이다. 밑지지 않고 사는 사람은 희생할 줄을 모른다. 희생할 줄을 모르는 사람은 사랑을 모른다. 사랑할 줄 모르는 마음이란 결국 마귀의 마음이다.

광주는 잠시 눈을 감고,

"주여, 저 마귀의 마음을 사람의 마음속에서 내쫓으시고 그 자리에 사랑이 깃들도록 해 주시옵소서."
하고 혼자 빌었다. 그것은 김 집사를 위한 기원이기도 했지만 인류 전체를 위한 기원이기도 했다.

그때였다. 경선이 광주에게로 와서,
"점심 잡숫구 오세요."
하는 것이었다. 광주는 즉각적으로 오늘이 토요일임을 알았다. 토요일이기 때문에 일찍 돌아왔고 또 자기의 점심을 걱정해 찾아온 것이다.

광주는,
"오냐."
하고는 경선을 착한 애라는 눈으로 보았다. 경선은 정말 착한 애다. 토요일이면 으레 아버지 대신 군고구마 장사를 하면서 아버지 점심을 건너지 않게 한다. 일요일만 빼면 언제나 점심을 건너고 있는 것도 모르는 경선이다. 광주는 점심까지 또박또박 먹을 만큼 여유도 없지만 점심 먹을 시간도 없었다. 고구마 통을 내버려 두고 집으로 들어갈 수도 없는 일이기 때문이다. 그래서 점심을 먹지 않는 버릇을 가지고 있지만, 애들 도시락만은 싸 주기 때문에 애들은 그런 것을 모르고 있다. 모르고 있는 애들에게 알리지 않아도 좋을 것을 알리고 싶지 않아 토요일 경선이 와서 점심을 먹고 오라고 하면 매일 점심을 먹는 것처럼 집으로 들어가는 광주였다. 그래서 그는 토요일이면 밀가루 국수를 사 가지고 들어가 그것을 끓여 아내와 같이 먹는 버릇을 가지고 있다.

광주가 군고구마 통을 경선에게 맡기고 집으로 가려 할 때였다. 경선이 머뭇거리다가,
"아버지."
하고 느리게 광주를 불렀다.
"왜?"
그때 경선이 또 한 번 머뭇거리다가,
"아버지, 그 거지 애에게 옷 한 벌을 주었어요."

제2장 마성과 신성 561

하고 죄 지은 듯 말했다.
"거지 애라니?"
"언젠가 아버지가 데려다 밥 먹인 애 말예요."
오늘 아침 마귀라 생각하고 교회당에서 쫓아내려던 그 거지 애를 말함이다.
"어떤 옷을?"
"내 웃내복을 줬어요. 웃저고리가 다 해져 살이 보이잖아요."
"그 애가 집에 왔던?"
"아니요. 집 앞으루 지나갔어요."
그 말을 듣자 광주는 더 생각할 여유도 없이 경선의 뺨을 한 대 갈겼다. 그것은 경선의 마음속에 칭찬을 받고 싶어하는 불순이 들어 있다는 생각 때문이었다. 그러나 광주는 그것을 의식하여 때린 것은 아니다. 순간적인 반발이었다. 뚜렷한 의식을 가지지 못하고 때린 뒤 경선이 울지도 않고 고개만 숙이고 있을 때 광주는 비로소 경선의 마음속에서 마귀를 보았다. 여유 있게 옷을 가지고 있지 않다. 가을 내복이래야 두 벌이 있을까 말까 하다. 그런데도 그 중 한 벌을 거지에게 주었다는 것은 착한 일을 하면 칭찬을 받는다는 계산 밑에서 행해진 일이라 생각지 않을 수 없었다. 칭찬을 받기 위해 마음에도 없는 일을 하는 것은 마귀의 소행이다. 마귀는 아첨을 좋아한다. 비굴을 좋아한다. 인간이 가진 신성(神性) 가운데서도 가장 귀한 순수(純粹)를 질투한다.
그러나 고개만 숙이고 있던 경선이 쿨쩍쿨쩍 우는 것을 볼 때 광주는 갑자기 가슴이 뭉클해짐을 느꼈다.
'내가 경선을 때리다니. 이때까지 한 번도 안 해 본 일을.'
연민으로 대해 왔던 자기 마음이 한꺼번에 무너지고만 서글픔을 느꼈던 것이다.
'내가 경선을 미워하다니…….'
광주는 자기 행동을 경선에 대한 증오로 해석하기까지 했다. 그러나 고구마를 사러 온 애가 돈이 들어 있는 주먹을 내밀 때 경선이 눈물을 닦고 눈물 흘린 애 같지도 않게 고구마 통을 여는 것을 보자 광주는 자기가 경선을 미워한 것이 아니라 사랑한 것이라는 생각을 했다. 이때까지 경선을 한 번도 때리지 않은 것은 연민으로 대한 때문이었다. 연민이 아니고 사랑으로 대했다면 때리고도 남을 일이 한두 가지가 아니었을 게다. 이제 처음으로 때린 것은 경선에 대한 마음이 사랑으로 변했기 때문이다. 애들의 잘못을 고쳐 주려 할 때는 그 수단 방법을 가리지 않는 것이 애와 자기와의 거리가 가깝다는 것을 말해 주는 것이다. 즉 애와 자기가 한 몸이 되어 자기 자신을 때리는 마음으로 애의 잘못을 때린다. 그렇지 않고, 때린다는 것은 애의 반발을 사는 것이라고 해서 전적으로 삼간다면 그는 벌써 애와 자기와의 거리를 측정해 놓고 하는 일이다. 순수한 사랑이라 할 수 없다. 그렇게 생각할 때 광주는 자기가 경선을 때린 것은 경선을 사랑하는 마음이 움텄기 때문이라고 생각했다. 경선을 때린 것은 곧 경선을 사랑한 것이라는 생각까지 들었다. 동시에 자기가 아내를 사랑하게 된 마음에서 경선까지 사랑하는 마음이 생긴 것이라 생각했다.

마음에 사랑이 깃들면 모든 사람을 사랑할 수 있다.

"빨리 먹구 올게 잘 팔아라."

광주는 때린 일을 잊어버린 듯 경선에게 부드러운 말을 남기고 집을 향해 걷기 시작했다. 그런데 이상한 것은 사랑으로 때렸다면 그것이 당연한 일처럼 생각되어야 할 텐데 경선을 때린 자기 마음이 어떤 때보다도 아픔을 느낀 것이다. 아버지에게 칭찬을 받기 위해 자기 물건이 귀한 줄도 모르고 남에게 주었다면 그 마음을 어찌 마귀의 마음이라 할 것인가? 아버지가 그 거지 애를 집까지 데려다가 밥을 먹였으니 그 거지 애에게 옷을 주는 것이 아버지가 한 것처럼 착한 일이라고 생각했을 것이다. 착한 일을 한 애를 마귀에 들린 것처럼 때렸다는 것은 어린애에게 착한 일을 다시는 하지 못하게 하는 일이다.

광주는 눈물 흘리던 경선을 생각하며 자기의 무지를 느꼈다. 자기가 무지(無知)한 사람이 아니라면 마귀와 천사를 능히 구별했을 것이다. 그것을 구별하지 못하고 때렸다는 것은 결국 자기가 무지하기 때문이 아니겠는가?

"주여. 어리석은 종에게 지혜와 총명을 주시옵소서."

그는 길을 걸으면서도 기도를 드렸다. 그리고는 앞으로 흥분하는 일이 있을 때 먼저 행동을 하지 않고 우선 하느님께 기도를 드려 지혜를 베풀어 주실 때를 기다려 행동에 들어가리라 생각했다.

그는 말린 밀국수를 사 가지고 가서 그것을 끓여 김칫국에 말아 아내에게 주었다. 그러나 자기만은 그것을 먹지 않았다. 자기 먹을 것이 없었기 때문이 아니라 자기가 먹지 않고 그것을 경선에게 주고 싶었던 것이다. 매일처럼 먹지 않는 점심이기 때문에 안 먹어도 좋았다. 그러나 먹지 않아도 괜찮은 것이 문제가 아니었다. 자기가 안 먹고 대신 경선에게 주고 싶은 마음이 중요했던 것이다. 그것을 경선이 알 턱없다. 그러나 그럼으로 해서 경선에게 잘못한 자기 자신을 뉘우치려고 함이었다.

"다…당……시…신……."

아내는 당신도 먹어야 하지 않느냐고 했다 광주는,

"난 고구마를 먹었어. 배불러."

하고 아내를 안심시켰다. 그러나 경선을 때린 사실을 감출 수가 없었다. 그래서 공연히 잘못 때렸다는 말을 하자 삼애는,

"왜애…… 때…때……."

하며 때리지 않아도 좋았을 것이 아니냐는 표정을 지었다. 아내는 경선이 자기의 딸이 아니기 때문에 그 애에게 특별한 신경을 쓰고 있다. 계모라는 인상을 받기 싫기 때문이었다. 그러나 광주는,

"내가 잘못했어."

하고 솔직하게 사과를 했다. 아내가 계모란 말을 듣지 않으려고 일부러 경선의 편이 된다고 해도 착한 마음은 착한 것으로 받아들여야 한다. 착한 것까지 그 이유를 붙여 일부러 곡해를 함으로 천사를 마귀로 만들 필요는 없다.

광주가 잘못했다는 말을 하자 삼애는 피식 웃었다. 잘못했다는 말에 만족감을 느끼는 모양이었다. 그 피식 웃는 아내를 보자 광주는 자기 잘못이 용서되었음을 느끼고,

"여보!"

아내를 불렀다. 그저 불러 본 것이다. 아내가 무슨 일이냐는 듯이 그를 쳐다보았을 때 그는,

"많이 먹어."

할 말이 달리 없어 국수를 많이 먹으라고 했다. 그때 삼애는 또 피식 하고 웃었다. 절반밖에 웃지 않는 것 같은 웃음이었으나 광주에게서는 그것이 대견스럽게 보였다. 그래서,

"많이 먹구 오래 살어."

혼자 마음속으로 축원했다. 비록 병신이라 해도 웃으면서 자기 곁에 오래오래 있기를 바라는 마음이었다.

아내가 국수를 다 먹은 뒤 나머지 국수를 대접에 담아 찬장에 넣어 두고는 다시 군고구마를 팔러 집을 나왔다.

군고구마 통이 있는 데까지 갔을 때 경선이 그새 판 돈을 광주에게 주었다. 경선도 얼마 전에 매맞은 것을 잊은 듯,

"많이 팔았지요?"

자랑하듯 말했다. 애들은 언제나 칭찬을 받고 싶어한다. 그것도 모르고 광주는 경선을 때렸던 것이다.

"그래, 수고했다."

경선을 칭찬하는 광주의 눈시울이 뜨거워졌다. 그래서,

"내복 한 벌 새루 사 줄게."

하고 경선이 자기를 용서해 줄 수 있는 조건을 제시했다.

"응."

경선은 그것으로 아버지의 마음을 알았다는 듯 고개를 끄덕이었다.

"가서 찬장에 있는 국수에다 김칫국물을 부어 먹어라."

광주는 아버지의 권위를 가지고 냉정하게 말하는 것 같았지만 속으로는 어렸을 때 부모에게 칭찬받을 일을 했을 때처럼 두근거리는 것을 억누르고 있었다.

흐뭇했던 것이다. 그것은 사랑을 느끼고 있기 때문이었다.

제3장 하나의 현실관

　대주는 재단사가 부르는 대로 손님의 어깨 넓이, 가슴둘레들을 기재하고 있었다. 저고리의 치수를 기록하고 바지의 치수를 기록하기 시작할 때였다. 대주는 힐끗 양복을 맞추고 있는 사십이 넘은 손님의 얼굴을 쳐다봤다. 아직 늙었다고는 말할 수 없으나 인생의 반 이상을 산 사람이다. 얼굴의 인상으로 보아 대학교수가 아니면 고급 봉급자에 틀림없었다. 말하자면 인생에 대한 허망된 꿈을 버리고 자기 생활을 붙잡아 끌고 가는데 확고한 주체성을 가지고 있는 사람 같았다. 나아가고 있는 인생의 길에서 한눈을 팔지 않고 앞만을 바라보며 한 걸음 한 걸음 자신 있게 걸어가는 사람 같았다.
　그러나 자기 몸가짐이 조금이라도 바르지 못하면 재단사의 손이 빗나가 옷이 잘못되지나 않을까 걱정하는 표정이 얼굴에 역력히 나타나고 있었다. 사진을 찍으려는 사람이 카메라 앞에서 얼어붙은 포즈를 취하고 있는 장면과 비슷했다.
　재단사는 그런 손님에 무관한 태도로 바지의 치수를 재기 시작했다. 대주도 역시 무관한 태도를 취하며 재단사가 부르는 대로 치수를 기재해 갔다.
　어떤 손님이 어떤 언동을 해도 거기 대해 비판적 태도를 나타내지 않는 것이 상업도덕이라고나 할까, 저고리의 단추를 두 개로 하는 것이 유행이라고 해도 손님이 세 개를 달아 달라고 하면 유행에 어긋나는 일이란 설명을 할 뿐 두 개를 고집하지 않는 것이 양복점의 습관이다. 나이에 맞지 않게 바지통을 팔 인치로 해 달라고 해도 웃어서는 안 된다. 다 만든 뒤에 불평을 말해도 책임을 지지 않기 위해 '너무 좁지 않을까요.' 하고 호의적인 태도로 의견을 진술할 따름이다. 그래도 팔 인치를 고집한다면 '가봉할 때 입어 보시고 다시 말씀하십시오.' 하고는 손님의 의사에 순종한다.
　대주는 카메라 앞에 서 있는 사람처럼 얼어붙은 표정을 하고 차렷 자세로 서 있는 손님이 웃음통을 간지럽게 했지만 그것을 못 본 척 재단 책에 치수를 기입하고 있었다. 그러면서도 속으로는 화장대 앞에 앉아 있는 나이 든 여자를 생각하는 것이었다. 남편과 자식을 가지고 있는 나이 든 여자도 화장대 앞에 앉기만 하면 저렇듯 경건하고 긴장된 표정이 되겠지?
 우스웠다. 인간이란 누구나 할 것 없이 모두 그럴 것이다. 아무것도 아니란 생각이 들었던 것이다. 대통령이나 또 세계적 학자도 양복 재단사 앞에 섰을 때는 누구나 저런 긴장된 얼굴을 보여 줄 것이 아닌가?
 이십대의 청년들이 재단사의 손이 갈 때마다 어깨가 조금 높게, 허리가 펄렁이지 않게, 또는 바지 사타구니가 꼭 맞게 하며 잠시도 입을 다물지 않는 것을 보면, 저런 애들은 생각하는 것이 그것밖에 없을 테니까 하고 도리어 너그러워질 수가 있다. 그러나 나이가 들고 인생을 비판하며 살아갈 듯한 사람이 양복에 대해 심상치 않은 관심을 보일 때 대주는 언제나 인간은 별것이 없다는 생각을 한다.
 새들은 날 때부터 자기 고유의 미를 받아 가지고 나온다. 그것은 절대의 운명이다. 그들은 절대의 운명에 거역할 생각도 갖지 않으며 또 자기 힘으로 운명을 변경시키려 하지도 않는다. 주어진 운명 그대로 산다.
 그런데 인간은 인위적으로 자기 모양을 창조하고 또 조절한다. 저고리의 길이가 한 치 길고 짧은 것으로 유행하는 세대에 뒤떨어지고 앞서는 척도를 이루고 있다 바짓가랑이 통이 반 인치 넓고 좁음으로 청춘의 농도를 가리려 한다. 옷이 몸에 맞고 안 맞음으로 인생 대열에 끼는가 끼지 못하는가를 결정하는 것처럼 생각하기도 한다.
 구차스런 인간 동물들이다.
 양복 치수를 다 잰 손님이,
 "언제까지 되지요?"
 새 옷을 빨리 입고 싶다는 표정으로 물었다.
 "삼 일 후에 가봉을 하구 오 일 뒤에 찾아가시도록 해 드리겠습니다."
 재단사의 대답이었다. 그럴 경우 좀더 빨리 해 달라고 독촉을 하며 옷이 소홀하게 만들어질 것을 걱정하는지 손님은 날짜에 대한 독촉은 안 하고,
 "특별히 잘 만들어 주십시오."
 다짐을 하며 선금을 내놓았다.
 "어림 있겠습니까?"

재단사는 돈을 주인에게 넘겨 주며 마치 당신 같은 손님의 옷을 특별히 만들지 않고 누구의 옷을 특별히 만들겠느냐는 투로 대답했다. 누구에게나 하는 말이다. 그런데도 점잖은 손님은 자기에게만 특별 취급을 하는 것이라 믿었는지,

"부탁합니다."

하고 위신 있는 걸음걸이로 양복점을 나갔다. 손님이 나가자 양복점 주인인 김 장로(長老)를 비롯하여 재단사와 총무를 보는 곽달수의 눈이 모조리 그 손님의 뒷모습을 좇았다. 모두들 자기에게 자기가 속고 사는 사람이란 생각들을 하고 있음이 분명했다. 자기가 가장 좋은 옷감을 골랐고 자기가 가장 싼값으로, 그리고 특별대우로 양복을 맡기고 가는 것이라 생각하며 돌아갈 그 손님을 비웃었을 것이다. 그러면서도 그들은 그러한 자기 속을 말로 나타내지 않는다. 그것은 하나의 예의이기도 했지만 이야기해야 싱거운 일이기 때문이었다. 오는 손님마다가 전부 그런 것이니 손님마다를 경멸한다면 우선 자기 직업에 싫증을 느낄 것이다. 그런 것은 그런 것이려니 못 본 척하고 사는 것이 인간생활이다.

대주는 몇 달 전 여름을 생각했다. 정부의 4대 의혹사건과 한일회담의 반대로 학생들이 데모를 일으켰다. 대학생들이 경관과 투석전을 하며 거리에서 싸웠다. 최루탄의 세례를 받으면서도 대통령 하야를 부르짖었다. 사태가 심상치 않았다. 학생들은 국가 민족의 장래를 위해 참을 수 없는 일이라고 떠들며 4·19와 같은 사태를 벌릴 기세였다.

야당들은 학생들 뒤에서 그들을 지원했고, 각 신문은 학생들의 행동을 영웅적인 것으로 보도했다.

이승만 독재 정권을 뒤엎은 4·19와 같은 움직임을 보이는 데도 시민들은 신문이나 라디오를 통해 그 경과를 바라볼 뿐이었다. 속으로 쾌재를 부르는 시민들도 학생들의 데모를 거리에서 구경할 뿐 그 속으로 뛰어든 사람이 한 명도 없었다.

양복점 주인인 김 장로도 의사당 앞으로 또는 시청 앞으로 구경을 다녔다. 그는 대학생들만이 이 나라를 올바르게 끌고 나갈 수 있다고 말했다. 야

당이 있기는 하지만 야당이란 여당 노릇을 해 본 일이 있는 야당이라 여당과 별다른 것이 없다고 하며, 야당이 여당을 욕하고 비난한다 해도 그들이 여당이 될 때는 지금의 여당보다 나을 것이 없으리라는 것이었다. 말하자면 이 나라에는 나라를 구할 진정한 정치가가 없다는 것이었다.

그런 만큼 정치가가 없는 풍토에서 정치를 할 수 있는 사람은 오직 대학생뿐이라고 말했다. 그러면서도 그는 학생 데모에 뛰어들지를 않았을 뿐 아니라 데모대에게 냉수 한 그릇 떠 주지를 않았다.

김 장로뿐 아니었다. 양복점 직원 전부가 구호를 부르며 열띤 학생들의 행렬이 지나갈 때 상점 밖에도 나가지 않고 점포 안에서 선전을 위해 행진하는 서커스의 행렬을 구경하듯 구경만 했다.

그 뒤 계엄령이 선포되고 각 학교가 휴교됨으로 학생들의 반정부적인 행동이 종식되었지만, 정치적으로 선두에 나섰던 야당까지 계엄령의 조속 해제를 요구할 뿐 이렇다 할 행동을 보이지 않았다. 국민들은 구경하던 운동 게임이 끝났을 때와 같은 심정으로 허공을 바라보았다.

다 그런 것이다. 자기를 포함한 국민 전체의 일이지만 자기 개인의 일이 아닐 경우 사람들은 국가의 일도 강 건너 산불을 구경하듯 구경만 한다.

구경만 하며 그 속에 뛰어들지 않는다는 것은 사람들이 무슨 일에나 관여하고 싶어하지 않기 때문이다. 데모가 국가를 위해 옳은 일이 아니라고 생각하는 사람들도 반데모 운동을 일으키지 않고 다만 군이나 관의 힘이 움직이기만 기다린다. 역시 자기만은 관여하고 싶지 않기 때문이다.

자기 개인적인 일 이외의 모든 일을 남의 일처럼 관여하지 않으려는 것이 자본주의 제도하의 개인주의 사상이다.

점잖은 손님이 상점에서 백 미터도 멀리 가지 못했으리라고 생각되었을 때 이십대의 젊은 청년이 한 명 들어왔다. 머리를 바싹 치켜 깎지 않았는데도 면도 자국으로 보아 어제 아니면 오늘 이발소에 다녀온 사람이었다. 전체적으로 짧은 머리지만 아이론을 하고 기름을 발라 미용원에서 나온 여자의 머리를 연상시키는 머리였다. 저고리는 양쪽으로 터졌고 바지는 가부라가 없는 7.5인치의 넓이였다. 말하자면 울트라 모던 보이였다.

그 손님이 들어오자 김 장로 이하 모든 직원들이 기립을 하고 '어서 오십시오.' 인사를 했다. 그 중에서도 가장 밑자리에 있는 대주는 손님 앞으로 가서,

"코우트를 하실까요? 양복으로 하실까요?"

하고 공손히 손님의 의사를 타진했다. 대주는 양복점에서 일 본 지가 일 년 이상이나 되었기 때문에 손님 다루는 솜씨가 제법이었다.

"코우트는 있으니까 양복이나 한 벌……"

젊은 손님은 양복감이 걸려 있는 곳으로 가 양복감을 고르기 시작했다.

"금년엔 곤색이 유행인데 이게 어떨까요?"

대주가 얼른 양복감 하나를 꺼내 들고 젊은 손님 몸에 대어 보였다.

"너무 평범한데요."

손님이 고개를 저었다. 대주는 곧 다른 감을 꺼내 들고,

"길이루 줄이 난 이건 어떻습니까? 손님처럼 체격이 좋으신 분이 입으시면 꼭 서양사람 같을 겁니다."

젊은 손님의 마음이 끌릴 듯한 말을 했다.

"고울든텍스는 아니죠?"

제조 회사의 이름을 묻는 것으로 보아 고급이 아니면 안 한다는 뜻이었다.

"고울든텍스는 아니지만 그보다 별반 못 하지가 않습니다. 그리구두 고울든텍스보다 값이 이삼천 원이나 쌉니다. 아마 딴 양복점에는 이런 감이 별로 없을 겁니다."

그래도 젊은 손님은 골덴텍스를 보여 달라고 했다. 대주는 골덴텍스라야만 한다는 청년의 마음을 알고, 자줏빛 나는 골덴텍스를 골라 내놓았다.

"제일모직 가운데서두 이중직입니다. 한 번 들어 보십시오. 말씬하지 않습니까? 최곱니다."

"얼마지요?"

이쯤 되면 외교는 반 이상 성공한 셈이다. 그러나 요새 청년들은 계산이 빠르기 때문에 이제부터가 고비라 할 수 있다. 잘못 말하면 비싸다고 그냥 나가 버리는 사람이 많다.

"어딜 가두 만이천 원 안 주고는 못 하실 겁니다. 그렇지만 특별히 싸게 해 드리겠습니다."

보통 만천 원을 받는 물건이다. 그러나 조금 비싸게 불러 놓고 특별히 해 준다고 하면 상대편이 호기심을 갖고 흥정을 붙이게 된다.

"얼마까지 해 줄 수 있습니까?"

손님이 구미가 당기는 모양이었다. 그때까지 옆에서 보고만 있던 총무 곽씨가 산판을 들고 와서 산판질을 하다가,

"오백 원 깎아 드리지요."

특별 호의를 보이는 것처럼 말했다.

"다른 데서는 만천 원 하던데요."

벌써 딴 양복점에 들러 온 것이 틀림없었다. 그래도 곽씨는,

"그럴 리 없을 텐데요."

하고 난 뒤,

"값을 깎지 마십시오. 부속품을 최고루 쓰고 양복을 손님이 만족하시도록 만들어 드려야 하지 않습니까?"

하고 손님을 옭아매려 했다.

"만 원에 해 주십시오."

젊은 친구는 자기가 다녀온 양복점보다도 헐값이어야 하는 모양이었다.

"이가 많이 남는 게 아닙니다. 어디 가서든지 물어 보십시오. 감 값만 팔천오백 원입니다. 속일 수 없는 가격이니까요. 그리구 부속품과 직공에게 주는 수공이 이천오백 원입니다. 이것두 공정 가격이니까요. 그럼 우린 오백 원밖에 더 먹는 게 없지 않습니까?"

곽씨가 열심히 설명하는데도 젊은 친구는,

"다음에 또 오겠습니다."

하고 딴 말을 붙일 기회도 주지 않고 나가 버렸다.

그런 손님도 한둘이 아니기 때문에 멍하니 그 청년의 뒷모습을 바라볼 뿐 그 청년에 대해서도 말하는 사람이 하나 없었다.

대주는 생각했다. 만천 원을 부르고 오백 원쯤 깎아 주었다면 틀림없이

맡기고 갈 친구라고. 선멋을 부리는 친구들은 값이 우선 비싸야 흥미를 느낀다. 그런 심리를 이용해서 비싸게 불렀던 것이 잘못이었던 것이다. 그러나 그렇다고 해서 주인에게 미안을 느낄 필요는 없었다. 하루 양복 세 벌만 맡으면 상점 유지는 된다. 왔다가 그냥 나가는 손님이 있어도 하루에 열 벌 이상 주문을 받고 있으니 놓친 손님 하나가 아쉬울 정도는 아니기 때문이었다.

손님을 놓친 것이 아쉽지는 않았지만, 저런 친구는 어떻게 해서 살고 있을까 하는 생각을 했다. 나이로 보아 대학생 정도밖에 안 된다. 그런데도 대학생 같지는 않다. 부모 덕분에 먹고 살 것이 상식적 판단이라면, 돈 있는 부모가 어째서 저런 아들을 대학에 보내지 않을까? 대학엔 보내지 않고 만 원짜리 양복을 사게 하는 부모는 도대체 어떤 부물까? 깡패일지도 모른다. 주먹 하나만을 가지고 남부끄럽지 않게 사는 깡패가 얼마든지 있으니까.

어쨌든 정당한 수입이 없으면서도 하급 공무원의 두 달 치 월급인 만 원짜리 양복을 사 입는 청년이 부러웠다. 자기는 나이 삼십이 되었지만 양복이라는 걸 작년부터야 겨우 입었다. 그것도 양복점에 취직된 덕택으로 외상에다 실비로 살 수 있었기 때문이었다. 형이 교회의 사찰로 있으면서 월급이라고 이삼천 원 받고 있는 판에 양복을 사 달라고 할 수는 도저히 없었던 것이다.

삼 년 전.

어떤 극장에서였다. 바로 옆에 앉아 있는 여자와 시선이 한 번 마주친 뒤부터 스크린을 향한 눈이 자주 여자에게로 쏠렸다. 여자도 마찬가지였다. 영화가 끝나고 극장을 나갔을 때 대주는 서슴지 않고 그 여자에게 데이트를 청했다. 그래도 무방하다는 자신을 가질 만큼 준비 과정을 거쳤기 때문이었다. 그러나 밝은 거리로 나온 그 여자는 대주의 작업복 비슷한 허름한 옷을 보자 대답도 않고 달아나 버렸다. 대주는 어이가 없어 그 여자 뒤를 따라가,

"말이 말 같지 않다는 거요?"

하고 항의를 했다. 그때 여자가 한 말이 아직까지 잊을 수 없다.

"주제에……."

말하자면 양복도 입지 못한 주제에 연애가 다 뭐냐는 것이었다. 대주는 할 말이 없었지만,

"주제가 어떻단 말이요? 돈만 아는 종삼[鐘路三街] 족속인가 보군."

침을 탁 뱉고 돌아왔다. 그 뒤 형 광주가 교회에 다니는 얌전한 처녀와 선을 한 번 보라고 했다. 가난하기는 하지만 믿음이 깊고 마음이 고운 처녀니 결혼을 하라는 것이었다. 대주는 극장에서 만났던 여자를 생각하며 혼자서,

"주제에 결혼은······."

하고 형의 발언을 단호히 거절했다. 고등학교는 졸업했지만 양복도 입지 못했기 때문에 어디 취직 시험을 보러 갈 수도 없었다. 대학 졸업생도 취직하기 힘든 세상에 고등학교 졸업생이 취직을 생각할 수가 있는가?

더구나 자기처럼 빽이 없는 사람으로. 빽은 고사하고 남 앞에 입고 나갈 양복 한 벌 없는 주제에.

그러다가 작년 형님이 일 보는 교회의 목사를 통해 김 장로가 경영하는 양복점에 취직을 하자 처음으로 양복을 해 입었다. 양복을 해 입은 지 두 달도 못 되어 K공업회사에 사무원으로 있는 윤대희(尹大姬)를 알게 되었다

K여대 졸업생이라는 말에 자기도 Z대학을 졸업했다고 말했다. 일부러 속이려 한 것은 아니지만 여자에게 지고 싶지가 않아서 한 말이 지금까지 그는 Z대학 졸업생으로 되어 있다. 윤대희가 그것을 의심치 않는 것은 순전히 대주의 양복 덕택이라고 생각하지만······.

조금 전 다녀 간 젊은 친구 역시 대학에 발길도 들여 보지 못했을지 모른다. 그런데도 교제하는 여성에게는 어떤 대학에 다니고 있다는 말을 하고 있을지 모른다. 허구 많은 것이 대학생이다. 제복이 없는 한국 대학교라, 대학생이라고 하기만 하면 누구나 대학생으로 통할 수가 있다. 그러다가 대학 졸업장이 저 필요하다면 이삼만 원을 주고 졸업증서를 사면 그만이다.

대주도 여유만 생기면 삼류 대학의 졸업장을 하나 사 두는 것이 후일을 위해 좋지 않을까 하는 생각을 해 본 적이 있다. 그러나 아직까지는 그것을 절실히 느끼고 있지 않다. 이력서가 필요한 데 취직을 한다면 모르지만 여

자와 교제를 할 경우나 지금과 같은 상점에 취직해 있는 동안 그런 것은 없어도 무방하기 때문이었다.

연애하는 여자가 대학으로 조회해 볼 경우란 별반 없을 것이다. 혹시 결혼 과정으로 들어갈 때 조회를 해 본다고 하면 그때는 졸업만 안 하고 중퇴했다고 피할 길이 또 있다. 그것마저 탄로가 되어 결혼을 안 하겠다면 그때는 결혼을 안 하면 그만이다. 그러나 아직까지는 결혼하고 싶은 마음을 가지고 있지 않다. 요원한 장래까지를 걱정하며 살 필요는 없다.

윤대희는 자기와 결혼까지 할 생각인지 모른다. 양복을 번지르하게 입고 있고, 양복점에서 일을 보고 있지만 단순한 월급쟁이가 아니라 친척과 동업 비슷하게 사업을 하는 사업가로 알고 있다. 형이 있다는 말은 했지만 직업을 밝힌 일이 없다. 그런 만큼 대희가 자기를 결혼의 대상으로 생각하는 것도 무리는 아니다.

그러나 결혼을 하면 형과 같이 살 수는 없다. 따로 살림을 꾸며야 한다. 그러려면 지금의 월급은 생활비의 반도 안 된다. 우선 이런 것이 결혼을 생각할 수 없게 했다. 결혼은 해서 또 무엇 할 것인가? 결혼을 안 하고도 여자와 즐길 수 있다면 그뿐이다.

인생은 그저 그런 것이다. 아무리 잘났다고 해도 별것이 아니다.

젊은 손님이 다녀간 지 얼마 안 되어 이번에는 어수룩한 손님이 들어왔다. 옷차림이나 얼굴 모습이 혼자서 장사를 하는 사람 같았다. 장사 가운데서도 육고간 같은 것을. 비싸지 않은 양복감을 내놓고 삶아 놓으면 틀림없이 걸려들 손님이다.

대주는 자신을 가지고 손님 앞으로 가서 정중한 인사를 했다. 그러고는 그 중 값싸고 칙칙해서 잘 나가지 않는 옷감을 들고,

"손님에게 가장 어울릴 색깔입니다. 어떻습니까?"

좋다는 대답을 기대하며 옷감을 손님이 입고 있는 양복과 비교해 보였으나 어리숙한 손님이 뜻밖에도,

"그리 좋아 보이지 않는데요."

불만을 노골적으로 표시했다. 대주는 실망 같은 것을 느꼈으나 손님의 취

미를 테스트해 보기 위해 젊은 사람들이 즐겨 하는 홈스펀 옷감을 내 보였다. 그러나 육고간 주인으로밖에 보이지 않는 손님이,
"이건 얼만가요?"
하고 값을 물었다. 옷감은 마음에 드는 모양이었다. 대주는 놀라지 않을 수 없었다. 나이가 들었을 뿐 아니라 어리숙한 남자가 이십대의 청년이나 즐겨 할 색깔인 홈스펀에 마음이 끌린다는 것은 이상취미(異常趣味)라고밖에 해석할 수가 없었다.
'젊은 첩을 가지고 있을까?'
연애를 하리라고는 상상도 할 수 없는 일이었기 때문에 젊은 첩을 가진 사람이라고 생각했다.
'병신도 여자에게는 곱게 보이려 하겠지.'
대주는 쓴웃음이 나왔지만 손님을 놓쳐서는 안 된다.
웃음을 참으며,
"팔천오백 원입니다."
칠천오백 원까지 해 줄 수 있는 것을 천 원 높여 불렀다. 그랬더니,
"천이 좋지 않은 것 같은데……."
손님은 흥미가 없다는 듯 다른 옷감으로 눈을 돌렸다.
대주는 어처구니가 없었지만 곧 골덴텍스를 들고 와서,
"이건 어떻습니까? 제일모직의 최고품입니다."
하며 옷감을 손님 앞으로 내밀었다. 손님은 그 옷감을 보는 척하기만 하고,
"얼만데요?"
하고 물었다. 대주는 가격으로 물건의 질을 정하고 있는 손님의 마음을 들여다보며,
"만삼천 원입니다."
엄청난 가격을 불렀다. 그랬더니 손님은 대주의 얼굴을 똑바로 쳐다보며 이 양반이 정신이 있나 없나 하는 눈으로,
"에익, 여보시오. 양복 한 벌에 만삼천 원짜리가 어디 있수? 나두 삼십 년 동안 양복을 입구 살았소."

하는 것이었다. 대주는 이 손님이 자기가 양복을 처음 입는 사람이라 조롱을 받고 있다는 생각을 갖고 있는 것 같아,

"잘 아실 것 같아 바루 말씀을 드렸는데요. 양복을 잘 모르는 분은 이런 것을 살 생각두 못 합니다."

하고 슬쩍 추켜올렸다. 그러나 손님은,

"난 이런 집에서 양복 안 합니다."

화를 발칵 내고 나가 버렸다.

대주가 그 손님을 깔보았던 것만은 사실이지만, 그렇다고 해서 화를 내고 나가는 것을 볼 때, 정신이 콤플렉스 상태에 있는 사람이라 생각지 않을 수 없었다. 외부 생활에 익숙지 못하여 스스로에 자신을 가지지 못하고 사는 사람. 대주는 냉소를 금할 수 없었다. 그저 우습기만 했던 것이다. 대주뿐 아니라 구경을 하고 있던 김 장로며 재단사까지가 참을 수 없다는 듯 킥킥 웃었다.

더구나 상점 주인인 김 장로는,

"저런 것들이 있으니까 나라가 망하는 거야. 모르면 모른 척이나 할 것이지 뭣이 잘났다구 화를 내는 거야."

아주 못마땅해 했다. 장사꾼의 예의를 모르지 않는 사람이지만 수가 틀리면 언제나 상대방을 나라 망치는 사람이라고 욕하는 그였다.

대주는 김 장로처럼 흥분하지는 않는다. 속으로 웃을 줄을 알기 때문이었다. 그는 흥분하는 김 장로까지 우습게 생각한다. 자기네 상점에서 양복을 맞추지 않는다고 그 사람을 나라 망치는 사람이라고 욕할 것까지는 없지 않은가? 지나친 욕을 하는 것은 단순히 자기의 이해관계 때문이다. 웃지 않을 수 없는 일이었다. 어쨌든 대주는 이렇게 웃으며 살고 있다. 상점에 들어왔다가 양복을 맞추지 않고 그냥 돌아가는 사람이 양복을 맞추고 가는 사람보다 그 수효가 더 많다. 맞추지 않고 가는 사람에게는 대부분 냉소나 비소를 금치 못한다. 맞추고 가는 사람에게 역시 대부분 코웃음을 치게 된다. 그것은 결국 인간에 대한 실망이다. 존경이 아니라 실망에서 오는 허무감이기도 하다.

'그래두 젊은 첩 앞에서는 큰 소리를 치며 살겠지.'

이런 생각을 하며 다시 찾아올 손님을 기다리고 있을 때 김 장로가 앉아 있는 책상 위의 전화벨이 울었다. 전화통을 든 김 장로가,

"××나삽니다."

정중하게 자기 상점 이름을 말했다. 순간 대주는 자기에게 온 전화가 아닌가 생각했다. 오늘은 토요일이다. 대회가 일찍 퇴근하는 날이다. 그리고 내일은 한 달에 두 번 노는 첫째 일요일이다. 대희에게서 꼭 전화가 올 날이었다.

아니나 다를까 전화통을 대고,

"누구요, 잠깐 기다리십시오."

하던 김 장로가,

"대주 군, 전화 받게."

하고 대주를 불렀다. 기대했던 전화지만 대주는 가슴이 덜컹 내려앉았다. 대희가 전화를 걸 때는 김 장로가 자리에 없는 점심시간이나 저녁 이후의 시간이었다. 그런데 오늘은 김 장로가 앉아 있는 시간에 전화를 걸어 그것을 김 장로가 받았으니 자기가 여자와 교제하고 있다는 사실을 김 장로가 눈치 챌 것이 아닌가? 눈치채는 정도가 아니라 되지도 못한 것이 여자와 교제를 한다고 속으로 욕할 것이 뻔했다.

그러나 할 수 없는 일이었다. 수상하게 보이지 않기 위해서라도 아무렇지 않다는 것을 가장해야 했다. 그는 전화통을 받아 들고,

"네, 나 차대줍니다. 누구시지요?"

시침을 떼고 전화를 받았다.

윤대희는 지금 친구들과 영화 구경을 가는데 같이 갈 시간이 없느냐고 물었다.

"바쁜 사람이 되어 난 그런 델 못 갑니다."

대주는 김 장로가 들으라는 듯 냉정하게 거절했다. 그러자 윤대희는 구경 갔다 나와서나 만나자고 했다.

"그건 그때 봐야 알 일이지요."

제3장 하나의 현실관 577

여자에게는 어디까지나 냉정하다는 듯이 엄격하게 대답했다.

대주의 태도가 이상하다고 생각했던지 윤대희는,

"거기 무서운 사람이 앉아 있어요?"

하고 물었다.

"네, 그렇습니다."

대주는 대희의 말을 긍정만 해 놓고 전화를 끊어 버렸다. 그러는 수밖에 없었지만 대희가 오해를 하고 화를 내면 어떻게 하나 하고 걱정했다. 보름에 한 번 노는 휴일을 대희와 같이 즐기지 못하게 될지도 모른다는 겁이 들었기 때문이었다. 그러나 그는 사장 앞을 물러 나와 범연한 태도로 손님을 기다리는 척 윈도우 밖을 내다보았다.

"그 여자가 누구지?"

뒤에서 그런 말이 꼭 나올 것만 같은 불안을 느끼면서……. 남을 욕해도 보통 말로 욕하지 않는 김 장로가 무관심한 태도를 지킬 수가 없으리라고 생각했던 것이다. 그러나 끝까지 그는 전화 건 여자에 대해 질문을 안 했다. 대주는 그것이 더 불안했다. 솔직하게 물어 보면 거짓말로라도 속일 수가 있다. 거짓말 할 것을 미리 짐작하는 것인지, 어쨌든 질문하지 않는 것은 그 여자를 자기 마음대로 해석하겠다는 암시라 할 수 있다. 대희와 그리고 자기를 나쁜 연놈으로 단정을 내릴 것이다. 그리고 장사에 무슨 실수가 있기만 하다면 여자 때문이라고 속단할 것이다.

지렁이가 들어 있는 냉면을 먹은 것 같은 기분이었다. 그러나 대주는 그 불안감이 소심한 자기의 비굴성에서 오는 것이라 생각했다. 삼십이나 된 남자로서 여자와 교제하는 것쯤 조금도 잘못이 아니다. 잘못 아닌 일을 가지고 주인이라 해서 김 장로에게 불안감을 느낄 까닭이 무엇인가? 그는 그고 나는 나다. 고용주는 돈을 주고 자기에게 일을 시킨다. 자기는 돈을 받는 만큼 일을 해 준다. 일 대 일의 관계에서 한 걸음도 나갈 필요가 없다.

대주는 대희가 구경을 끝내고 다시 전화를 걸어 주었으면 하는 생각만을 했다. 오늘밤으로 만날 수 있다면 오늘밤으로 여관엘 같이 간다. 오늘밤에 만날 수가 없다면 내일 만날 것만이라도 약속을 해 두어야 한다. 더구나 지난번에는 자기가 돈을 썼으니 이번에는 대희가 돈을 쓸 차례다. 이번 기회를 놓쳐서는 절대로 안 된다. 이런 생각을 하고 있을 때 손님이 들어왔다. 가을 코트를 맞추러 온 손님이었다. 어떻게나 까다로운 사람인지 천을 고르는 데만 이삼십 분이 걸렸다. 천을 고르고 나서는 그것이 순모직인가를 식별하기 위해 천의 올을 끊어 성냥불에 태워 보기까지 했다. 그리고 나서는 홍정을 하기 시작하는데 홍정하는 데도 이삼십 분이 걸렸다. 아니꼬운 생각이 들었지만 대주는 끝까지 잘 상대해 주었다. 홍정을 하고 치수를 잰 뒤 돌아가는 손님에게 침이라도 뱉아 주고 싶었지만 대주는 침을 뱉어 주는 대신 또 냉소를 했다. 아무리 까다롭게 굴어도 결국 속고 간 사람은 그이다. 속지 않으려고 버둥거려도 이쪽에서는 이쪽 이익을 다 보고야 말았으니까…….

대주는 속는 사람이 결국 바보라는 생각을 했다. 바보는 결국 손해를 본다. 손해를 보는 사람이 결국 바보지만.

그는 대희와의 관계를 생각했다. 남녀관계에 있어서 애정이란 동등한 것이다. 애정에서 오는 쾌락도 그 질과 양이 동등하다. 남자는 좀더 큰 쾌락을 느끼고 여자는 그만 못한 쾌락을 느끼는 것이 아니다. 그런데도 애정 생활을 유지하는 데는 남자가 대부분의 경비를 부담한다. 남자가 돈을 가지고 있으니까 남자의 부담이 상식적인 것으로 되고 말았지만, 돈이 없는 남자도 그 부담에 대한 절대적인 책임감을 느낀다. 얼마나 바보스런 짓인가? 같은 쾌락을 맛보면서도 그 쾌락의 대가를 의무적으로 책임을 진다는 것은 바보의 행동이다. 또 그 책임을 남자에게 씌우는 것을 당연한 일로 생각하는 여자야말로 얌체다. 남자의 정력을 착취하고는 도리어 그 대가를 당연하게 요구하는 여자들!

그러니 바보는 남자다. 손해만 보며 사는 바보.

그래서 그는 대희와 계약을 체결했다. 쾌락을 위해 소비되는 비용은 공동 책임을 지자고. 한 번 대주가 지불하면 그 다음 번에는 대주가 쓴 비용만큼 대희가 지불한다. 혼자서 지불할 능력이 없을 때는 반반씩 부담한다.

신은 남자에게 협조시키기 위해 여자를 만들었다고 한다. 그러나 동기는 그렇다고 해도 결과는 그렇지가 않다. 지금은 여자에게 봉사하기 위해 남자가 존재하는 것처럼 되어 있지 않는가? 여자는 자식을 낳는 고통을 겪어야 하니까 여성을 존중해야 한다고 하지만, 여성은 그 고통을 내세워 자기들의 위대성을 과장하고 있지 않은가? 여성은 약하지만 모성은 강하다고.

여자는 손해를 보지 않는다. 그만큼 그미들은 남자처럼 바보가 아니다. 어디까지나 영리하다.

세상에서 바보의 대표라고 할 수 있는 형을 보라. 형은 정말 바보의 대표다. 형수와 부부 생활을 하며 삼애를 사랑했기 때문에 형수가 자살을 했다고 해서 괴로워할 것이 무엇인가? 자살은 형수의 자유였다. 자기의 자유를 스스로 행사했을 뿐이다. 자유를 행사함으로 정신적인 고통에서 해방되려고 한 형수의 자살은 형수의 죽음으로 종지부를 짓고 말 사건이다. 거기에 죄의식을 느낄 하등의 이유가 없다. 인간의 본능은 자기 욕망을 충족시키려는 데 있다. 본능적 욕망이란 순수하기 짝이 없는 것이다. 동물은 약육강식을 한다. 그리고 욕망을 충족시키는 데 어떠한 구애도 받지 않는다. 그러면서도 그들 사회는 적당히 유지된다. 죄의식 같은 것이 있을 턱없다. 욕망의 충족 그것이 그들 동물의 전부이다. 양계장의 닭을 보라. 수백 마리 수천 마리를 한 울타리 속에 넣고 길러도 혼란을 일으키지 않고 잘들 산다. 동물의 세계에서는 자살이 있을 수 없고 죄의식이 있을 수 없다.

남편이 욕망을 충족시키기 위해 자기의 동생을 건드렸다고 해서 본처가 자살해야 할 필요가 어디 있는가? 남편이 자기보다도 자기 동생을 더 사랑한다면 동생을 위해 자기가 물러설 수도 있는 일이다. 물러서기가 싫다면 동생을 타일러 남편과 접촉하지 못하게 할 수도 있다. 그런데도 자살을 했다는 것은 생명에 대한 애착이 없기 때문이다. 생명에 대한 애착이 없는 여자가 자살을 했는데 죄의식을 느끼고 괴로워할 필요가 무엇인가?

형 광주는 확실히 바보다. 괴로워한다는 것은 자기 손해밖에 아무것도 아니다. 더구나 죽은 사람 때문에 산 사람이 손해를 볼 까닭이 무엇인가? 죄를 용서받고 괴로움에서 해방되기 위해 신을 믿고 교회의 사찰까지 되었다는 것은 형이 단순치가 않기 때문이다. 인생이란 대단한 것이 아니다. 자기를 중심으로 단순하게 살면 힘들이지 않고도 얼마든지 살 수 있다. 인생을 복잡하게 생각하기 때문에 자기 마음속에 신도 만들어 놓고 악마도 만들어 놓아 신과 악마의 싸움을 붙이고 자기는 그 틈바구니 속에서 괴로움을 산다. 그러는 것이 다 자기 손해라는 것을 알아야 할 것이 아닌가?

지금의 아내가 반신불수다. 반신불수인 아내를 동정하며 자기는 금욕생활을 하는 형의 어리석음은 구역질이 난다. 사랑하는 아내를 위해 자기가 희생되고 있는 것이 아니다. 죗값으로 반신불수가 되었으니 공범자로서의 벌을 받아야 한다는 생각에서 참고 견디는 자기 희생이다. 숭고하고 귀한 희생이라고는 할 수 없는 일이다.

그래도 형은 신앙생활 속에서 자기 희열을 느끼고 있다. 마음의 평화를 얻고 있다. 얼마나 바보스러운지 알 수 없다. 차라리 일이 없어 놀면 놀았지 사지가 멀쩡한 남자로서 교회의 사찰 노릇을 하며 거기 만족을 느낄 수 있을 것인가? 겨우 군고구마 장사로 애들의 코 묻은 돈을 받아 부족한 생활비에 보태 쓰면서도 부끄러워할 줄 모르다니…….

자기에게 자기가 속아 사는 사람. 자기에 속아 자기 손해를 보며 사는 사람.

하기야 그러한 사람도 있어야 신이 존재 가치를 발휘할 것이고 또 심심치도 않을 것이다.

그러나 양복점 주인인 김 장로 같은 사람을 보라. 신을 믿고 있다. 그러면서도 신을 위해 살지는 않는다. 신을 위한 희생을 안 하면서도 신자라는 자위 속에 살고 있다. 십 원의 월급을 주고는 이십 원 삼십 원의 이익을 착취한다. 착취한 돈은 자기 혼자서 살찌는 데만 소비한다. 자기는 일요일마다 교회에 나가며 종일 상점에 나오지 않는다. 성경에, 안식일에는 물건을 사고 파는 것은 고사하고 여행도 다니지 말라는 계명이 있다. 그것을 지키기 위함이다. 자기는 계명을 지키면서도 부하는 계명을 범하게 하는 것이 참된 신자라고 할 수 있을 것인가? 그래도 열심히 교회에 나가고, 그리고 연보를 적지 않게 한다고 해서 장로 직에까지 앉아 있다.

신을 이용하며 자기 만족을 느끼는 현명한 사람이다. 신을 믿되 신으로 말미암아 손해를 보지 않는 사람이다. 그래도 신은 노하지를 않으니 그 신은 무골충이란 말인가?

어느덧 날이 어둡기 시작했다. 김 장로가 하루의 수입을 계산하기 시작했다. 손가락에 침 칠을 해 가며 돈을 세고 있는 저 김 장로가 지금 하느님을 생각하고 있을까? 대주는 문득 그런 생각을 했다. 절대로 하느님을 생각하고 있지 않을 것 같았기 때문이었다. 이 돈을 가지고 가면 가족들이 좋아하겠지. 기껏 그런 생각이나 할 것 같았다. 만약 하느님을 생각한다면 하느님의 축복으로 이렇게 돈을 벌었다. 고마운 하느님이야, 이런 정도겠지.

그것은 참다운 감사도 아닐 것이다. 의붓자식이 부모에게 효성을 보이는 척하며 속으로는 자기에게 분배되는 재산이 많아지기를 바라는 그런 심보일 것이다. 그러면서도 부정에는 주먹을 쥐고 남보다 더 흥분하는 인간, 데모에는 박수를 보내면서도 그 속에 뛰어들지 않는 영리한 인간.

그는 하느님을 속이고 또 자기를 속인다. 그러기에 그는 누구보다도 잘 살고 있다.

김 장로가 돈을 세어 주머니에 넣고 집으로 돌아갔다. 대주는 가벼운 한숨을 내쉬었다. 김 장로가 있음으로 해서 느끼던 부자유에서 해방감을 느꼈던 것이다. 그가 앉아 있음으로 해서 느끼는 중압감만 해도 일종의 괴로움이라 아니할 수 없다. 더구나 그이 앞에서는 담배를 피울 수 없다는 부자유가 유치장에 들어 있는 느낌을 주는 것이었다. 담배를 피우고 싶을 때마다 상점 밖에 나가 도둑질을 하듯 그것도 몇 모금밖에 빨지 못하고 금시 들어가야 했다.

담배도 피우지 못할 것은 무엇인가? 단순한 기호(嗜好)에 지나지 않는 담배를 죄악시하는 김 장로가 얄미웠다. 밥을 먹고 싶을 때 밥을 먹고 물을 마시고 싶을 때 물을 마시는 것은 누구나가 다 하는 일이다. 담배를 피우고 싶을 때 담배를 피우고 당구를 치고 싶을 때 당구를 치는 것이 무슨 죄가 된단 말인가? 금기(禁忌)를 많이 만들어 놓고 그것을 잘 지키는 사람만이 신에게 충실하다는 것을 보이려는 원시적 종교관을 현대인에게까지 강요한다는 것은 너무나 비현실적이다. 담배를 안 피우고 술을 마시지 않고 간음을 하지 않는다는 표면적인 행동만으로 신에게 아첨하려는 행동이다.

대주는 우선 담배 한 대를 꺼내 불을 붙여 물고 그것을 가슴 깊이 빨아들였다가 후 하고 연기를 힘껏 내뿜었다. 가슴이 시원하도록 자유의 진한 맛을 느꼈다. 자유란 이렇게도 맛이 있는 것일까? 그는 입술을 좁히고 담배 연기를 내뿜었다. 연기가 동그라미를 그리며 앞으로 전진했다. 그는 담배를 두 모금 연거푸 빨아 그것을 한숨에 들이켰다. 결과 식도가 자극을 받았는지 기침이 연발했다. 얼굴이 빨개지며 숨이 막힐 듯 기침이 나왔지만 그는 속으로 웃고 있었다. 이렇게도 통쾌하게 자유를 즐기는 자기를 본다면 김장로가 어떤 표정을 지을까 생각하면서…….

담배 한 대를 다 태우고 계속해서 두 대째 피우기 시작할 때였다. 윤대회에게서 전화가 왔다. 대주는 대뜸,

"어디 있어?"

거리낌없이 물었다.

"단성사 옆이에요."

"그럼 빨리 회심 다방으로 와."

그는 명령조로 말했다. 그미도 긴말을 않고 그럴게요, 한 뒤 전화를 끊었다. 단 두 마디씩의 대화였다. 그러나 얼마나 자유스럽고 얼마나 다정한 대화였는가? 대주는 곽씨에게 싱긋 웃고는 알지 않느냐는 듯이 상점을 나왔다. 그리고 회심 다방으로 가서 대회가 오기도 전에 커피 한 잔을 시켰다.

한 모금의 커피가 그렇게까지 맛이 있을 수 있을 것인가? 하루의 피로가 통째로 사라지는 것 같았다.

대회가 와서,

"어머나, 그새 못 참아 혼자 마시구 있어."

놀란 표정을 지으며 옆자리에 앉았다.

대주는 그 말에는 대답도 않고,

"오래간만인데……."

하고 악수를 청했다. 대회도 서슴지 않고 손을 내밀었다. 대주는 그미의 손을 잡고는 한참 동안이나 대회의 얼굴을 바라보았다. 손에서 오는 감촉과 얼굴에서 오는 상념을 감상하는 것이었다. 그는 그녀의 손에서 그녀의 육체

를 느꼈고, 그녀의 얼굴에서 소유욕을 느꼈다.
"아이 그만 보세요."
대희가 손을 놓으며 얼굴을 돌렸다.
"보구 싶어서 보는 건데……."
"보구 싶다구 그렇게 보면 어떡해요?"
"그럼 도둑질하듯 봐야 하나?"
"………"
"나는 그런 위선 싫어. 왜 위선적으루 살아야 해?"
"누가 위선적으루 살라구 그랬어요? 남들이 보는데 창피하니까 그렇지."
"내 좋아서 보는 걸 어떤 놈이 간섭해?"
"간섭은 안 해두……."
"간섭은 안 해두 이중적으루 살란 말씀이지?"
"그럼 나는 뭐라구 대답해야 해요?"
그때 마침 레지가 옆을 지나가고 있었다. 대주는 레지를 불러,
"이 아가씨에게두 코오피 한 잔 주슈."
하고 난 뒤,
"난 전화를 안 걸면 어떡허나 하구 걱정했지."
다시 대희의 얼굴을 바라보았다.
"안 할 것 같았어요?"
대희는 기분 나쁘다는 듯 눈을 흘겼다.
"물론 안 하리라구는 생각지 않았지."
"그럼 왜 걱정을 해요?"
"걱정이란 결국 좋아하는 마음에서 자연 발생하는 부산물 아냐."
"나는 당신이 밤늦게까지 퇴근 못 하는 걸 얼마나 신경쓰구 있는데……."
"그건 내가 더할 걸. 좋아하는 사람을 한 주일에 한 번밖에 못 만나는 심정 말야. 그깟 놈의 직장을 던져 버리고 싶은 때가 하루에도 몇 번씩 나는지 몰라. 전화두 맘대루 할 수 없구."

"누군?"

그들은 다방인데도 서로 손을 잡았다. 복받치는 정열을 참을 수 없었던 것이다. 대주는 입술까지 비쭉 내밀었다. 할 수는 없지만 키스가 하고 싶다는 것이었다. 그러나 대희가 얼굴을 붉히며 고개를 떨구었기 때문에 대주는 싱겁게 입술을 펴고 이빨로 윗입술을 깨물었다.

그들은 곧 내일에 대한 계획을 의논하기 시작했다.

"내일은 어디루 갈까?"

"글쎄. 참, 안양에두 호텔이 있다던데······."

대주는 호텔이란 말에 귀가 번쩍 띄었다. 이때까지는 고작해야 여관이었다. 오백 원만 가지면 하룻밤을 자고 올 수 있는 곳이었다. 그런데 그미가 돈을 낼 차례에 호텔이라는 말을 꺼냈으니 자기는 공짜로 호텔 구경을 하게 되었다.

"멀지두 않으니까 좋겠군······."

대주는 무조건 찬성했다.

"그런데 내일은 당신이 돈을 마련해요. 난 다음번에 낼게."

이 말에 대주는 그만 실망하고 말았다.

"시시한데······."

자기에게는 돈이 없다. 그러나 돈이 있고 없고가 문제 아니었다. 대희가 낼 차례인데도 약속을 지키지 않는다는 것이 불쾌했던 것이다. 더구나 고급인 호텔을 제의해 놓고서 말이다.

"블라우스를 하나 샀거든요. 그래서 털털인걸······."

대희가 변명했지만,

"나두 돈이 없어."

대주는 발칵 신경질을 냈다.

"그럼 내일은 공쳐두 좋아요?"

대희가 이해할 수 없는 일이라는 듯 물었다.

"할 수 없지."

대주는 완강한 태도를 보였다.

"할 수 없다면 나두 할 수 없지."

대회도 샐쭉했다. 언어도단이었다. 약속을 이행하지 않으면서도 호의만은 베풀고 있는데 어째서 그것을 받아들이지 않느냐는 태도였다. 그것은 마치 나는 육체를 제공하니까 그것만으로도 고맙게 생각해야 하지 않느냐는 뜻이기도 했다.

"언제부터 그렇게 됐지?"

대주는 경멸하는 눈초리로 그미를 바라보았다. 만약 너도 모든 여성들처럼 육체의 제공을 하나의 시혜(施惠)처럼 생각한다면 나는 너를 돈으로 살 수 있는 여자로 취급하겠다는 뜻이 품어 있는 질문이었다.

"그렇게 되기는 뭐가 그렇게 돼요?"

대회는 질문의 뜻을 해득하지 못했지만 좋은 기분은 아니었다.

"쾌락의 불평등론 말야."

대주는 거침없이 말했다.

"아이 기분 나빠."

대회는 더 앉아 있을 수가 없는지 몸을 들먹이었다.

"기분 나쁘면 가. 위약하는 여잔 필요 없어."

그러자 대회는 정말 발딱 일어나 간다 온다 말없이 다방을 나가 버렸다. 대주는 할 수 없다고 생각했다. 한 번 잘못 버릇을 들이면 그것이 굳어 버린다. 그럴 돈도 없지만 번번이 자기가 돈을 써야 할 경우 자기는 대회를 돈 주고 사는 여자로 취급해야 한다. 사랑하는 사이에서 그런 관념이 여자에 대해 얼마나 모욕적인 것인가? 모욕적인 것은 무방하지만, 꼭같은 쾌락을 느끼면서도 여자는 남자를 위해 희생되는 것 같은 태도가 싫은 것이다.

'굿바이, 여자는 트럭으루 있으니까…….'

대주는 대회가 떠나간 것을 조금도 섭섭히 생각지 않았다. 수두룩한 것이 여자니까…….

그는 상점으로 돌아가려고 자리에서 일어서려 했다. 그런데 순간적으로 대회가 돌아올 것 같은 예감이 들었다. 좋아한 것은 대주만이 아니었다. 대회가 자기를 더 좋아했는지도 모른다. 그러니 오 분도 못 된 싸움으로 떠나가 대회가 아주 가 버리리라고는 생각되지 않았던 것이다. 동시에 그 따끈따끈한 대회의 체온이 피부에 느껴졌다. 찰찰 몸에 감기는 그미의 테크닉.

대주는 달려가 대회를 붙잡고 잘못했다고 사과를 하고 싶은 충동을 느꼈다. 쾌락의 평등을 주장할 것이 아니다. 나만의 쾌락을 생각하면 되지 않는가? 대회야 어쨌든 내가 대회에게서 느끼는 쾌락은 나만의 것이다. 돈으로 산다고 해도 무방하다. 몸을 제공해 주는 것만으로 고마움을 느끼자.

이런 생각을 하고 있을 때였다. 언제 돌아왔는지 대회가 대주 옆자리에 와 앉는다. 와 앉기는 했지만 말은 없었다. 대주는 그미가 돌아왔다는 사실만이 중요하게 생각되었다.

"신경질은?"

나무라는 뜻을 표했을 뿐 타협할 분위기를 보여 주었다.

"신경질 안 나게 됐어요?"

대꾸를 하는 것으로 보아 대회도 다시는 충돌을 하지 않고 자기 분을 풀 심산인 것 같았다.

"내가 실언을 했어."

대주는 조속히 감정을 회복시키려고 무조건 사과를 했다

"아무리 그런 말을 함부로 할 수가 있어요?"

대회는 그냥 볼멘 목소리였다.

"나한테 돈이 없으니까 흥분이 돼서……."

"그렇다구……."

"잘못했다니까……."

대주는 사과와 동시 대회를 추켜올리는 데 모든 기지를 다 썼다. 결과 대회는 어이가 없다는 듯 빙그레 웃으며,

"내 저녁을 살게 나가요."

하고 말했다. 대주는 일부러 반가워하는 표정을 지으며,

"돈이 없다면서 저녁은……."

하고 사양의 뜻을 표했다.

"저녁 살 돈은 있어요. 그 대신 내일 비용이나 마련해요."

그것은 명령이었다. 명령이라 해도 고마운 명령이었다.
'아무리 호텔이라고 해도 돈 천 원만 있으면 되겠지. 돈 천 원쯤이야.'
대주는 혼자 생각하며,
'오케이.'
하고 자리에서 일어섰다.

제4장 처량한 종소리

대주는 명랑한 기분으로 다방을 나와 대회가 사 주는 떡만두를 얻어먹고,
"내일 아침 아홉 시 서울역 이등 대합실에서 만나."
약속을 한 뒤 가게로 돌아갔다.
"웬일이야? 이렇게 빨리."
총무 곽씨의 말과 더불어 재단사의 시선이 대주에게로 집중되었다. 주인이 없을 때 연인을 만나러 나갔던 사람이 웬일로 이렇게 빨리 돌아오느냐는 시선이었다.

대주는 남들이 일을 하고 있는데 혼자 나가 오래 있는 것이 미안하기도 했지만 곽씨에게 내일의 공작금을 사정해야 할 생각에 빨리 돌아왔던 것이다. 그러나,
"일하는 시간에 오래 있을 수 있어요."
책임감 때문에 빨리 왔다는 투로 대답하고는 집무 태세를 취하고 상점 안을 서성거렸다. 날이 어두우면 양복을 맡기러 오는 사람은 없다. 맡겼던 옷을 찾으러 오는 사람뿐이다. 몇 사람이 와서 지어 놓은 양복을 입어 보고는 그것을 싸 가지고 돌아갔다. 대주는 양복을 입혀 주고 또 양복을 싸 주어 손님을 돌려 보내면서도 초조의 빛을 조금도 보이지 않았다. 사실은 초조할 것도 없었다. 양복값 받은 돈이 있으니 아무때 이야기해도 곽씨는 돈을 돌려주리란 생각을 했던 것이다. 내일 아침 아홉 시까지 돈이 되기만 하면 그뿐이다.

그래서 열 시가 가까이 되어 걸어 놓았던 옷감들을 거두어 개켜 싼 뒤 가게 문을 닫고 나서야 곽씨에게,
"천오백 원만 돌려주십시오."
하고 말했다. 그것은 사정이 아니었다. 곽씨의 개인 돈을 달라는 것이 아니라 으레 받을 월급을 며칠 미리 달라는 것뿐이었다. 그리고 전에도 그런 부탁을 종종 해 왔었다.
"내일 재미 보려구?"
곽씨는 이런 기회에 놀려나 먹자는 투로 벙글벙글 웃었다.
"네, 어딜 좀 가기루 했지요."
대주는 솔직하게 대답했다. 숨길 필요도 수줍어할 이유도 없었던 것이다.
"좋군, 우리 이제 다 틀려먹었지."
재단사가 참견을 했다.
"틀리기는 뭐가 틀려? 아직 그렇게까지 늙지는 않았어."
"늙지는 않았어두 돈이 있어야지."
그때 대주가,
"어떤 놈이 돈 가지구 연앨합니까?"
하고 자기는 돈으로 연애를 하지 않는다고 말했다.
"방금 돈을 돌려 달란 건 뭐야?"
곽씨가 대뜸 대주의 말을 공박했다.
"그만한 돈을 가지구 돈 쓴단 말을 할 수 있어요?"
"그만한 돈두 독신자니까 쓰지, 자식새끼 있는 사람이야 쓸 수 있어?"
이러다가는 그들의 신세타령이 화제에 오르고 자기는 그 신세타령의 청취자가 돼야 할 것 같았다. 대주는 우선 자기 용건을 해결지어야 한다고 생각했다.
"돈을 돌려주시겠지요?"
그런데 이때까지 자기를 부럽게 생각하고 있던 곽씨가 갑자기 태도를 달리하고,
"내 맘대루 돌릴 수가 있어? 김 장로님께 전화를 걸어 허락을 받어. 그럼

얼마든지 돌려줄게."

돈 빌려 줄 의사가 전혀 없음을 밝혔다.

"월급에서 제할 건데 그렇게까지 할 필요가 뭡니까?"

대주는 주인에게 전화를 걸기가 싫었던 것이다. 사정을 하면 돌려줄지도 모르지만 돈의 용처를 물을 것이 뻔한 일이었다. 그러면 자기는 구차하게 다른 평계를 대야 한다. 귀찮은 일이었다. 그래도 김 장로는 무엇이라 훈계를 하고 나서야 승낙을 할 것이다. 월급을 제 날에 받아다가 형님 살림에 보태 주라는 설교. 그러고 나서는 교회당엘 나오라는 말까지 하게 될 것이다.

"그래두 내 돈이 아닌 이상 내 맘대루 돌려줄 수는 없는 일 아냐?"

곽씨는 대주의 마음을 이해하려고도 하지 않았다.

"전에는 안 그러셨잖아요?"

"전에는 오백 원 이하였으니까 그랬지."

"그러시지 말구 한 번만 사정 봐 주십시오."

"정말야. 오백 원 이상 되는 돈은 내 맘대루 할 수 없어. 며칠 전에두 김 장로님께 주의를 들었는데 큰 돈은 안 돼."

"그럼 곽 선생 개인의 돈을 돌려주십시오."

"이 사람 보게. 내 돈이 어디 있나? 그리구 내 돈두 아직 안 갚은 게 있지 않은가?"

대주는 곽씨에게 사정해야 소용없을 것을 알았다. 그래서 재단사에게 말을 옮겼다.

"남자의 체면이 있잖습니까? 동정하는 셈치구 좀 돌려주십시오."

그러나 재단사도 냉정했다.

"나두 돈이 없는데······."

기왕에 돌려쓴 돈은 언제 갚느냐는 말을 안 하는 것만이 고마울 정도였다.

대주는 그 이상 더 사정할 수도 없었다. 그이들을 야박하다고 나무랄 수도 없었다. 많지는 않지만 모조리 돌아가며 돈을 빌려 쓴 만큼 야박하다는 표정을 보일 체면도 없었다. 딱할 뿐이었다. 가게에서 돈을 돌리지 못하면 내일의 계획은 수포로 돌아간다. 계획이 수포로 돌아가는 것도 아쉬웠지만, 대회에게 돈이 없어서 약속을 지킬 수 없다는 말을 사내의 체면으로 어떻게 할 수 있을 것인가?

화가 났다. 내일의 자금은 자기가 낼 차롄데도 옷을 사느라고 돈이 떨어졌다는 대회가 얄밉기도 했다. 만약 대회가 약속만 지킨다면 자기는 돈걱정을 안 해도 좋다.

내일 약속한 장소에도 나가지를 말까? 돈 없이 만나는 것은 만나나 마나다. 그는 집으로 돌아가는 길에 대폿집에 들렀다. 이런 때 술을 안 마시고 언제 마실 것이냐 하는 생각이었다.

대폿집은 웅성거렸다. 앉을 자리가 없을 만큼 손님이 빽빽했다.

싸구려 인생들.

그는 혼자 생각했다. 싸구려 술로 인생을 달래려는 무리들. 대포도 한 잔 마셔야 인생의 대열에서 낙오되지 않는 것처럼 생각하는 무리들. 자기도 그런 처량한 인간임을 느끼면서 선 채로 대포 한 잔을 마셨다. 목구멍을 통해 술이 뱃속으로 들어가는 순간 대주는 울컥 눈물이 쏟아지려는 것을 느꼈다.

시 푼찌리 인생이란 생각이 들었던 것이다. 술상이 없다. 집어먹을 안주는 고사하고 마신 술잔을 놓을 자리도 없다. 술잔을 든 채 안주 삼아 담배나 피워야 했다. 남의 집 대문 앞에서 밥을 얻어먹는 거지가 생각났다.

그는 죽은 아버지를 생각했다. 술로 가산을 기울인 분이다. 술을 마시면서도 까치 다리를 하고 거드름을 피우며 마셨을 것이다. 안주가 입에 맞지 않으면 투정을 해 가며 마셨을 것이다.

형도 그렇다. 아버지가 남긴 유산을 계집으로 탕진했다. 여자를 꾀면서도 큰 소리를 했을 것이다. 그런데 자기만은 무엇인가? 주머니 속에는 막걸리 두 잔 값밖에 없다. 훌쩍 마시고는 훌쩍 떠나야 하니 나무 걸상에도 앉을 수가 없다. 달라고 하면 김치 조각이야 주겠지만 달랄 체면도 없다.

그는 빈 술잔을 내밀어 한 잔을 더 받아 마신 뒤 대폿집을 나왔다.

아버지도 형도 다 잘 했다. 하고 싶은 일들을 마음대로 했다. 그런데 나는 무엇인가? 주머니 눈치를 살피지 않으며 술을 마셔 본 일이 한 번도 없다. 내일 아침까지 돈이 생기지 않으면 나를 좋아하는 대회마저 좋아할 수 가 없다.

아버지는 돈을 다 쓰지 못하고 죽었다. 형은 돈을 다 쓰고 난 뒤 죄의식 인가 무엇인가 때문에 거지같은 생활로 만족하고 있다. 인생은 말로가 비참 해지기 전, 아버지와 형은 활짝 꽃을 피워 보기나 했다. 나는 꽃도 피워 보 지 못하고 비참해지는 것은 아닐까? 아직 인생의 시초를 살고 있으니 앞으 로의 전망이 비참한 것이라고만 생각하고 싶지는 않았다. 그렇지만 어쩐지 비참해지고야 말 것 같은 자기 앞날을 예감했다. 비참 안 해질 재료가 별반 보이지 않았기 때문이었다.

이왕 비참해질 것이라면 하고 싶은 노릇을 실컷 해 보기라도 했으 면…….

집으로 돌아가자 대문을 열어준 형이,

"피곤하겠구나……."

으레 하는 말을 한 마디 했다. 가게에서 직접 돌아오는 날이나 술을 마시 고 늦게 돌아오는 날, 또는 대회와 함께 밤거리를 쏘다니다가 늦은 날이나 꼭같이 하는 말이다.

대주는 언제나 꼭같이 하는 그 말이 오늘 따라 역겹게 들렸다. 왜 늦었냐 고, 왜 술을 마셨느냐고 한 번도 꾸중을 하지 않는가? 그것은 애정에서 오 는 것이 아니다. 무관심이 아니면 관대를 가장하는 태도다. 무관심도 싫고 관대를 가장하는 것도 싫다. 왜 나쁜 놈, 하고 호령을 치며 꾸짖어 주지를 못하는가? 한 대 갈겨 주면 차라리 고맙게 맞을 것이다. 가장된 위선은 정 말 싫다. 예수를 믿은 뒤부터 양의 가죽을 뒤집어쓴 형이 싫다. 하느님의 이 름을 외며 인간을 상실한 형이 싫다.

"피곤하지 않아요."

아무 말도 않고 자기 방으로 들어가 잠만 자던 그였지만 형의 마음을 건 드리고 싶은 마음이 심술을 부렸다. 그 심술은 곧 반항이었다. 그리고 싸움 을 거는 트집이었다. 그런데도 형은,

"빨리 들어가 자거라."

술까지 마셨으니 피곤하지 않을 수 있느냐는 투로 말했다.
"피곤하지 않대두요."
"글쎄 알았다. 들어가자."
투정을 하는데도 받아 주지를 않고 자라고만 한다.
"자기는? 잠 귀신에 들린 줄 아세요?"
투정을 시작하자 끝장을 보고 싶은 것은 무슨 까닭일까. 대주는 정말 끝장을 보고 싶었던 것이다.
"마음대로 하렴."
광주는 끝내 화를 내지 않았다. 술 마신 것을 알 것이지만 거기 대해서도 한 마디의 말이 없었다. 죄스러운 일, 그리고 말해도 소용이 없는 일이니 숫제 눈을 감아 버리는 것이리라. 대주는 그런 형이 또 싫었다.
"형님, 나 술 한잔 했어요."
자기가 술 마신 것을 자랑삼아 말했다. 술 마셨다고 꾸중이라도 해야 되지 않느냐는 말투였다.
"알았다. 그러니 빨리 들어가서 자라구 하지 않니……."
대주는 술을 마셨는데 왜 꾸중도 안 하느냐고 대들고 싶었지만 그럴 수는 없었다. 술 두 잔으로 그런 만용까지는 낼 수가 없었던 것이다. 그 대신,
"형님."
하고 광주를 불러 자기 방으로 끌고 갔다. 문자 그대로 사방 여섯 자의 방이다. 벽에 몇 가지의 옷이 걸려 있고 방 한 구석에 이부자리가 개켜져 있을 뿐 그밖에 아무것도 없는 방이다. 웬만한 집 같으면 창고로나 쓸 방이다.
대주는 형 광주와 마주 앉자,
"형님, 나 돈 좀 빌려 주십시오."
하고 형을 빤히 쳐다봤다. 그냥 달라고 하는 대신 빌려 달라고 한 것은 취직을 해 있으면서도 돈 한 푼 들여다 주지 못한 때문이었다. 그러나 형을 똑바로 쳐다본 것은 돈을 주지 않으면 그때는…… 그냥 있을 수 없다는 협박의 뜻이었다.
얼마나 가난하게 사는지를 잘 알고 있으면서도 월급 한 푼 들여오지 않으

면서 돈을 빌려 달라는 대주의 말에 광주가 못마땅하게 생각할 것은 틀림없는 일이다. 그런데도 광주는,

"얼마나?"

하고 액수를 물었다. 돌려주려는 의사였다. 대주는 김빠진 사이다 같은 느낌이었지만,

"천오백 원만......"

하고 말했다. 한 오백 원쯤 더 말해 보고 싶었지만 돈 없는 것을 알면서도 액수를 늘인다는 것은 그만큼 가능을 불가능으로 만들 위험성이 있기 때문이었다.

"급한 일이냐?"

설사 돈이 있다 해도 여유가 있어 저축해 놓은 돈이 아닐 것이다. 그렇다면 최소한도 무엇에 쓸 돈이냐고 용건만이라도 물어 볼 일일 텐데 그것도 물어 보지 않는다. 대주로서는 편리한 일이 아닐 수 없었다.

"네, 급한 일입니다."

"언제까지 써야 하는데?"

"내일 아침까지요."

"꼭 써야겠니?"

"네."

만약 형이 조금만이라도 따리를 붙인다며 주먹이라도 내두르며 분풀이를 했을 것이다. 사실은 형에게 돈이 있으리라 생각하고 돈 이야기를 꺼낸 것은 아니었다. 돈이 없다는 말이 나올 때, 형이 좋다는 것이 무엇이냐? 형으로서 동생에게 해 준 것이 무엇이냐? 그리고 지금의 이 생활은 무슨 꼴이냐고 해 주려던 참이었다. 그런데 형이 돈을 줄 것처럼 순순히 말하니 대주로서는 머리가 수그러질 수밖에 없었다.

"내일 아침 주지."

광주는 그 이상 더 할 말이 없다는 듯 자리를 떴다. 대주도 잘 자란 말 한 마디 못 하고 돌아서 나가는 형의 뒷모습만 바라보았다.

형을 내보내고 자리에 누운 대주는 형이 정신적 저능아가 아닌가 하고 생

각했다. 형의 눈으로 본다면 자기는 이단자에 틀림없다. 이단자를 이단자로 취급하지도 않는다. 이단자로 생각한다면 더구나 형의 입장에서 동생을 선도하여 이단자 아니 동생으로 만들려 해야 할 것이다. 그뿐만 아니다. 여자와 정사(情事)를 위해 달라고 하는 돈에 대해서 그 용처조차 물어 볼 생각을 안 하고 무조건 돌려준다고 한다. 그것을 착한 마음의 소치라고는 말할 수가 없다. 정신적 저능아.

거지처럼 가진 것이 하나도 없으니 망정이지, 남처럼 가진 것이 많다면 손해만 보고 살 사람이다. 자기에게처럼 아무에게나 불평 없이 주기만 한다면 나중에는 굶어 죽고 말 것이 아닌가?

그러면서도 덕택에 내일 대회와의 정사가 계획대로 이루어질 것을 생각하니 그 이상 더 다행스러운 일이 없었다. 일은 되게 마련이다. 형이 그런 돈까지 주다니……. 형에게 고마운 마음이 갔다.

다음날 아침 식구들과 같이 조반을 먹고 자기 방으로 돌아왔을 때 형이 뒤따라와서 돈 천오백 원을 주었다. 그리고는 방 안에 앉아 고개를 숙였다. 기도를 드리는 모양이었다. 대주는 그 기도의 내용이 짐작되었다.

"주여! 제 동생을 불쌍히 여기시사 그가 행하는 일에 눈길을 보내 주시옵소서. 그래서 그가 하나님의 뜻에 어긋나는 행동을 하지 않게 하옵소서. 간구하옵나니 제 동생을 하루 빨리 주의 품 안에 안기도록 하시옵소서."

들으나마나 그런 것이리라고 생각했다. 우스운 일이었다. 기도 따위로 마음이 변해질 것인가? 그러면서도 대주는 형이 기도하는 동안 기침 소리 하나 내지 않고 그 기도를 끝내게 했다. 기도가 헛된 것임을 알면서도 외면으로나마 경건한 태도를 취했다.

만약 형의 기도를 들을 수 있다면 그는 좀더 경건해졌을지 모른다.

"거룩하신 아버지시여! 이 불쌍한 죄인에게 대주의 마음을 바로잡을 수 있는 능력을 주옵소서. 대주는 하느님에게서 멀리하는 생활을 하고 있습니다. 이 죄인에게 있어서 가장 마음 아픈 일이옵니다. 그렇지만 이 죄인의 힘으로는 어떻게도 할 수가 없습니다. 이 죄인에게 능력을 주시고 동생에게 감화를 주시어 하루 빨리 주님 곁으로 오는 동생이 되게 해 주시옵소서, 만약 동생을 위해 더 큰 벌을 받으라고 하신다면 어떤 벌도 달게 받겠습니다. 동생에게 잘못이 있다면 그 벌을 저에게 주시옵소서. 거룩하신 아버지, 저에게 이 돈을 아까워하는 마음이 없도록 해 주십시오. 겨울 준비를 하기 위해 푼푼이 모은 돈입니다. 애들 옷을 사 줘야 하고 김장을 해야 하며 신탄(薪炭)을 사야 합니다. 그러나 동생이 더 급하게 써야 할 돈이라면 동생을 위해 써야 할 것이 아니겠습니까? 인자는 머리 둘 곳도 없다 하셨사오니 저에게는 이 돈이 없다 해도 무삼 부족이 있겠습니까? 동생이 어떤 일에 쓴다 해도 이 돈을 애석하게 생각지 않도록 해 주시옵고, 동생을 끝까지 안찰해 주시옵기 바라나이다."

형의 기도는 이러한 것이었다. 돈에 대한 애착을 느끼지 않도록 간절한 기도를 드리는 형의 마음을 대주로서는 짐작도 못했다. 짐작했다고 해서 그 돈을 사양했을 리는 없을 것이지만. 그렇지만 형의 마음을 알고 순간적이나마 마음에 찔림이 있었을 것이었다. 비록 마음에 찔림이 있다 해도 그것은 순식간의 일이 되고 말았을 것이지만…….

형은 절대로 속고 있지 않다. 그 돈을 좋은 일에 쓰리라고는 생각지도 않고 있을 것이다. 그런데도 아무 말 않고 돈을 주는 것은 자기에게 반발을 일으키지 않게 하기 위함이다. 나쁜 짓이라도 마음대로 하게 한다. 그리고 나서 회개할 기회를 만들어 주려는 것이다. 형의 소원은 그것뿐일 것이다.

그러나 대주는 그러한 형을 비웃을 줄밖에 모른다. 좋아서 하는 일에 후회가 있을 수 없다. 후회를 하지 않는데 회개는 무슨 회개인가? 대주는 죽는 날까지 자기는 후회 같은 것을 안 하리라 생각하고 있다. 행동을 할 때는 이미 의지가 결정된 뒤다. 결정된 의지에 따라 행동을 하는데 후회할 것이 어디 있는가?

대주는 대희와 약속한 시간에 서울역으로 나가며 만약 형이 여자와 만나기 위해 돈 가지고 가는 사실을 안다면 마음이 어떨까를 생각해 보았다. 마음이 아프다 못해 쓰릴 것이다. 하느님에게 벌을 내려 주도록 기도할지도 모른다.

그런 생각을 하니 형이 바보스러운 것 같으면서도 불쌍했다. 불쌍하기는 했지만 그것도 불가피한 일이라고 생각했다. 자기가 젊었을 때 재미를 보았으면 이젠 동생에게도 재미를 좀 보게 해 주어야 할 것이 아닌가. 세상은 모두가 당연하도록 마련되어 있는 것이다. 대주는 발도 가볍게 서울역으로 나갔다.

한편 광주는 동생 대주가 기운 있게 집을 나가는 뒷모습에 흐뭇한 쾌감을 느꼈다. 무엇을 하러 가는지 확실한 것은 모르지만 그래도 구김살 없이 살아가는 모습이 대견스러웠던 것이다. 자기가 준 돈이 대주를 활기 있게 해 주었다는 만족감도 없지 않았지만 그보다도 대주가 자기 생활에 자신을 가진다는 것이 미더웠던 것이다. 회의 속에서 울적한 생활을 한다면 그것은 생활이 아니다. 인생을 답보하는 것이다. 설사 그릇된 생활이라 해도, 자신을 가지고 사는 생활이라면 전진할 가능성이 있다. 어중간한 생활에는 반성이 있을 수 없는 것이지만 옳지 못한 생활에는 반드시 반성의 기회가 오는 법이다. 그런 만큼 대주가 용기를 잃지 않는 한 언제든 자기를 반성하고야 말리라는 기대를 가질 수가 있었다. 그런 점에서 광주는 동생에게서 결정적인 실망을 느끼고 있지 않은 것이다. 그러면서도 속으로는 대주가 하루 빨리 하느님 품 안으로 돌이오기를 간구했다.

대주를 내보낸 뒤 광주는 곧 교회당으로 올라갔다. 일요일이라 아침부터 주일학교가 계속되기 때문이었다. 여덟 시부터 유년부, 중등부 그리고 장년부의 주일학교가 쭉 계속된다. 주일학교가 끝나면 예배가 시작된다. 맨 마지막에 있는 예배시간에는 예배를 보기 위해 참석하는 것이지만 주일학교 시간에는 교회에 있어야 할 일이 별로 없다. 그렇지만 교회의 문이 열리고 신도들이 모일 때는 교회를 지키고 있어야 하는 것이 그의 습관이었다. 충실한 개는 밤낮을 가리지 않으며, 또 주인이 집에 있고 없고 간에 집 안과 집 주위에 신경을 써야만 한다. 그것은 하나의 습성일지도 모른다.

교회를 지키는 사람이 없다면 교회 안에서 찬송을 하고 기도를 드릴 때 장난꾸러기 애들이 마당에서 떠들어 찬송과 기도를 방해할지도 모른다. 신장에 벗어 논 신발을 훔쳐 갈지도 모른다. 그런 일을 없게 하기 위해서라도 그는 교회를 떠날 수가 없었다. 교회를 지키는 사람이 여기 있다는 것을 보여 준다는 것만도 중요한 일이라 생각하며 교회 둘레를 빙빙 돌고 있을 때였다. 교회당 밑에 있는 목사 댁으로 정복 경관이 들어가고 있음이 보였다. 무심중에 시선이 그리로 가서 경관을 볼 수 있은 것이지만 일요일에 경관이 목사를 찾아오는 이유가 무엇인가를 생각하지 않을 수 없었다.

 알 수 없는 일이었다. 계엄령이 내렸을 때도 교회에만은 집회를 허락했었다. 교회는 정치를 떠나 순수한 종교적 단체로 인정되고 있다. 경관이 출입할 까닭이 없다. 그런데도 정복 경관이 찾아오다니…….

 광주는 목사의 설교가 문제된 것이나 아닌가 생각했다. 목사는 가끔 설교 중에 정부를 공격하는 때가 있다. 국민을 도탄에 빠뜨리고 정치를 한다는 말을 할 수가 있느냐? 국민을 도탄에 빠뜨리는 원인은 공무원들 전부가 부패했기 때문이다.

 교회와 신앙과 관계없는 말들이었다. 광주는 그런 말을 들을 때마다 목사를 의심하곤 했다. 교회에서는 세리가 세금을 받을 수 없다. 오직 하느님의 말씀만을 전파해야 한다. 무엇 때문에 목사가 강단에서 정부에 대한 이야기를 하는 것일까? 하고 싶거든 교회당을 떠난 사석에서나 할 일이다.

 경찰에서 그런 발언을 알고 조사하러 온 것이나 아닐지 광주는 그런 생각을 하며 목사 사택으로 내려갔다. 어떤 일이든 보고 가만 있을 수는 없는 일이었던 것이다.

 광주가 사택에 이르렀을 때는 경관이 목사에게,

 "다음부터는 그런 일이 없도록 잘 단속해 주십시오."

한 뒤 정중한 경례를 하고 돌아서는 참이었다. 알 수 없는 일이었다. 무엇을 조사하러 왔다면 그리 빨리 일을 끝낼 리가 만무했다.

 "죄송합니다. 이런 걱정까지 끼쳐 드려서…….."

 목사가 낯을 들지 못하며 따라나와 인사를 하는 것으로 보아 무슨 잘못된 일이 있은 것만은 사실이었다. 목사가 경관에게 낯을 들지 못할 만큼 잘못한 일이 무엇일까? 경관이 돌아가고 목사가 방 안으로 들어간 뒤 광주는 사택 안으로 들어갔다. 목사의 서재 겸 응접실로 가서 안을 들여다보았을 때 거기 김 장로와 김 집사가 앉아 있는 것을 보았다. 목사는 김 장로와 김 집

사에게도,

"면목이 없습니다. 곧 사표를 내겠습니다."
하며 낯을 들지 못했다.

무슨 사건이 일어난 것만은 틀림없는데 무슨 사건인지를 알 수 없었다. 그렇다고 해서 교회의 주인 격인 그 사람들에게 가서 연유를 물어 볼 수도 없었다. 광주는 안방으로 가 보는 수밖에 없었다. 사모님에게는 물어 봐도 무방하리라 생각했던 것이다. 그런데 안방으로 들어갔을 때는 사모님이 큰딸 선희를 앞에 놓고 눈물을 흘리고 있었다. 선희는 쪼그리고 앉아 얼굴을 떨어뜨리고 있었지만 눈은 말똥말똥 했다.

광주는 얼핏 생각나는 것이 있었다. 선희가 사고를 저질렀다는 생각이었다. 선희는 대학교 삼년생인데 평소에 목사 부부에게 걱정을 끼치고 있었다. 최근에는 학교에도 잘 가지 않고 있었다. 그 애를 앞에 앉히고 사모님이 울고 있으니 그 애가 사고를 일으킨 것만은 사실이었다. 어떤 사곤지는 알 수 없지만 집안에서가 아니라 거리에서 일으킨 사고라는 것 또한 틀림없는 일이었다. 경관이 데리고 온 모양이니 조그마한 사고는 아닐 것 같은데, 데리고 온 경관이 목사에게 그 애를 돌려 주고 앞으로의 단속만을 당부하고 금시 돌아간 것은 무엇 때문일까? 절도 같은 형사범이 아닌 것만은 확실했다. 그러면 통행금지 시간에 걸려 하룻밤 보호를 받고 돌아온 것일까? 그렇다면 경관이 집까지 데리고 올 까닭이 없다. 모를 일이었다. 모를 일이라고 해서 울고 있는 사모님에게 물어 볼 수도 없는 일이었다. 목사가 사표를 내겠다고까지 했으니 간단한 문제는 아닌 것 같은데 도대체 무슨 일일까?

광주는 궁금증을 풀지 못한 채 교회당으로 올라가 교회당을 빙빙 돌며 속으로 기도했다.

"주님, 목사님 가정에 불행이 깃들지 않게 돌보아 주십시오. 하느님의 역군이신 목사님 마음에 시험이 들지 말게 해 주십시오. 목사님 가정의 평화가 곧 교회 전체의 평화라고 생각하옵니다. 목사님의 따님에게 잘못이 있었다면 교인이 모르는 가운데 용서를 하시어 다시는 그런 일이 없도록 선도해 주십시오.

목사가 직접 저지른 일이 아니니까 큰일이 아닐지 모른다. 큰일이 아닐 텐데도 목사가 사표를 제출한다고 했으니 문제가 간단할 것 같지가 않았다. 더구나 문제를 잘 만드는 김 장로와 김 집사가 와 있는 자리에서 생긴 일이니 마음이 더욱 놓이지가 않았다.

그런데 김 장로와 김 집사는 무엇 때문에 함께 사택을 찾아왔을까? 광주는 목사와 전도부인의 사이를 의심하던 김 집사를 생각했다. 김 장로는 김 집사와 한 패다. 지난번 목사를 내쫓을 때도 그들은 정 장로와 다른 신도들의 반대를 물리치고 합세를 해서 끝내 내쫓고야 말았다.

광주는 교회당 한편 구석에서 목사의 사택을 내려다보았다. 빨리 나가라도 주었으면 좋으련만 김 장로와 김 집사는 좀체 나오지를 않았다. 목사가 혼자서 얼마나 괴로움을 당하고 있을까? 그런데 전도부인이 사택으로 들어가는 것이 보였다. 무엇 때문에 이런 때 사택을 찾아가는 것일까? 김 장로와 김 집사는 지금 목사와 전도부인 이야기를 하고 있을지도 모른다. 그런데 전도부인이 사택으로 가면 그들은 더 자극을 받을 것이 아닌가?

광주는 불안했다. 혹시 김 장로와 김 집사가 어울려 목사의 목을 잡아끌고 나오지나 않는가 하는 생각까지 했다.

그는 목사 사택으로 가려고 했다. 어른들이 싸우는데 간댔자 말 한 마디도 할 수 없는 터지만 바라만 보고는 있을 수가 없었던 것이다. 가서 보기라도 해야 할 것 같았다. 만약 싸움이 벌어지고 있다면 정 장로에게 전갈이라도 해야 한다. 그래서 아래로 내려가려고 할 때 김 장로와 김 집사가 사택에서 나오고 있는 것이 보였다. 싸움만은 벌어지지 않은 모양이었다. 약간 안심이 되기는 했지만 그는 그래도 사택으로 발길을 옮기고야 말았다. 어떤 사태가 일어났는지 그것을 알아야 했기 때문이었다.

사택으로 들어가는 길로 목사가 있는 데로 가서,

"어떻게 된 일입니까?"

송구스러움을 느끼면서도 묻고야 말았다.

"사표를 써서 냈소."

목사가 묵중하게 대답했다.

"네? 사표라니요?"

"멀리 가서 전도하기 전에 우선 가까운 이웃과 가족에게 전도하라는 말씀이 있지 않소? 나는 내 식구에게도 전도를 못 한 사람이오."

"그렇다고 사표를 내시면 어떻게 하십니까?"

"할 수 없소. 주인이 시킨 일을 다 하지 못한 종은 주인 집을 나가는 수밖에 없소."

광주는 선희가 어떤 일을 했기에 목사가 사표까지 내지 않으면 안 되는가 그 이유를 알 수 없었다. 그렇다고 해서 지금 고뇌 속에 젖어 있는 목사에게 그 연유를 물을 수가 없었다. 또 연유를 안다고 해서 목사의 사표를 철회하도록 권유할 처지에 있는 사람도 못 된다. 그는 정 장로를 생각지 않을 수 없었다. 정 장로에게 자세한 이야기를 해서 정 장로가 목사를 만나도록 해야만 했다. 그래서 그는 안방으로 들어갔다. 시름없이 앉아 있는 사모님과 전도부인이 있는 안방으로 가서,

"목사님이 사표를 내셨답니다. 무슨 일이지요?"

그는 예의도 생각지 않고 물었다.

"뭐요?"

사모님과 전도부인은 꼭같이 놀랐다. 그 중에서도 전도부인이 더 놀랐다. 사모님은 놀라면서도 꼼짝을 못하고 있는데 전도부인은,

"그런 일루 사표를 내시면 어떡해요."

하며 목사 방으로 달려갔다.

전도부인은 목사가 사표 낸 이유를 알고 있는 모양이었다. 광주는 답답했다. 자기도 알기는 알아야겠는데 그 말을 차마 꼬집어 물을 수가 없었던 것이다. 그래서,

"정 장로님에게 알려 드려야겠습니다. 왜 사표를 제출하셨다죠?"

정 장로를 내세웠다. 사실 누구보다도 정 장로에게는 알려야 했다.

"글쎄 이 애가 어젯밤 어떤 여관에서 잤다지 않아요. 임검 갔던 경관에게 붙잡혔지 뭐예요."

사모님의 대답으로 사건의 윤곽은 짐작이 되었다. 그렇지만 여관에서 잤

다고 해서 경찰에게 붙잡혔다는 것을 이해할 수가 없었다.
"젊은 여자는 여관에서두 잘 수 없나요?"
"혼자서라면 누가 붙잡겠수?"
그러면 선희가 남자와 같이 여관에 들어갔었단 말인가? 알 수 없는 일이었다.
이제 스무 살이 겨우 넘은 대학생이다. 더구나 목사의 딸로서 집을 나가 남자와 같이 여관에서 자다니…….
그렇다고 해서 꼬치꼬치 물을 수도 없는 일이었다.
"좌우간 정 장로님에게 알리고 오겠습니다."
광주는 목사 사택을 떠나 정 장로의 집으로 발길을 옮겼다. 자기가 할 수 있는 일이란 정 장로에게 알리는 일뿐이었다. 걸으면서도 그는 계속해서 고개를 외로 비틀었다. 공부를 싫어한다는 말이 있었다. 남자 교제가 많다는 말도 있었다. 그러나 목사의 딸이 남의 남자와 여관에서 자다니…… 최근에는 학교에도 나가지 않고 있었다. 몸이 약해서 얼마 동안 쉰다는 말이었지만, 이번 일 이전에도 그러한 남자와의 관계가 있었단 말인가?
말세라고들 하지만 정말 말세란 생각이 들었다. 목사의 집안에까지 그런 일이 있으니 말세라 아니할 수 없다.
목사님이 사표를 낼 만도 했다. 정 장로의 집으로 걷는 그의 발에 힘이 쭉 빠졌다. 정 장로를 만나도 목사를 강하게 변명해 줄 자신이 없었던 것이다. 그렇지만 정 장로에게 사건의 전말을 보고는 해야 한다는 생각을 갖고 그냥 걷고 있을 때 교회당으로 오고 있던 정 장로와 부딪쳤다.
"장로님을 찾아가던 길입니다."
광주가 얼빠진 사람처럼 서서 말했다.
"왜 무슨 일이 있었소?"
아무것도 짐작치 못하는 정 장로는 심상하게 물었다.
"목사님이 김 장로님과 김 집사님에게 사표를 냈습니다."
광주는 김 장로와 김 집사의 이름을 듦으로 심상치 않은 사건이 일어났다는 것을 암시했다.

"김 장로와 김 집사에게요?"
정 장로도 심상치 않은 일이라는 듯 놀라는 표정을 지었다.
"네, 방금 일어난 일입니다."
"목사님이 게으르다고 트집을 잡더니 기어이 그런 짓을 했군……."
정 장로는 벌써 짐작하고 있었다는 듯이 개탄을 했다.
"그런 것이 아닙니다. 목사님 따님이 부정한 행동을 했답니다."
"그건 구실일 거야. 따님이 부정한 행동을 했다구 목사님이 사표를 낼 까닭이 뭐야?"
"좌우간 빨리 가 보십시오."
그들은 발걸음을 재촉하며 사택을 향해 걸었다. 사택 앞에 이르렀을 때 광주는 발을 멈추었고 정 장로는 사택 안으로 들어갔다. 사실은 광주도 정 장로와 함께 안으로 들어가고 싶었다. 최소한도 일이 어떻게 처리되는가를 알고 싶었던 것이다. 그러나 이제부터는 자기가 참여할 일이 못 된다고 생각했다. 자기는 돈을 받고 교회의 심부름을 하는 한낱 사찰에 지나지 못한다. 평신도보다도 발언권을 가지지 못한 심부름꾼이다. 그러한 직업의식 때문에 목시 시택에 들어갈 생각을 못하고 교회당으로 올라갔다. 장년 주일학교가 곧 시작될 시각이었다. 중등부가 끝나 중고등학생들이 교회당을 나오고 있었으며 장년 주일학교를 기다리고 있는 어른들이 교회당 뜰에 서성거리고 있었다. 교회에 무슨 일이 일어나고 있는지를 전혀 모르는 학생들과 어른들은 각기 성경과 찬송가를 들고 교회당 뜰을 메우고 있었다. 평화스런 무리들이었다. 하느님의 말씀으로 마음의 식량을 삼으려는 신도들. 그들에게는 오직 하느님의 말씀만이 필요하다. 그런데 하느님의 말씀만이 충만해 있어야 할 교회당 안에서는 필요하지 않은 일들이 일어나고 있다. 필요하지 않은 인간의 일이 하느님의 말씀을 어지럽히려 하고 있다.
중고등학생들이 모두 나오고 어른들이 교회당 안으로 들어가기 시작할 때 그새 어디 가 있었는지 얼마 동안 보이지 않던 김 장로와 김 집사가 교회당으로 올라왔다. 그리고 광주 앞을 걸어 교회당 안으로 들어갔다. 광주는 그들에게 고개를 숙여 묵례를 했다. 그들의 얼굴을 보는 것이 죄 되는 일 같앉지만 교회의 어른들이란 점에서 머리를 숙이지 않을 수 없었던 것이다.
　목사가 게으르다고 내쫓을 궁리를 하던 사람들이다. 처음 들은 이야기지만 목사를 내쫓기 위해 목사와 전도부인과의 사이를 염탐하고 있었다는 것은 광주도 아는 일이었다. 어쨌든 목사를 내쫓기 위해 혈안이 되어 있던 그들이 목사의 딸 선희의 추행으로 목사의 사표를 받아 쥐었으니 속으로 얼마나 득의해 있을 것인가?
　성직자를 내쫓음으로 득의해 있는 사람들이 지금 주일학교를 인도하기 위해 교회당으로 들어가고 있다.
　광주는 문득 정치가를 생각했다. 뒤에서는 음모와 수회(收賄)를 일삼으면서도 애국자를 과시하기 위해 의사당을 찾아가는 정치인들.
　의사당은 그래도 무방할지 모르지만, 하느님의 말씀만이 충만해야 할 교회당에 더러운 발의 난입(亂入)이 허용될 수 있을 것인가?
　광주는 사표 낸 목사가 높이 우러러 보였다. 가족의 잘못도 자기의 잘못이다. 자기의 잘못을 뉘우치고 성직을 내놓은 목사가 얼마나 양심적인가?
　김 장로가 주장하는 주일학교가 시작되는 모양이었다. 찬송가를 부르자는 김 장로의 목소리가 들렸다. 광주는 김 장로의 목소리를 듣는 것이 무서웠다. 목사의 사표를 받아 쥐고도 아무 일 없는 듯 주일학교를 인도하는 김 장로의 목소리가 살인하러 가서도 은근한 말을 꺼내는 그런 목소리 같았다. 그는 김 장로의 목소리가 들리지 않는 뜰 저편으로 가서 풀밭 위에 앉았다. 그리고는 목사의 사택과 전도부인의 사택, 그리고 자기가 살고 있는 오막살이를 내려다보았다. 말없는 집들은 고요했다. 잠이 든 것처럼 조용했다. 교회를 위해 일하는 사람들이 살고 있는 집인 만큼 잔잔한 것이 당연하다. 그러나 당연히 잔잔해야 할 그 집안에는 벌집 이상으로 윙윙 소리를 내고 있다.
　목사의 사택은 딸 선희로 말미암아 물이 끓는 솥보다 술렁이고 있다. 또 목사와 전도부인은 의혹을 받고 있다. 광주는 확실한 것을 모르고 있지만 김 집사의 말로 미루어 전도부인에 대한 의심이 어느 정도 표면화되고 있음을 알 수 있다. 그렇다면 전도부인도 자기가 의심받고 있다는 것을 짐작하고 마음이 뒤끓고 있을 것이다. 광주 자기는 아무것도 아닌 존재지만 자기 딴으로는 교회를 위해 살고 있다고 자처하고 있다. 교회를 위해 살고 있다고 자처하는 자기 집안 역시 단순하지가 않다. 특히 동생 대주가 교회를 등지고 있다. 술을 마실 뿐 아니라 여자와의 관계까지 맺고 있는 것이 분명했다. 목사님이 딸을 지도하지 못한 책임감으로 사표를 제출했다면 자기 역시 사표를 제출함이 옳다.

그러나 설사 대주가 살인을 했다고 해서 자기보고 책임감을 느끼고 교회에서 나가랄 사람은 없을 것 같았다. 광주는 생각했다. 만약 자기에게 은혜와 같은 큰 딸이 있어서 은혜와 같은 일을 저질렀다고 하면 자기도 목사님처럼 사표를 제출해야 할 것인가 하고, 그리고 김 장로는 목사님의 사표를 받듯이 자기 사표도 받을 것인가?

보잘것 없는 존재라고 해도 교회의 체면을 손상시켰다고 해서 사표를 수리할 것이 분명했다. 그렇다면 대주를 교회에 끌어들이지 못하는 것도 사표감이 되지 않을까? 확실히 사표감이 될 것이라고 생각했다. 그러면서도 그는 자기가 사표를 내야 한다고는 생각지 않았다. 자기같이 보잘것 없는 사람이 교회의 문제가 될 만한 존재도 못 된다는 생각 때문은 아니었다. 대주가 교회에 안 나온다는 사실이 광주 자신에게 그리 큰 죄의식을 주지 않았기 때문이었다. 물론 마음으로는 그가 교회에 나오기를 바라고 있다. 하느님의 아들로서 착한 인간이 되어 주기를 갈구하고 있다. 그러나 대주가 착한 사람이 되고 착하지 못한 사람이 되는 것은 오직 대주 자신에 달려 있는 문제다. 강제로 교회에 끌고 나온다고 해서 그가 반드시 착한 사람이 되지는 못한다.

하느님이 모든 인간에게 자유를 주셨다. 그런 만큼 대주는 자유인의 하나다. 인간이 악해졌다고 해서 하느님의 책임이 아닌 것처럼, 대주가 악한 인간이라고 해서 자기가 그 책임을 질 까닭이 없다.

지각이 있는 인간은 자기 문제를 자기가 처리할 줄 알아야 한다. 하느님은 자기를 처리할 수 있는 능력을 인간에게 부여했다. 부여된 능력을 사용하고 안 하는 것은 자기의 자유다.

대주도 그런 능력을 가지고 있다. 그렇기 때문에 언젠가는 그 능력으로 자기 문제를 처리할 때가 올 것이다. 광주는 대주에게 그런 기대를 가지고 있다. 그것은 자기 자신이 걸어온 과거를 생각하는 데서 온 결론이기도 했다. 자기는 자기 문제를 정당하게 처리할 능력을 완전히 포기하고 살았었다. 자기만큼 하느님의 능력을 포기했던 사람도 없을 것이다. 그러다가도 자기는 눈을 뜨고야 말았다. 자기 뒤에 보이지 않는 큰 능력이 있음을 깨달았던 것이다.

대주도 어느 때건 자기와 같이 능력에 대한 눈이 뜨일 때가 오고야 말 것이다. 그것은 누구나 마찬가지다. 모든 사람은 죽기 전에 능력에 대한 눈을 뜨고야 말기 마련이다. 눈이 뜨일까 말까 하는 경지에서 눈을 채 뜨지 못한 사람도 죽는 순간에나마 눈을 떠 보고야 죽는 법이다. 그러기에 인간은 아주 멸망을 하지 않는다.

목사의 사택에서 정 장로가 나오는 것이 보였다. 정 장로 뒤에는 전도부인이 따르고 있었다. 정 장로와 목사님의 이야기가 일단락을 지은 모양이었다. 광주는 육중한 걸음으로 사택을 나오고 있는 정 장로를 보며 성경에 있는 선지자들을 생각했다. 신념에 살고 신념에 죽은 선지자들. 그들은 어떤 박해라도 물리치고 끝까지 하느님의 뜻에 순종했다.

육십이 넘은 정 장로는 선지자는 되지 못할망정 선지자의 풍채를 보여 주는 사람이다. 그는 가난하지 않으면서도 가난하게 산다. 돈을 곧잘 버는 것이다. 그러나 돈을 벌어서는 그 대부분을 교회에 바치고 있다. 그렇기 때문에 집안 살림은 광주보다 그리 월등하지가 못하다. 작은 오막살이에서 최소한도의 생활을 하고 있다. 하루에 오륙백 원 이상의 돈을 버는 사람의 살림이라고는 도저히 생각할 수 없는 생활이다.

카바이드 행상을 했다. 미국 깡통을 사서 팔기도 했다. 요즘은 서적 월부 판매를 하고 있다. 어떤 장사를 하든 남보다 수입을 올린다. 그러나 그 수입의 대부분을 교회에 바친다. 한 달에 만 원 이상 교회에 바치는 사람은 교회 안에 정 장로 한 사람뿐이다. 그에게는 자식이 없다. 단 두 내외가 살기 때문에 생활비가 적게 들기 때문이라는 사람도 있지만 그것은 정 장로를 모르고 하는 말이다.

　김 장로나 김 집사 같은 사람은 살이 찐 자기를 더욱 살찌게 하고 남는 것을 쪼개어 그 일부를 교회에 바친다. 그 대신 정 장로는 자기를 살찌게 하기 전에 교회를 살찌게 하려 하고 있다. 자기를 생각하기 이전에 하느님을 생각한다.

　광주는 그러한 정 장로를 잘 알고 있다. 엿새 동안 허름한 옷을 입고 돈벌이를 한다. 그러나 일요일이면 단 한 벌밖에 없는 두루마기를 입고 교회당에 나온다. 정말 광목 흰 두루마기는 그가 일 년 내내 입는 단벌옷이다. 그러면서도 그는 일요일마다 부인에게 꽃을 들리고 교회에 나온다. 교회에 나와서는 누구보다도 많은 연보를 한다.

　두루마기를 입고 한 손에 성경과 찬송을 든 정 장로를 보면 광주는 저절로 머리가 숙여진다. 지금 사택을 나오고 있는 정 장로에게서도 광주는 어떤 믿음성을 느꼈다. 마음이 든든해지는 것 같았다. 그러나 그의 말에는 힘이 없다. 말도 많이 하지 않는다. 그래서 교회가 정 장로의 뜻대로 움직이지는 않는다. 지난번 목사를 내쫓을 때도 정 장로는 그것을 반대했지만 그의 뜻이 이루어지지 않았다. 그렇지만 그의 뜻은 정당한 것이다. 광주만은 그렇게 생각하고 있다. 그래서 정 장로의 힘이 약하다고 해도 광주는 그를 믿는다. 힘이 약한 것은 믿음이 약한 때문이 아니다. 자기의 판단으로 남을 누르려 하지 않고 하느님의 판단이 내리실 때를 기다리기 때문이다.

　지금 목사는 사표를 제출하고 있다. 그 사표 문제가 장차 어떻게 낙착될는지 정 장로는 자기의 판단을 내리고 있을 것이다. 그의 판단이 관철되건 안 되건 하느님의 뜻에 따라 내려진 판단을 볼 수 있다면 그것으로 족하다. 광주는 정 장로가 반드시 정당한 판단을 내리고 있으리라 생각했다. 그리고 자기는 그 판단을 알면 그뿐이라고 생각했다.

　광주는 교회당으로 올라오는 언덕배기 길가로 가서 정 장로가 올라올 때까지 기다렸다. 그리고 정 장로가 그의 앞에 나타났을 때 두 손을 모아 경건히 허리를 굽혔다. 성자(聖者)를 대하는 태도였다. 정 장로의 뒤를 따라 전도부인이 나타났지만 그미에게는 허리를 굽히지 않고 고개만 숙여 인사를 했다. 전도부인도 죄가 없는 여자라고 생각하고 있지만 허리를 굽히지 않은 것은 그미에게는 죄를 지을 가능성이 있다는 잠재의식 때문이었다. 아직 젊었다. 전도부인이 된 것은 현실생활을 기피하고 하느님의 종으로 만족하겠다는 마음에서일 것이지만 그것은 현실도피라는 느낌을 줄 수도 있는 일이었다. 그리고 비록 하느님의 종이 되었다고 해도 젊은 육체에는 병이 들기 쉬운 법이다.

이런 생각을 하게 되는 것은 결국 정 장로와 비교하는 데서 온 것이지만, 그미를 정 장로와 비교하는 것도 결국은 그미에 대한 잠재의식에서 오는 것이었다.

정 장로를 신뢰하는 꼭같은 정도로 전도부인을 신뢰할 수는 없었던 것이다. 정 장로는 하느님의 뜻에 따라 사물을 판단할 능력을 가졌지만 그미는 아직 그런 경지에 이르지 못한 것 같았다. 신앙심이 두터울지는 모른다. 그러나 그 신앙심은 앵무새가 사람의 말을 본받아 따라 외는 그런 식의 신앙심이 아닐지?

광주는 전도부인 혼자만을 볼 때는 그런 생각을 하지 않았다. 지금 정 장로와 비교하면서 그런 생각을 해본 것뿐이었다.

정 장로와 전도부인은 아직 장년 주일학교가 끝나지 않고 있는 교회당으로 들어갔다. 그들이 교회당으로 들어가는 것을 보자, 광주는 불꽃이 타고 있는데 새로운 불꽃이 뛰어드는 것 같음을 느꼈다. 불은 불을 탐낸다. 불꽃과 불꽃이 튈 것이다. 불꽃과 불꽃의 싸움. 그 불꽃들이 어떤 형태로 싸울 것인가? 광주는 불안했다. 동시에 이맛살을 찌푸렸다. 선한 싸움이든 악한 싸움이든 교회당 안에서는 싸움이라는 것이 허용되어 있지 않다. 싸움이란 이해타산에서 오는 것이지만 하느님 앞에서 이해타산이 있을 수 있는 것인가?

광주는 하느님의 보다 큰 불길이 정 장로를 통해 나타나 악의 불꽃들을 덮어씌웠으면 하고 생각했다. 세상의 모든 악을 태워 버리고 다시는 싸움이라는 것이 없어졌으면 했다.

그러면서도 그는 자기 직책을 잊지 않았다. 장년 주일학교가 끝나는 시간, 즉 열한 시만 되면 예배 종을 쳐야 한다. 교회당 안에서 어떤 싸움이 벌어지고 있다 해도 하느님께 예배드리는 일을 중단할 수는 없다. 그는 시계를 보기 위해 교회당 출입문에 들어섰다. 출입문에 들어서는 순간이었다. 출입문 안에 책꽂이처럼 나무로 만든 신발장에서 불길이 오르고 있었다. 휘발유를 뿌리고 성냥불을 댕겼는지 신발장 중간층에서 일어난 불길이 기운을 내어 타오르는 것이었다. 그 불이 타오르는 신장 한편 구석에는 말썽꾸러기 거지 애가 서서 불길을 말끔히 바라보고 있었다.

광주는 아무것도 생각할 수 없었다. 순간적으로 웃옷을 벗어 불길을 때렸다. 때리고 때렸다. 휘발유의 양이 적었던지 불길은 더 퍼지지 않고 꺼졌다. 다행스런 일이었다. 조그만 늦었다면 교회당은 재가 되고 말 뻔했다. 동시에 주일학교 공부를 하던 사람은 몇 명쯤 희생을 당하고야 말았을 것이다 .광주는 긴 한숨을 내쉬고 눈을 감았다. 하느님께 감사를 드리지 않을 수 없던 것이다.

"감사합니다. 감사합니다."

그는 오직 감사하다는 말만을 되풀이했다. 감사를 드리고 눈을 떴을 때였다. 그는 자기 주변에 사람이 너무도 없는 것을 느꼈다. 교회당이 송두리째 잿더미가 될 뻔했는데 어째서 아무도 나와 보지를 않는 것일까? 이상스러웠다. 교인들을 놀래지 않게 하기 위해 불을 끄면서도 소리를 지르지 않았던 것이 기억났다. 교인들이 놀라 뛰어나오면 일이 커질 것을 걱정했던 모양이다. 어쩌면 위급한 순간에 그런 걱정까지 하고 소리를 지르지 않았을까? 자기의 일이면서도 이해하기가 힘들었다.

그러나 많이 타지는 않았다 해도 꺼멓게 그을은 신장을 보고 신자들이 그 이유를 물을 것이다. 그때 자기는 무엇이라고 대답할 것인가? 무엇이라고 대답을 한다 해도 자기는 책임을 져야 할 것이다. 어떤 책임을 지게 될까? 이유야 어디 있던 사고가 일어났으니 사고에 대한 책임을 면할 수 없다.

순간 그는 그 거지 애가 자취를 감추고 달아났다는 것을 생각했다. 불을 일으킨 놈은 바로 그 거지 애다. 그 거지 애가 없어지고 말았으니 불의 원인을 설명한다 해도 그 설명을 곧이들을 사람이 얼마나 될까? 곧이듣고 안 듣고가 문제 아니었다. 자기가 불을 질렀으리라고 생각할 사람은 없을 것이다. 다만 불 놓은 애를 보고도 붙잡지 않은 책임을 물을 것이다.

불을 끄기 전에 소리를 질러 사람들이 모이게 한 뒤 그 거지 애부터 붙잡았어야 했을 것을……. 광주는 불 끄는 데만 열중했던 자기를 후회했다. 그 애놈만 잡았다면 자기가 책임져야 할 일은 없을 것이 아닌가?

그러나 놓쳐 버리고 만 것을 이제 어찌할 것인가? 그는 교회당 안을 들여다보았다. 벽 높은 곳에 걸려 있는 시계바늘이 열 한 시 정각을 가리켰다. 동시에 그는 종각으로 들어갔다. 종각으로 들어가자 그는 줄을 잡고 끌어당겼다.

"뗑그렁, 뗑그렁."

종각 안을 그득 채우고 대기로 뻗어가는 종소리가 처량하게 들렸다. 자기가 치면서도 종소리를 처량하게 듣는 것은 드문 일이었다. 처량하다고 생각하면서도 더욱 처량하게 들리도록 종 줄을 느리게 당겼다가 느리게 놓아 주었다.

"뎅그렁. 뎅그렁."

처량한 종소리를 들으며, 신장에 불을 놓고, 타오르는 불길을 말똥말똥한 눈으로 바라보고 있던 거지 애의 그 해맑던 눈을 생각했다. 어둠 속의 촛불처럼 빛이 나고 있었다는 기억이 떠올랐다.

거지 애는 무엇 때문에 교회에 불을 놓았을까? 그리고도 도망칠 생각을 않고 타오르는 불길을 빤히 쳐다보고 있었을까?

알 수 없는 수수께끼 같았다. 무엇인가 풀 수 없는 의혹이 뒤에 숨어 있는 수수께끼 같았다.

제5장 정신적인 고아들

광주는 자기가 치고 있는 종소리가 외계로 퍼져나가지 못하고 둑에 부딪친 물살이 소용돌이치듯 종각 밑으로 몰려 내려오고 있음을 느꼈다. 하느님의 목소리가 외계로 번지기를 꺼려한다는 것일까? 종소리가 외계(外界)를 꺼려할 만큼 자기 자신에 지치고 말았다는 말인가?

광주는 종소리가 자기 귀에만 들릴 뿐 바깥사람들에게는 전혀 들리지 않는 것이라 느끼면서 종 치는 손을 멈추었다. 아무리 종을 쳐도 종소리가 외계로 퍼져 나가지 않는다면 종은 죽은 종이다. 죽은 종을 쳐서는 무엇 할 것인가?

종을 죽게 한 사람은 누구일까?

광주는 종 치기를 중단하고 종각 벽에 기대어서 생각했다. 아무리 쳐도 종소리가 종각 밖으로 퍼져나가지 못하게 한 사람은 다른 사람이 아니다. 종의 주인인 교인들이다. 교인들 스스로가 종의 생명을 죽였다.

그는 김 장로와 김 집사를 생각했다. 그리고 목사의 딸을 생각했다. 이러한 사람들이 하느님의 목소리가 천지 사방으로 퍼져나가는 것을 막고 있다.

그는 불을 놓은 거지 소년도 생각했다. 아무런 까닭도 없이 교회를 불태워 버리려는 마귀다.

마귀는 어째서 하느님의 목소리에 질투를 느끼는 것일까? 무엇 때문에 교회를 소각시키려는 것일까?

그러나 그는 마귀 소년을 생각하며 그 소년이 귀여운 마귀라는 생각을 했다. 불을 놓고도 달아날 생각을 않고 불기를 쳐다보던 얼굴이 눈앞에 떠올랐던 것이다. 불을 질러도 남모르게 사람이 없는 때를 골라 지른 것이 아니라 사람이 가장 많이 모이는 낮 예배 때를 골라 불을 질렀다는 것은 마귀 가운데서도 두려움을 모르는 귀여운 마귀의 행동이라 아니 할 수 없었다.

언젠가는 아무도 없는 교회당 안에 들어가 피아노를 구경하고 있었다. 언젠가는 교회당 처마 밑에서 잠을 자고 있었다. 그 거지 애에게 자기는 조반을 먹인 일이 있고 얼마 전에는 경선이가 자기의 내의를 주었다. 그런데 그 거지 애는 무엇 때문에 교회당에 불을 질렀던 것일까?

광주가 어렸을 때 어떤 친구네 집에 놀러 갔었다. 매일처럼 놀러 가는 집이었다. 그 날도 학교 갔다 오는 길에 그 친구 애가 집에 있지 않았다. 어머니와 같이 어딘가 갔다는 것이었다. 그는 심술이 났다. 그래서 돌아나오다가 넓은 뜰에 그득한 코스모스 밭으로 가서 나뭇가지로 코스모스를 마구 후려쳤다. 댕강댕강 떨어져 나가는 코스모스의 꽃송이들을 보며 속으로 웃고 있던 자기. 그때의 심술은 그 친구 애가 약속을 하고도 어머니와 같이 나갔다는 데에서만 온 것은 아니었다. 자기 집 뜰에는 꽃이 하나도 없는데 그 애네 집 뜰에는 코스모스 말고도 꽃이 너무나 많아 질투심이 일어난 데 있었던 것이다.

집이 없고 부모가 없는 거지 애가 교회에 불을 지른 것 역시 그런 질투 때문이나 아닌가 짐작될 때 광주는 그 거지 애를 귀여운 마귀로 생각했던 자기 생각이 옳은 것처럼 느껴졌다.

자기는 잘 곳도 없는데 교회당은 텅 빈 채로 있다. 자기는 먹을 것도 없는데 집이 있고 부모가 있는 애들은 주일마다 모여 피아노 반주에 따라 찬송가를 부른다.

확실히 마귀는 마귀다. 그렇지만 용서받을 수 있는 마귀라는 생각이 들었다.

"하느님, 그 귀여운 마귀를 용서해 주소서."

광주는 잠시 눈을 감았다가 떴다. 감았던 눈을 뜨자 그는 곧 종 줄을 잡아당기기 시작했다. 어쩐지 종소리가 외계로 퍼져 나갈 것만 같았던 것이다.

줄을 당겼다가 놓는 바람에 종은 움직이며 소리를 냈다. 그 소리는 종각 안으로 오므라드는 것이 아니라 종각 밖으로 퍼져 나가는 것이었다. 그것은 귀로 들리는 것이 아니라 눈으로 보는 것 같았다.

종소리는 귀로 듣는 것이 아니라 눈으로 보는 것이구나. 마음과 직결된 눈으로 한참 종을 치고 있을 때였다.

"왜 종을 두 번씩 치는 거요?"

황급한 목소리가 광주의 몸을 돌이키게 했다. 김 집사의 파랗게 질린 얼굴이 보였다.

"처음 친 종소리도 들렸나요?"

광주가 반문했다.

"들렸나요가 뭐요?"

김 집사가 무서운 눈으로 노려봤다.

"첫번 종소리가 들리지 않은 것 같아 다시 치는 겁니다."

광주의 말을 김 집사가 알아들을 리 없었다.

"저이가 돌았나……. 그만 쳐 둬요."

광주는 할 수 없었다. 종 줄을 놓고 잘못 됐다는 표시로 고개를 떨어뜨렸다.

김 집사가 놀라 뛰어온 것으로 보아 교인들 전부가 떠들썩할 것이 짐작되어 미안을 느꼈지만 광주는 두려움 같은 것을 느끼지 않았다.

종각을 나와 교회당 안으로 들어가려고 할 때 여러 사람이 모여 불탄 자국이 있는 신장을 보며 수군덕거렸지만 광주는 그들을 못 본 척 교회당 안으로 발을 옮겼다. 그때 김 집사가,

"사찰!"

하고 그를 부른 뒤,

"이게 웬일이오?"

책임을 추궁하듯이 물었다.

많은 사람 가운데서 왜 김 집사만이 자기를 불러 세우는 것일까? 광주는 김 집사에게 어떤 적의 같은 것을 느꼈다. 오늘 아침 김 장로와 함께 목사님 사택을 찾아갔던 김 집사는 목사님을 적으로 대하고 있다. 찾아가서 무슨 이야기를 했는지 모르지만 주일 날 아침이라고 해서 인사를 드리러 갔을 리는 없었다. 전도부인과의 관계를 추궁하러 갔을 것이다. 불행인지 다행인지 목사님의 따님 사건으로 목사님의 사표를 쉽게 받았을 것이지만 그는 목사님의 사표만으로 만족하지는 않고 있을 것이다.

그의 목적은 목사를 내쫓는 것일지 모르지만 그의 마음을 만족시키는 길은 내쫓는 방법에 있을 것이다. 목사님이 전도부인과 불의의 관계를 가져, 그것이 신도들 앞에서 부끄러움으로 공포되는 가운데 쫓겨나야만 만족해 할 것이다.

지금 불탄 자리를 가리키며 이게 웬일이냐고 묻는 말 가운데도 광주의 잘못을 들추어내어, 그것으로 쫓아 버리려는 흑심이 숨어 있는 것이라 생각지

않을 수 없었다. 남이 잘 되기를 바라기보다 잘못되기를 바라는 인간이다. 그것은 하느님의 뜻에 의해 움직이는 인간이 아니라 마귀의 뜻으로 움직이는 인간이다. 마귀의 뜻에 의해 움직이고 있으면서도 하느님의 말씀을 빌려쓰면서 살려고 하는 가증스런 인간.

광주는 마귀의 뜻에 움직인다고 생각하면서도 그 마귀를 눈으로 보지 못했기 때문에,

"어떤 거지 애가 불을 놓고 도망쳤습니다."

순종적인 태도로 대답했다.

"그 거지 애를 봤소."

"네, 봤습니다."

"그럼 왜 붙잡지를 않았소?"

그것은 흡사 심문이었다. 그래도 광주는,

"불을 끄느라 정신이 없었습니다."

김 집사는 불지른 애를 잡는 것이 더 중요한 일이 아니냐고 힐책하고 싶었을 것이다. 그러나 불 끄는 것이 더 중요한 일이 아니겠느냐는 말이 나올 것을 겁냈던지,

"소리를 지르면 사람들이 나와 그 놈을 붙잡을 것이 아니요?"

하고 광주는 딴 방면으로 힐문하기 시작했다.

"불을 끄기에 그럴 정신두 없었습니다."

"정신이 좀 이상해졌던가 부지……."

어떻게 해서라도 광주를 책잡으려고 할 때였다. 옆에 있던 어떤 신도가,

"불 끈 것만도 다행하지 않습니까?"

하고 광주를 두둔하는 말을 해 주었다.

"글쎄 불 끈 것만은 다행한 일이지만 방화범을 잡아야 하지 않습니까?"

김 집사는 죄 지은 사람을 붙잡는 것이 무엇보다도 중요한 일처럼 말했다.

광주는 김 집사 속에 들어 있는 마귀를 눈으로 보는 듯했다. 예수님이 마귀 들린 사람에게서 마귀를 내쫓을 때의 일을 생각했다. 필시 김 집사와 같은 사람 속에서 마귀를 쫓아냈을 것 같았다.

'사탄아, 물러가라.'

광주는 김 집사에게 소리를 지르고 싶은 충동을 느꼈다. 그러나 광주는 자기가 예수님이 아님을 느꼈다. 예수님처럼 권능이 있는 인간이 못 됨을 느꼈다. 그래서 아무 대꾸도 하지 않았다. 대꾸를 하지 않고 교회당 안으로 들어가 긴 의자 한편 구석에 앉았다.

'마귀의 힘이 하느님의 힘보다도 강할 수가 있을까?'

의자에 앉은 광주의 머리에 이런 생각이 떠올랐다. 마귀가 무서워 하느님의 말씀도 할 수가 없다니……. 그럴 수는 없다고 생각했다. 하느님과 마귀와의 싸움이라면 하느님이 이길 것이 분명하다. 마귀와 인간이 합세할 때 하느님의 그림자는 어두워진다. 인간이 중심이 되어 있는 이 세상에서는 인간이 마귀와 합세할 때보다 큰 힘을 발휘한다. 인간에게는 마귀가 더 매력적인 모양이었다.

어느새 교인이 교회당 반을 채웠다. 사백여 명이 앉을 수 있는 이 교회당의 신자는 이백 명 정도였다. 그런 만큼 교회당의 반만 차면 교인이 대부분 모인 셈이 된다. 음악의 반주를 맡아보는 사람이 피아노로 찬송가를 치기 시작했다 음악만이 들리는 조용한 가운데 하느님의 말씀이 강림할 것 같은 분위기였다.

광주는 누가 강단에 올라가는가를 주시했다. 사표를 제출했다니 목사님은 설교를 안 하실 것이 분명하다. 그렇다면 김 장로와 정 장로 두 사람 가운데 한 사람이 설교를 맡게 될 것이다. 그러나 그런 경우 교인 앞에 나서는 사람은 정 장로가 아니라 김 장로다. 믿음으로야 정 장로가 훨씬 위다. 그렇지만 정 장로는 외모가 그렇고 또 학식이 부족하다. 말도 김 장로만큼 거룩하게 하지를 못한다.

김 장로가 나오면 어떻게 할까? 만약 김 장로가 나온다면 목사님의 이야기를 어떻게 할까? 이런 걱정을 하고 있을 때였다. 목사님과 정 장로가 설교강단 뒤로 통하는 문을 통해 설교단으로 올라섰다. 광주는 놀라지 않을 수 없었다.

목사님은 확실히 사표를 제출했다. 사표를 받은 김 장로와 김 집사는 득의만면해 있었다. 그런데 사표를 제출한 지 한 시간도 안 되어 목사님이 강단에 올라서다니…….

그새 정 장로와 김 장로 사이에 타협이 성립되었으리라는 생각이 들었지만, 타협의 내용이 조금도 상상되지 않았다. 정 장로는 따님에 대한 책임감으로 목사님이 사표를 낸다는 것이 있을 수 없는 일이라고 주장했을 것이다. 그러나 김 장로와 김 집사는 목사를 내쫓으려고 목사와 전도부인의 사생활을 염탐 중에 있다. 그럴 때 목사가 자진 사표를 제출했으니 그것을 철회하려고 할 까닭이 없다. 교회를 소란하게 하지 않고 목사를 내보낼 수 있다는 절호의 기회를 포기할 수가 있을 것인가?

광주는 며칠 전 목사와 전도부인의 사이를 묻고 시원한 대답을 듣지 못했을 때 구렁이처럼 몸을 도사리던 김 집사를 생각했다. 반드시 일을 꾸미고야 말 음흉한 눈초리였다. 정 장로의 어떠한 태도에도 넘어갈 사람이 아니다. 그런데 정 장로와 목사님이 설교단에 올라와 의자에 앉았다가 금시 마루에 무릎을 꿇고 의자에 팔꿈치를 대고 앉아 기도를 드렸다. 그 시간이 삼 분쯤 걸렸을 것이다. 모든 신도들의 시선이 집중한 가운데 기도드리고 있는 목사를 보면서 광주는 가슴이 죄는 듯한 불안감을 느꼈다. 목사님이 기도를 끝내기 전에 김 장로와 김 집사가 목사님을 설교단 위에서 끌어내리는 것이나 아닐까? 그렇게 되면 목사의 따님에 대한 추행이 신도 사이에 전부 알려지고 말 것이다. 그리고 김 장로와 김 집사는 확실치도 않은 목사의 전도부인의 관계를 떠들어댈 것이다.

얼마나 추한 일이냐? 광주는 몸서리가 쳐졌다. 그런데 목사님과 정 장로가 기도를 끝내고 다시 의자에 올라앉을 때까지 소동을 일으키기 위해 설교단으로 올라가는 사람이 하나도 없었다. 광주는 김 장로와 김 집사를 신도들 사이에서 찾아보았으나 두 사람 꼭같이 머리를 숙이고 무엇인가를 생각하고 있었다. 당장에 거사를 할 눈치 같지가 않았다.

웬일인지 알 수 없었다. 광주는 사택으로 내려가 목사님 부인이라도 만나볼까 생각했다. 그러나 사모님도 전도부인도 부인석에 앉아 예배가 시작되기를 기다리고 있었다.

광주는 사태의 전말이 궁금하면서도 목사님 부인과 전도부인이 교회당에 와 앉아 있는 데 경탄했다. 참으로 훌륭한 일이라 아니 할 수 없었다. 쏜살같이 쏟아지는 물결이 소용돌이를 이루고 있는 가운데서도 하느님을 잊지 않고 경배 드리러 나온 그 마음이 존귀하게 보였던 것이다.

딸이 마귀에 걸려 윤리에 벗어난 행동을 함으로 목사님이 사표를 제출하게까지 만들었다는 것은 하느님이 목사님을 저버린 일이라고 해석하기가 쉬울 것이다. 하느님이 목사님을 지켜 주셨다면 따님이 그런 불륜의 행동을 하도록 내버려 두지 않았을 것이 사실이다.

만약 하느님에게 저버림을 당했다고 생각한다면 목사도 또 사모님도 하느님에 대한 믿음에 지쳐 당분간이나마 하느님을 생각하는 데 피곤을 느낄 것이다. 비록 직업의식에서 오는 것이라 해도 잠시나마 하느님과 멀리 하지 않는다는 것은 그들에게서 하느님이 멀어질 때 그들 자체의 존재가 없어진다는 것을 느끼기 때문이 아닐까? 전도부인도 그렇다. 목사와 자기 사이를 색안경으로 보고 있는 사실을 눈치채지 못하고 있지 않을 것이다. 그렇다면 색안경으로 보는 사람들을 추한 존재로 단정하고 추한 존재에서 멀어지려 할 수도 있다. 추한 존재들과 섞여 살 바에는 차라리 혼자서 고고하게 사는 것이 얼마나 깨끗한 생활인가? 그러나 전도부인은 추한 존재보다도 하느님의 귀한 존재를 잊지 못하고 그 옆을 떠나지 못한다.

신앙이 하나의 습성을 만들어 주는 것인지는 모른다. 어쨌든 몸에 붙어 있는 신앙 속에서 언제나 냉정할 수 있는 습성화된 생활이 존귀해 보였다.

정 장로가 교탁 앞으로 나왔다. 그리고 다 같이 부를 찬송가를 지정했다. 피아노의 반주에 신도들은 거룩한 마음으로 찬송가를 부르기 시작했다.

각자의 기원(祈願)을 고(告)하는 기도를 드릴 때보다도 하느님을 찬양하는 찬송가를 부를 때가 하느님과의 거리를 더욱 가깝게 하는 것처럼 느껴질 때가 있다. 광주는 목소리를 같이하여 하느님을 찬양하는 찬송가 소리에서 마음의 안정을 얻었다. 하느님만을 생각할 때 다른 잡념이 있을 수 없고, 잡념이 없을 때 근심이 있을 수 없었다. 그래서 그는 오래오래 찬송가만 불렀으면 하고 생각했다. 찬송가를 부르는 동안에는 김 장로나 김 집사도 딴 마음을 가질 수는 없을 것이다.

그러나 찬송가는 오래지 않아 끝나고 말았다. 찬송가를 끝내자 다음에는 정 장로가 기도를 드렸다. 광주가 존경하는 정 장로지만 광주는 정 장로의 기도에 또 불안을 느꼈다. 혹시 기도하는 도중 김 장로와 김 집사를 마귀로 취급하는 말이 나오면 어떻게 할까 하는 조바심이었다. 그럴 수 있는 일이다. 하느님을 의지하는 마음에서 이 교회의 마귀를 내쫓아 달라고 간구할 수 있다. 그렇게 되면 그 말이 하느님 귀에 들어가기 전에 김 장로와 김 집사 귀에 들어간다. 김 장로와 김 집사는 자기를 반성하는 대신, 하느님이 노하실 것도 생각지 않고 정 장로와 싸울 마음을 가지게 된다. 교회의 소란은 표면으로 나타난다.

속으로야 어떻게 곪든 그것이 겉으로 터지지 말았으면 하고 바라는 것이 광주의 마음이었다. 늑막염으로 고인 물은 주사 바늘로 빼내지 않고도 약으로 잦아들게 할 수 있다. 아무리 힘든 일이라도 하느님의 말씀으로 흔적 없이 고칠 수가 있다.

그런데 정 장로는 일반적인 기도를 드릴 뿐 목사님 사표에 관련된 말은 한 마디도 꺼내지 않았다. 참으로 다행한 일이었다. 하느님의 뜻이 정 장로의 마음속에 살아 있음을 느꼈다.

정 장로의 기도가 끝나고 난 뒤 광주는 예배가 다 끝날 때까진 내내 무사해 주기를 혼자 기도드렸다.

하루가 무사하면 한 주일이 무사해질 수 있다. 한 주일이 무사하면 한 달이 무사해질 수 있고.

"예배가 끝날 때까지 하느님이 잠시도 떠나지 마시고 예배 순서를 맡아 주옵소서."

혼자서 기도를 끝내고 정 장로의 지시에 의해 성경 구절을 찾고 있을 때였다. 경선이가 옆으로 와,

"엄마가 아프대요."

남들이 듣지 못하게 가는 목소리로 말했다.

"어디가?"

광주도 남들에게 방해가 안 되도록 가는 목소리로 물었다.
"열이 나요. 허리가……."
광주는 경선의 말이 끝나기도 전에 자리에서 일어섰다. 열이 있어서 부르러 왔다면 그냥 있을 수 없는 일이었기 때문이었다.
교회당을 나와서야,
"허리가 아프대?"
"네."
"다른 데는?"
"다른 데는 아프지 않대요."
알 수 없는 일이었다. 아침까지 아무렇지도 않던 아내가 갑자기 허리가 아프고 몸에 열이 난다는 것은 무엇 때문일까?
감기나 설사가 아니라는 데 광주의 마음은 무서워졌다.
집에 들어가자 그는 우선 아내의 이마부터 짚어 보았다. 약간 열이 있었다.
"허리가 아프다구?"
"으응."
아내는 왼손으로 자기 허리를 만졌다. 광주는 누워 있는 아내의 몸 밑으로 손을 넣어 등을 한 번 쓸어 주고는,
"허리는 왜 아플까?"
하고 병의 원인을 묻기 시작했다.
"모…몰라."
아내는 자기도 이유를 알 수 없다는 듯이 말하면서 광주를 쳐다봤다. 쳐다보는 눈 속에 애원 같은 것이 가득 차 있었다.
"의사를 불러올까?"
광주는 아내의 병명을 모르는 만큼 병의 경중도 알 수 없어 아내의 의견에 따라 의사를 부르리라 생각했다.
"아아니……, 괜찮아요."
아내가 손질을 해 가며 거절했다.

제5장 정신적인 고아들 619

"열이 있는데…….."
열이 있으니 심상치 않은 병이 아니냐고 다짐을 해 보았지만 아내는,
"저…정말 아…아무렇지두 아…않아요."
누웠던 몸을 일으키며 기겁을 하는 것이었다. 그리고는 광주의 손을 잡아 자기 허리로 끌어다 대고,
"조…좀 무…문질러 주…줘요."
하는 것이었다.
광주는 하라는 대로 하는 수밖에 없었다. 의사를 부르지 말라고 기겁을 할 정도라면 고통이 그리 심하지 않은 것만은 사실이다. 환자가 누구보다도 자기 병을 잘 알 테니까 얼마 동안만 경과를 두고 보는 수밖에 없었다. 아내를 모로 눕히고 허리를 쓸어 주면서,
"왜 갑자기 허리는 아플까?"
아프게 된 원인이 궁금해 혼자 중얼거렸다. 원인 없는 병이 없을 테니까……. 그때 옆에 있던 경선이,
"일을 하셨어요."
마치 일한 것이 병의 원인인 것처럼 말했다.
"일을 하다니?"
광주는 일을 시킨 경선을 책하듯 놀란 표정으로 물었다.
"제가 한다구 해두 억지루 하시는 걸 어떻게 해요."
경선이 책임 회피하는 말을 했다. 광주는 우선 경선에게 책임감과 더불어 공포심을 갖도록 한 자기의 태도를 반성했다. 어떤 일이 있었다 해도 어린 경선에게 책임감을 뒤집어씌워서는 안 된다. 특히 어른 같은 경선에게는 책임감 같은 것이 강박관념으로 변하기가 쉽다. 어린애가 강박관념을 갖게 되면 무서운 결과를 가져 올 우려가 있다.
"언젠 일을 안 했나?"
아내는 불구이면서도 애들이 집에 있는 일요일에는 언제나 간단한 세탁을 하곤 했다. 그런 만큼 광주는 일 자체를 중요시하지 않는 것처럼 말할 수가 있었다.

"빨래를 많이 했어요."

그래도 경선은 공포감에 떠는 것 같은 태도로 대답했다.

"그것 때문에 그럴라고……."

사실 빨래 같은 것으로 병이 생겼다고는 생각되지 않았다.

"그래두 오늘은 빨래를 많이 하셨어요. 제가 한다구 그랬는데두……."

"빨래 때문에 병이 든 것은 아냐."

광주는 경선의 머리에서 책임감 같은 것을 빼버려 주려고 빨래 때문이 아니라는 것을 강조해서 말했다. 그래도 경선은,

"참 이상했어요. 오늘은 혼자서만 일을 하셨어요. 저는 손두 못 대게 하구……."

하면서 불안한 빛을 보였다.

"괜찮대두. 일을 했다구 병이 생기지는 않는 법이야. 병이 생겼대두 대단한 병은 아닐 게구……."

광주는 경선에게 책임이 없다는 것을 밝히는 데 노력했다. 그런데도 경선은 광주 곁으로 와서,

"제가 좀 쏟아 드릴까요?"

하며 광주가 하는 일을 거들어 주려 했다. 역시 책임감에 사로잡혀 있는 모양이었다.

"내가 해 줘야 빨리 낫지. 넌 구경이나 하구 있어."

경선에게 아내의 아픈 곳을 만지게 하면 그만큼 경선이 책임감을 더 느끼게 될 것 같아 시켜도 괜찮을 일을 시키지 않았다. 그러나 옆에 앉아서 구경하는 것도 경선에게 좋은 일 같지가 않아,

"너, 목사님 댁에 가서 감기약 좀 얻어 오너라."

하고 심부름을 시켰다. 심부름시키는 것이 경선의 정신을 분산시키는 데 도움이 될 것 같았던 것이다. 그리고 감기약을 얻어 오게 하면 경선은 반드시 어머니의 병이 대단한 것이 아니란 생각을 갖게 될 것이다.

경선은 광주의 계산대로 가볍게 심부름을 갔다. 자기의 심부름으로 어머니의 병이 경쾌해지리라는 표정을 보이며……. 경선이 목사 댁으로 떠나자

광주는,

"그게 있으려는 건 아냐?"

얼굴에 웃음을 지으며 물었다. 순간 그는 아내가 오늘 따라 경선에게 일을 시키지 않고 혼자서만 일했다는 것을 생각했다. 전에도 애들 내의 정도는 한 손으로나마 세탁을 하곤 했다. 그런데 오늘은 전날과 달리 큰 빨래까지 했다. 그것은 몸의 컨디션이 좋아진 때문이 아니라 마음의 의욕이 앞선 때문이었을 것이다. 병에 걸려 누운 뒤 처음으로 부부생활을 한 데서 오는 즐거움이 생활의 의욕을 일깨웠을 것이다.

그런 것을 생각하니 무리한 노동에서 몸의 고통을 느낀다 해도 아내는 고통을 미소로 바라보고 있을 것 같았다.

"아아니……요."

아내는 월경이 아님을 분명히 말했다. 그러면서도 그미의 얼굴에는 미소가 번지고 있었다. 월경이라는 말에서 오는 연상 작용이 그미를 미소 짓게 한 모양이었다.

"그럼 속을 건드려서……."

광주는 아내의 배꼽 밑을 한 손가락으로 눌렀다. 그럴지도 모른다는 생각이었다. 몇 해만에 처음으로 건드렸으니 그 동안 수축되었을지 모르는 자궁이 쇼크를 받고 통증을 일으킬 수도 있는 일이다.

"………"

아내는 대답 대신 싱긋 웃었다. 그럴지도 모른다는 의미 같았다. 역시 그때문인가 보구나 하고 생각하니 광주의 얼굴에서도 죄 없는 웃음이 떠올랐다.

어젯밤에도 그는 아내와 즐거운 밤을 보냈다. 한쪽 몸을 잘 쓰지 못하면서도 나머지 한쪽으로 몸 전체의 즐거움을 요리하던 아내.

암담하기만 하던 인생 속에서 즐거운 인생을 느끼고 인생의 보람을 맛보고 있다면 아내의 지금 고통은 즐거운 고통이라고도 할 수 있다. 즐거운 고통이라고 하면 걱정할 것까지 없다.

광주는,

"누워 있어, 교회당에 갔다 올게……."

하고 자리에서 일어섰다. 아내의 병이 대단한 것이 아닌 이상 교회당에 안 가 볼 수가 없었던 것이다. 그가 문 밖을 나서려고 할 때 약 얻으러 갔던 경선이 돌아와 손을 내밀었다.

"이걸 주네요."

경선이 내민 약은 아스피린이었다.

"뭐라구 약을 달랬니?"

광주는 감기약 얻어 온 경선을 보며 웃음이 나왔지만 웃음을 참으며 물었다.

"엄마가 감기에 걸렸다구 그랬어요."

경선은 광주가 시킨 대로 말한 모양이었다.

"잘 했다. 이젠 이 약두 먹을 필요가 없게 됐어. 아빠 대신 엄마 등이나 쓸어 주고 있어라. 아빤 교회당엘 갔다 올게……."

광주는 조금도 걱정할 필요가 없다는 뜻으로 가벼운 웃음을 지어 보인 뒤 경선의 머리를 쓸어 주고 교회당으로 갔다.

그가 교회당에 갔을 때는 연보와 성가대의 합창이 끝나고 목사의 설교가 한참이었다. 물을 끼얹은 듯 조용한 교인들 앞에서 목사는 흥분된 어조로 죄에 대한 이야기를 하고 있었다.

"죄는 괴로움입니다. 죄를 괴로움으로 느낄 줄 모르는 사람은 죄인이 아닙니다. 하느님은 죄인을 긍휼히 여기시고 용서를 해 주시지만 죄를 괴로움으로 느낄 줄 모르는 죄인이면서도 죄인이 아닌 사람에게는 보고도 본 척을 안 하십니다. 죄 지은 사람은 모름지기 괴로워해야 합니다. 괴로워하다가 화석이 된다면 그는 육체를 가진 채 승천하는 것이 될 것입니다. 죄를 짓고도 자기의 죄를 마치 어떤 물건처럼 하느님께 떠맡김으로 자기는 사함을 받았다고 생각하는 사람은 새로운 죄를 다시 지으려고 마음속에 여백(餘白)을 만들어 놓는 것입니다. 그러므로 설사 하느님이 용서를 하셨다 해도 죄의 발자취를 가슴 속에서 아주 지워 버려서는 안 되는 것입니다. 두고두고 그 발자취를 자기 눈으로 보면서 살아야 하는 것입니다."

목사는 자기의 심경을 이야기하고 있는 것 같았다. 딸이 지은 죄를 자기 죄처럼 괴로워하는 심정 같았다. 딸이 하느님의 용서를 받고 다음에 어떤 사람과 결혼을 하여 행복스럽게 사는 일이 있었다 해도 자기는 지금의 괴로움을 잊지 않겠다고 스스로 다짐하는 것 같기도 했다.

그럼으로써 그는 자식들로 하여금 다시는 죄를 짓지 않게 하겠다는 것이리라.

광주는 목사의 마음을 충분히 이해할 수 있었다. 그것은 자기가 자기 죄 때문에 괴로워한 체험이 있기 때문이었다. 오랫동안 괴로워했기 때문에 지금 자기는 마음의 평화를 얻고 있지 않은가?

그러나 괴로워하다가 화석이 되면……, 하던 목사님의 말이 평화를 얻고 있는 그의 마음에 새로운 죄의식을 느끼게 했다. 죄의 발자국을 가슴에서 지워 버리지 말라. 그런데 자기는 시일이 경과함으로 과거의 죄를 잊어 가고 있다. 그리고 아내와의 부부생활을 부활시킴으로 인생의 즐거움을 맛보고 있다. 즐거움을 느끼는 것은 괴로움을 잊는 데서 오는 허상이다. 나는 새로운 즐거움으로 과거의 죄를 잊었다는 말인가? 또 잊을 수가 있다는 말인가?

광주는 불교의 입산수도(入山修道)를 생각해 보았다. 가톨릭 교회 신부들의 금욕생활을 생각해 보았다. 인간적 즐거움을 포기함으로 자기를 깨끗이 하려는 생활 방법들이다. 금욕을 찬성하는 것이 아니라 금욕생활에서 모든 죄를 초극하려는 정신적 동기가 깨끗하게 생각되었다. 독신으로 금욕생활을 하여 마음을 깨끗하게 한다면 다른 욕망이 있을 수 없다. 현실적인 책임감도 갖지 않게 된다. 먹고 먹이고 기르고 교육시키는 그러한 부담도 없어진다. 오직 자기 마음의 순결을 지켜 나가는 데 노력하면 그뿐이다. 죄를 가까이하지 않으면 죄와 관계없는 사람이 된다. 죄와 관계없이 고고하게 지낼 수 있다면 그는 얼마나 아름답고 깨끗해질 수가 있을 것인가?

자기는 아내를 가지고 있다. 자식이 따르고 있다. 그들을 먹여 살려야 한다. 그들에게 괴로움을 주지 말아야 한다. 그리고 그들로부터 즐거움을 나누려 하고 있다. 그러니 죽을 때까지 물질적 부담과 정신적 책임을 면치 못한다. 그리고 그들을 대하는 자기 마음의 움직임이 죄를 짓는 방향으로 흐르지나 않는가 쉴 새 없이 스스로를 경계하며 살아야 한다. 아내와 즐거움을 나누면 그것이 과거의 죄를 잊어버리는 결과가 되는 것 같아 그 즐거움에 취할 수도 없다. 경선을 사랑하면 그것이 죄의식을 망각하려는 방패처럼 생각되어 어린 딸마저 마음놓고 사랑할 수가 없다.

차라리 불교의 중이나 가톨릭 교회의 신부가 되어 목사님의 말처럼 화석이 되도록 과거의 죄를 괴로워하며 혼자서 지낼 수 있다면…… 그렇게 할 수만 있다면 자기는 단순한 생활을 할 수가 있을 것 같았다. 그리고 과거의 죄에 대해 충실한 보답을 할 수 있을 것 같았다.

그러나,

"현실에서 살아야 한다. 현실을 깨끗이 살아야만 과거를 속죄하는 것이 된다."

는 말소리가 들렸다. 고막을 두드리는 목소리는 아닌데도 확실히 머릿속에 새겨지는 말이었다. 광주는 그것이 하느님의 말씀이라 생각했다.

현실을 떠나서는 안 된다. 현실 속에서 깨끗이 살므로 과거를 속죄해야 한다. 얼마나 무거운 말인가? 그는 현실 속에서 하느님이 기대하는 것처럼 깨끗하게 살 자신이 없는 것 같았다. 그런데도 하느님은 무리한 것을 요구하신다. 가혹한 명령이다. 어떻게 과거를 잊지 않고 현실을 깨끗하게 살 수 있단 말인가?

"마음의 십자가를 벗어서는 안 됩니다. 예수님께서는 만백성을 위하여 십자가를 지셨지만 우리는 최소한도 자기 자신을 위하여 십자가를 짊어지고 살아야 합니다. 십자가를 짊어지고 산다는 것은 괴로운 길입니다. 그러나 죄를 지은 죄인들이기 때문에 십자가를 벗고 살 수 없는 것이 인간의 운명인 것입니다."

목사님의 마지막 말이었다. 목사는 설교를 끝내자 기도를 드렸다. 모든 신도들도 고개를 숙이고 목사님의 기도를 자기의 기도로 경건한 태도를 취했다. 목사님의 설교에 불복이 있을 수 없었다. 불복할 수 없는 진리를 말했기 때문에 교인 모두가 고개를 숙이고 기도를 드리는 것이지만 그들 가운데 십자가를 달게 짊어지려는 사람이 몇 명이나 될 것인가?
 최소한도 김 장로와 김 집사만은 십자가가 어떤 것인지를 알고 있으면서도 그것을 자기가 짊어질 것으로 생각지 않고 있을 것이다. 예수님의 십자가로 자기들의 죄는 언제든지 씻길 것으로 낙관적인 생각을 가지고 있을 것이다. 동시에 자기가 짊어질 십자가를 잊고 목사님의 축출에만 노심하고 있을 것이다. 오늘은 목사를 내쫓지 못했다. 그 대신 내쫓을 기회를 연구 중에 있으리라.
 목사님이 기도를 드리고 있는 동안 광주는 혼자서,
 "자기의 십자가를 질 줄 아는 인간이 되게 해 주옵소서, 절대로 자기 십자가를 벗어 버리는 인간이 되지 말도록 해 주십시오."
 그는 김 장로와 김 집사를 위해 그리고 자기 자신을 위해 기도를 드리는 것이었다.
 목사님의 기도가 끝나고 찬송가를 하나 더 부른 다음 축도로서 예배는 끝났다. 예배가 끝나고 교인들이 전부 흩어진 뒤 광주는 혼자서 교회당을 소제하기 시작했다. 사방 창문을 전부 열어 놓고 비질을 하는데도 깨끗지 않은 공기가 교회당 안에 깔려 있는 것 같음을 느꼈다. 아직 환기가 다 되지 못한 때문이겠지만 광주는 교인들 전부가 깨끗지 못하기 때문이란 생각을 했다. 깨끗지 못한 사람들이 숨쉬던 곳이기 때문에 공기가 맑지 못하고 그들이 앉았던 의자마저 더러운 물이 들어 있는 것 같았다.
 언제나 깨끗한 교회당이 될 수 있을까? 이런 생각을 하며 비질을 하고 있을 때 그는 한편 구석에서 비질하고 있는 경선을 보았다.
 광주는 어린 경선의 마음씨에 가슴이 찌릿함을 느꼈다.
 "엄마 등이나 쓸어 주고 있지."
 "괜찮으시데요."
 경선은 한 마디로 대답을 하고 비질을 계속했다.
 광주는 아무 말도 더 할 수가 없었다. 내 일은 내가 할 테니 너는 가서 놀든가 공부를 하라는 말이 하고 싶었지만 그 말도 할 수가 없었다. 경선이 저렇게 시키지도 않을 일을 어른처럼 하는 것이 그미가 짊어진 그미의 십자가 때문이란 생각이 들었기 때문이었다. 자기의 십자가라 생각하고 그 십자가를 먹고사는 애에게 십자가를 벗어 버리란 말을 어떻게 할 수 있단 말인가?

자기가 지은 죄는 없다. 그런 만큼 그미가 짊어져야 할 십자가가 있을 턱이 없다. 있다면 부모들이 지은 죄에 대한 십자가뿐일 것이다. 확실히 경선은 그미의 부모가 지은 죄의 십자가를 짊어지고 있다. 그렇다면 아버지 된 광주는 자기 죄로 말미암아 지고 있는 경선의 십자가를 풀어 줄 의무가 있다. 그러나 자기의 죄로 경선이 이미 지고 있는 그미의 십자가를 광주로서는 어떻게도 할 수 없다. 죄의 십자가를 한 번 만들어 준 뒤에는 그 십자가가 자기와 관계없는 것이 되고 말기 때문이다.

광주는 교회당 안을 대충 쓸고 경선에게,

"다 쓸었다. 가자."

하고 앞장을 서서 교회당을 나왔다. 교회당을 나와서는 경선을 먼저 집으로 보내고 자기는 목사 사택으로 갔다. 목사 사택으로 가면서 그는 생각했다.

경선은 확실히 자기의 딸이다. 그러나 그미는 아무의 딸도 아닌 공중에 떠 있는 처녀다. 아무의 손도 닿지 않는 곳에서 살고 있는 처녀다. 죄를 짓지 않고도 짊어진 십자가 때문에 그미의 일생이 안담해진다고 해도 자기는 어떻게도 할 수 없다.

죽여 버릴까? 그러면 죄 없이 십자가만 지고 살다 죽는 그미의 영혼이 하느님 옆으로 갈 것이다. 성장하여 자기의 죄를 짓다가 죽는 것보다 얼마나 다행한 일이겠는가? 십자가에 눌려 그 십자가를 이기지 못한다면 반드시 무서운 죄를 짓고야 말 것이다.

그러나 그는 교회당의 종각을 우러러봄으로 그 끔찍한 생각을 짓눌러 버렸다. 생각만 해도 천벌을 받을 일이었다.

그는 공백 상태로 돌아간 머리로 목사의 사택 안으로 들어갔다. 목사의 거실이요 응접실로 쓰고 있는 방에서 찬송가 소리가 들렸다. 가족 예배를 보는 모양이었다. 주일예배가 끝난 뒤 교회당 소제를 다 하고는 으레 인사차 들리는 목사 사택이지만 예배가 끝난 즉시 가족 예배 보는 것은 일찍이 없었던 일이었다. 딸 선희 때문에 특별히 기도회를 보는 것이라 생각하고 그는 응접실로 들어갔다. 기도회를 열고 있는 데는 누구나 들어갈 수 있기 때문이었다.

기도회에는 목사님 가족 전부와 외부 사람으로는 정 장로 한 분만이 참석해 있었다. 찬송이 곧 끝났고 정 장로의 폐회 기도가 있었다. 기도를 끝내자 정 장로가 입을 열었다.

"너무들 괴로워하실 것 없습니다. 선희두 다 큰 색시니까 자기 행동이 잘못이라는 것을 깨달았을 것입니다. 잘못이라고 깨닫기만 하면 다시는 그런 일을 저지르지 않을 테니까요. 교회에서는 별 문제가 될 것 같지 않습니다. 가장 말썽인 김 장로와 김 집사가 의외루 너그러운 태도를 보였습니다. 따님 문제루 목사님이 사직하실 필요는 없으니까요. 단만 선희가 앞으루 어떻게 할 것인가만이 문제입니다. 아무데두 나가지 말구 집에서 믿음을 회복하는 것이 어떨지요? 하느님이 귀히 여기시는 선희가 되도록 말입니다."

정 장로의 말에 목사는 더 생각할 것도 없이 대답했다.

"그래야지요. 학교에두 안 보내구 집에서 속죄를 하도록 하겠습니다."

그는 잠시 말을 끊었다가 다시 이었다.

"교역자로서 자기 자식 교육 하나 제대로 시키지 못한 책임을 느낍니다. 정말 책임을 져야 할 문젭니다. 장로님 이하 여러 교우들의 너그러운 이해가 없었다면 저는 오늘부터 이 교회를 떠나려 했습니다."

"아닙니다."

정 장로가 목사의 말을 막았다.

"카인이 자기의 형 아벨을 죽였지만 카인의 아버지가 그 죄의 책임을 졌다는 말을 듣지 못했습니다. 특히 요즘 애들은 부모들의 감화권 내에서 살고 있지 않습니다. 기성세대에 대한 반항 하나만으로 모든 것을 부정하는 특권을 삼고 있습니다. 그런 만큼 자식에 대한 책임을 그 부모가 질 수는 없습니다."

정 장로의 말은 옳았다. 노(盧) 목사도 거기에 딴 의견이 없었을 것이다. 그러나,

"다른 사람이라면 모르지만 교역자는 그럴 수가 없습니다. 아무리 세대가

그렇다고 해도 하느님의 뜻은 어길 수가 없는 것이니까요. 제가 하느님의 뜻을 자식에게 올바르게 전했다면 이런 일이 있었겠습니까?"

자기가 목사이기 때문에 다른 사람과 다르다는 것을 이야기했다.

이럴 때 광주는 이번 문제의 장본인 선희를 남모르게 살펴봤다. 물론 그녀는 고개를 떨구고 말이 없었다. 그러면서도 눈동자를 대롱거리며 마음을 한 곳에 모으고 있지 않았다. 정 장로와 목사가 자기 때문에 걱정들하고 있지만 그것이 자기와 상관있는 이야기처럼 귀담아 듣고 있는 것 같지가 않았다.

광주는 생각했다. 경선은 나이에 어울리지 않게 십자가를 짊어지고 괴로움 속에 뛰어들고 있는데 저 애는 철이 다 들 나이에 십자가를 짊어질 생각도 안 하고 있다.

저 애는 목사의 딸이면서도 십자가를 부정하고 있다. 십자가를 부정하는 만큼 하느님을 불신하고 있다. 동시에 부모를 불신하고 있다. 그뿐도 아니다. 자기 자신까지 불신하고 있으리라. 그런 만큼 저 애는 회개하는 마음도 갖고 있지 않을 것이다. 회개하는 것은 자기 아닌 절대의 존재와 동시에 자기 자신을 믿을 때에만 있을 수 있는 일이기 때문이다. 불신과 회개는 같이 있을 수가 없다.

그러니 저 애는 앞으로 어떻게 될지 예측할 수가 없다. 자기 자신도 모를 것이다.

극도의 자유를 부르짖으면서도 극도의 부자유 속에서만 자기의 운명을 결정지을 수 있는 후조(候鳥)와 같은 존재.

"하느님의 뜻 밑에서 인간은 모두가 연대 책임을 져야 합니다. 그러나 인간이 모두 하느님의 뜻을 받아들일 때 그 인내 책임이 완전한 작용을 일으킬 것입니다. 아버지와 아들 사이도 마찬가지가 아니겠습니까? 마음이 통하지 않을 때 어찌 일방적인 책임만을 질 수 있겠습니까?"

정 장로가 목사와 그의 딸을 서로 독립된 개성으로 취급하며 책임의 한계를 논했다.

"하느님의 뜻을 자식의 마음속에 부어 넣지 못한 책임이 중요한 거지요.

저의 책임도 거기 있는 것입니다."

목사는 자기의 책임을 분명하게 말했다.

"목사님이 노력하셨지만 그것이 이루어지지 않았을 뿐입니다. 선희가 목사님의 따님이지만 목사님과 개성을 달리한 독자적 존재입니다. 하느님에 대한 신앙심이 희박해질수록 사람의 관계는 점점 거리가 멀어지는 것입니다. 부모의 자식에 대한 책임감 운운이 하나의 전설로 남을 시대가 오지 않을까요."

정 장로는 자식이 하나도 없으면서 어떻게 부자의 관계를 그렇게 깊이 생각하고 있는지 모를 일이었다.

어쨌든 목사와 정 장로가 부모와 자식 간의 연대 책임에 대해 진지한 이야기를 하는 동안 목사의 딸은 눈동자를 굴리며 딴 생각을 하고 있음이 분명했다.

광주는 선희의 장래가 걱정되는 한편 일반적인 부자(父子)의 관계를 걱정했다.

확실히 인간 대 인간의 관계는 점점 멀어져 가고 있다. 그것은 불신으로 나타나고 있다. 인간관계가 극도의 불신으로 나타나게 되면 인간은 무슨 맛으로 살아갈 것인가?

목사와 정 장로의 이야기가 계속되고 있을 때 점심 밥상이 들어왔다. 광주는 그 자리를 사양하지 않을 수 없었다. 목사 사택을 나오자 그는 자기네도 점심을 먹어야 한다는 생각을 하고 직접 상점으로 갔다. 밀국수를 사려 함이었다.

상점에 가서 밀국수 두 뭉치를 사 가지고 집으로 돌아올 때였다. 골목길 어귀 어떤 집 처마 밑에서 깡통에 들어 있는 밥을 손으로 퍼먹고 있는 거지 애를 보았다. 이상한 일이었다. 완전히 잊고 있던 거지 애였다. 일부러 보려고 하지도 않았는데 그리고 아무런 유발 사건도 없었는데 카메라맨이 앵글을 어떤 대상에 갖다 대듯 광주의 시선이 그 애의 모습 앞에 못박혔다. 그는 거지 애 곁으로 걸어갔다. 어떻게 하겠다는 생각이 아니라 그 애를 본 이상 이야기를 해야겠다는 생각뿐이었다. 그가 옆에까지 다 갔는데도 거지 애는 신경을 밥통에만 모으고 있었다.

"밥 먹니?"

광주가 말을 거는데도 그 애는 광주를 한 번 쳐다볼 뿐 밥통의 밥만을 손으로 건져 입 속에 넣고 있었다. 광주는 그 애가 혹시 저능아가 아닌가 생각했다. 그래서,

"너 내가 무섭지 않니?"

하고 물었다. 그것은 자기가 그 애를 붙잡아 가지고 방화범으로 경찰에 고발할 수도 있었기 때문이었다. 그런데도,

"........."

고아는 광주를 한 번 쳐다볼 뿐 대꾸도 없이 그냥 밥을 먹는 것이었다. 광주는 그 애가 정상적인 애가 아님을 알았다.

"내가 너를 경찰서루 끌구 가면 어떡헐래?"

"할 수 없지요."

"할 수 없다니? 감옥에 가두는데두?"

"어린애두 가두나요?"

"이런애는 소년형무소란 감옥에 보내는 거야."

"보냄 어때요."

거지 애는 그때야 먹던 밥통을 땅바닥에 놓고 광주를 쳐다보았다. 이야기의 내용으로 보아 저능아나 비정상적인 애가 아님을 느끼고,

"너 교회당에 불을 왜 놨니?"

광주가 부드러운 목소리로 물었다.

"놓구 싶으니까 놓았지요."

애의 대답은 간단했다.

"왜 놓구 싶었냐 말이다."

"왜 놓구 싶은 것두 있어요?"

"집에 불을 놓으면 잡혀간다는 것은 알았겠지?"

"타지두 않았는데요."

"내가 껐으니까 타지 않았지."

"………"

거지 애는 대답을 안 했다.

"불을 놓았으면 도망을 칠 것이지 왜 이 근처를 떠나지 않구 있지?"

"불이 타지두 않았는데 왜 도망쳐요."

"불이 타구 안 타구 간에 불을 놨으면 죄가 되는 거야."

"그럼 날 잡으러 왔어요?"

이번에는 광주가 대답을 못했다. 거지 애의 말을 듣자 그는 자기가 그 거지 애를 잡아다 경찰에 넘겨 줄 의무가 있는 사람이란 생각을 했다. 거지 애를 찾으러 품을 놓고 나섰어야 할 것이란 생각도 들었다. 특히 김 집사 같은 사람은 광주가 거지 애를 잡아다가 징역을 보내는 것이 광주의 의무처럼 생각하고 있을 것이다. 그것은 둘째로 하고라도 자기가 교회를 사랑하는 한 교회를 불사르려던 범인을 눈앞에 그냥 놔둘 수는 없다고 생각했다. 그러면서도 그는 거지 애를 방화범으로 붙잡아다가 경찰에 넘겨야 한다는 생각이 들지가 않았다. 설사 교회당이 타서 재만이 남았다 해도 불 놓은 거지 애를 붙잡아 가야 할 이유가 있을 것 같지 않았다. 교회당이 불에 탔든 안 탔든 그것은 이미 과거의 일이다. 무엇 때문에 불을 질렀는지 그 이유도 명백히 말할 줄 모르는 어린애를 잡아다가 징역을 시킨다는 것이 무슨 의미 있는 일이겠는가? 정말 의미가 없는 일인 것 같았다. 어린애는 징역을 시키지 않는다고 생각하는 어린애. 소년형무소에 대해서는 아무런 지식도 없는 어린애다. 소년형무소에 가두고 자유를 박탈한다고 해서 그 애가 부자유의 고통을 느낄 것인가? 설사 고통을 느낀다고 해서 그것이 교회와 무슨 상관이 있는 일이겠는가?

"너 우리 집에 가서 나하구 살지 않을래?"

광주는 뚱딴지같은 말을 하고 말았다. 그 애를 데리고 살 때 김 집사 같은 사람이 무엇이라고 할 것 같은 것도 생각지 못하고 말했던 것이다. 그것만이 의미 있는 일 같았던 것이다. 그런데 거지 애는,

"왜요?"

눈을 동그랗게 뜨고 물었다.

"너는 부모가 없구 집두 없는 애니까······."
"싫어요."
거지 애는 주저 없이 대답했다. 인생에 대한 어떤 확신을 가지고 있는 것 같았다. 그런데도 광주는,
"왜?"
하고 물었다
"내가 산다구 내 집이 되나요?"
그럴 듯한 대답이었다.
"집두 없이 떠돌아다니는 것보다 낫지 않겠니······."
광주는 거지 애를 자기 집에서 기를 경우 시간이 흐름에 따라 그 애가 하느님을 믿고 정상적인 사고방식을 갖게 되지 않을까 생각했던 것이다.
"소용없어요."
어떤 뜻으로 하는 말인지 거지 애는 소용없다는 말로 거절했다.
"왜 소용이 없어?"
그때 거지 애는 아무 예고도 없이 깡통을 들고 도망쳐 버렸다.
잡아갈 사람이 나타났을 순간에는 도망을 치지 않던 애가 자기를 보호하고 길러 주겠다는 말을 할 때는 도망을 쳤던 것이다.
광주는 문득 목사의 딸 선희를 생각했다. 부모가 있고 집이 있다. 그렇지만 자유를 갈망하는 나머지 부모도 집도 부정하고 있다. 그래서 정신적 고아가 되고 있다. 거지 애와 다름이 없다.
믿음이 없는 고아들! 그 고아들은 장차 어디로 갈 것인가?
집에 이르자 경선이 쫓아 나오며 광주가 들고 있는 국수 뭉치를 뺏어 들고 부엌으로 달려갔다. 자기 손으로 국수를 삶아 식구들을 먹일 생각이었다.
광주는 그러한 경선을 보며 저 애는 혹시 고아가 아닐까 하는 생각을 했다.
아버지를 믿고 하느님을 믿는 어린애지만 그 애도 정신적 고아 같은 생각이 들었다. 믿음을 가졌지만 짊어진 십자가 때문에 자기가 서 있는 위치에서 괴로움을 느끼는 고아.

제6장 고독한 일들

광주가 집으로 돌아갔을 때 경선은 벌써 물을 끓여 놓고 있었다. 시키지 않는 일도 척척 잘 해 내는 경선이라 광주는 어른 같은 경선에게 놀라움도 느끼지 않고 국수 뭉치를 경선에게 내맡겼다. 끓는 물 속에 넣었다가 조금 후에 꺼내란 말을 하고는 아내가 누워 있는 방 안으로 들어갔다. 몇 시간 동안이나 나가 있었기 때문에 아내의 형편이 궁금했던 것이다.

경원과 경삼은 밖으로 놀러 나갔는지 아내 혼자만이 누워 있다가 광주를 보고 반가운 표정을 지었다. 광주는 아내의 병세가 악화되고 있지 않다는 걸 직감하고 안심을 했지만 아내 옆으로 가,

"좀 어때?"

하고 물었다.

"괜… 괜찮아요."

아내는 반 쪽밖에 움직이지 않는 얼굴에 미소를 지었다. 다행이라고 생각되었다. 동시에 하느님이 그 이상 더한 형벌은 내리지 않을 것이란 믿음을 마음속으로 다짐했다. 자기와 삼애가 지은 죄에 대한 형벌로 삼애가 반신불수가 되었다. 그런 벌을 줌으로 두 사람의 죄를 응징했다면 그것으로 충분하다. 하느님이 그 이상 더 가혹하지는 않을 것이다.

광주는 아내의 얼굴을 바라보며 마음속으로 하느님께 감사를 드렸다.

'이 불쌍한 불구자를 더 괴롭히지 않아 주셔서 감사합니다.'

마음속으로 감사를 드리고 있을 때 삼애가 광주의 손을 잡고 자기 허리로 끌어당겼다. 쓸어 달라는 뜻이었다. 괜찮다는 말을 했으니 웬만만 하다면 쓸어 달라는 요구를 안 할 것인데 손을 잡아끄는 것으로 보아 통증이 아직 계속되고 있음을 짐작할 수 있었다.

광주는 삼애를 엎드리게 하고 허리를 위로 쓸어 주기 시작했다. 척추를 따라 등을 쓸어 주면서 그는 아내가 자기에게 주어진 십자가를 체념하고 있지나 않는가 생각했다. 그미는 병에서 오는 고통을 과시하지도 않는다. 그리고 고통을 없애도록 치료받을 생각도 안 한다. 견딜 수 있는 한 참으려 한

다. 이것은 자기 육체의 나약성을 인정한 데서 오는 하나의 체념일 것이다. 그리고 자기에게 지워져 있는 십자가의 무게가 어떤 정도라는 것을 알고 그것을 달게 받는 태도일 것이다.

광주는 그러한 아내가 어쩐지 십자가를 짊어질 줄 알아야 한다고 한 노(盧) 목사와 비슷하다고 생각했다. 동시에 그러한 아내가 하느님의 딸인 것처럼 성스럽게 보였다. 비록 육체적 고통을 느끼고 있으면서도 정신적으로는 조금도 흔들림이 없이 하느님이 명령하는 대로 살고 있다. 모르기는 하지만 그미는 하느님께 자기의 육체가 완전해지기를 기도드리지도 않을 것이다. 그렇다고 해서 하루 빨리 자기 목숨을 거두어 달라고 절망적인 기도를 드리지도 않을 것이다. 자기에게 지워진 십자가 밑에서 사는 날까지 살다가 죽으리라는 체념 속에 살고 있을 것만 같았다.

욕망과 욕심을 제거하고 백지처럼 깨끗한 상황 속에서 살고 있는 아내. 광주는 그런 아내의 허리를 쓸어 주고 있는 자기에게 불만이 있을 수 없다고 생각했다. 그미를 감싸고 있는 그 정신적 상황을 그대로 연장시켜 주는 것만이 자기의 할 일이라고 생각했다. 아내의 허리를 쓸어 주면서 그는 부엌일을 생각했다. 국수를 끓여 놓았을 테니 나가서 양념장을 만들고 또 국수 국물을 만들어야 한다. 그런데 경원이 있으면 그 놈에게 아내 허리를 쓸어 주게 하고 자기는 부엌에 나가야 하겠는데 경원은 어딜 갔을까? 아홉 살이니 어머니가 아파하는 것쯤 알고 걱정을 해야 할 것인데도 놀러 나가 얼씬 안 하는 것은 여자와 달리 신경이 무디기 때문일까?

광주는 경원이 참으로 어린애라는 생각을 했다. 어린애는 걱정을 안 하고 또 별다른 신경을 쓰지 않는다. 자기 몸과 마음이 편하도록 살면 그뿐이다. 논리적인 방법으로 깊이 생각하는 것을 싫어한다. 거기에 단순성이 있고 단순성 가운데 순수가 자라고 있다.

가난하다고 해도 경원은 그 가난에까지 깊은 생각을 안 할 것이다. 어머니가 불구라고 해도 그 불구가 경원에게 어떤 지장을 주지 않는다. 불구나마 어머니가 있다는 데 마음의 공허를 느끼지 않기 때문이리라. 만족할 수는 없지만 있어야 할 것이 갖춰진 환경 속에서 밥을 먹고 학교엘 가고 또 즐겁게 놀면 그만일 것이다.

무사 무욕의 경지다. 그것도 선과 악을 가리고 의식적인 노력을 가하는 가운데 이루어지는 것이 아니라 자연 발생적인 무사 무욕이다. 그렇기 때문에 십자가를 생각할 필요도 없다. 십자가를 생각지 않아도 천당에 들어갈 권리가 있을 것이다.

광주는 경원과 경삼이 모두 나이를 먹지 않고 그대로 살아 주었으면 하고 생각했다. 그렇게 되면 그 애들은 악이라든가 슬픔이라는 것을 모를 것이다. 병든 어머니가 죽어도 눈물을 흘리는 마음의 핍박을 모르고 살 것이 아닌가?

그러나 세월을 막을 수 없듯이 그들의 나이도 막을 수는 없을 것이다. 아홉 살이 열 살이 되고, 이학년이 삼학년이 되면 조금씩 물정을 알게 되고 따라서 논리적인 사고방식으로 선악을 따지게 될 것이다. 그때는 십자가를 생각지 않을 수 없게 된다. 죄라는 것이 무엇인가를 알면서 살아야 한다.

"으악."

갑자기 부엌에서 경선의 째지는 듯한 목소리가 들렸다. 조용하기만 하던 부엌에서 너무나 놀라운 소리가 나는데 광주는 몸을 반사적으로 일으켰다. 그리고 부엌으로 나갔을 때 광주는 부엌 안에서 생긴 사고를 하나도 발견해 낼 수가 없었다.

부뚜막은 깨끗이 치워져 있는 채 솥에서는 국수가 끓고 있었다. 경선은 솥을 향해 선 채 움직이지를 않았다. 그런데도 경선은 왜 째지는 소리를 냈을까?

"왜 그랬니?"

광주가 물어 보는 데도 경선은 대답을 않고 선 채로 몸을 움직이지 않았다. 그러나 광주는 말없는 경선의 눈에서 눈물을 발견했다. 굳어진 얼굴에 눈물방울이 맥없이 떨어지고 있었다. 마치 눈물은 눈물 주인의 의사와 아무런 관계없이 저 혼자 떨어지고 있는 것 같았다.

"왜 그러지?"

아무렇지도 않은데 눈물만이 떨어지고 있는 것이 이상스러워 물었던 것이다.

"괜찮아요."

경선의 대답은 정확했다. 속으로나마 울고 있는 기색이 조금도 보이지 않았다.

"괜찮다니?"

어디가 편찮아야 괜찮다는 말이 나오겠는데 도대체 어디가 편찮다는 것일까?

광주는 경선의 몸에서 편찮지 않은 부분을 골라내려고 그미의 몸을 훑어보았다. 순간 한 쪽에 가려져 있는 왼 팔이 조금도 움직이지 않음을 발견했다. 움직이지 않는 것이 아니라 일부러 감추고 있는 왼팔을 잡아끌었다.

보여서는 안 될 훔쳐 온 물건이 손 안에 들어 있는 것이나 아닐까 하는 생각이 순간적으로 일어났던 것이다. 그러나 그미의 왼팔을 잡아끌었을 때 손 안에는 아무것도 들어 있지 않음을 보았다. 그 대신 손잔등과 손목 어간이 시뻘겋게 익어 있음을 보았다. 첫눈에도 데인 것이 분명했다.

"어디서 데었니?"

광주는 놀라며 물었다. 데어도 이만저만 덴 것이 아니었던 것이다.

"물에 데었어요."

경선은 할 수 없이 이야기를 시작했다.

"물에 데다니?"

"국수가 끓어서 건져내려구 하는데 사발이 빠지며 물이 손으로 넘쳤어요."

"손을 왜 솥 옆에 대구 있었니?"

따져 물어야 소용없는 일이었다. 그런데도 광주는 경선의 잘못을 캐내야 할 의무가 있는 것처럼 물었다.

"모르겠어요."

경선의 대답은 희미했다.

"나 참 모르겠다. 뭣 땜에 솥에다 손을 대구 있었느냐 말야?"

경선은 손을 데고 고통을 받고 있다. 그런데도 고통을 덜어 줄 생각보다는 도리어 잘못된 일의 원인을 규명하고 힐책하기만 하려는 마음은 어디서부터 오는 것일까? 이런 때 보통 사람은 실수를 해서 피해를 입은 애를 도리어 때려 준다.

광주는 경선을 때리지 않았다. 그러나 잘못했기 때문에 손을 덴 것이 당연하다는 생각을 갖도록 경선을 추궁하는 것이었다. 어른의 독선이요, 악취미였다.

"괜찮아요."

경선은 상처가 대단치 않다는 말을 다시 한 번 거듭했다. 그 순간 광주는 경선의 말이 거짓말임을 느꼈다. 그렇게도 뻘겋게 살이 익었는데 괜찮을 수가 있을 것인가? 그는 얼른 된장독으로 가서 세 손가락을 모아 된장을 퍼내다가 경선의 상처에 발랐다. 그때 경선이 얼굴을 찡그렸고 눈에서는 새로이 눈물이 떨어졌다. 아픈 것이 틀림없었다. 깊이 덴 자리에 염분이 스며드니 얼마나 아플 것인가?

광주는 방 안으로 뛰어들어가 의장 속에서 헌 옷을 꺼내 그것을 찢어 가지고 나와 된장이 덮여 있는 손목을 처매 주었다. 손목을 처매 주고,

"들어가 있거라."

경선을 들여보내고 자기가 일을 하려 했다. 그런데 경선은 왼팔을 들지도 내리지도 못한 채,

"괜찮아요. 아버지나 들어가 계세요."

하는 것이었다. 그리고는 조리를 가지고 국수를 건지려 했다.

광주는 조리를 빼앗았다. 한 손에 양재기 그릇을 쥐고 국수를 건져내기 시작했다. 그런데 솥 속에서 조리에 부딪치는 것이 있었다. 그는 조리를 깊이 넣고 그 부딪치는 물건을 꺼냈다. 사발 두 개였다. 동시에 사발 두 개가 함께 솥 속에 떨어졌으니 끓는 물이 넘쳐흘렀을 것이 마땅하다는 생각을 했다. 광주는 그 사발들을 찬물에 넣어 식힌 다음 거기에다 국수를 건져 담았다. 그때 경선이 찬장에서 옹배기를 들고 와서,

"국물예요."

하며 내밀었다. 김치에 물을 탄 것이었다. 광주는 그것을 받아 부뚜막에 놓

으면서,

"걱정 말구 들어가 있어."

역정을 내는 것이었다. 그러는데도 경선은 국자를 들고 와 광주가 건져낸 국수에 국물을 부었다. 더 막을 길이 없어 내버려 두었더니 경선은 국물을 부은 국수 그릇을 밥상에 놓고 그것을 들려고 했다.

광주는 뺏다시피 밥상을 들고 방 안으로 들어갔다. 그런데 경원과 경삼이 아직 들어오지 않았다. 그래서 교회당 마당에 가서 놀고 있으려니 생각하고 부르러 나가려는데,

"아이 배고파."

하며 경원이 경삼을 데리고 돌아왔다.

"점심 먹자."

애들을 앉히고 점심을 먹기 시작했다. 점심을 먹으면서 보니 경선이 왼손을 가슴에 대고 자기 어머니 점심을 거들어 주고 있었다.

"아픈 거 좀 났니?"

광주는 경선의 상처를 생각했던 것이다. 눈물을 뚝뚝 흘리면서 아프다는 말 대신 괜찮다는 말만 하던 경선이다. 지금도 아픔이 아주 가시지는 않았을 것인데 조금도 아파하는 표정을 짓지 않고 있다.

"괜찮아요."

경선은 건성으로 대답을 하며 자기 어머니 점심 거들어 주는 데 온 신경을 모으고 있었다. 광주는 그런 경선을 보면서 자기 눈이 뜨거워짐을 느꼈다.

경원보다 세 살밖에 차이가 없다. 그런데도 경선에게는 너무나 어린애다운 데가 없었다. 조숙하면 귀엽다고들 하지만 그것은 눈물나는 조숙이었다. 자기의 고통과 슬픔을 괜찮다고만 생각하고 남을 위해서만 마음을 기울이는 것은 곧 희생 정신이다. 희생정신은 자기 자신보다도 남을 사랑하는 마음에서부터 출발한다. 그렇다면 경선은 완전히 하느님의 뜻을 지키며 사는 애다. 착하고 거룩하고 깨끗한 애다. 깨끗하고 착한 애를 보고도 광주는 어째서 눈물겨워야 하는가? 광주가 경선을 보고 눈물겨워 하는 것은 경선

이 나이에 비해 너무나 조숙하기 때문에 거기서 기특함을 느끼고 감격한 것은 아니었다. 그 반대로 그 조숙이 자연적이 아니라는 데서 오는 것이었다. 그렇다고 해서 선악관의 판단에서 오는 의식적인 행동도 아니라는 데 광주의 슬픔이 있었던 것이다.

귀머거리 노파가 기차가 달려오는 것도 모르고 철로 위에 앉아 있는 것을 본 사람이 자기 목숨의 위험을 무릅쓰고 철로로 뛰어들어간다면 그것은 의식적인 희생정신이다. 그러나 경선은 그러한 의식적인 정신까지는 가지고 있지 못하다. 부모가 걱정하는 일을 해서는 안 된다. 부모를 위해 몸을 아끼지 않고 일을 해야 한다는 정도밖에 안 된다. 그러니 의식적인 행동이라기보다 어떤 관념에 덮어 씌워져 그 관념의 종이 되고 있는 것이다. 그 관념이 곧 십자가가 아니겠는가?

광주는 경선의 마음속에서 십자가를 벗겨 줄 수는 없을까 생각했다. 그래서 경원처럼 자연스럽게 그리고 천진하게 자기 나이를 보내게 할 수는 없을까?

그럴 수도 있을 것 같았다. 그러나 환경을 바꾸지 않는 한 그것은 불가능할 것 같았다. 아내가 불구가 아니고 자기가 경제적인 여유를 가질 수 있다면 경선은 좀더 천진해질 수도 있을 것이지만 그 현실을 어떻게 변경시킬 수 있을 것인가?

"최씨 계세요?"

점심을 다 먹었을 때 밖에서 광주 부르는 소리가 들려 왔다. 광주는 목소리의 주인이 누구라는 것을 알고 곧 밖으로 나가,

"지금 막 점심을 먹었습니다."

하고 말했다. 그러니 어떤 일을 시켜도 상관이 없다는 뜻이었다.

"저……."

전도부인은 시킬 일이 있지만 큰 소리로는 말할 수가 없는지 주춤거렸다. 광주가 가까이 갔을 때야,

"목사님 댁에 가서 선희를 좀 데려다 주세요."

하고 말했다. 이상한 일이었다. 목사 사택은 광주의 집에서보다 전도부인 집

에서가 더 가깝다. 그런데도 일부러 자기를 불러 그런 심부름을 시키는 까닭이 무엇일까? 그렇다고 해서 그 이유를 물을 수는 없었다. 혹시 목사 사택에 손님이 와 있는 것이나 아닌가 생각하며,

"지금 곧 말씀입니까?"
하고 심부름 갈 시간만을 물었다.

"네……."

광주는 시키는 대로 하는 수밖에 없었다. 목사 사택으로 사모님을 불러 전도부인의 말을 전했다. 그러자 사모님이 선희를 불러 전도부인 사택으로 가 보라는 말을 했다. 그런데 목사 사택에는 손님이라고 따로 있는 눈치가 보이지 않았다. 목사님은 자기 방에서 애들과 이야기를 하고 있었다.

목사 사택을 나와 전도부인에게 가서 선희가 곧 올 것이라는 말을 하고 자기 집으로 돌아갈 때 광주는 어째서 전도부인이 목사 사택에 가기를 꺼려 하는 것일까 생각했다. 전에는 목사 사택을 자기 집처럼 하루에도 몇 번씩 자유스럽게 드나들던 전도부인이다. 특히 주일날이면 목사 사택에서 살다시피 했었다. 그런데 오늘은 선희에게 따로 할 말이 있는데도 자기가 가지 않고 광주를 심부름 보낸 데 특별한 이유가 없지 않을 것이다. 선희와 할 이야기가 비밀에 속한다는 것일까? 그럴 것 같지는 않았다. 선희를 만나는 것은 제삼자로서 충고의 말을 주려는 것이다. 그밖에 딴 이야기가 있을 수 없다. 그렇다면 목사 사택으로 가서 조용히 이야기할 수도 있다.

혹시 목사와의 관계에 대해 어떤 불미스런 말을 들은 것이나 아닐까? 그럴 수 있는 일이라고 생각되었다. 그러나 그 문제에 대해서는 자기로서 관여할 바가 못 된다는 생각을 하고 그는 집 안에 들어갔다.

경선이 설거지를 하고 있기 때문에 그는 방 안으로 들어가 아내의 허리나 쓸어 주려 했다. 쓸어 주기만 해도 병이 나을 것 같아 아내를 엎드리게 했더니 아내도 순순히 응했다.

'내 손은 약손이다.'

어렸을 때 어머니가 배 쓸어 주던 생각이 났다. 배가 아프다고 하면 으레 배를 쓸어 주었다. 배를 쓸어 주면 배가 아프지 않은 것처럼 느꼈다.

'아내도 덜 아프겠지.'

광주는 자기의 손이 약손이기를 바랐다. 그래서 아내의 허리를 쓸고 또 쓸고 있을 때 헛기침 소리가 나고 김 장로의 부인이 방 안에 들어왔다.

광주는 벌떡 일어나 허리를 굽히고 인사를 했다.

"애기 엄마가 아픈가?"

부인은 엎드려 있는 삼애를 보며 동정 어린 목소리로 물었다.

"네, 허리가 아프답니다."

"몸두 성하지 않은데 허리는 왜 아플까?"

부인은 삼애 곁으로 가서 쭈그리고 앉았다. 그리고는 눈을 감고,

"거룩하신 하느님, 애기 엄마가 뜻하지 않은 병에 고통을 받고 있습니다. 하느님의 거룩하신 손길이 하느님의 딸에게 뻗치시어 하루 속히 그 고통 속에서 벗어나게 해 주옵소서. 무소불능하신 하느님의 힘을 믿사옵니다."

조용한 기도를 드렸다. 그 동안 광주도 눈을 감고 있었다. 김 장로 부인의 기도가 효과 있기를 바라면서…….

기도를 마친 부인이,

"신경통인가?"

하고 물었다.

"글쎄, 모르겠습니다."

광주는 신경통이라는 병명을 생각해 본 일이 없었다. 그런 만큼 모르겠다는 말을 했지만 부인의 말을 듣자 아내의 병이 신경통일지도 모른다는 생각을 했다. 다른 증세가 없이 허리만 아프다는 것은 신경통 증세와 비슷했기 때문이었다.

"달리 아픈 데는 없지?"

"네……."

"그럼 틀림없어. 약국에 가서 신경통 약을 사다 먹여."

말만이라도 고마웠다. 아내가 불구자라 해도 동정해 주는 교인이 별반 없다. 가끔 들여다보고 용돈을 쥐어 주는 이는 오직 김 장로 부인뿐이다. 오늘도 아내가 아픈 것을 알고 일부러 찾아와 기도까지 올려 주니 얼마나 고마

운 분이겠는가?

"네, 약을 사다 먹이겠습니다."

광주는 이때까지 신경통이라는 것을 생각도 못했던 자기의 어리석음을 깨달았다. 비싸야 얼마 비싸지도 않을 약을 사 먹였다면 그새 벌써 고통이 멎었을지도 모른다. 병명을 가르쳐 준 김 장로 부인의 말을 순종치 않을 수 없었다. 그런데 부인은 돈 삼백 원을 꺼내 주며,

"빨리 약을 사다 먹여."

했다. 고마운 분이었다. 광주는 몇 번 사양을 했지만 나중에는 돈을 받고야 말았다. 받지 말아야 한다는 이유도 없었지만 고마운 마음씨를 고맙게 받고 싶은 마음도 없지 않았다.

하느님은 아무 조건 없이 인간을 사랑하신다. 조건 없이 사랑하는 마음은 조건 없이 고맙게 받아들여야 한다. 김 장로 부인의 사랑도 하느님의 사랑과 비슷한 것이 아닌가? 인간은 하느님이 될 수 없지만 하느님과 가까운 인간이 되려고 노력하고 있다.

그런데 김 장로 부인은 하느님과 가까운 인간이 되려고 노력하고 있는데, 김 장로는 어찌 해서 하느님의 그늘 밑에서 살면서도 하느님의 마음은 본받으려 하지 않는 것일까? 아무리 부부라고 해도 마음만은 꼭같을 수가 없는 것이란 생각이 들었다.

"애들은 다 놀러 나갔나?"

부인은 애들에게까지 관심을 보여 주었다.

"경선인 부엌에서 일하고 꼬마들은 놀러 나간 것 같습니다."

"애들을 데리구 살기가 얼마나 힘든가?"

부인은 또 살림 걱정까지 해 주었다. 말만으로라도 걱정을 해 주는 것이 얼마나 고마운 일인가?

"괜찮습니다."

광주는 경선이 하던 말을 그대로 옮겼다. 살기가 힘들다고 해서 그 이상 더 보태 줄 사람도 아닌데 걱정되는 말을 할 필요가 없었기 때문이었다.

"살기 좋다는 사람이 어디 있나? 다 고생들이지."

"고생될 것두 없습니다."

광주는 김 장로 부인에게 걱정되는 말을 할 필요가 없다고 생각하며 경선의 말을 회상했다. 경선의 아픔을 느끼면서도 괜찮다는 말만 한 것은 결국 걱정할 말을 한댔자 아무 소용이 없다는 마음 때문이 아니었을까? 만약 그렇다면 경선은 자기에게 거리감을 느끼고 있음이 분명했다. 거리감을 느끼지 않는다면 주는 것을 무조건 받아야 한다. 또 받기를 원해야 한다. 그런데 경선은 자기의 사랑을 무조건 받으려 하지를 않는다. 그래서 괜찮다는 말로 자기 고통을 보이지 않으려 한다. 주려는 사랑을 거부하는 면으로 볼 때 경선은 교회당에 불을 지른 거지 애와 다름이 없을 것이다. 거지 애와 같은 마음을 가졌다면 경선은 자기와 영원히 합할 수 없는 애가 아닐 것인가?

김 장로 부인이 일어섰다. 광주도 따라 일어서며 그녀를 대문 밖까지 배웅했다.

"고맙습니다."

진심으로 감사의 뜻을 표하며 허리를 굽혔을 때 김 장로 부인이,

"전도부인한테나 들렸다 갈까?"

하고 전도부인 사택을 바라보았다.

광주는 전도부인이 지금 선희와 이야기하고 있을 것을 생각하고 김 장로 부인이 그 집엘 가지 않았으면 하고 속으로 생각했다. 그런데 김 장로 부인이,

"요새 목사님과 전도부인 사이가 좀 멀어졌다면서?"

하고 광주의 눈치를 살폈다.

"글쎄요. 조금 전에 전도부인이 저를 목사님 댁에 심부름 보내시던데요. 자기가 가도 좋을 일인데……."

광주는 목사와 전도부인 사이가 나빠졌다는 것을 증명이라도 하듯이 말했다. 김 장로와 김 집사가 목사와 전도부인 사이를 수상하게 생각하는 반면 김 장로 부인이 목사와 전도부인 사이가 벌어진 것을 섭섭하게 말하는데 대한 자기의 증언이었다. 사이가 좋지 않은 사람들을 의심할 필요가 무엇이냐는 반발이기도 했다.

"무슨 심부름인데……."
김 장로 부인이 궁금해 하는 얼굴로 물었다.
"목사님 따님을 오게 해 달라던군요."
"그래? 그럼 지금 둘이서 이야기하구 있겠군?"
"그럴걸요."
그런데도 김 장로 부인은 전도부인 집으로 걷기 시작했다. 몇 걸음 걸어가다가는 다시 돌아와,
"나는 두 분을 믿구 있어. 그렇지만 사람의 일을 알 수 있어? 그러니까 사찰이 그들 새를 눈여겨 잘 살펴봐야 해. 알았지……?"
마치 광주가 자기의 심복이기나 한 것처럼 말했다. 그때 광주는 김 장로 부인이 김 장로나 김 집사보다 더 무서운 사람이란 생각을 했다. 고마운 마음을 표시하고 그것으로 사람을 매수하려는 무서운 여자란 생각이 들었다.
'세상에 가까이할 사람은 하나도 없구나.'
광주는 경선이 자기에게서 먼 거리에 있는 애라는 생각을 가진 지 얼마가 안 되어서 그런지 자기와 가까운 거리에 있는 사람이 하나도 없다는 생각을 했다.
아무도 없다. 나와 가까운 사람은 세상에 한 사람도 없다.
광주는 세상 모든 사람이 다 그런 것이나 아닐까 생각했다. 정말 가까운 사람은 하나도 없으면서 가까운 척하고들 사는 것이다.
그러니까 믿을 것은 오직 하느님뿐이라는 생각이 들었다. 하느님만은 인간과 간격 없이 이야기를 나눈다. 인간을 이용하는 일도 없으며 인간을 배신하지도 않는다.
그런데 집으로 돌아가 아내 옆에 앉았을 때 광주는 하느님 말고도 단 한 사람 자기가 믿을 수 있는 사람이 있다는 생각을 했다. 그것은 아내였다. 불구자인 아내, 그녀는 불구자이기 때문에 자기를 배신하지도 않을 것이며 자기와 거리를 두지도 않을 것이다.
아내가 불구인 것이 얼마나 다행한 일인가? 그는 아내의 불구를 처음으로 다행하게 생각한 것이다.

광주는 아내에게로 가서 뺨에 입맞춤을 해 주었다. 그리고 속으로,
"나의 영원한 아내."
하고 혼자 중얼거렸다. 아내에게 입맞춤을 해 주자 그는,
"약 사 올게."
마치 내게는 너를 사랑하는 남편이 있으니 안심하라는 듯 말했다. 그리고 그는 자기 부부야말로 일심동체라는 것을 생각했다.
광주는 거리로 나가 신경통에 좋다는 약을 사다가 아내에게 먹였다. 그리고는 어느 정도 안심을 하고 교회당으로 올라갔다. 별일이 없지만 일요일에는 몇 번씩 교회당을 둘러보는 것이 그의 버릇이었다. 교회당 마당에 모여 노는 애들이 창문 유리창을 깨기라도 하면 그것을 그대로 버려 둘 수는 없다. 그래서 교회당을 겉으로 한 바퀴 돌고는 모여 노는 애들의 장난이 난폭한 것이나 아닌가 살펴보았다.
십여 명의 어린애들이 떠들며 뛰어다녔지만 모두가 열 살 전후의 조무래기들이라 그는 위험성을 느끼지 않고 그들의 장난을 재미로 구경했다. 한 놈이 뛰어가면 나머지 애들이 소리를 치며 그 뒤를 따라갔다. 술래잡기인지 앞에서 달아나던 애가 잡히면 또 딴 애가 앞에서 달음질쳤다. 그저 그뿐이었다. 그런데도 애들은 재미가 나는지 소리를 치며 그 장난을 계속하고 있었다. 그런데 그 조무래기들 가운데 섞여 놀고 있는 경원을 발견한 광주는 혹시 경원이 딴 애들한테 지지나 않는가 하고 그 애를 유심히 지켜 봤다. 남에게 지는 애가 되어 주지 말기를 바라는 아버지의 마음이었을 것이다. 그런데 경원은 자기보다 큰 애들에게도 지지를 않고 뛰어다녔다. 뒤따라오던 애가 경원의 옷을 잡아당겼을 때 경원은 화를 내고 그 애를 떠밀었다. 떠밀린 애가 땅바닥에 넘어졌지만 경원은 그 애를 돌아보지도 않고 마당 한복판으로 달려갔다. 광주는 만만치 않은 경원을 바라보며 마음 흐뭇한 것을 느꼈다. 애들과 장난치면서도 남의 뒤에 떨어진다든가 남에게 얻어맞고 울기나 한다면 그 애는 커서도 생존 경쟁에 이겨 나갈 수가 없다. 장래가 걱정되지 않을 수 없다. 그런데 경원은 다행히 그런 약질은 아니다. 아버지로서 흐뭇하지 않을 수 없었다. 그런데 경원이 마당 한 바퀴를 돌고, 넘어졌다가 그

자리에 앉아 있는 애 가까이로 돌아왔을 때 넘어졌던 애가,
 "네 엄마는 병신이야."
하며 경원을 경멸하는 말을 했다. 그러자 경원은,
 "이 새끼, 너 우리 엄마 봤니?"
 마치 자기 엄마는 절대로 병신이 아닌 것처럼 그 애 턱을 향해 주먹질을 했다.
 "안 봤어두 알아."
 "안 보구 어떻게 아니? 우리 엄마 병신 아냐. 너희 엄마가 병신이지."
 그러고 나서는 넘어졌던 애를 후려갈기는 것이었다. 광주는 달려가 경원의 팔을 붙잡고 남을 때리지 못하게 했다. 그리고는 경원을 끌고 집까지 데리고 갔다. 집으로 끌려가면서도 쌔근거리며 뒤를 힐끔힐끔 돌아보는 경원은 자기를 경멸하며 놀린 애에 대한 분노심을 참기가 어려운 모양이었다.
 '어머니의 불구를 굴욕적으로 생각하는 경원은 머지않아 어머니의 불구에 반발을 일으키겠지.'
 광주는 경원이 경선과 대조적인 성격임을 알고 일종의 공포 같은 것을 느꼈다. 어머니의 불구를 경멸한다고 해서 분노하는 것은 어머니에 대한 애정이 깊기 때문이라고도 말할 수 있다. 그러나 그것을 굴욕으로 받아들일 때는 이미 어머니에 대한 애정보다도 자기 자신의 자존심이 더 크게 자리잡고 있는 뒤라고 말할 수 있다. 어머니에 대한 애정보다 자기 자신의 자존심을 크게 생각할 때 그는 어머니에 대한 사랑에 추종하기보다 차라리 그것에 반발할 가능성이 많을 것이다.
 광주는 경선에게서 거리감을 느낀 것보다 몇 배나 강한 거리감을 느꼈다. 동시에 자기가 서 있는 위치가 너무나 고독한 모래성 같음을 느꼈다. 그는 경원을 집 안에 들여보내고 다시 교회당으로 갔다. 그리고 높이 솟은 종각을 바라보며 자기가 외로움을 느끼지 않도록 도와 달라고 마음속으로 기도했다. 비록 외롭다고 해도 하느님을 의지함으로 외롭지 않은 인간이 되게 해 달라고도 기도했다.
 그래도 외로움이 가슴을 치밀어 왔다. 하늘에는 태양 같은 하느님이 보이

는 것 같았지만 하느님과 자기 사이의 넓디넓은 공간이 너무나 비어 있는 것 같았다.
 "아내가 있지 않느냐? 지극히 너를 사랑하는 네 아내가 있지 않느냐?"
 어디선가 이런 소리가 들리는 것 같았다. 그래서 눈을 번쩍 떴다.
 '그렇지. 내게는 아내가 있다. 나와 하느님 사이에 걸려 있는 오직 하나의 가교(架橋)인 아내. 그러니 나는 완전 고독자가 아니다.'

 "인간은 누구나 외롭다구 생각해. 외롭지 않은 사람이 어디 있어. 예수님도 외로우셨어. 그렇기 때문에 예수님은 늘 하느님과 대화를 나누신 거야."
 전도부인이 선희를 앞에 앉히고 이야기를 시작했다. 선희는 전도부인의 말이 옳건 그르건 그것을 들어야만 하는 위치에 있기 때문에 묵묵부답 귀만 기울이고 있었다.
 "외로운 가운데서 인간은 탈출구를 구하기에 혈안이 되어 있지. 요즘 젊은 사람들은 외로움 앞에 너무나 무기력하다구 생각해. 인내심이 없다는 거야. 그리구 외로움이라는 것 역시 내부 깊은 곳에서 찾는 것이 아니라 외부 가운데서도 너무나 몸에 가까운 것을 붙잡는 것 같아. 말하자면 피부적인 외로움이랄까? 그 외로움을 붙잡고는 탈출구를 찾으려 몸부림치는 거야. 사실 내부 깊숙이 뿌리박은 고독이란 훌륭한 거지. 그런 고독은 인류 역사를 창조하는 거니까. 소크라테스는 그런 고독 속에서 독배를 마셨지 않아. 그러나 그의 독배로 인간은 자기 자각을 촉구했어. 선희, 우리는 다 같은 인간이야. 인간은 누구나 고독을 느끼게 마련이구. 그렇지만 우리는 고독 가운데서도 좀더 고차원의 고독을 느껴야 해. 피부적인 고독이 아닌 거 말야."
 전도부인은 잠시 말을 끊고 숨을 돌린 뒤 다시 이야기를 계속했다.
 "나두 인간이야. 내가 느끼는 고독은 일반 청년들이 느끼는 고독보다 좀더 심각한 것일지 몰라. 나는 인간을 조금 알 만한 사십대의 여자니까 말야. 그렇지만 나는 나 개인의 고독이 인간 전체의 고독에 비해 아무것두 아닌 것이라구 생각해. 그래서 나 개인의 고독을 참구 인간 전체의 고독을 깊이 느끼려구 하는 거야. 죄를 무서워할 줄 모르고 죄를 지으며 사는 인간들을 생각해 봐. 얼마나 불쌍한 인간들인가를. 불쌍하다는 것을 높은 곳에서 보면 그것이 결국 고독이란 거야. 하느님을 믿구 죄가 무서운 것을 진심으로 깨닫는다면 인간의 고독은 해소될 것 같아."

전도부인이 창 밖을 내다보며 이야기를 하다가 선희가 자기 이야기를 듣고 있는가를 살펴보았다. 고개를 떨구고 묵묵히 앉아 있는 선희가 혹시 딴 생각에 젖어 있는 것이나 아닌가 하는 생각에,

"선희."

하고 그미의 주의를 끈 뒤 다시 이야기를 시작했다.

"선희는 최소한, 아버지가 목사님이라는 걸 잊어서는 안 돼. 아버지가 목사라는 데 선희는 부자유를 느낄지 몰라. 그렇지만 선희가 아버지와 같은 생각을 가진다면 부자유도 느끼지 않을 거야. 설사 생각이 달라 부자유를 느낀다 해도 선희는 아버지를 슬프게 해서는 안 될 거야. 아버지를 슬프게 한다는 것은 가족 전부를 슬프게 하는 것두 되지만 아버지의 과거 생애를 진흙탕 속에 묻어 버리는 게 되는 거야. 아버지를 헛살아 온 사람으로 만들어서야 되겠어? 만약 선희에게 아버지의 과거를 짓밟아도 좋을 만치 선희의 인생관이 뚜렷하다면 몰라. 아버지에게 반항하기 위해서는 아버지의 인간성과 사상성을 뛰어넘을 만한 선희의 인간성과 사상성이 있어야 할 거 아냐. 그저 피부적 고독의 탈출구만 찾으려고 몸을 내던져서는 아무런 의미두 없다는 거야."

이야기를 채 끝내지 못했을 때였다. 인기척이 나며,

"선생님 계신가요?"

여자의 목소리가 들렸다.

전도부인과 선희는 일어서서 김 장로의 부인을 맞이했다.

그러나 두 여인은 꼭같이 당황했다. 오늘 아침 김 장로와 김 집사가 목사를 찾아와서 목사와 전도부인 사이에 불미한 소문이 떠돌고 있으니 조심하라고 한 것을 두 여인은 꼭같이 알고 있기 때문이었다. 정말 불미스러운 이야기를 거침없이 한 김 장로다. 그 말을 들은 뒤 전도부인은 어이가 없었지만 목사님을 위해 자기가 먼저 교회를 떠나야 한다는 생각까지 했었다. 목

사님 댁에 드나드는 것부터 삼가야겠다는 마음에서 선희에게 하고 싶은 말이 있지만 직접 찾아가지를 못하고 광주를 시켜 불러오게 했던 것이다.

선희는 선희대로 김 장로에 대한 불만이 있었다. 아버지와 전도부인 사이에 대한 일이 있었다는 것은 자기와 하등 상관이 없는 일이라 생각했다. 속으로는 그것이 사실이기를 바라기도 했다. 그런데 자기가 경찰서에서 돌아온 뒤 아버지가 사표를 냈을 때 김 장로는 차라리 잘 되었군요, 했다는 것이었다. 아버지는 도의적으로 사표를 냈다고 하지만 차라리 잘 됐다고 하면서 그 사표를 받으려 한 까닭이 무엇인가? 그것은 아버지와 자기의 인격을 독립된 것으로 보지 않기 때문이다. 나는 나고 아버지는 아버진데 아버지의 죄를 어째서 자기가 짊어져야 한다는 말인가? 남의 죄를 자기가 짊어지려는 것은 오만이다. 그런데 남의 죄를 딴 사람에게 정죄시키려는 것은 오만 이상의 월권이다.

김 장로는 아버지의 사표를 통쾌한 태도로 받았다. 그랬다가 정 장로가 딸의 책임을 어째서 그 아버지가 져야 하느냐는 강경한 태도에 수그러지기는 했지만 끝까지 딸의 책임을 아버지가 지지 않으면 누가 지느냐고 했다는 것이다. 단순히 집안 문제다. 아버지와 전도부인과의 관계는 교회에 영향을 끼치는 일이겠지만 자기 일이 교회당과 무슨 상관이 있다는 말인가? 그런데도 자기 문제로 아버지의 사표를 당연시하는 김 장로의 태도는 가장이 죄를 지으면 사족을 몰살시킨 조선 시대의 독재 정치보다 더 심한 독재다.

남을 물어 독을 쏴 넣어 주지 않으면 이가 간지러워 어쩔 줄 모르는 독사와 무엇이 다르겠는가?

이제 그러한 김 장로의 부인이 찾아왔으니 그 부인은 어떤 독을 준비해 가지고 왔을까?

"내가 방해되는 건 아닌가요?"

김 장로 부인은 두 여인을 의미 있는 눈으로 바라보며 말했다.

"괜찮습니다."

전도부인이 대답했다. 못마땅했지만 할 수 없었다. 그런데 김 장로 부인은 뜻밖에도,

"목사님 댁하구 사이가 벌어지셨나요?"
하고 냉소하듯이 말했다.
"무슨 말씀이신지요?"
"사찰을 시켜 선희를 불러 오셨다면서요?"
"네?"
전도부인은 놀라지 않을 수 없었다. 몇십 분도 안 된 일이었다. 그것을 김 장로 부인에게 알릴 만큼 광주가 김 장로의 충복이었단 말인가? 교회에는 김 장로를 중심으로 한 그물이 만들어져 있다. 이제 자기와 목사는 그 그물에 걸리고 만 것이로구나.
"일부러 멀리하는 척하면 되려 수상하게 보일걸요."
"………"
전도부인은 말을 못 했다. 말이 나오지 않았던 것이다.
선희가 한 마디 하고 싶었다.
"세력이 좋군요. 왜 남의 일에 간섭이 많지요?"
그러나 싸움을 걸고 나설 용기는 없었다. 죄라고는 생각되지 않지만 자기가 교회에 화제를 만들고 있는 여자임을 알고 있기 때문이었다. 사랑하는 사람에게 모든 것을 아낌없이 주었다는 데 대해서는 누구에게도 부끄럼을 느끼지 않는다. 자기 때문에 아버지가 사표를 내고 교회 간부가 자기 이야기를 화제에 올려놨다는 것이 불쾌할 뿐이었다. 경멸이 뒤섞인 불쾌지만 잘난 척하고 남과 싸울 수는 없는 형편이었다.
그런데 김 장로 부인은,
"미안합니다."
한 마디를 남기고 구렁이 담 넘어가듯 슬그머니 나가 버렸다.

"미안하다."
광주는 술이 취해 돌아온 대주를 한 대 갈겨 주려고 했다. 없는 돈을 털어 주었는데 그 돈을 가지고 나가 하루 종일 있다가 술이 취해 돌아온 마귀 같은 동생이 미웠던 것이다. 더구나 오늘은 거룩한 주일이 아닌가? 그뿐도 아니었다. 저녁 예배를 끝내고 교회당 소제를 하고 있을 때 전도부인이 김 장로와 자기와의 관계를 물었다. 그리고는 선희를 불러다 달라고 한 것을 즉석에서 김 장로 부인에게 보고한 데는 놀랐다는 말을 했다.

불신이었다. 불신을 받을 만큼 배신을 한 것이 아닌데도 하느님이 가장 싫어하는 불신을 당하고 말았다. 그는 변명을 했다. 전도부인은 변명을 듣고야 안심이 되는 듯,

"잘 알았소."

하고 돌아갔지만 '잘 알았소.'라는 말 가운데는 아무래도 석연치 못하다는 뜻이 품어져 있었다.

원인이야 어찌 되었든 결과가 그 모양이었으니 어쩔 수 없는 일이었다. 어쩔 수 없는 일이라고 생각되었지만 허무했다. 아무렇지도 않게 한 한 마디의 말이 인간 전체에 대한 불신을 초래하다니…….

최소한도 남을 미워하지 않는 동시 남에게 미움을 받지 말아야 한다. 그런데 술 마시고 늦게 돌아왔다고 해서 대주를 때리고 싶어했다. 남을 미워하는 마음은 남에게서 미움 받을 가장 큰 요소가 된다.

"미안하다."

때리고 싶어한 자기를 뉘우치며 거듭 미안하다는 말을 속으로 뇌까렸다. 그런데도 대주는 도리어,

"형님, 술두 좀 마시구 외도두 좀 하세요. 언제 죽을지 모르는 목숨 아닙니까? 죽으면 그뿐입니다. 그뿐이라니까요."

자기의 생활이 가장 옳은 것처럼 취기 어린 목소리로 말했다.

어이가 없었다. 과거의 죄 값을 받으며 올바른 인간이 되려고 노력하는 자기에게 죄를 짓는 인생행로를 권유하다니. 그래도 인생에 대해서는 대주보다 자기가 몇 배나 심각하게 생각하고 있다.

"형님! 나 그년과 헤졌소. 이제부터는 돈을 나보구 혼자서 내래나. 남자의 권위를 위해서 그래야 된다면서……. 안 될 말이지. 나는 돈이 썩어가두 그런 짓 안 해요. 남자나 여자나 꼭같이 재미를 보면서 남자만이 경비를 부담해야 하는 법이 어딨소. 다시는 더 만나지 않을 테요. 오늘이 마지막이거

든. 아무리 애걸을 해두 만나 주지 않을 테니까."
 확실히 취해 있었다. 취하지 않고서는 그런 말을 함부로 할 수가 없을 것이다. 광주는,
 "잘 했다, 잘 했어."
 대주의 비위를 거스르지 않게 하며 그의 방으로 끌고 갔다. 요를 깔고 옷을 벗겼다.
 "어서 자거라."
 "자지요, 자."
 대주는 양말도 벗지 않고 이불 속으로 들어갔다. 광주는 대주의 양말을 벗겨 주고 이불을 단정히 덮어 준 뒤 자기 방으로 돌아가려고 했다. 그때 대주가 또,
 "형님. 형님."
하며 광주를 불러 놓고는,
 "정말 인생은 허무한 겁니다. 죽기 전에 하구 싶은 걸 다 해 봐야 하는 거예요. 안 그래요? 형님은 다 알구 있을 거야."
 인생 설교를 했다.
 "알구 말구, 너보다는 조금 더 알 거야. 내 걱정 말구 잠이나 자."
 광주는 대주를 달래 놓고 방을 나와 버렸다. 가슴이 답답했다. 동생의 가슴 속에 들어 있는 마귀가 자기를 유혹하려고 한다. 그 유혹에 빠질 자기가 아니지만 그 마귀가 부끄럼도 없이 고개를 들고 있는 것이 안타까웠다. 마귀란 어두운 곳에서만 활개를 치는 법이다. 그런데 마귀의 마음을 환하게 들여다보고 있는 자기 앞에서도 머리를 숙일 줄 모르다니…….
 광주는 대주가 자기와 발이 맞는 동류를 만듦으로 자기의 죄의식을 흐리게 하려는 것이나 아닌가 생각했다. 죄를 지어도 혼자서 지으면 외로울 것이다. 죄인의 외로움을 느끼지 않으려는 죄인.
 인간은 선하기도 악하기도 한 외로운 동물인가?
 광주는 자기 방으로 돌아와 대주를 위하여 기도드렸다.
 "하느님께서 대주를 아주 버리시리라고는 생각지 않습니다. 그러나 아주

마귀의 종이 되기 전에 주의 손길이 뻗혀지기를 간구하옵니다. 죄의 외로움 속에서 눈을 뜨게 해 주옵소서."

기도를 드리자 대주가 머지않아 죄의 세계에서 돌아오리라는 생각을 했다. 자기도 그랬지만 인간은 악의 세계에 언제까지나 머물 수는 없다. 파도가 잔잔해지기를 바라는 것처럼 인간은 선을 동경하는 법이다. 그러니 대주가 악의 세계에서 눈을 뜨는 것은 오직 시간문제다.

광주는 그렇게 생각하면서도 고독을 느끼지 않을 수 없었다. 인간은 어째서 죄에 대해 매력을 느끼는 것일까라고. 악이라든가 죄가 매력을 주지 않는다면 인간은 그것에 끌려가지를 않을 것이다. 왜 하느님은 인간을 죄에 매력을 느끼도록 만들었을까? 죄에 대한 매력과 선에 대한 향수를 느끼는 자유를 줌으로 시련을 겪게 하겠다는 것일까.

슬픔에 가까운 외로움이었다. 어떻게도 할 수 없는 외로움, 그것은 하느님에 대한 외로움이라고밖에 말할 수 없었다.

그는 하느님에 대한 외로움은 있을 수 없다고 생각했다. 그것은 하느님에 대한 망발이라고 생각했다. 그러면서도 술에 취해 누워 있는 동생과 그 동생을 방임해 두는 하느님과를 번갈아 생각하며 외로움을 느끼지 않을 수 없는 심정이었다.

그는 하느님에게서 느끼는 외로움을 없애 버리기 위해 아내가 누워 있는 아랫목으로 내려갔다.

그리고는 잠이 들어 있는 아내에게.

"좀 괜찮아?"

신경통 약을 먹인 뒤 몇 번째 물어 보는 말을 되풀이했다. 아내는 깊은 잠에 들어 있지 않았는지,

"네."

하고 대답을 했다.

광주는 과연 약의 효력이 있는가 해서 안심했다. 기분이 내키지 않으면 누워 있기만 하는 아내다. 그러나 기분이 내키기만 하면 부엌에 나가 쉬운 일도 한다. 간단한 빨래도 한다. 아침에만은 일어나지를 못한다. 무슨 까닭

인지 모르지만 아침에만은 부엌에도 못 나갈 뿐 아니라 세수도 못하고 머리도 빗지 못한다. 경선이 도와주기 때문에 그것이 버릇이 되고 말았는지. 그래도 요 며칠 동안은 남편인 자기의 욕망도 받아들이고 있다. 그 정도라면 아내로서 그리 부족한 데가 없다.

'새로운 병이나 생겨 주지 말았으면…….'

광주는 아내가 현재보다 더 악화되지 않기만 바랐던 것이다. 그래서 약을 먹은 뒤 괜찮다고 하는 아내의 말에 안심을 안 할 수 없었다. 안심이 되어서 그런지 그는,

"앓지 마."

어린애처럼 응석을 피우며 아내의 허리를 껴안았다. 그런데 아내가,

"아…안 돼."

하며 광주의 접근을 꺼려했다. 통증이 좀 멎기는 했지만 육체의 혹사는 삼가야 한다는 것일까. 그래도 광주는,

"그냥 가 잘까?"

하고 아내의 의사를 타진했다.

"으…음."

아내는 그래 달라는 것이었다. 광주는 아내의 의사를 거슬러서는 안 된다고 생각했다. 그러면서도,

"왜? 많이 아파?"

짓궂게 물어 보았다. 그냥 돌아가기에는 스스로가 납득이 되지 않는 모양이었다.

"으…응."

그 날 밤 광주는 아내가 자기를 거부하는 이유를 알았다. 아내의 육체에 이상이 생긴 것이었다.

자궁 탈출.

광주로서는 상상도 할 수 없는 일이었다. 부부 생활을 단절시키는 무서운 육체적 고장이었다. 그런 고장이 생기려고 아내는 아침부터 요통을 느꼈던 것이다.

광주는 눈앞이 캄캄해 옴을 느꼈다. 앞으로 겪을 시련이 너무나 큰 것 같았기 때문이었다. 아내가 불구가 된 뒤부터 삼사 년 금욕생활을 해 오다가 육체의 욕망을 채우기 시작한 지 며칠도 안 되어 영원한 금욕의 선언을 받다니…….

차라리 요 며칠 동안의 부부생활이 없었다면 하고 생각했다. 그랬다면 눈을 감은 채 일생을 보낼 수 있었을지 모른다.

'인간은 외로움을 가지지 않고는 살 수가 없단 말인가?'

광주는 연속적으로 느끼는 외로움 속에서 자기가 외로움을 벗어날 수 없는 인간이나 아닌가 생각했다.

"오, 하느님."

그는 구체적인 바람도 말하지 못하고 그냥 하느님만을 불렀다.

제7장 착잡한 의식세계

"차 군, 전화 받게……."

양복점 주인 김 장로가 대주를 부르고 수화기를 내밀었다. 전화 받으라는 목소리 가운데도 역해 하는 불협화음이 섞여 있었지만 테이블 위에 놓아도 괜찮을 수화기를 내밀고 대주를 노려보는 그의 눈에는 심상치 않은 빛이 떠돌았다.

'안 만나기로 약속을 했는데 무엇 때문에 또 전화를 거는 것일까?'

대주는 속으로 대희를 증오했다. 그래서 전화를 받지 말까 하고도 생각했지만 전화 안 받겠다는 말을 주인 앞에서 감히 할 수가 없었다. 김 장로에게 대희에 대한 자기 감정을 보일 수도 없지만 수화기를 내밀고 받으라는 그에게 '없다구 그래 주십시오.'라든가 '그냥 끊어 주십시오.' 하는 말을 차마 할 수가 없었던 것이다.

'하필이면 김 장로가 있을 때 전화를 건담.'

속으로는 불만이면서도 대주는 수화기를 받아들었다.

"나 차대줍니다. 누구시죠?"

대주는 김 장로가 들으라고 일부러 신경질적인 목소리를 냈다. 그리고는 대희가 오늘 좀 만나자고 하면,

"오늘은 바쁘니까 다음에 전화를 거세요."

하고 단호한 태도로 대답할 말까지 혼자 생각하고 있었다. 그런데 뜻밖에도,

"저 선희(善熙)예요. 안녕하셨어요?"

낭랑하게 들려 오는 것은 선희의 목소리가 아닌가?

대주는 놀라지 않을 수 없었다. 며칠 전 목사의 딸인 선희가 집으로 놀러 왔다가 취직을 부탁한 일이 있었다. 대희와 헤어진 뒤, 그는 전보다 일찌감치 집으로 돌아가곤 했다. 돈이 없는데다가 여자마저 없으니 밖에서 소일할 건덕지가 없었던 것이다. 그래서 일찌감치 돌아갔더니 목사의 딸이 놀러와 있었다. 물론 자기를 만나러 온 것은 아니었다.

우연히 만나게 되어 처음으로 인사를 했지만 이런 이야기 저런 이야기를 주고받았다. 순서 없는 말을 주고받는 중 선희가 문득 취직 이야기를 꺼냈다. 대주는 이런 이야기는 들은 척할 필요도 없어서 못 들은 척 그냥 넘겨버렸다. 선희도 한 번 해 본 정도로 그치고 말았다. 자기 집으로 돌아갈 때 선희가,

"정말 한 번 생각해 주세요."

농담이 아니라는 것을 말했다. 그런 만큼 대주는 선희가 진심으로 자기에게 취직을 부탁한 것이라고는 생각지 않았다. 또 자기와 같이 사회적으로 무능한 사람에게 그런 부탁이 있을 수 없는 일이기도 했다. 그런데 지금 뜻밖에도 선희에게서 전화를 받고 보니 취직 부탁이 생각났다. 어림도 없는 일이기는 했지만 저쪽에서 용건을 이야기하기 전에 여기서 먼저 취직 문제를 꺼내들고 자기로서는 불가능하다는 말을 할 수 없었다.

"지금 어디 계시지요?"

대주는 전화를 끊은 뒤 김 장로에게 할 말이 생겼다는 마음에서, 수화기를 받을 때와 달리 자유스런 태도로 말을 꺼냈다.

"집 근처 공중전화예요."

대주는 선희가 어느 정도 행동의 자유를 얻었는가 생각했다. 형 광주의 말에 의하면 그녀는 연금생활을 당하고 있다는 것이었다.

"자기 잘못을 뉘우칠 때까지 그런 생활이 필요할지두 모르지. 특히 여자는 환경에 따라 체념을 잘 하고 또 환경 속에서 여성을 자각하여 살아가는 것이니까…."

대주와 선희가 만났던 날 밤, 선희가 돌아간 뒤 광주가 한 말이었다. 그때 대주는 여자란 할 수 없는 동물이라고 생각했었다. 자기 가정을 무시하고 자기 멋대로 살아가도 충격적인 사고를 일으키면 두더지처럼 땅 속에 움츠러들어 숨도 안 쉬고 살 수 있는 것이 여자다. 그렇게도 사랑하는 남자라면 그런 사건이 있었다고 해서 안 만나고 견딜 수가 있을 것인가? 말하자면 선희를 경멸했었던 것이다. 그런데 지금 공중전화가 있는 데까지만이라도 나와 전화를 걸고 있다는 사실에 대주는 선희에 대한 경멸감이 약간 감소됨을 느꼈다.

"무슨 말씀이라두?"

약간의 기대를 걸고 용건을 물었을 때 선희는,

"오늘 바쁘세요?"

반문을 할 뿐 용건을 말하지 않았다.

"언제나 바쁩니다."

아홉 시까지는 나갈 수 없는 자기의 직장 생활을 생각하여 사무적으로 대답했다.

"몇 시까지 계시는데요?"

"아홉 시까지는 있어야 합니다."

선희는 잠깐 망설이는 것 같았다. 그러나 곧,

"그럼 다시 전화 걸겠어요."

하고는 전화를 끊었다. 전화를 끊자 대주는 김 장로가 묻지도 않는데 노 목사님 따님에게서 온 전화였음을 말했다. 그러니까 의심하는 눈으로 보지 말아 달라는 뜻이었다.

"그래? 무슨 일로?"

김 장로는 새로운 사실을 발견한 데 흥미를 느끼는 모양이었다.
"글쎄 아무 말두 하지 않구 전활 끊는데요."
"그래?"
김 장로는 고개를 한 번 비틀었다. 그리고는 그 이상 더 관심이 없다는 듯 이야기를 끊었다.

대주는 쇼윈도 쪽으로 가 인파가 뒤섞인 거리로 시선을 보냈다. 초점 없는 시선을 바깥으로 보낸 채 선희를 생각하는 것이었다. 예고 없이 전화를 건 것은 취직 때문일 것이다. 그런데도 어째서 취직 이야기는 한 마디도 안 하고 전화를 끊었을까? 아홉 시까지는 바쁘다고 한 말에 화를 낸 것이나 아닐지? 아홉 시 아니 열두 시까지 바쁘다 한들 자기가 화낼 까닭은 무엇일까?

'젊은것이 건방지기는······.'

가벼운 의미에서 선희를 건방지다고 생각했다. 그런데 오후 일곱 시쯤 지나 하루 일이 거의 끝나서 김 장로가 자기 집으로 돌아갈 차비를 하고 있을 때 뜻밖에도 선희가 양복점으로 대주를 찾아왔다. 찾아왔지만 김 장로가 있는 것을 보고 들어오지를 못해 밖에서 대주와 시선이 마주치기만 기다리고 있었다. 얼마를 그러고 서 있었는지 모른다. 무심코 밖을 내다보던 대주가 출입문 밖에 몸을 감추고 눈만 안으로 향하고 있는 선희를 보고 속으로는 놀랐지만 겉으로는 침착하게 천천히 걸어 나갔다. 대주가 밖에 나가자마자 선희가,

"뭐예요? 십 분은 기다렸을 거예요."

하고 입술을 뾰죽이었다. 정말 건방진 가시내였다. 아무런 약속도 없이 온 바에야 십 분 아니라 한 시간을 기다렸다고 해서 이쪽이 책임질 아무 이유도 없지 않은가?

"들어와서 불렀으면 되지 않어?"

대주가 그런 투정은 받을 수 없다는 듯이 말하자, 선희가 다시,

"사람이 많은데 누가 들어가요?"

하고 응석 피우듯 말했다. 바로 그때였다. 집으로 돌아가는지 김 장로가 나오다가 선희를 보고,

"난 또 누구라구? 들어가서 놀다 가."

자기는 돌아가니 들어가 놀아도 무방하다는 말을 했다.

"고맙습니다."

선희는 얼굴을 붉히고 어쩔 줄 몰라 했다. 사실 양복점 안으로 들어가지 않은 것은 그 안에 김 장로가 있기 때문이었다. 김 장로는 선희가 싫어하는 사람이다. 그런데 선희가 대주를 찾아온 것을 알면서도 천연스럽게 들어가 놀다 가라는 말을 하는 김 장로를 볼 때 선희는 그가 더욱 싫어졌다. 속으로는 의심을 품고 있는 동시에 그녀를 조소하고 있을 것이 분명하다.

'목사의 딸로 젊은 남자와 외박을 하다가 경관에게 붙잡혀 돌아온 처녀가 그 사건이 있은 지 얼마도 안 되어 또 새 남자를 찾아다니누나……'

반드시 속으로 욕하고 있을 것이다. 그런데도 들어가서 놀다 가라는 것은 무엇 때문일까?

선희가 어쩌지도 못하고 서 있는데 김 장로는,

"길가에서 그러지들 말구 어서 들어가."

하며 호의를 보였다. 선희는 어이가 없어,

"고맙습니다."

하고는 그대로 서 있는데,

"글쎄 들어가."

김 장로는 시선으로 그녀를 떠밀다시피 하고는,

"나 먼저 갈 테니까 천천히 놀다가."

호의가 담긴 말을 남기고 가 버렸다. 김 장로가 돌아가자 선희는 김 장로의 뒤를 향해 혓바닥을 내밀어 보였다. 그리고는,

"저이가 왜 저렇게 친절하지? 기분 나쁘게."

혼자 중얼거렸다. 그러나 금시 대주에게,

"근무 중에 찾아와서 화나셨어요?"

하고 생긋 웃었다.

"화는……?"

대주는 화를 내지도 않았지만, 어쩐지 그런 선희 앞에서는 화를 낼 수도

없다고 생각했다. 그러자 선희는,

"올드 씨(老氏)가 나갔으니 잠깐 실례해두 좋을 거 아녜요?"
하고 대주의 눈치를 살폈다.

대주는 선희와 같이 이야기할 흥미가 별로 없었건만 잠깐 나가자고 하는 말에 반대할 수가 없었다. 선희에게는 상대방이 반대할 수 없게 하는 어떤 매력이 있는 모양이었다.

"글쎄……."
대주가 거절하지를 못하고 엉거주춤하고 있을 때,

"열두 시간 이상 노동하는 법이 어딨어요? 그렇다고 특근 수당을 타는 것두 아닐 텐데……."

선희가 앞장을 서서 걷기를 시작했다. 대주가 뒤따르자 그녀는 또,

"사람값이 제일 싼 나라가 코리아래요. 싼데다가 혹사를 해두 인권 옹호에 걸리는 일두 없는 나라구요. 대주 씨는 외국 사람의 수입의 이십오 프로도 못 받구 있을 거예요. 그걸 아시구 계시죠? 그런데두 야근까지 꼬박꼬박할 필요가 뭐예요?"

쉴 새 없이 지껄였다. 인제부터 그렇게 친했는지 대주보고 대주 씨라 부르지를 않는가? 그리고 전체적으로 반말 투인 데다가 훈시적인 어조다. 대학 삼학년 재학 중이라니 연령으로 보아 철이 없는 나이도 아니다. 버릇이 없다고 말하기에는 너무나 친숙감을 준다. 건방지다고나 할까? 그렇지만 오만한 것 같지도 않다.

"다 알구 있어. 누군 모르는 줄 알아?"
대주는 꼭 누이동생을 대하는 기분이었다. 그래서 그미의 어깨를 툭 치고 그런 이야기를 더 하지 못하게 했다. 그랬더니 그미는,

"행길에서 숙녀의 어깨를 치시네……. 그렇지만 유치장 대신 다방으로 안내를 하지요."
하고 길가에 있는 다방으로 들어가는 것이었다.

다방에 들어가 차를 주문하자 이번에는 밑도 끝도 없이,

"제 취직 어떻게 됐어요?"

맡겼던 물건 내 놓으란 뜻이 말했다.
"취직이라니?"
"일전에 부탁드리지 않았어요?"
"한 번 부탁했다구 그게 곧 되나?"
"그럼 돈을 쓰구 사바사바를 하란 말씀인가요?"
"그런 뜻이 아니라 나 같은 사람에게 그런 부탁이 어울리지 않는단 말야."
"그래요?"
선희는 잠시 말을 중단했다. 그리고는 자기가 대주를 잘못 봤던가 스스로 의심하는 듯 생각에 잠겨 있었다.
그러나 곧 고개를 쳐들고,
"능력이 없으시단 말씀이죠?"
하고 반문했다.
"사실이 그래. 왜 아버지 친구들두 많이 계실 텐데…."
"아버지 친구 말구는 아는 남자가 없지 않아요. 그렇지만 기지(旣知)인물들은 만나지 않기루 했어요. 흥미가 없는 걸요."
"필요와 흥미를 구별하지 못하는 것을 보니 무척 로맨틱한데……."
"굶어 죽는 한이 있어두 로맨틱하게 살래요."
"눈은 로맨틱해두 좋지만 입은 리얼해야 할걸……."
"그만…… 난 그런 게 싫어요. 하루를 살아두 눈, 입, 코, 귀가 모두 협화음을 이루구 살아야잖아요. 입 따루 눈 따루 거기 무슨 의미가 있어요?"
"말은 옳은 말인데 세상이 그 말을 들어 줘야지……."
"남이 살아 줘서 사는 건가요? 자기가 사는 거지."
대주는 선희가 아직 젊기 때문이라고 생각했다. 조금만 나이를 먹고 사회를 안다면 그런 소리는 할 수 없다. 그래서 더 계속할 이야기가 못 되는 것이라 생각하고,
"아버지께 부탁해서 좋은 데루 취직시켜 달라는 것이 제일 빠를 것 같은데……."

하고 취직 문제로 이야기를 다시 돌렸다.

"아버진 학교두 그만두구 시집이나 가라는 분예요. 이야기가 되는 줄 아세요? 난 학교는 안 다니겠다구 그랬어요. 그까짓 졸업장 뭐 대단하다구요. 안 그래요? 학교 다닌다는 건 결국 졸업장이란 종이 한 장 얻으러 다니는 거거든요. 그렇지만 아직 시집은 안 갈래요. 좀더 사람을 알아야겠어요. 인생에게 중요한 건 그것뿐이니까요 안 그래요?"

선희는 대주의 동의를 구했다. 동의를 안 하면 대주를 시시한 인간으로 취급하려는 태도 같기도 했다.

"글쎄."

대주는 확답하기가 싫었다. 선희의 말을 긍정도 부정도 하고 싶지 않았지만 무엇보다도 발랄한 이 처녀에게 시시한 남자란 인상만은 주고 싶지 않던 것이다.

"글쎄가 뭐예요? 사람이 좀 분명해야지. 그래 인생에게서 가장 중요한 것이 뭔가 말씀을 해봐요."

"나는 여자가 제일 중요하다구 생각해."

대주가 웃으며 대답하자 선희도 웃음을 참지 못했다.

그리고는,

"사실 그래요, 남자에게는 여자, 여자에게는 남자가 제일 중요한 거예요. 그러니까 제일 중요한 것을 우선 알아야 할 거 아녜요?"

하고 자기의 소론을 이야기했다.

"새삼스레 알 것은 뭐야? 다 알구 있는걸. 미스 노는 남자를 모르나? 모른다면 어딜 모르지?"

"사람이 각각 다 다른데 어떻게 그걸 다 알아요?"

"그건 다 알아서 뭣 해? 필요한 사람만 알면 되지······."

"알구 나면 시시해지는 걸 어떡해요. 새로운 사람을 좀 알구 싶어요."

"새로운 사람이란 게 어디 있어. 다 그게 그거지."

"아이 시시해. 어쩜 그러실까? 솔직히 말해 보세요. 내가 대주 씨에게 새로운 여자니까 이렇게 마주 앉아 이야길 해두 지루하지 않은 거 아녜요? 안 그래요?"

"그렇다구 할 수두 있겠지."

"나라는 여자를 모르기 때문에 흥미가 있을 거예요. 그러니까 알구 싶은 마음두 생길 거구."

"그러다가는 죽을 때까지 새 사람만 찾다가 말게……."

"물론이죠, 예수 믿는 사람들을 보세요. 세상에서는 알고 싶은 사람이 없으니까 하느님이나 알라는 거거든요. 하느님은 실존 인물이 아니니까 아무리 알려구 해두 완전한 것을 알 수 없잖아요? 거기에 매력을 느끼는 거거든요."

"미스 노두 하느님을 믿지 왜?"

"실존하지 않는 존재에게는 흥미가 없어요. 실존해 있는 인간이 비실존의 하느님에게 흥미를 가진다는 것은 자기의 자살을 뜻하는 거예요. 난 죽기 싫어요. 왜 죽어요. 더 살 테예요."

대주는 자기가 어른과 같은 위치에 있어야 한다는 것을 느꼈다. 선희에게 휩쓸려 넘어가서는 안 된다. 그래서,

"사람을 알려구 취직한다는 거지? 결론은……."

하고 이야기의 매듭을 지으려 했다.

"그런 거예요 그러니까 아무래두 좋아요. 꼭 좀 시켜 주세요."

선희는 마치 의지에서 살고 의지에서 죽는 사람이란 것처럼 당돌한 표정을 보이며 말했다.

"먹기 위해 취직하려는 사람두 취직이 안 되는 세상인데……."

"또 시시한 소리"

대주는 자기가 알아볼 수 있는 곳이 어디 있는가 속으로 물색을 해 보았다. 그리고는,

"내가 아는 데라구는 우리 양복점 단골인 ×모직회사밖에 없는데. 거길 한 번 말해 볼까. 그렇지만 자신 있게 할 수는 없어. 그것만은 알아 줘야 해."

하고 취직 이야기를 그 정도로 그치려 했다.

"알았어요. 취직이 안 돼두 좋으니까, 바라기는 다음부터 대주 씨가 시시한 남자가 아니란 인상을 주도록 해 주세요. 아시겠죠?"

어이가 없었다. 언제부터 알았다고 다음부터는 시시한 인간이란 인상을 주는 남자가 되지 말아달라는 말을 다 하는 것일까?

"그럼 가 볼까."

대주가 일어섰다. 선희도 더 미련이 없는지 따라 일어서 카운터 쪽으로 걸었다. 대주는 선희가 찻값을 내서는 안 된다고 생각했다. 그래서 앞질러가 찻값을 냈다. 그때 선희는 자기보다 동작이 빠른 대주를 물끄러미 쳐다보기만 하고 있었다. 대주는 선희도 돈을 내는 척만 하다가 남자가 낼 경우에는 다행하게 생각하고 후퇴하는 그런 여성이라고 생각했다. 그런데 다방을 나왔을 때 선희가 대주 주머니에 돈을 넣어 주었다.

"약속을 지켜야 해요."

대주는 그럴 것 없다고 도루 돌려 주려 했으나 통 말을 듣지 않았다.

'제법 고집두 가지구 있는 여자로군.'

다방에서 나와서도 선희는 집으로 돌아가지 않고 대주를 따라왔다.

"어디를 가지?"

"이젠 돌아갈 시간이 되지 않았어요? 그러니까 같이 가겠어요."

할 수 없는 일이었다. 대주는 양복점에 들려 먼저 간다는 말을 하고 선희와 함께 집으로 돌아갔다. 집 근처에 이르자 대주가,

"먼저 들어가지. 누가 보기라두 하면……."

하고 멈춰 섰다.

"시시한 남자가 되지 말아 달라구 그러지 않았어요. 내가 걱정하지 않는 걸 대주 씨가 뭣 때문에 걱정하세요?"

선희는 불복이었다.

"그래두……."

대주는 사건이 있은 지 얼마도 안 되는 선희를 위해서 행동을 삼가는 것이 좋다고 생각했다.

"아버지는 목사니까 어떤 경우에두 나를 때리지 않아요. 그것만은 절대

보장이니까 안심하세요."

"때리는 것만이 제일 무서운가?"

"그밖에 무서울 것이 뭐예요? 남들이야 뭐라든 내가 남을 위해 사나요?"

대주는 그 이상 더 말할 수가 없었다.

"그래두……."

하고 선희의 신중을 촉구하는 수밖에 없었다. 그러니 대주는 선희보다 보수적이라고 말하지 않을 수 없다. 기가 막혔다. 자기 딴은 누구보다도 현대적이라 생각하고 있는데 자기 뺨을 칠 여자가 있으니…….

대주가 선희에게 신중을 촉구하자 선희는,

"아빠가 보면 기절할 거예요. 오늘두 나가지 말라는 걸 나갔으니까요."

하고는 재빠르게 대주의 팔을 꼈다. 대주는 한 대 얻어맞은 것 같았지만 그미의 손을 뿌리치지 못했다. 오직,

"나쁜데……."

빙그레 웃을 뿐이었다.

"아빠가 나쁜 사람은 아녜요. 그렇지만 인간을 너무나 좁은 눈으로 보거든요. 좀 훈련을 시켜야 해요."

"나쁘지 않은 아버지를 괴롭히는 것은 확실히 나쁜 일이야."

"누구는?"

선희는 대주를 쳐다봤다. 할 말이 있느냐는 눈초리였다. 대주는 과연 할 말이 없었다. 그래서 어깨로 그미의 어깨를 치고는 그냥 걸었다.

"우리 교회당 마당에 가서 좀 앉았다 가요."

선희는 그냥 집으로 돌아가기가 싫은 모양이었다. 그미는 어째서 위험한 일을 하기 좋아할까? 대주는 그래서는 안 된다고 생각했다. 정말 선희를 위해서 안 될 일이었다.

"나 배고파서 들어가야겠어."

그는 선희의 팔을 풀어 놓고 자기 집으로 돌아가려 했다.

"바보."

선희는 호호 웃고는 할 수 없는 듯 자기 집으로 발길을 옮겼다. 그러나

몇 걸음도 안 되어 되돌아와서,
"저······."
하고 대주를 불러 세우고는 대주에게로 달려왔다. 대주는 취직 부탁을 다짐하려는 것인가 해서 멈칫 서서 기다렸지만 그미는,
"오늘 즐거웠지요?"
한 마디를 내던지고는 대답도 기다리지 않고 그냥 가기 집으로 뛰어갔다.
집으로 들어가 형 광주가 가져다 주는 저녁상을 받고 앉았을 때 대주는 앞에 앉아 있는 광주에게는 눈길도 보내지 않고 선희 생각만을 했다.
맹랑한 여자야. 그렇지만 그렇게까지 솔직한 여자두 없을 거야. 철저한 종교인의 딸인 만큼 비종교적인 면에서도 철저할 수가 있겠지. 좌우간 매력이 있어.
대주는 자기의 마음이 선희에게로 끌리고 있음을 느꼈다. 무엇 하나 나쁘게 생각되는 것이 없었다. 예고 없이 양복점으로 찾아왔던 일. 기지(既知) 인물에는 흥미가 없다면 그미. 헤어질 때 취직 부탁을 다짐하지 않고 오늘 재미있었죠, 하고 웃고는 달음질치던 모습, 무엇 하나 인상적이 아닌 것이 없었다,
내가 어떤 사람이란 것을 모르기 때문에 흥미를 가지고 있는 그미는 당분간 계속해서 나에게 흥미를 느낄 것이다. 그미는 상대방을 완전히 알 때 흥미를 느끼지 못한다. 그러니 나는 될수록 나를 알리지 말아야지. 자기를 알리지 않음으로 그미의 흥미를 끌려는 것은 이미 그가 그미에게 흥미를 느끼는 증건가.
생선처럼 싱싱한 여자. 그 여자는 당분간 나를 즐겁게 해 줄 것이다. 선희처럼 대회도 나쁘지는 않은 여자였다. 서로 즐기다가 한 편에서 싫다는 말을 하자 깨끗이 물러간 여자. 역시 자기의 생리에 맞는 여자다. 선희도 능히 그럴 것이다. 또 그럴 것이다. 또 그럴 수밖에 없는 일이고. 남녀의 관계란 오직 좋아하는 데서 맺어진다. 좋다. 그러니 좋아한다. 그것이 전부다. 보수적이고 의무가 따르고 인종이 필요한 그 고리타분한 사랑은 가정에 얽매인 사람들에게나 있을 수 있는 것이다.

선희가 좋은 여잔지는 모르겠다. 그러나 내가 좋아할 수 있는 여자임에는 틀림없다. '좋은'이란 형용사와 '좋아한다'는 동사가 엄연히 다른 이상 나는 동사만을 중요시하면 그만이다.

대주가 밥을 먹으면서도 하루의 일을 정리하노라고 형 광주를 거들떠보지도 않고 있을 때 밥먹는 것을 지켜 보고 있던 광주가,

"너 요새 무슨 일이 생겼니?"

하고 근심스런 태도로 물었다.

"무슨 일은요?"

대주는 형의 질문의 초점을 잡지 못해 도리어 반문을 했다.

"거의 매일처럼 일찍 돌아오는 일이 전연 없지 않았니?"

광주는 대주가 일찍 돌아오는 것을 도리어 비정상이라 생각하고 그것을 걱정했다.

"형님두……. 일찍 돌아오는 것이 좋은 일 아녜요?"

"좋은 일이기는 하지만 혹시나 해서……."

"좋은 일은 언제나 좋은 거 아녜요? 걱정 마세요."

"좋은 일이라니 좋다. 그렇지만 변화란 병을 가져올 수두 있는 것이 돼서……."

병이란 악화(惡化)를 의미하는 모양이었다. 그런 것을 짐작하면서도 대주는,

"병을 앓아두 변화는 있어야지요."

선희를 생각하며 빙그레 웃었다.

"변화두 아무것두 다 좋지만 병만은 앓지 말아야지. 마음의 병이란 정말 고칠 수가 없는 거다."

광주의 대주에 행한 진심이었다. 광주는 요즘 마음의 병에 대해서 어느 때보다도 심각한 상태에 있다. 그래서 대주만은 설혹 하느님 앞에 죄를 짓는 일을 해도 마음으로 앓는 일이 없었으면 하고 바랐다.

"형님, 요새 안색이 좋지 못한 것 같은데요!"

대주가 도리어 그의 걱정을 해도 광주는 그 말에 대답하는 대신,

"너 요새 돈이 없는 게 아니냐?"

돈이 없다면 돈이라도 줄 것처럼 말했다. 돈이 어디 있담. 돈 없는 것은 뻔한 일이다. 그런데도 형은 돈걱정까지 해 준다. 아무래도 이상하다.

"돈이 정 필요하면 달라구 할게요."

대주는 사실 돈에 대해 말할 면목이 없었다. 그러나 현재 돈이 필요 없다는 것을 말한 것뿐이었다.

가을도 깊은 가을이었다. 어린애를 업고 드럼통에서 올라오는 고구마 냄새를 맡으며 광주는 김장감을 싣고 오가는 구루마를 바라보고 있다. 구루마에는 가정주부가 한 명씩은 붙어 있어 혹시 비싸게나 사지 않았나, 또는 이걸 가지고 한 해 겨울을 날 수 있을까, 그런 것들을 생각하고 있겠지. 구루마를 따라가는 주부들은 구루마에서 조금도 떨어지지 않는다. 그들은 조금이라도 맛있게 김장을 담그려 할 것이다. 그리고 맛있는 김장을 보기 좋게 썰어 남편 밥상에 올려놓을 것이다. 남편을 즐겁게 해 주는 여인들. 남편을 즐겁게 해 주는 데 신명이 나서 사는 여인들.

광주는 그 이상 더 생각을 안 하기 위해 드럼통의 뚜껑을 열었다. 그리고 고구마들을 옮겨 놓았다. 그러면서 생각해서 안 될 생각들을 지워 버렸지만 드럼통 뚜껑을 닫고 지나가는 사람들을 바라볼 때는 중단했던 필름을 돌리듯 떠올랐던 상념이 그대로 계속되었다.

'즐겁게 해 주는 아내를 가진 남편들은 얼마나 행복할까…….'

물결처럼 한 여자가 지나가면 딴 여자가 그 뒤를 잇는다. 모두가 다 건강해 보인다.

'치마 속에 감춰져 있는 그 다리들이 얼마나 포동포동할까?'

돈이 없어서 무 배추 살 생각도 못 하는 주제에 그는 김장 걱정 대신 육체적 욕망에 사로잡혔던 것이다.

광주는 머리를 설레설레 흔들었다. 그래서는 안 된다. 그런 생각을 해서는 안 된다. 육체적인 욕망을 무시한 지 이미 오래다. 그것이 죄의 원인이라는 것도 이미 오래 전에 깨닫고 있다. 그러면서도 지나가는 여자를 보고 육체적인 욕정을 느끼다니. 십 년 동안 하느님에게 기도드린 자기의 진심이

제7장 착잡한 의식세계 669

수포로 돌아가지 않는가? 오랫동안의 금욕 생활을 지켜 오다가 단 며칠 동안 육체의 쾌미를 느꼈다고 해서 그것으로 말미암아 십 년 동안의 공을 무너뜨릴 수가 있을 것인가?

그는 고구마 통 만을 내려다 볼 뿐 한길 쪽으로 시선을 보내지 않았다. 보지 않음으로 필요 이외의 일을 생각지 말자는 것이었다. 생각지 말자. 생각지 말자를 계속해서 마음속으로 되뇌었다. 되뇌고 되뇌지만 고구마를 사러 오는 애들을 상대해 주고 나면 또 그 생각이 되돌아온다. 생각해서는 안 된다고 자제를 하기 때문에 의식이 자꾸만 살아 오르는지 모른다.

'인간은 이렇게도 더러운 것인가?'

광주는 육체의 욕망을 자제하지 못하는 자기 자신을 추하다고 생각했다. 과거 몇 해 동안 자제하면서도 그리 큰 고통을 느끼지 않았었는데 요즘 와서 인내할 수 없게 된 까닭은 무엇일까? 결국 하느님을 의지하는 신앙심이 부족하기 때문이라고 생각했다. 그렇지 않고서야 육체적인 고독이 고통으로까지 번질 수가 있을 것인가? 광주는 잠시 눈을 감고 기도를 드렸다.

"마귀의 유혹에 빠지지 않게 하옵소서, 하느님이 바라시는 인간이 되게 해 주옵소서."

기도를 드렸지만 자기가 신앙심이 부족해진 이유를 알 수 없었다. 그리고 신앙심이 부족해진 것 같지도 않았다. 지나다니는 여자를 봄으로 육체적인 자극은 받지만 그 여자들을 간음하고 싶다는 생각은 가지고 있지 않다. 마음으로라도 간음을 한다면 그것이 죄가 될지 모르지만 특정한 여자에게 정욕을 느끼는 것이 아닌 이상 그것이 무슨 죄가 될 것인가? 오늘 아침에도 전도부인을 만났지만 과부인 그미를 만났을 때도 그는 성욕을 느끼지는 않았다. 어떤 여자를 볼 때도 그 얼굴을 보고 성욕을 느끼는 것이 아니라 여성이란 점에서 자극을 받는다. 그 자극은 곧 아내에 대한 불만과 통한다. 자기의 육체적인 욕망을 전혀 받아들일 수 없는 아내가 불만스러울 뿐이다. 그런 불만쯤 뭐 그리 대단한 죄가 될 것인가? 죄가 자라나고 있지 않는 한 자기 마음속의 신앙심이 약해졌다고는 말할 수 없다. 그런데도 자기의 괴로움이 하느님의 뜻과 부합되지 않는 것처럼 생각되는 것은 무엇 때문일까?

'단욕(斷慾)은 할 수 없는 일일까?'

세상에 허구 많은 약이 있는데도 성욕 감퇴를 일으키는 약이 있다는 말은 들은 적이 없다. 사람들은 경우에 따라 단욕에 필요한 방법도 연구해야 하지 않겠는가?

'빨리 늙었으면…….'

빨리 늙어서 성욕이 자연 감퇴되었으면 하고 생각하기도 했다. 그러나 이것저것 사람의 힘으로는 불가능한 것뿐이었다. 인간은 죄악의 근원이라고도 할 수 있는 성욕에 대해 왜 그 단욕책은 연구치 않을까? 불순한 동기로 성기를 절단하는 부자연스런 행동은 있었지만, 그것은 그야말로 인체를 불구로 만드는 부자연스런 방법이다. 아마 인간은 죄를 지어도 성욕만은 쇠멸시키고 싶지 않는 것이 본원(本願)이나 아닐까? 죄 속에 빠지는 것을 무서워하는 사람들만을 위해서라도 특수한 방법을 연구할 수가 있을 텐데…….

그 날 저녁 집으로 돌아갔을 때, 경선이 문 밖에 앉아 혼자 훌쩍이고 있음을 보았다. 어떤 일이 있어도 눈물을 남에게 보이지 않던 경선이 광주를 보고도 눈물을 그치려 하지 않았다. 광주는 심상치 않은 일이 있었음을 알고 우는 이유를 물었다. 그러니 경선은 대답을 안 했다. 비록 눈물을 흘리고 있다 해도 광주에게 걱정될 일이라면 입을 열지 않을 것이 분명했다. 그래도 광주는 경선의 입을 열어야만 한다고 생각했다.

"말해 봐."

경선의 팔을 잡아끌었다. 집 안에 있는 아내에게 들리지 않는 곳으로 끌고 가기 위함이었다. 그런데 팔목을 잡히자 경선이 기절을 하듯 악 소리를 지르고 팔을 뺐다. 팔에 바늘이라도 꽂혀 있는 것 같았다. 광주는 경선의 옷소매를 추켜올리고 팔을 살펴봤다. 과연 거죽은 피가 나올 만큼 빨간데 그 밑은 퍼렇게 멍든 자리가 눈에 띄었다. 꼬집힌 것이다. 꼬집혀도 단단히 꼬집혔다. 살점을 뜯어 낼 목적으로 꼬집어 뜯은 것이 분명했다. 너무하다고 생각했다.

"누가 그랬니?"

광주는 분노를 느끼며 물었다.

"………"
"학교에서?"
"………"
"거리에서?"
"………"
"집에서……?"

그때 처음으로 경선이 고개를 들었다. 집에서 그렇게 된 모양이다. 그렇다면 아내밖에 달리 그럴 사람이 없다.

"엄마가?"

경선은 대답 대신 고개를 끄덕였다. 광주는 이가 갈렸다. 아내가 어린애의 살점을 손가락으로 뜯어내다니….

그는 방 안으로 뛰어들어갔다. 불구의 아내라 해도 두들겨 주고 싶었던 것이다. 그러나 방 안에 들어가서, 창으로 귀를 기울이고 있는 듯한 자세로 앉아 있는 아내를 보자 그는 주춤하고 그 자리에 서 버렸다. 나를 어떻게 하려느냐는 눈으로 광주를 쳐다보고 있는 아내에게 어찌 손을 댈 수가 있겠는가? 광주는 그미를 꼭 그렇게 보았다. 나는 죽고 싶게 고독해요. 나를 어쩌자는 겁니까 하고 호소를 하는 것만 같이 보였던 것이다.

그는 업고 있던 어린애를 내려놓고 다시 밖으로 나와 경선을 데리고 부엌으로 나갔다. 저녁을 지으며 경선에게,

"엄마가 왜 그랬지?"

경선을 달래며 물었다. 그러나 그 뒤부터 경선은 일체 대답을 안 했다. 어떤 방법으로 물어도 대답을 안 했다. 무엇인가 잘못이 있었기에 그런 잔인한 짓을 했을 것이다. 무슨 잘못이었을까? 어른 같은 경선이 잘못을 저질렀다 해도 대단한 잘못을 저질렀으리라 생각되지 않았다.

아무래도 신경질이라고밖에 해석이 되지 않았다. 그러면 그 심한 신경질의 원인은 무엇일까? 광주는 역시 아내의 신경질이 그미의 성적 불구에서 온 것이 아닌가 생각했다. 과거 금욕 생활을 할 때는 몸이 불구라 해도 성적인 불구는 아니었다. 그렇기 때문에 신경질이 일어나지 않았었다. 그러나 성

적 불구가 되고 만 지금 그미는 그 자각에서 오는 신경질을 막지 못하고 있다. 이해할 수 있는 일 같았다.

'그러나 온몸이 불구가 되는 것보다도 성적인 불구가 더 괴로움을 주는 것일까?'

그것은 이해할 수 있을 것 같으면서도 이해할 수가 없을 것 같았다. 식(食) 본능은 나면서부터 죽을 때까지 인간에게 붙어 있다. 그러나 성 본능은 성년이 되기 전까지는 그것을 자각하지 못한다. 노쇠할 때는 그것을 망각하게 된다. 인생의 특정 기간에만 발현되는 성 본능이 어쩌면 그렇게 강력한 것일까?

광주는 저녁을 먹으면서 아내의 얼굴을 유심히 살폈다. 확실히 고뇌에 찬 얼굴이었다. 이때까지는 아무런 사려(思慮)도 없는 여자 같았다. 그런데 오늘의 얼굴 속에는 무엇인가 오뇌하는 빛이 역력히 보였다. 동시에 바보처럼 사려 없는 여자로 일생을 마쳐 주기라도 했으면 하고 생각했다. 그렇다면 그미도 괴롭지 않을 것이요, 자기도 괴로움을 느끼지 않고 살 수가 있을 것이 아닌가? 자기를 괴롭히고 나까지 괴롭힐 것이 무엇인가? 그는 자기 하반부가 이상하게 경련을 일으킴을 느꼈다.

광주는 눈을 아내에게서 돌렸다. 아내를 미워할 마음이 싹이 틀 우려가 느껴졌던 것이다. 사람을 미워하는 것은 죄악이다. 원수도 사랑하라고 했는데 아내를 미워하다니······.

그 날 밤 광주는 교회당으로 갔다. 교회당에 들어가서는 전등불도 켜지 않고 혼자 기도를 드렸다. 정욕을 이겨낼 힘을 달라는 것과 성적 불구가 되었다고 해서 아내를 미워하지 말게 해 달라는 기도였다. 기도의 요지는 그 두 가지뿐이었다. 그러나 그의 기도는 몇 시간이 지나도 끝나지 않았다. 같은 기도나마 자꾸 되풀이하는 가운데 자기 마음이 기도 속에 젖게 하려 함이었다. 열두 시까지 기도를 드렸을 때 그는 가슴이 후련해짐을 느꼈다. 기도 덕택으로 자기 마음이 자기 뜻대로 깨끗해진 것 같았던 것이다. 그러나 그는 집으로 돌아가지를 않았다. 집에 돌아가면 아내와 한 방에서 자야 한다. 한 방에서 잘 때 또 정욕 같은 것을 느낄 것 같음이 무서웠던 것이다.

괴로움이 쌓이면 아내를 미워하게 될 가능성이 많아진다. 차라리 교회당에서 기도를 올리며 밤을 새우자.

그는 끊임없이 기도를 드리며 밤을 새웠다. 피곤을 느끼면 의자를 겹쳐 놓고 잘 수도 있었지만 졸리는 줄을 몰랐다. 새벽 기도회 시간이 되어 새벽 종을 치지 않으면 안 될 때까지 그는 열띤 기도를 계속했다.

새벽종을 치자 얼마 안 있어 목사 부부와 전도부인 그리고 정 장로 부부와 김 장로 부부 등 교회 간부와 교인들이 교회당으로 왔다. 누구 한 사람 광주가 밤을 새우며 기도한 것을 알 턱이 없었다. 광주는 아무도 자기의 괴로움을 알지 못하는 데 도리어 안도감을 느꼈다. 자기의 괴로움은 절대로 허망된 욕망에서 오는 것이 아니다. 허망한 것이 아니고 인간적인 진실된 고민이라고 하면 그것을 부끄러워해야 할 필요가 없다. 그러나 아무리 진실된 것이라고 해도 그것을 남에게 알릴 때는 진실되지 않는 것으로 알려지는 경우가 있다. 생식 본능을 긍정하는 기독교지만 기독교 사회에서는 육체적인 정욕을 신성하고 진실된 것만으로는 보고 있지 않다.

광주는 밤을 새우며 기도한 티를 조금도 보이지 않고 새벽 기도회에 참석했다.

기도회가 끝나고 모였던 사람들이 다 흩어진 뒤 그는 교회당 창문을 전부 열어 놓고 청소를 시작했다. 서쪽 남자석에서부터 시작해서 동쪽 여자석까지 마루를 쓸어 가고 있을 때였다. 설교단과 출입문 중간쯤에서 그는 걸상 밑 마룻바닥에 누워 있는 어린애를 보았다. 첫눈에 그가 얼마 전 교회당에 불을 질러 놓았던 거지 애임을 알 수 있었다.

광주는 순간 무서운 생각이 들었다. 그 애가 무서운 것이 아니라 징그러운 물체를 보는 것 같았다. 어쩌면 몸을 도사리고 잠들어 있는 구렁이를 연상시키기도 했다. 그래서 그는 빗자루를 거꾸로 쥐고 거지 애를 한 번 찔렀다. 반응이 없었다. 두 번째 찔렀을 때도 반응이 없었다. 할 수 없어 손으로 몸뚱이를 흔들었다. 그때야 거지 애는 눈을 떴다. 그리고 벌떡 일어나 앉았다.

일어나 앉은 거지 애를 보자 그는 무서운 생각 대신 어떻게도 할 수 없는 애란 생각이 들었다. 그리고 그 애가 멍청하니 앉아서 하품을 하며 도망갈 생각도 않고 있음을 볼 때 그 애가 자기를 무서워하지도 않고 또 경원하지도 않음을 알았다.

"너 언제 들어왔니?"

그는 거지 애가 놀라지 않도록 조용하게 물었다.

"밤에요."

거지 애는 순순히 대답했다.

"어디루 들어왔니?"

"문이 열렸대요."

광주는 어젯밤 기도하러 들어와 문을 안으로 잠그지 않은 것을 생각했다. 그리고 이 거지 애는 언제나 교회당 주변에서 살고 있구나 하는 생각을 했다.

"자아식, 이 창문은 고장이 나서 언제나 열려 있는 거야."

그는 자기도 모르게 거짓말을 했다. 그리고는 창문 하나를 닫았다가 다시 열어 보이며 틀림없이 고장이 나 있다는 것을 보여 주었다. 교회당에 불을 지른 일이 있기는 하지만 교회당을 태워 버리려고 한 짓이란 생각이 들지 않았던 것이다. 정말 불태우고 싶다면 왜 하필이면 사람들이 모여 예배를 보고 있는 대낮에 불을 놓았을 것인가? 거지 애는 조금도 경계할 필요가 없는 애다. 오직 늦가을 추운 밤에 집도 없이 얼마나 추울까 하는 생각만을 했다.

"이불두 없이 춥지 않아?"

그때 거지 애는 씩 하고 웃기만 하며 광주를 쳐다봤다.

"어서 나가."

그때 거지 애는 순순히 일어나 출입문 쪽으로 걸어갔다. 출입문까지 다 가서는 광주를 한 번 뒤돌아봤다. 마치 안녕히 계십시오 하고 인사를 하는 것 같았다.

청소를 다 끝내고 집으로 돌아갈 때 광주는 몸이 거뜬함을 느꼈다. 밤새도록 기도를 드린 끝에 그는,

"내 불쌍한 자식아. 힘을 내라. 시련을 이김으로 아내를 계속 사랑하라.

너는 구원을 받을 수 있다."

이러한 목소리를 들었다고 기억하고 있다. 하느님이 자기를 버리시지 않았다는 마음. 그리고 하느님은 아니지만 춥지 않느냐고 물었을 때 씩 하고 웃던 거지 애의 얼굴에서 괴로워하던 자기의 사악한 마음이 용서받은 것 같은 느낌이었다.

'오늘부터는 괴로워하지 않겠지.'

이런 생각을 하며 집으로 돌아갔을 때였다. 부엌에서 인기척이 나기에 들어가 보았더니 뜻밖에도 아내가 나와 조반을 짓고 있었다. 불구가 된 뒤 빨래 같은 것은 했어도 부엌일은 전혀 하지 않던 아내였다. 웬일일까? 그는 아내더러 들어가라 하고 자기가 밥을 지으려 했다. 그런데 아내는,

"아…아니야."

하며 화난 얼굴로 광주를 떠밀었다. 그러지 말고 들어가 누워있기나 하라고 했지만 그미는 막무가내였다. 광주는 자기가 아무 말도 없이 밤을 새우고 왔다고 해서 화를 낸 것이나 아닌가 해서 더욱 미안함을 느꼈다. 그래서,

"그러지 말구 들어가."

하고 아내의 몸을 안고 밖으로 밀어내려 했다. 그때 아내가 신경질적으로 그를 탁 치며,

"어…어디 가서 잤어?"

무서운 눈으로 노려보았다. 그것은 확실히 어떤 내용이 있는 분노였다.

"예배당에서 기도를 드렸어."

광주가 설명했지만,

"거…거짓말."

아내는 그의 말을 믿지 않았다. 결국 의심을 하는 것이었다. 딴 여자에게 가서 자고 온 것이라 의심하는 모양이었다. 어처구니가 없었다.

"거 무슨 말을 그렇게 해?"

의심하는 아내에게 정색을 했다. 그래도 아내는,

"다…다 알어."

단호한 태도를 보였다.

아내와 동거한 지 십여 년에 처음 있는 질투였다. 물론 그 동안 한 번도 외박한 일이 없었다. 질투할 재료가 없기도 했다. 그러니 십 년 동안 같이 살아온 사이에 하룻밤 처음으로 집에서 자지 않았다고 해서 그것을 의심할 수가 있을 것인가?

십 년을 고스란히 속죄하는 데 바쳐온 자기를. 있을 수 없는 일이었다.

그는 그만 부엌을 나왔다. 그리고 방으로 들어갔다. 십 년 동안의 고행이 하루아침에 무너지고 만 허무감을 안고.

'나를 의심해?'

의심하는 아내가 미웠다. 광주가 아내를 미워해 보기도 이것이 처음이었다. 그러나 미움 받아 마땅한 아내라고 생각했다. 남을 의심하는 것은 남을 나쁘다고 단정하는 것과 마찬가지 일이다. 남을 그릇 정죄하는 자는 하느님의 정죄를 받는다고 했다. 하느님의 정죄를 받을 사람은 죄인이 아닐 수 없다. 죄인은 응당 미움을 받아야 한다.

그러나 방 안에 들어가 생각을 하니 아내가 자기를 의심하는 것은 아내가 자기를 믿지 못해서가 아니라 아내가 성적 불구임을 자각한 그 자각 의식에서 온 것 같았다. 불구에 대한 지각 의식과 자기의 외박. 그것은 능히 그미의 의심을 자아낼 가능성을 내포하고 있다.

그는 다시 부엌으로 나갔다.

"의심하지 마. 십 년 동안 나는 내 죄를 씻기 위해 살아온 사람이야. 어젯밤 예배당에서 밤을 새우며 기도를 했어. 당신이 자궁 탈출증에 걸렸어도 미워하지 않고 사랑할 수 있게 해 달라고 기도드린 거야. 새벽종을 들었겠지. 누가 그 종을 쳤겠어? 내가 친 거야. 목사님에게 가서 물어 봐. 나는 괴로웠던 거야. 당신이 그렇게 된 것을 안 뒤. 나는 마음으로라도 죄를 지을 것만 같아 괴로웠던 거야. 의심하지 말어. 죄 없는 사람을 의심하면 하느님이 화를 내셔……."

그는 아내에게 호소를 했다. 이야기를 다 들은 아내는 대답 대신 눈물을 흘렸다. 눈물 흘리는 아내의 마음을 알 수 있었다.

"들어가, 누워 있어……."

광주는 아내를 끌고 부엌을 나섰다. 아내는 순순히 응했다. 아내를 부축하고 방 안으로 들어가며 그는 어제 아내가 경선을 그렇게까지 심하게 꼬집은 것도 결국 그 자각 의식 때문이었구나 하고 생각했다. 자각 의식에서 오는 자학.

'아내의 자각 의식을 없애 주자.'

다시 부엌으로 나와 조반을 지으며 생각해 봤지만 자각 의식을 없애 줄 방법이 머리에 떠오르지 않았다. 아무리 생각해도 그런 방법이 있을 것 같지가 않았다. 자각 의식을 가지지 않게 하기 위해서는 오직 자각 의식의 근원을 없애 버려야 한다. 그러려면 병원에 가서 자궁 탈출을 치료받고 수술을 해야 한다. 김장할 돈도 없는데 입원비와 수술비를 어디서 마련할 수가 있을 것인가? 도저히 불가능한 일이다. 그리고 설사 돈이 있다 해도 생명에 지장이 없는 것을 가지고 입원시키고 수술을 한다면 남들이 무엇이라고 할 것인가? 병신도 정욕만은 만족시키고 싶어하는 것이라 할 것이다. 속된 인간 가운데서 가장 속된 인물이 되고 만다. 죽어도 그런 말을 들어가며 살 수는 없다. 그렇다면 아내는? 아내는 죽을 때까지 그 자각 의식 때문에 자학을 하면서 살아야 할 것이다.

광주는 절망을 느꼈다. 남은 둘째고, 자기 자신도 사랑하지 못하는 아내를 뜬눈으로 보면서도 속수무책이라니……. 예수님께서는 문둥병 환자까지 고쳐 주셨다. 일곱 마귀가 들어 있는 막달라 마리아에게 그 마귀를 내 쫓아 주시기도 했다.

그러나 나에게는 너무나 힘이 없구나…….

"계시우?"

누가 대문 안에 들어왔다. 부엌문을 열고 보니 목사님 부인이었다.

"웬일이십니까?"

광주가 놀라 물을 때,

"동생 들어왔어요?"

목사 부인은 허둥지둥 제 정신이 아니었다.

"제 동생 말씀입니까?"

"네……."

광주는 대답을 못 했다. 자기가 집에서 자지를 않았으니 대주가 들어왔는지의 여부를 알 수 없었던 것이다. 그는 대답을 못하고 대주 방으로 가서 방문을 열었다. 텅 비어 있었다.

"안 들어왔는데요."

그때 목사 부인은,

"틀림없군……."

혼자 뇌까렸다. 예상했던 것과 틀림이 없을 때 오는 실망인지, 그미는 눈의 초점은 잃고 멍하니 서서 한숨을 내쉬었다. 광주는 전혀 상상도 할 수 없는 일이었다.

"무슨 일인데요?"

"우리 선희가 대주하구 자주 만나는 눈치였어요. 그러더니 끝내……."

목사 부인은 말을 끝내지 못했다.

"그래요?"

광주는 놀라지 않을 수 없었다. 어느새 대주가 목사의 딸과 친했던가? 하필이면 목사의 딸과 문제를 일으키다니……. 우선 목사 부인에게 사과의 말부터 해야 할 것 같았다. 그러나 무슨 말로 사과해야 할지를 몰랐다. 대주가 나쁘기는 나쁜데 그 나쁘다는 말을 어떻게 표현할지를 몰랐다.

"사고를 일으킨 지 얼마도 안 되는 따님과 사고를 저지르다니요."

라고나 해 줄까? 동생이 워낙 나쁜 놈이 돼서 죄송합니다라는 일방적인 사과는 하기가 싫었던 것이다. 결국,

"그놈이……."

여운을 남기는 욕이나 하는 수밖에 없었다. 목사 부인도 사과를 받으려 하지는 않았다.

"이 일을 입 밖에 내지 맙시다. 알겠지요?"

다만 한 마디 부탁을 남기고 목사 부인은 돌아갔다.

제8장 불행과 허무

　목사 부인이 돌아간 뒤 광주는 조반을 서둘러 지어먹고 대주가 근무하고 있는 양복점으로 전화를 걸었다. 전화 받는 사람이 의심할 것 같아 자기가 누구라는 것을 밝히지 않고 대주가 출근했는가만을 물었다. 외박을 했으니 어느 날보다 일찍 출근하지 않았을까 생각했던 것이지만 대주는 아직 출근을 안 했다고 했다.
　외박을 했다고 출근도 안 할 리는 없을 것임으로 광주는 버스를 타고 양복점으로 갔다. 버스를 타고 가면 그새 대주가 출근할 것이라는 계산을 하며 갔는데도 양복점에 이르렀을 때 광주는 대주가 아직 출근하지 않은 것을 보았다. 혹시 김 장로가 와 있다면 하는 생각에 그는 양복점엘 들어가지 않고 쇼윈도 밖에서 남몰래 안을 들여다보았던 것이다. 대부분의 직원들이 출근을 해서 양복천들을 진열하고 있는데 대주만이 보이지 않았던 것이다.
　광주는 전차 길을 건너가 양복점을 마주 바라보며 대주가 출근하기를 지켜 보았다. 십 분이 지나도 대주는 나타나지 않았다. 김 장로가 출근할 때까지 나오지 않으면 김 장로에게 무엇이라고 변명할 것인가가 걱정되었지만 대주는 김 장로가 출근할 때까지도 나오지 않았다.
　일은 큰일이었다. 대주가 목사의 딸과 같이 외박하고 출근까지 늦게 한 것을 김 장로가 안다면 대주는 틀림없이 양복점에서 쫓겨날 것이다. 동시에 교회에 소문이 퍼질 것이며 목사는 물론 자기도 교회에 있을 수가 없게 될 것이다. 목사님도 한 번쯤은 용서를 받았지만 두 번까지는 교회에 머물러 있을 면목이 없을 것이다. 결국 교회에 결정타를 때린 것은 동생 대주다.
　어떻게 할 것인가? 교회에 가장 큰 파문을 던진 동생이니 그냥 내버려 둘 수는 없다. 그러나 어떻게 할 것인가? 어떻게 할 방법이 하나도 생각나지 않았다. 이미 쏟아놓은 물이니 퍼 담을 방법이 있을 턱없었다.
　방법이 있다면 바로 어젯밤 생긴 일인 만큼 앞으로는 다시 그런 일이 없도록 하고 양가에서 서로 비밀을 지키는 길뿐이다. 그러니까 지금 자기가 대주를 찾아온 것도 결국 대주로 하여금 다시는 선희를 만나지 않도록 하고 어젯밤 일을 입 밖에 내지 못하게 하기 위함이 아닌가 생각했다. 어떻게 하겠다는 구체적 방법도 생각지 않고 대주를 찾아온 것은 틀림없이 그러기 위함 같았다. 그렇게 생각하는 순간 그는 자기가 타락한 인간이란 마음이 들었다. 자기가 타락하지 않았다면 현실적인 문제를 현실적으로 수습하기 전에 대주로 하여금 자기의 잘못을 뉘우치게 만들어야 할 것이다. 죄를 지은 자를 거듭나게 만들어 하느님의 노기를 풀어야 할 것이다. 그런 것을 먼저 생각지 않고 죄악에 종이를 붙여 가림으로 하느님을 속이려 하다니⋯⋯.

광주는 대주가 나타나는 대로 그를 집으로 끌고 가서 주먹으로 패 주면서라도 그가 저지른 일이 죄라는 것을 깨닫게 해 주어야겠다고 생각했다. 그렇게 하면 목사님과 자기가 교회에서 쫓겨난다고 해도 하느님만은 기뻐하실 것이다. 세상 모든 사람이 비웃고 경멸한다 해도 하느님만이 기뻐해 주시면 그만이다.

이십 분쯤 뒤 대주가 의젓하게 허리를 펴고 양복점 안으로 들어갔다. 광주는 쏜살같이 큰길을 건너 양복점 앞으로 가 양복점 안으로 들어가지도 않고 대주를 불렀다.

대주는 손아래 사람에게 하듯, 알았다는 눈짓만을 한 뒤 김 장로와 직원들에게 한참 동안이나 이야기를 하고야 밖으로 나왔다.

"집에 좀 가자."

"왜요?"

대주는 그럴 이유가 아무것도 없다는 듯이 버텼다.

"너 어젯밤 누구하구 어디서 잤니?"

"그거 형님하구 무슨 상관이지요?"

대주는 자기의 행동이 형이라고 해서 광주와 관련성이 있을 수 없다는 태도였다.

"너하구 나하구 아무 상관이 없니?"

"혈통적으루 관련이 있다구 개인의 행동두 관련성을 가져야 하는 법이 있나요?"

"있지, 네가 잘못되면 내게두 책임이 있으니까 연대책임이란 거 말야."

"옛날 이야기 그만두세요. 옛날에는 한 사람이 죄를 지으면 멸족을 시켰다지만 지금은 개인의 행동이 개인에 그치는 거예요."

"어쨌든 집으루 가서 네 죄를 깨닫게 해야겠다. 이때까지는 네 생활 감정이 위축되지 않게 하려구 너를 방임해 두었어. 그렇지만 교회 전체에 파문을 일으킬 행동을 한 이상 이번만은 네가 죄를 깨닫고 마귀의 유혹에서 벗어나게 해야겠다."

"웃기지 마세요. 하느님이 죽기 이전에 마귀두 죽었어요. 마귀가 어디 있구 또 누가 마귀의 유혹을 받습니까. 모두 제멋대루 사는 거예요. 하느님이 사람을 믿지 않는 것처럼 사람두 하느님을 믿지 않아요. 따분한 이야기 그만두시구 어서 돌아가세요. 선희와 내가 어떤 짓을 했다 해두 교회에 파문이 일어날 까닭두 없구요."

광주는 대주의 따귀를 갈기고 싶었다. 하느님을 모독해도 그 이상 더 모독할 수는 없을 것 같았다. 그러나 노상이라 남들이 창피해서 손질을 못했다. 그 대신 부드러운 말로 그를 달래기 시작했다.

"그러지 말구 가자. 한 사람의 행동은 많은 사람에게 영향을 주는 법이야. 그런 의미에서 사람은 서루 연대책임을 져야 하는 거야. 내가 네 반려가 되어 주마. 다시는 하느님과 많은 사람에게 피해를 주는 사람이 되지 않도록 힘쓰는 데 말이다."

"하느님은 형님 혼자서나 가지세요. 내게는 하느님이 없어요. 그러니까 무서울 것두 없어요. 사람두 그래요. 나 같은 것한테 피해 의식을 느끼는 사람은 피해를 입으라지요. 그런 인간을 나는 무시하니까요."

대주는 어디까지나 형에게 맞설 모양이었다. 광주는 할 수 없이 그의 손을 잡고,

"형의 간청이다. 한 번만 내 말을 들어다오."

애원을 했다. 길바닥에 엎드려서라도 대주가 자기 죄를 회개하도록 하고 싶었다.

"저는 일을 해야 해요. 일을 다 하구 밤에 들어가서두 이야기할 수 있잖아요?"

어린애도 아닌 대주를 억지로 끌고 갈 수도 없는 일이었다. 밤까지면 열 시간이나 거의 있다. 그 동안 대주가 혼자서 스스로 후회를 하게 될지도 모른다.

"밤에는 일찍 들어오겠니?"

"걱정 마세요."

"그럼 꼭 일찍 들어오너라. 그리구 그새 네가 어젯밤 한 일들을 좀 생각해 봐라."

"재미있었나 없었는가를 말입니까?"

광주는 무서운 눈으로 대주를 한 번 흘겨봤다. 그것은 대주에 대한 격분이 눈으로 집중되어 쏟아지는 눈초리였다. 그러나 금시 시선을 돌리고,

"너는 하느님은 무서워하지 않는다 해도 사람이라도 무서워해야 한다. 악한 행동을 하면 모든 사람이 너를 주시한다는 것쯤 알 게 아니냐? 사람들이 제 마음을 거울로 비춰보고 있다는 생각을 가지면 사람들이 두려워질 게다. 사람이 두려워지면 하느님이 두려운 줄도 알게 될 것이고……."

"빨리 돌아가기나 하세요."

대주는 형의 말이 듣기 싫은 모양이었다.

"그래 가마. 빨리 들어오너라."

광주는 할 수 없이 혼자 집으로 돌아갔다.

집 안에 들어서자 아내가,

"모…목사님 사모님이 우…울어요."

광주가 없는 동안의 일을 보고했다. 광주는 그럴 것이라고 생각했다. 경찰의 손에까지 넘어갔다가 나온 지 며칠도 안 된 딸이 또 젊은 남자와 함께 외박을 했으니 어머니 된 여자로서 어찌 통곡치 않을 수 있을 것인가. 더구나 이번에는 선희의 상대자가 누구라는 것이 밝혀졌다. 밝혀진 사나이가 바로 학력도 가문도 아무것도 보잘것이 없는 대주다.

광주는 목사님 가족들에 대해 죄스러운 생각을 가지지 않을 수 없었다. 비록 자기가 직접 저지른 죄는 아니지만 자기와 동생과의 사이에는 거리가 별반 멀지 않다. 동생을 감독하지 못한 책임을 느끼지 않을 수 없다.

광주는 목사님 사택으로 가서 목사님과 사모님에게 사과를 드려야 한다고 생각했다. 목사님 직접 밑에서 일하고 있는 자기로서 목사님 가족에게 큰 앙화를 가져다 드린 죄를 모른 척하고 있을 수는 없었던 것이다.

"잠깐 갔다 오지."

광주가 목사님 사택으로 가려고 할 때 아내가,

"도…도련님은 왜 안 들어오셨어요?"

하고 대주에 대한 것을 물었다.

광주는 입장이 곤란했다. 아무것도 모르는 아내에게 대주의 비행을 간단히 설명할 수는 없었던 것이다. 그리고 대주의 비행을 설명함으로 삼애가 대주를 불신하게 되면 앞으로 가정의 분위기가 깨지고 말게 된다. 형으로서 호락호락 이야기하기가 힘든 문제였다.

"바쁜 일이 있었던 모양이지."

광주는 자기가 대수롭게 생각지 않으니까 삼애도 대수롭게 생각할 필요가 없다는 식으로 대답한 뒤 집을 나서려 했다. 그때 아내가 또 광주를 붙잡고,

"당…당신 참을 수 있어요?"

하고 물었다.

"뭘 말이야?"

광주는 정말 아내의 말뜻을 알아채지 못했던 것이다.

"당…당신 장가들어야 하지 않우?"

광주는 교회당에서 밤을 새우며 기도드린 이래 잊고 있던 일이었다. 아내는 일이 없는 만큼 줄곧 그것만 생각하고 있었던 모양이다.

"내 걱정은 말어."

광주는 아내의 손을 잡아 주며 믿어도 좋다는 신념을 보여 주었다. 사실 광주는 밤새우며 기도드린 뒤 그 방면에 그리 신경을 쓰지 않았다. 밤을 새운 피곤이 그런 결과를 가져왔는지 대주의 뜻하지 않았던 사고가 정신적인 여유를 빼앗아 갔기 때문인지 그 중대한 문제를 잠시 잊고 있었던 것이다. 그리고 앞으로 늘 기도를 드리면 그 문제는 자연 해결된 것이란 희망도 느

졌다.

"도…도련님두 자…장가를 보내세요."

광주는 놀랐다. 아무것도 모르는 줄만 알았던 아내가 대주의 비행을 짐작하고 있는 것이었다. 그새 목사님 댁에서 누가 왔었을지 모른다. 이야기를 들었기가 쉽다. 이야기를 듣지 않았다고 해도 불구자의 독특한 민감으로 알아차렸을지도 모른다.

광주는 갑자기 이마에서 땀이 솟아나는 것을 느꼈다. 아내를 속이려 하던 자기의 악마적 근성이 악마로서 눈앞에 보였던 것이다. 세상에서 사랑하는 오직 하나의 아내를 속이려 하다니. 사랑하는 사람에게 속임이 있을 수 있는가. 사랑하기 때문에 속인다는 말이 있다. 그러나 그것은 사랑의 위기를 걱정할 경우 사랑에 대한 변질로 나타나는 현상이다. 진실을 이야기하고 그 진실에 동요됨이 없는 신념까지를 주어야 비로소 참다운 사랑일 수 있다. 대주의 비행을 이야기하고 그 비행을 회개하도록 하겠다는 굳은 마음을 보여 주어 삼애가 대주에게 불안감을 느끼지 않도록 하면 될 것이 아닌가.

그러나 광주는,

"좀 있다 와서 이야기해 줄게."

라고 대주의 이야기를 회피했다. 자기의 진실에 자신이 없었던 것이다. 자기의 진실이 아름다운 것이라고 해도 그것이 대주에게 받아들여지지 않는다면 그 진실은 가치가 없게 될 수도 있다. 가치가 없게 될지도 모를 진실을 가지고 아내의 마음을 안정시킬 수 있을 것인가. 광주는 목사님 댁으로 걸어가며,

'아내가 사랑에 대한 의혹을 갖지 않도록 해 주십시오. 사랑이 부족해서라기보다 자신이 부족해서 이야기를 못하는 것입니다. 거룩하신 하느님, 제가 제 진실에 자신을 갖도록 해 주십시오.'

혼자 기도를 드렸다. 그러면서도 대주의 이야기를 시원하게 하지 않는다고 해서 자기에게까지 불만을 품고 있을 삼애를 생각했다. 역시 사랑의 부족이라 생각하고 섭섭해할 것이다. 아내가 섭섭해할 것을 생각하니 세상 모든 사람을 섭섭하게 한 것보다도 마음이 쓰라렸다.

이야기를 했어야 하는 것이었구나. 결국 속인다는 것은 괴로운 일이구나. 목사님 댁 앞에까지 이르렀을 때 목사님 댁에서 찬송가 소리가 울려나왔다.

전능왕 오셔서
우리를 찬송케 하옵소서
마귀를 이기신
성부여 오셔서
우리를 다스려 주옵소서.

가족 전체의 합창이었다. 찬송이 끝나자,
"주 여호와 하느님, 이 죄인을 불쌍히 여기소서. 아무 힘도 없는 이 죄인이 하느님의 힘으로 우매한 백성들을 하느님 나라로 인도하려고 오랫동안 노력해 왔사오나 제게 주신 힘이 진하여 이 교회를 떠나려고 하옵니다. 고향으로 가서 농사를 지으며 여생을 보낼까 하오니 어디서나 하느님이 보호하시어 다시는 하느님을 욕되게 하는 인간이 되지 말게 하옵소서. 거룩하신 하느님. 이 죄인을 불쌍히 여기사와 따뜻한 손길로 어루만져 주옵소서. 죄를 지었을 때 하느님을 욕되게 하기 쉬운 인간입니다. 죄를 사하여 주심으로 하느님의 품에서 떠나지 않게 하시옵소서."

목사님의 기도였다. 그 기도는 그칠 줄을 몰랐다. 광주는 기도가 끝나기도 전에 발을 옮겼다. 괴로워하는 목사님의 음성을 듣고 있을 수가 없었던 것이다. 딸을 감독하지 못한 책임감과 교인을 볼 낯이 없는 부끄럼으로 교회를 하직하고 고향으로 가겠다는 목사님의 마음이 얼마나 아플 것인가. 목사님의 마음을 아프게 한 것은 나의 동생이다. 목사님이 나를 사찰로 쓰지 않았다면 나는 교회 사택에서 살 수가 없다. 교회 사택에서 살았기 때문에 동생 대주가 목사님의 딸 선희를 알고 죄를 저질렀다. 목사님의 원망은 내가 혼자 받아 마땅하다. 목사님을 무슨 낯으로 대할 것인가. 그는 나에게 모든 책임을 전가시키지는 않을 것이다. 그러나 내 얼굴만 보아도 가슴이 찢어지는 것 같을 것이다. 목사님 앞에 나타날 수가 없는 나다. 내 얼굴을 보임으로 목사님을 이중 삼중으로 괴롭힐 수는 없다.

그는 집에 들러 어린 경삼을 업고, 그리고 고구마 자루를 들고 거리로 나갔다.

가시 면류관을 쓰시고 피땀을 흘려 가며 기도하시던 예수님 생각이 났다. 자기 이마에서도 뜨거운 땀이 솟아남을 느꼈다. 아무 죄도 없이 예수님은 피땀을 흘리시며 만백성을 위해 기도드렸는데 죄를 짓고 남을 괴롭게 만든 나는 무엇이라 기도를 드려야 할까. 광주는 기도를 드려야 할 심정이지만 기도드릴 말이 생각나지 않았다.

'목사님이 교회를 떠나지 않게 하옵소서.'

'목사님이 마음 아파하지 않게 하옵소서.'

이런 말들이 생각났지만 모두가 거짓말 같았다. 그런 기도가 무슨 소용인가. 소용없는 줄 알면서도 기도드린다는 것은 위선이다.

광주는 종일 고구마 장사를 하면서도 제 정신이 아니었다. 목사님을 위해 하느님께 기도드릴 수도 없다면 목사님 문제는 하느님의 힘으로도 해결 지을 수 없다는 것일까. 무소불능하신 하느님의 힘으로 해결 지을 수 없는 일이란 있을 수 없다. 그런 일이 있다고 생각한다는 것은 결국 하느님의 힘을 믿지 않는다는 것이다.

하느님의 힘을 믿지 않다니. 광주로서 도저히 생각 할 수 없는 일이었다. 모든 인간은 믿을 수 없다. 그러나 하느님만은 믿어야 한다. 하느님마저 믿지 않는다면 인간은 불신의 허황된 더미 속에서 사막보다도 더 삭막한 길을 걷게 될 것이다. 자기 안위도 없고 앞날의 희망도 없다. 그야말로 암흑이다. 촛불과 같은 빛이나마 빛을 보며 살아야 자기의 존재를 살펴보며 살 수가 있을 것이 아닌가.

그러면서도 광주는 기도를 드린다고 해서 목사님이 교회를 떠나지 않게 하고 목사님의 마음이 아프게 하지 않을 길이 없을 것이라고 생각했다. 선희로 말미암아 이미 그렇게 되고 만 일이다. 시간을 역행하여 어제라고 하는 날을 없앨 수 있다면 모른다. 그러나 어제라는 시간을 없앨 수는 없다. 동시에 선희의 죄를 흑판에 쓴 글씨를 지우개로 닦아 버리듯 흔적도 없이 할 수는 없다. 차후 하느님께서 용서하시는 것은 둘째 문제다. 용서를 받도록 회개를 해야 한다. 회개를 하려면 우선 마음으로 아파해야 할 것이며 마음 아파하는 표적을 하느님께 보여야 한다. 그러려면 목사님은 응당 교회를 떠나고 딸 선희와 함께 마음의 고통을 받아야 할 것이다.

그것은 참으로 안타까운 일이었다. 다른 사람 때문에 선희가 죄를 지었고 목사님이 그 죄 값을 받는다 해도 모를 일이었다. 자기 동생 대주 때문에 목사님이 교회를 떠나고 또 마음 고통을 받게 되었으니 광주로서 모른 척 할 수가 없는 일이 아닌가.

광주는 저녁을 해 먹은 뒤, 기도를 드리러 교회당으로 가려고 했다. 역시 기도를 드리는 수밖에 없다고 생각했던 것이다. 두드리라 열어 주실 것이요, 구하라 주실 것이라 하셨으니 하느님을 믿는다면 구해 보아야 한다.

교회당으로 걸어가고 있던 광주는 상갓집처럼 음산해 보이는 목사님 사택을 바라보고 발을 멈추었다. 아무리 죄스럽고 면목이 없다 해도 찾아가서 사과를 드려야겠다는 생각에서였다. 괴로워하는 목사님과 사모님을 차마 대할 용기가 없었다. 그리고 죄를 저지른 대주를 목사님과 사모님이 시원해 하도록 응징할 자신이 없었다. 그래서 목사님 사택을 종일 찾아가지 못했던 것이지만 그렇다고 해서 찾아도 안 가면 목사님은 자기를 뻔뻔스러운 놈이라 꾸중할 것이 분명했다. 용기를 다해서 찾아가 보자. 그래서 그는 목사님 사택으로 들어가 목사님께,

"뵐 면목이 없습니다."

하고 고개도 들지 못한 채 사과의 뜻을 표했다.

"앉소."

목사는 육중한 목소리로 침통하게 입을 열었다.

"제 죄가 많아서 그런 것 같습니다. 용서해 주십시오."

"우리 그런 소리 하지 맙시다. 용서는 하느님이 하시는 거지 사람이 하는 것이 아니오. 나, 사찰을 위해 기도 많이 드렸소. 너무 걱정 마시오. 잘못은 사찰의 동생에게만 있는 것이 아니라 내 딸에게도 있는 것이니까."

"이번 기회에 제 동생의 마음을 돌려 잡겠습니다. 그 애가 하느님을 두려

위할 줄 모르기 때문에 그런 죄를 지은 것 같습니다."

"옳은 말이오. 하느님의 아들로 만들어 보시오. 나두 내 딸을 하느님의 딸루 만들어 볼 결심이오."

"그렇지만 교회를 그만두시거나 하는 일은 없두룩 해 주십시오."

"그럴 순 없소 하느님께 부끄러운 일을 했으면 마땅히 정죄를 받아야 하오. 내가 이 교회에 그냥 있는다구 해서 교인이 나를 믿고 내 말을 따를 리 있소?"

"그렇지만 목사님이 죄를 지으신 것은 아닙니다. 사회 풍조가 젊은 사람들을 그렇게 만들어 놓았으니 교인들두 그것을 이해하지 않겠습니까?"

"그렇소, 사회의 풍조가 하느님까지 불신하게 만들고 있소. 그뿐 아니라 젊은 세대의 정조관을 흐리게 했소. 인구 팽창으로 인한 가족계획 같은 것이 생식에 대한 책임을 지지 않아도 좋게 만들었기 때문에 불륜을 두려워하지 않게 된 것이오. 그렇지만 내가 내 딸의 죄를 책임 밖의 일이라 말할 수는 없소. 부모는 자식의 교육에 책임을 져야 하는 것이니까."

목사님은 이 말을 마치자 안방을 향해 얼굴을 돌리고 선희를 불렀다. 목사님의 마음을 알 수 없어 멍하니 앉아 있을 때 선희가 들어왔다.

"너 사찰에게 사과를 해라."

목사님이 선희에게 명령했다.

"왜 사과를 해요?"

선희가 항의했다.

"너 하느님과 모든 사람에게 사과하기루 약속했지? 너 때문에 사찰의 마음이 얼마나 아플 것인가를 생각해 봐라."

"지나가는 거지보구두 사죄를 해야겠네요."

"그런 맘으루 살아야 한다. 어서 사죄를 해."

"........."

"빨리 못할까? 넌 애비와의 약속을 벌써 잊어버렸니?"

그때 선희는 광주의 얼굴을 빤히 쳐다보다가,

"대주 씨에게 아무 죄두 없으니까 그이를 책하지 말아 주세요."

제8장 불행과 허무 689

하고 말했다.

"그것이 사죄냐?"

목사님이 불만스럽게 말했다.

"제가 잘못했다는 뜻 아녜요."

"좀더 솔직하게 사죄를 해. 죄에 대담했으면 회개에두 대담해야지······."

그러자 선희가 토끼처럼 뛰어 달아났다. 그것을 보자 목사님이 자기 주먹으로 가슴을 두 번 쳤다. 그리고는 긴 한숨을 내쉬었다.

광주는 도리어 무안했다. 자기 때문에 합쳤던 목사님과 선희의 마음이 다시 갈라진 것이 또 죄스러웠던 것이다. 그래서,

"목사님. 저두 비밀을 지키겠습니다만 목사님 댁에서두 이번 일을 비밀루 지키십시오. 그러면 남들은 아무두 모를 것이 아니겠습니까?"

목사님의 신경을 딴 데로 돌리려 했다.

"하느님이 알구 계신 일을 가지구 누굴 속이겠소? 어서 돌아가시오? 아무 걱정 마시구 돌아가시오."

결국 광주는 자기의 믿음이 부족함을 깨달았다. 목사님의 마음속에는 이미 하느님의 힘이 작용하고 계시다. 그래서 그는 불안하지도 않고 초조하지도 않다. 하느님의 뜻대로 행동할 마음의 준비가 다 돼 있다. 그런데 자기는 목사님이 불안해 할 것을 걱정했다. 그래서 교회를 떠나지 말아 달라는 말을 했고 대주와 선희의 죄를 모든 신도들에게 감추도록 진언했다. 얼마나 어리석은 일인가. 얼마나 믿음이 적은 일인가. 자기도 목사님과 같은 생각을 해본 일이 있지만, 그것으로 만족하지를 못했던 것이다. 목사님이 교회를 떠나는 것이 하느님의 뜻이라면 목사님으로 하여금 하느님의 뜻에 순종하도록 해야 한다. 죄악을 숨기는 것이 또한 죄 되는 일이라고 하면, 하느님의 눈총을 피해 가며 죄악을 덮으려고 해서는 안 된다. 그런데 자기는 해서 안 될 일을 목사님에게 진언했던 것이다. 모두 믿음이 부족한 때문이다.

"네, 가 보겠습니다."

목사님에게 순종하는 것이 곧 하느님에게 순종하는 것이란 생각을 가지고 그는 사택을 나왔다. 그리고 교회당으로 가서 기도를 드리기 시작했다.

기도를 드릴 때 그는 맨 처음으로 자기가 믿음이 부족하여 하느님의 뜻을 올바르게 받아들이지 못한 것을 사과했다. 동시에 더욱 두터운 믿음을 주시라고 기도했다. 동시에 더욱 두터운 믿음을 주시라고 기도했다. 어떤 경우에도 자기의 마음이 흔들리지 않도록 믿음이 굳어야 한다는 것을 절실히 느꼈던 것이다.

두 번째로 선희가 착한 하느님의 딸이 되기를 간구했다. 그래서 하느님과 목사님에게 걱정을 끼치지 않는 여자가 되기를 기도했다. 그 다음에는 대주가 하느님을 아는 인간이 되게 해 달라고 기도드렸다. 모든 죄가 하느님을 믿지 않고 하느님을 두려워하지 않는 데서 생긴다는 것을 뼈저리게 느꼈던 것이다. 마지막으로 그는 목사님의 마음을 안수하시어 그가 괴롭지 않도록 해 달라는 기도를 드렸다. 자기의 기도가 있기 전에 하느님이 그를 버리시지 않고 그를 위로해 주시고 계심을 알고 있었으나 자기로서도 간구하지 않을 수 없었던 것이다.

기도를 끝내고 집으로 돌아갔다. 그것은 그새 혹시 대주가 돌아오지나 않았을까 하는 생각에서였다. 대주를 만나 대주로 하여금 다시는 죄를 짓지 말도록 해야 했다.

그런데 어느새 밤 열 시가 다 됐는데도 대주는 돌아오지 않았다. 대주의 방문을 열어 보고 방 안이 텅 비어 있음을 보았을 때 광주는 대주가 죄에 대해 너무나 둔감한 사람이라는 것을 느꼈다. 죄에 대해 느낌이 있는 사람이라면 오늘쯤 일찍 돌아와 형인 자기에게 잘못했다는 뜻이라도 표해야 할 것이다. 잘못했다는 말은 못 한다 해도 태도라도 그것을 보일 수 있다. 그런데 일찍 돌아오지도 않은 것은 죄에 대한 의식이 희박하기 때문이다. 죄를 아무것도 아닌 것으로 생각하기 때문이다. 죄가 아무것도 아닌 것으로 생각할 때 인간은 올바른 감성(感性)도 올바른 이성(理性)도 잃어버리게 된다. 도리어 죄만을 향락하게 된다. 죄를 향락하게 되면 결국 '소돔과 고모라'가 되고 만다. 아브라함이 아무리 구해 보려고 하느님에게 간구하고 천사에게 부탁했으나 소용없었다. 음부에 떨어지고야 만 소돔과 고모라는 죄를 무서워하지 않은 벌을 받고야 만 것이다.

문명이 극치에 달하고 사람이 향락에 빠진 로마도 소돔과 고모라처럼 음부에 떨어지지는 않았지만 망하고야 말았다. 인간은 최후에 죄를 두려워하지 않음으로 망하게 되고 말 것이다.

광주는 대주가 멸망에 가까운 인간 같은 생각이 들어 가슴이 꽉 막히는 것을 느꼈다. 늦게라도 돌아오겠지 하고 생각하며 안방으로 갈 때였다. 경선이 방을 나와 광주 앞을 지나 밖으로 뛰어나갔다. 밖으로 나가면서도 광주에게 어디 간다는 말 한 마디 안 했다. 말이 없을 뿐 아니라 본 척도 안 했다. 이상한 일이라 생각하면서도 달리 괘념을 하지 않고 방 안으로 들어갔다. 어린애들은 잠들었고 아내만이 혼자 앉아 있었다. 앉아 있는 아내 눈에 독이 서려 있었다. 웬일일가 생각하고 있을 때 아내가,

"저 전도부인 와…왔다 갔어요."
하고 말했다.

"왜?"

"모…몰라."

광주는 목사님 댁 일로 왔으려니 생각했다.

광주는 지체함이 없이 전도부인 집으로 갔다. 대문이 잠겨 있지 않아 그냥 들어서서 가벼운 기침으로 인기척을 냈다. 그리고는 방으로 걸어가려고 하는데 마루에서 검은 그림자가 뛰어나와 담벽에 가 기대섰다. 가슴이 덜컹했으나 보고도 못 본 척 피할 수는 없었다. 아무리 도둑이라 해도 일 대 일이면 붙잡을 수 있을 것 같기도 했다. 그래서 그는 검은 그림자를 따라 담벽으로 가서 몸을 웅크리고 있는 도둑을 움켜잡았다. 그때,

"사찰! 나야."

도둑이 목소리를 죽여 가며 광주를 불렀다. 광주는 도둑의 얼굴을 들여다 보지 않을 수 없었다.

"김 집사님!"

그는 놀랐다. 김 집사가 전도부인 집에 물건을 훔치러 들어오다니…….

"이걸 놓게. 그리구 조용히 해."

광주는 김 집사의 멱살을 놓았다. 그리고는 발자국 소리를 죽여 가며 걸

어가는 김 집사의 뒤를 따랐다. 두 사람이 대문 밖을 나서려 할 때 안방 문이 열리며 전도부인이 마루로 나와,

"무슨 소리가 났는데……."
하며 사방을 둘러보았다.

대문을 나오자 김 집사가,

"목사와 전도부인이 보통이 아니란 걸 오늘 내 눈으루 보았어. 조금만 더 있다가 현장엘 뛰어들어가려구 했는데 그만 자네가 와서……."

마치 숙적을 거꾸러뜨린 운동선수처럼 득의만면해서 말했다.

"그럴 수가 있습니까?"

광주는 김 집사의 말을 믿으려 하지 않았다.

"나는 그들이 하던 이야기까지 들었으니까 속이지 못할 걸세. 보게, 자네가 들어오며 기침 소리까지 했는데 그들은 그것도 못 들었거든. 왜 못 들었는지 아나? 그때 서루 부둥켜안기를 시작했단 말야. 정신이 있을 수 있어?"

"설마……."

"설마가 아니래두. 내일 내가 당장에 내쫓을 테니 두구 봐."

김 집사는 그것만으로도 자기가 힐 일을 다 했다는 듯이 집으로 돌아갔다.

광주는 선 자리에서 몸을 움직이지 못했다. 어떻게 해야 할지를 몰랐던 것이다. 전도부인 집으로 들어가 목사님과 전도부인에게 당신들을 엿보고 있는 사람이 있는 줄도 모르고 왜 이렇게들 앉아 있느냐고 말해 줘야 할 것 같았지만 죄 없는 그들을 죄인처럼 말할 수가 없었다.

정말일까? 하는 의심도 들었다. 김 집사의 태도로 보아 거짓말 같지가 않았다. 김 집사의 말이 거짓이 아니라면……. 차마 믿기 어려운 일이었다. 목사님이 설마. 목사님이 그렇다면 세상에 믿을 사람은 정말 한 사람도 없다. 인간이 인간을 불신한다는 것도 근거 없는 일이 아니다.

나두 김 집사처럼 몰래 그들을 살펴볼까? 내 눈으로 목사님이 믿을 수 있는 사람인가 아닌가를 확인해 보자.

그것은 하나의 호기심이었을지도 모른다. 그러나 광주는 호기심이라고 생각지 않았다. 김 집사의 말만으로 목사님을 불신할 수는 없다. 목사를 불

신하게 되면 세상 모든 사람을 불신하게 된다. 그렇게 중요한 일을 어찌 남의 말만으로 결정지을 수 있을 것인가?

광주는 도둑처럼 발소리를 죽여 가며 대문 안을 들어섰다. 그리고는 살금살금 걸어가 방문 틈으로 방 안을 들여다보았다. 역시 놀라운 일이 벌어지고 있었다. 광주는 눈을 부비고 다시 들여다보았으나 자기 눈을 의심할 수는 없었다.

목사가 전도부인을 찾아갔다. 그것은 자기가 목회를 그만두기로 결심 한 만큼 전도부인의 사임을 만류하기 위함이었다. 집으로 불러올 수도 있는 일이지만 전도부인과의 사이를 이러쿵저러쿵 이야기들하고 있는 것을 두려워한다는 것이 싫었다. 더구나 앞으로는 조용히 이야기할 기회도 없을 것 같아 일부러 목사 자신이 전도부인을 찾아갔다. 전도부인은 목사가 찾아온 것에 감격했다. 정말 아무렇지도 않은 사이를 가지고 추문이 있는 것처럼 떠들고 다니는 교인들이 싫어졌던 것이다. 그래서 교인 심방을 갈 때도 목사와 같이 가기를 꺼려했고 최근에는 목사를 위해 자기가 교회를 사임해야겠다고 생각하고 있었다. 그 뜻을 목사에게 표시까지 했던 것이다. 그런데 목사님이 주위의 의혹을 무시하고 자기를 찾아온 것이다. 그미는 우선 목사님을 대접해야 한다고 생각한 뒤 사찰을 찾아갔다. 마침 사찰이 없어 과일도 사 오지 못했지만 옆에 살면서도 찾아오는 일이 없던 목사님을 푸대접하는 것이 마음속으로 미안했다.

미안한 마음을 가진 채 이야기를 하던 중 목사님이 선희의 이야기를 한 뒤 고향으로 갈 결심이란 뜻을 밝혔다.

"제가 그만두기루 했으니까 목사님은 그냥 교회 일을 봐 주십시오."

전도부인은 목사님이 교회를 그만두게 되는 이유 가운데 자기도 한 몫 끼인 것이라 생각했던 것이다.

"전도부인과 아무 상관없는 일입니다. 순전히 내 가정 일로 그만두는 것이니까 조금두 심려를 마시구 교회 일을 잘 봐 주십시오."

그때 전도부인은 왈칵 설움이 복받쳐 올라옴을 어찌 할 수 없었다. 무엇이 작용했는지 알 수 없었다. 그저 복받쳐 올라오는 슬픔.

"목사님, 저는 어떻게 살아야 하나요?"

그미는 방바닥에 엎드려 눈물을 떨어뜨렸다. 정말 어떻게 살아야 할지가 걱정이었던 것이다.

"스스로 위로를 받으며 사십시오. 하느님을 믿고 의지하면 스스로를 위로하며 살 수 있습니다."

목사의 목소리가 너무나 부드러웠다. 말의 내용보다도 그 부드러운 목소리가 전도부인의 폐부를 울렸다.

"목사님이 떠나시면 전 못 살 것 같습니다."

이때까지 전도부인은 하느님을 의지하고 살았다. 사랑하던 남편이 죽은 뒤 그미는 남편을 따라 죽고 싶었다. 그만큼 남편을 사랑했었다. 그러나 죽지를 못했을 때 그미는 재혼을 단념하고 하느님 품 속에서 살려 했다. 하느님 품 속에서 살기만 하는 데는 남편에 대한 추억이 정신적으로 육체적으로 너무나 육박해 왔다. 그미는 하느님의 역사를 맡아봄으로 육박해 오는 추억이 자기를 사로잡지 못하도록 했다. 사명감을 가지고 하느님의 역군 노릇을 하지 않으면 강력한 추억이 현실적인 유혹을 끌어들일 위험성을 느꼈던 것이다. 그래서 전도부인이 된 지 오륙 년이 되도록 자기 마음을 깨끗이 유지해 왔던 것이다. 그러나 오 년 동안 모시고 있던 목사가 목회 일을 그만두고 고향으로 내려간다는 말에 그미는 이때까지 믿고 의지했던 하느님을 잃은 듯한 고독감을 느꼈다. 하느님을 믿는 마음엔 변화가 없으면서도 목사가 없으면 의지할 것이 없어지는 듯한 허전함을 느꼈던 것이다.

"가장 큰 힘을 가지시고 가장 큰 은혜를 베풀어 주시는 하느님이 계시지 않습니까?"

"하느님의 힘만으로 살아가기에는 세상이 너무나 험한 것 같아요."

"사람의 힘만으로 살아가기에는 세상이 너무나 험하지요. 정말 세상이 너무 험합니다."

이 말을 한 목사가 갑자기 수건을 꺼내 얼굴을 가렸다. 그리고는 목이 멘 소리로,

"이젠 가 봐야겠습니다."
하고 일어서려 했다.
전도부인은 목사의 무릎에 쓰러지며,
"전 어떻게 하랍니까?"
하고 매달렸다. 이제 떠나면 다시 만날 수 없는 목사 같았던 것이다. 그미는 목사의 무릎에 엎드린 채 오열을 했다.
"울지 마십시오. 마음이 약해질 때일수록 하느님을 부르십시오."
목사는 오열하는 전도부인의 등을 어루만져 주며 위로했다.
이런 장면을 김 집사가 문틈으로 들여다보았다.
인기척이 나는 것 같아 전도부인은 마루로 나가 보았으나 보이는 것이 없어 다시 방 안으로 들어갔다. 방 안으로 들어가자 전도부인은 갑자기 생각이 달라졌는지,
"저두 교회를 그만두구 결혼이나 할까요?"
하고 물었다.
"그것두 좋은 생각입니다. 하느님을 위해 몸과 마음을 바치는 것이 거룩한 일이지만 인간으로 자기 개인에 충실하는 것도 하느님이 즐거워하시는 일입니다. 조금도 괴로워 마시고 마음 내키는 대로 하십시오."
목사가 허심탄회하게 대답했다. 허심탄회하게 대답하는 목사를 보자 전도부인은 마치 아버지를 대하는 것 같았고 하느님의 아들을 대하는 것 같았다.
"그래두 죽은 남편과 같은 사람을 만날 것 같지가 않아요."
"이상형에 비추어 사람을 보려고 하면 만족할 수가 없을 겁니다. 이상형의 인간은 오직 예수님뿐이라고 생각하며 살아야 실망이 적은 법이죠."
"목사님!"
전도부인은 또 흥분을 했다. 결혼한다고 해도 만족할 수 없다면 일생을 어떻게 살 것인가 하는 절망이 다가왔기 때문이었다.
"잘 생각해서 하시오."
목사가 그만 일어섰다. 전도부인은 이야기가 미진하다고 생각하고 있는

데 목사는 일어나는 것이었다. 이제 언제 다시 만날 수 있을까? 목사님이 가시고 나면 누구와 더불어 자기 인생 이야기를 할 수 있을까? 또 눈물이 나왔다. 그렇다고 목사님을 붙잡을 수도 없어 그미는 목사를 따라 일어섰다. 그때 목사님이 전도부인을 측은히 생각하고 그미의 어깨를 두들겨 주며 말했다.

"어떤 일이 있어두 실망을 마시오. 우리의 힘이 되어 주실 하느님이 계시니까……."

전도부인은 자기 설움에 목사님 가슴에 안겨 버리고 말았다.

"목사님만 교회에 계신다면 저는 죽을 때까지 목사님 곁에서 일하며 살겠어요."

이때 광주가 문틈으로 그들을 들여다보고 기겁을 했다. 기겁을 안 할 수가 없었던 것이다. 목사와 전도부인이 서로 끌어안고 있다니……. 김 장로나 김 집사의 말이 거짓이 아니다. 김 집사가 목사님의 뒤를 따르며 부정한 행동을 살피려 한 것도 무리가 아니었다. 광주는 발소리를 죽여 전도부인 집을 나와 자기 집으로 돌아갔다. 대주는 아직도 돌아오지 않고 있었다.

그런데 경선이 보이지 않았다. 몇 시간 전에 나가는 것을 보았는데 그때 나가서 아직 돌아오지 않았는지 그새 돌아왔다가 변소엘 갔는지 알 수 없었다. 그래서 아내에게 물었더니,

"모…몰라요."

볼멘소리로 대답했다. 모른단 말이 무슨 말이냐, 아까 나가서 아직 안 들어온 것이냐, 따져 물었을 때 아내는 그때 나가서 아직 안 들어왔다고 대답했다. 이상한 일이었다. 어린애가 어딜 가서 밤늦게까지 돌아오지를 않을까? 갈 데가 있을 것 같지 않았다. 그런데 아내는 걱정도 안 하는 표정이었다.

"왜 나갔지?"

"누…누가 아…알아요?"

경선을 자기 자식처럼 사랑하던 아내의 태도가 그렇게까지 냉정해질 수 있을까? 필유곡절이라 생각했다.

"말해 봐. 그 애가 어딜 갔어?"

광주가 협박조로 말했지만 삼애는 베고 누워 있던 베개를 끌어당기며,

"내가 어…어떻게 아…알아요."

역시 냉정하게 대답했다. 그런데 베개를 끌어당기는 것이 좀 수상스러웠다. 베개뿐이 아니라 베개 밑 요까지 한꺼번에 끌어당기는 것이 꼭 그 밑에 무엇을 감추고 있는 것 같았다.

"거긴 뭐가 있어?"

광주는 침착한 행동으로 손을 요 밑에 넣었다. 책 한 권이 집혔다. 집힌 책을 꺼내며,

"무슨 책이지?"

별다른 호기심도 가지지 않고 책을 보았다. 그때 아내는 한 손을 내밀고 그 책을 뺏으려 했다. 뺏으려 하니 보고 싶은 마음이 더했다. 그는 책을 높이 들고 속을 펼쳐 보았다. 일기책이었다.

"아…안 돼요."

삼애가 기겁을 해서 일기책을 뺏으려 했다.

"당신 일기로군……."

대단치도 않은 것을 가지구 기겁할 것이 무엇이냐고 생각하며 광주는 일기책을 삼애에게 내밀었다. 그때 삼애가 눈물을 떨어뜨리며 그 일기책을 경선이 읽었다고 말했다.

"그년이 두…두 번이나 읽었어요."

삼애는 격분해 있었다.

"그런 것 좀 읽으면 어때?"

"아…안 돼요. 절…절대루 안 되는 거예요."

읽어서 안 되는 일기책을 읽었기 때문에 경선을 꼬집어 준 모양이었다. 광주는 그렇게 생각했다. 일기책을 두 번 읽었다. 한 번은 경선이 도망 나간 오늘이고, 또 한 번은 경선이 울던 그 날일 것이다.

"무슨 내용이 들어 있는데 절대루 읽으면 안 될까? 좀 읽어 봐."

광주가 일기책을 좀 보여 달라고 했지만 삼애는 펄쩍 뛰며 일기책을 요 밑에 감추었다.

"그럼 이야기라두 해 줘. 그 애가 읽어서 안 될 게 뭐야."

광주가 간곡히 청하자 삼애는 자기네들의 비밀이 전부 적혀 있는 것이라고 말했다. 광주의 전처, 신애(삼애의 언니)가 삼애 때문에 죽는 사실까지 적혀 있다고 말했다. 그 말을 듣자 광주는 갑자기 하늘이 무너지는 것 같음을 느꼈다. 가장 중요한 비밀, 경선에게는 절대로 알려서 안 될 비밀이 경선에게 알려졌다는 것은 자기가 가지고 있는 유일한 미덕, 특히 악의 미덕이 완전히 무너지고 만 셈이 된다. 경선에게 쌓아올린 십여 년의 선심(善心)은 완전히 위선이 되고 말았다. 비록 그것이 위선이라 해도 하느님에게는 칭찬받을 일이라고 생각해 왔었던 것이다. 그런데 경선이 그 위선을 알고 자기의 생명을 저주하는 동시 자기의 생명을 낳아 준 어머니를 죽게 한 사람들을 저주하게 되었다. 한 생명으로부터 저주를 받게 된 광주가 어찌 하느님 앞에 떳떳할 수가 있을 것인가?

십 년 동안 쌓아 올렸던 성이 일시에 무너지는 감이었다.

그것은 그렇고 우선 어린 경선을 찾아와야 하지 않겠는가. 밤이 이미 깊었는데 어디서 찾을 수 있을까. 만약 경선이 어떤 사고로 죽기라도 했다면……. 집을 나갔다는 사실 자체가 자기와 삼애를 저주히는 일이다. 만약 경선이 죽었다고 하면 그미는 육체와 영혼을 바쳐 자기들을 영원히 저주하는 것이 된다.

광주는 집을 뛰쳐 나갔다. 어디를 가서든 찾아와야 한다는 생각이었다. 목표가 있을 턱이 없었다. 목표가 없으면서도 찾아봐야 했다. 그런데 대문을 나가 얼마 가지도 않았는데 술에 취한 대주가 비틀거리며 걸어오다가,

"형님! 어디를 가는 겁니까?"

하며 광주의 팔을 잡았다.

"형님, 어떡헙니까? 죄를 진 놈이 무슨 면목으루 일찍 들어오겠어요? 할 수 없어 술을 먹었습니다."

이 정도의 자기 비판이라도 했다면 모른다. 아무 일도 없었던 듯 팔을 잡고 어딜 가느냐고 물을 때 광주는 동생에 대한 흥미가 싹 가시고 말았다. 될 대로 돼라. 네까짓 것 하고는 상관도 없다.

광주는 대주에게 대답도 않고 거리로 나갔다. 그리고는 거리를 헤매었다. 목표가 없는 동시 어떤 곳을 눈여겨 찾아야 할지 짐작도 가지 않았다. 맨홀 속, 하수도를 뒤져 보아야 할 것 같기도 했고, 거지 애들이 우글거리는 서울역 근처를 찾아 봐야 할 것 같기도 했다. 남산 나무 밑으로 가야 할 것 같은 마음이 드는가 하면 파고다 공원 벤치를 살펴야 할 것 같기도 했다. 그러나 어디를 가도 있을 것 같지가 않았다.

방향 의식을 잃어버린 사람처럼 그냥 헤맸다. 어떤 냄새를 맡고 그 냄새를 추적하는 사냥개처럼 눈길이 가는 대로 발길을 옮기는 것이었다. 상점 속을 들여다보았고 지나가는 애들의 뒤를 좇기도 했다. 그것이 헛수고인 줄 알면서도 한 시간쯤 헤맸다. 헤매고 보니 집에서 일 킬로도 안 되는 지점을 뱅뱅 돈 것이었다.

열두 시가 되자 그는 피곤을 느끼며 집으로 돌아왔다. 혹시나 해서 방 안을 둘러보았으나 경선은 보이지 않았다. 안 돌아오리라 작정하고 나간 모양이다. 아주 돌아오지 않을 작정인가?

광주는 어린것이 너무 심하다고 생각했다. 몰랐던 자기의 인생을 알았다고 해도 그래도 자기를 키워 준 집인데 그 집을 아주 나갈 수가 있는가? 친어머닌 줄 알았던 삼애가 자기의 친어머니를 죽게 한 여자라고 해서 삼애를 원수로 취급하기에는 아직 나이가 너무 어리지 않을까?

삼애에 대해서는 어떻게 하든, 그래도 심혈을 기울여 사랑해 준 진짜 애비인 자기에게도 말 한 마디 없이 집을 나가다니······.

광주는 배신을 생각지 않을 수 없었다. 배신 가운데도 진짜 배신이다. 철 없는 애를 순진하고 순수하다고들 말한다. 순진하고 순수한 어린애의 배신은 이해타산에서 생기는 배신보다 진짜 배신이라 아니 할 수 없다.

무슨 영광을 보자고 살 것인가? 죽는 것만 같지 못했다. 죽음. 죽음이 가장 깨끗할 것 같았다. 그는 하느님도 생각지 못했다. 하느님을 생각지 못한 순간이 이렇게 길어 보기는 처음이었다. 그는 가장 절박한 상태 속에 놓여 있으면서도 하느님의 힘을 빌릴 생각을 못했다.

하느님을 생각하는 것도 어느 정도 마음의 여유가 있을 때 있을 수 있는 일인지?

　아내도 잠을 못 이루고 있었다. 생각이 많으리라. 그러나 광주는 아내를 동병상린의 마음으로 대할 수가 없었다. 한 방에 있으면서도 멀리 떨어져 있는 것 같은 거리감을 느꼈다. 거리감 정도가 아니었다. 보기도 싫다는 증오감을 느꼈다. 삼애를 안 뒤 오늘까지 느껴 보지 못했던 감정이었다.

　뭐 잘난 인생이라고 일기까지 썼다가 이런 일을 저질렀을까? 아내가 우둔의 극치처럼 생각되었다.

　공허했다. 오직 공허뿐이었다.

　아내를 미워하지 않기 위해 살아왔고 경선을 슬프게 해 주지 않기 위해 살아왔다. 그러한 삶이 모두가 공허로 돌아가고 말았다.

　쥐가 천장에서 부스럭거렸다. 틀림없이 천장에서 나는 소리였지만 그는 벌떡 일어났다. 경선이 돌아오는 발자국 소리로 착각했던 것이다.

　건넛방에서 대주가 잠꼬대를 했다.

　"이 놈! 이 죽일 놈."

　술이 취해 잠들었으니 험한 꿈을 꾸는 모양이었다.

　광주는 그 잠꼬대에 귀를 기울였다. 혹시 대주가 경선을 붙들고 소리를 지르는 것이 아닐까 하고. 그러나 대주의 잠꼬대는 딱 그치고 뒤가 없었다.

　고요하기만 했다.

　무서운 고요였다. 광주는 몸에 소름이 끼치는 것을 느꼈다. 한데서 자기에는 너무나 쌀쌀한 가을밤이다. 경선은 어디서 떨고 있을까? 집에 돌아올 생각을 안 하면서도 추위에 떨며 따뜻한 잠자리를 그리워하고 있겠지…….

제9장 종장(終章)

　광주는 잠을 못 이루고 밤을 새웠다. 경선의 영상이 눈앞에서 떠나지 않았고 자기의 인생이 아주 무너지고만 것 같음을 느꼈기 때문이었다.

　그는 하느님을 믿고 죄 사함을 받음으로 새사람이 되려 했고 또 되어 가고 있는 것이라 믿어 왔다. 그 믿음으로 고난을 고난으로 생각지 않으며 살아왔던 것이다. 그리고 그 믿음은 하느님이 그를 용서한다는 전제에서 생겨난 것이라 말할 수 있다. 하느님이 그의 죄를 씻은 듯 용서해 줌으로 그는 죄의 값을 받지 않고 그 대신 그는 다시 죄를 범하지 않게 되는 것이다.

그런데 경선이 자기 어머니가 누구인지를 알고, 그 어머니가 누구 때문에 죽었다는 것을 안 다음 집을 나갔다는 사실은, 하느님의 용서로 잊어버리게 된 줄 알았던 그의 가장 뼈아픈 일을 되살아나게 해 주는 것이나 다름없는 일이다.

본처의 동생, 삼애를 사랑함으로 본처를 죽게 했다는 죄의식이 경선의 고통을 보는 데서 가장 강하게 작용한다는 것은 어쩔 수 없는 일이었다. 지금의 아내가 불구자가 될 때도 죄의식이 발동 안 한 것이 아니지만 그때는 삼애가 공범자라는 데서 그래도 도피할 구멍이 있었다.

그러나 철없는 경선의 고통을 봄으로 느껴지는 죄의식은 도피할 길이 없다. 경선은 절대로 공범자가 아니다. 죄의 틈바구니에서 태어난 가련한 목숨일 뿐이다.

경선에게는 아무 죄도 없다. 죄가 없으면서도 불행하게 죽은 자기 어머니의 죽음을 일평생 슬퍼하며 살아야 할 것이다. 죄 없이 슬퍼하기만 해야 하는 경선의 슬픔을 보는 이상 광주의 고통은 그칠 사이가 없을 것이다. 경선에게 슬픔을 주고 그에게 고통을 느끼게 하는 것이 죄의 대가라 아니 할 수 없다.

죄의 대가를 받고야 마는 것이다. 죄의 대가를 받고야 만다면 결국 그는 하느님의 용서를 받지 못한 것이 되고 마는 것이 아닌가? 용서를 받지 못했다면 그는 새 사람이 되었다고도 말할 수가 없다. 새 사람이 되지 못했다고 하면 다시 죄를 짓지 않는다는 것이 아무런 의미가 없어진다. 한 푼의 빚을 지나 두 푼의 빚을 지나 마음의 부채에는 다름이 없다.

나는 헛살았구나. 아무 보람도 없는 삶을 그래도 보람 있는 것처럼 생각하며 살아왔다. 속은 것이다. 나에게 내가 속으며 살아온 것이다.

저주받을 삼애여!

쓸데없는 것을 일기에 적어 그것으로 경선이가 모든 비밀을 알게 된 아내의 경솔을 저주하고 싶었다.

아내의 일기만 아니었다면 자기는 이러한 죄의식을 느끼지 않아도 좋다. 죄의식을 느끼지 않는 한 하느님의 용서가 내린 것으로 믿음의 생활을 계속 할 수가 있을 것이다. 하느님의 용서를 저버리게 한 것도 삼애다.

삼애! 너는 무엇 때문 세상에 태어났단 말인가. 죄를 짓고 그 죄로 아는 사람 전부를 옭아매어 꼼짝도 못하게 만들기 위해 태어났단 말인가?

광주는 파란 칼날을 생각했다. 번쩍이는 칼날이 자기 손 안에 쥐어져 있는 착각을 느꼈다. 어떠한 선의 의지로도 용해되지 않는 고체화된 죄의 덩어리. 그것이 존재해 있는 한 자기의 죄도 용서를 받을 수 없다.

죽이고 죽자. 그러면 하느님도 용서를 하실 것이다. 마음으로 회개하고 용서를 구했지만 끝까지 용서 안 하신 하느님이다. 죽음으로 사죄(赦罪)를 빌자. 인간이 할 수 있는 최후의 속죄 방법이라면 하느님도 할 수 없이 용서하실 것이다.

그는 벌떡 일어났다. 그리고 부엌으로 나갔다. 식도를 들어 보았으나 곧 놓고 다시 들어왔다. 칼이 너무나 무디었던 것이다. 그것을 가지고는 피부를 뚫고 들어가 심장에 꽂을 수가 없다.

실의(失意)에서 오는 막막한 생각에 사로잡혀 있는 그의 눈이 책상 위에 있는 사발시계에 머물렀다. 네 시 반이었다. 새벽종을 쳐야 할 시간이었다. 그는 벌떡 일어나 책상 있는 데로 갔다. 교회당 열쇠를 찾았으나 언제나 책상 위에 놔두는 열쇠가 보이지 않았다. 그는 자기 주머니들을 뒤져 봤다. 샅샅이 뒤졌으나 흔적이 없었다.

정신이 이렇게 없나 하고 머리를 흔들어 봤지만 어디 두었는지 통 기억이 나지 않았다. 돌아다니다가 떨어뜨린 것이나 아닐까?

그는 집을 나섰다. 열쇠가 없다고 앉아만 있을 수는 없었던 것이다. 자물쇠를 부수고라도 들어가 종을 쳐야겠다고 생각한 그의 손에는 장도리가 들리어 있었다. 장도리를 들고 교회당까지 달려가 출입문을 흔들어 보았다. 그런데 이상하게도 문은 단번에 열렸다. 그리고 문이 열리면서 쩔그렁 열쇠

소리가 났다. 열쇠 뭉치가 열쇠 구멍에 꽂혀 있었던 것이다.
'이렇게도 정신이 없담?'
정말 한 번도 없었던 일이었다. 어쨌든 열쇠를 찾은 것만이 다행이었다. 그는 신발장 옆으로 해서 종각엘 들어가 종을 치기 시작했다.
땡그렁 땡그렁.
종이 거듭 울림에 따라 광주는 하느님의 목소리가 고요한 새벽 공기를 울리며 죄 많은 인간들의 잠을 깨우는 것이라 생각하며 경건한 마음이 되어 눈을 감았다. 눈을 감고 계속해서 종을 치고 있을 때 그의 입에서,
"하느님, 저는 어떻게 해야 하나이까?"
이런 소리가 나왔다.
"저는 어떻게 해야 하나이까?"
두 번이나 부르짖었지만 하느님의 대답은 들리지 않았다. 종소리는 분명 하느님의 목소리였지만 그 목소리가 어떤 뜻을 나타내지 않은 것이었다.
역시 하느님은 나를 용서하시지 않으셨다. 그리고 나에게서 외면하셨다.
그는 종 치는 것을 중단했다. 용서하는 일에 인색한 하느님의 목소리를 더 듣고 싶지 않았던 것이다. 종을 그만 치고 교회당 안의 전등불을 켰다. 전등불을 켜자 안을 두루 살펴보았다.
거지 애가 들어와 잠을 자고 있으리라는 육감이 머리에 떠올랐던 것이다.
어제 소제를 끝낸 뒤 창 하나를 잠그지 않았던 일도 생각했다.
그는 잠그지 않은 창으로 가서 위로 올려 여는 창을 열어 보았다. 손을 갖다 대기가 무섭게 창이 올라갔다. 그는 다시 창을 닫고 허리를 꾸부려 걸상 밑을 살펴보았다.
거지 애가 잠들어 있었다. 거지 애는 혼자가 아니었다. 이놈이 이제는 동무 거지까지 데리고 와서 자는구나. 이러다간 거지 합숙소가 되지 않을까? 그는 거지 애를 흔들어 깨웠다. 동시에 그 옆에서 자고 있는 애에게도 손을 댔다. 계집애였다. 그 계집애는 다른 애가 아닌 바로 자기의 딸 경선이었다.
거지 애가 깨든 말든 광주는 경선을 일으켜 안았다.
"왜 여기서 잤니?"

죽지 않고 살아 있는 것이 고마웠다.

"춥지 않던?"

왜 집을 나왔느냐? 왜 엄마의 일기책을 보았느냐? 따위를 물어 볼 생각은 없었다. 춥게 잤을 경선이 애처로울 뿐이었다.

"어서 가자."

그는 경선의 손목을 잡고 일으켰다. 어서 가서 몸을 녹여 줘야 했던 것이다.

"아버지, 나 집에 안 들어갈 테야."

경선이 뜻밖의 말을 했다.

"집엘 안 가면 어딜 가지?"

"명소하구 고아원엘 갈 테야."

"명소라니?"

"이 애……."

경선은 일어나 앉아 있는 거지 애를 턱으로 가리켰다.

광주는 무엇이라고 말해야 할지 몰랐다. 집이 싫다는 경선에게 억지로 가자는 말을 할 수 없었기 때문이었다.

"고아원이 집보다 좋을까?"

"좋을지 나쁠지는 모르겠어요. 제가 갈 곳은 고아원뿐일 것 같아요."

광주는 언제부터 경선이 명소와 친해졌는지 알지 못한다. 모르기는 하지만 상당히 친하지 않고서는 같이 고아원에 가자는 말이 나왔을 것 같지 않았다.

"넌 이때까지 고아원에 있었니?"

그는 명소에게 물었다.

"아니요."

"그럼 어떤 고아원으로 가겠다는 거냐?"

"전에 있던 고아원으루 갈려구 해요. 거기선 언제나 받아 주니까요."

"어딘데?"

"관악산 밑에 있어요."

광주는 두 애를 다 데리고 교회당 밖으로 나갔다. 곧 교인들이 모여들 것이기 때문이었다.

교회당 밖으로 나오는데 이쪽으로 올라오고 있는 목사가 멀리 보였다. 광주는 얼핏 마당 한 편 구석으로 몸을 피했다. 그리고는 길이 없는 언덕배기를 내려섰다. 아직 어두운 새벽이다. 갈 곳이 있을 리 만무했다. 무턱 걷는 것이었다. 그렇다고 집으로 가기는 싫었다. 경선이 집을 싫다고 해서가 아니었다. 경선을 증오의 눈으로 대할 아내 앞에 경선을 데리고 가기가 싫었던 것이다.

경선의 살을 피가 맺히도록 꼬집었고 경선이 집을 나가지 않을 수 없게 미워한 아내가 경선을 보고 가만 있을 리 만무하다. 경선을 증오하는 아내를 볼 때 자기도 가만 있을 수 없다. 어디를 가서 비수를 사다가라도 찔러 죽이고 싶어질 것이다.

광주는 무턱대고 걷다가 어떤 국민학교 시멘트 담 가까이 이르러 두 애를 양쪽에 앉혔다. 두 애 사이에 끼여 그도 담을 등지고 앉았다.

"너희는 언제부터 친했니?"

광주는 그들의 이야기를 묻기 시작했다.

"전에두 얼굴은 알았지만 이야기해 본 건 어젯밤 처음이에요."

경선이 대답했다.

"교회당 안에 명소가 있는 줄 알구 찾아갔었니?"

"가니까 있었어요."

"교회당에 문이 잠겨 있었을 텐데 어떻게 들어갔지?"

"책상 위에서 열쇠를 가지구 나왔어요."

"집을 나온 이유는 뭐지?"

"엄마가 나가라구 하며 때렸어요."

"일기책을 봤다구?"

"그걸 어떻게 아세요?"

"이야길 들었다. 그런데 그 일기책은 어디서 주워 내 봤지?"

"옷장 맨 구석에 있었어요. 옷을 찾다가 우연히 봤어요."

"맨 처음 본 것이 네가 엄마에게 꼬집힌 그때였니?"
"그래요."
광주는 경선에게 물어 볼 말을 다 물어 보자 이번에는 명소에게,
"넌 고아원에서 도망쳐 나온 모양 같은데, 어째서 다시 들어갈려구 그러지?"
하고 물었다.
"경선이 때문예요."
"경선이 때문이라니?"
"혼자 가랄 수 있어요?"
"순전히 경선이 때문이냐?"
"경선이 있으면 참구 견딜 수 있을 것 같아서요."
"넌 부모가 없니?"
"없어요. 일곱 살 때 다 죽었어요."
"왜?"
"병들어 죽었어요."
"친척두 없니?"
"그런가 봐요."
"너 교회당에 몰래 들어가 피아노를 구경하구 있었지? 건 왜 그랬지?"
"난 교회당이 좋았어요. 교회당 종소리를 들으면 꼭 나를 부르는 소리 같다구 생각했어요. 교회당에 가서 그 안에 있는 것들을 보구 싶었어요? 왜 그랬는진 나두 모르겠어요."
"교회당 처마 밑에서 잔 것은?"
"딴 데서 자는 것보다 마음이 편했어요."
"그런데 교회당에 불은 왜 질렀지?"
"아저씨가 번번이 나타나 교회당에 얼씬도 못하게 하지 않았어요? 까짓 거 불이나 태워 버릴까 했지요."
"그리구는 왜 교회당 안에 들어가 잤니?"
"불을 질렀을 때 잡아다가 가둘 줄 알았는데 아저씨는 날 붙잡지두 않았

잖아요? 또 좋아졌어요."

이야기를 다 듣자 광주는 애들의 손을 잡아끌고 일어섰다.

"너희들 둘이 같이 있으면 딴 데 가지 않구 거기서 살겠니?"

광주가 걸으며 물었을 때 명소가 고개를 까닥까닥했다.

"그럼 가자."

그들은 버스를 타고 흑석동까지 가서 거기서부터 걸어 관악산 밑에 있는 고아원까지 갔다. 가는 도중 경선이 꼭 한 마디를 했다.

"엄마가 이제부터 엄마라구 그러지 말라구 그랬어요. 그럼 뭐라구 하지요?"

단 한 마디밖에 안 하는 경선의 물음에 광주는 대답을 못했다. 그 물음에 대답할 말은 하느님도 가르쳐 줄 수 없을 것 같았던 것이다.

고아원이 가까웠을 때 광주는 겨우,

"가서들 있거라. 얼마 동안만······."

한 마디를 했다. 자기 딴은 얼마 동안만······ 이라는 말로 여운을 남기려 했던 것이지만 애들이 과연 그 여운을 느꼈을지?

고아원 울타리 밖에서 그는 애들을 들여보내고 한 시간 동안이나 앉아 있었다. 눈이 멀뚱멀뚱한 애비가 자식을 데리고 고아원에 가서 부탁한다는 말은 차마 할 수가 없었다. 고아원에서 경선을 받아 주지 않는다면 도로 데리고 돌아갈 생각으로 기다려 보았으나 한 시간이 지나도록 애들은 나오지 않았다. 받아 준 모양이었다.

광주는 집으로 돌아오는 길에 철물상에 들려 날이 선 식도 하나를 샀다. 종말(終末)을 느꼈던 것이다. 끝을 내야 한다고 생각했던 것이다. 그의 뇌리에는 하느님도 없었다. 자식들도 없었다. 오직 종말뿐이었다.

식도를 들고 집 안까지 이르렀을 때 성난 사자와 같은 그의 발걸음을 멈추는 사람이 있었다. 전도부인이었다. 전도부인은 광주의 속을 들여다보았는지,

"잠깐만 이리 오세요."

하고 그를 집 안으로 들어가지 못하게 했다.

광주는 비록 신문지로 싸기는 했지만, 손에 들고 있는 식칼이 전도부인에게 발각된 것이라 생각했다. 동시에 손이 떨리기 시작했다.

전도부인은 말도 없이 천천히 자기 집을 향해 걷는 것이었다.

광주는 침착한 전도부인의 태도에 더욱 질렸다.

"무엇에 쓰려구 칼을 사 오는 거지요?"

전도부인이 할 말은 단 한 마디일 것 같았다. 그 말을 하기 위해 자기를 불러 세웠고 또 지금 자기 집으로 끌고 가는 것이다. 그런데도 그 말을 좀체로 꺼내지 않는다.

광주는 천천히 걷는 것이 더 힘들었다. 팔과 다리가 짝짝이로 움직이고 있는 것만 같았다.

"잠깐만……."

그는 드디어 몸을 돌이켜 자기 집으로 달려갔다. 달려가기가 한결 쉬웠다. 집으로 달려가서는 식칼을 대문 안에 던지고 돌아왔다.

식칼을 쥐었던 손이 비었다. 가벼웠다. 이제는 '무엇에 쓰려구 칼을 사 오는 거지요?' 하고 물어도 대답할 말이 있을 것 같았다.

전도부인은 입을 다문 채 자기 집에까지 들어갔다. 광주에게 방석을 권하고 앉게 하고 나서야 겨우 입을 열었다.

"선희가 또 나갔어요."

그미는 식칼에 대한 이야기 대신 목사의 딸에 대한 이야기를 꺼냈다. 광주는 숨을 돌이킬 수가 있었다. 안도의 한숨을 가늘게 내뿜었다. 왜 안도의 한숨을 쉬었을까? 자기의 계획이 좌절되었다고 생각하면서도 안도의 한숨을 내쉰 것은 그 자신도 모를 일이었다. 또 계획이 좌절되었다고 단정하게 된 마음도 알 수 없었다. 어쨌든 그는 전도부인 때문에 죽이려던 아내를 죽일 수 없게 되었다고 생각했다. 그리고 그렇게 된 데 대해 안도의 한숨을 내쉬었던 것이다.

식칼에 대한 것을 잊고 전도부인의 이야기에 정신을 집중했다.

"나가다니요?"

"선희 때문에 목사님이 고향으루 내려가실 결심을 내리셨어요. 그저께 외박한 선희가 오늘 또 암말 없이 집을 나갔군요. 목사님이 오래 사시지 못할 것 같아요."

"그래요?"

광주는 의외로 냉정한 어조였다. 그것이 자기와 무슨 상관이냐는 태도였다. 비록 자기 동생 대주가 끼어 있는 사건이기는 하지만 광주는 자기와 아무 상관없는 일로 생각되었다. 그것은 어젯밤 목사가 전도부인을 포옹하던 장면이 눈앞에 떠올랐기 때문이었다. 성직(聖職)을 가진 사람들이 남의 눈을 피해 추한 행동을 감행했다.

김 장로나 김 집사를 비난 할 말이 없게 되었다. 그러한 목사가 선희 때문에 괴로워한들 내 알 바가 무엇인가?

"열 시에 나간 애가 지금이 한 신데 아직 돌아오지를 않았어요."

그러니까 전도부인은 선희가 대주를 만나러 나간 것이기 쉽다는 말을 하고 싶은 모양이었다. 그래도 광주는,

"그래요?"

할 뿐 그 이상 더 관심을 보이지 않았다. 비록 동생 때문에 선희가 죄를 짓고 있다 해도 거기에 관여하고 싶지 않은 광주였다.

전도부인이 한숨을 내쉬었다. 그리고는 독백처럼 말했다.

"목사님이 불쌍해요. 실망에 가득 차 있는 모습을 차마 볼 수가 없어요."

광주는 그러니 나보고 어떻게 하라는 것이냐 묻고 싶었다. 나는 어떻게도 하지 않을 작정이다. 무엇 때문에 내 앞에서 그런 말을 하는 것이냐?

"그 분은 교회를 떠나시기루 하셨어요. 이제 따님으로 해서 인간에 대한 실망을 느끼시고 믿음을 잃으실지두 몰라요. 그럴 리는 없겠지만 그 분에게서 믿음이 없어진다면 그 분은 아무 가치두 없는 사람이 될 거예요."

답답한 노릇이었다. 그러니 어떻다는 말인가? 광주는 약간 안심할 수는 있었다. 전도부인의 이야기는 광주더러 어떻게 하라는 것이 아니라 자기 혼자의 걱정이요. 넋두리임을 짐작할 수 있었기 때문이었다.

"하느님께서 그 분을 버리시지 않으셔야 하겠는데…."

광주는 하느님의 이름으로 목사를 걱정하는 전도부인의 얼굴을 바라보았

다. 하느님의 뜻을 저버리고 불륜의 행동을 한 사람들이 어찌 하느님의 이름을 함부로 부를 수 있을까? 연극이나 아닐까?

광주는 전도부인이 자기 앞에서 하찮은 연극을 꾸미리라고는 생각지 않았다. 또 얼굴 표정이 연극적인 것 같지가 않았다. 가장 절박할 때 하느님을 부르는 그런 표정 같았다. 거짓이 없는, 순수한, 그야말로 천사의 얼굴 같은 전도부인이었다.

왜 그랬을까? 광주는 전도부인의 얼굴에서 천사를 보는 것 같았다. 순간 자기가 극악한 인간이었다는 것을 느꼈다. 칼을 사 가지고 오던 자기가 생각나서 자기가 극악한 인간이란 것이 실감 있게 가슴을 두들겼다. 극악한 인간이었기에 천사와 같은 여자를 경멸하고 냉정히 대했던 것이다.

"제가 나가서 동생을 만나 보고 오지요."

광주는 자기도 모르는 새 이런 말을 했다. 그렇게 함으로 전도부인을 돕고 싶었던 것이다.

"목사님의 실망을 적게 해 드리구 싶어요."

나지막한 전도부인의 목소리가 광주의 가슴을 울렸다. 그는 전도부인이 목사를 사랑하니까 목사를 아끼는 것이다라는 마음을 조금도 가지지 않았다. 전도부인과 목사의 관계가 어떤 것이든 무방했다. 하느님의 눈을 속이며 사랑을 교환한들 어떻단 말인가?

광주는 전도부인의 집을 나와 자기 집으로 갔다. 우선 대문 안에 들여 밀었던 식칼을 주워 부엌 한 구석에 두고 방 안으로 들어갔다. 아내가 어린애를 데리고 누워 있었다. 광주가 들어오는 것을 보자 걱정스러운 눈으로 광주를 쳐다보며, 힘을 주어 일어나 앉았다. 새벽에 나갔던 사람이 어딜 갔다가 이제야 오느냐는 극히 걱정에 찬 눈으로 바라볼 때 광주는,

"나는 너를 죽이려 했다."

하고 혼자 중얼거렸다. 그런데도 아내는,

"조…조반 머…먹었어요?"

광주의 조반 걱정만 했다.

조반 먹을 새가 어디 있었느냐고 소리치고 싶었으나,

"지금이 몇 시라구?"

하며 상을 차리러 부엌에 나가려는 아내를 보자 그는,

"내가 나가서 먹을게."

하고 그미를 일어나지 못하게 했다.

"나두……."

자기도 조반을 안 먹었다는 뜻이리라. 삼애는 말끝을 맺지 못하고 그냥 일어서려 했다.

광주는 암말 않고 부엌으로 뛰어나갔다. 밥은 지어 놓았다. 밥을 지어 놓고도 아내는 조반을 먹지 않았다. 아내의 밥까지 밥상에 놓을 때 광주는 눈시울이 뜨거워짐을 느꼈다.

나는 극악한 인간이었다. 나에게 지극한 애정을 가지고 있는 아내를 죽이려 했던 것이다. 아내를 죽이려 할 만큼 그미를 미워한 것은 경선을 통해 자기의 죄의식을 자극한 때문이었다. 삼애를 죄의 덩어리처럼 생각한 것은 죄가 미웠기 때문이었다. 그러나 미움의 맨 밑바닥에는 삼애에 대한 거리감 때문이 아니었을까? 거리감만 가지고 있지 않았다면 아무리 미워도 그 미움이 죽임까지는 이르지 않았을 것이 아닌가?

그는 자기 마음속 가장 깊은 곳에 숨어서 삼애와의 거리감을 만든 핵심을 생각해 보았다.

신체적 불구에 성적 불구.

그것이 원자(原子) 속에 들어 있는 전자(電子) 같은 것이나 아니었을까? 보통 물체의 최소 단위를 원자라고 했다. 그러나 원자 속에는 또 전자라고 하는 원자보다도 적은 것이 있음을 발견했다. 현미경으로도 감지하기 힘든 전자가 원자를 움직이고 원자가 그 물체를 구성한다.

광주는 낯이 붉어지는 것을 느꼈다. 현미경으로도 감지할 수 없을 만큼 작은 것이지만 물체의 핵심인 전자, 그것이 자기의 경우에는 성적 욕구불만이 아니었던가?

그렇게 생각하니 그런 것 같았다.

밥상을 삼애 앞에 놓고 광주는,

"많이 먹어."

마치 사죄나 하는 것처럼 말했다. 나는 극악한 인간이었다. 그래서 너를 죽이려고까지 했었다.

전도부인이 고맙다. 전도부인이 살인을 중지시켰다. 전도부인이 내 본질을 캐낼 수 있게 했다.

광주는 밥을 먹으면서 생각했다. 아내에 대한 증오는 결국 성적 욕구불만에서 왔던 것이다. 그렇다면 아내에 대한 사랑도 그런데서 출발하는 것이 아니겠는가?

그는 문득 성경 구절을 생각했다.

"내가 사람의 방언과 천사의 말을 할지라도 사랑이 없으면 소리 나는 구리와 울리는 꽹과리가 되고 내가 예언하는 능이 있어 모든 비밀과 모든 지식을 알고 또 산을 옮길 만한 모든 믿음이 있을지라도 사랑이 없으면 내가 아무것도 아니오, 내가 내게 있는 모든 것으로 구제하고 또 내 몸을 불사르게 내어 줄지라도 사랑이 없으면 내게 아무 유익이 없느니라. 사랑은 오래 참고 사랑은 온유하며 투기하는 자가 되지 아니 하며 교만하지 아니 하며 무례하게 행치 아니 하며 자기의 유익을 구하지 않으며 성내지 않으며 악한 것을 생각하지 아니 하며 불의를 기뻐하지 아니 하며 진리와 함께 기뻐하고 모든 것을 참으며 모든 것을 믿으며 모든 것을 바라며 모든 것을 견디나니라. 사랑은 언제까지든지 떨어지지 아니 하나 예언도 폐하고 방언도 그치고 지식도 폐하리라."(고린도전서 13:1~9)

'사랑은 자기의 유익을 구하지 않으며 성내지 않는다.'

광주는 사랑에 대한 긴 말씀 가운데서 이 구절을 특히 생각했다. 그리고 이때까지 자기가 생각했던 사랑은 진짜 사랑이 아니었다는 것을 알았다. 결국 그는 자기의 유익을 구하면서 사랑을 주어 왔던 것이다. 그리고 구함이 이루어지지 않을 때 성을 냈던 것이다.

"잘 떠지지가 않는군……."

왼손에 쥔 숟가락으로 김치 접시를 쑤시기만 하는 아내를 보고 광주는 자기 숟가락으로 김치를 떠 아내의 숟가락에 담아 주었다.
그리고 두 번째는 자기 숟가락으로 김치를 떠 아내 입에 넣어 주었다.
아내가 받아먹기를 부끄러워했다. 받아먹으면서도 얼굴을 붉혔다.
"괜찮어. 어서 먹어."
그는 세 번째도 그렇게 해 주었다.
붉어졌던 얼굴이 제 얼굴로 되었을 때 아내가,
"겨…경선이 어…어떻게 되었어요?"
처음으로 경선의 이야기를 꺼냈다.
"고아원으루 보냈어."
광주는 담담하게 대답했다. '네가 나가라구 때렸다면서?' 또는 '엄마라구 그러지 말랬다면서?' 같은 말을 입 밖에 내지 않았던 것이다
"왜요?"
삼애가 숟가락을 놓으며 놀랐다. 확실히 의외의 사태라고 생각하는 모양이었다.
'그럴 수밖에 없지 않느냐? 엄마라고 생각했던 이가 엄마란 말도 하지 말고 나가라면서 때렸으니 그 애의 갈 곳이 어디겠느냐?'
광주는 이렇게 생각했지만
"어디 달리 갈 데가 있어야지?"
극히 냉담한 태도로 말했다.
"다…당신이 데…데려다 주었어요?"
"그래. 내 발루 데리구 갔어."
"지…집으루 데…데리구 오세요."
"당신이 미워하는 앤데 데리구 오면 어떻게 해. 모두가 다 불행해지지 않나?"
"아…안 그래요. 데…데려오세요."
아내는 눈물을 떨어뜨리고 있었다.
"당신이 난 애가 아니니까 미워하는 게 당연한 거야. 미워할 수밖에 없는

애야. 데려올 생각 말어."

"아녜요, 나…나 그 일기책 불태워 버렸어요."

"일기책을 불태웠다구 밉던 애가 고와지나?"

"아…아녜요, 정말."

"경선은 고아원에서 차라리 마음이 편할 거야. 공연한 십자가를 짊어지구 살지 않어두 좋을 테니까……"

"안…안 돼요. 경…경선은 내 딸이 아니래두 언…언니의 딸예요. 불… 불쌍한 언…언니의 딸예요."

삼애의 눈에서는 눈물이 그칠 줄 몰랐다. 경선을 내보낸 뒤부터 무척 생각한 모양이었다. 더구나 새벽에 나간 남편이 낮이 되도록 돌아오지 않는 동안 괴로워했을 것이 사실이다. 그래서 언니의 딸을 미워해서는 안 된다는 결론이 내려진 모양이었다.

사실 자기의 딸이 아니래도 언니의 딸을 그렇게까지 미워할 수는 없는 일이었다. 보아서는 안 될 일기책을 보았다는 일시적 감정 때문이었겠지. 언니가 어떻게 죽은 언닌가? 삼애에게 남편을 빼앗긴 설움으로 자살한 언니가 아닌가? 말하자면 삼애가 죽인 언니다. 언니를 죽이고 언니의 딸까지 미워한다는 것은 있을 수도 없는 일이다.

광주는 삼애의 마음을 알 수 있었다. 그리고 경선을 데려온다 해도 다시는 미워하지 않으리라는 확신이 들었다. 경선도 그렇다. 이제부터는 삼애를 엄마라고 부르지 말고 작은어머니라 부르게 한다. 그러면 거리낄 것도 없고 마음 쓸 것도 없다. 작은어머니로 대하면 그뿐이다. 일은 도리어 잘 된 것 같았다. 보자기를 씌우고 살기보다는 보자기를 털어 버리고 훤한 세상을 사는 것이 얼마나 떳떳하고 정당한 일인가?

"가서 데려오지."

광주는 쉽게 승낙했다.

밥을 다 먹고 밥상을 치운 뒤 광주가 집을 나서려 할 때 삼애가 책상 서랍 속에서 오십 원짜리 지폐 한 장을 꺼내 주었다. 경선을 데리고 오다가 과자를 사 주라는 것이었다.

"좋아하겠군."

그는 돈을 받아 주머니에 넣고 삼애의 경선에 대한 애정을 고맙게 생각했다. 그러나 경선을 데리러 곧장 갈 수 없는 것이 미안해서,

"동생한테 먼저 가 봐야겠어."

삼애의 동의를 구했다.

"무슨 일이 생겼어요?"

삼애의 눈이 동그래졌다.

"선희하구 사고가 생긴 모양이야."

"참……."

삼애는 못마땅한 얼굴을 지었다.

광주는 못마땅해하는 삼애가 마음에 들었다. 그래서 삼애에게로 가서 가볍게 안아 주고,

"세상에는 선보다 악이 더 많은 거야."

하고 등을 쓸어 주었다.

"그…그런가 봐요."

삼애가 눈을 감은 채 말했다. 역시 인생에 대해 많은 생각을 한 끝인 듯한 말투였다.

"갔다 올게."

광주는 집을 나와 김 장로의 양복점을 행해 걷기 시작했다. 큰길에 나가 버스를 탔다. 흔들리는 버스 안에서 그는 생각했다.

'나는 어떻게 하자고 대주를 만나러 가는 것일까?'

거기에 대한 대답이 나오지 않았다. 자기들끼리 좋아서 붙어 다니는 것을 떼어 놓을 수는 없다. 떼어 놓는다고 해서 떨어지는 것이 아니다. 해결의 방법은 하루라도 빨리 선희가 아버지를 따라 고향으로 내려가는 것이다. 선희만 가면 그들의 사랑은 끝나는 것이다. 광주는 그들의 사랑을 그렇게 생각하고 있다. 딴 남자와 추문을 퍼뜨린 지 며칠도 안 되어 대주를 만났고, 대주를 만난 지 이삼 일도 안 되어 같이 외박을 했으니 그런 사랑을 오래 가는 사랑이라고 볼 수는 없었던 것이다. 그런데 선희는 어차피 수일 내로 떠

나지 않을 수 없게 되어 있다. 떠나면 그뿐인 것이다. 그렇다면 지금 대주를 만나러 갈 필요가 없지 않는가?

　그러면서도 그는 양복점까지 가고야 말았다. 그것은 어떻게 하겠다는 마음에서가 아니라, 전도부인과 목사를 위하는 마음에서였다. 그들을 생각하면 대주를 만나 보지도 않고 그냥 있을 수가 없었다. 괴로워하고 있는 목사. 목사가 괴로워하다가 믿음을 잃을까 걱정하는 전도부인, 그러한 두 사람이 다 불쌍하면서도 다 아름답게 보였던 것이다. 그들을 위해 무엇인가를 해 주어야 하겠다.

　그것은 그 두 사람을 용서하는 마음에서 시작된 일일 것이다. 그들이 어떠한 추행을 했다고 해도 용서를 해 주고 싶은 마음. 그것은 어떤 유익을 얻고 싶어서 생긴 마음이 아니었다.

　'하느님이 용서하시지 않아도 나는 용서해 줘야지.'

　그의 심정은 이런 것이었다. 자기도 하느님에게는 용서를 받지 못했다. 하느님이 용서를 안 해 준 사람이지만 그렇다고 해서 딴 사람을 용서해 줄 수가 없을 것인가?

　목사와 진도부인뿐 아니다. 아내까지도 용서해 주었다. 용서해 주는 사람처럼 아름다운 사람이 어디 있을 것인가?

　그런데 양복점에 이르자 광주는 뜻밖의 말에 놀라지 않을 수 없었다. 대주가 십만 원짜리 수표를 현금으로 바꾸러 은행에 간 지 댓 시간이 지나도록 아직 돌아오지 않는다는 것이었다. 은행에도 가 보았지만 돈을 찾아 가지고 딴 데로 간 것 같다고 했다.

　광주는 얼핏 대주가 그 돈을 가지고 선희와 같이 어디로 도망간 것이라 생각했다. 선희도 대주가 행방불명이 된 시간과 거의 같은 시간에 집을 나갔으니 그렇게 생각할 수밖에 없었다.

　"김 장로님은 수색원을 제출했습니다."

　양복점 사원이 이런 말까지 하는 것으로 보아 김 장로도 대주를 횡령범으로 취급하는 모양이었다.

　수색원을 제출했다면 머지않아 체포될 것이 사실이다. 가면 어디를 갈 것인가? 체포되려거든 한시빨리 체포되기를 바라는 수밖에 없었다. 늦으면 늦을수록 돈을 허비할 것이다. 허비한 돈은 언제라도 갚아야 할 것이니까. 그러나 광주로서는 어떻게도 할 수 없는 일이라,

"무어라고 할 말이 없습니다."

허리를 굽신거리고는 양복점을 나왔다. 양복점을 나오자 그는 흑석동 가는 버스를 탔다. 관악산으로 가서 경선을 데리고 올 채비였다.

버스에 몸을 흔들리며 경선을 데리고 돌아올 생각을 할 때 가슴이 흐뭇했다. 자기 할 일을 다 한 것 같은 기분이었다.

목사와 전도부인을 용서해 주었고 아내를 용서해 주었다. 이제 경선의 십자가를 벗겨 주면 더 할 일이 무엇이겠는가?

다만 대주의 일이 마음에 걸릴 뿐이었다. 대주만 죄를 짓지 않았다면…….

법률이 용서하지 못할 죄를 범했으니 대주를 용서해 줄 사람은 하나도 없다. 하느님을 두려워할 줄 모르는 인간이니 하느님도 용서할 까닭이 없다.

누구에게도 용서받을 수 없다면 세상에서 대주처럼 불쌍한 사람이 없을 것이다. 단 하나의 동생을 세상에서 가장 불쌍한 인간으로 방임해 둘 수 있을 것인가.

결국 자기가 용서해 줘야 한다고 생각했다. 자기밖에 용서해 줄 사람이 없는 것이다. 그러나 어떻게 용서를 할 것인가? 용서할 방법이 생각나지 않았다.

그는 몸이 흔들리면서도 눈을 감고 기도했다.

"거룩하신 하느님이시여, 죄 많은 제 동생을 용서해 주소서. 비록 하느님을 욕되게 하는 인간이라 해도 너그럽게 용서해 주소서."

기도를 드렸지만 결국 하느님의 용서를 간구한 데 그치고 말았다. 그래서 다시,

"거룩하신 하느님이시여. 이 죄인으로 하여금 저의 동생 대주를 용서할 수 있도록 지혜를 베풀어 주시옵소서."

라고 기도드렸지만 묘한 지혜가 머리에 떠오르지 않았다.

고아원에 이를 때까지 그것만을 생각했지만 대주가 용서를 받고 새로운 인간이 될 서광이 보이지 않았다 답답한 일이었다. 하느님은 아흔아홉 마리의 양보다도 길 잃은 한 마리의 양을 더 사랑하신다고 하셨는데 세상 모든 사람에게 용서받을 수 없는 대주를 하느님까지 버리시다니…….

대주로 말미암은 마음의 어둠을 걷어 버리지 못한 채 고아원까지 이르렀다.

아침에 경선을 데리고 사무실까지 가지 않았던 것을 다행하게 생각하며 용기를 내어 사무실 문을 두들겼다.

방 안에 앉아 있는 보모 같은 여자에게 찾아온 사연을 이야기했다.

보모는 말을 듣기만 하고 원장이라는 남자를 데리고 왔다. 원장은 경선이 집 나온 이유부터 물었다. 부끄럽지만 있는 사실대로 이야기하자, 데리고 갔다가 또 뛰쳐 나오면 어떻게 하느냐고 물었다. 그런 일 없을 것이라고, 아내가 눈물 흘리며 기다리고 있다고 대답했다.

"데리구 가십시오."

원장은 쉽게 승낙해 주었다. 그리고 보모 같은 여자를 시켜 경선을 데려오게 했다. 광주가 경선에게 안심하고 돌아갈 수 있는 말을 간단히 한 뒤 원장에게 인사를 하고 고아원을 나섰다.

고아원을 나서려고 할 때였다. 어디선가 명소가 달려왔다.

"경선아, 너 가니?"

어머니가 어린애 형제 가운데 한 애만 데리고 놀러 갈 때 남게 된 애가 자기도 따라가겠다고 발을 구르는 그런 모습 같았다.

경선은 뒤로 돌아서서 명소를 바라볼 뿐 말을 못 했다. 아버지와 함께 가지만 아버지가 가자니까 할 수 없이 가는 거야 하는 모습 같았다.

광주는 경선의 손을 놓고 명소에게로 갔다.

"어떡허지? 너 혼자 남게 되어……."

명소를 동정하는 말이 달리 생각나지 않았던 것이다.

명소는 대답 대신 몸을 돌려 버렸다. 나 같은 거 상관할 것 없어요 하는 것 같았다. 다시 거지가 되어도 상관할 것 없지 않느냐고 반항하는 것 같왔다.
 광주는 잠시 명소의 뒷모습만 바라보고 있다가,
 "명소야, 나하구 같이 가자. 넉넉하지는 못해두 경선이랑 나랑 같이 살자."
하고 그의 손을 힘껏 쥐었다. 그냥 두고 오면 명소는 반드시 고아원을 도망칠 것이고 고아원을 도망쳐서는 다시 자기네 교회당 근처를 배회할 것만 같았던 것이다.
 "싫어요."
 명소가 몸을 흔들었다.
 "경선이하고 같이 있으면 너는 아무데서나 마음잡구 살 수 있을 거다. 어서 가."
 광주는 명소의 손을 끌었다. 명소는 끄는 대로 끌려왔다. 고아원 울타리를 나와서야 고아원 쪽을 돌아보았다. 그때 광주는,
 "참 원장님한테 말씀 드리구 가야지."
하고 고아원으로 도로 들어가려고 했다.
 "괜찮아요."
 명소는 그럴 필요가 없다는 듯이 혼자 앞을 향해 달음질쳤다. 광주는 달음질치는 명소를 보며 빙긋이 웃었다.
 얼마 동안 가서야 먼저 달음질친 명소를 만나 두 손으로 두 애의 손을 잡고 유쾌하게 걷기 시작했다. 정말 유쾌한 소풍이라도 온 느낌이었다.
 도중 그는 경선에게 삼애가 경선을 낳은 엄마가 아니라 엄마의 친동생이라는 것을 이야기해 주었다. 이때까지는 경선이 너무 어려서 엄마밖에 모르니까 엄마라고 불렀지만 이제부터는 이모라고 부르란 말도 했다.
 "그래두……."
 경선은 엄마 대신 이모라 부를 수가 없는 모양이었다.
 "괜찮다. 어떠니?"
 "엄말 어떻게 이모라구 불러요?"
 "정 거북하거든 마음대루 해. 엄마라구 불러두 이젠 때리지 않을 거다."

그리고 명소에게는,

"우리 집에 아들이 하나 더 생긴 셈 칠 테니까, 넌 나보구 아버지라 불러. 알었지? 경선이 보구는 동생이라 하구……."

"………"

"한 번 해 봐. 아버지라구, 응?"

명소는 씩 웃기만 하고 입을 열지 못했다.

"그래 봐."

경선이 명소를 똑바로 쳐다보며 말했다.

"못하겠니?"

광주가 명소의 팔을 잡아 제치며 말해 보라고 할 때에야 명소는 길바닥의 돌을 발길로 차 던지며,

"아버지두 아닌데……."

멋쩍어 어쩔 줄 몰랐다.

"그럼 아저씨라구 그럴래?"

"거야 아무 보구나 하는 말인걸……."

"그러니까 아버지라구 그래."

그때 명소는 광주의 손을 놓고 달음질치며,

"아버지."

허공을 향해 소리를 질렀다.

집에 이르자 광주는 경선과 명소를 삼애 앞에 내밀었다. 삼애는 한 팔로 경선을 안고 울기를 시작했다. 얼마를 울게 내버려 두었다가,

"이 애두 같이 살기루 했어. 우리 맏아들 명소야."

광주는 명소를 삼애 앞으로 내밀고,

"엄마한테 인사드려."

했다. 명소는 하라는 대로,

"안녕하세요?"

하고 머리를 꾸벅하며 인사를 했다.

"어언젠가 우리 집에서 밥을 먹은 애로구나……."

삼애는 서툴지 않게 웃어 주었다.

광주는 삼애가 무어라 불만스런 말을 하지나 않을까 걱정했었지만, 그미의 웃음으로 안심을 할 수 있었다. 그래서 명소에게,

"성은 뭐지?"

이때까지 물어 볼 생각도 못했던 것을 물었다.

"구가예요."

"아니야 이제부턴 최가야. 최명소. 알았지?"

"네."

"성명이 뭐야? 다시 한 번 말해 봐."

"최명소예요."

"됐어……."

담소를 하고 있을 때였다. 헛기침 소리가 나더니,

"사찰 있소?"

목사의 목소리가 들려 왔다. 광주는 후닥닥 뛰어나갔다. 선희일 때문에 찾아온 것이리라.

광주가 문 밖으로 나가자 목사가,

"잠깐만……."

하고 앞장을 서서 대문 밖으로 나갔다. 대문 밖으로 나가자,

"어떡허지요? 선희가 대주와 같이 어디루 간 모양인데……."

광주가 이미 알고 있는 말을 했다.

"뭐라구 여쭐 말씀이 없습니다."

"김 장로가 수색원을 냈다니 저것들이 잡혀온들 이게 무슨 꼴이요?"

"죄송합니다."

광주는 무조건 사과하는 수밖에 없었다.

"세상에……. 이런 일이 있을 수가……."

"죄송합니다."

목사는 안타까운 모양이었다. 딸 문제도 그러려니와 광주를 어떻게 하고 싶은데 어떻게도 할 수 없는 것이 또한 안타까운 일인 모양이었다. 그러나

광주는 무조건 사과의 말을 할 수 있는데 그래도 마음이 한결 편했다. 만약 광주가 내게 무슨 잘못이 있다고 나를 괴롭히느냐고 반항의 뜻을 품었다면 그는 반드시 마음의 불안을 느꼈을 것이다.

'용서한다는 것은 참으로 위대한 것.'

광주는 혼자 생각했다. 자기가 목사에게 잘못했다고 사과하는 태도를 취한 것은 자기가 목사를 용서하는 마음을 가졌기 때문이라고. 목사를 보자 '당신은 전도부인과 못할 짓을 했지요?' 하고 힐책의 눈으로 보았다면 자기가 절대로 목사에게 사과하는 태도로 나가지 않았을 것이다.

"어떻게 해야 할지 통 모르겠는데……."

목사는 끝까지 방황하는 태도였다. 어떻게 할지 몰라 한다는 것은 그의 마음이 흔들리고 있다는 것을 말한다. 마음이 흔들린다면 전도부인 말처럼 믿음도 식을 수가 있다. 믿음이 식는다면……. 정말 목사로서 가장 불행한 결과를 가져오게 될 것이다.

"하느님의 뜻에 맡기시지요."

광주가 신념 있는 말로 위로를 했다. 그래야만 목사가 마음의 평화를 얻을 수 있으리라고 생각했기 때문이었다.

"하느님이 나를 버리셨나 봐."

목사는 뜻밖에도 실의에 찬 말을 했다. 정말 위험한 말이었다. 그리고는 사택으로 올라갔다.

목사가 올라가자 뒤를 이어 김 장로와 김 집사가 이리로 오고 있었다. 김 집사는 목사 댁으로 발을 옮겼고 김 장로는 광주에게로 왔다. 김 장로가 광주를 보자 다짜로,

"자네 동생이 십만 원을 가지구 도망쳤네. 자넬 보구 취직시켰던 것이니까, 그 돈을 보상해 내야 하네."

억압적인 말을 했다.

"네, 잘 알았습니다."

광주는 선선히 대답했다. 그럴 수밖에 없다고 생각했기 때문이었다.

"언제까지 갚겠나?"

언제까지 갚는다? 그것만은 확답할 수가 없었다. 돈이 없기 때문이었다. 가재도구를 전부 팔아야 돈 만 원도 안 될 것이다. 십만 원을 어디서 구할 것인가?

"글쎄올시다.

막연한 대답이었지만 그렇게밖에 대답할 도리가 없었다.

"똑바루 말을 해. 글쎄올시다가 뭔가?"

"똑바루 말씀드린다면 실망밖에 하실 것이 없을 것 같습니다."

"만약 그 돈을 안 갚으면 대주란 놈을 십 년 이상 징역살이를 시킬 테니까 그쯤 알게."

할 수 없습니다라고 대답할 수밖에 없었지만 차마 그 말을 할 수가 없었다.

"그리구 자네두 교회를 그만두게. 목사네 집안과 사찰네 집안이 다 그래서야 교회가 될 수 있겠나 생각을 해 봐."

"잘 알았습니다."

김 장로는 말을 끝내고 목사의 사택으로 올라갔다. 어젯밤 김 집사가 전도부인 집에서 목사와 전도부인과의 추행을 목격했으니 그들이 가만 있을 리 만무했다. 목사의 사택에서도 분란이 일어나고야 마는 것이라 생각되었다.

광주는 초조한 마음으로 목사 사택을 향해 슬슬 올라갔다. 그리고는 마루에 앉아 방 안에서 들려 오는 말소리에 귀를 기울였다.

"내가 이 눈으로 똑똑히 봤단 말입니다. 속일래야 속일 수가 없을 겁니다."

"글쎄 나는 교회를 떠나기루 작정했습니다. 그렇지만 그런 누명을 쓰고는 그만둘 수가 없습니다."

"결국 그만두지 못하겠다는 겁니까?"

"그런 건 아니오. 그렇지만 누명만은 벗어야 하겠습니다."

"훌륭한 목사님이시군요? 그렇게두 양심이 없으신가요? 그렇게두 뻔뻔스러운가요? 그래, 어젯밤 전도부인 사택에 갔던 일이 없단 말입니까?"

"갔었소. 가기는 갔었지만 양심에 부끄러운 일은 안 했소."
"끌어 안구 울구불구 한 것두 양심에 가책을 받지 않는단 말씀이죠?"
"불쌍한 전도부인이오. 내가 교회를 그만둔다니까 울었습니다. 격한 감정으로 울고 있는 전도부인을 나는 위로해 준 것뿐이오. 하느님께 맹세합니다."
"참으로 뻔뻔하시군요. 어쨌든 나는 내 눈으루 똑똑히 보았으니까 용서할 없습니다.
"나는 김 집사의 용서를 바라지 않소, 오직 하느님의······."
"이게 목산가? 하느님의 이름을 망령되이 부르지 말아요."
"왜 이러시오, 왜?"
아마 김 집사가 목사의 멱살이라도 잡은 모양이었다. 김 장로는 무엇을 하고 있을까? 속으로 박수를 치며 구경만 하고 있다는 말인가?
광주는 방 안으로 뛰어들어갔다.
"이건 놓으십시오. 목사님은 아무 죄두 없습니다.
광주는 목사의 멱살을 잡고 있는 김 집사의 팔을 잡아끌었다. 그리고는,
"내가 더 자세히 보았을 겁니다. 끝까지 전도부인 댁에 남아 있은 사람은 나니까요. 그건 김 집사님도 보셔서 아실 것입니다. 목사님이 교회를 떠나시겠다는 말씀을 하시자 전도부인은 슬퍼서 울었습니다. 능히 있을 수 있는 일입니다. 그래서 서로 위로하고 격려했습니다."
하고 자신 있게 말했다.
"이놈, 넌 이리루 와."
김 장로가 광주의 팔을 잡아채며 소리 질렀다. 그래도 광주는,
"누구보다두 내가 가장 잘 알 겁니다. 두 분의 생활을 가장 가까이서 보고 있는 사람이 나니까요. 나는 증언합니다. 모든 교인 앞에서 증언할 겁니다."
거침없이 말했다.
"이놈, 넌 나가. 무엄하게 참견이 무슨 참견이야?"
김 장로가 광주의 팔을 끌었다. 김 집사가 등을 밀었다. 그래서 밖으로 나

오기는 했지만,

"그만두시는 목사님에게 누명을 씌워 내 보내려는 것은 악맙니다. 마겁니다."

하고 소리를 질렀다.

참으로 고약한 일이라고 생각했다. 목사님의 말을 들으니 목사님의 말이 옳은 것 같은데도 끝까지 죄명을 씌우려는 것은 무엇 때문일까? 마귀의 마음을 안 가지고서야 그럴 수가 없을 것 같았다.

어쩌면 그렇게 용서하는 데 인색할까?

다음날 저녁때 대주와 선희가 붙들려 왔다. 대주는 경찰서에 있고 선희만이 집으로 돌아왔지만 대주가 소비한 돈은 겨우 만 원밖에 안 된다는 말이 들려 왔다. 만 원! 만 원쯤 내지. 무엇을 팔아서라도 만 원은 내야지.

선희가 나온 것을 보자 목사님 사택에서도 짐을 꾸리기 시작했지만. 갈 곳도 정하지 않았지만 떠나지 않을 수 없었던 것이다. 어디를 가면 입에 풀칠을 못하랴 하는 생각이었다.

다만 목사님이 자기의 증언으로 그래도 누명이 벗어진 것이라 생각하고 짐을 꾸린다는 것이 다행스럽게 생각되었다. 자기가 증언을 안 했다면, 목사님은 떠나도 마음에 못을 박은 것 같은 심정일 것이다.

다음날 새벽, 광주는 새벽종을 치는 시간에 일어났다. 마지막이나마 있는 날까지는 종을 쳐야 한다는 생각이었다.

옷을 입고 집을 나서면서 방 안에 그득 누워 잠자는 식구들 둘러보았다. 경선도 명소도 달게들 잠자고 있었다.

"안심들 하라."

그들에게 축원을 해 주고 교회당으로 올라갔다.

"뎅그렁 뎅그렁!"

종을 치면서 광주는,

"너는 잘 참았다."

하는 하느님의 목소리를 들었다. 그리고,

"용서가 사랑보다도 더 힘드는 일이니라."

하는 목소리도 들었다.

광주는 생각했다. 하느님은 나를 용서해 주셨다. 그래서 나는 아내를 용서할 수 있었고 또 그들을 사랑하게 되었다.

"뎅그렁 뎅그렁."

광주는 종소리에 맞추어,

"감사아 감사아."

하며 감사하고 싶은 마음에 가슴이 부풀어 자꾸만 종을 울리는 것이었다.

(원)《현대문학》 1965. 3~12,
(출)『한국현대문학전집 10』잠성출판사, 1972.

결혼학교, 종각 – 만우 박영준전집 11/중·장편

2006년 4월 25일 인쇄
2006년 4월 30일 발행

지은이　박영준
펴낸이 · 백규서
펴낸곳 · 도서출판 동연
출판등록 · 1992년 6월 12일 제2-1383호
주소 · 서울시 마포구 망원동 385-2 2층
전화 · 335-2630 / 팩스 · 335-2640

값 20,000원

무단 전재와 복제를 금합니다.
ISBN 89-85467-50-6 04810
ISBN 89-85467-31-X (세트)